兩口兩口

目 錄

楔子

　　悠悠黃河，從巴顏喀拉山脈發源，一路逶迤東流，當到達內蒙古托克托河口鎮時，突然凝結全部的力量，在黃土高原上硬生生地扒開一條口子，轉向南流，兩岸的群山紛紛為之讓路。東岸的山西省同西岸的陝西省隔河相望，這條峽谷便成為兩省的天然分界線，因此被稱為晉陝峽谷。在晉陝峽谷東岸的晉西北地方，沿黃河一線均勻地分布著三座古城，依次為偏關、河曲、保德。這三座古城同氣連枝，唇齒相依，人們習慣稱之為河保偏。由於河保偏地處邊塞，與北方少數民族毗連，一直是北方少數民族飲馬黃河、雄視中原、決戰千里的古戰場。明萬曆年間，為抵禦韃靼、瓦剌的侵擾，朝廷在此地沿黃河依地勢修築起了南起石梯隘口，北至偏關樺林堡的邊牆，全長百四十里。當地有云：「黃河九曲此一曲，長城萬里此百里。」黃河與長城在這裡匯合。居高而望，只見黃河劈山斬徑，巨浪滔天，驚濤拍岸，咆哮萬里；長城墩堠綿延，營堡鑲嵌，壕塹錯落，城郭依稀。長城內黃土連綿，溝壑跌宕，長城外大漠風狂，鷹擊蒼穹。

　　清順治元年，清軍入關，內外一統，邊疆北移。河保偏邊塞的烽火狼煙終於止息。雄偉的長城從此完成了它的歷史使命，靜寂地開始走向頹廢、衰敗。自古飽經戰火殺戮的河保偏人從未享受過安寧的生活，以為這就是一個清平世界。

　　僅以河曲為例。當時的河曲民風淳樸，百姓和睦，昔日裡騎馬強悍的尚武精神消失殆盡，轉化為溫文爾雅的書卷氣。乾隆五十九年，在縣城東五裡大東梁烽火臺墩上築起磚塔一座，名「文筆塔」，又稱「狀元筆」，造此塔意在振作東山氣勢，裨補河曲風水。此後河曲興縣學辦私塾，讀書蔚然成風。

　　道光年間，河曲城關出了位才子，姓白名進，乃故元曲四大家之一白

樓之後。祖籍本縣火山，乾隆年間其祖父隨縣衙遷移搬至城關居住。白進原有一同胞弟弟，幼時獨自去黃河岸邊玩耍，不幸走失。白進成為家中獨苗，倍受全家人呵護。白家家學淵博，打小就給白進啟蒙，學習詩書禮經。白進聰穎好學，博聞廣記，十五歲參加童試考入縣學，成為廩生，即是秀才，這在當時的河保偏一帶是非常少見的，人們都稱他是神童。隨著年齡的增長，有一次白進偶然在自家書房裡發現了先祖白樓的遺卷，自此迷上詞曲律賦，反而將正學置於一旁。白父心裡焦急，就和指腹訂婚的親家商議為其完婚，指望白進能早早懂事成人，幡然醒悟。不料新媳婦乃是本縣唐家會人，此村本是河曲「山曲兒」的發祥地，人人能歌善唱，新媳婦亦不例外，自幼飽受熏陶，婚後更是與丈夫氣味相投，整日彈琴作賦，一唱一和，甚為融洽。白父看在眼裡，恨在心上，只嘆祖墳上未冒一股青煙，然而無可奈何，只好睜一隻眼閉一隻眼，任由他去。逾年，白進生一女娃，取名霓歌。霓歌剛剛懂事，白進夫妻就教她彈琴唱曲兒，到了七八歲時，白進就經常攜帶閨女去唐家會、河會、五花城等地唱歌會友，娛樂消遣。有一回白進帶著霓歌外出玩耍歸來，只見家遭祝融君光顧，整座庭院片瓦無存，父母妻子俱葬身火海，無一倖免，就連左鄰右舍都受到不小的牽連。白家原有良田百畝，不得已只好賣田辦喪，剩餘的銀子則賠付鄰居，事畢，家業僅餘田地十畝。虧得白進早年即為廩生，享有朝廷發付的米銀，於是賃房居住，父女相依為命，勉強度日。

　　轉眼間霓歌年將及笄，出落得花容月貌，形容標緻。按照當時的禮儀，已不適合到處拋頭露面，每日只是閒居閨房，做些尋常家務。這年中元節，白進一大早即出門去西街的朋友家與各村前來趕會的歌友聚會。霓歌在家中尋出一些黃白箔紙，折疊了許多金銀紙錁，裝得滿筐，然後鎖上家門，到城東三里處的孤魂灘憑弔她的母親和祖父母。這一日孤魂灘上遊人甚眾，婦女居多。按照鄉俗忌諱，婦女們平常是不該上自家和娘家的墳的，所以每逢時節，只能到十字路口或一些特定地點祭奠。這日，城隍行身也由城隍廟被抬到此處。伴隨著僧尼吟誦，鼓樂奏鳴，婦女們拉長聲調慟哭亡靈，其中不乏哭得情意連綿、哀婉動人的，吸引了不少閒人無賴、

紈絝子弟前來偷窺竊聽。

霓歌在孤魂灘上找了塊地方,耳裡迴旋著那木魚鼓鈸,梵音彌漫,腦中縈繞著母親和祖父母生時的音容笑貌,不由得悲從中來,淚如雨下,她焚化了金銀紙錁,祭拜一番,看看天色不早,欲起身回家。

「這是誰家的女子,長得咋這般俊俏?哎呀,可真是要了哥哥的命啦!」霓歌抬頭,只見面前站著四五個十七八歲的後生。說話的這個身材肥胖,面目醜陋,雖穿一身綾羅綢緞,也掩飾不住滿肚子的頑劣俗氣。同伴中有認識者附在胖子耳邊低聲告知。

「原來你就是霓歌。幾年不見,還真長成一朵花兒了。」胖子聽了,咧開肥嘴,嬉皮笑臉地說,「你不認識我了吧,我就是你未過門的男人,胡丘哇。」原來霓歌幼時,白家家境富裕,在城關也算是一大戶人家,加上白進素有才名,都道登科入仕是早晚的事。城關的大財主胡家親自上門攀親。霓歌的爺爺尚在世,認為雙方門當戶對,就做主將霓歌許配給胡家的兒子,只待成年後過門。不料白家遭逢火災,家資付之一炬,而白進又沉溺於音律,當官無望,胡家漸起悔意,遂遣媒人退還白家庚帖,一門親事就此斷絕。

「都說女大十八變,沒想到妹子變成了賽貂蟬。」胡丘覥著臉說,「我這就回去讓我大請媒人到你家探話,定下日子好娶妹子過門。」

所謂「探話」,是當地婚姻習俗中的一道程式,指男方媒人攜帶禮品,到女方家商定結婚的日期。

「胡公子忘了,我的庚帖你家已退還,你家的彩禮我家也未留一文。」霓歌沉靜地說,「況且我家雖窮,也絕不和反覆無常的人家結親。請你自重!」說完抽身便走。

「妹子別走。都怪哥哥眼睛瞎,錯把天仙當蛤蟆。」胡丘張開手臂攔著霓歌不放行,嘴裡還嘟囔著,「哥哥給你賠禮還不行?要不就叫我大去給你大磕幾個響頭,好叫岳父大人消消氣……」

霓歌奪路而走。胡丘帶著那幾個後生緊追不捨,一路上糾纏不休。霓

歌哪裡聽得進去，只是慌慌張張奔走，連回家的路也找不見了，一口氣跑到了水西關外的河神廟旁。眼看就要被追上了，霓歌驚慌失措，一不小心掉進了黃河裡。

這天正是七月十五，河神廟的正會。此廟於乾隆十六年由本地走西口的人籌資建成，並在黃河岸邊蓋起雕梁畫棟的大戲臺。每年此時，按例由城關三官廟牽頭舉辦三天河神廟會，靠水路貿易的商人、船家、河路漢踴躍捐款助辦，祭奠河道裡的亡魂，祈求水路上的平安。此時，只見黃河岸畔百船停靠，河道中央水流湍急，霓歌在黃河裡轉眼間就漂出數丈遠，一襲綠襖在河面上時隱時現。正圍攏在河神廟大戲臺前看戲的百千河路漢還沉浸在優美的劇情裡，都沒有反應過來發生了什麼事。

正危急間，突然從人群裡擠出兩個十二三歲的少年，幾步奔到河邊，「撲通撲通」跳下水，一鼓作氣游向河道中央。會耍水的河路漢都知道，河道中央的水流大、流速快，要想順水救人，必須得借助中間的激流才能趕得上。只見兩個少年迅速游抵河心，借著急流逐水而下，很快就追趕上了水中的女子。可是河心處水流分外湍急，兩個少年使出渾身力氣也無法把她拉扯住。正焦急之際，忽見黃河上游漂來一艘小船，船後梢的艄公把船擺得飛快，像一支離弦之箭，船頭上迎風蹲立著一個十四五歲的少年，貓腰擺胯，蓄勢待發。眼看就要趕上水中的人，那少年將身一撲，一個「鯉魚鑽底」躍入水中。當他浮出水面時，已和水中之人攪作一團。此時只見三個少年搏擊水中，忽上忽下，忽左忽右，宛如三條小蛟龍在逐浪戲水，滾滾河浪猶如平地。不多時上游的小船趕到，三條小蛟龍合力將一枚綠如意抬入船艙。

河岸上觀者如雲，掌聲雷動。

白進一大早即去西街的朋友家跟各村來趕會的歌友聚會，與諸歌友圍桌而坐，盡情歌唱，不覺時間過得飛快。他正在吟唱先祖白樸公之作《牆頭馬上》李千金的一段詞：「只一個卓王孫氣量卷江湖，卓文君美貌無如。他一時竊聽《求凰》曲，異日同乘駟馬車。也是他前生福，怎將我牆頭馬上，偏輸卻沽酒當壚……」尚未唱完，有街坊掀門簾而入，叫道：「白秀

才，你家閨女掉進黃河裡了。」白進嚇得三魂丟了兩魂，慌慌張張急奔往黃河邊。

白進趕到河邊時，霓歌已被救上岸來。虧得三個少年施救及時，霓歌只是吞了幾口渾水，並無大礙。白進向三個少年匆匆施了一禮，正要攜帶女兒回家，忽聽岸邊有一操外地口音的人說道：「落水者驚魂未定，體力未復，不可造次。」這人一指岸邊一艘大船，「此乃喬某貨船，內有床鋪。不妨先扶閨女上船歇息片刻，再行動未遲。」白進想想也好，說：「如此叨擾了。」白進乃一介書生，受此驚嚇，手麻腳軟，連自家閨女都攙扶不動了。三個少年上前相幫，將霓歌攙扶到大船上，在船艙裡安置妥當。

幾人到船頭敘話。外地人問：「看先生一身儒雅，莫非是讀書人？」白進答：「慚愧慚愧，學生姓白名進……」

「哦，莫非便是蘭谷公的嫡系傳人白進？喬某行走口外多年，每常多聞晉北人傳唱先生所作之山曲兒，真是曲調優美，婉轉動人。」

「敢問先生何人？」白進問。「不才喬致庸，祁縣人也。」

「莫非就是生意遍江南漠北的『復字號大小』商號的喬東家？」

「先生謬讚，喬某不過是一個走口外的流浪漢而已。」喬致庸說，「先生名曲遍傳漠北，不辱先祖白樸公之名節。又且喬某今日途經河曲，目睹河曲少年之仗義風采，令人欽佩，真不枉喬某河曲一行。」

「我不是河曲人。」站立在喬致庸身邊那個生得虎頭杏腦的少年聽見喬致庸如此說，張口打斷他的話，甕聲甕氣地道，「我叫郭望蘇，家住偏關老牛灣。我跟爺爺撐船運貨下河南，正好路過此地。」

「我也不是河曲人。」另一文質彬彬的少年也接嘴說，「我叫陳嘉豐，保德郭家灘人。今天是專程到河曲來趕廟會的。」

「這一個我認識。」在白進身邊立著的那個少年頗顯活潑伶俐，即是最後那個從小船上縱入黃河救人的少年，他的個頭明顯要比另外兩個少年高上一些。白進拉起他的手說，「他叫李小朵，是本縣唐家會人，也是娘娘灘李氏的傳人。」

「好好好。」喬致庸連叫三聲好,「人說河保偏地靈人傑,就連少年小子都如此了得,真教喬某大開眼界。」

喬致庸瞅瞅這邊天真活潑的三個少年,看看那邊溫文儒雅的白進,心中著實喜歡。他招手叫來手下僕從,吩咐道:「拿我的帖子,到衙門裡知會一聲,就說喬某今晚要借水西關城樓一隅宴客,會晤本方佳友,觀賞河燈壯景。」末了又囑咐,「把咱們船上的上好茶葉選一擔送與本縣太爺,莫使喬家失了禮數,貽笑大方。」

當晚十五夜,喬致庸、白進和三條小蛟龍擁坐西關城樓。只見月光如瀑,遍灑山河,黃河水波光粼粼,湍流不息,晚風徐來,時與河浪相擊,碰撞出鐵馬金戈之聲,令人胸懷激蕩,感觸萬千。

「今日得遇河保偏三縣良才,真喬某三生有幸。」喬致庸端起酒杯,「這一杯酒,是喬某敬各位的,請。」

年長者捧酒,年少者以茶代酒,俱一飲而盡。

「喬某有個提議,三位小兄弟少年人傑,年歲相當,如結為異姓金蘭,他日匡世濟民,成就大義,不知可好?」

眾人拍手叫好,三少年尤其興高采烈。喬致庸當即吩咐手下擺好香案,三少年焚香盟誓,結為兄弟。李小朵年長為兄,郭望蘇次之,陳嘉豐最小為弟。

三少年結拜完畢,喬致庸道:「三少年義結金蘭,甚為可喜,喬某驛旅之間,無以為賀,只隨身攜帶有三件物事,權且作為賀禮相贈。」說著自身間取出三樣東西來,一為短「笛」,二為牛耳尖刀,三為玲瓏算盤。喬致庸接著說,「此『笛』非笛,實為你們河曲人製作的『枚』。數年前喬某在口外邂逅一位河曲藝人,彼此甚為投緣,臨別這位師傅特贈送喬某此『枚』為念。喬某一介行商,行旅寂寞之時,便用此『枚』鳴奏音律以為消遣。至於這把牛耳尖刀,原是喬家的一位護院武師贈予喬某的防身利器,無奈喬某一介酸儒,除了切瓜裁紙,尋常也派不上用場。另外這玲瓏算盤,乃是象牙製作而成,十分精巧,只是在喬某眼裡也不過是件尋常的珠

算器具，素常攜帶在身上以備不時之用而已。今日將此三件物事分別贈予三位小兄弟，一則充作汝等結義的信物，二則也當作喬某見證之物。喬某今日另有一言允諾，他日汝等如有必要之事，凡持此信物來見，喬某定當傾力相助。」

三少年叩首謝恩，分別領受了三件物事。

白進與喬致庸同為讀書人，都是少年舉秀才，在當地頗有才名，故言談多有融洽。酬酢之間，喬致庸舉杯感嘆道：「想喬某本為儒家子弟，自幼即入邑庠，誦史讀經。本擬以仕進光大門庭，一展胸韜報效國家，奈何淪落為商賈，浪蕩於江湖，顛沛無依。運也，命也……」

所謂「邑庠」，即指縣學。由於白進也和喬致庸有過相同的讀書經歷，此時聽到他的感嘆，亦不覺回首自己少年之時，何等胸懷激烈，意氣風發，而今年歲既長，卻落得家境衰敗，一事無成，不禁喟嘆噓唏，感慨萬千。

夜色漸重，月光漸濃。在西門城樓上望去，只見黃河岸口人山人海，熙攘非常。突然聽得一聲禮炮轟鳴，霎時間鼓樂喧天。黃河上游一裡處的激流之中，停立著一艘雕梁畫棟的彩船。隨著禮炮聲響，由彩船上放下來一盞彩色龍頭燈，順水而流，隨後每隔丈五再放一盞，其次是第三盞、第四盞……荷花、鳥獸、魚蝦、龍鳳、仙女……前前後後一共放了三百多盞，既有超度死難者亡靈之意，也祈禱一年吉祥平安。

幽幽河燈順水逐流，明明滅滅，在莽莽大河上，漂蕩出一種說不清道不明的莊重、肅穆、寧靜和悠遠……

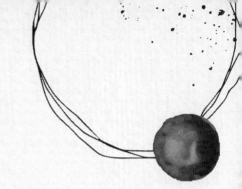
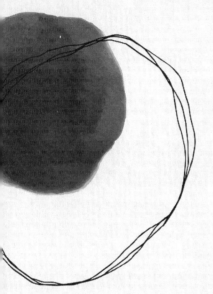

第一章
五哥放羊

一

　　出河曲城關沿黃河下行不遠，有一村名唐家會，戰時素為偏頭關屬十八堡寨之一。村莊依山傍河，地勢平坦，是河曲境內不多的寬敞所在。村中有一條季節河麻黃溝流過，將一村劈為兩半，北稱唐家會，南稱岱岳殿。此村自古多出俊秀，不一而足。

　　唐家會村民多姓李，其中有戶人家，當家的名叫李老實。李老實家原本是門殷實之戶，祖傳大幾十畝沙梁地，雖說地瘠土瘦，產糧不多，卻也頗有盈餘。只怪李老實自幼好聽《楊家將演義》，對起源於本縣火山的這門忠義英烈至為欽佩，因此立志也要生養一群「七郎八虎，八姐九妹」，光大自家門楣。不意只生下四子二女，就感負擔沉重，無力繼續。六個娃娃，老婆老漢，加上老大老媽兩個老先人，十口紅嘴白牙，地裡每年的收成全部供奉了「五臟廟」。隨著娃娃漸次長大，食量亦漸增大，日子過成了光景，一天比一天緊巴。這些倒也罷了，那年中原鬧蝗災，從河南逃難而來的老少二人乞討到唐家會，又餓又病，跌倒在李老實家門前。李老實本是心性淳善之人，將這老少二人收留到家中救治，無奈只救得小的，那老漢卻一逝溘然。老漢臨終之際，哀求李老實說：「我是本縣薛家坡村人。道光元年老家鬧饑荒，我討吃要飯下河南，今年河南鬧蝗蟲，我討吃要飯回家鄉。回家路上撿來這個娃娃，也不知他的名和姓，我給他起名叫稱心。如你可憐他是一條命，就給他一口飯吃……」李老實心地淳厚，把那老漢葬於山上亂墳崗。至於稱心這個娃娃，李老實左思右想，決定收為乾兒子。李老實想，忠烈楊家將尚且七郎八虎，我收養一個才五個，何況楊八郎也是老令公收的螟蛉義子，不也照樣光宗耀祖，出類拔萃？於是按年歲排稱心為老三。李家兒女倒也親善，只把稱心當作同胞兄弟，有稠吃稠，有稀吃稀，一個鍋裡攪和。

　　這原本不知姓氏的稱心，從此便歸了李姓。管李老實叫大，管李老實的婆姨叫媽。原來在河保偏一帶，對人的稱謂與別地不同。奶奶叫娘娘，父親叫大大，伯叔按排行叫幾爹，伯叔母則叫幾媽，小孩叫娃娃，男的叫

小子，女的叫女子，成年後男的叫後生，女的叫閨女，成家後男的叫老漢，女的叫婆姨。如此等等。

這李稱心腦瓜生就聰明，剛來李家時嘰哩咕嚕不知說的哪國話，沒用了一年半載，就改成一口地地道道的河曲腔調了。只是不知他打小挨慣了餓，還是受壞了寵，凡事總愛占點小便宜。吃飯有稠不吃稀，有好不吃賴，穿衣戴帽也要爭好的。李家老大忠厚，老二和善，老四懦弱，兩個妹妹很乖巧，都忍讓著他，獨有老五剛直，歲數又小，總要跟老三爭個長短。大、媽多是哄勸，實在哄勸不住，末了總是老五的屁股挨幾巴掌。儘管如此，老五的倔強也不曾更改，有天偶然從他媽的針線笸籮裡翻出一本夾鞋樣的書來，見其中滿滿都是打拳踢腿、舞槍弄棒的圖案，知道這是一本武術圖譜，於是便照著圖譜練了起來，欲圖學會之後對付老三。當時老五自是不知，自家祖上在宋時出過一員武將，即為楊家將部屬，因其忠肝義膽，頗受楊延昭賞識，親授其楊家武藝。後這位祖先將楊家武藝繪成圖譜，留傳下來。可惜李家後人一門無人讀書，竟被他媽拿去夾了鞋樣。老五照著圖譜一天天練下來，後來竟練就了一身高超的本領。

李氏七兄妹漸次長大。雖然一家老小勤苦耕作，因天乾地旱，地瘦土瘠，收成也僅夠果腹。何況一個個到十七大八、二十郎當時分，站起來一堵牆，坐下去一道塹。不說吃得多，一個頂倆，光是住，原有的三孔土窯洞就盛不下了，而且小子們大了個個都要娶媳婦，沒個寬敞的住處，娶下媳婦往哪裡擱？李老實花費些錢糧，和村裡人家交換了一塊土脈瓷實、便於居住的地塊，帶著他的五個兒子掏開了新窯。

這掏窯可不是一件簡單的事兒，是受苦人家一輩子最大的事項之一。所謂人生三件事業──修建、娶聘和打摞老人。打摞老人即指給老人辦理後事。李老實先辦第一件事業，修建掏窯。辦這事倒是人力、物力俱全。人力呢，

是他自己加上五個五大三粗的兒子。雖然還有莊稼活兒，人受得苦多罪大，飯量也大，地裡的那點收成也可勉強應付。物力呢，無非是最後鑲嵌窯頂的那幾道椽檁和門窗。沒有椽檁，窯頂不牢靠，不裝門窗吧，就不

像個人家。好在李家祖上種下一些榆槐樹木，都已長得水桶般粗細。李老實帶著他的兒子們砍倒樹木，剁去枝蔓，剝了樹皮，晾晒在院子裡，只等掏好窯最後派上用場。

窯還沒有掏好，就有人家主動上門來提親了，卻是李老實舊時的一個相好，家住本縣娘娘灘的李某人。此灘坐落於黃河中央，乃是千里黃河上唯一能居住人的一座小島。灘上人家都姓李，據說是漢飛將軍李廣的後代。李某人原有個弟弟，早已成家，一次夫妻倆結伴出門時不幸在黃河裡雙雙溺亡，留下一個閨女，由李某人撫養長大。李某人原本就看重唐家會李家老大的誠實厚道，有心把侄女許配給他，只是顧念他家兒多家貧，唯恐侄女嫁過去受苦。現下侄女漸大，也沒給尋訪下個合適人家。李某人思量李老大家雖兒多家貧，但那後生勤快踏實，有一把子好力氣，他日分門另過，雖不至於享福，卻也不怕揭不開鍋，就遣媒人上門提親。媒人一上門，李老實的臉上樂開了花，忙與女家互換庚帖，說合彩禮，探話定親，擇日迎娶。由於新窯還沒有掏好，就將老窯騰出一孔做了新房。這是老李家第一樁喜事，全家老小十分歡喜，只有老三稱心嫌老大娶親獨占了一孔窯，剩下弟兄幾個夥住一孔窯，擁擠嘈雜，頗多怨言。

李家五兄弟齊心合力，新窯洞很快掏好，一排溜兒五孔，於是支椽上檁，安裝門窗，吃了安鍋飯，弟兄們就住進了新窯。李老大兩口子也從老窯搬了過來。冬閒時候，幾兄弟又去黃河畔的磧石盤上打了些石頭，背回來壘了一堵院牆，安上大門，也是一戶好好的人家。

李老實的心事算是放下了一樁，可高興沒多久，又開始為老二老三的婚事犯愁。也是各有各的姻緣際遇，雖然花費了不少周折，為湊彩禮不得已變賣了幾畝田地，接下來的兩年又連著兩個媳婦娶進門。李老實算是趕上了辦事業的時候，一件不罷一件，緊接著又是老大老媽兩個老人相繼去世，沒辦法，只好繼續賣地打摞老人。這幾件事業辦下來，李家的田地已賣得所剩無幾。轉眼間守孝期滿，老四老五又到了成婚的歲數。李家只剩下寥寥的幾畝保命地了，實在是不敢賣，也賣不得了。幸好李家兩個閨女已經長大，到了出嫁的年歲，李老實托媒人四處打探，終於尋訪下兩家合

適的人家，都是一男一女兩兄妹，都是待娶待嫁的歲數。經過媒人一番撮合，李家的閨女嫁給了某家的小子，某家的閨女嫁給了李家的小子。兩個家庭各自一對男女相互交換成親，在河保偏一帶謂之「換親」。這樣男女兩家彩禮都省，又減輕了雙方家庭的負擔，所需花費的就是招待朋親好友的一頓宴席，這對娶媳嫁女的人家來說，已經算不得什麼大負擔了。

　　大事辦罷，算是一生愁苦都去。對於父母子孫的責任和義務，從此一筆勾銷。剩下的日子，不論溫飽飢餓，不論幸福疾苦，都與他人無涉，都是真正屬於自己的日子。黃土地上的人們，像牛、像馬，只有把自己最後一滴心血熬盡，才能夠把拴在脖子上的韁繩掙脫，把脊背上的負荷卸掉，脫胎換骨。年年歲歲，世世代代，黃土地上的人們都是依循這個規律，不斷地延續著、生息著。

　　李老實一家，是黃土地上典型的遵規矩、重禮節的人家。把老五和小女子的婚事辦罷，家裡還剩下些殘骨剩菜，李老實把一家老小叫喚全，吃了一頓分家宴。新窯洞一家一孔，田地人均兩畝，沒生養下娃娃的按每家一口計，其餘衣被錢糧、耬耙鋤鎬等傢俱什物一應均分。臨末，李老實又囑咐道：「老話說，『長子長孫擔綱梁』，有苦有害，老大先當。今天老大和你們平分家產，你們幾個也都親眼看見，無有偏袒。就剩下這一處老院子，眼前我和你媽在世，我們暫且居住，待我們百年之後就傳給長孫小朵吧，也算是給老大家的一點彌補。」四子五媳唯唯諾諾，只有老三稱心滿臉不樂，懷恨在心。

　　這年十冬臘月，數九寒天，有日輪到老三稱心給老人擔水。老三稱心擔著水桶到處遊串，到岱岳殿二眉家鬼混半宿，至天黑夜半才擔了一擔水到老人門前。看見老人窯裡燈火早熄，便把一擔水澆在了窯門前的石臺階上。一夜西北風勁吹，把水凍為堅冰。天明時李老實出門，沒留意腳下有冰，一跤滑倒，腦袋撞到青石稜上，一命嗚呼。

二

　　李老實出家門一跤跌死，長眼睛的人都看見窯門口新凍的冰。查來問去，老三稱心看見實在隱瞞不過去了，才站出來囁嚅著承認：「是我夜天給老人擔水，上臺階不小心絆倒，一擔水都倒了。」眾人紛紛指責道：「那你也該打掃打掃，要麼墊幾鍬黃土也行哇。」老三稱心辯解說：「當時天色黑漆漆地，甚也看不見……」老人已經跌死，惱恨也好，怨怪也罷，總不能把老三稱心煮在鍋裡吃了解恨。於是李家兄弟措錢籌糧，備辦喪事，將老人葬入祖墳。

　　守孝未滿，李家又發生了一些事情。李老二娶的婆姨是舊縣人。舊縣即為火山，自縣治搬遷新址後即稱為舊縣。此地有一寺廟名「海潮庵」，又名「海潮禪院」，係觀音菩薩道場，向來香火旺盛。舊縣之人多受佛法濡染，誦經拜佛、參禪教義，可謂佛教之鄉。李老二的婆姨自幼即受薰陶，至嫁到李家，亦堅持守齋持戒，誦經禮佛。有道是：「跟著艄公會撐船，挨著和尚會念經」。在婆姨的感染下，李老二也逐漸對神道之事大有興致，只是他更感興趣的卻是堪輿卜卦之術。李老二不去海潮庵進香拜佛，反而就近跑去村中道觀岱岳殿，向觀中道士討教易學術數，竟漸漸頗有心得，後來他乾脆置辦了一副術士行頭，捨家棄口，四方遊蕩，終至如泥牛入海，不知所蹤。李老二離家後，忽一日他婆姨亦大覺大悟，捨棄紅塵，告別家園，先去往海潮庵寄掛一段時日，後來皈依到五臺山普壽寺剃度出家。

　　自從李老實過世，老三稱心越發無人管教，每日價只是遊手好閒，東走西逛，吃三喝四為朋友，賭博胡混串門子。地裡的莊稼也不好好務弄，家裡的營生也不好好料理，米乾麵盡、缸空灶冷也從不記在心上。老三家婆姨乃是本分人家的女子，十分善弱，也管不住自家老漢放任不羈，只好央求大伯子李老大來管教。李老大多次勸說老三，老三只是左耳進右耳出，敷衍了事，哪裡聽得進去，說得多了，反過來還頂撞老大幾句。老大便也無話可說。

李老二的婆姨出家臨別之際，只攜帶了一些隨身物事，其餘米糧衣被、家當物什，本欲交與大哥分配給眾兄弟。老三稱心眼疾手快，一把搶過二嫂手中的鑰匙，說：「二嫂儘管放心前去，你家由我代為看管，門裡門外，保證不會短少了一針一線。」李老二的婆姨不語自去。事後，礙於一院人家眼目眾多，老三稱心只等夜黑人靜，所有人都睡了，才偷偷打開老二家的窯門，往自己家裡搬弄糧米財物。後來看見眾兄弟無人搭理，索性大膽開啟老二家的窯門，住了進去。

李老實過世後，老院子只留下李母一人居住。李母上了年歲，體弱多病，手遲腳慢，雖然家裡家外的營生都由幾個兒子分擔去做了，可就是連個做伴的人都沒有。李老大心疼老媽，就領著婆姨兒子舉家搬了過去。新窯裡一些米缸麵甕、傢俱物什沒有搬，只留下一把「鐵將軍」——鎖子看門。不料老三稱心連這也不放過，只等半夜三更人睡熟，或大白天院裡人都下地出工了，才從老大家窯頭上的天窗鑽進去，將一些值錢的物什盡數偷去。眾兄弟都知道他是個二流子，只好自家照管好自家的門戶，也不能把他咋地。

事情這樣也就罷了。老三稱心整日價吃喝嫖賭，借貸賒欠，導致債臺高築，常有一些人上門討帳要饑荒的。老三沒錢還不上，就嘰嘰吵吵，擰扭住不依。數目小的，幾兄弟相幫著湊些還了；數目大的，也還不起，就任由它去。只是此類事猶如懶驢撒糞蛋，隔三岔五的，讓人看著鬧心。忽一日，有本村婆姨二眉家老漢，手提一把鐝頭來到李家。他不上別家的門，一腳踹開老三稱心的窯門，闖進去四下搜尋，把老三家婆姨嚇得渾身篩糠，大呼小叫。李家幾兄弟聞訊趕來，七手八腳拉扯住二眉家老漢。原來二眉家老漢外出務工，只留婆姨一人在家，老三稱心到處胡混，常常到二眉家串門子，一來二去就和二眉勾搭上了，一個被窩裡也折騰過幾回。二眉家老漢務工回來聽說了此事，火冒三丈，提著一把鐝頭就找上門來。李家幾兄弟七嘴八舌勸說一番。二眉家老漢到處搜尋老三稱心不見，一鐝頭把他家灶臺上的鐵鍋刨了個大窟窿，才恨恨離去。

聽到二眉家老漢去遠，老三稱心才從藏身的豬窩裡鑽出來，渾身豬屎

臊尿，臭不可聞。李家幾兄弟紛紛指責，老三家婆姨邊哭邊罵，擤鼻涕吐黏痰。老三稱心煩躁地一跺腳，大喝一聲：「都給我住嘴！」

「咋啦，連勸說你幾句你也聽不進去了？」李老大一愣怔，苦口婆心地道，「這是兄弟們親你，為你好，教你做個本分的人……」

「可不用吃驢肉囔鬼話了。」老三稱心翻著白眼道。當地人認為吃了驢肉人就會胡說八道，並以此來表達對他人的不信任。老三稱心原本不敢跟弟兄們頂嘴吵架，尤其不敢對老大不敬，這天不知跟上了哪路野鬼，膽子變大，把肚子裡埋藏了很久的話一串一串地往外倒，「自從進了你李家的門，就活得跟頭驢一樣，受苦遭罪。住的跟死人一樣的土窟窿，吃的是酸糜米撈飯就苦菜，這還叫享福哩？哼，親我，為我好？呸，都是偏心鬼。老鬼一輩子就留下幾孔破爛土窯，還傳給他個龜孫子，哪裡有我的份兒！」

老三稱心此話一出，李家三個弟兄面面相覷，都不敢相信他能說出這樣的話來。說到這住，自古黃土高原上的人們無不築穴而居，賴以棲身，死後葬於黃土，老三言語雖有不忿，倒也勉強符合實際。說到這吃，酸糜米撈飯和苦菜本是當地民間不可或缺的兩種食物。河曲百姓習慣把本地特產糜米經過浸泡發酵，使其發酸，至八成熟時即可食用，稱作酸粥，而將未熟的酸米經沸煮做成米飯，則稱酸撈飯。酸粥和酸撈飯均味道酸香，吃後耐飢扛餓，當地百姓日食三餐，愛莫能捨。至於苦菜，乃是一種田間雜草，煮熟後人可食用。因當地氣候乾旱，蔬菜稀缺，唯有苦菜不懼乾旱，每年春季應時而生，當地人家不論貧富，均把苦菜當作蔬菜食用。苦菜味道極苦，初出鍋的苦菜味道堪比黃連，需經多遍浸泡方可食用。每逢災荒之年，貧苦人家缺糧斷炊，不得不把苦菜當作糧食果腹充飢，從而成為當地百姓賴以生存的至寶。儘管這兩種食物比不上大魚大肉美味，老三如此悖論，卻也值不得計較。只是他口無遮攔，公然咒罵已經去世的老大大，著實一下子惹惱了三個弟兄。

李老大氣得臉色灰白，渾身哆嗦，一句話都說不出來。

第一章 五哥放羊

李老五火冒三丈，大喝一聲：「你這個狗掏了良心的東西，我李家廟堂小，供不下你這尊大菩薩，你給我滾！」

「我還正想走哩。」老三稱心說，「其實我早就不想姓這個破李了。我家有姓，姓薛，薛仁貴的薛。我本名叫薛稱心。」

李老五氣得都快瘋了，隨手從窯門口抄起一根扁擔，劈頭對改名叫薛稱心的傢伙腦袋上砸去。

李老四連忙把李老五攔腰抱住，說：「可不要打，咋說他也是咱的弟兄。」李老五差點沒被氣樂了：「他連李都不姓了，還是咱的弟兄？」

說話間，那改名叫薛稱心的乘機搶進自家窯裡，在衣櫃翻撿了幾件衣物，打個包袱，奪門便走。他婆姨從窯門口一直拉扯到大門口，抱住他的大腿不放，被他一腳踹倒在大門圪嶗。爾後頭也不回，一溜煙兒離開了唐家會。

如果薛稱心就此一去不回，那麼也算是給老李家除了一害。綿綿善善的一群羊裡，哪裡能容得下一匹狼？可世間事往往是，請神神不靈，怕鬼鬼撞門。還沒過了一年半載，這薛稱心又回來了，而且不是一個人回來，還領回了一個打扮得油頭粉面、花枝招展的外地婆姨。真是陽婆沒落就活見鬼了！

自從薛稱心離家出走，他家婆姨可就遭罪了。先是哭哭啼啼，尋死覓活，多虧幾個妯娌安慰勸解，悉心照料，日子長了也就安靜了下來，只是耐著性子熬光景，盼望著老漢有朝一日能回心轉意，還轉家鄉。也為難了她一個婆姨家，家裡家外許多粗重營生，咋價能做得了？多虧李家幾兄弟雖然惱恨那個不成器的東西，可仍把她看成李家的媳婦，當作自家人，家裡院外以及地裡的粗重營生，都是幾兄弟幫襯著做了，因此日子也過得下去。

薛稱心人模狗樣地領著那外地婆姨回來，正巧那天他家窯的炕洞煙灰滿了，一生火憋得滿窯洞都是煙。李老大幹這些營生最在行，老四老五也過來幫忙。營生其實也簡單，掏開炕洞挖了炕灰，再用稀泥糊抹住就行

了。正往炕洞上糊抹稀泥，薛稱心大搖大擺地回來了，他婆姨驚喜得手足無措，一個勁兒地念「阿彌陀佛」。

薛稱心笑嘻嘻地跟幾兄弟打招呼。幾兄弟正弄得灰頭土臉，只李老大「嗯」了一聲，老四老五瓦黑著臉，根本不待搭理他。

「這是我在包頭新娶的婆姨，往後就是咱家的媳婦了。」薛稱心給大家介

紹那個外地婆姨，說著一指他的舊婆姨，「你還當你的大的，她做小的，往後你倆姊妹相稱，都是一家人……」

彷彿天上打了個霹靂，他婆姨滿心的歡喜一下子被擊打得不知去向，想要哭又哭不出來。本來早也盼晚也盼，只盼老漢能洗心革面，回轉家園，本本分分地過日子，不料他卻變得如此寡廉鮮恥，不要臉面。痛定思痛，她反而冷靜了下來，沉著地說：「你要回來住，就把這野婆姨打發了，哪裡來的送回哪去，要麼就給我寫一份休書。要我一夫兩妻伺候你，你只管等著黃河水乾天塌陷，痴心妄想！」

「哼，真是狗肉不上抬桿秤，幸虧我早有準備。」薛稱心說著從懷裡掏出一張紙來，「喏，我在城關的客店裡就請店家幫忙寫好了休書。」

「好好好。」他婆姨一把奪過這張休書，看也沒看，三下兩下扯得稀爛，「咱兩人從此刀割水清，恩斷義絕，你走你的陽關道，我過我的獨木橋！」

「我把你個狼心狗肺的牲靈！」李老五在炕頭大罵一聲。本來自薛稱心進門，神情得意，舉止輕浮，宛如一個跳梁小丑，瞅著他那副德行，李老五就心頭冒火，拳頭攥得緊緊的。此時炕上沒有稱手的傢伙，李老五順手就端起那盆從炕洞裡挖出的炕灰，劈頭蓋臉向薛稱心和那個野婆姨潑撒過去，徹頭至腳撒得滿身。

薛稱心和那個野婆姨奪門而走。李老五自炕頭跳下地，在窯門圪嶗抄起頂門棍來，緊追了出去。嚇得那野婆姨野老漢撒腿大跑，丟鞋墜帽。薛稱心邊跑邊咒：「好你個李老五，你不要太得意，咱們騎驢看唱本 —— 走

著瞧……」轉眼不見人影。

自薛稱心領著那野婆姨進門，李家幾個妯娌就抱著娃娃領著小孩過來看熱鬧。此時薛稱心和那野婆姨被李老五趕跑，眾人都把注意力集中到老三家婆姨身上。只見老三家婆姨也不哭也不鬧，只是埋著頭拾掇土炕。眾人也不好說什麼，趕忙幫襯著把炕頭收拾好，把窰洞打掃乾淨。末了，老三家婆姨對李老五說：「他五爹，看這灰頭土臉忙活了半天，窰裡骯亂得不像樣子。麻煩你辛苦擔幾擔水，把水甕擔滿，我好連夜把窰揩抹乾淨。」李老五連連答應，忙找水桶去井窰擔水。眾人看見老三家婆姨頭腦清醒，並沒有尋死覓活的跡象，這才都放心散去。

當天夜裡，李家院子裡靜悄悄地，聽不見一絲響動。次日天明，本來習慣每天清早起來就餵豬餵雞的老三家婆姨，窰門閉得緊緊的，眾人都以為她心裡難過，想睡個懶覺。老四家婆姨就幫著把她家的豬餵了，老五家婆姨就把她家的雞餵了。直等到日近晌午，老三家的窰門還沒打開，眾人覺得不妙，李老五爬上門頭掀開天窗，探頭進去一瞭望，大叫一聲「不好」，縱身下地，一腳踹開窰門，只見地上淌著一攤水漬，水甕沿上吊著半個人身子，原來老三家婆姨已投甕自盡。

三

薛稱心和那個野婆姨一路奔逃而去，並沒有離開本村，只是來到了麻黃溝對面的岱岳殿二眉家。二眉家老漢正圪蹴在院裡剁豬草，一見薛稱心灰頭土臉地進來，舉著剁豬草的菜刀一下子蹦了起來。

「狗才，你不要急。你看我給你送甚東西來了。」

二眉家老漢名叫狗才，原是他媽生他時不好生，忽然聽得大門外幾聲狗叫，一下子就把他生出來了，所以取名狗才。此時狗才一愣，只看見薛稱心手心裡捧著一塊白生生的銀塊，足有二兩模樣。

「婆姨家家那個東西，用了就用了吧，又不是米缸麵甕挖下了窟窿，

缺短了些甚。」薛稱心說，「這二兩銀子都給你，就當是我給你賠不是。」

在民間，種地務農的窮受苦人手中團弄的無非是幾個銅錢，所見的當十錢就是大錢了，有幾人見過真正的黃白之物？二兩銀子差不多能買兩石糧食，夠一口人一年的生計。

狗才哆哆嗦嗦地從薛稱心手裡接過銀子，一時手足無措。

「快把你家的空窯洞打掃一孔出來，讓我們落下腳來。」薛稱心拍拍狗才的肩膀，「我老薛在口外發了大財，你以後跟著我做營生，擔保不會虧待了你。」

狗才聽了薛稱心的話，連忙扯開喉嚨呼喊二眉打掃窯洞，自己也忙著抱來柴火，點火燒炕，把薛稱心兩人安頓下來。

原來薛稱心離開唐家會，並沒有個好落腳處，就跟隨一些走西口的人跑了口外，到了包頭。本以為包頭是個富庶繁華的世外天堂，滿地的黃金白銀要用簸箕撮，哪知道對外地來的流浪漢並不慷慨，也一樣要扛工勞動、吃苦受罪，才能勉強混口飯吃。薛稱心好吃懶做慣了，哪裡能遭得過那罪，於是流落街頭，白天乞討蹭飯，黑夜破廟棲身。後來好不容易尋找下一份清閒營生，就是在丁香巷的一家窯子裡幫閒打雜，捎帶給婊子們端水倒尿，只是管飯沒工錢。薛稱心在河曲長大，好的沒學會，倒是把當地一些閒人散漢的油腔滑調、伶牙俐齒學了個十足，憑了一張灌了蜜的油嘴嘴，把窯子裡的老鴇和婊子們哄得無不開懷。其中一個叫扢花的婊子十分看中薛稱心，閒暇沒客的時候就拉了薛稱心暖被窩。扢花本是山西定襄縣人，婚後因生計維艱，丈夫決定出走口外討生活，只是家中米無一斗、麵無一升，把老婆一個人丟下只怕餓死，就偷偷帶著老婆躲過關卡來到口外。男人自去包頭郊外扛工掙錢，把老婆寄在丁香巷的窯子裡自己「養活」自己，到秋後夫妻二人再結伴回家。如此一晃數年，倒也相安無事。不料有一年，包頭地方天遭大旱，土地荒蕪，男人找不下活兒做，沒奈何跑到大青山後的炭窯裡背大炭，只是一去再未回來，丟下扢花一個人以窯子為家，從此專靠操皮肉生意活命。自從薛稱心來到窯子裡，二人好比王

八瞅綠豆——對了眼兒，你情我願湊成了一對兒臨時夫妻。忽一日來了一位山西臨縣的客商，去歸化經商回家經過，在窯子裡借宿，薛稱心看見客商隨身攜帶著沉甸甸一大包銀子，頓起歹意，慫恿虻花使些手段灌醉客商，兩人乘機將銀子盡數盜取，連夜逃離包頭，沒命價地跑回河曲。

狗才家兩口子看見薛稱心發了大財，宛如看見了財神爺下凡，連忙宰殺了一隻不下蛋的老母雞，連頭帶爪燉在鍋裡。狗才又去村口李六十八家的雜貨鋪打了一壺燒酒，招待薛稱心。薛稱心得意洋洋地喝著燒酒，大吹特吹他走西口如何了得，赤手空拳打退十幾個土匪，救得包頭鎮裡「吳」大財主家的小姐，「吳」大財主為感恩，將小姐下嫁與他，並贈金贈銀，要他回家置田買地，光宗耀祖。聽得狗才家兩口子一愣一怔地，不住氣地給薛稱心添酒，給「吳」大小姐夾雞肉。

末了，薛稱心吩咐狗才：「你去打問咱村誰家賣窯，誰家賣地，就說我薛稱心要買窯置地。你狗才往後好好給我辦事，我薛財主吃肉，香湯辣水也給你留得幾口。」狗才忙不迭地連聲答應。

薛稱心張羅著買窯置地，老李家卻忙碌著打摞死人。老三家並未生養一男半女，老大家的小朵年歲還小，老三家婆姨歿了，連個披麻戴孝的子侄都沒有。而且照本地風俗，婆姨先老漢死的，不得葬入正墳，只能寄埋墳畔，待老漢亡故後才可隨著遷入正墳。這個可憐的婆姨，現在連老漢都沒有了，也不知幾時才能遷入正墳，堂而皇之地擁有一塊屬於自己的棲息地？

聽到前婆姨投甕自盡的消息，薛稱心並沒有感到一絲愧疚，反而覺得心裡壓著的一塊石頭平平妥妥地放下了。本來還擔心這個婆姨不依不饒，搬來娘舅家人胡攪蠻纏，現下一了百了，省卻了許多麻煩。倒是他的新婆姨虻花，雖然出身風塵，卻還有點情義，勸他出資葬妻，一則償還孽債求個心安理得，二則新立人家也可顯姓揚名。薛稱心聽了連連點頭，誇讚虻花心機出眾，謀深智遠，於是翻撿銀包，拈大揀小，最後挑選了一塊不大不小而又成色不好的銀塊，親自送到李家去。哪知一進李家門，就被李老五從靈棚裡抄起一支哭喪棒來，劈頭蓋臉暴打了一頓，丟鞋墜帽，不成人

樣，灰溜溜地滾回二眉家窯裡，不說不笑，抱著枕頭悶睡了半天。

　　不知道是天就要造就這樣的人物，還是地離了這樣的人物就不能成為世界，薛稱心一覺醒來，開門就遇到了一樁好事。原來是李家本家一個旁支，憑著祖上的德行，於乾隆年間考出一個舉人，派放幾處縣令，便將故居修葺一新。坐北朝南一排溜兒六孔大窯洞，都是條石砌牆，青磚鑲頂，院內花臺菜地，蔬果盈門，驢舍豬圈，無不齊整。東西各辟一進小院，東院為傭勤雜工住所，西院為糧儲倉房，並置一方磨盤。大院院牆聳立，門匾高懸，是唐家會第一戶上等人家。不料子孫後代沒有一個成器的，吃喝嫖賭，樣樣俱全，臨末了這一代更是抽上了洋菸。這洋菸一抽，萬貫家財俱化為飛灰，爹爬黃河娘上吊，婆姨栽了百尺崖，娃娃後山餵野狼，只留下這一桿整日價吞雲吐霧的大菸槍，依靠變賣家當和田產來吊著一口遊絲氣。這日聽說薛稱心拿著大筆現銀買窯置地，就托人上門求售祖產。薛稱心喜出望外，他對大菸槍家的大院本就垂涎三尺，有意花大價錢收購，現在大菸槍主動送上門來，他反倒穩坐釣魚臺，耐著性子殺價。李家大院價值高昂，挑遍唐家會的能人望戶也無一家能買得起，好不容易碰上薛稱心發了財，大菸槍急於賣掉大院換洋菸，就以「瘦驢」的價錢賣了這頭「肥牛」，還有數十畝田地也一併央求薛稱心買了去，上等良田作價一半，沙梁瘠地連捎帶送，讓薛稱心撈足了便宜。

　　大菸槍前腳搬出，薛稱心後腳搬入，李家大院從此易名薛家大院。薛稱心這個遊手好閒、不務正業的二流子，一躍成為唐家會第一等的富戶。薛稱心自稱「薛財主」，教幫工助傭的下人稱自己為「老爺」，稱婆姨芃花為「太太」。吃肥肉喝燒酒飽享口福，穿綾羅戴金銀極盡浮華，居大院住豪宅四季舒坦，騎毛驢坐小轎愜意瀟灑。享不盡人間的富貴，世上的福氣。

　　薛稱心的婆姨芃花也不是一個等閒的女人，雖然出身風塵，卻心思縝密，極善相夫持家，把薛稱心拿捏得服服帖帖，不敢明目張膽胡作非為。芃花的精打細算，加上薛稱心的貪婪無恥，二人宛如豺狼逢狡狽，蛇蠍配毒蛛，把家務事業料理得日益紅火，蒸蒸日上。

唐家會村地處灘塗，莊稼地卻多在村後的山原上，本來地荒土瘦，即使年頭風調雨順，百姓生活也僅可敷衍，少有盈餘。那年那月，老天爺多是不肯作美的，連續幾年荒旱少雨，諸多人家糧米不敷，尤其在五黃六月青黃不接之際，爐灶上斷炊的人家比比皆是，只能靠挖苦菜和剝樹皮來度日。有的地方樹皮都被剝光，離遠看去慘白慘白的，都不知是什麼東西，十分瘮人。

窮人生活淒苦，富人卻極盡奢華。就拿薛稱心來說吧，豬羊成群，糧食滿囤，烙下的麵餅吃不了，就拿去給娃娃當尿墊。可以這樣說，薛稱心家餵的狗都比窮人吃得好。

然而薛稱心也並非「故意」囤積居奇，每逢饑荒災年，卻也大開糧倉「接濟」窮困，不過是小斗出而大斗進，出借時一斗給七升，歸還時大斗上還得隆起堆兒。也有治病延醫和操辦紅白喜事的村民手頭拮据來借錢，薛稱心也大方「給予」，不過借一貫只給七百，扣下三百先抵了利錢。說借薛稱心的錢糧利息高吧，薛稱心還振振有詞：「借糧時饑荒災年米貴，還糧時年頭飽墑糧賤。至於銀錢，本為暗昧之事，就更馬虎不得。土話說爹有娘有還不如自個兒有，父母尚且如此，何況於平白之人。再說自古借錢三分險，一旦還不上了咋辦？我老薛傻大膽敢把錢糧出借，助你等挨度饑荒，足顯仁至義盡，高風亮節。閒言碎語，惡意誹謗，何其來哉？」

不過也真有借了錢糧還不上的，於是就施行「利滾利」、「驢打滾」，饑荒越累越多，利息越滾越重，終於到熬折老腰也還不起的境地了，就只好拿田地和窯洞抵債，成了赤貧之人。末了再向財主賃窯而住，租地而種，成了財主家不花錢的長工。

短短幾年間，薛稱心的田產家業越聚越多，越滾越大。唐家會寥寥千餘畝土地，三分已歸其二，唐家會區區數百口人，大多半人口直接或間接地伺候了薛家。

在整個唐家會，未曾向薛家低頭，未曾向薛稱心借錢借糧、攬工受苦的，僅有李老大家三兄弟了。老李家的日子也和其他人家一樣不好過，每

年地裡的收成僅夠應付半年幾月。本來唐家會的沙梁薄地，平和之年，每四畝才可養育一人，自李老實手上辦轉家務，只剩得人均二畝，極其勉強。遇此災荒之年，更加入不敷出。為此，李家三兄弟只好省吃儉用，節約口糧，該吃稠的吃稀的，該吃兩碗吃一碗，雖如此也不足果腹，於是在青黃不接之際，也只得跟隨村人四處挖苦菜剝樹皮，調停生計。這一年實在饑荒難當，眼看斷炊熄灶，三兄弟一商量，決定到舊縣的炭窯裡去掏炭賺錢，將養老小家口。

那時的炭窯，多是本地人在崖腳下勞作，偶然挖出炭來，便鎬刨錘砸掏採幾塊，供自家爐灶燒用。日久天長，掏炭的人多了，便有財主家霸山占窯，不准他人隨意挖採，然後雇工採礦，賣炭收利。由於當時掏炭全靠手工挖採，

炭窯內高處可直立一人，淺處得躬身爬行，勞動條件惡劣之至，又無什麼安全保障，受苦人掏炭便是「三塊石頭夾著一塊肉」，誰也說不清閻王爺幾時會收了自己這條賤命，不過就因為命賤，也就顧不得閻王爺幾時來收取了。

李家三兄弟結伴到舊縣的炭窯裡去掏炭，受苦受得跟驢一樣，可是閻王爺並不眷念他們的可憐，那天窯頂一塊大炭落下，當場就要了李老大的命。

李老四再也不敢下窯掏炭了，可是迫於生計，只好低下頭來投靠到薛稱心的門下，忍氣吞聲給薛稱心扛了工。

李老五一氣之下，狠心拋捨下妻兒跑了口外。家中留下孤兒寡母飢餓難當，老五家婆姨索性帶著兒子改嫁他鄉，再不踏進李家門。

四

李家的老院子，自此只留下長孫李小朵陪著媽媽和娘娘一起居住。這一年李小朵年僅八歲。家養小雞小貓，連隻狗都養不起，大的牲畜，如豬

羊牛驢之類就更餵養不起了。這年這月，野草野菜都不夠人吃，何況牲畜？新窯原有李小朵家一孔，自爺爺和大大相繼去世後，為伺候娘娘，就沒再搬去居住。新窯大院，先是老二家夫妻相繼棄門離家，老三改姓背宗，後老五家亦家散人離，只留下老四家一門居住。老四家婆姨乃是個懶婆娘，邋裡邋遢，平常連自家的碗筷都懶得清洗乾淨，那麼大一處家院，更不待打掃整理，骯髒如豬窩狗圈。那年那月，人們只顧得「祭奠」自己的「五臟廟」了，家院乾不乾淨，齊不齊整，倒也無人理睬。

　　前文說過，自從李老實手上辦轉家務，李家人均只有二畝田地，這幾年隨著家散人離，地倒變得多起來。李小朵和四爹兩家一均分，每家也有十大幾畝。按說這麼多地，即使旱澇災荒，也足可應付生活，可全家上下只剩下李老四一個壯勞力，就是給他安上四條胳膊六條腿，一個人也未必務弄得過來。李老四細想了一想，決定將自家的那份挑揀數畝自己務弄，其餘的都租種出去。也有無地之人上門求租的，李老四自答應下來，不料求租之人竟一去不返。原來是薛稱心聽說了此事，連夜趕去求租人家，放話說誰敢租種李老四的地，來年休想從薛家門上借出種子，嚇得那求租之人再不敢登李老四的門。李老四被蒙在鼓裡，以為人家嫌地瘦不願租種，一狠心一咬牙，除了留下數畝肥沃之地，其餘的悉數賣給了薛稱心。

　　薛稱心成了一方地主，他最大的願望就是把唐家會全部土地都霸為己有，然後最好能把唐家會改了名，叫成薛家寨，是以對李家幾兄弟的土地，早就垂涎三尺，只是一直沒有機會下手。現下輕施手段，就迫使李老四主動把地來賣給他，把他樂得比押寶中了紅心都高興。沒花價錢就賤收拾了李老四，薛稱心緊接著又打開了小朵家那份土地的主意。

　　就在薛稱心搜腸刮肚、絞盡腦汁盤算主意之際，老李家又出了一件大事。原來是李老四賣了地，換回了些糧米和銀錢，這日專程去城關的集會上割了幾斤肥豬肉，連燴帶燉滿滿做了一鍋，並把老媽和大嫂家娘兒倆請叫來，一大家人打了頓牙祭。這年頭窮人家連過年都見不上一點葷腥，李老媽都記不清上回吃肉是在幾時了，於是就多吃了點，吃得肚子鼓鼓的，回到家裡覺得口渴得很，夜裡起來多喝了幾次水，不小心著涼了肚子，後

半夜得了肚子疼，五臟六腑打開了架，躺在炕上直打滾。李小朵急忙去叫醒四爹讓請大夫。等天明大夫趕來，李老媽已蜷曲在炕頭沒了聲息，死了。大夫問明情由，只說了一句：「是撐死的！」

薛稱心聽說李老媽死了，十分高興，覺得真是有福之人不用忙，無福之人跑斷腸，薛某人正在思謀主意，這機會就主動送上門。李老媽死了三天頭上，薛稱心在村口李六十八家的雜貨鋪賒了兩刀空紙，趕到李家來。所謂「空紙」，就是沒有打下錢印的空白燒紙，也叫人情紙。主家李老四接過薛稱心送來的空紙，領著他跪到老媽靈前磕了三個頭，隨後有幫忙辦事的人接待他到窯裡喝茶。薛稱心找個僻靜之處，和老大家婆姨拉呱兒：「這老天爺可真是不作美哇。想老李家幾年前還是四世同堂，人丁興旺，是唐家會第一等人家，不料短短幾年竟落得門庭蕭條，人丁凋零。老四家再不濟還有一個大男人，只大嫂你家留下孤兒寡母，真是可憐啊可憐……」

「不用薛大財主可憐。」老大家婆姨雖是個女流，卻也知道薛稱心忘恩負義，不是個好東西，懶得領他的空口人情，說，「我娘兒倆雖然勢單力薄，可是還有手有腳，斷不會平白餓死！」

「哪能叫你娘兒倆餓死。」薛稱心道，「我就是來給你家娘兒倆出主意來啦。看你家娘兒倆一個是大門不出二門不邁的女流，一個是手無縛雞之力的娃娃，加起來也扛不動一張鋤頭。你家雖有十大幾畝地，只怕連荒草也長不出幾棵。不如把地賣給我薛某人，換些糧米銀錢，你娘兒倆也可生活度日。」「死了你這顆害痘子的心吧。」老大家婆姨毫不客氣地說，「你叫我孤兒寡母賣了地，我娃娃長大後靠甚娶媳婦，咋價傳宗接代過日子？縱是我娘倆兒手刨腳挖，吃糠咽菜，我也要把地留到娃娃長大成人，不枉我生養他這一回！」

「看大嫂這是說得些甚話啦？」薛稱心一計未成，又生一計，眨巴著眼睛說，「我這不是可憐你家娘兒倆嘛。想當初我在李家居住，李家幾兄弟看我不是親生，都把我當作一條狗看待，只有大哥真心親我疼我，當我是同胞兄弟，處處照顧我。我薛稱心是有良心的人，自大哥歿了，每年清

明我都到他的墳頭燒紙祭奠……」

　　按本地風俗，除了辦罷喪事的第三天，亦即「復三」之日，女眷娃娃可以隨家人上回墳，給亡者「立灶安鍋」，其餘時候是不可上墳祭奠的。因此老大家婆姨也不知薛稱心說的是真是假，不過薛稱心這一番話語，倒說得真是感人。

　　「我這也是為了報大哥的恩，為了幫他留下的這根獨苗苗把地保住。」薛稱心看見老大家婆姨臉色緩和下來，接著又說，「我倒有個好辦法，就是把你家的地夥到我家，由我出錢雇人務弄，秋後的收成一家一半平分。小朵也可當個小掌櫃，到我家照料，學些本領，等到小朵長大成人，再把地還給他。這樣一舉兩得，豈不甚好？」

　　老大家婆姨心性雖強，見識卻短，思來想去，也沒有更好的辦法，就在打摞完老人後，答應了薛稱心夥地之事。

　　自此，李小朵家的地悉數落入薛稱心之手。每年秋後分糧，薛稱心藉口收成不好，只分些秕穀碎米給他家。老大家婆姨明知上了當，卻也無可奈何，只能盼望小朵快快長大成人。

　　李小朵年僅八歲就進了薛家的門。說是當個小掌櫃，其實是個小長工；說是管理照料，其實是幫工助傭。因他年紀尚小，苦活重活做不了，薛稱心就安排他專給自家放羊。

　　唐家會居黃河之濱，每逢農曆四月初八，黃河水溫回暖，便有精壯後生下河試泳，俗稱「搶頭水」。自此日起，河床裡浮水遊戲者無數，尤其炎炎夏日，居住黃河岸畔村落的男兒，無論年歲長幼，盡皆聚集河裡，或沉潛水底，或橫渡彼岸，耍盡渾身本事。李小朵亦非等閒，自小即熟悉水性，炎熱夏季更是在岸上的時候少，在水裡的時候多。李小朵母親的娘家在本縣有名的娘娘灘，灘上人凡屬男丁無一人不識水性，但凡李小朵去灘上居住幾日，不論姥爺舅舅或姑舅兄弟，都給他教得幾樣耍水的本事。是以李小朵年歲雖小，水裡的花樣卻層出不窮，水性堪稱一流，年紀小小即人稱「活鯉魚」。

　　唐家會的居民還有一個特長也是非常出名的，即善唱山曲兒。山曲兒是一種民歌形式，又稱「爬山調」。人們即興創作，隔山對唱，不拘形式，當地人不論老人娃娃、男子婦女，個個都能唱得幾句。人們稱讚個別極善歌唱者，道他山曲兒多得車載斗量，縱沒有三笸籮，也有兩簸箕。後來山曲兒的演唱形式發展為打座腔。在農閒時節，人們圍坐而唱，並佐以樂器伴奏，盡歡而散，稱之「打坐腔」。此後又把山曲兒的演唱內容摻入帶有音樂、舞蹈和道具的文娛表演活動中，稱之「打玩藝兒」，即具有了二人臺的雛形。道光年間，唐家會有李有潤、張興旺兩人合演一旦一丑的戲劇節目，風靡一時，人們稱這種戲劇形式為「二人臺」。唐家會成為河曲二人臺的發源地，李有潤、張興旺成為二人臺的創始人。

　　自從二人臺興起，常有他鄉喜好戲曲者到村尋訪李、張二人，以唱和會友，打座腔聚會常有。城關廩生白進作為唐家會的女婿，亦為座上常客，村童李小朵日常見慣。那年七月十五，李小朵等三條小蛟龍在黃河裡合力救出白進之女霓歌，當晚有祁縣復字號大小東家喬致庸做東在水西關城樓聚會，李小朵與白進是相識的。

　　傍水而居，李小朵耍水的本事彷彿與生俱來，無須刻意去學，但對於韻律吟唱，就不是可以無師自通的了。李小朵打小就喜歡唱山曲兒，每日外出放羊，在山坡草地、曠野荒原，一個人寂寞了，便放開喉嚨信口唱上幾句，聊以遣懷。不過學唱的都是別人的殘剩牙慧，沒甚新意，只是他極其痴迷此道。閒暇時候，每逢村裡有打座腔集會，他必趕去聽看。為接近歌唱者，聽看仔細，便主動為座上人倒茶續水，遇有不懂的，更是大膽出言相詢。由於他手腳勤快，聰明伶俐，座上人也都願為他分析講解。尤其李有潤、張興旺兩人，十分欣賞李小朵之好學，有心收為門下弟子，傳其一身本事，遂親自登門說項。但李小朵母親藉口囊中羞澀，無有學資，婉言拒絕。李、張二人略一商議，又道：「我二人看中的是小朵的人才，如加以調教，他日成就必在我二人之上。至於學資，則破例全免。」不料李小朵母親正色道：「我家雖然貧窮，卻是本分人家，不願兒子墮入下九流之行當。」原來在當時，人有高低貴賤，職業亦分「三六九等」，農耕入

「上九流」之列，戲子藝人則列「下九流」，比乞丐花子高不了多少。李、張二人面紅耳赤，尷尬而去。

然而，李小朵並不因此而放棄學唱，但有一點閒暇，仍往那打座腔的人堆裡擠湊，李、張二人也不因此冷淡了他，只要他出口相詢，必與耐心講解，仔細教習。尤其冷冬荒春二季，大地荒蕪，四野蕭瑟，莊戶人家極其消閒，多辦些唱演娛樂消遣寂寞。整個冬天，打座腔集會幾乎無日不有，而圍觀者亦甚眾。過罷大年進入正月，更是村村辦古會，莊莊鬧紅火，李、張二人的戲班受邀約挨村逐莊巡演，李小朵自是每日追隨戲班到處看熱鬧，因此把李、張二人的本事學了不少。偶遇個別藝人醉酒或尿急，李小朵亦能臨時串演，抵擋一陣。待到春回大地，草木爭發之時，李小朵再驅趕羊群，每日游走於山坡草地，曠野荒原。這個放羊娃邊走邊唱，走到哪裡，婉轉的歌聲便響亮在哪裡。

李小朵不光喜歡學唱山曲兒小戲，對韻律伴奏亦有掌握。二人臺伴奏三件樂器，分別為枚、四胡、四塊瓦。所謂「枚」，外形與笛子相似，但在指法上與一般笛子有別，在二人臺伴奏中謂之「骨」。所謂「四胡」，也叫「四弦」，外形與二胡相似，但較之二胡音量更加渾厚，音域更為寬廣，在二人臺伴奏中謂之「肉」。所謂「四塊瓦」，是由四塊小竹板製成，乃是二人臺原始的、唯一能代替梆板的打擊樂器。這三件樂器，除了當年喬致庸在水西關城樓贈予李小朵的一支枚，另外的四胡和四塊瓦，李小朵也向李、張二人求取得一套，一有閒暇便學習演練。

雖然李小朵未能登堂入室成為門下弟子，可出於他對二人臺的痴迷與喜愛，李、張二人仍然毫無保留，把畢生所學全部手把手地傳授給他。尤其李、張二人常常在他耳邊嘮叨一句話，說「功夫在戲外」，叫他學戲不要只拘泥於固有的傳承，而要勇於突破，大膽創新，才能不流於平庸和俗套，真正有所成就。

五

　　薛稱心夫婦兩人，一個極善盤剝，銀錢物事只管往家裡占，一個極善守財，只進不出無比苛刻，把個家業積攢得金銀滿櫃，糧米滿倉，土地成頃，牛驢成群。除了財富日益增多，薛家添丁進口，扢花那張肚皮極善生育，短短五年裡趕著生了三胎，前兩胎都是龍鳳胎，後一胎單是一個閨女，因此膝下便有了二子三女，可謂人丁興旺。薛家的勢力，在周圍幾十里地頭赫赫有名。

　　薛家的二子名喚二林、四林。此二人打小頑劣搗蛋，每日價除了惹雞逗狗，挑屎耍糞，便無甚正經做道。最喜好的遊戲就是棒打「雞踏蛋」和棍挑「狗尋時」，即是在雞狗交媾之時故意破壞好事。因此在全村人眼裡，這二人乃是「一對活寶，兩個廢物」，沒有一點兒用處。長大些後，薛稱心專門請來教師教習二人讀書，只是一坐到書房裡，不是二林犯頭疼，就是四林鬧肚子，要不就是二人合夥捉弄教師，今天逮隻蠍子塞到教師被窩裡，明天弄把尿壺頂在教師進出的門頭上，三個月下來沒認得一個字，倒是把教師氣得差點患了失心瘋。薛稱心無可奈何，只好打發走教師，任由他二人胡鬧去。自此他二人更如脫韁的野馬，無人管教。

　　說起來，二林、四林本也稀鬆，要體格沒體格，要力氣沒力氣，只是那做父母的自從發跡以來，對待村民專橫跋扈、頤指氣使慣了，二林、四林便也依仗父母勢力，專好惹是生非，欺男霸女。常言道：「馬善被人騎，人窮被人欺。」給薛家放羊的小長工李小朵正是他二人頂喜歡欺負的物件。本來李小朵的身子骨要比他倆強壯，他倆輕易不敢招惹，薛稱心夫妻看在眼裡，大是不以為然，執意教唆他倆跟李小朵對著幹。薛稱心兩口子調教兒子說：「『打虎親兄弟，上陣父子兵』，如若你二人合夥還打不過一個小羊倌，便真是一對草包！」兩個活寶受了慫恿，便壯大膽子跑去找李小朵打架。李小朵年齡比他倆大幾歲，硬打也不是，躲又躲不開。那兩個活寶在大、媽的教導下，逐漸變得膽大無忌，石頭磚瓦、棍棒刀斧，也不管是甚東西，抓住甚就往上招呼，常常把李小朵打得鼻青臉腫，腿腳疼

痛。李小朵沒有辦法，想起當年五爹在家時曾教過自己一些拳腳，可惜當時自己年歲小，沒有記住多少。此時他也顧不了許多，努力回想當時的一招一式，但有閒暇便演練一番，卻也鍛鍊得身強體壯，一把子好力氣，對付尋常三五個人不在話下。此後再面對薛稱心家那兩個活寶的欺負，明裡是躲閃，暗裡是忍讓，其實那兩個活寶也占不了什麼便宜。而那兩個活寶自以為占足便宜，一日比一日撒野，越發膽大包天，無所顧忌，終至長大後吃喝嫖賭，胡作非為。沒錢了就伸手向大、媽要，一旦給慢了就拳腳相加，有次拳腳重了，把薛稱心打得落下腿瘸的毛病，走路一拐一崴，即有了「薛瘸子」的諢名。

薛稱心膝下三個閨女，兩個大的成年之後，一個聘與偏關縣一書吏之子，一個聘與保德州一鄉紳之家，只剩一個小閨女待字閨中，未曾許配人家。

這一小閨女，父母長輩稱三閨女，閒雜人等呼三小姐，朋親好友就叫作三妹子。雖然一家人無不嬌慣縱讓，卻並不嬌氣刁蠻，也不比兩個姐姐，自恃大家閨秀，坐守深閨，從不與貧窮人家往來。這小閨女打小野人似的，與村裡娃娃嬉戲玩鬧，上樹捉雀，下河摸魚，整日價灰頭土臉，哪裡有大家閨秀的模樣？父母雖有憐惜輕嗔，卻並不指責埋怨。小閨女打小一副熱心腸，因多與村裡貧窮人家娃娃交往，素知民間底層生活之窘迫，深感痛惜憐憫。村中有一孤寡老嫗，體弱多病，常常灶冷缸空，熄火斷炊，這閨女即率一些毛頭小子給老嫗撿柴、抬水，或挖苦菜、摘野果，幫助老嫗度日。有時乘父母不留意，從家中偷偷挖些米麵糧食給老嫗，每逢家裡吃好的，也不忘給老嫗送一份去。後來老嫗因病去世，屍身橫陳炕頭，無人搭理，還是小閨女瞞著父母，拿自己的零用錢叫夥伴們買了一口薄皮棺材，將老嫗埋葬後山。

小閨女不愛金錢不愛銀，不羨富貴不嫌貧，到了豆蔻之年，悄悄喜歡上了一個放羊漢。這放羊漢正是李小朵。

小閨女打小就跟村裡窮苦人家的娃娃一起玩耍，尤其跟李小朵相處最為密切。本來李小朵八歲上來給薛家扛工，除了以放羊為主業，空閒時候

還得做些幫閒打雜的營生。其時小閨女才剛學會走路，哄娃娃自然成了李小朵額外的功課。小閨女幾乎是在李小朵的呵護下長大的。到了豆蔻之年，小閨女情竇初開，竟然對李小朵產生了別樣情愫。而隨著年齡增長，李小朵看待小閨女也一日不與一日相同。小閨女不僅出落得容貌俏麗，溫順乖巧，簡直就不像是薛家門裡的人，而且由於她心地善良，待人熱心，許多事情都能跟李小朵想到一塊兒去。就說在照顧那位老嫗的事項中，兩人均是一樣心思，一般出力，共同為老人做了不少事情。如背柴、擔水這些粗重營生，就多是李小朵做了，直至後來打摞老嫗，李小朵也親自抬了棺材。小閨女跟李小朵一直情投意合，因此也不像旁人那樣直呼他「小朵」大名，而是按他家宗族排行稱他「五哥」，李小朵則稱小閨女為「三妹子」。

一晃十多年過去了，李小朵轉眼已成長為一個大後生。他的謀生營生還是放羊，只不過一小群放成了一大群，成了一個名副其實的羊倌。近幾年因連續天乾地旱，原野荒蕪，草木稀疏，地面上嫩草剛剛冒出芽兒來，就被飢腸轆轆的人們就地拔去吃了，只留一些荊棘類雜草，如檸條、臭蒿等，莫說人不能吃，就連牲口也難以下嚥。草料不多，財主家養羊也就減少，或二三十隻，或三五十隻，比起前些年動輒百八十隻的羊群來說，簡直就不叫羊群。羊群數量雖然減少，可對於放羊的人來說，勞累卻不減輕。過去遍地青草，且生長茂盛，放羊人趕一群羊把一片地上的青草吃光，沒過幾天那地上的青草就又滋長了出來。可是現在，為了尋找草地，放羊人得把羊群趕到荒野山嶺，險峰崖畔，往常連兔子都不到的地方，也被踐踏出一條條羊腸小徑來，而且荒嶺深山多有狼蟲出沒，放羊人須加倍小心才能保全自己和羊兒的性命。

放羊的人雖同屬長工，但因放羊在外的特殊性，從不在東家吃飯。別的務農的長工住在財主家，天剛亮就下地幹活，早飯由東家送到地頭，午飯一般在半後响回家吃，然後再下地幹活到天黑收工吃晚飯。放羊的卻多是在自家吃過早飯，日上三竿之時趕羊出工，從不吃午飯，自帶乾糧充飢，日落傍暮之前趕羊入圈，回自家吃晚飯。李小朵跟小閨女見面便多在

早晚出工和收工之際。每天李小朵出工時，小閨女正好侍弄完了早飯，就趕到羊圈來為他送行，不免經常攜帶些糕餅點心，給他帶上晌午充飢。傍暮日落之時，小閨女遠遠瞭見他回來了，便趕到羊圈前來，和他一起吆羊進圈，末了拉呱兒上幾句閒話，小閨女要回家侍弄晚飯，李小朵獨自回家。

兩個後生閨女相見最多的時光，便是在冬閒時節。每年秋天裡莊稼收割完畢，寒冷的西北風把大地封凍，再加上一場白茫茫的大雪，使忙碌了大半年的農田農莊進入了消閒時節。正是莊戶人家走村串戶、消遣娛樂的時分，打座腔的集會便日漸辦得多了起來。那些平時有些情意的閨女後生，尋常難得有機會見面拉呱兒，此時借著集會人多熱鬧，一個勁兒地往人堆裡湊，推推搡搡，挨挨擠擠，乘人不注意做些不算出軌的親熱舉動。李小朵本就是打座腔集會的常客，小閨女卻多半是為了和李小朵在一起才來湊這個熱鬧。在眾目睽睽之下、大庭廣眾場所，有情人親昵嗔怪，眉目傳情，別有一番滋味在心頭。是以只要有打座腔的集會，李小朵和小閨女必來會面，哪怕遠遠地看上一眼也是好的，而只要能夠見上一面，連夜裡做夢都是甜美的。這美夢一直陪伴兩人走過整個冬天，踏進新春，直到正月十五元宵夜，兩人偷偷摸摸挽手逛過花燈，才算走近尾聲。

二月裡大地解凍，務農的長工們都來上工了，翻地的翻地，運肥的運肥，一派忙碌景象。此時地壟上嫩草尚未冒出芽兒，還不到趕羊放牧的時節，直到月底，小閨女才盼到李小朵來上工，心裡十分歡喜。

到了三四月間，野外嫩草勃發，李小朵趕著羊群出工了。只是這個季節黃風大起，沙塵滾滾不斷，李小朵趕著羊群在前，沙塵滾滾在後，不過多久就把人和羊群淹沒在沙塵裡。小閨女守在家門口看見，感到十分揪心。

五月端午過後，天氣漸熱，富貴人家無不扯布換夏衣。小閨女瞞著父母，用自家的布料，親手給李小朵縫製了新衣和鞋襪，剩下一些碎布頭，又給他縫了一個菸袋，上面還用絲線繡上了鴛鴦戲水的圖案。李小朵雖然不會抽菸，但也整天把菸袋掛在腰帶上，心裡別提有多美了。

　　進入六月雨季，天上有塊雲彩便下雨。突如其來的雨水，常常把李小朵和羊群澆成落湯雞。小閨女不擔心羊群，只牽掛李小朵，次日放羊出門，不管天氣如何，都預備好一把雨傘叫他背在肩上。

　　到了七月十五，按鄉俗家家戶戶都要給娃娃和未成家的年輕人捏麵人，兩親家還要給新成家的女婿媳婦互送麵人。小閨女也給李小朵捏了一個麵人，李小朵捨不得吃，叫他媽在爐灶上烘乾了，每天放羊外出，用繩子拴了掛在脖子上，閒暇時就拿出來把玩。

　　很快就到八月中秋了。按當地習慣，中秋夜裡人們都會在自家院子裡安放供桌，擺放月餅及瓜果梨棗，點燃燈燭祭月，俗稱「玩月」，祈禱豐收，慶祝團圓。每到月亮升起時，小閨女總會躲過家人的眼睛，偷偷帶了瓜果月餅，到村頭僻靜處與李小朵相會，一邊賞玩月亮，一邊竊竊私語。

　　轉眼間小閨女已到碧玉嘉年，而李小朵早已年屆弱冠。這年中秋夜，依舊如往年一樣，小閨女和李小朵偷偷到村頭私會。經過這麼多年的相處，兩個青年男女早就情深意厚，心珠暗結，眼望著月上中天，天上人間一片祥和，小閨女情意綿綿地附在李小朵耳邊說，只待秋收過後，冬閒時節，她便向父母提起婚事，要與他共偕連理。李小朵聽罷，當即心花怒放，歡喜不已。

六

　　卻說小閨女的大姐，聘與偏關一書吏之子。所謂書吏，就是衙門裡專事書寫的文案人員，也稱師爺，平時給縣令出謀劃策，拿些主意。只是這一書吏久在衙門行走，歷練得老奸巨猾，唯利是圖，為了漁取黃白之物，鼓動他人多興訴訟，慫恿縣令多辦冤獄，哪裡管顧他是非曲直，黑白顛倒，或是妻離子散，家破人亡，致使偏關境內民沸人怨，雞犬不寧。後有冤民申訴府、道，有雁平道著甯武府察辦，甯武知府親臨偏關，查核無誤，遂將這一惡吏刑拘獄辦，申報刑部，刑部批復斬立決。書吏既死，其子在偏關羞報無顏，攜帶家口到河曲來投奔外父。「外父」在當地即指岳

丈。薛稱心雖然財多勢大，可說到底是個土老財，滿門無人識丁，不上檯面，只有這個大女婿有些妙筆文采，卻還落到這個地步。薛稱心前思後想一番，狠狠心咬咬牙，破費一筆金銀，把大女婿舉薦到河曲縣衙充作書吏，指望將來混得一官半職，也好給自家門庭添些光彩。隨後又出資在衙門近旁租賃一座小院，安頓大女婿一家居住。

有道是：「龍生龍，鳳生鳳，老鼠的兒子會打洞。」這大女婿本名奚耀珍，素性心思縝密，善能籌謀劃策，故年紀輕輕即有「細腰針」的諢名。這番進入衙門沒消停幾天，便尋思著尋找契機，好飛黃騰達，一洗家門之恥。剛好是秋末冬初，農田裡莊稼收穫歸倉，小閨女乘此休閒時節，叫父親打發家人送她進城到大姐家居住幾天。幾年不見，奚耀珍一眼發現小姨子出落得花容月貌，俊俏水靈，已非當年那個黃毛丫頭。當日夜晚，那姐妹倆同居一室拉呱兒些私房話兒，奚耀珍自在書房歇息，一夜間輾轉反側，冥思苦想，盤算出一條計謀來。

次日，奚耀珍到衙門公幹，處理些日常事務。瞅得一個閒暇時機，即與新任縣令耳語，謊稱即日乃自己生辰，有請太爺屈尊至家中便宴。那縣令因初上任不久，樂得跟手下吏從走動走動，以示親和，便也暢快答應。奚耀珍連忙遣人到四鮮樓備辦了一桌酒席，安排晌午時分送到家中，又打發人轉告妻子，說太爺安排要到家中便宴，叫好生伺候。至晌午，由於衙門距其家甚近，那縣令也沒乘坐轎輦，只換了便服，與奚耀珍安步當車，閒閒散散地到達家中。兩人坐定，對飲三杯，奚耀珍叫妻子和小姨子自內室出來，與縣令見禮敬酒。那縣令看見暗自稱奇，誇讚奚耀珍好生豔福，妻子和小姨子俱美貌豔麗，不可方物。敬罷了酒，兩個婦女自歸內室。那縣令嗟嘆道，想我太爺如此人才，家中原配也是個黃臉婆，居然無能擁有此等嬌妻美眷，甚為遺憾。奚耀珍眼見縣令動心，慶倖自己良計得逞，遂一拍胸脯道：「太爺既有此美意，學生定當成人之美，代為作伐，勸說外父把小閨女獻與太爺做二房，不成功便成仁。」所謂「作伐」，即是做媒。縣令聽了，不勝歡喜。

說起這位縣令來，不是別人，正是城關有名的胡財主的兒子胡丘。這

胡丘本是一介草包，書沒讀過一斗，字不認識一升，何以能飛黃騰達，當上一縣之主？原來在當時，朝廷為補充戶部庫銀，應付邊防、災荒，實行「捐納」制度，就是可以花錢買官兒做。那年黃河氾濫，朝廷開捐河工，胡財主給兒子捐得一知縣頭銜，後又花銀賄賂，謀得這個實缺。胡丘於是由一介草包蠢物，搖身一變成為本縣太爺。今日乍聞這椿婚事，既豔羨小閨女的美貌，又貪圖財主家的財產，心中歡喜，志在必得。

而奚耀珍的如意算盤是，如果能夠為縣令作伐成功，自己即可與縣令結為連襟近親，他日討取好處，功名富貴自不在話下。乘小閨女還在自家居住未回，急匆匆趕去唐家會，與外父陳明來意。薛稱心聽說本縣縣太爺有意與自家攀親，大是喜出望外，雖然閨女嫁過去是個二房，卻也敞快地答應下來。奚耀珍樂得屁顛屁顛地進衙門給縣令道喜。縣令十分喜悅，誇讚奚耀珍辦事幹練，他日前途無量。本來納妾非為正婚，按規矩小妾不能乘轎，婚事不宜排場，可那縣令為了顯擺，一應婚事依據正婚習俗來辦，於是與女家互換庚帖，說合彩禮，探話插定，擇日迎娶。

小閨女在城裡居住幾日，回到家裡聽說了這椿婚事，好說歹說不肯答應。薛稱心自是鐵了心腸要攀龍附鳳，堅決不肯退婚毀約。小閨女本來性情溫順乖巧，也不懂得撒潑胡鬧，只是從即日起不肯吃東西，一連三天水米不進。薛稱心煩悶不已，只好找來奚耀珍商議。奚耀珍絞盡腦汁盤算出一計，即是叫妻子趕回娘家，在小閨女的耳朵邊絮叨，只說那縣令本是不學無術出身，素來心懷歹毒，此番如不遂了他的意，莫說做姐夫的將來受盡排擠，前途堪憂，只怕薛氏一門也會被他極盡刁難，殘害得家破人亡也未可知。在這般軟硬兼施之下，鬧得小閨女心中亦亂了方寸，前思後想一番，為保全父母家業、姐夫前途，也就不再強硬堅持。

轉眼到了婚期，那縣令大肆張揚，請了城關的鼓、巡鎮的鑼、五花城的嗩吶、榆泉的號，全套的鼓樂班子，和十六抬的花轎上門娶親。小閨女頭戴鳳冠、身著霞帔，全身上下簇新的嫁衣，只是未等上轎，蓋頭之下早已淚流成河。花轎漸行漸遠，小閨女坐在轎內，一路上不知是留戀山水，還是眷念家園，不斷地掀開轎簾來看。令人始料未及的是，花轎堪堪行到

黃河岸畔一處狹窄路段，小閨女突然一掀轎簾，搶身而出，還未等轎夫回過神來，早已如天女散鮮花，彩蝶墜雲端，飄飄揚揚投入黃河濁浪，一逝如斯。

每年過罷中秋，涼風乍起，田原上落葉凋零，草木枯萎，這也是放羊人極其含辛茹苦的一段時光。放羊人多把羊群驅趕到山野林間草葉繁多之處，以使羊兒最後長膘。常年養羊的財主，雇人在山間依傍山泉的崖壁上挖掘窯洞，供人畜晚間棲身。財主隔三岔五遣人運送一回糧食，放羊人以山泉之水煮食。整個秋冬交接之季，李小朵都一個人在山間與羊群為伍。雖然山野間冷風瑟瑟，氣候寒涼，又無人做伴，但今年李小朵卻並未感到寒涼與孤寂，因為過不了多久他就可以回到村裡，和心愛的小閨女談婚論嫁了。一想到小閨女，他的心裡就暖融融的，覺得比吃了蜜都甜。很多時候連他自己都覺得奇怪，小閨女要人品有人品，要相貌有相貌，那麼好的人才，咋就單單看下了自己這個窮放羊小子？他不由想到今年春上結義兄弟陳嘉豐娶媳婦，自己請人代管羊群，專門去保德郭家灘行禮。在當地，「行禮」即指親朋參加婚禮並致送賀禮。弟媳是戶大財主家的千金小姐，不過嘉豐兄弟自己也是家資富裕的公子哥兒。而自家家境貧寒，咋能跟嘉豐兄弟相比？他想到那次行禮，美中不足的是郭望蘇兄弟去年在黃河上流船失事，整整一年杳無音信，未曾相見，也不知是禍是福。可是不論如何，自己辦喜事時一定要請來嘉豐兄弟，並且專程去老牛灣走一遭，看看望蘇兄弟是否吉人天相，已平安回家？如果望蘇兄弟已回家就好了，那麼借辦喜事的機會，三兄弟就可以好好聚一聚了！

日子在等待中度過。待到天寒地冷，草葉罄盡，李小朵才歡歡喜喜驅趕著羊群回家。那天回到村裡，剛把羊群趕進圈，忽然他媽著急跑來，告訴他小閨女方才出嫁城關，現在花轎只怕還在半路上。李小朵宛如突然遭遇晴天雷擊，腦袋轟地一響，丟下放羊鏟，慌慌張張沿路追去。追到一處狹窄路段，見沿河畔圍攏著一圈人，正在指點觀望。近前打問，才知道小閨女行至此處，從花轎中一躍而出跳入黃河。李小朵沿河追蹤數十里，直至天晚，只見河水翻騰奔湧，哪裡覓得見一個人影？

　　整個冬天，李小朵都一個人蜷縮在自家窯裡，淚雨滂沱，任旁人怎樣勸解也無濟於事。打座腔的集會連天舉辦，吵吵嚷嚷，熱鬧非凡，李小朵也充耳不聞。

　　轉眼間過轉大年，早春二月，黃土高原上一年一度的風季又來臨了。這黃土高原的風季不比別地，一旦刮起來，宛若風婆婆的風袋被誰鉸破了，狂風傾瀉而出，任誰都無法收得住。那風自西疆漠北遠道而來，狂放而勁歌勁舞，奔騰而席捲千里，挾裹著黃土泥塵，沙礫石粒，呼嘯著，放蕩著，彷彿要把整個世界一舉掀翻。山原日夜蒙塵，大地一片昏暗。有時刮到清明過後，有時刮到端午前夕，直到雨水的粉墨登場，那風才漸漸止息。屬於晉西北的春天才會真正地到來。可是這一年，因為頭年整個冬天片雪未落，當年整個春天又沒有一滴雨水，莊戶人家掰著指頭數節令，清明，穀雨，立夏，小滿……大地乾涸，原野荒蕪，莊稼根本無法下種。本來連續幾年已屬歉年，大多莊戶人家食不果腹，青黃不接之際，以野菜樹皮充飢聊生。而今年，就連野菜樹皮也無以為繼，嫩芽兒剛剛露頭，即被人就地生吞。河保偏一帶千里赤地，飢民遍野，餓殍滿地，但凡有些力氣的都拖兒帶女四散逃荒去了。

　　這一年，是咸豐五年。

　　過轉年後，李小朵仍然沒有從悲痛中走出來，只是眼瞅著母親為了自己含辛茹苦，日夜操勞，心中極其不忍，硬咬著牙關掙扎起來，打算繼續到薛家放羊扛工。可是這樣的年頭，地上的野草連人都不夠吃，何論豬羊？薛家不僅不再繼續養羊，因天乾地旱，莊稼無法下種，乾脆連所有的長短工也一並打發了，真是有力氣也沒處去使，使人心慌。李小朵母子商議下步辦法，決定向薛家討要回田地，自己務弄，好歹打些糧米過日子。本來自打李小朵長大成人，李母就多次向薛稱心討要田地，好積攢些錢糧，給兒子娶門媳婦成家立業，可每次薛稱心不是巧言搪塞，就是蠻橫耍賴，不肯好好歸還。這番李家母子來到薛家，薛稱心磨磨蹭蹭，好半天才不知從哪裡翻出一本毛邊帳來，一五一十和母子倆算計。李家原有田地十八畝，於十五年前夥入薛家，議定秋後糧食平分。務弄田地每年雇人需

花銀八兩，種子、肥料折銀三兩，十五年共合一百六十五兩，每家平攤八十二兩五錢。這些年來颶風沙化兩畝，水刮一畝八，地陷三分六，剩餘十三畝八分四厘。按當時的地價每畝六兩計，十三畝八分四厘地折價八十三兩四厘。如想要回田地，需付銀八十二兩五錢，如不要田地，倒找銀子五錢四厘。李母急道：「當時說好由薛家雇人務地，咋還與我家平攤工錢、肥料？」「這就是老嫂子的不對了，兩傢伙地，哪有一家掏錢雇人的道理？至於種子和肥料，也不是我一個人吃風屙屁能造就出來的。」薛稱心說，「我這還是看在大哥當年對我好的分兒上，連風化、水刮、地塌陷的那四畝一分六厘地的虧損也沒有算，連小朵吃了我十五年的飯錢也沒有算，足夠寬宏大量，仁至義盡了。」說著，薛稱心打開錢櫃取出半吊銅錢，扔到李母手裡，然後惡狠狠地道，「行與不行，一錘子定音。如若不服，你母子倆盡可到衙門裡去告狀。」李小朵母子倆明知上了薛稱心的當，卻有苦沒處說，至於告狀，誰都知道薛稱心的大女婿就在縣衙裡當師爺，這官司又如何打得贏？母子倆欲哭無淚，只好空著手回轉家中。

日子一天天過去，待到五月出頭，端午過後，眼見家中糧米即將罄盡，李小朵母子倆夙夜煩愁。恰巧有李有潤、張興旺兩人門下弟子，來家約李小朵打軟包同走西口。所謂「打軟包」，即是藝人們將戲劇服裝、道具打作幾個包袱，外出表演掙錢。李小朵前思後想一番，沒有別的辦法，只好打捆了包袱行李，夥同幾個藝人奔走了西口之外。臨行之際，不忘把當年喬致庸贈送的那支枚別在腰間。

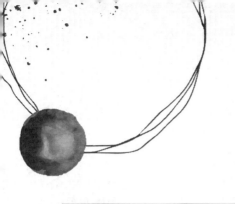

第二章
貢魚冤

一

　　每年清明時節，天氣回暖，黃河裡封凍整整一個冬天的冰層解凍，水流漸漸變得混濁，大小船隻紛紛下水航行，河道裡開始了新的一輪喧鬧。那遠行的貨船或上河套，或下禹門，為商家運物載貨，而在渡口上擺渡的船隻則開始從東岸向西岸輸送過客，運送他們踏上西口路。河保偏一帶黃河沿岸的各個渡口，每天都聚集滿了走口外的人。整個黃河岸畔人聲鼎沸，擁擠嘈雜。奇怪的是，今年偏不知是咋的了，按說已進入五月仲夏，早就過了走西口的高峰時節，可是渡黃河走西口的人仍然絡繹不絕，不比剛開春時要少。李小朵和打軟包的一行夥伴步行到城關，在水西門渡口登上渡船，滿眼看著岸邊那些要走的人和送行的家人難捨難分，彷彿生離死別一般，自己心裡也忍不住疼痛得滴血。只有擺渡的艄公久已看慣了這一幕，他們的眼中滿含悲憫，寬容地、耐心地等待著那些要走的人和送行的家人最後忍痛分開，才一聲吆喝，解纜開船。船隻沿著河水斜漂過對岸，只不過是一袋菸的工夫，而河這邊的人與河那邊的人卻就此天各一方，有的甚至永不相見。

　　走西口的人乘船渡過黃河，踏上府谷地面。府谷乃陝西最北部的一個縣，所轄的古城鎮即與內蒙古鄂爾多斯接壤。晉北、陝北同處黃土高原，土地荒蕪，人民貧瘠，除了晉西北的河保偏三縣，陝北的神木、府谷、榆林、橫山、靖邊、定邊六縣亦一直是走西口的密集地區。一路上只見有數不清的陝北老鄉不斷地彙集到這支隊伍中來，使這支隊伍變得浩浩蕩蕩。隊伍沿著一條名叫正川河的河流向北行進，由於此河穿溝繞坡很沒規律，一路上布下十數條河川，人們需不斷地脫鞋挽褲，蹚水跨河，可是蹚過來跨過去，其實還是這一條「盤床河」。

　　走西口的隊伍一路上緊趕慢趕，在傍晚時分到達古城鎮。李小朵和夥伴們打算尋找一處客棧住宿，孰料古城鎮裡僅有的幾間客棧早已人滿為患，就連為數不多的幾家酒館飯鋪也擠坐滿了客人，雖然他們大多已經吃飽喝足，但還是打了一壺燒酒擺在桌上，半天抿上一小口，為的是占取個

歇腳處。客棧飯鋪人客爆滿，李小朵一行無處可去，只好在街頭上踟躕，不知不覺流落到西城門前來。走西口的人自是聽說過，古城鎮本是萬里長城上的一個關隘，清朝以前東南是漢人版圖，西北為蒙人疆域，入清以來華夷一統，則成為漢蒙民族的分界。自從朝廷開放邊禁，古城鎮就成為這個地區唯一通往內蒙古的出口，當地人以西城門為界，城門內為「口裡」，城門外為「口外」，並把設有稅卡的城門洞稱為「西口」。由於已是農曆五月上旬，月亮早早升了起來，借著月光可看清西城門有上下兩層，上層是關帝廟和鐘鼓樓，下層是城門洞。城門洞旁懸掛著兩盞燈籠，城門洞內關城緊閉，兩名老軍端坐在兩個馬紮上，圍著一盞微弱的油燈在對飲淺酌。在城門洞外卻聚集了數十名無處可居的客人，三個一群，五個一夥，大多席地而坐，耐等天明。其中有一些河曲老鄉認識李小朵的夥伴，招呼他們在此歇腳，李小朵等人也便放下行李，在這不花錢的「客棧」歇下腳來。

月亮漸漸升高，漫天遍布星斗，古城的夜色迷迷茫茫。李小朵歇息片刻，抬頭仰望星月璀璨，蒼穹浩渺，忽然感從中來，不能自已，一張嘴嗓子裡就冒出了一支山曲兒：「一道道山來一道道溝，什麼人留下個走西口？細麻繩繩捆鋪蓋，什麼人留下個走口外？糜茬穀茬稻黍茬，走了一茬又一茬；後生走成個朽老漢，走出走回窮光蛋。爛大皮襖頂鋪蓋，窮日子逼得走口外；一把『錢錢』兩把米，沒計奈何刮野鬼；守住妹子倒也好，掙不下銀錢過不了；有吃有穿不離家，沒錢的窮漢到處刮……」歌聲婉轉蒼涼，在古城小鎮影影綽綽的夜色裡四處飄蕩，使人聽來無不備感恓惶。

「這位唱歌的可是我小朵哥嗎？」忽聽面前有人發問。

李小朵停止唱歌，抬起頭來定睛一看，只見一位衣衫整齊、形容儒雅的後生站在面前，不覺大喜：「原來是嘉豐兄弟！」

圍坐在李小朵身旁的同伴趕忙站起身來，把客人讓到近前。

李小朵問過陳嘉豐，才知道自己的這位結義兄弟也要出走西口，方才與自己前後腳到達古城，在這裡偶然相遇。

　　說話間，李小朵從衣兜裡摸出幾枚銅錢，對一位同伴安排說：「去酒店打一壇燒酒來，我要與嘉豐兄弟把酒暢談。」

　　不多時燒酒打來，各人分別從行囊裡取出粗糧食物，權充下酒之物，只有陳嘉豐取出來的是一大摞白麵烙餅，擺放在中央，與各位同伴分享。那一大摞白麵烙餅惹眼奪目，令周圍眾人無不投來羨慕的眼光。一不留意，忽然自旁邊過來一個十二三歲的男孩，伸手就要將一摞白麵烙餅搶走，被幾人按住奪下。幾名同伴要動手打那男孩，被陳嘉豐勸止。陳嘉豐拿過兩張白麵烙餅，親手送與那男孩，只見男孩離開人群，疾步跑到城牆邊的一個角落裡，把烙餅遞給一個年僅七八歲的小女娃，那小女娃狼吞虎嚥地吃了起來。直至女娃吃飽，那男孩才將所剩不多的烙餅填進自己嘴裡。眾人看見，無不搖頭嘆息，心下惻然。

　　各人就著乾糧飲食，幾名同伴吃飽喝足後，就隨身一躺，依靠在自己的行李捲上歇息，只剩下李小朵、陳嘉豐二人捧著酒罈，你一口我一口喝個沒完。

　　酒至半酣，李小朵忽然向陳嘉豐發問：「兄弟啊，像我這樣的窮受苦人，生如螻蟻死如草芥，走西口逃荒保命，自不必多說。只是嘉豐兄弟，你家可是保德有名的富戶，在河保偏三地也有些名聲，咋價也要走這條窮漢路？」

　　只見陳嘉豐搖頭嘆息道：「一言難盡……」

　　李小朵緩緩抿了一口燒酒，聽陳嘉豐講述自己的經歷。

　　陳嘉豐祖籍保德州故城村，祖上有位奇人在歷史上大大有名。此人名陳奇瑜，於明崇禎年間任兵部右侍郎兼右僉都御使，總督陝西、山西、河南、湖廣、四川軍務，稱「五省總督」，親自率部進馳均州，圍剿義軍，將李自成、高迎祥、張獻忠等部迫退入漢中，圍困在車廂峽內。眼看義軍將被一網打盡，義軍巧使詐降之術，陳奇瑜倉促之間未加深究，便輕率地接受了乞降，只是義軍一出峽便不再聽從官軍節制，繼續高舉義旗。各省巡撫、朝廷言官紛紛交章彈劾，陳奇瑜被明廷逮捕下獄，後發配回故鄉保

德。陳奇瑜回到家鄉後，在黃河畔的石壁上修築了一座釣魚臺，頤養天年。滿清入關後，發布了剃髮之令，陳奇瑜作為明廷舊臣，誓死不遵從此令，終被清廷賜死。陳奇瑜死後，他的子孫為避禍殃，流落各地散居，其中一支就搬遷到本州郭家灘村定居。

　　郭家灘村背倚青山，面臨黃河，村裡人多靠耕耨黃河岸邊一些灘塗地為生。陳奇瑜的後代搬遷至此已歷數代。自從當年陳奇瑜被朝廷賜死，陳家雖仍世代詩書傳家，卻只習禮義做人之法，不思仕進，所以只做漁樵耕讀之順民，間或有一二教師，應舉做官的卻是一個也沒有了。到了陳嘉豐的父親這一代，更是秉承祖訓，勤儉持家，不與天鬥，不與人爭，大度為懷，寬厚待人，多舉善事，積德修身，成為聲名聞達州縣的一方紳衿。

　　陳嘉豐出生於道光年間。陳嘉豐出生後，家長管教並不十分嚴厲，懵懂之際，任其與村中小孩玩鬧，整天摸爬滾打，宛如一個泥猴兒。到了六七歲上，為其啟蒙，循序漸進，教以詩書禮經，開闊視野，增長智慧，卻不圖功名仕進，只是在家中輔導教習，並不送到私塾州學裡去。不料陳嘉豐本是一個素性專心致志之人，做什麼事情都有始有終，從不半途而廢。幼時與村中玩伴捉迷藏，玩伴找他不到，他能從傍暮守到天明，等候玩伴來捉，人皆笑他痴呆。由於郭家灘坐落於黃河岸畔，大人小孩俱會耍水，陳嘉豐打小怕水，距離河畔甚遠就覺得頭暈目眩，因此便望而卻步，然而每逢夏季，看到村裡人盡在河裡耍水，仰立浮沉，花樣翻轉，使人豔羨，於是大著膽子，閉上眼睛一個猛子扎進河裡，灌了幾口渾水，從此便學會了游泳。而自此後，他又十分刻苦練習，終至青出於藍，勇於在狂風驟雨、大浪滔天之日橫渡黃河，令當地人無不佩服，稱作「戲水蛟龍」。自從他開始學習詩書禮經，又一下子迷上了儒學，廢寢忘食，勤奮鑽研，年僅十四歲時即瞞著家人入州學參加童試，被錄為廩生。其父不以為榮，反多責怪，於是此後只把讀書當作日間消遣，再不參與科舉仕進。

　　黃河緊依門楣，河灘便是岸上孩童天然的樂園。春天在河灘上放風箏；

　　夏天黃河是游泳池；秋天汛期河面上漂來各式各樣的物什，好比一個

大倉庫，可任意挑揀；到了冬季大河封凍，河面冰灘上就成為一個遊樂場。河岸邊的孩童，一年四季不愁沒有玩耍的花樣。尤其到了冬天，河床兩面封凍，只留中間窄窄的一帶流淌河水，河水清澈無比，不同於夏季的混濁，可直接飲用，因此在河邊冰層上鑿開窟窿擔水，是岸上人家每天不可耽誤的營生。小孩或許大多不願意到田間地頭勞動，可去河邊擔水卻都是搶著擔的，擔不動滿桶擔半桶，一個擔不動兩個抬，不只為了擔水的樂趣，更是為了去冰灘上玩耍。看那河岸冰灘上，小孩們有的耍「打擦滑兒」，在冰上一個箭步滑出去，比賽誰滑得遠；有的耍「拉牛車」，一排小孩半蹲在冰上，一個拉一個衣服後襟，看能拉得動幾個人；有的滑「冰車」，所謂「冰車」，就是在一塊木板上安裝兩條鐵軌，小孩或坐或跪在木板上，用手中撐桿滑動冰車在冰面上快速行走，你來我往，橫衝直撞，十分熱鬧……峽谷上刮來的凜冽的西北風也熄滅不了小孩們玩耍的熱情。

在冰灘上玩耍，只要留意到擔水鑿開的窟窿，也不要到河中央去，一般不會有危險。可是有一天，一個叫榆錢的小女孩乘大家不留意，一個人悄悄溜到河中央去揀黑凌冰。河岸邊冰塊很多，其中有一種冰塊乍看顏色幽深發暗，但對著陽光卻極其晶瑩剔透，宛如水晶一般，當地人稱為「黑凌冰」，具有降火清肺、止咳化痰之功效。榆錢的爺爺患了多年的哮喘病，每到冬天咳嗽更加厲害。榆錢一個人溜到河中央給她爺爺揀黑凌冰，不料河中央冰層分外光滑，一下子將她滑到了水裡。當時陳嘉豐正在冰灘上滑冰車，忽然聽到榆錢落水，不假思索，迅速將冰車掉頭滑向水邊，幾乎把冰車沖進水裡。陳嘉豐縱身下水，河水冰涼刺骨，直透心肺，但也顧不了許多，只是一門心思游水救人。堪堪遊出十數丈遠，才追上榆錢，把她從水中撈出。兩個小孩剛剛爬上冰灘，身上衣服呼啦啦一下結上冰碴，連同手臉皮膚俱被凍作冰雕。幸虧家中大人及時趕到，把兩個凍成冰棒一樣的小孩抱回家，延醫治療，才算保住性命。而且這一治療，差不多花費了一個多月的時間，兩個小孩才得以痊癒。

榆錢本是陳嘉豐的鄰居，就住在陳家後院外側的一個小院裡。小院本是陳家祖業，平時堆放些零碎雜物。榆錢家舊居原在村口沿河畔上，十多

年前黃河氾濫，把她家房子衝垮，父母被洪水卷走。那一年榆錢才剛垂髫，發大水時被爺爺死命抱在懷裡，祖孫倆馱在一根房梁上，在水中漂浮，幸虧被停泊在下游康家灘河灣躲避風浪的外地貨船上的河路漢救下。大水過後，她家的房屋片瓦無存，原有的一塊灘地也被洪水刮得無影無蹤。祖孫倆無處棲身，陳嘉豐之父看著可憐，就把小院內雜物騰出，叫祖孫倆入住了進去。榆錢的爺爺從此就留在陳家扛工，拉扯小孫女長大。由於她爺爺跑了半輩子河路，既會扳船，又練就一身好水性，就專門在河上為陳家捕撈貢魚。有點閒暇時間，陳家地裡的營生和家裡的粗重活兒，也都搶著去做，陳家對他也就分外照顧。祖孫倆剛入住陳家小院時，榆錢才剛三四歲，沒有父母疼愛，爺爺又粗手大腳，不怎麼會照顧，因此整日號啕，非常可憐。陳嘉豐的媽媽聽見，就過去把她引到自己家裡來，給她吃喝，又叫比她大不了兩歲的陳嘉豐陪她玩耍。榆錢被引去耍了幾次，也就習慣了，每天爺爺外出做營生，她就自己來到陳家玩耍。陳嘉豐和她年齡相仿，兩個小孩也能耍到一起去，偶有小小爭執，陳嘉豐也懂得相讓。榆錢家中窮困，再加上爺爺是個粗糙老漢，不會針線活兒，榆錢的身上沒有一件像樣衣裳，陳嘉豐的媽媽就把陳嘉豐穿過的衣裳改改給她穿。榆錢歲數漸長，小子衣裳穿在她身上就不像樣了，陳嘉豐的媽媽便專門扯布給她做閨女衣裳。冬天的棉衣，夏天的薄衫，只要有兒子的一件，就必有榆錢的一件，如同親閨女一般。榆錢幾乎是在陳家長大，對陳家的人分外親熱，便改稱陳嘉豐的媽媽為「乾媽」，大大為「乾大」，對陳嘉豐自然是叫「哥哥」了。

由於陳家把榆錢當作親閨女一般對待，村裡鄰居也不把榆錢看作下人，稱她為「小姐」。榆錢雖受抬舉，卻有自知之明，勤勤懇懇為陳家做營生，洗洗涮涮，縫縫補補，力所能及之事不需他人安排，更不以小姐身分自居。

二

　　從郭家灘村沿著黃河上行不遠，有一處險要河段名天橋峽，與下游的大峽谷壺口和三門峽齊名，被人們並稱為黃河上的「三把鎖」。此峽橫亙在晉陝兩岸的峭壁之間，谷澗深邃曲折，谷中形勢險峻，河水流經這裡，被谷底犬牙交錯的巨石隔擋，水流激蕩，濤湧波襄，頗有雷奔電洩、震天動地之勢。天橋峽汛期濁浪排空的壯景自不必說，每逢冬季，峽中河水上層結冰，行人可從冰橋往來於兩岸，猶能聽到橋下滔滔水流之聲，人們便稱這冰橋為「天橋」，「天橋峽」之名由此而來。

　　而令天橋峽為世人所知的，卻是峽內盛產的一種石花鯉魚。此魚以峽內石花草為餌，赤眼、金鱗、十片大甲，脊梁上有一條紅線，在鯉魚中獨具一格，上下裡許絕不相同。

　　康熙三十六年，康熙皇帝第三次親征厄魯特蒙古準噶爾部，大獲全勝，北疆戰亂平息。康熙帝率大軍班師還朝，行至晉陝蒙接壤處，忽然心念一動，欲仿效當年南巡，西下考察晉陝一帶民風民俗、百姓生計，遂打發大軍回朝，自己輕車簡從，身著微服，沿黃河而下。這日過了河曲，到達保德境內，康熙一眼看到天橋峽的壯麗景觀，讚嘆不已。於是在天橋峽畔盤桓半日，領略罷峽谷壯景，才繼續趕路。行走不遠，忽然眼前又是一亮，只見在黃河岸畔出現一片灘塗，廣闊約三百畝，其間莊稼碧綠，草木成蔭，炊煙飄嫋，雞犬相聞，好一派田園風光，使人賞心悅目。康熙假作商賈，至村中與野老攀談，獲知此地名郭家灘，或是因了地下水源充足，自古草木豐茂，旱澇保收，是一塊不可多得的水土肥沃之地。康熙舉目張望，見山坡上花草繁盛，披綠疊翠，村腳邊又是一畔河水，彷彿萬盞蓮花盛開於水上，不由讚道：「真不愧為『蓮花汕』也。」野老見天色近午，邀請康熙到家中吃一頓便飯。康熙欣然應邀，只帶一二隨從，跟隨野老到家。飯是當地的糜米撈飯，就是一種黃小米飯，幾盤清淡蔬菜，外加一尾清蒸魚。康熙吃那糜米撈飯，雖然粗糲，卻十分香甜可口，又揀那清蒸魚品嘗，更覺味道鮮美，不同尋常。問詢野老，才知此魚乃是石花鯉魚。康

熙吃罷，讚不絕口，稱真不愧是天下美味。隨後回到京城，即下旨將石花鯉魚定為貢品。

令保德百姓萬萬沒有想到的是，隨著聖旨一出，石花鯉魚聲名鵲起，天下皆知。各級文武官員紛紛伸出手來謀求索要。本來欽定宮廷歲貢僅區區一百四十尾，由於各級官員層層加碼，導致副貢、饋送各名目增加至四千尾。差役持票勒索，貽害甚慘。魚價飆升千里，往往有以一魚之微而費一牛之價。因魚之故，當地百姓有的鬻牛賣女，有的傾家蕩產，生計維艱。

本來保德百姓傍河而居，自古就有吃魚的習俗。人家媳婦但比手巧，不比別的，只比做魚。自石花鯉魚成為貢品，需量日益增加，河內數目減少，沿河居民逐漸忌口吃魚，斷此習俗。長輩教誨晚輩說，石花鯉魚本是天上神物，幼小時寄養凡間，只等修練到家就會乘雷上天，化作神龍。此教誨世代相傳，人人信以為真。久而久之，沿河居民莫說吃魚，漸漸連做魚的方法也淡忘了。

古人有《冰魚吟》一首：「長河凍合魚在泥，指脫層冰難覓一。去年徭重褲無著，今年捕急兒無質。供得官家口滑脂，塵封甑釜嗟懸室。肥酥勝雪不自嘗，招朋誇美會良集。醉臥堆紅繼蘭燭，醒時還傍佳人瑟。君不見，敲撲聲中態萬千，肉飛魂絕天應泣。」

說來卻也蹊蹺，自從康熙西巡途經郭家灘，金口玉言讚美蓮花汕，令鄉民頗為鼓舞，不料康熙回京數月，黃河上游發來一場大水，洪流肆虐，狂濤怒卷，將蓮花汕灘塗沖刮得無影無蹤，自此該村地畝稀少，百姓貧窮，不復昔日景象。本村百姓或有奔走西口外逃荒的，或有造木船在黃河上下流船運貨的，熬煉艱苦歲月。而自從石花鯉魚成為宮廷貢品，最初官府只圈定十二條漁船專事捕撈，漁民多為天橋峽附近村民，後來隨著副貢增加，河內鯉魚減少，無法完成貢額，官府遂將捕魚任務攤派給沿河村莊。郭家灘處於天橋峽下游，自然免不了攤得一份，村民多有勞累一年而捕不到一條貢魚的，年末官府催逼，只好以稅抵魚，名曰「漁稅」。

　　陳家作為郭家灘望戶，領全村之雁首，每年貢魚的攤派也分擔得多一些。

　　陳嘉豐自從學會游泳，每逢開河，便隨船工蕩船於天橋峽上撒網捕魚。天橋峽石壁上刻著「食我不肥，賣我不富」八個大字，波濤落時，字跡宛然，不知是不是後代義士對魚貢制度的針砭。天橋峽內水流湍急，僅在黃河汛期和春季流凌期，激流將河底魚兒沖出水面，但因水狂凌多，不易捕撈，岸上人只能望河興嘆。而在風平浪靜之期，魚兒又沉在水中，漁夫撒網也多是漫無目的。偶爾捕到一兩條鯰魚，雖然體大肉肥，但因本地人不吃魚，又盡數放生。天橋峽上風急浪大，風浪在兩面石壁上沖刷出了許多石窟石縫，是石花鯉魚覓食生長的好地方。本地人說，石花鯉魚就是從那些石窟石縫裡流出來的。漁民們就在石壁旁或撒網，或下鉤，至於能否捕得到魚，就聽天由命了。有時運氣好，也可捕得一兩尾，有時運氣不好，接連數日都無有收穫。雖然知道那石花鯉魚近在咫尺，但因天橋峽水深不可測，又且波急浪大，誰也不敢輕易下水去捕捉。這樣說也有點不盡量，陳嘉豐就是一個敢下水捉魚的人。也許是初生牛犢不怕虎，也許是藝高人膽大，在夏日水溫適宜之際，如果整整一天撒網都沒有收穫，傍晚收工之時，陳嘉豐總會不聽船工的勸告，自己下水去捉魚，而每次下水，總不致空手而歸。可這樣做終究十分危險，船工及河上漁夫無不為他捏一把冷汗。回到家中陳父亦多責怪，但他笑而敷衍，改天仍舊我行我素，不斷下水涉險捉魚。

　　陳家素為當地紳衿，田多地廣，家境富裕，縱然完不成貢額，也可以拿糧食來抵漁稅。只是苦了那些窮苦百姓，既捕不到貢魚，又無錢糧抵貢，陳家看在眼裡，於心不忍，就不免代替出資，以抵貢額。除此以外，每逢饑荒災年，村中居民缺糧斷炊者無數，陳家亦不忍冷眼旁觀，間或開倉放糧，接濟窮苦村民。陳家德行，在州縣四方有口皆碑。

三

　　在距離郭家灘十多裡遠的山上的腰莊村裡有一個財主，此人頗有些田產，在周坊村裡也有些名氣。此人年輕時和陳嘉豐之父結為「拜識」，即是拜把子兄弟。陳嘉豐呼為「拜爹」。拜爹有個連襟是岢嵐州人。岢嵐州坐落於管涔山西北麓，氣候寒冷，盛產胡麻。胡麻是上好的油料作物，因此岢嵐人多有開油坊榨油的。在這位連襟的支持下，拜爹亦張羅著在自己村裡開辦了個油坊。陳嘉豐聽說後十分欣喜，向父母說明了，就攜帶一些禮物，去腰莊村參觀拜爹新開的油坊。

　　自從康熙年間朝廷開放蒙古邊禁，走西口的大門逐漸打開，那條混濁的黃河從此變成一條通達大河南北的物流通道，帶動兩岸碼頭林立，商賈雲集，同時也帶動當地商業和手工業生產悄然興起。隨著年齡增長，陳嘉豐即對經商和手工業生產產生了濃厚的興趣，每有閒暇，他都喜歡到那些新開張的商鋪和作坊裡轉轉，了解商鋪的經營和手工業生產的製作方式與流程。就連父母都看得出來，這孩子將來只怕會是塊經商做買賣的材料。

　　郭家灘至腰莊沒有大路，需沿著一條從深山裡流出的水澗旁辟開的崎嶇小路上行，經過幾個小村，翻過東南方向一座山頭才到。那條山澗為一條季節性河流，平時僅緩緩一股水流，每逢雨季則山洪暴發，將山澗沖刷得溝深壁峭，十分深邃。由於山陡溝深，向陰的方向四季不見陽光，山溝對面早已是春暖花開了，山溝這邊卻還陰冷森森，令路上行人感到陣陣寒意。行人小心翼翼地沿著小路上行，直到到達半山，看到山溝對面的蘆子溝村時，陽光才從高處傾灑下來，驅逐了身上的寒意。

　　身居高處，眼前豁然開闊，只見四處黃土漫漫，山原跌宕，草木吐綠，鳥語花香，好一派春意盎然的景象。由於距離不遠，可以清楚地看到山溝對面的窰洞和人家，其中一處並不寬大的院子外頭嚴密地圍著一圈石頭，那是莊戶人家壘砌的豬圈，有一個身穿素花衣裳的女子正拎著豬食桶在舀食餵豬，而在豬圈之旁的一塊地畔上昂然聳立著兩棵棗樹，那棗樹已

開了花，淡黃色的花蕊密密麻麻布滿枝梢，在嫩綠的樹葉的掩映下，使那位身穿素花衣裳的女子顯得分外俏麗。

此情此景，最是令人賞心悅目，陳嘉豐不由嗓子癢癢，放開歌喉唱起了起源於河曲而又盛行於本地的山曲兒：「對壩壩圪梁梁上那是一個誰，那就是要命的二小妹妹。白令令的布衫衫穿在妹妹的身，哥哥要出門想你見不上個人。滿天天的星星一顆顆明，有兩顆顆最明那就是咱二人。你站在那個圪梁梁上哥哥我在那溝，看中了那個哥哥妹妹你就招一招手。」

山溝對面的那女子抬起頭來，見一個相貌英俊的後生朝她唱得正起勁兒，不覺羞紅了臉蛋。陳嘉豐看那女子長得分外國香。「國香」是當地土話，是從「國色天香」這個詞演化而來。陳嘉豐不由一下子被那女子吸引住了，目不轉睛地盯著她看。那個女子被他看得怪不好意思的，拎起豬食桶回轉家中。

陳嘉豐到了腰莊，拜爹夫妻看見十分高興。拜爹和陳嘉豐的父親少年時就情投意合，結交為拜識。兩人結婚時分別到家行禮，當時少不更事，新婚夫婦給賓朋敬酒時，彼此都給對方出過難題，招來賓朋的哄笑，而晚上鬧洞房也是鬧得最凶的，把小倆口耍弄得難以招架。鑒於兩人的親密友誼，連新娘子都不見外，後來成為通家之好，常有走動，尤其是每年正月村裡過會鬧紅火，舉家大小都到對方家裡去做客，但凡哪個人缺席未到，都會招致對方的埋怨。近些年來由於兩人歲數大了，家大人多，俗事纏身，彼此間的走動才漸漸稀疏下來。

對於陳嘉豐，拜爹一家都不陌生，只是近幾年來見面不多，印象裡那個毛頭小子轉眼間就變成一個風度翩翩的英俊後生了。拜爹和陳嘉豐坐在八仙桌旁喝茶敘談，詢問些家長裡短的事情，拜媽親自下廚忙著給客人張羅一頓好吃的。快到晌午時分，忽然有個十七八歲的女子風風火火地闖了進來，一把搶過桌上的茶壺就咕嚕咕嚕地喝。她的臉蛋上淌著汗跡，衣裳上沾滿灰土，不知是不是鑽到哪個土旮旯兒去玩耍了？只聽見拜爹鼻孔低低哼了一聲，那女子才用眼角瞟見家裡來了客人，而且是一個相貌俊俏的青年後生，方自感覺羞慚，放下茶壺躲了出去。拜爹嘆息一聲，自嘲地說：

「看看鳳珠，十七大八快要出嫁的人了，還跟個長不大的娃娃一般，整天价瘋瘋癲癲的，沒個女子家的模樣。」

「原來是鳳珠妹子，幾年不見都長這麼大了？」陳嘉豐驚喜地道，「妹子天性淳樸，不改率真，倒是十分可愛。」

晌午開飯，鳳珠清洗得乾乾淨淨，打扮得整整齊齊，才出來見陳嘉豐。吃飯時候，鳳珠先還文靜規矩，像模像樣，可她對陳嘉豐並不陌生，雖然這幾年見面不多，但幾句閒話拉呱兒過來，便恢復了兒時的熟稔，不再拘束，於是也不掩飾自己大大咧咧的性情。這樣一來，陳嘉豐反倒感覺親切隨和，大家談笑風生，氣氛十分融洽。

吃完飯，陳嘉豐打問油坊的事。鳳珠搶著回答：「油坊前些日子就開張了，岢嵐姨夫暫時幫忙料理，等油坊出油正常了才回岢嵐去。」說著就拉起陳嘉豐的手，帶他去參觀油坊。

出了家門是道土坡，鳳珠帶他向坡下走了不遠，到了一處石頭壘砌的院子。院內三四孔窯洞，原是拜爹祖上留下的產業，一直空置無人居住，油坊就設立在這裡。鳳珠帶陳嘉豐裡裡外外觀看，其中一孔窯洞為主作坊，窯頂上垂吊著巨大的榨油木，下方安置油槽，其餘如油杵、雙碾、漏斗、扇車等工具樣樣俱全。鳳珠介紹說，榨油過程十分複雜，需經過十幾道的工序。陳嘉豐一邊觀看，一邊讚嘆岢嵐人的聰明智慧，經過如此繁複的過程，將胡麻生料製作成香噴噴的胡油供人食用。

陳嘉豐本來對此類作坊的生產加工極感興趣，遇在往常有此機會，必定要住下來細細觀摩研究，直至將製作的過程與原理一一摸清吃透，但這天覺得心裡恍恍惚惚的，有點心不在焉，於是粗略地觀看了一遍，就向拜爹一家告別。拜爹拜媽親熱地挽留他多住幾天，鳳珠對他更是依戀，拉著他不放。後來看見實在留不住，拜爹才親自挑選自家新榨的一罐好油，叫他帶給父母品嘗。鳳珠把他送出村外很遠，才依依不捨地停住腳步。

腰莊山上樹木蔥蘢，風清氣爽，陳嘉豐一個人行走在山道上，被山林裡涼爽的風一吹，腦袋豁然清醒，突然一下子意識到了自己為什麼煩亂。

原來他是在記掛著今天在蘆子溝村見到的那個棗樹下的女子。雖然他對同齡的女子並不陌生，榆錢就跟他一起玩耍，一起長大，可也許是因為太過熟悉了，他把榆錢當作親妹妹看待，除此之外別無其他情愫。而今天一眼看到那個棗樹下的女子，就不由眼前豁然一亮，大有相見恨晚之感。他明白了自己之所以急急忙忙往回返，就是想再次見到那個女子。他的心中頗感急切，腳下步履匆匆，不小心被一道土坎絆了一跤，滿滿的一罐油倒了半罐。他也顧不上自責，爬起來拎起油罐繼續趕路，一口氣跑到了山坡邊，向下就可以望到兩棵棗樹掩映著的那所院子。他在山坡小道上半是奔跑半是滑行，不大工夫就下到坡底，來到前晌與那女子相見的地方，只是此時對面那所院子內外空無一人。他在山溝這邊的一塊大石頭上坐下來喘氣，一邊焦急地注視著那所院子，等待半天，也無一個人影出現。轉眼天色不早，他的心裡滿是失落，從大石頭上站起身來，正打算離開，就在最後回頭一望之際，忽然眼睛一亮，那個女子竟然出現在面前。他激動地朝那女子揮舞著手臂。那女子默默注視了他半天，才低低抬起手腕來，輕輕向他揮動了一下。就是如此輕輕地一揮，當即叫他心花怒放，所有的憂慮頓時一掃而光。

　　陳嘉豐回到家裡，因為心裡有了牽掛，是以忽而歡喜，忽而惆悵，與往日行徑大不相同。他把自己關在書房裡，寫了許多的詩，來抒發自己心裡的感受和對意中人兒的想像與讚美。父母都不知他搞些甚名堂，就打發榆錢來探問，他也只是敷衍應對。這天忽然有腰莊拜爹捎話來邀請他去家走一趟，他立馬答應，隨之精神亢奮，好像換了個人一樣。父母看在眼裡，雙雙交換了個眼神，心下似乎明白了一些什麼，於是把他打扮整齊，備辦了像樣的禮品，催促他上路。

　　陳嘉豐也沒有仔細考慮些別的什麼，攜帶上禮品，便歡歡喜喜上了路。堪堪到了蘆子溝村對面，隔著山溝就看到了對面那兩棵綴滿嫩黃色花蕊的棗樹，只見那個朝思暮想的女子今天已餵完了豬，正要收拾豬食桶回家。陳嘉豐不由滿心歡喜，對著她就唱開了山曲兒：「山丹丹開花六瓣瓣紅，你是哥哥心上人。黑豆低來稻秫高，誰也比不上妹子好。」

此時正值半前晌時分，莊戶人家的勞力大多出工到地裡勞動了，村子裡除了一些雞狗在遊串，不見一個人影。那女子四處張望了一下，也低著嗓子回唱：「黃河畔上靈芝草，你看見妹子哪點好？」

陳嘉豐自從那天一眼看上了這個女子，就覺得心裡裝滿了話兒，迫不及待地要對她說，此時逢此良機，大聲接唱：「白蘿蔔蔔胳膊紅蘿蔔蔔腿，千層層花眼眼海棠花花嘴。遠看你國香近看你親，人好心好愛死人。」

女子接唱：「正月十五雪打燈，不說實話光哄人。豇豆稀粥老來紅，本眉溜眼裝好人。」

陳嘉豐焦急地辯解：「朝著陽婆賭上咒，誰昧良心折陽壽。黑老鴰飛在蕎麥窪，至死也不說草雞話。」

那女子看見陳嘉豐一表人才，又且情真意切，於是真心表白：「馬裡頭挑馬一搭手高，人裡頭挑人還數哥哥好。滿天星星一顆顆明，滿村村看下你一個人。」

聽到意中人的表白，陳嘉豐心花怒放，快活地唱道：「大河畔上種辣子，緣分對了沒法子。我看你國香你看我俊，咱二人相好天注定。」

陳嘉豐還想跟心上人繼續對唱下去，忽然看見那女子偷偷朝他做手勢。舉目張望，原來天已近午，去地裡勞動的人們陸陸續續回來了。那女子輕輕向他擺了擺手，轉身進了院子。陳嘉豐這才依依不捨地起身上路。爬上半山腰時，他回頭張望，只見那小院的墻畔上已飄起了嫋嫋炊煙。

陳嘉豐到了腰莊，拜爹一家熱情接待。原來拜爹膝下只有鳳珠一個女子，再無男丁，現在拜爹年歲大了，又張羅著開辦了個油坊，身邊缺少幫手，上次看陳嘉豐對油坊這行當很感興趣，所以想叫他來幫忙料理。尤其是鳳珠，自小就對陳嘉豐十分依戀，此時眼巴巴地瞅著他。見此情景，陳嘉豐自是滿口答應，一來自己可以做些想做的事情，二來回家的路上路下就能夠經常見到心上的那個女子了。

拜爹的連襟手把手地教他榨油的原理和技術，陳嘉豐腦瓜生就聰明，掌握得很快。只是陳嘉豐隔三岔五總要回家一趟，拜爹一家以為他沒出慣

門，經常想回家看看，也不以為意，哪知他卻是為了路上路下會見自己的意中人。他每次經過蘆子溝村，只要放開嗓子唱上幾句，那女子就會從院裡出來與他見面，有時村中無人就隔著山溝和他對唱幾句，有時村中人多就示意他快快離去。

一來二去，兩個人相互熟稔了，那女子漸漸對陳嘉豐消除了戒備，有天乘農忙村中無人，沿著小路小步溜下溝裡，和陳嘉豐在溝底巨石後背的僻靜處私會。走近來看，陳嘉豐只覺得女子更加國香，左一眼右一眼看個沒完，把女子羞得面紅耳赤，而女子瞅陳嘉豐，也覺風度翩翩，儀表堂堂，心中愛慕不已。兩人相互交談，才知道女子名叫棗花，是村中一貧苦人家的女子，家中父母健在，有個哥哥二十好幾歲了，因為積攢不下彩禮，還沒有成家。陳嘉豐並不吹噓自己優越的家境，只是簡單地介紹說自己是郭家灘人，現在腰莊的油坊裡扛工。棗花也不計較陳嘉豐的家境，只是打心眼兒裡喜歡他這個人，令陳嘉豐心裡十分感動。

一晃幾個月過去，陳嘉豐把榨油的技術通通掌握了，連拜爹的連襟也擺手說實在沒有什麼可教的，於是放心地告辭，回了岢嵐老家。油坊裡的事情主要就靠陳嘉豐料理。拜爹看這個拜兒子如此能幹，就任由他放手幹去，從不插手干預。這樣一來，油坊的生意紅火，當年就盈了不少利。年底結帳，拜爹厚賜陳嘉豐，陳嘉豐推讓一番，只取了自己應該賺的。

臘月裡油坊停工，陳嘉豐回家過年。半年多來，鳳珠整天跟在陳嘉豐身邊玩耍，就像陳嘉豐的影子一般，此時陳嘉豐離去，鳳珠戀戀不捨將他送出村外，囑咐他過轉年早點來。

諺語云「瑞雪兆豐年」，年還沒到就下了一場大雪。陳嘉豐踏著雪跡回家，還沒等下了腰莊山，就看見棗花從院子裡出來，大概是因為快要過年的緣故，男女雙方心上人兒的心裡都充滿了異樣的情愫。過年，是一年中最悠閒快樂的日子，可是各在各家過，也是有情人無法見面的日子。滿懷著對過年的喜悅和對心上人兒的祝福，雙方都恨不得早一點傾吐出來，讓心上人兒與自己分享。陳嘉豐急急忙忙下了山坡，看見棗花也從村腳的小道上一步一步溜下他們私會過的那條山溝，他也緊隨而下。兩個人面對

面，反而都不知說些什麼好。陳嘉豐看著棗花俏麗的臉龐，心中甚是愛戀，不由自主地伸出手來，想要把棗花的小手握在手心。棗花嚇了一跳，急忙把雙手背到身後。原來在那個年代，男女授受不親是最基本的道德準則。棗花羞怯地說：「要是你是真心的，就打發媒人到我家來提親吧。」陳嘉豐也為自己的唐突舉動感到有些羞愧，聽了棗花的話，他欣喜若狂，連連點頭答應。

四

在河保偏一帶，歷來都十分重視過年。在這片貧瘠土地上熬煉歲月的人們，在這年終歲首、始終交替的時刻，無論富貴貧窮，都想過上幾天像模像樣的日子。哪怕是歲荒沒有收成，哪怕是欠下了一屁股饑荒，也要給小孩縫一身新衣裳，吃幾頓像樣的好飯。面對如此隆重的節日，人們早早就忙活開了，從臘月二十三一直要忙到大年三十，直到年盡歲除，才算告一段落。過罷年整個正月又是個閒月，人們走親戚、會朋友，還要張羅著過古會。保德農村習慣過古會，各村分別過，從正月初二直到二月初二，基本每天都有過古會的。古會的主要形式是唱大戲，其他如扭秧歌、耍龍燈等社火活動也樣樣俱全，其中沿河一帶村莊的「武秧歌」更是久負盛名。據說「武秧歌」起源於西周的巫舞「大儺」，經過千百年來的演變在保德演化為「武秧歌」。那「武秧歌」表演藝人身著武裝，夾耍帶唱，十分熱鬧紅火。陳嘉豐自然也不甘寂寞，剛剛過了年，就每天去村中參加「武秧歌」的排練。

這日是正月十四，郭家灘村起會，會期三天。腰莊拜爹專程帶著鳳珠來到陳嘉豐家住下趕會，陳家上下熱情接待。兩個老拜識有著說不完的話，鳳珠纏著陳嘉豐陪她玩耍，陳嘉豐白天耍秧歌顧不上，就在晚上帶她看大戲、逛花燈。本來這幾年過古會都是陳嘉豐帶著榆錢玩耍，今年鳳珠來了，又是客人，榆錢很懂事地待在家裡幫忙做營生，也不去糾纏陳嘉豐。總的來說，這個古會過得十分圓滿。

　　古會最後一天午飯後，拜爹帶著鳳珠告辭回家。陳嘉豐一整天都忙著耍秧歌，也沒有趕上相送。傍晚回家，剛進大門，迎頭碰見父親正送村裡的媒婆禿鷗子出來。所謂「禿鷗子」，即指貓頭鷹，當地人認為牠是一種晦氣的鳥。這個禿鷗子是村裡周坊有名的媒婆，花言巧語，能說會道，為了賺取黃

　　白之物，瞎扯紅線，亂點鴛鴦，哪裡管新人的婚配合不合適，是以人稱禿鷗子。禿鷗子臨出門向陳嘉豐討好地叫了聲「少爺」，陳嘉豐只隨便點了點頭。進了家中，陳父滿臉喜色地對陳嘉豐說：「今天請了媒人來，是要給你說樁親事。」

　　陳嘉豐以為父親知道了自己跟棗花的事，要去提親，心中好不歡喜。

　　哪知父親又說：「你拜爹十分相中你的人才，你和鳳珠又從小耍大，是以你拜爹想把鳳珠許配給你。」

　　話音未落，陳嘉豐宛如被當頭敲了一棒。在他眼裡，鳳珠和榆錢一樣都是自己的妹妹，兄妹情深是一回事，又哪裡想到過會結婚娶聘？

　　到此地步，陳嘉豐不得不把自己的心事說出來。他吞吐著說：「只是，只是我已相中了一個女子……」

　　「哦，莫非是榆錢？」陳父只知道除了榆錢，並沒有其他女子跟兒子親近。「不是不是，榆錢是我妹子，咋會是她哩？」陳嘉豐連忙解釋。

　　「哦，那是甚樣人家的女子？」陳父並不責怪，只是關切地問。

　　陳嘉豐只好實話實說：「是我去腰莊拜爹家時，在蘆子溝村遇到的一個女子。她家非常窮困，家裡有個哥哥，二十大幾了還沒娶過媳婦。」

　　「這是少年兒戲，倒也當不得真。」陳父以過來人的經驗定下結論。「大大，你不是從來也不嫌棄窮人嗎？」陳嘉豐焦急地道。

　　「並非大大嫌貧愛富，有樁事實在是迫不得已。」陳父道，「你且坐下，待我一五一十告訴你。」

　　陳父嘆了口氣，慢慢說來：「這事說來話長。想當年康熙皇帝西巡途經我村，我陳家有個祖老爺爺留他在家中吃了頓便飯，特意做了條石花鯉

魚，本意是給皇帝嘗鮮，不料皇帝回京後，下旨把石花鯉魚定為貢魚。這也罷了，後來各級官員都知道了石花鯉魚味道鮮美，紛紛索取，數目巨大，魚價飆升千里，致使沿河百姓鬻牛賣女，傾家蕩產。祖老爺爺本是一番好意，不想卻拖累了家鄉百姓。我陳家祖先本是青史上有名有姓的人物，世代詩書傳家，禮義待人，咋可眼睜睜地看著眾鄉親置身於水深火熱之中而坐視不理？於是自祖老爺爺之後，一百幾十年來，我陳家世代形成規矩，逢災荒開倉放糧，遇饑饉周濟鄉鄰，以求贖減我陳家給鄉民帶來禍患的罪過。」

陳嘉豐一直以為自家平常周濟鄉親，扶助窮困，本是出自好心，行善積德而已，萬萬沒想到居然還存在這麼一段深遠的緣由。

「真是一筆永世也償還不清的孽債！」陳父接著又說，「咱家的境況想必你也知道，除了侍弄田地，別無其他進項，且這些年又連年災荒，收成無多，倉庫裡莫說穈黍稻穀，就是秕穀粗糠也不甚多。沒奈何，我只好忍心把祖先世代相傳下來的幾件玉器古玩變賣，糴來米糧填充倉庫……」

在陳嘉豐的心目中，一直把父親看作一位古道熱腸、宅心仁厚的長者，遇事寬宏大度，與世無爭，沒有想到在他清瘦單薄的肩膀上卻擔挑著如此沉重的一副擔子，不由對父親愈加敬佩。

「本來我也沒有想到要和你拜爹結為親家，只是你拜爹相中你的人才，鳳珠也是在我眼裡看著長大的，是個好女子。」父親接下來說，「何況你拜爹家資富裕，又有油坊產業，他的膝下無有男丁，將來家產必定會交給女子女婿繼承。如此合我兩家產業，救濟窮苦鄉鄰，為祖宗贖減罪孽，也未嘗不是一件好事！」

在清朝封建年代，「忠孝禮義」四字是做人的準則，道德的規範，尤其是讀書人，無不爭做道德表率。陳嘉豐自幼熟讀經史，對這四字的理解尤為透徹，並以這四字嚴於律己。此時聽父親這般說，一種責任感自然而然萌生出來，他隱隱約約地感覺到，陳家一百多年來世代傳承的贖罪重擔已經承載在自己肩頭，而他也似乎看到，自己的姻緣早已被上天圈定，一

生的命運也早已在冥冥之中被老天爺注定了。

接下來的事情，就不需陳嘉豐去操心顧慮。陳父次日遣發媒人，赴腰莊老拜識家說合婚姻，互換庚帖，二月裡探話插定，三月即大操大辦，迎娶新媳婦過門。目前陳家的家境雖然並不充裕，但瘦死的駱駝比馬大，送與女家的彩禮自不寒酸。女家的陪嫁更是十分厚重，跟隨在迎娶的花轎後面，十六頭毛驢馱了滿滿十六馱，此外拜爹還把油坊也作為陪嫁送與女子女婿，每年的盈利盡歸女子女婿所有。

陳嘉豐娶媳婦，連自己也說不清心裡是什麼滋味，不過他並未忘記派人專程去請自己在河曲、偏關的兩位結義兄弟。遺憾的是二哥郭望蘇流船外出，很長時間沒有音信，也不知生死存亡，令人擔憂。高興的是到了迎娶之日，大哥李小朵應邀前來行禮。除了新婚之夜，陳嘉豐每日陪李小朵同吃同睡，叫新娘子獨守了幾天空房。鳳珠心胸寬廣，並無怨言。倒是李小朵十分過意不去，住了沒幾天便告辭陳嘉豐回了河曲。

自從陳家開始給陳嘉豐議婚，就有一個人十分傷心，她就是打小跟陳嘉豐一塊兒耍大的榆錢。很小的時候，陳嘉豐就處處關心她、照顧她，她在外面受到別的小孩的欺負，總有陳嘉豐為她出頭。長大以後，陳嘉豐更成了她的主心骨，是她的依靠，在她的心目中早已沒有任何人可以取代陳嘉豐的地位。自從情竇初開，她就幻想有一天要嫁給他，和他永永遠遠在一起生活，可是突然心上人要娶親了，新娘子卻不是自己。榆錢偷偷地躲在牆角圪嶗裡哭泣，卻不敢大聲地哭出來。她的舉止被爺爺發現了。爺爺搖著白髮蒼蒼的頭開導孫女：「受苦人本來就是丫鬟的命，又怎麼能貪心妄想攀上高枝？還是本本分分地當丫鬟吧。」其實不需要爺爺開導，榆錢也明白這個道理，她也為自己的痴心妄想感到好笑。可是她還是十分依戀陳嘉豐，覺得離不開他，於是她打定主意做個丫鬟，好好伺候他一輩子。

鳳珠過門後，感覺到陳嘉豐對她並不十分親熱，甚至還不如過去做兄妹的時候要好。做兄妹時，他倒對自己百依百順，從不違拗，而且處處極盡關懷，噓寒問暖。可自從做了夫妻，卻明明白白感覺到疏遠了、陌生了。再也不像過去一有空閒，他就沒話找話，逗人玩耍。現在的他變得沉

默寡言，三巴掌也拍不出一個響屁來，整天板著臉色，鬱鬱寡歡，好像誰欠了他二百吊錢似的。鳳珠細心觀察，發覺只有在榆錢面前他才露出一點笑模樣，經常詢問榆錢吃了沒，耍得好不好，近來爺爺的身體咋樣之類的話。鳳珠打小嬌生慣養，是個大大咧咧的性格，平時極其粗心，可自從嫁入陳家，夫妻相處得並不融洽，她的心思不自覺地變得敏感起來，並且隱隱約約地感覺到，毛病就出在榆錢的身上。

　　自從把鳳珠娶進門，榆錢就盡心竭力伺候哥哥嫂子。每天天剛亮就從小院過來，等哥哥嫂子一起床開門，就打洗臉水送進去。在兩人洗臉的當口，她爬上炕頭去把被褥疊好，整整齊齊地垛放在炕角。緊接著擦炕掃地，揩抹桌椅，裡裡外外，纖塵不染。來串門看新娘子的鄰居都誇讚鳳珠勤快，是個會過日子的好媳婦。鳳珠十分高興，就也非常喜歡榆錢，經常送個頭飾手帕之類的小禮物給她。可是自打感覺自家夫妻感情不好的毛病出在榆錢身上，她看榆錢的眼神就截然不同了。咋看榆錢都像是個狐狸精，是她把丈夫給勾引住了，就是因為她，丈夫才會對自己不好，於是她把所有的怨恨都歸咎在榆錢身上。從此之後，她頤指氣使，真就把榆錢當成了丫鬟，支使她做這做那，就連倒尿盆之類的骯髒營生也命令她去做。榆錢親了哥哥，倒也不在乎嫂子對她的態度，嫂子叫她做甚她就做甚，再髒再累，她也不違抗。陳嘉豐看不過去，告訴鳳珠說榆錢雖是個下人，卻也是自家的乾妹子，叫她不要過分對待。鳳珠正好借題發揮，和他吵鬧起來，說他如果不喜歡自己，就娶乾妹子做老婆算了。陳嘉豐覺得跟她理喻不清，就也和她爭吵了幾句。自此之後，鳳珠更為變本加厲，到處挑揀榆錢的不是，想著法子欺凌她，折磨她，想打就打，想罵就罵，成了家常便飯。榆錢為了哥哥好，只是忍氣吞聲，並不聲張。有次鳳珠看見榆錢坐在院子裡納鞋底，忽然心血來潮，順手從榆錢腳下的針線笸籮裡抓起把錐子，就對榆錢亂扎。榆錢急切間揮舞手臂阻擋，手臂上被扎下幾個血窟窿。陳嘉豐知道後，把鳳珠按倒在地狠狠地揍了一頓。自此以後，小倆口經常爭吵，再無寧日。陳嘉豐心情鬱悶，學著借酒澆愁，每日喝得醉醺醺的，沒個清醒的時候。

　　這年冬天，天氣冷得厲害，才剛剛十月天黃河就開始封凍住了。那天早上起來，窗外淡淡地飄了些雪花，陳嘉豐覺得身上寒冷，就自己燙了壺酒，倚在窗前自斟自飲。因為沒有吃早飯，腹中空虛，沒喝了幾口就有了醉意。他看著窗外的雪景，驀然想起了去年的冬天他和另外一個女子的約定，轉眼間就快過去一年了。這一年來，外父看女子女婿剛剛成親，也不催促他去油坊照料，他也再沒有踏上那條傷心路。如果有什麼必要之事非得去腰莊，那麼他寧肯繞遠道走另一條路。此時酒意襲上心來，他突然很想再走走那條小路，去看一看棗花過得好還是不好。他跟跟蹌蹌上路，穿過山澗旁的小路，來到了蘆子溝村。只見四處一片蕭條，早上的那場雪並沒有下多少，有許多地方還未曾被雪覆蓋住，是以大地就像放羊漢穿的爛皮襖，黑處黑，白處白，顯得骯髒不堪。突然聽見有一陣鼓樂響起，放眼望去，只見在山溝對面那兩棵落盡了葉子的棗樹下，就在那個小院門口，有一個裝扮一新的女子正在人們的簇擁下上花轎。爆竹轟鳴劈劈啪啪，嗩吶聲聲嗚嗚咽咽。一個砍柴的老漢圪蹴在陳嘉豐身邊，嘆息著說：「多好的女子呀！這一年裡有多少後生上門提親，她都沒有看中。可是這一回，為了給哥哥換彩禮娶媳婦，她卻答應嫁給山莊頭村的一個土財主家的兒子，誰不知道那女婿是個半傻子呀？」聽了此話，陳嘉豐不知不覺淚流滿面，那砍柴老漢以為碰見了一個瘋子，連忙背上柴捆躲避而去。

　　陳嘉豐去往蘆子溝村探望棗花，沒想到家裡卻出了一件大事。陳嘉豐剛剛起程，鳳珠就把榆錢叫來，說最近幾天天氣寒冷，炕爐燒得太暖，她患上了風火牙疼，叫榆錢去黃河畔撿些黑凌冰，給她清火解疼。榆錢沒有推拒，逕自去往黃河畔。本來這個季節，黃河才剛剛封凍，冰層凍得尚不結實，哪裡就有黑凌冰？榆錢只管往冰灘中間走，不意踏上薄冰，一腳踩了個窟窿，整個人掉進了冰河裡。那天西北風呼嘯著，天氣十分寒冷，人們寧肯待在家裡守火爐，也不願意到冰灘邊遊蕩。可憐的榆錢，掉進冰河裡也沒個人看見！

　　等陳嘉豐回來，見家裡亂成一團，說是找不見榆錢的蹤影。只有鳳珠說是榆錢一個人到黃河畔撿黑凌冰了。陳嘉豐急忙奔跑到黃河邊，只見在

冰灘薄薄的雪層上淡淡地留有一行腳印，又哪裡有半個人影？

五

這一年，保德遭際了前所未有的災荒，多半人家的糧食連過年都撐不到。

陳家及早開倉放糧，倉儲很快告罄。陳家自家的日子也極其緊巴，如果不是有腰莊親家接濟，只怕也會熄灶斷炊。

未過正月，州裡出了一樁大事，道是現任知州違禁開倉放賑，被朝廷判處斬刑。這位知州就是當年的那位河曲廩生白進。

話說河曲廩生白進，自那年七月十五在黃河岸畔邂逅祁縣復字號大小大東家喬致庸，當晚在水西門城樓聚會飲宴，受到喬致庸的激勵，回到家中後，毅然捨棄歌賦雜學，閉門不出，勤奮溫習經書功課。當年赴保德州科試錄科，隨後赴省鄉試高中秋闈，最終赴京會試位列進士之榜，吏部派放其出任甘肅定西縣令。因惠政聞達，擢升保德直隸州知州，領正五品銜。

白進到保德赴任，只乘青驢一匹，攜隨從二人，另外一乘小轎抬著閨女霓歌。這幾年間，霓歌一直跟隨父親在任上，照顧父親起居飲食。霓歌年歲既長，也有些官宦縉紳上門提親，但白進身在宦海，不知自己將來歸依何處，不捨得把閨女隨意拋棄在異地他鄉，致使終日不得相見。這次僥倖調任故里，白進十分高興，打算在故鄉尋訪戶好人家，把閨女的終身大事辦了，也好了卻這樁心事。

白進到任保德，第一件事就是遣人去郭家灘探訪陳嘉豐的信息。恰逢陳嘉豐新婚之喜，白進派人送上一份厚禮，以補報當年他在河曲黃河激流裡挽救閨女霓歌的恩義。誰料陳家只收了一幅賀聯，其餘禮物卻被悉數退了回來。白進問詢手下吏從，獲悉郭家灘陳家雖是本地縉紳，卻從不巴結官家，不與官宦密切往來，心中大是欽佩，便也順其自然，不再囉唆叨

擾。

　　保德州城坐落在一座山峰上，隨山據險，與陝西府谷縣隔黃河相望。那黃河宛如一條玉帶，橫亙在兩岸之間，逶迤西流，既是天然的屏障，又是兩岸人民交好的紐帶。自古以來，兩岸人民相交往來，通婚貿易，「秦晉之好」一詞在這裡有著最貼切的體現。前朝崇禎年間，有府谷人王嘉胤不滿朝廷苛政，嘯眾造反，殺了府谷知縣，占據縣城，自稱「府谷王」。王嘉胤率眾踏冰渡河，圍攻保德城不下，又轉道河曲控制黃河渡口，接引陝北義軍向山西轉移。在河曲期間，王嘉胤曾將晉西北名剎海潮庵付之一炬，聖殿禪堂俱化為灰燼。白進身為河曲人，對這段史實自然熟稔。每每站立保德城頭，隔河眺望，胸中思緒紛至遝來，徘徊縈繞。他想到歷代苛政常使百姓置身於水火熔爐之中，而兵燹戰亂更使繁華盛景毀於一旦，要想維護繁華盛景，就必當先使百姓安居樂業，百姓安，則天下太平也！

　　保德州城雖據山岡之險，然而僻處彈丸，不過是一蕞爾邊城。城中除州署和學宮還整齊外，百姓居所多有殘牆斷垣。城郭重地尚且如此頹敗，山村僻野就更加惡劣堪憂。白進到任後，並沒有在城中多待幾日，每天外出勘看地貌，訪察民情，百姓的疾苦艱難，無不如刀刻斧鑿，深深烙印在他的腦海裡。尤其令人痛心疾首的是，沿河百姓生活本已窮極苦難，魚貢制度又雪上加霜，致使諸多百姓鬻牛賣女，傾家蕩產。白進遂上書申告省、道，請求將魚貢減至例貢一百四十尾，其餘副貢盡行裁革。那省、道哪肯依從？白進並不氣餒，幾次三番上書求免，終至達到將副貢豁免一半。沿河百姓無不額手稱慶，稱頌白進恩德。

　　然而，要想徹底改變保德貧窮面貌，莫說白進力有未逮，便是當時的朝廷也處於有氣無力之際。隨著鴉片戰爭的爆發以及太平天國起義等禍亂，巨大的賠款與軍費開支使清廷對人民的盤剝更加殘酷。朝廷僵化腐敗，人民負擔沉重，百姓生活達到前所未有的困難境地。然而，老天爺偏偏不作美，連續十幾年旱澇災荒，到了白進任保德知州這年，秋後地裡的收成更是寥寥無幾，還不等進入臘月，半數百姓已缺糧斷炊。在此境況下，白進來不及申報省、道，當機立斷打開倉庫，放糧賑濟。哪料白進這

一疏忽，卻引發了一樁千古冤案。

當年保德災荒，河曲也不例外。保德直隸州所領僅河曲一縣，州治賑濟文書送達河曲縣衙，書吏奚耀珍眼睛十分尖刻，一眼就瞅出了其中的紕漏。想那奚耀珍心腸歹毒，不亞乃父，前些時候為了攀龍附鳳，想方設法要將小姨子獻給知縣胡丘做小妾，導致小姨子投河自盡。奚耀珍偷雞不成蝕把米，只好夾著尾巴極力討好胡丘，好將手中飯碗捧得牢靠些。這番奚耀珍發現了知州白進的紕漏，於是鼓動胡丘迅即遵從賑濟文書，將倉內米粟盡數發放百姓，回頭卻擬就了一份申飭文書，只說那知州未經有司准照，擅自開倉放糧，魚肉地方，中飽私囊，然後親自陪同胡丘送往省、道衙門。那省、道本就對白進不滿，自白進到任以來，還沒有吃過保德地方一顆米、一粒鹽，再加上白進三番五次上書求免魚貢，致使今年的石花鯉魚都不能敞開肚皮吃。省、道當即上疏陳奏，附加罪狀無數。朝廷龍顏大怒，著令刑部、吏部會同查辦。吏部批復罷黜白進知州銜職，刑部批復當月立斬之刑。同時勘查河曲縣令胡丘稟奏有功，擢升保德直隸州知州，並依令監斬犯官白進。

胡丘在奚耀珍的慫恿下，未耗一厘一文，即連升數級，一躍成為正五品官員。胡丘隨即和奚耀珍自省而歸，連河曲老家都沒回，就直奔保德赴任。

這日正是元宵佳節。保德雖遭饑饉，但這元宵古會還是要過的。按照當地習俗，從十四起會，十六結束，會期三天。古會內容最主要的是在龍王廟前搭臺唱戲，劇種為晉劇，所謂「無戲不成歡」，不唱戲就沒有過節的氣氛。其次是社火活動，有文武各類秧歌、踩高蹺、跑旱船、舞獅、舞龍等，一連喧鬧三天。到了夜晚還有轉燈習俗。所謂「轉燈」，即是在夜幕降臨時，由居民擔挑各色花燈排成隊伍出發，前邊鼓樂引路，在經過住戶門前時，就要舞弄一番。那些住戶早有人倚在門前等候，花燈隊伍一到，就在門前由煤炭壘成的火籠旁燃放爆竹，俗稱「攔會」。主人家放爆竹多久，花燈隊伍就在他家門前舞弄多久，放得爆竹越多，就說明這戶人家是戶好人家。花燈隊伍一直要把全城轉遍，把所有的人家走遍，表

示「遍布吉祥，一戶不漏」。而最值一提的是「九曲黃河燈會」。燈會由三百六十盞燈組成，據說是從《封神演義》裡的「九曲黃河陣」演化而來，按九宮八卦布局，其中迷宮重重，稍有不慎就會誤入歧途。人們都會扶老攜幼，於元宵夜進入燈會轉上一遭，以期來年和和美美，平安通順。

　　十五正日，全州百姓盡來城中喧鬧，一派祥和安樂的氣氛。白進看見舉州百姓俱展歡顏，心中也頗感欣慰，於是自在後堂吟唱曲賦，閨女霓歌在一旁彈琴伴奏。白進正在吟唱先祖白樸公《梧桐雨》中的唱段：「一會價緊呵，似玉盤中萬顆珍珠落；一會價響呵，似玳筵前幾簇笙歌鬧；一會價清呵，似翠岩頭一派寒泉瀑；一會價猛呵，似繡旗下數面征鼙操。兀的不惱殺人也麼哥！兀的不惱殺人也麼哥！則被他諸般兒雨聲相聒噪。」正唱得愜意，忽然自堂外闖進幾個人來，為首這人身著五品白鷳補，身材肥胖，看面貌似曾相識。霓歌一眼就認出此人是河曲胡財主的兒子胡丘。那胡丘嬉皮笑臉地向白進拱一拱手：「白大人，久違了。」白進正要詢問，胡丘一板臉孔，向從人道，「拿文書來！」奚耀珍趕忙將一份文書遞給胡丘。那胡丘本來大字不識幾個，接過文書也不誦讀，只是在手中揮舞著，口裡念念有詞，「本官是新任保德直隸州知州，奉朝廷聖旨、巡撫之令，緝拿犯官白進歸案，並奉刑部律令當月立斬犯官白進！」話音剛落，幾名差役立馬上前將白進捆綁起來，霓歌當即被嚇得花容失色。胡丘見霓歌幾年間出落得更加美貌襲人，不懷好意地說，「至於犯官的閨女，就暫且羈在後衙，待處斬犯官後另行發落。」霓歌哭嚷著不依，撲上去抱住父親，不讓差役帶走，幾名差役強硬拉扯也拉扯不開，胡丘見此情景，安排差役道：「既然如此，索性將犯官之女一併下牢，務須好生看管。」隨即叫人擊鼓升堂，聚集大小官員吏目、差役皂隸人等，當堂宣讀刑、吏二部及巡撫文書，接掌州衙大權。

　　未過幾時，在龍王廟前的戲臺上，開場鑼剛剛敲過，後臺的演員正待登場，突然一群差役皂隸簇擁而來，手執棍棒驅趕開戲場中央的人群，一隊官吏緊隨其後大搖大擺登上戲臺，也不需布置，一名官員逕自坐在戲臺當間的道具桌後，其餘吏目分立兩旁。聚集在此看戲的百姓都不知發生了

什麼事，紛紛好奇張望。只聽那官員一聲吩咐，幾名差役將一名人犯押在案前。那官員當堂宣布：「本官胡丘，新任保德直隸州知州。犯官白進，擅自開倉放糧，魚肉地方，中飽私囊，罪大惡極，天人共憤。本官奉朝廷諭旨，巡撫之命，依刑部所判當月立斬之律令，今日在此監斬犯官白進。」

話音剛落，戲臺下面齊刷刷地跪倒一大片百姓，紛紛嘯叫呼喊：「白大人是好官，不能殺啊！」

「白大人為民請命，減免魚貢，待百姓如再生父母！」

「白大人體恤百姓，開倉賑濟，這又是犯了哪門子王法？」

「你等愚民，又懂什麼王法刑律？」胡丘自椅子上站了起來，得意揚揚，手執行刑權杖，就要擲下。

「且慢動手。」只聽得臺下一聲呼號，一名青年書生自人群裡走出來，逕自攀上戲臺，向胡丘躬身行禮。

有差役附耳告知胡丘，此後生乃是本地縉紳陳家的公子陳嘉豐，並言此子少年即舉廩生，號為「神童」，是本地讀書人的表率。

陳嘉豐行禮畢，朗聲詢問：「敢問大老爺，刑部律令可是當月立斬犯官白進？」

胡丘道：「正是。」

陳嘉豐道：「可是現在陽婆當頭，哪裡有個月亮？」

胡丘一愣，隨即哈哈大笑，道：「白進狡黠，治下亦鼠兔一窟，可笑哇可笑。也罷，本官就賣你一個面子，待今晚午夜時分再行處斬犯官，好叫爾等宵小心服口服。」

胡丘起身帶領差役押解人犯回衙。戲臺前圍觀的百姓戲也不看了，緊緊尾隨其後，一路上逢人便說白大人的冤情，耍紅火的也不耍了，看熱鬧的也不看了，紛紛加入隊伍中。最後舉城百姓全部聚集到州衙外面，鋪天蓋地跪倒一大片，異口同聲為白大人求情。陳嘉豐亦率同本州讀書人聯名呈帖，為白進具保。原來保德人自古秉性率真耿直，猶好仗義直諫，僅前

朝洪武年間就有五人先後除授監察御史之職，陪伺帝王左右，至今古風猶存。胡丘見此情景，十分煩躁，命人閉上大門，將陳嘉豐等人所呈保帖扯得稀碎，自在後衙飲酒作樂，等待夜晚處斬白進。

夜幕降臨，在城頭上遙望府谷縣城，只見燈火輝映，火樹銀花，火籠烈焰騰騰映紅天宇，爆竹煙花陣陣裝點夜空，隨著河風飄蕩，唱戲的絲弦唱腔也隱約可聞。而在保德城內卻到處一片死寂，花燈無有一盞，火籠無有一座，本當最熱鬧的戲場和九曲黃河燈會空無一人，甚至百姓全部聚集在州衙外面，滿城居所內連一絲半毫光亮都沒有。

夜色漸深，胡丘打發書吏出門外看月亮升起來沒有。說來也怪，整整一白天日頭高照，到了夜晚卻滿天烏雲，莫說月亮，就連一顆星星都看不見。一直等到鼓打三更，月亮也沒有露出頭來。對岸府谷縣城的燈火漸漸稀疏下去，唱戲的絲弦唱腔也不再聽聞，顯然已曲終人散。胡丘疲倦地連連打著哈欠說：「今天暫且歇息，待明天有了月亮再行處斬。」

老天爺的臉色真是叫人捉摸不清。自正月十五這天起，一連八九天，保德白天都是晴空萬里，豔陽高照，一到夜晚就烏雲密布，暮色昏沉。百姓都傳說是老天爺開了眼，要保住白大人這條性命。胡丘一天天等待下來，心中十分焦躁，後悔當天不該大意與刁民玩戲，導致多日不能行刑，思來想去，對陳嘉豐惱恨不已，自此記下了一肚子冤仇。他命令奚耀珍趕快想辦法，盡快處斬白進，以絕後患。奚耀珍盤算一番，只叫大人再耐等三五日，最多到了正月三十，即可開斬。因為按「當月立斬」的字義，依月份才是正解，不一定非要等到月亮升起。胡丘連誇奚耀珍聰明。

到了正月二十五，白進被關押在牢中已整整十天。管理牢獄的獄頭姓王，人稱老王。老王擔任此職已多年，只掙得工食銀少許，家中老妻又多病，常年吃藥耗錢不少，生活甚為艱澀。去年秋天，老妻突然病故，老王連口薄皮棺材都買不起，白進獲悉後，從自己的俸銀中拿出幾兩，資助老王像模像樣地辦了喪事，由此老王極度感恩白進。此時白進蒙冤下獄，老王無能為力，只能給予好生照料。這起官司本沒有牽扯犯官家眷，可白進的閨女霓歌不忍離開父親，死活要跟父親在一起。老王這點許可權是有

的，就允許霓歌跟父親住在一個牢舍。霓歌提醒父親上書申冤，並請老王找來文房四寶。白進慈愛地望著閨女，搖了搖頭，提筆寫下白樸公《梧桐雨》中的一段唱詞：「潤濛濛楊柳雨，淒淒院宇侵簾幕；細絲絲梅子雨，裝點江干滿樓閣。杏花雨紅溼欄桿，梨花雨玉容寂寞；荷花雨翠蓋翩翩，豆花雨綠葉瀟條。都不似你驚魂破夢，助恨添愁，徹夜連霄。莫不是水仙弄嬌，蘸楊柳灑風飄？」原來是白進半生未曾續弦娶妻，懷念先妻的心理寫照。白進剛剛寫完，把筆一丟，對著這段唱詞就唱了起來，霓歌在一旁淒然落淚。正在此時，忽然牢門打開，一片月光傾灑了進來。幾名差役凶神惡煞地闖進來，給白進套上枷鎖，將他牽出牢房。牢房內只留下霓歌拍牆打門，哭聲號啕。

自這年起，保德民間再不過元宵古會，而把會期改至正月二十五。不是為了別的，只是為了紀念這一位屈死的清官。

當晚胡丘處斬了白進，心中石頭落下，隨即叫人去牢房把霓歌提至後堂。差役去了牢房，只見牢門大開，霓歌早已不見，就連看管牢房的獄頭老王也不見蹤影。

白進被處斬後，屍身遺棄在刑場上，又是陳嘉豐召集來些鄉親，將其殮葬在城外荒丘西二梁，好使這位屈死的清官入土為安。

獲悉陳嘉豐所為，胡丘對陳嘉豐更加惱恨，認為其處處專與自己作對。自此以後，胡丘專門指使差役捏造事端，編派是非，所訟名目無非是陳家的羊啃了鄉民的青苗，抑或是陳家的看門狗咬傷了討飯的花子，刁難擠對陳家。陳嘉豐每日奔走衙門，磨破鞋底，費盡口舌。陳嘉豐自知是因何緣由開罪了這任官府，明白只要自己在家一日，陳家便難得有一日安寧，無可奈何之下，只好打算出門在外躲避。陳家在別地也無可投親友，只是看見鄉民們奔走西口外的居多，便也打算隨著這些鄉民出走西口。父母妻子雖然不忍，卻也無計可施，於是陳嘉豐收拾行李，不忘把當年喬致庸贈送的那個玲瓏算盤揣在懷裡，一個人踏上了西口路。

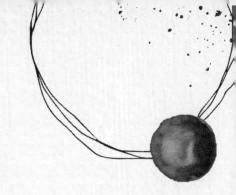
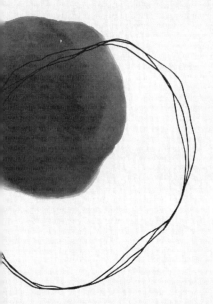

第三章
老牛灣

一

李小朵等三人雖然從少年時結為金蘭弟兄，平常見面不多，但兄弟這份情誼卻始終掛懷，不曾更改。這日李小朵和陳嘉豐在古城不期而遇，倍感親切。兩人年歲相仿，剛剛進入弱冠之年，可是各自經歷過一場刻骨銘心、傷慟欲絕的情感劫難，在心靈裡留下了一道無比深重的創傷。此時兩人相對傾訴，把裝在心靈深處的喜怒哀樂一股腦兒地傾倒出來。兩人說著說著，不覺已是淚流滿面，到後來乾脆放開喉嚨唱了出來。

一個唱的是：「三十里大路二十里水，五十里路頭上眊妹妹。三十三顆蕎麥九十九道稜，九十九回眊妹妹九十九回空。稻黍地裡寄黑豆，為了眊妹妹踩下一條路。牆頭高來妹子低，瞭見人家瞭不見你。頭一回眊你你不在，你上那圪梁梁上挽苦菜；第二回眊你你不在，你媽媽給我把紅鬍髭戴……」

一個唱的是：「斜三顆星星順三顆明，難活不過人想人。一對對胡燕繞天飛，不想別人單想你。想親親想得手腕腕軟，拿起個筷子端不起碗。山在水在石頭在，人家都在你不在……」

在茫茫的夜空下，四處靜寂，兩人的歌聲悲切、哀婉，令聽者無不感觸傷懷，就連在城門洞內有一搭沒一搭捱著燒酒挨度漫漫長夜的兩名老軍也不禁感傷動容。

兩名老軍緩步踱出城門洞，走到李、陳二人近前，好意勸告二人不可再多喝了。李、陳二人已經半醉，隨手將剩下的半壇酒送與老軍。

李、陳二人毫無睡意，繼續交談拉呱兒，話題不知不覺牽扯到了郭望蘇身上，二人都道：「要是望蘇兄弟今天在這裡就好了……」

兩名老軍平白受了二人半壇燒酒，遠遠聽見二人的話，又不約而同自城門洞內轉出，來到二人身邊，壓低嗓門說：「兩位千萬不可再提郭望蘇的姓名。郭望蘇乃是『長毛教父』，朝廷欽犯，現下各地正在加緊通緝。不信你們來看……」兩名老軍將二人引到城門洞旁，一名老軍手裡端著一

盞油燈，在微弱的燈光下，可看清牆壁上貼著的一幅緝捕令上繪畫的正是郭望蘇的圖像，令李、陳二人大驚失色。

「原來你們不知，其實郭望蘇早已死了。」卻聽有一個未睡著的河曲老鄉插嘴說道，「前些時候我去偏關走親戚，當時整個偏關都在傳說郭望蘇的事。」李、陳二人連忙相詢，那河曲老鄉將自己聽說來的事又繪聲繪色地講說了一遍。

郭望蘇是偏關縣老牛灣村人。黃河九曲十八彎，老牛灣是黃河上的一道大彎。黃河流經這裡時，河道急劇彎轉，波激浪大，極度險惡。為防禦羌胡入侵，早在明朝時這道大彎旁邊的山崖上就築有一座營堡，名「老牛灣堡」，乃是萬里長城之上的一個重要關隘。整座營堡建築在整塊的大石崖上，以條石為基，磚石砌成堞樓，又名「護水樓」。登上城堡極目遠眺，千山萬壑盡收眼底。滔滔黃河從內蒙古高原奔騰而來，自腳下的深谷呼嘯而去，流向晉陝峽谷，蜿蜒東來的長城從這裡折向西南，後經河曲越過黃河，進入陝西省府谷縣境內逶迤西去。老牛灣堡集雄、秀、奇、險於一體，可謂獨據險要，易守難攻。後來隨著清軍入關，夷漢一統，衛戍邊防由「綏靖」改為「屯墾」，邊關烽煙止熄，兵卒棄戈荷鋤，老牛灣昔日裡戎馬倥傯的歷史煙雲，漸漸衍化為一幅農牧躬耕的田園畫卷，大多是明代從江蘇徵調過來的戍邊將士的後代，從此成為老牛灣村的永久居民。

由於老牛灣村坐落在一座孤石山上，注定了這個村莊地荒人稀。不多的三四十戶人家散落在三個自然村，野外的山梁上覆蓋著稀薄的幾畝沙梁薄地。說是薄地，就因為土壤少石子多，刮一場西北風土壤就減少一層，地越種越薄，即使風調雨順飽墒之年，人均糧食也不會超過三石。在如此荒瘠之地，老牛灣人為了謀求生計，只好另覓它法。俗話說，「靠山吃山，靠水吃水」，山梁上沒有吃的，就只能打水的主意，因而興起了在黃河上攬船的活計。

村腳下的老牛灣河道彎大、水深、流急，正處在和內蒙古之間的界河楊家川溝交匯的河口。楊家川溝在匯入黃河之時，裹挾來大量泥沙石頭，日益沉積，在水中隆成扇形大斜坡，稱為「磧」，又叫作「磧架」。黃河流

經磧架時，主流被擠偏到一側，河道變窄，落差增大，河底亂石嶙峋，河面巨浪翻騰，下行的貨船到了這裡都不敢自行通過，要請老牛灣的艄公把舵撐過這一河段，而上行船來到了此處，更是望而卻步。因此處河段間有一處險崖峭壁，原本無路通過，是老牛灣人在峭壁上開鑿了一條小道，其間最險要的一段是從石壁中間穿過去的，人過時必須低頭彎腰。這條棧道除了老牛灣人很少有人敢大膽問津，因此上行船隻溯流而上，也都要請老牛灣人把船拉到上游。

世世代代，老牛灣人那一雙雙粗糙有力的大手送下去多少船隻，沒有人記得住，而又用他們那寬闊厚實的肩膀拉上來多少船隻，也沒有人數得清。

老牛灣的居民，這些祖籍江南水鄉的戍邊將士的後代，陰差陽錯地成為這片貧瘠土地的永久主人。隨著幾百年時間的延續，原本同一個姓氏宗族也逐漸演變、分離得疏遠而破碎，因此口頭上雖還叔叔、爺爺地稱呼，可事實上卻互無瓜葛，是八竿子也打不著的「本家」，是以同姓之間的婚姻也就順理成章。

郭望蘇出生於道光年間。顯然是父母思戀故鄉，專門給他取了這樣一個名字。郭望蘇家住老牛灣堡北，不遠處就是那座保存完好的墶樓。樓南有一門，門額上有匾，陰刻楷書「老牛灣墩」四個大字，並有題頭和署款等小字，可辨出「萬曆歲丁丑夏」字樣。小時候，郭望蘇常與村中夥伴攀上墶樓玩耍，臨窗眺望四野山原，莽莽大河，高天碧雲，蒼茫烽墩，遙想當年祖先在此臨兵戍守，隔河拒敵，四處烽煙彌漫，天地莽蕩失色，何等壯懷激烈，意氣風發！是以自幼就對金戈鐵馬、征戰沙場的軍旅生涯至為羨慕。

老牛灣的男丁，上自老邁，下至頑童，無不精通水性，不是為了橫渡大河賣弄本事，而是為了失足船底保住性命，因此年方懂事即跟隨家長先輩在村腳下黃河淺灘練習水性。郭望蘇也不例外，小小年歲就習練得一身好水性，在同齡人中是唯一敢橫渡黃河的娃娃頭，而且水中花樣層出不窮，或浮或潛，或仰或立，常常博得片片掌聲。就說村東腳下有條滑石

澗，平常澗底只一股清流，由東向北直通黃河，可每到炎夏雨季常暴發山洪，聲勢極其浩大，洪水怒號聲若狂龍，洶湧洪流憋足勁兒掙出深澗，橫向沖進黃河直刺對岸，竟在黃河中央攔腰築起一道水壩，使水位暴漲，甚或淹沒了對岸村莊。那年夏季，本是驕陽似火的天氣，村人多在河岸淺水中游泳納涼，忽然聽見滑石澗中傳來巨響，約是上游突降暴雨，山洪暴發，眾人急忙上岸躲避。隱約聽見山洪中央傳出呼救之聲，原來是村裡一個名叫大丫的女娃正在澗底清流中嬉戲，被突如其來的山洪席捲進去。面對如此暴虐山洪，岸邊許多精通水性的精壯後生面面相覷，畏縮膽怯，只有那郭望蘇人小膽大，不假思索縱身躍入洪流，推波逐浪，在抵達黃河中央之際，終於將女娃救出洪流。自郭望蘇下水，岸上人無不屏息凝氣，手心裡攥把冷汗，直到看到二人雙雙脫險，又無不歡欣鼓舞。自此，人皆稱郭望蘇為「水豹子」。

老牛灣人守在村腳下的河道旁，以攬船為生，掙得幾個辛苦錢支敷生計。也有用這辛苦錢打造一兩隻船隻的，到處招徠買賣，為商家運輸貨物。有船的船主就成為掌櫃，無船的船工則受雇於掌櫃做了夥計。郭望蘇父母早喪，靠爺爺在別人家船上當艄公掙錢，拉扯他長大，到了十一二歲，就跟隨爺爺在黃河上流船，雖然力氣小幫不上大忙，卻學得一身流船的本事。

二

老牛灣村自古本沒有財主，因為在黃河上攬船的人多了，才逐漸出現幾戶財主。可此地財主非比別地財主，別地財主多是廳堂大院，良田百坰，牛驢成群，錦衣玉食，極盡富貴豪華，而此地財主只不過家養幾隻木船，多住幾孔石窯，衣食溫飽無虞，積蓄幾兩碎銀，就是拔尖的人家了。

且說大丫她大，名叫二寶柱，是個在黃河上流船半生的紅臉漢子。自年輕時就在村腳下攬船，掙得幾兩碎銀，即在後山買來木料，雇請匠人打造木船，船成後，雇了艄公和船工，自在黃河上流船，南下北上，為商家

運輸貨物。日積月累，竟然發跡，將木船增加到三五隻，新砌了幾孔石窯，買了幾畝沙梁薄地，成為村中富戶，被人稱為「二掌櫃」。

說到底，二寶柱也是受苦人出身，即使掙了幾個錢也避免不了還要在黃河上討生活，因此對一幫窮河路漢哥們兒也算幫襯照顧，並不苛刻盤剝。郭望蘇的爺爺就是在二寶柱船上做艄公，平時被二寶柱稱為老叔，相處也算和諧。自打郭望蘇在黃河洪流中救出二寶柱的獨生閨女大丫，二寶柱極度感激於他，家中每吃些好吃的，總叫大丫把他喊來同吃，流船出外到了大集市上，給大丫買件衣服，也不忘有他的一件。由於家中沒有男娃，過年買來煙花鞭炮也是叫他來燃放。郭望蘇差不多成了他家半個人口。郭望蘇到了十一二歲上，提出來要跟隨爺爺在黃河上流船，二寶柱知道他的水性本領，便慨然應允。郭望蘇自此在船上做些打雜幫閒的營生，二寶柱也按例給他開份童工工錢。

二寶柱的閨女大丫，打小就跟郭望蘇一起玩耍長大。這丫頭生就一副小子性格，大大咧咧的，愛往男娃堆裡扎。耍打仗扔石頭，跳土崖鑽山洞，上樹捉雀，下溝捅蜂窩，這些危險遊戲也少不了她，只是不敢下河浮水，小子們下河浮水，她就在岸邊照看衣裳。直到年歲稍長，懂得了男女有別，方自有所收斂。可她大大咧咧、粗心大意的性情與生俱來，斷然改變不了。有一天她去鄰居家串門，剛一進門，鄰居就指著她的腳哈哈大笑，她低頭一看，原來是兩隻腳一邊穿了隻紅鞋，一邊穿了隻綠鞋。她連忙趕回家換了鞋，再次來到鄰居家，沒想到這次鄰居更是差點沒笑破肚子，原來她換的鞋仍然是一紅一綠，只不過左右腳顛倒了一下。還有一年夏天，她大外出流船，家中只留母女二人。有日後晌，她媽要去地裡摘豆角，囑咐她晚飯熬一鍋綠豆稀飯。那綠豆本是堅硬之物，需得文火沸煮多時才能煮熟，而小米卻極易煮熟。大丫早早捅起火爐，待鍋裡水開，即把小米下進去，掩上鍋蓋煮了半天，到傍晚時分才把綠豆下進鍋裡。結果開飯後，那小米煮成了稀糊，而綠豆卻硬得咀嚼不動。如此稀裡糊塗、令人啼笑皆非的事情，在她身上常有發生。若不是她身著女裝，容貌俏麗，不認識的人真要把她當成野小子看待。大丫性格雖顯粗疏，但天性淳樸，秉

性率真，待人誠懇熱心，十分惹人喜歡。

　　郭望蘇的脾性正與大丫有相近之處。郭望蘇其人性格粗魯憨厚，誠實豁達，自小敢作敢當，好路見不平拔刀相助，一直是同齡人中的娃娃頭。也許是惺惺相惜的緣故吧，郭望蘇和大丫雖然偶然也有些許爭執，但大多時候卻行徑一致，相處頗為融洽。大丫受了其他男娃欺負，總是郭望蘇給她撐腰，而大丫有甚好吃的、好耍的，也總不忘叫郭望蘇同吃同耍。大丫自稱她和郭望蘇是「焦不離孟，孟不離焦」的好兄妹。到了歲數長大，情竇初開，二人竟心有靈犀，暗許情懷。兩家長輩看在眼裡，心中歡喜，只等待時機成熟，便為二人辦喜事。

　　轉眼間，郭望蘇在黃河上流船已有五六年，凜冽的河風把他雕琢得肢體矯健，暴烈的驕陽把他裝扮得面膛紫紅，使他成為一個真正意義上的河路漢，一個體格健壯的大後生。每年春季開河，郭望蘇即隨船隊逆流而上，進後套、上甘肅，抑或順水而下過禹口、下河南，給各地富商財主運輸鹽糧藥材，或煤炭貨物。若遇水準風順，則揚起風帆，憑藉風力而行；若浪大逆風，就全靠船工們上岸背縴了。那粗糙的縴繩的末端均勻地挽著一串串結扣，船工們各自攜軟和的背帶，拉船時把背帶一端的鐵鉤搭在縴繩的結扣上，另一端套在肩頭。他們時而行走在亂石灘，時而行走在淺水灣，時而行走在懸崖峭壁，時而行走在險要棧道。他們有時身體前傾，彎曲如弓；有時又雙手著地，類似爬行。如果遇到河岸邊實在沒有路了，看河床裡水流還算平緩，船工們就回到船上，分別站立兩側船舷，將撐桿探入水中，一步一步地把船硬推上去。若波急浪大，就需彙集多船船工，翻上山頂懸崖，輪番把船隻拉到上游。有時船稀人少，就不得不在山頂打上木樁子，套上縴繩，船工們倒著身子硬把船隻拉上去。而在船上的船工們也不省力，那掌舵的艄公站立船尾，一邊把舵一邊判斷水流，遇有摸不清的情況，還從衣袋裡掏出個小石子扔到河裡，投石問「路」。有時船隻偶然擱淺，船上的撐船工們紛紛埋怨艄公的眼窩差勁兒，但即使艄公一言不發，他們也會主動光著身子跳進水裡，用肩膀把船隻背出淺灘。最危險的還要數在船上蹬桿子的了。遇急流險灘船隻難行，撐船工把撐船桿子插入

水中，一腳踩在船沿上，一腳踩住桿子用力往後蹬，緊接著連忙拔桿換腳，反覆數次，稍有不慎，一個閃失就會掉進河裡，若遇風急浪大，轉瞬之間便送了性命。有時船工們為了省力，在險惡河段撐起風帆，船隻在河床裡東撞西竄，左右漂蕩，全憑艄公掌穩尾舵，船隻左右的腰棹也不停擺動，兩邊配合默契，方可避免船隻撞上岸邊崖壁，船毀人亡。更有時候遭遇大風肆虐，船隻失控，會把岸上拉縴的船工拽下河裡，盡數淹死。

　　逆水行船極盡艱險，而順水流船也並不輕鬆。自老牛灣開始下行，一路上磧架遍布，著名的就有砂石磧、天橋磧、霧迷磧、羅藝磧、大同磧，等等，大大小小數十架。每過一道磧架，都如同在閻王鼻子底下繞上一遭。每道磧架隨著季節及水流的變化不停變化，變化快時，也許前面的船剛剛平安經過，後面的船就撞上了礁石。因此每到一道磧口，船隻都得靠岸停泊，艄公沿河瞭望，勘察水勢及探測礁石分布，必要時還得丈量船隻的吃水深度，等到艄公勘察仔細，胸有成竹，才上船發號施令，放船跌磧。全船船工如臨大敵，各就其位，蓄勢待發。那艄公掌穩尾舵，兩眼緊盯河面，船隨激流起伏跌宕，迅速奔流。猛然間聽艄公一聲令下，掌腰棹的船工便如脫兔一般，遵令而行。船隻在激流中忽左忽右，機動靈活。遇有凶險地段，那艄公長時間不能下達「流」的口令，船工便得拚命扳棹，其情形極度驚險。有時為調節船隻的吃水深度，艄公還命令船工隨航道調節船上的貨物，左面有礁，貨物移到右側，抬高左船舷；右面有礁，貨物則左移，抬高右船舷。站在岸上看來，宛如雜耍團裡耍玩藝兒的一般，但對船工們來說不亞於在生死線上掙扎。

　　郭望蘇跟隨船隊南下北上，經歷過不少凶險風波，同時也增長了不少見識閱歷。他剛上船時，只做些幫閒打雜的營生，如生火做飯，給船工們燒開水，或是清舀船艙裡潑進來的河水，或是發現船艙裡哪處船縫滲水，即用錐子將麻線扎進滲水處，補好船縫。後來長大了，當過撐船工，也當過拉縴工，有時候在風平浪靜的水路上，也曾在當艄公的爺爺指導下掌過幾回尾舵。但做真正的艄公，船主還不太放心，叫他多歷練歷練再說。

　　在黃河上攬船，漫漫長河一望無際，船工寂寞了，就會扯開嗓子吼幾

聲「抄船號子」或「船工調」打發時光。多數船工含辛茹苦，勞累半年，卻掙不下多少銀錢，感觸傷懷，不由詠嘆：「西北風頂住上水船，破衣爛衫跑河灘。上水船困在淺水灣，窮日子難住扳船漢。黃河水深浪滔天，扳船漢吃飯拿命換。手扳棹桿腳蹬船，船碰崖畔命交天。吃人飯走鬼路，甚人留下跑河路？」家中妻小亦感恓惶，唱的是：「跑河路的哥哥掙不下錢，步步走的是鬼門關。天陰下雨帳篷漏，可憐哥哥跑河路。山羊皮皮襖呼啦呼啦響，哪一天哥哥能在河岸上？前山後山山套山，甚麼人逼得哥哥跑河灘？三尺三長的鞭子五尺五的梢，甚麼人逼得哥哥跑河套？……」

不過，船工們不管掙沒掙下錢，只要能夠活著回來，心情總是歡愉的，就會唱著歌兒進村口。聽到那熟悉的歌喉，家中的妻兒老小都會放下手中營生，齊刷刷地到村口來列隊相迎。大丫當然也不例外，每當聽見遙遠地裡傳來本村船工那熟悉的歌聲，便三步並作兩步，急急忙忙奔跑到村腳下黃河渡口，迎接自己的親人。那親人不只有她的大大，也有心上人兒郭望蘇。這閨女生就膽大性直，也不管別人會說三道四，拉著郭望蘇的手就躲到僻靜圪嶗裡去說悄悄話兒。

三

常年在黃河上流船的人，整天浸泡在水裡，難免會落下一些腰酸腿疼的毛病。郭望蘇的爺爺攬船大半輩子，年老時患上了風溼病，渾身骨節變形，疼痛難忍，連攬船的活計也幹不成了。為了掙錢養家，這年春天開河後，郭望蘇就跟隨本村的一名老艄上了船。

每年開春之際，黃土高原上野草勃發，鳥語花香，那一隻隻燕子也從遙遠的南方飛了回來。燕子，當地人稱作「胡燕」，人們認為是牠們把春天從南方帶了回來，視牠們為吉祥的鳥兒。春天裡氣候溫暖，人們晝夜把窯洞的天窗打開來通風、採光，有的人家在窯內天窗上方安塊小木板，便有胡燕銜來泥巴和茅草在小木板上築窩，並且居住下來，有的還孵化出了小胡燕，打開的天窗同時也方便了胡燕自由出入。那胡燕是認家的，只要

安下窩就會長期居住，每年秋去春回，有的胡燕老了，從南方飛不回來了，小胡燕也要飛回。

　　早在前年春上，在大丫的窯洞裡也居住進來一對胡燕，每天飛進飛出，呢呢喃喃，大丫和郭望蘇非常喜歡。郭望蘇臨出行告別時，大丫拉著他的手說：「你可要早點回來呀，咱家的胡燕還知道戀家呢，也許等你回來，就又添了一窩小胡燕呢。」郭望蘇憨憨地說：「我知道！」

　　郭望蘇上了船。這艘貨船將要裝運的是朝廷徵調的一批生鐵，是由船主二寶柱一位河曲的朋友作保，從河曲縣衙攬出，運往江蘇交割，打造兵器。聽說南方出了一批反賊，攻州奪縣，正與官兵劇烈激戰，朝廷緊急向各地徵調錢糧、棉麻等物資運往南方前線，這船生鐵不過是其中之一。船隻離了老牛灣順流而下，停靠在河曲渡口裝貨，郭望蘇專程告假跑去唐家會探望義兄李小朵。自從那年三位少年在河曲水西門城樓結義，彼此往來頗多，每年保德農曆六月六、河曲七月十五及老牛灣正月古會等會期時節，幾人不顧路程遙遠，都要往來聚會，共敘兄弟情誼。這幾年歲數漸大，三兄弟都學會了喝酒，每次見面難免要喝上幾杯。李小朵和陳嘉豐喝酒文雅，淺酌慢飲，邊喝邊聊，喝到興頭上就你來我往唱上幾句酒麴兒助興。郭望蘇性情憨直粗爽，不耐煩他兩人那般酸文假醋，喝酒時手捧大碗，如同牛飲鯨吞，而且酒量大得驚人，連喝數碗不醉，每每讓這兩位兄弟瞠目結舌。一旦喝得酣暢淋漓，他也會敞開粗喉嚨大嗓子吼上幾聲，不過因他會的歌兒不多，翻來覆去就是一首「抄船號子」：「二馬來，你媽穿著兩隻大花鞋，嗨；一隻那圪遛一隻歪，嗨；抄起來，你給哥哥巧打扮，嗨；大閨女愛上那扳船漢……」「圪遛」是方言，意指偏斜或不正。歌聲遒勁渾厚，震耳欲聾，一張口便把李、陳二人的嗓門給壓了下去，叫二人無言以對。如此趣味盎然，令人捧腹。此次郭望蘇去唐家會探望李小朵，因行程緊張，只相聚得短短半日即匆匆告別，趕回黃河渡口上船。船隻裝好生鐵，離了河曲，順流直下保德。在經過天橋峽時，峽中捕魚的小船頗多，郭望蘇遠遠瞭見一艘小船上有一捕魚後生很像三弟陳嘉豐，便試探著叫了一聲，那捕魚後生果然是陳嘉豐。兩隻船擦身而過，郭望蘇和陳嘉豐

彼此揮手致意。

　　這艘貨船沿河而下，跌磧過棧，順水漂流，一路歷盡千難萬險，過了禹門口，堪堪來到風陵渡。掌舵的艄公名叫雞換子，是土生土長的老牛灣人，因他出生後體弱多病，不好養活，父母便按照當地迷信說法，燒香擺供，敬表請神，然後宰殺了一隻大紅公雞，意欲以雞的命換取兒子的命，把兒子當作雞來養活，以保佑兒子長命百歲，故取名雞換子。雞換子父母早喪，年紀輕輕即在黃河上攬船過活兒，後來成為一名「通河老艄」，即有經驗的艄公。由於他半輩子都在為生計奔波，也沒有積攢下幾個閒錢娶媳婦，所以一直打光棍。一次雞換子在黃河上流船時偶然從河裡撈出來一個娃娃，尋訪不到他的家人，就留在自己膝下為兒。父子倆相依為命度日。雞換子有個嗜好，就是喜歡喝兩口燒酒，說是常年在河路上跑，風蝕水浸，喝幾口燒酒驅風寒壯筋骨，對身體大有裨益。白天流船不敢喝，晚上船靠了岸必定要喝上二兩。這一日快到風陵渡時，河道裡風平浪靜，船工們不需動一桿一棹，只艄公輕扶尾舵，任由船順水漂流。經過了一路險磧惡棧，只要駛出風陵渡，下游河道寬敞，水流平靜，船工便極其省心省力。雞換子輕把尾舵，心中輕鬆愜意，不由自主從腰間摸出酒壺來，有滋有味地抿上幾口，不知不覺便有幾分醉意。轉眼間風陵渡在望，一河黃水湧泄而出，河道驟然開闊。郭望蘇瞅見雞換子已有幾分醉意，身子有些搖擺不定，便勸說雞換子靠岸停船，等酒醒後再開船。雞換子借著酒勁兒，哪裡聽得進去，一擺尾舵，船隻如一支離弦之箭，迅速向風陵渡疾駛而去。不意風陵渡上驟然起風，船隻搖擺漂蕩，船工們急忙各就各位，聽候艄公號令。只是船隻行駛太快，眼看就要撞上另一艘大船，慌張之下，雞換子連忙使出渾身力氣來掌穩舵，剛要指揮腰棹配合，還未及發號施令，船隻已趕上大船。兩廂船舷一碰，大船隻打了個趔趄，而自家船隻卻半邊傾倒，緊接著又全面翻轉，貨物及人員盡數沒入水中。滿船船工盡皆浮水逃命，哪裡還顧得及貨物？

　　郭望蘇眼見雞換子已掌不穩舵，料想船要出事，連忙把藏在衣袋裡預備急用的一塊碎銀含在嘴裡，兩船剛一碰撞，他即縱身一躍潛入水中，遊

出數丈遠。浮上水面來看，見那船隻徹底翻轉，只留個光殼船底向下游漂去。一船夥計盡皆落水，一個個慌裡慌張，爭相往岸邊浮去。忽然間，他一眼看見雞換子的兒子命油被水漩卷住，只留兩條胳膊在水面張揚揮舞，眼看就要被浸住，於是連忙遊到命油身邊，將命油攔腰抱住，往岸邊遊去。哪知那命油已被幾口渾水灌得頭腦昏亂，心智糊塗，兩隻手只管胡抓亂拽，拉扯他划水的那一條手臂。落水的人最怕得就是手腳被束縛住，無法施展本領。他一手抱著命油，一手又被命油拉扯住，無法浮水，眼看就要沉入水底，沒奈何，他只好把嘴裡含著的那塊碎銀吐掉，深深換一口氣，騰出手臂抱緊命油兩條胳膊，才好歹把命油救到岸上。

船隻雖然失事，好在船工們都有一身浮水的好本事，沒有一個被浸死。船工們七嘴八舌埋怨雞換子酗酒誤事。雞換子把頭埋到胯間，羞得無地自容。那命油剛剛從閻王鼻子底下逃出生天，就多嘴為他大辯解，被一船工順手扇了一耳光，閉嘴不說了。船工們商議下步辦法。只見人人身無長物，個別的腰間只穿條褲衩，看來只有討吃要飯回家鄉了。眼看天色不早，眾人起身上路，只郭望蘇留在河灘，沒有追隨他們而去。

郭望蘇不與眾船工相跟回家，開頭是在生雞換子的氣。待眾人走後，他獨自一人倚立河岸，看見風陵渡上河道寬闊，一望無際，長河落日，分外炫目。由於他在黃河上流船多年，知道在此地跨過黃河，向西則入陝西，向南則入河南，是橫跨華北、西北、華中三大地區的天然要塞。此時他看到眼前壯觀的景致，不覺心旌動盪，隨之突發奇想，打算沿河而下，跨過河南，徒步前往江蘇探訪故鄉祖籍。

郭望蘇除了腰間別著一把當年喬致庸贈送的牛耳尖刀，此外身無長物，只隨身拎著兩條胳膊一張嘴，沿黃河流向向著東南方向一直行進，經蘭儀、歸德，不日進入徐州，已抵達江蘇地面。在郭望蘇模糊的頭腦裡，只以為自己祖爺爺歷代傳說的祖籍江蘇不過是一個州府縣鎮，最多也大不過自己曾去過的河套地方，直至一腳踏上江蘇的土地，才知道江蘇乃是個大省，比山西只怕小不了多少。自己的祖籍究竟在江蘇何地，恐怕連他的爺爺也說不清，但歷盡千辛萬苦來到此地，到處遊覽觀看一番，也算不虛

此行。

　　郭望蘇進入蘇北地面，黃河仍然陪伴他一路前行，只是他親眼看到，黃河在許多地方的河床明顯高懸於平地之上，兩岸的堤壩危如累卵，如若一旦潰塌，後果不堪設想，於是不由自主地為祖籍的鄉親憂心忡忡。

　　好在江蘇地面地勢平坦開闊，河泊江湖眾多，田土水域肥沃，草木四季常青，越往南走，景色越加美麗旖旎，果不枉「魚米之鄉」的稱譽。再看當地人物，因受水土滋潤，出落得個個白皙俊秀，彷彿是由水做成的，尤其那一腔土語嘰嘰喃喃地，雖然大多聽不懂，卻備感親切。由於此地自古富庶，沿途不少善人都主動施捨食物給郭望蘇，且言語間多含憐憫。郭望蘇低頭一看，原來自己的這身單薄衣衫，自風陵渡船隻失事以來，歷經一月有餘，一路上摸爬滾打，穿到現在已變得破爛不堪，只怕連乞丐身上的衣物都比不上，不由暗自好笑。好在江蘇氣候溫暖，並不感覺寒冷，於是一身鶉衣，兩隻破鞋，飄飄然然，四處遊歷。這日正行走間，迎面走來一隊人，扶老攜幼，挑擔拎包，牽牛拽羊，步履倉皇，看那情景，與家鄉走西口逃荒的一般無異。郭望蘇忙上前問詢，其中一人站在路旁嘰嘰喃喃說了半天，郭望蘇勉強聽懂，原來有一支長毛軍，到處攻州奪縣，眼看就要打到這裡來了，百姓為避兵禍戰亂，故離家四處奔逃。郭望蘇這才知道，原來在家鄉就聽說的南方兵禍指的就是長毛軍造反。郭望蘇光桿一人，倒也並不懼怕，只管往南行進，沿途只見逃避兵禍的百姓越來越多，許多村莊因百姓外逃而空置，十分冷清蕭條。

　　這日行走多半天路程，郭望蘇腹中飢餓，遠遠看見一座村舍，快步趕將過去，只見村中多數人家房門緊鎖，人去屋空，只好挨家挨戶敲門，直敲至一家大戶人家，才有一老漢出來應門。郭望蘇剛說明來意，那老漢即以北方話問：「你是山西人？」

　　郭望蘇喜出望外，趕忙答：「我是山西偏關老牛灣人，莫非大爺也是山西人？」

　　「正是，老漢是山西興縣蔡家塔人。興縣、偏關，同在黃河岸邊，遠

不過百里，是真正的老鄉。」老漢亦十分欣喜，連忙把郭望蘇讓進大門。

　　進得大門，只見院中空無一人。老漢解釋道：「東家一家老小都出門躲避長毛去了，只留老漢一人守家看門。」

　　見郭望蘇飢餓，老漢趕忙生火做飯，很快就煮了一鍋白米飯，做熟了兩條魚，招待老鄉。河保偏人本不吃魚，可郭望蘇一路走來，莫說是魚，就連螃蟹烏龜也捕捉來吃了不少。郭望蘇一邊吃飯，老漢一邊詢問家鄉境況。聽了郭望蘇訴說，老漢不勝唏噓，感慨道：「幾十年了，想不到還是這般模樣！」郭望蘇一邊吃飯一邊詢問老漢的來歷，那老漢娓娓道來。原來在三四十年前，山西老家連年遭災，老漢當年與郭望蘇現在年紀相當，孤身一人外出逃荒，後來流落到此，見此地水土肥沃，糧食豐產，百姓安居樂業，遂決定定居於此。由於他勤快踏實，被此家東家雇為長工，日夜操勞，後來東家將一傭女聘與他為妻。妻子早喪，留下一個兒子也已成人。歲月流轉，不經意間已鬚髮皆白。

　　郭望蘇心中有些羨慕，對老漢說：「此地地肥水美，定能養人。求大爺回頭給東家求個人情，就說我也願意在他家當一輩子長工。」

　　「『天下烏鴉一般黑』，其實在哪裡當長工還不一樣？」老漢說，「況且此地並不太平。此地屬淮安地，過了淮安就是長毛地盤。那長毛與朝廷軍在淮安邊界打拉鋸戰，說不定甚時候就會打過來。戰亂將起，本地有錢沒錢的人家大多外出逃避丁役和戰亂去了，你留在此地又有何益？」

　　提起長毛，老漢給郭望蘇細細解說。原來兩年前由廣西金田出了支太平軍，建立了太平天國，由於人人不紮辮子，頭束長髮，所以被稱為「長毛」。領頭的叫天王洪秀全，麾下東、南、西、北、翼五王，佐領全軍。太平軍人多勢眾，兵強馬壯，到處攻州奪縣，已於今春三月間攻占南京，定為都城，稱作「天京」。太平天國軍紀嚴明，並不騷擾百姓，專殺貪官惡霸，把官府和地主的糧食分給窮苦百姓。定都天京後，又實行新的田畝制度，並宣布全國土地，不論男女，人人有份；天國人民，男女平等，共用太平。此外還實行聖庫制度，意即人無私財，一應錢糧由聖庫供給，是

以軍隊奮勇，百姓安樂。

　　末了，老漢又壓低嗓門說：「不瞞老鄉，我那個兒子就在太平軍裡當兵。」郭望蘇聽老漢講說太平天國人人有田耕，人人有飯吃，不由對太平天國心馳神往。

　　「哎呀，差點忘了一件事。」老漢只顧與老鄉說話，不覺窗外日已西斜。老漢道，「早上在黃河邊下了一張漁網，得趁天黑前收回來。」

　　原來其時的黃河流經江蘇，便是在淮安的雲梯關向東歸流入海。

　　郭望蘇閒著無事，就跟隨老漢走出村外，來到黃河岸邊。老漢自河邊收起漁網，網裡有大大小小十多條魚。老漢剛把魚兒裝進魚簍，忽見從下游撐上一條小船來，船上四五名清兵各執刀槍，押著一個五花大綁的青年漢子。老漢看見不由大吃一驚，手中魚簍墜落，魚兒撒了一地。老漢悄聲對郭望蘇說：「船上被押著的後生，就是我的兒子。」

　　郭望蘇看看形勢，搔搔腦袋，忽然靈機一動，道：「大爺不要驚慌，你快躲起來，待我去救出他來。」說完話，悄悄從岸邊溜進河裡，潛入水中，不見蹤跡。

　　老漢自去躲藏在一塊莊稼地裡。不多時，只看見那條小船忽然搖擺開來，緊接著船底一下子翻轉，船上的人全部墜入河裡。幾名清兵大概不會浮水，手舞足蹈，大呼小叫，轉眼間被河水沖往下游。老漢舉目張望，只見郭望蘇已在河岸邊朝自己招手，自己的兒子也站在他的身邊。

四

　　老漢的兒子名叫蔡興晉。據他說，自己是受東王麾下將領委派專程趕赴淮安刺探軍情的，事畢想順道回家看望老父親，途中被清軍識破身分，不幸被捕。蔡興晉十分欣賞郭望蘇的膽識和水性本領，聽老父親說他是祖籍老鄉，更感親切。蔡興晉此次化險為夷，回到自己家裡頭，幾碗米酒下肚，不由豪情萬丈，講述起那太平天國自建都天京後，江南大部已屬天

國，建立二十一行省，事業日益發達。從當年五月起，已遣天官副丞相林鳳祥、地官正丞相李開芳率軍北伐，沿蘇皖豫橫渡黃河，經山西平陽直搗直隸，逼近天津，同時派春官正丞相胡以晃、夏官副丞相賴漢英率軍溯長江西進，攻占皖贛鄂湘等地。他日一統江山社稷，捨太平天國其誰？蔡興晉高談闊論罷，詢問郭望蘇可有意加入太平天國。郭望蘇喜出望外，央求蔡興晉引薦，蔡興晉滿口應承。

次日天色未亮，蔡興晉即與郭望蘇喬裝打扮，化作兩個貨郎，肩挑擔子，直奔蘇南。繞過清軍駐紮的江北大營，經過寶應、高郵，不一日到達揚州，已是太平天國地面。只見所有軍兵俱束長髮，形容甚為瀟灑。蔡興晉帶郭望蘇進了一座軍營，有兵士伺候二人換上了軍服。原來蔡興晉是東王麾下一名卒長，管理著百餘軍兵。

太平軍軍隊以軍建制，仿照《周禮》立編。郭望蘇雖不懂《周禮》中「五人為伍，五伍為兩，四兩為卒，五卒為旅，五旅為師，五師為軍」的規矩，但通過蔡興晉的講解，很快就搞明白了太平軍以軍為單位，下轄師、旅、卒、兩、伍等編制，全軍共計一萬五千一百五十六人。此外尚設立女營，由專門將官統領。

蔡興晉安排郭望蘇住在近旁營帳，留他做了名親兵。在軍營歇息了一晚，次日蔡興晉自己去旅帥營參見旅帥，回稟軍務，另外安排了一名親兵專門領郭望蘇進揚州城裡遊玩。揚州城裡市容繁華，百業俱興，軍兵有禮，百姓安樂，其中還有不少女兵，亦形容整齊，英姿颯爽，可謂巾幗不讓鬚眉。那親兵又帶領郭望蘇來到城北瘦西湖，只見瘦西湖內到處煙水準橋，山亭水榭，樓塔晴雲，芍藥玲瓏，景色旖旎美麗。郭望蘇自幼未讀過書，大字不識一斗，也不懂得什麼「二十四橋明月夜，玉人何處教吹簫」的詩情畫意，只是小時候聽說書先生說過《興唐傳》，書中說隋煬帝楊廣為賞瓊花，令專吃小兒心肝的麻叔謀督工開挖運河，又讓三千宮女拉著龍舟下揚州。那瓊花大花朵十八朵，小花朵六十四朵，預示十八家反王六十四路煙塵，後來果然把大隋江山折騰了個精光。郭望蘇只當那芍藥就是瓊花，看見一枝就去數花朵，數來數去也沒有一枝六十四朵花的，只以

為太平天國國運長久，於是打定主意做一名太平軍。

太平軍果然治軍甚嚴，營中軍兵每日操演，練習行軍、布陣、格鬥之法。郭望蘇雖作為卒長親兵，由於此前從未摸過刀槍，所以每天參加演練，以備上陣殺敵，建立功勳。揚州屬於太平天國前沿，與江北大營清軍據邊對壘，兩軍時有衝突，大小戰鬥從不間斷。郭望蘇也隨軍隊參加過幾次戰鬥，卻都是守護在蔡興晉身邊，並未真正遭遇過凶險格殺。有時隨大股軍隊攻打下州縣村鎮，看見豪門望戶，蔡興晉便令軍兵守衛在大門外，只帶郭望蘇等幾名親兵進入院內，搜羅金銀珠寶等財物，遇有守財不要命的主人，便一刀砍死。原來太平天國積累軍資財政的聖庫，其物資來源之一就是靠打敗清軍或攻克城鎮所獲的戰利品。戰鬥結束後，所繳獲的財物除留足自己營內聖庫的支需，蔡興晉悄悄帶親兵將所餘物資送到師帥營中。本來師帥以下還有旅帥，蔡興晉瞞過旅帥，直接將物資送交師帥。直到蔡興晉很快被提拔為旅帥，郭望蘇才明白蔡興晉的用意。蔡興晉獲得升遷後，就不再往師帥營中送物資，而是直接送到了軍帥營中。不到一年光景，蔡興晉就被提拔為師帥，變成統領千軍萬馬的高級將領。

蔡興晉當上師帥後，就有資格晉見朝中王侯和高官貴胄。由於這支軍隊屬東王麾下，蔡興晉伺機幾次進天京晉見東王「九千歲」，將繳獲來的金銀珠寶多多進貢，那東王也一概笑納，再加上蔡興晉言語甜蜜，極擅奉承，深得東王賞識，成為東王身邊的紅人。

民間俱傳說太平天國軍政嚴明，上行下效，君民無有分別，但事實上自從定都天京後，天王洪秀全自視為天下萬國之主，大建宮室，窮極壯麗。雖然設立聖庫專管財物，但對諸王與高級官員卻沒有限制。王侯高官雖然口上講「節用而愛民」的道理，但行為上卻講究享受與排場，揮霍公共財物的奢靡之風像病疫一樣地蔓延開來。生活糜爛腐化，朝政綱紀紊亂。郭望蘇幾次隨蔡興晉進天京送禮，雖不明白朝中形勢，但親眼看見王侯高官奢靡腐化及阿諛奉承之風盛行，心中甚感疑惑。

郭望蘇本是山西人，孤身一人來到江蘇，形單影隻，無有依靠，只因他是祖籍老鄉，又救過蔡興晉的命，蔡興晉將他留在身邊做心腹重用。蔡

興晉對郭望蘇至為信任，有許多重要事項也不隱瞞他。一次蔡興晉為了在東王面前邀功，主動請命前往淮安刺探清軍軍情，遂孤身一人涉險，一去一回將近個把月，又至天京向東王回稟過，方才回轉師帥營。由於受了東王嘉獎，蔡興晉心中歡喜，在營中擺酒與眾將飲宴，不覺酩酊大醉，回到後帳，專要郭望蘇伺候。蔡興晉絮絮叨叨說了許多醉話，說什麼人生在世就該多為自己打算，說什麼管它太平天國打朝廷，還是朝廷打太平天國，只要有得官做，任它狗咬狗去。一會兒說東王將來登基做了皇帝，自己便是開國元勳。一會兒又說即使太平天國覆滅，自己也有高官厚祿可享。然後按捺不住拿出一張官誥來，得意揚揚地吹噓自己已被大清冊封為正三品參將，並一字一句指給郭望蘇看。郭望蘇雖大字不識一斗，但那官誥上滿漢兩種文字，那些歪歪扭扭的滿文還是似曾相識的，看來不假。

伺候蔡興晉睡熟後，郭望蘇回到營帳，翻來覆去睡不著。他雖是一介大頭兵，不懂軍事政治，但對天國高層的奢靡腐化之風還是看得清的，本來就心懷失望，此時又見蔡興晉這等人物專事奉承鑽營，兩面三刀，裡勾外連，賣主求榮，這太平天國又如何能夠久長？思來想去，倍感心灰意懶。遂未等天明，即悄悄打捆了個包袱，換身便裝，離開大營，擇路返回山西。

郭望蘇自然不知，在他離開太平軍一年多後，東王自恃功高，飛揚跋扈，公然向天王索要「萬歲」稱號，弒君篡位之心昭然若揭。天王密詔北王、翼王及燕王剷除東王。北王韋昌輝和燕王秦日綱於一日凌晨突襲東王府，誅滅東王楊秀清及其家人部屬兩萬餘人。當時蔡興晉已被東王提攜為軍帥，在此次剿亂中亦不免人頭落地。這次事件史稱「天京事變」。

且說次日蔡興晉酒醒，發現不見了郭望蘇，極其懊悔昨夜酒醉說漏了嘴。他最擔心郭望蘇去天京向東王告密，急忙帶領一隊快馬沿路追趕，直趕到東王府門外，也未見郭望蘇蹤跡。蔡興晉猜想他或許是昨夜聽了自己一席話，心灰意懶，回轉了山西老家也未可知。但為免除後患，又給江北大營清軍寫了份密函，道太平天國為了他日奪取山西地盤，已遣「長毛教父」郭望蘇趕赴山西發展教眾。江北大營主帥急忙上報兵部，兵部又頒令

山西巡撫，著令加急緝捕郭望蘇。

郭望蘇在太平軍中一年有餘，積蓄下點餉銀，平素蔡興晉也常常有些打賞，返回老家倒不必像來時一樣乞討要飯，因此飢餐渴飲，曉行夜宿，不一日間到達淮安，於是沿著黃河徒步返回家鄉。郭望蘇後來聽說，僅僅在自己離開江蘇半年後，黃河在河南蘭儀銅瓦廂決口改道，由江蘇淮安改為山東武定境內歸流入海。

郭望蘇自前年開河隨船出行，到現在回來，已相隔整整兩年時間。郭望蘇突然進門，讓他的爺爺大為驚喜。郭望蘇從爺爺口中獲悉，自從兩年前那艘船隻在風陵渡失事，船上所載生鐵悉數沉沒，還未等雞換子等船工步行回到家裡，官府早已將船主二寶柱緝捕起來，並把給二寶柱作保的那位河曲朋友也一併下獄。被迫之下，二寶柱只好把半輩子的積蓄拿出，將田產變賣，幾隻大船也一併沒入官府，成了赤貧之人，同時連累那位河曲朋友也活活被官府剝了一層皮，弄得傾家蕩產，這樁官司才算了結。二寶柱羞愧難當，出獄之後連家都沒回，直接渡過黃河走了口外，不知所蹤。

祖孫兩人吃過晚飯，天色已黑。郭望蘇說要去鄰居家串個門兒，爺爺曉得他要去哪裡，眼裡不由自主流露出憂鬱之色，卻也未加阻攔。郭望蘇出門直奔大丫家，看見大丫住的窯洞燈還亮著，推開門就進去，只見影影綽綽的燈光下，在炕頭斜躺著一人，正就著燈檯在吞雲吐霧地抽菸。那繚繞的煙的味道不像旱煙的嗆人味道，有一股淡淡的香味，莫非就是傳說中的洋菸？那躺在炕頭的人勉強爬起身來，在搖曳的燈光下可以看清，不是別人，正是大丫。

原來船隻在風陵渡失事後，別的船工都平安歸來，只有郭望蘇一人杳無音信。大丫早也盼晚也盼，希望郭望蘇能夠平安回來。她記得春上郭望蘇外出之時，正是胡燕從南方飛回的時節，她還對郭望蘇說過胡燕也戀家的話呢。不料一晃一年，到了第二年春天，別人家的胡燕都飛回來了，只有自己家的胡燕沒有飛回來，大丫更加傷心。

這期間出了一樁事，那生事之人便是命油。別人不知道，其實命油老

早就對大丫的美貌垂涎三尺，暗懷不良企圖，只是一直沒有機會下手。這番郭望蘇不肯回家，正遂了他的意，於是整天在大丫耳朵旁絮絮叨叨，說郭望蘇孤身一人在外，生活無著，只怕不是病餓而死，就是餵了野狼。起初大丫並不愛聽，每次都把命油臭罵一頓，說他是烏鴉嘴，可隨著時長日久也沒有郭望蘇的一絲消息，不由漸漸相信了命油的話，心中難過，整日悲啼哭泣。有一天，她無意間在自家堆放雜物的破窯裡翻找出來一包洋菸。原來是那年她大給商家運送貨物，送到地頭，商家不付現銀，卻給了一包洋菸抵船錢，他大沒有辦法，把洋菸賣出去害人吧，心中不忍，可是又捨不得扔掉，於是藏在破窯裡，日久天長也就忘了。大丫只道郭望蘇已不可能活著回來，心灰意懶，拿起桿菸槍就抽開了洋菸。那洋菸本是毒品，沒過多久就把大丫糟蹋得臉色憔悴，面黃肌瘦，哪裡還有一個大閨女家的模樣？而且這洋菸極易上癮，上了癮的人，一天沒有洋菸抽便渾身沒有精神，像被誰剝皮抽筋，鼻涕口水眼淚不住氣地流，難受至極。那命油正好借機插手，看見大丫沒有洋菸抽了，就跑去偏關城裡的菸館買來，供大丫抽。堪堪大丫已被命油攬在手心，命油的陰謀就要得逞了，郭望蘇突然回轉家來，大丫喜出望外，抱住他又哭又笑。哭笑過了，自炕頭拿過那桿菸槍，一折兩段，扔進爐灶裡燒為灰燼。忌洋菸本是一件極艱難的事，尤其剛開始幾天，心緒紊亂，坐臥不寧，精神不振，鼻涕哈欠連天，渾身上下沒有一處舒坦。多虧有郭望蘇整天在身邊陪伴，大丫咬著牙關硬扛下來，沒出十天半月，精神狀態大為好轉，臉色面容也逐漸恢復了紅潤白嫩。家人鄰居看在眼裡，無不為她感到高興。

只有命油對大丫忌了洋菸頗為不滿。眼看煮在鍋裡的鴨子就要熟了，卻遭他人釜底抽薪，導致自己的如意算盤落空。命油對郭望蘇滿腹怨恨，打算伺機報復。這日命油去偏關城裡遊蕩，無意間在城門口看見一張布告，繪影圖像，正是懸賞捉拿長毛教父郭望蘇的緝捕令，大是喜出望外，當即跑到衙門裡去出首。縣令聽聞如此消息，不敢怠慢，趕緊調集衙裡所有差役，叫命油帶路，前往老牛灣緝捕郭望蘇。

這是一個鳥語花香的春天。郭望蘇每日哪裡都不去，整天就待在大丫

家窰裡陪伴大丫忌洋菸。南方的胡燕又飛回來了，郭望蘇和大丫翹首以盼，希望能有一隻胡燕飛來安家落戶，可是所有的胡燕飛來，都只是在窰裡匆匆轉上一圈，又拍拍翅膀飛走了。

那天差役趕到老牛灣，天色已交傍暮。聽到好心的鄰居前來報信，大丫連忙陪伴郭望蘇往後山奔逃，剛剛逃至那座護水樓旁，命油帶著差役已追了過來，前前後後把兩人包圍起來。命油恬不知恥，依舊冒充好人，對大丫說：「妹子快點到哥哥身邊來，哥哥擔保救你無事。如若跟著長毛教父，定會丟了性命。」大丫假裝答應，向命油靠近，忽然搶步上前抱住命油，使勁一掀，兩人雙雙墜落山崖。郭望蘇心痛如錐，大叫一聲，奔跑到山崖邊，只見崖下就是滔滔黃河，哪裡看得見半個人影？於是將身一撲，也自山崖上飄然墜下。

第四章
西口遙迢

一

　　山西偏關距離陝北古城雖然僅相隔百餘里路程，但因分屬兩省，又交通不便，資訊閉塞，郭望蘇在老牛灣懸崖上墜落黃河的消息尚未傳遞到陝北邊塞，所以緝捕郭望蘇的布告還在古城的城門洞旁張貼著。

　　河曲老鄉把郭望蘇的故事一口氣講完，李小朵和陳嘉豐兩人面面相覷，半晌無語。遙想當年三兄弟在河曲水西關城樓結義，指望將來宏圖大展，成就大義，不意羽翼尚未豐滿，竟已先折損一人。兩人也不顧那兩位老軍的勸阻，竟在地上撮土為香，遙向老牛灣方向哭祭一番。

　　夜色闌珊，古城由於居於陝北黃土高原和鄂爾多斯高原邊地，地處高要，滿天的星斗分外明亮，閃閃爍爍，密密麻麻，也不知到底有多少顆。北極、北斗尤其璀璨，北極大如珍珠，北斗燦如長勺。那牽牛、織女之星亦分外奪目，只是在中間橫亙了一條茫茫的銀河，令人感懷。夜色漸漸地深了，那半圓的月亮因為升起得早，不知不覺間已遊移到了西邊的天空。由於已進入五月仲夏，大地被驕陽炙烤了整整一天，地面上湧動著股股熱浪，使人感到悶熱難熬。諸多奔波至此卻找不到店口歇宿的內地老鄉，棲息在城門洞旁這裸天露地的巨大「炕頭」上，半醒半寐，各懷心事，直至下半夜時分才疲乏睡去。

　　忽然聽得幾聲悶雷轟響，豆大的雨點鋪天蓋地潑灑了下來，把正睡在光天裸地上的人們澆了個一團溼。眾人剛剛入睡就遭遇這場雨淋，慌慌張張抱起鋪蓋行李向城門洞裡湧去，那兩名老軍也不阻擋，任由這些可憐的人進來避雨。這場雨極其狂驟，下得時間又長。如果把這場雨提前上一個月，地裡的莊稼就不愁種不下去，那麼這許多人也就不必背井離鄉奔走西口之外了。可是老天爺就是如此不開眼，到了此時才下，即使雨水再多也於事無補了。

　　這場雨稀裡嘩啦地下著，也不管人們是不是真心歡迎它，直下到東方既白，天色透亮，依然不想停止。透過濃濃的雨幕，擠在城門洞裡避雨的

人們忽然看見在城牆邊的一個角落裡，一個七八歲的小女娃蜷縮著酣然入睡，而在她的身前，一個十二三歲的男孩張著手臂，將一件衣服撐開，為小女娃遮擋從天而降的雨水，雨水順著男孩的身體嘩嘩流下。正是陳嘉豐昨夜送給烙餅的那對小兄妹。陳嘉豐和李小朵看得真切，彼此招呼一聲，雙雙奔跑進雨中，一人一個，把那對小兄妹抱進城門洞裡。那小女娃甦醒過來，男孩卻因經受了半夜雨淋，再也支撐不住，軟綿綿地傾倒在陳嘉豐的懷抱裡。男孩渾身發燙，顯然是受了嚴重風寒，小女娃嚇得不住氣地哭了起來。

　　天色大亮了，雨水漸漸地止息了。雨後的天空分外湛藍明麗，空氣分外涼爽清新。或許是因為大地過分乾涸，下了半夜的雨水轉眼被泥土浸乾，地面上並沒有多少泥濘，正是趕路的好時分。城門已經打開，一隊年輕的軍卒趕來與兩名老軍換值，城門洞口擺放了幾張桌子，一些文職官吏端坐其後。古城鎮作為漢蒙交界的一個關口，戶部衙門專門在此設立稅卡，對過往行人、牲畜和貨物課稅。本來按朝廷規定，漢民出關須得經由官府批准，定額持票出口，只是遇此饑饉災年，走西口逃荒的漢民加倍暴增，官府不便阻擋，稅卡的官吏也多是睜一隻眼閉一隻眼，只要繳納稅銀，一概予以放行。那些在店鋪裡歇宿了一夜養足精神的客人們吃過早飯，紛紛繳納過稅銀，擔挑行李啟程上路。在城門洞裡過了半宿的客人，雖然備感疲乏，可為了多趕幾裡路，也陸陸續續踏上路途。幾名同伴紛紛催促李、陳二人上路。陳嘉豐看看身邊昏睡不醒的那個男孩，搖搖頭道：「這位小兄弟感受風寒，如無人照料，只怕性命難保。幾位大哥請先上路，待我留下來給他延醫治病。」

　　「既然如此，我留下來陪伴兄弟。」李小朵說。

　　「這倒不必，有我一個人就足夠了。」陳嘉豐道，「幾天後給他治好了病，我就去追趕你們，我們到包頭城裡再會。」

　　李小朵聽陳嘉豐這般說，想想一起外出打軟包的同伴缺短了自己也的確不行，於是與幾名同伴繳過稅銀，一腳跨出古城城門洞，一腳踏上了口外的土地。

　　陳嘉豐看著李小朵等人遠去，蹲下身來背起那男孩，一手牽著小女娃，返回鎮裡，找到一家客棧安身。昨天夜裡客棧還是爆滿，今天一大早卻人去店空，店裡唯一的一盤大土炕空空蕩蕩的。陳嘉豐去鎮上請來大夫給男孩診病，只是因淋雨受了風寒，便開了幾服對症湯藥，然後陳嘉豐跟隨大夫去藥鋪把藥抓回來，向店家借了爐灶，親自熬藥，熬好後給男孩餵服。陳嘉豐詢問女娃，知道她跟男孩是親兄妹，姓馬，哥哥叫家成，她叫小娉，本是自己老鄉，家住保德馬家灘村。因家中貧困，生計艱難，兩兄妹的親大兩年前出走口外掙錢，卻一去沒有音信。今年家鄉鬧災荒，家中糧米罄盡，媽媽為了給兩個小孩節省一口吃的，自己餓死在炕頭。兩個小孩萬般無奈之下，只好決定去往西口外尋訪親大。陳嘉豐聽說小兄妹倆的遭遇，一時只覺心中酸澀，恓惶不已。

　　在陳嘉豐的精心照料下，沒過幾天家成的病情就得以康復。陳嘉豐與小兄妹倆商議下步辦法。小兄妹倆面面相覷，最後只說要出走口外尋訪親大。陳嘉豐搖頭苦笑道：「西口之地，何其浩大，你們連自己的親大在哪裡都不知道，如何找尋？」尋思片刻，又說，「莫若這樣，我修書一封，你倆持此書信回轉保德，去郭家灘村找我父親，叫他把你倆收留下來。我陳家家境目前雖不盡如人意，養活你兩個小孩還是不在話下。至於你倆的親大，我會在西口外留意找尋，一旦找到，就接你倆去和親大團聚如何？」小兄妹倆默不作聲。陳嘉豐只道小兄妹倆是答應了，找店家借來紙筆，寫下一封書信交與家成，然後又留下一些銅錢做盤費，打發小兄妹倆回轉保德老家。

　　送走小兄妹倆，陳嘉豐結算店錢，和不多的幾名客人結伴上路。

　　自從那天下了大雨，出走西口的人日漸減少，這兩天來更是寥寥無幾。一行人中有個自稱老苗的壯漢，看來僅四旬開外，不過一張臉膛分外紫紅，顯得飽經風吹日晒。這位老苗是夜天傍晚夥同幾名同伴一起住進古城客店的。在他們入住之後，緊跟著又住進來兩個十六七歲的河曲後生。聽到老苗等人俱操河曲口音，這兩個後生熱情地與幾位老鄉攀談，誰料幾位老鄉卻狠狠瞪他倆一眼，不待理睬。兩個後生訕訕無趣，也就不再多

說。到了晚間睡覺時候，那幾名客人都把鋪蓋卷打開來鋪在後炕梢，挨著老苗抵足而臥，同時各自把隨身攜帶的包袱壓在身下，也不嫌硌得慌。那兩個後生也把鋪蓋卷打開，想要挨著老鄉睡，只是幾名老鄉卻又同時伸出腳來，一人一腳，將兩個後生的鋪蓋卷踹出老遠。陳嘉豐暗想這幾名客人如此不通情理，只怕不是好人，擔心兩個後生吃虧，趕忙把他倆拉至身旁，挨著自己睡下。陳嘉豐一夜提心吊膽，直至後半夜才蒙矓睡去。正迷糊間，忽然感覺有只手在自己被窩裡摸索，急忙翻身坐起，打火點亮油燈，只見各人都沉沉入睡，並沒有什麼異樣。天亮之後，那幾名客人吃罷早飯，結算過店錢，各自擔挑或背扛行李上路。那兩個後生也匆忙結算過店錢，緊跟著幾名客人出門。陳嘉豐有心阻攔兩個後生，但見那個自稱老苗的壯漢還在店門口磨磨蹭蹭，也不敢明目張膽阻攔。正想出門追上兩個後生提醒幾句，忽然聽見那老苗開口說話：「小兄弟，你看這是什麼？」

老苗伸出手來，遞給陳嘉豐一物。陳嘉豐接過來一看，只見正是結婚時鳳珠送給自己的一條龍鳳項鍊，自己一直戴在脖頸上，顯然是昨夜睡著後被賊人偷去。

「看你文質彬彬，一介讀書之人，出門在外可要多長個心眼兒呀。」只聽那老苗說罷，哈哈大笑一聲，方自背起行李，起身離店。

陳嘉豐一頭霧水，心中疑惑，賊人既然將項鍊偷去，為何又要交還，莫非其中另有蹊蹺，或是這夥賊人無意對自己下手？心裡略感踏實，於是安排家成和小娉先行回家，然後自己亦結算店錢上路。

陳嘉豐踏出古城的大門，沒過多久就追上了提前上路的那夥客人。只見老苗和幾名同伴聚成一團，有說有笑地趕路，其後不遠緊跟著那兩個看來少不更事的後生。陳嘉豐又落在兩個後生後面不遠。一行人有前有後，卻也算是結伴而行。

到了這曠野荒原，四處渺無人跡，十分寂靜，忽聽那老苗敞開嗓子唱了起來：「頭一天住古城，路走七十里整，雖然路不遠，跨了三個省。第二天住納林，碰見個蒙古人，說了幾句蒙古話，甚也沒弄懂。第三天翻壩

梁，兩眼淚汪汪，想起玉蓮妹，痛痛哭一場。第四天沙壕塔，撿了塊爛瓜缽，拿起來啃兩口，打涼又解渴。第五天三胡灣，遇見個韃老闆，翻了兩句蒙古話，吃了兩個酸酪乾。第六天烏拉素，扯了二尺布，坐在房檐下，補補爛皮褲。第七天長牙店，住店沒店錢，叫一聲長牙嫂，可憐一可憐……」

這是首流傳在晉陝一帶的民歌《走西口》。聽到老苗把這首淒婉的民歌唱來，同行之人一下子意識到，自己已告別了故土，遠離了家鄉，心下油然生出一種莫名的感傷。老苗看到各人俱神情落寞，一副無精打采的樣子，連忙停止唱歌，又故意哈哈笑了幾聲，然後朗聲問道：「你們可知道咱們現在什麼地方？」

眾人舉目張望，只看到眼前到處野草萋萋，茂密蔥蘢，一眼望不到盡頭。一名同伴答道：「怕不是就是有名的『黑界地』吧？」

「對，這裡就是黑界地。」老苗說，「可是你們知道這黑界地又是怎麼回事兒？」

「我們委實不知。大哥，你常年生活在口外，見多識廣，不如就來講講這黑界地的事情，我們也好長些見識。」

「也好。」老苗朗聲大笑一聲，清了清嗓子，就給大家講述開來，「說起這黑界地嘛，本來是當初順治爺爺在大清堪輿圖上畫的一條紅線。莫看在地圖上只是一條紅線，實際上寬有五十里，東西長兩千多裡，是限制蒙古人和咱們漢人往來的一條隔離帶。你們知道，大清本是起於白山黑水之間的滿族，在入主中原之前，首先就千方百計征服了他的鄰居蒙古族。只是蒙古族自古強悍勇敢、驍勇善戰，大清立國之後，為了防範蒙古族和漢人聯合起來聚眾造反，改朝換代，順治爺爺就專門在長城北邊設置了這樣一條隔離帶。在這條隔離帶裡，既不准蒙古人到裡面放牧，也不准漢族人到裡面耕種。同時順治爺爺還對蒙古施行了一項『封禁令』。『封禁令』又稱『蒙禁』，即是禁止蒙漢交流，禁止蒙古各部越界往來，就連蒙古的王公出境也必須得到官府的批准。咱們漢蒙人民毗連而居，卻被這條隔離帶

隔絕開，老死不相往來。因為這條隔離帶長期人跡罕至，野草茂密，遠望去是黑色的，所以人們便稱它是黑界地。」

「真個是『三十年河西，三十年河東』。」老苗歇了口氣，接著又給大家講說，「直到康熙三十六年，康熙爺爺第三次親征噶爾丹，班師途中康熙爺爺突然心血來潮，輕車簡從，西巡晉陝。一路上看到晉陝一帶土地貧瘠，百姓生計艱難，可是與晉陝毗連的這片黑界地卻好端端地被閒置浪費。康熙爺爺權衡利弊，當即下達了禁留地開放令，允許在黑界地內劃出二十到三十里的界線讓漢人耕種，史稱『開邊』。哈哈，如果不是康熙爺爺頒令取消了這條隔離帶，咱們的雙腳只怕永遠都不會踏上這塊地方。」

同行之人這才知道，黑界地原來是這麼個來歷。一時之間，各人興致盎然，紛紛要求老苗再多講講西口路上的事情。老苗並不推諉，接下來給大家講道，走西口的人跨出古城，即進入內蒙古鄂爾多斯境地。鄂爾多斯在歷史上曾經是一個水草豐美、牛羊遍布的富庶之地，後來因自然氣候的變化、戰亂及放墾等原因，生態環境遭受嚴重破壞，導致此地地質地貌多樣，沙漠沙地橫亙，綠洲草原綿延，景致大不相同。

一行人一邊聽著老苗的講說，一邊放眼望去，只見四處曠野茫茫，黃沙跌宕，到處亂竄的高原風刮起時，一叢叢低矮的沙蒿草發出「啾啾」的響聲，使人感覺無比的蒼涼與孤寂，全然不是想像中「大漠孤煙直，長河落日圓」的景致，也不是「風吹草低見牛羊」的景象。可是就在這片土地上，的的確確展現過一幅雄渾壯闊的歷史畫卷。遙想當年，一代天驕成吉思汗曾屯千軍萬馬於此，旌旗蔽日，馬嘯連天，東突西殺，橫掃歐亞，將中華版圖擴展到無限邊遠。而今這位曠世無雙的英雄就長眠在距此百里之外的陵丘之中，可是那些飢腸轆轆奔走西口外逃荒的人們，誰又有閒情逸致專程跋涉到百里之外去緬懷這位英雄呢？

二

　　天上烈日當頭，地面上又沒有一絲風，堪堪日過晌午，一行人又飢又

渴，就連老苗和那幾名同伴也不再說笑，只是埋著頭一個勁兒地趕路。也不知走了多遠，轉過一道丘陵，忽然有一片茂盛的草地映入眼簾，只見在草地中央赫然聳立著十幾個潔白的氈包，顯然有草原牧民在此居住。在氈包前不遠的地方，幾名身穿蒙族盛裝的男女正往地上一張氈席上擺放食物、美酒，不知在舉辦什麼儀式。

老苗和幾名同伴走在前面，忽聽在氈席旁忙碌的一位蒙古族老者以河曲口音叫了一聲「小苗」。老苗停住腳步，定睛一看，也不由驚喜地叫了一聲「巴圖爾力格阿巴琴」。原來隨著歷年來走西口的人不斷增多，不少口裡人成為口外人的幫工，把農耕技術帶出口外，使世代以游牧為生、牛羊為食的口外有了莊稼稼穡、糧食米粟，口外諸多荒蕪的土地從此變得生機勃勃，五穀豐登。口外人從此不再排斥口裡人，在頻繁密集的交流中，河曲話成為口裡的標準話在口外的河套地區逐漸盛行開來。那蒙古族老者顯然與不少口裡人打過交道，會說一口流利的漢話。而那老苗雖然年齡並不甚大，卻在口外生活多年，也學會說一些蒙古話。「阿巴琴」指獵人，「巴圖爾力格阿巴琴」就是勇敢的獵人的意思。

「你這個小苗，現在是否還是喜歡自稱老苗？」

原來老苗其人自小跟隨父親出走西口，自認為歷練老到，飽經滄桑，是以常常自稱「老苗」，顯示與常人不同，然而熟悉他的長輩卻還是統統稱他「小苗」。

老苗不好意思地咧嘴笑笑：「除了在家裡守著『老老苗』……」

阿巴琴哈哈大笑，熱情地詢問老苗的父親 —— 老老苗的情況。老苗的父親多年前就走出西口，曾在此地租種過阿巴琴家的土地，後來兩個兒子長大，又帶著兩個兒子進入後套生活。由於阿巴琴待人熱情厚道，當年對老苗的父親十分照顧，二人成為朋友，是以老苗的父親每次帶著兒子往返老家，路過此地時都要看望阿巴琴。此時聽到老苗說他父親身體還硬朗，一頓能吃三大碗飯，阿巴琴高興地咧開嘴笑了。

阿巴琴介紹說，今天正是他的侄子娶親吉日，一會兒新娘子就會到

家。因蒙古族人天生好客，又且恰逢大喜之事，阿巴琴熱情地邀請老苗等人到時參加宴席，同時連與老苗同行的陳嘉豐及那兩個後生也一併邀請。

正說話間，忽聽一陣馬蹄聲響，只見從遠處的草地上有兩簇駿馬前奔後馳而來。阿巴琴等幾人連忙將前面的一簇人馬攔住，馬上身穿蒙古族盛裝的人翻身下馬，阿巴琴等幾人隨即給下馬之人奉上奶茶、聖餅、美酒、羊背子等物，並致辭歡迎。另一簇人馬也很快趕到，其中有兩人下得馬來，其餘之人則直接打馬進入氈包所在的柵欄。原來首先到來的這些人是女方送親的親友。依據習俗，男女雙方迎親和送親的人馬都要想方設法搶先到達新郎家。男方為了不讓女方的親友搶先，便預先安排家人在離家不遠處備下酒宴，以迎接之名阻攔搶先到達的女方親友，並借此機會超過對方。只有新郎和祝頌人趕到時，才給女方的親友敬酒。趁大家喝酒之際，新郎和祝頌人也要騎馬趕快逃走。所謂「祝頌人」，即是主婚人。按照風俗，一旦跑得慢了，他們的帽子就有被搶走的危險。

在氈包近前設下的迎新酒宴只是象徵性的，送親的親友只是淺嘗輒止。隨即阿巴琴幾人將送親的親友迎進氈包，同時把老苗和陳嘉豐等客人也一併邀請進來。

新娘的到來引起一陣喧鬧。新娘到來後，首先在蒙古包前的瑪尼宏旗桿下舉行「跳火」儀式。瑪尼巨集旗桿是鄂爾多斯蒙古族特有的標誌，蒙古語稱「桑更蘇日」，旗桿頂端懸掛著印有九匹駿馬的旗幡，稱作「祿馬風旗」，象徵著成吉思汗軍徽神祇，是當地蒙牧民家家戶戶必供的聖物。新娘由新郎牽著馬從瑪尼宏旗桿下的兩個火堆中穿過，取避邪免災之意。隨後新娘步入氈包，首先拜過灶神，然後婆婆親自動手揭開新娘的蒙頭紗，新娘方才在眾人面前亮相。

接下來喜宴擺開，阿巴琴作為新郎家人，陪伴老苗和陳嘉豐等漢族客人就座。宴席是蒙古的全羊席，酒是蒙古的馬奶酒。阿巴琴一邊用蒙古刀切開羊肉給客人分食，一邊頻頻舉杯敬酒，好不熱情。不知不覺酒至半酣，陳嘉豐對此地婚俗十分好奇，於是大膽詢問，阿巴琴亦豪爽地給漢族客人講解。鄂爾多斯婚禮一般為期兩天。第一天黃昏日暮，身佩弓箭的新

郎帶領一行四人的娶親隊伍騎馬出發，在星爍初放的時候到達新娘家，新娘家的送親儀式開始，整整熱鬧一個晚上。天亮之後送親上路，蒙著紅紗的新娘騎上紅馬，在親朋的簇擁下向婆家走去。接下來就是男方家人在野外迎候，就地擺開酒宴為送親者接風洗塵。而後到了家中，屬於男方的新婚慶典正式開始，其中的儀式有聖火洗禮、跪拜公婆、掀面紗、新娘敬茶等一系列特定的程式和活動內容。親朋好友享受著美酒佳餚，載歌載舞盡情慶賀，一直要持續到天明。

　　鄂爾多斯獨具特色的婚禮習俗令陳嘉豐等漢族客人耳目一新，大開眼界。吃喝之間，陳嘉豐悄聲詢問坐在身邊的老苗：「我們是不是該上路了，如此叨擾主家，主人家會不高興的。」

　　老苗哈哈一笑，道：「蒙古人天生好客，如果客人不能盡情吃飽喝足，那才是對主人最大的不敬。」

　　「對對，是這樣的。你們盡情吃喝，才是蒙古的好客人。」阿巴琴聽見了說，「想當年蒙古人的祖先成吉思汗橫掃世界，富有天下，難道他的後輩兒孫如此不濟，連頓酒飯也給客人管不起？」

　　阿巴琴頻頻舉杯敬酒，一邊招呼大家一邊閒談說：「幾天之前有一個河曲的玩藝班子路過這裡，其中有個名叫李小朵的後生，為人十分忠厚誠實，也是蒙古的好客人。」陳嘉豐偶然聽到大哥李小朵的消息，心中非常高興。

　　酒意正濃之間，阿巴琴又拉呱兒起一件事。說是在今年初春時分，有一保德老漢帶著一名女子出走口外，曾在他家中留宿一晚。交談中得知那女子是保德一個大官的閨女，因父親蒙受冤情遇害，是以跟隨父親的一名屬下連夜逃出保德，出走口外保命。原來在當時，朝廷規定漢人出邊墾殖禁止攜帶家眷，女子出走西口的極其少見，所以阿巴琴記憶尤深。陳嘉豐一聽便知，那女子便是保德知州白進大人的閨女，當年自己曾和李、郭二位兄弟合夥在河曲黃河裡救出的霓歌。此時聽到霓歌還尚在人世的消息，陳嘉豐心中頗感慰藉。

　　主人如此熱情，生怕怠慢了客人，因此大家也不再拘束，有說有笑，氣氛十分融洽。就連那兩個河曲後生也不斷舉杯向老苗和那幾名同伴敬酒，老苗等人也不再拒絕，紛紛一飲而盡，眾人喝得興高采烈。陳嘉豐因一路奔波勞頓，早已感覺不勝酒力，醉眼乜斜之間，忽然發覺那兩個後生偷偷往一壺酒裡摻進一些什麼東西。他只當那兩個後生也和自己一樣不勝酒力，偷著往酒壺裡加些醒酒藥，於是也沒去理會。

　　婚禮整整持續一夜，直到天亮後，新婚夫婦又舉行送客酒宴。女方親友和參加婚禮的賓朋都要暢飲三杯，然後方躍馬揚鞭，踏上歸程。老苗和陳嘉豐等漢族客人也都喝過送客酒，才謝過阿巴琴和新婚夫婦，告辭上路。

　　由於一夜未眠，又喝多了酒，一行人都感覺身體睏倦，無精打采，就連老苗和幾名同伴走路也慢慢吞吞，陳嘉豐更是落在後面，踟趄踟趄。漸漸遠離了那片草地，再度進入荒郊曠野之中。在經過一道土丘時，那高大的土丘擋住了視線，陳嘉豐連前面的人影都看不見。忽然聽見土丘前面傳來一陣呼喝打鬥之聲，陳嘉豐緊趕幾步繞過土丘，只看見老苗幾人正將那兩個河曲後生按倒在地，拳打腳踢，在旁邊的沙土地上赫然落著兩柄尖刀。陳嘉豐見這幫歹徒終於動手了，雖然自己勢單力薄，可還是忍不住想上前阻止。正要開口，聽見那老苗邊打邊罵道：「小小年紀乳臭未乾，竟敢持刀搶劫，還往酒裡下蒙汗藥。我老苗行走口外多年，莫說你兩個小小蟊賊，就是沙漠土匪鄔板定，我老苗也不會輕易中了他的陰招！」

　　陳嘉豐不由一愣，難道老苗這幫人不是歹徒，這兩個小後生才是真正的蟊賊？他不由想起昨夜酒席上，這兩個後生曾偷偷往酒壺裡摻一些什麼東西，莫非便是蒙汗藥？陳嘉豐一頭霧水，搞不清到底是怎麼回事兒。

　　老苗幾人的拳打腳踢，致使那兩個後生鬼哭狼嚎，連聲討饒。陳嘉豐上前開口相勸，老苗幾人也聽從勸說，一一住手。老苗彎腰撿起地上的那兩柄尖刀，在那兩個後生面前比畫著：「今天就饒了你倆的狗命，他日如還敢為非作歹，叫我老苗碰上，定剁了你倆的狗頭。」那兩個後生爬起來，屁滾尿流逃竄而去。

老苗看那兩個後生逃遠，哈哈一笑，隨手將兩柄尖刀拋在地上。陳嘉豐彎腰撿起來一看，只見刀柄上分別刻著「二林」、「四林」字樣。

陳嘉豐自是不知，那老苗並不是什麼歹徒惡人，而且還是西口外響噹噹的一個人物。其人打小跟隨父親出走西口，長大後一家人進入後套，老苗與其大哥在當地地商手下做苦工，後來兩兄弟分別升為工頭。近來兩兄弟自行設計開挖一條新灌渠，因資金短缺，特回河曲家鄉籌措一批現銀。那日經朋友介紹，去唐家會向一個叫薛稱心的財主借得一筆高利貸，不料未出村口，就發覺已被兩個毛頭小子鬼鬼祟祟跟蹤，老苗和他的同伴即已下意識防備。誰知這兩個毛頭小子不識好歹，竟從河曲一路尾隨而來。前天夜裡陳嘉豐好心照顧二人，把二人拉到自己身邊來睡，二人竟然趁他睡熟，把他戴在脖頸上的龍鳳項鍊偷去，後又在匆忙間丟失在地上，被老苗撿起交還。而這兩個小子，昨天在阿巴琴家的酒席上，居然還偷偷往酒裡下蒙汗藥，老苗幾人佯作不知，來者不拒與他倆對飲，其實都把酒偷偷吐了。這兩個小子自以為得計，今天在路上明目張膽持刀搶劫，哪知一切都在人家的防備之中。

陳嘉豐自然也不認識，那兩個毛頭小子便是薛稱心那不成器的兒子。這兩個活寶打小受薛稱心一手調教，出落得心胸歹毒，無惡不作，到後來終至變成殺人越貨、謀財害命的土匪強寇。

三

聽了老苗等幾名客人的解說，陳嘉豐才知道原來那兩個毛頭小子才是真正的蟊賊。古書中常有句話說「世道險惡，人心叵測」，直到此時才可體會到其中的真正含義。陳嘉豐心想，看來今後在這西口路上，自己也需多長個心眼，加倍提防壞人。

陳嘉豐跟隨老苗等人一路前行，半天並沒有遇見一個行人，顯然已進入西口古道的深處。一行人睏倦疲乏，行走十分緩慢，堪堪過了晌午，方才到達納林的寇家大店。納林原本是西口路上的一片荒涼野地，隨著走西

口的人日漸增多，有崔、張、寇三戶人家在此地開了三家車馬大店，專門留宿住客和牲畜。此時寇家大店內空空蕩蕩，並沒有一個住客。陳嘉豐和老苗等人在店家的爐灶上搭夥吃了飯，本打算當天就在此店住下歇腳，不再趕路，只是聽到那店家嘟囔說近幾天走西口的客人減少，住店的客人稀稀落落，尤其夜天僅有一男一女兩個娃娃住店。陳嘉豐心念一動，連忙詢問那兩個娃娃的年齡相貌、穿著打扮。那店家比畫著說來，正是家成、小娉兩兄妹的模樣。陳嘉豐心中豁然明白，原來這兩個小孩並未聽從自己安排返回保德老家，反而拿著自己給的盤費繳納稅銀，堂而皇之地跨出西口，並且因為自己參加婚禮耽擱行程，兩個小孩已超過自己走到了前面。陳嘉豐此前雖沒有走過西口，卻也聽說過西口路途遙遠，道路艱辛，而且半路上除了豺狼野獸，還常有土匪出沒，行人把性命丟在半路上的事多有發生。那兩個小孩身世本就淒苦，叫人可憐，如若再遭遇什麼不測⋯⋯一時之間，陳嘉豐不覺大為擔憂，急切地向店家詢問兩個小孩的去向。那店家回答說，兩個小孩已在今天清早啟程，踏向了口外的去路。這樣一來，陳嘉豐也顧不得渾身勞累，當即與店家結算飯錢，打算上路追趕。老苗等人紛紛出言勸阻：「出了納林就要翻壩梁，到馬場壕有八十多裡路程，現在已半後晌，天黑之前是無論如何也趕不到馬場壕的客店的。何況壩梁上土匪神出鬼沒，殺人越貨，老弟難道連自己的命也不要了？」陳嘉豐猶豫片刻，終是咬了咬牙，背起了包袱：「如若真的丟了這條性命，也該是我命裡定數。要是兩個小孩遭遇什麼不測，卻叫我此生何以心安？」老苗看陳嘉豐文文弱弱一介書生，卻古道熱腸錚錚鐵骨，心下大是欽佩，於是不再阻攔，只將自己隨身攜帶的一個羊皮水囊送給他，以備沿途之需。

陳嘉豐孤身一人離開寇家大店，只見四野更加荒涼，到處蒿草、沙丘，地形凸凹起伏，看上去到處都是路，然而又都不是路。唯一可以指示方向的，就是前面走過的人在鬆軟的沙土地上留下的幾行零零星星、稀稀疏疏的腳印，以及偶爾有一些牲口遺落下的糞便。陳嘉豐一路前行，經過荒原野地，不斷地蹚過那條在陝北就被沒完沒了纏上的正川河，終於在陽婆落山之前來到了壩梁。壩梁果然名不虛傳，遠遠看去到處布滿山包，一

個接一個，連綿不斷，山勢猶如波浪，一浪高過一浪，道路一直向上延伸，彷彿沒有盡頭，也看不見最高峰。陳嘉豐不由想起了家鄉走過西口的人唱過的一支山曲兒：「一過古城淚汪汪，一翻壩梁更心傷。走了三天離家遠，異鄉孤人誰可憐？爛石頭和泥打起壩，心愛的親親咋丟下？刮起黃風揚起沙，哪是哥哥地方哪是哥哥家？騎馬不帶駒駒馬，馬駒駒想娘咱想家。」尚未翻越幾道山梁，夜色已經降臨，四野茫茫更顯荒涼沉寂。幸虧月亮早早升起，光輝遍灑，才隱約可辨清路上人們走過留下的足跡。陳嘉豐在月光下循著這些所謂的「路標」前行，只走到渾身乏力，腿腳酸軟，才隨身臥倒在一個還算避風的山包下，沉沉睡去。

壩梁上清晨的風分外清涼，把陳嘉豐早早從睡夢中吹醒。陳嘉豐啃了幾口夜天離開草地娶媳婦的人家那位阿巴琴贈送的熟羊肉，喝了幾口老苗相送的水囊裡的水，迎著晨曦繼續趕路。經過多半天緊趕慢趕，終於翻越過了那一道道起伏的山包，在半後响時分到達馬場壕。馬場壕同納林一樣，都是晉陝漢民走西口的必經之路，本來荒無人煙，後來有人專門在此開設店口，也只是為了掙取來往客人的店錢。說起來，西口路上的客店大多都是幾間泥巴壘砌的房屋，近旁搭建一個簡易的牲口棚。雖然簡陋，卻因處於渺無人跡的荒郊野地，無一例外均十分醒目。陳嘉豐毫不費事地就找到了馬場壕唯一的那家客店，只是店裡不見有一位客人。陳嘉豐詢問店家，夜天可曾有一男一女兩個小孩住宿？那店家回答說有，不過在今天一大早已登程上路，並說如果順利，只怕天黑時分就會走出庫布齊沙漠。陳嘉豐本想繼續追趕，可實在不堪勞累，再加上店家喋喋不休的勸說，才答應好歹留宿一晚，將養體力。

直到天黑再沒見有一個客人登門求宿，看來自從下了那場大雨後，這些天已沒有人繼續出走西口。陳嘉豐歇宿一晚，次日天剛透亮即早早啟程，沒用多久就踏進了庫布齊沙漠。直到一腳踏進沙漠後，他才一下意識到人們為什麼稱這裡是一條生死路。放眼望去，只見沙漠沉靜寂寥，四野空曠，黃沙一眼望不到邊，沙丘像墳墓一座連著一座。難怪許多人在進入沙漠之前，都會朝著故鄉的方向燒一些紙錢，俗稱「倒頭紙」，同時哭祭

一場，自己向自己道別。因為誰都明白，只要進入沙漠，便是命根繫在褲腰帶上，此一程能否回轉就是未知數了……

　　沙漠裡漫漫黃沙一望無際，由於沒有人跡，也罕有鳥獸，浩大的沙漠顯得更加沉靜寂寥。驕陽曝晒著，四處飄蕩著熱風，水囊裡的水從冒著煙的嗓子裡灌進去，很快又從毛孔裡蒸發出來。只有在此時，人們才能意識到水和糧食的重要性。陳嘉豐攜帶的食物倒是不缺，可是水卻只有一囊，而且還在不斷地減少。走西口的人一路上曾不斷地咒罵過那條糾纏不休的正川河，嫌它纏腳礙事，可在此時去尋覓它時，卻再也不見蹤跡。水源對於走西口的人來說是至關緊要的。由於西口路途遙遠，客人攜帶太多熟食容易餿壞，因此多是攜帶炒麵和生米。炒麵是把豆子炒熟磨成的麵粉，就著水即可吞咽，是一種方便食品，而生米就不可生吃。走西口的人隨身不帶鍋，飢餓時把生米裝進一個小布袋裡，吊進水裡浸溼，提起來在火堆上炙烤，烤到布袋乾了，再放進水裡蘸溼，提上來炙烤。如此反覆多次，直到袋裡的米被烤到半生不熟，即可食用。然而，烤生米的前提是水，沒有水，那生米也就好比一堆碎石子，中看而不中用。

　　在去往口外的路上，庫布齊沙漠這段路途也許並不算遙遠，可是置身於這片茫茫沙海之中，四野幾乎沉靜到極限，景致千篇一律。陳嘉豐一邊趕路，一邊不著邊際地胡思亂想，只盼望眼前突然能夠出現一片草地、一汪水窪或是一片人煙。雖然明知是異想天開，可還是不由自主地去想。只是他也想到，即便真有一片草地、一汪水窪或是一片人煙出現，可是在之後呢？他的視線不知不覺已穿透了沙漠，看到了在那沙漠邊緣的沙壕塔，正有著名的沙漠土匪鄔板定在持刀守候；看到了在黃河灘頭的三胡灣，蒙漢雜居，語言不通，走西口的人連討吃要飯都困難；看到了在姜白店、長牙店裡每天住客爆滿，土炕上擠得人睡都睡不下，店掌櫃拿一根蘸著涼水的棍子在橫七豎八睡熟的人腳上錐一下，使他們的腿腳不自覺地蜷縮起來，以便給沒有睡處的人騰出空位子來……此時陳嘉豐才真正認識到，漫漫西口路，端的是一條血淚之路、亡命之路。

　　陳嘉豐身為保德人，對家鄉父老鄉親走西口逃荒謀生的故事打小就耳

朵裡聽出繭子來，直到這回親自踏上西口路，才發覺這條路根本不是一條人該走的路。可是不走這條路，這世上又有哪條坦途大道可供那些可憐的人去走？陳嘉豐邊走邊想，卻終究想不出個所以然來。

　　陳嘉豐埋著頭趕路，眼睛緊緊盯著前路上人們走過留下的足跡，生怕一不小心偏離了方向。不經意之間，他突然一眼發現路上多出了兩行小孩的腳印，印跡十分清晰，顯然剛剛走過去不久，連忙抬頭瞭望，沒瞭到人，卻看到在不遠處的一蓬蒿草叢裡好像有一張紙箋，緊走幾步趕過去撿起來一看，正是兩天前自己寫給父親叫收留兩個小孩的那封書信，不知何故被丟棄在這裡。陳嘉豐一時不由大為振奮，心想照這般追趕，定可很快趕上兩個小孩，一起走出大沙漠。正在此時，忽然自身後沒來由刮過一股風，一下子把那封書信從他手裡刮走，飛舞上半空。緊接著耳畔只聽得風聲大起，他下意識地扭頭回望，心裡「咯噔」一下，原來是起風暴了。陳嘉豐自是聽說過，人在沙漠裡，除了缺水是第一大忌，沙漠風暴更被人們視作是沙漠的「殺手」與「死神」。如遇風暴連刮數日，除非是號稱「沙漠之舟」的駱駝，人和其他牲靈很難走出生天。這場風暴突如其來，沒有任何徵兆，陳嘉豐還沒來得及緩過神來，眨眼間風暴就席捲而至，一時間黃風亂舞，塵土浩蕩，聲勢大作，天地失色。陳嘉豐宛如一棵大樹被拔掉了根，頓時被風暴刮得東倒西歪，難以立足。正驚慌失措之際，突然從斜刺裡衝撞過來一股怪風，一下子把他強推到一座沙丘後面，掀倒在沙坡上。陳嘉豐剛想爬起，卻發覺這座沙丘十分高大，風暴經過沙丘的阻擋，風勢多少有些減弱，於是不再爬起，只將身子俯伏在沙坡上，好不致被風暴刮走。可是儘管沙丘抵擋住了風頭，風勢依然不小，漫天的沙土像雪片般撲打而至，他又趕緊掀起衣服蒙住頭臉，好不致眼耳裡被灌滿沙子。由於頭臉蒙住，什麼都看不見，陳嘉豐只感覺到漫天的沙土就像有人故意傾倒一般，一層又一層覆蓋在自己身上，不大工夫就幾乎把整個身子湮沒。他不敢胡亂動彈，只能像條蚯蚓般緩緩蠕動，將身上的沙土一點一點掀落。所幸這場風暴來得急去得也快，不到一盞茶工夫，風勢開始減弱，又過了不久終於止息了。聽到風聲去遠，陳嘉豐才從厚厚的沙土裡鑽出來，掀開蒙

在頭上的衣服一看，頓時只覺得整條身子都涼了半截。原來大風過後，眼前的景物全都發生了改變，替自己遮擋風暴的這座高大的沙丘明顯變矮了，而近旁的幾座小沙丘卻比原先高出不少。整個大沙漠雖然一樣還是到處黃沙漫漫，只是已無法分辨東南西北，更要命的是這場大風把人們走過的足跡也全部掩埋住了，分不清哪是來路，哪是去路。

　　陳嘉豐獨自一人呆立在沙漠中，眼望四野漫漫黃沙，心裡一片惘然。此時此際，他分明感覺到了死神在向自己招手。在他的腦海裡不由自主地浮現出來一張張熟悉的面孔，有親愛的大大媽媽，有揪心的棗花，還有令自己滿懷愧疚的鳳珠……顯然他馬上就要跟這些人永別了。他的心裡頓時泛起一陣錐心刺骨的疼痛。就在這些熟悉的面孔過後，緊接著眼前又閃現出來兩個小孩的身影，正是家成和小娉小兄妹倆。他的心裡不由再次湧起一陣難過，心想此後這世上只怕真的再沒有人會去可憐那兩個小孩啦。陳嘉豐一聲嘆息，禁不住一屁股跌坐在方才爬起來的地方。

　　沙漠裡的氣候真是令人難以捉摸。眨眼工夫之前，還到處是黃風亂舞、塵土蔽日，天地一片昏暗，可在風暴剛剛過後，那陽婆便如同到哪裡小憩了片刻，重新煥發精神掛在當頭，大概是因為暴風把空氣裡的塵埃掃滌得乾乾淨淨，光線愈加強烈灼熱，沒過多久便將沙漠炙烤得升騰起一片氤氳之氣。天上沒有一片雲彩，地上沒有一線陰涼，陳嘉豐被強烈的陽光晒得幾乎流出人油，眼神也漸漸迷離起來。他暗自尋思，只怕等不到陽婆落下，就是自己命歸黃泉之時。就在他的心中萬念俱灰、一派絕望之際，迷迷糊糊的視線裡突然意外地出現了一個人影。他只當是看花了眼，可是緊接著凝神細看，只見在面前不遠處的一座高大的沙丘上果真有一個人正在向頂端攀爬，而且那人的身形異常熟稔，當他到達沙丘頂端後轉回身來，才看得清正是自己的結義兄弟郭望蘇。陳嘉豐不由大吃一驚，心想望蘇哥不是已經在老牛灣墜崖身亡了嗎，何以還會出現在這裡？趕緊站起身來，手搭涼棚再度瞭望，只看見那個人的面容敦厚老實，真切實在，除了郭望蘇還會是誰？陳嘉豐不覺大為驚喜，連忙揮動手臂向他打招呼，只是不知何故，卻見他呆立在那裡，並不理會自己。陳嘉豐心想他定是沒有看

到自己，邁開大步便向那座沙丘跑去。兩座沙丘相隔並不遠，看起來近在
咫尺，可是當他大步奔跑半天，才發覺其實距離並不近，直到他跑出一身
臭汗，腿腳也有些酸軟，終於快要來到那座沙丘腳下時，忽然只覺眼睛一
花，發現那座沙丘竟然無聲無息地消失不見了，面前只留一片平坦的沙土
地。陳嘉豐一時停止腳步，驚愕不已，搞不清到底是怎麼回事兒，心想自
己看到的是幻覺不成？只是還未等他從一頭霧水中清醒過來，緊接著只覺
眼前又是一花，就在方才那座沙丘消失不見的地方，眨眼間又突如其來冒
出來一座城鎮，在城鎮裡的一間客棧門口，自己的另一個結義兄弟李小朵
正在向著自己招手。這回陳嘉豐並未上當。儘管他被陽光晒得頭腦有些發
昏，理智並未喪失，雖然李小朵的面容看起來跟剛才郭望蘇一樣真切實
在，他的心裡卻也清楚，這一切不過都是幻覺，要不然一無所有的大沙漠
裡何以會憑空冒出來一座城鎮？猛然間，他感覺自己頭腦一激靈，宛如被
當頭澆了一瓢冷水，頓時明白過來，原來自己看到的是海市蜃樓。陳嘉豐
自幼讀書，自然知道海市蜃樓這種幻景多會在沙漠、戈壁以及大海上出
現，只是未料到自己竟有幸目睹。明白了這點，他的心裡再次打了一個激
靈，因為他在書中讀到過，海市蜃樓雖是幻景，但其顯示的情景卻是真實
世界裡的重現。而據方才海市蜃樓顯示的情景看來，莫非望蘇哥並不像人
們傳說的那樣已在老牛灣墜崖身亡，他還好好地活在世上，說不定眼下就
在庫布齊沙漠裡的某個地方，同時從眼前海市蜃樓顯示的情景也可看出，
顯然小朵哥已經平安到達包頭，正在一家客棧耐心地等候自己！一時之
間，陳嘉豐的心頭頓時湧起一股暖意，感覺到自己已不再那麼孤獨無依。
他靜下心來暗自思量：當年我三兄弟在河曲水西關結義，約定將來宏圖大
展，成就大義，如今尚一事無成，如若望蘇哥還好好存在，我卻又有何理
由獨自爽約？陳嘉豐想到這裡，一時只覺得自己臉面發燙，心下羞慚，於
是也就顧不得再去糾結什麼生與死的問題，當即開動腦筋尋思下步辦法。
很快就看見他忽然間一拍雙手，顯然是做出了一個重大決定，緊接著只見
他像演獨角戲似的，莫名其妙地從自己腳上脫下一隻鞋來往空中一丟，任
由鞋掉落在地上，繼而又見他拾起鞋來穿在腳上，然後向著方才鞋尖指示

的方向邁步走去。

　　當人們在遭際絕望走投無路之際，大多會利用擲骰子、丟銅錢或拋擲其他物品來尋找方向。丟鞋「問」路即是走西口的人們在迷失方向後最多採用的一種求生方式。雖然這種做法連他們自己也覺得荒唐可笑，可做點什麼總比什麼都不做要好。儘管這樣做前途依舊渺茫，可在絕望中尋求一線生機，總好過坐以待斃。

　　海市蜃樓的幻景給陳嘉豐點燃了一線生存的希望，讓他振作精神，邁開大步向著鞋尖指示的方向走去。經歷過沙漠風暴的浩劫，陳嘉豐對生死的看法一下子有了明顯的改變，此時心裡已是一片坦然。誠然是「勘破紅塵身自在，捨卻煩惱是蓮臺」。只有在如此無牽無掛、寵辱皆忘的境況下，人們才會去留意、去觀賞、去領略大自然的風情景致。原來沙漠是那樣的美麗，天空淡藍，白雲如絮，地面上沙丘起伏，連綿不絕，金黃色的沙丘在陽光的照射下閃爍著純淨透明的光芒，彷彿是一幅鐫刻於木板上的風景畫。陽婆將要西沉之際，浩瀚的大漠更如披上了一層金色的綢緞，線條流利，光滑誘人。月亮很快就升起來了，由於已快到五月中旬，月亮的輪廓已近半圓，柔和的光芒傾灑在大漠沙丘上，宛若堆金積玉，分外耀眼。隨著夜色漸濃，天空中的星斗密密麻麻，閃閃爍爍。天空蔚藍，大漠純淨，相映生輝，各具特色。

　　陳嘉豐一路奔行，一直走到月上中天之際，渾身上下早已疲憊不堪，不得不停下腳步來喘息片刻。他隨身攜帶的行李和那個羊皮水囊在風暴中一件不留被大風刮走了，此時要吃的沒吃的，要喝的沒喝的，肚腸空癟，口舌乾燥，嘴裡除了吐不完的沙子，就連潤嗓子的口水都沒有一滴。眼看夜色越來越深，他再次強自掙扎起身子，踏著月光繼續前行，可在他的心裡卻鏡子一般明白，此一去前途更加渺茫，生死禍福更加無法預料。支撐著他繼續走下去的只是內心深處殘存的一股無名之氣。這一走，也不知走了到底有多遠，抬頭看天上月已西斜，啟明星已在東方眨眼，陳嘉豐只感到自己身心疲憊，雙腿重如灌鉛，就連抬腳邁步也極度艱難，心想該是大限到來的時候了。他剛剛這麼一想，突然間就覺得腳下一滑，似乎踩上了

一片青草，緊接著身子一痛，好像撞上了一棵樹幹。他咧開嘴角慘然一笑，料想這定是人走到了盡頭，老天爺施捨給人的最後的幻覺。只是當他決定就在這裡止步不前時，透過模糊的月光，一眼看到在目光的盡頭赫然出現了一座小村落，其中一間房子的視窗還閃亮著燈光。那束燈光雖然微弱，剎那間在他的眼裡卻比天上的月亮還要亮堂。

　　一時之間，陳嘉豐心裡忍不住萌生出來一種哭笑不得的感覺，想不到人的生死際遇，居然存在著如此繁複多樣、不可預期的戲劇變化。剛剛還是走投無路，轉眼間卻絕處逢生。這一番驚喜，使他終於把死亡的念頭遠遠拋到了腦後，重新抬起沉重的雙腳，用盡剩餘的力氣一步一步摸索到那亮著燈光的房子前，叩響了房門。房門打開，一個中年人出現在門口，看見陳嘉豐這副模樣，便知是個在沙漠裡迷路的人，連忙把他攙扶進家裡。此人顯然知道在沙漠裡迷路的人最需要的是什麼，二話不說從水缸裡舀起一瓢清水遞給陳嘉豐。陳嘉豐接過水瓢咕咚咕咚喝了半天，直喝得肚子鼓鼓的，才有點意猶未盡地放下水瓢，喘著粗氣向主人道謝。他剛一張口，主人即以一口地道的保德話詢問：「莫非你是保德人？」

　　陳嘉豐說：「正是，我是保德郭家灘人。」

　　「原來是老鄉。」主人欣喜地道，「我是前灘馬家灘人。」

　　郭家灘與馬家灘同在黃河岸邊，郭家灘坐落在沙河口之上，謂後灘，馬家灘位居沙河口之下，謂前灘，兩村相距不過十餘里。

　　老鄉把陳嘉豐安置在土炕上躺下歇息，一邊跟他說話，一邊自顧自走到房子一角的一方石磨前，轉動磨把磨開了豆子。陳嘉豐這時才發現，原來這是一間豆腐坊，怪不得這位老鄉這般時辰就早早起床，顯然是在趕早做豆腐。在交談中得知，這位老鄉姓馬，於兩年前出走西口給口外人家攬工，可是辛苦到頭卻掙不下幾個錢，後來來到這個處在沙漠邊緣的小村賃了這間小房子，開了間豆腐坊，好歹也比伺候別人家強些。這位老鄉還說，他打算再做個半年幾月，積攢下幾個錢就回轉家鄉，守著老婆孩子過日子，再也不到這恓惶之地來了。

當這位老鄉談到自己的孩子時，眼睛裡不由自主地流露出溫和與慈祥的神情。他念叨說：「我家小子十三歲，名叫家成，女子八歲，叫小娉，都是聽話的好孩兒……」

陳嘉豐聽老鄉提到兩個孩子的名字，不由大為驚愕，一下子從炕頭上翻身坐起，剛要張嘴說話，忽然聽得又有人敲門。老鄉連忙放下手中活計走過去開門，房門剛一打開，就見從門外同時跌進兩個半大的孩子來。陳嘉豐趕緊起身下地，跟老鄉一起把兩個孩子扶起，看見不是別人，正是家成和小娉。原來這兩個小孩前天自馬場壕的客店啟程，由於人小腿短，行走不快，又且連日趕路，十分勞累，因此走走停停，非常緩慢，轉眼間天就黑了，尚未走了大人一半的路程。兩個小孩在沙漠中睡了一夜，早上起來又繼續趕路，不想在半途中又遭遇那場風暴，迷失了方向。兩個小孩忍飢耐渴，瞎跑誤撞，終於在此時候來到了這裡。

父子三人抱頭痛哭。陳嘉豐在一旁亦不由感懷落淚，只以為世間的聚散分別，悲歡離合，莫過於此。

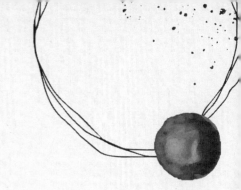
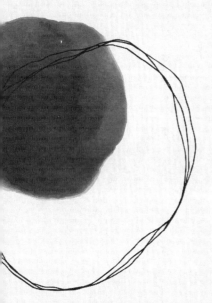

第五章
包頭鎮

一

　　在內蒙古中部地區有一座大青山，大青山腳下有一條博托河。多年來博托河汨汨不息地滋潤著大青山腳下的這片土地，使這裡成為塞北大漠南端一個水草豐盛的牧場。清初朝廷劃分蒙古族人戶口地，土默特部落的十五戶巴氏蒙古族人共同領受了這塊地方，在此駐牧。康熙年間朝廷下旨開放邊禁後，內地漢人紛紛出邊墾殖，走進了這塊地方，以包頭命名的蒙漢雜居的村落方自形成。此後隨著人口不斷增多，到嘉慶十四年始改為包頭鎮。

　　在包頭鎮的街市中心有一座富麗堂皇的王府，即為巴氏王府。巴氏祖先曾是赫赫有名的土默特部落首領，在清初曾擔任過土默特右翼都統，享有世襲封爵，但由於清廷對土默特部落一直心存疑忌，不斷削弱土默特勢力，故巴氏家族的繼承人早早就成為一介閒散郡王，過著與世無爭的日子。巴氏蒙古族人過去一直傳承祖先養羊放馬的生活方式，隨著朝廷開放邊禁，即順應形勢開始棄牧轉農，把土地租給漢人增加收益。當時來到包頭的漢人，無論工商戶或農民，凡是使用包頭土地的都要向巴氏蒙古族人租用，就連著名晉商喬家、王家等都是依靠巴氏家族的土地起家的。事實上正是巴氏家族的土地成為漢人在包頭的生存之本，使走西口的人借雞下蛋，生生不息。

　　咸豐初年，巴氏王府新一代世爵傳人長大成人，名叫布日格德，漢名就是「草原雄鷹」的意思。布日格德出身蒙古貴冑，血液裡流淌著蒙古人的豪放與強悍，騎馬和摔跤的本領與生俱來。巴氏家族雖然把大量的土地租佃給漢人耕種，但祖宗留傳下來的游牧生活習慣尚未完全改變，還留有不少草場經營牧業。草長鶯飛之際，布日格德常常帶領隨丁去往草原上騎馬射獵，或與蒙古族的勇士比試摔跤，雖然年紀輕輕，可他騎射和摔跤的本領卻令許多強悍勇士無不佩服。白天在草原上騎馬射獵，夜晚在牧場的篝火旁載歌載舞，他的舞步令放牛的老者讚嘆，他的歌喉令牧羊的姑娘著迷。

　　布日格德自小即喜歡讀書，先學蒙古文，後又偷偷學習漢文，對漢族文化多有涉獵。由於受清廷禁止蒙古人讀漢書、識漢字的限制，漢族書籍在蒙古地區十分稀缺，有些商販知道布日格德的喜好，便偷偷從內地攜帶些書籍來販賣給他，布日格德不計貴賤，一律收購。漢族豐富的歷史文化令他眼界大開，尤其漢族自古多有忠義勇敢、慷慨激昂之士，許多事蹟行徑可謂驚天動地，比之蒙古族的英雄人物亦各有千秋、不遑多讓，更有有過之而無不及者，所以布日格德並不像其他許多蒙古貴族一樣以自己高貴的出身而目空一切，對漢族人並不小覷。

　　布日格德對漢族文化十分仰慕，只是從內地而來的漢人，因為大多是農民，識文斷字的非常稀少，部分商賈雖有識字的，也僅是勉強應付商務買賣，知識淵博的非常少見。放眼包頭地方，只有薩拉齊廳理事通判黃韜和復字號大小商號的大東家喬致庸二人共同出身儒學，才高學富，博古通今，是兩位極其難得的漢學高人。黃韜身為當地廳官，因擔負處理蒙漢間事務的職責，與巴氏王府交往自然頻繁。布日格德經常向黃韜請教漢學知識，而黃韜雖然粗通蒙古文，可必要時候也得向布日格德請教。另一位喬致庸因秉性豁達大度，凡事不拘小節，並無一味拘泥於教條框架中的讀書人的酸腐之氣，再者由於復字號大小的商鋪和客棧向來都是向巴氏家族所租佃，且又兩家有些商務關係，互惠互利，往來頗為密切。喬家的商業道德與信譽在包頭本就為人所稱道，大東家喬致庸的人品、才學又頗令布日格德欽佩，於是布日格德也經常向喬致庸請教一些漢學知識。喬致庸對這位小王爺也頗有好感，尤其十分敬重他能夠體恤窮困、善待外來漢民，是一位不可多得的蒙古貴冑，所以對他的虛心請教，總是知無不言，言無不盡。因此說，黃韜與喬致庸二人都可算是布日格德的半師半友。

　　這年初春時分，是鄂爾多斯左翼前旗阿布林斯郎貝子的生辰。阿布林斯郎貝子本是成吉思汗的後裔，曾因一些部落間的事務與布日格德有過數面之緣。貝子爺十分賞識布日格德的人才，此次特地邀請布日格德前往貝子府赴宴。布日格德亦與貝子爺十分投緣，欣然應邀而至，在貝子府盤桓數日，才告別貝子爺回轉包頭。

連接鄂爾多斯左翼前旗與包頭的唯一通道，同時也正是那條晉陝漢人走西口的必經之路。由於此時大地尚未解凍，西口路上冷清蕭瑟，並無人跡。布日格德帶領一眾隨丁翻過壩梁，經過馬場壕，這日橫穿庫布齊沙漠，正走得枯燥乏味，突然意外地發現腳下乾淨的沙土地上竟然冒出來一行牲口的蹄痕和一雙行人的腳印。布日格德不由暗自奇怪，在這般寒冷的天氣裡，居然也有人跟自己一樣不顧艱辛長途跋涉。布日格德一時興起，驅動座下駱駝加快步伐，沿著路上印跡向前追趕而去。在沙漠裡，駱駝的奔跑速度超過駿馬，在布日格德的頭駝帶領下，一隊駱駝前奔後湧，很快就來到沙漠邊緣的沙壕塔附近。布日格德坐在高大的駱駝背上，遠遠望見正前方出現了一些人影，緊趕幾步走近些看，卻看見有一夥持刀執械的土匪正在搶劫兩個漢族男女。布日格德聽身旁一名隨丁指點說，那領頭的分明便是著名的沙漠匪首鄔板定。布日格德抬眼觀看，只見那夥土匪搶去那兩個漢族男女的包裹行李，奪走那婦女乘坐的青驢，接著凶狠地將那老者掀翻在地，劫掠那婦女便要離去。布日格德看得真切，伸手自駝背上懸掛著的弓囊裡抽出弓矢，張弓搭箭，一箭射去，正射中匪首鄔板定的大腿，緊接著連珠箭發，紛紛射中土匪。那夥土匪見勢頭不妙，丟下那婦女跟搶來的東西，簇擁匪首鄔板定張惶逃竄而去。

布日格德策動駱駝來到那漢族男女近前，那二人趕忙跪倒在地，行禮相謝。布日格德跳下駱駝扶起二人，只見那男的是個老者，顯然是婦女的長輩，而那婦女極其年輕，花容月貌，美麗不可方物。布日格德一瞥之下，不由暗自讚嘆內地女子的美麗，腦海裡一下子就浮現出了古代昭君出塞的故事。西漢之時，受呼韓邪單于之請，昭君奉詔出塞和親，同時把漢族優秀的文化與農耕技術帶到塞外，使塞外人民受益匪淺，美名傳遍大漠邊疆。一時之間，布日格德不由心馳神往，由衷稱讚眼前這位女子：「姑娘真可與昭君娘娘比美！」原來蒙古族人秉性率真直爽，並無內地封建禮節的束縛，多是就事論事，直抒心意。那女子本來對這位蒙古人心存感激，此時聽他這樣一說，臉色頓時往下一沉。在內地，莫說男女授受不親，就是男女之間彼此心儀，卻也委婉含蓄，男子當著面直接誇讚女子美

麗，是一種輕薄放浪的行為。又且那女子見這蒙古人衣飾雍容華貴，跟隨從人甚眾，怕不是依權弄勢之輩，也必是紈絝無賴之徒，於是心存戒備，不敢輕信。布日格德不懂這些，只當自己的熱心必將換來對方的友好，問明二人乃是外出逃荒的祖孫，便有意在這大漠荒野險惡之地護送二人一程。布日格德跨上駱駝啟程之際，看見那女子所騎青驢行走不快，主動提出要將自己的駱駝讓與那女子乘坐，哪知那女子婉謝說自己不敢騎駱駝，並不領受。一路上，布日格德緊勒韁繩，緩步與那女子並騎而行，熱情洋溢地與那女子攀談，卻見那女子神情冷漠，勉強敷衍應答。堪堪行走出沙漠，來到一條岔道口，祖孫二人向救命恩人再次致謝並辭行。布日格德倚立駝背，望著那老者牽著青驢，驢背上馱著孫女，自岔道越走越遠，心裡不由悵然若失。

那老少二人不是別人，正是那位看守牢獄的獄頭老王和蒙冤屈死的保德知州白進的閨女霓歌。正月二十五夜，保德州城月亮升起，新任知州胡丘欣喜若狂，立即派人到牢獄中提取白進，押赴刑場處斬。老王已知胡丘不懷好意，乘著混亂打開牢門救出霓歌，護送她連夜逃出州城，踏冰過河，次日天亮後又在府谷買了一頭青驢讓霓歌乘坐，當天來到古城，花些銀錢買通門卒，逃奔西口外保命。一路上歷盡千難萬險，行走至沙壕塔，突然遭遇土匪頭子鄔板定，那鄔板定見霓歌生得貌美，揚言要搶她去當壓寨夫人，幸虧布日格德及時施救，才避免陷入虎口。

霓歌稱老王為王大爺，王大爺稱霓歌為小姐。二人一路行來，忍飢耐渴，風餐露宿，這日終於抵達包頭。到了客店住下，王大爺次日即到城中尋找營生做，以賺取二人的衣食和店錢。不想包頭雖大，打工受苦之人卻極多，哪戶主家但凡有點營生，都是挑選精壯後生，有誰願意雇用六十多歲的糟老頭子？一晃半個月過去，也沒人肯雇用他。眼看囊中盤費將花光，老少二人不由愁眉不展。這天晚間，王大爺愁得睡不著覺，就從行囊裡取出一把二胡來拉奏。本來王大爺看守牢獄半生，漫漫長夜，常常拉奏二胡消遣寂寞。此時客居異地，衣食堪憂，那二胡拉來琴音倍覺淒涼，令人感傷。霓歌在隔壁房間聽見，心有所思，遂出房拍開王大爺房門，進來

對他說：「王大爺，你既會拉琴，莫若我祖孫二人明天去街上賣唱，也可掙些銀錢活命。」

想那霓歌自小跟隨父親長大，在父親的薰陶教誨下，不但熟讀經史正學，琴棋書畫亦無所不通，再加上其外表娟秀美麗，內中蘭心蕙質，實為才貌雙全的大家閨秀，所以自從及笄以來，就一直坐守深閨，何曾經受過半點風雨？

王大爺聽得霓歌如此說，手腕一顫，二胡幾乎墜地，連忙說：「不可不可，你本是金枝玉葉，千金小姐，老漢再是無能，也斷不能叫你到街頭上去拋頭露面……」

霓歌嘆息一聲道：「淪落到如此地步，還說什麼金枝玉葉，千金小姐？要怪只怪霓歌命薄無福，平白拖累了大爺。」

王大爺道：「哪裡能怪你？都是老天爺不睜眼啊……」老少二人相對哽咽，不覺淒然淚落。

然而面對衣食生計，二人計無所出，等到天明，只好去往街頭上討生活。二人一個是年老體虛的老者，一個是弱不禁風的女子，流落在人地兩生的異地他鄉，宛如寒風裡的落葉，浪尖上的漂萍，遭受多少風雨欺凌，白眼相加。可饒是千般辛苦，卻掙不下幾個銅錢，除了勉強糊口，還得經常拖欠客棧店錢。那客棧掌櫃的倒也同情二人，容許二人多少拖欠一些，只是日積月累，數額漸大，那掌櫃的也開始犯愁如何向東家交代。有店小二為了拍掌櫃的馬屁，就自作主張，幾次三番催逼二人交還店錢，並揚言再不交還店錢，就把二人扭送衙門官辦。無可奈何之下，霓歌只好將自己珍藏的一面長命金鎖交與櫃上，充作質押。所謂「長命金鎖」，即是按河保偏習俗，孩童佩戴在身上以期順利成長的護身之物。這面長命金鎖，白進年幼時曾佩戴過，霓歌出生後亦佩戴過，此時已成為白進遺留給霓歌的唯一念想。

二

　　復字號大小商號東家喬致庸回了趟祁縣老家，一晃大半年才返回包頭。布日格德聞訊，在王府裡擺布酒宴為喬致庸接風，並派人去薩拉齊廳請來黃韜作陪。喬致庸並不推辭，攜帶了一些家鄉的土特產和特意為布日格德買的書籍來到王府。布日格德十分高興，對那些土特產不屑一顧，卻將那書籍打開一一過目。本來常有內地客商販賣書籍給他，他的藏書很多，卻是良莠不齊，而凡是喬致庸推薦給他的書卻必定是經典好書。此次喬致庸帶給他的是一套元曲四大家的心血著作，有關漢卿的《竇娥冤》、《救風塵》，白樸的《牆頭馬上》，馬致遠的《漢宮秋》和鄭光祖的《倩女離魂》等。元曲乃是蒙元時期文學藝術的精華集萃，雖然是漢族人的創作，但也彰顯出蒙古族人入主中原後文化藝術的繁榮進步。選擇這樣一套書送給布日格德，也不能說喬致庸是無的放矢。

　　時值春花吐豔時節，氣候溫暖，酒席設在後花園花亭之中。主客幾人坐在花亭裡，一邊觀賞四處鮮花競放，一邊喝酒談天。酒至半酣，幾人的話題集中到了元曲上。此次喬致庸帶來的元曲著作本是劇作唱詞，在元朝時期極為盛行，隨著明清二代移風易俗，現在已很少有人會照本演唱，幾人不由扼腕唏噓。正在此時，有喬致庸的隨從在一旁插嘴說：「東家不知，這幾個月來在我們興隆客棧居住著一對祖孫，以賣唱為生，聽說這祖孫二人就會唱元曲，還會唱河曲山曲兒。」喬致庸十分高興，吩咐隨從說：「快去請來演唱，給王爺和黃大人助興。」那隨從連忙跑到客棧，去把賣唱的祖孫找來，一路上叮囑道：「這是我家喬大東家叫你們去給王爺唱曲兒解悶，如伺候不好，就把你們趕出客店去。」

　　不多時那祖孫二人到來，原來便是王大爺和霓歌。布日格德一見之下，眼前豁然一亮，差點沒從座位上蹦跳起來，幸虧有喬致庸與黃韜在旁，才強自按捺，不致失態。霓歌只是輕輕瞥了他一眼，就轉頭去看座上別人。只見其中一個是大商喬致庸，此人曾經在河曲老家的渡口上救過自己，雖然時隔多年，卻也依稀認識，而當看到黃韜，只見此人面目異常熟

穩，活脫脫便是自己父親生前的模樣。霓歌不由身子一軟，差點摔倒，王大爺連忙把她攙扶住。王大爺附在霓歌耳邊低聲說：「這個人可真像老爺啊！」霓歌眼中不覺泛出兩滴淚花。王大爺自在花亭前的一個石墩上坐下來，將二胡置於膝頭，一手操弓，一手撫弦，開始拉奏。霓歌倚立一旁，唇齒啟合，伴著琴音演唱，乃是關漢卿《竇娥冤》中的一段詞：「沒來由犯王法，不堤防遭刑憲，叫聲屈動地驚天。頃刻間遊魂先赴森羅殿，怎不將天地也生埋怨。」

「有日月朝暮懸，有鬼神掌著生死權，天地也，只合把清濁分辨，可怎生糊突了盜蹠顏淵：為善的受貧窮更命短，造惡的享富貴又壽延。天地也，做得個怕硬欺軟，卻元來也這般順水推船。地也，你不分好歹何為地？天也，你錯勘賢愚枉做天！哎，只落得兩淚漣漣。」

幾名主客俱拍手叫好。

霓歌接下來又唱：「不是我竇娥罰下這等無頭願，委實的冤情不淺；若沒些兒靈聖與世人傳，也不見得湛湛青天。我不要半星熱血紅塵灑，都只在八尺旗槍素練懸。等他四下裡皆瞧見，這就是咱萇弘化碧，望帝啼鵑。你道是暑氣暄，不是那下雪天；豈不聞飛霜六月因鄒衍？若果有一腔怨氣噴如火，定要感的六出冰花滾似綿，免著我屍骸現；要什麼素車白馬，斷送出古陌荒阡？你道是天公不可期，人心不可憐，不知皇天也肯從人願。做甚麼三年不見甘霖降，也只為東海曾經孝婦冤；如今輪到你山陽縣。這都是官吏每無心正法，使百姓有口難言。浮雲為我陰，悲風為我旋，三椿兒誓願明題遍。婆婆也，直等待雪飛六月，亢旱三年呵，那其間才把你個屈死的冤魂這竇娥顯。」

這一曲《竇娥冤》，只唱得聽者唏噓，唱者淚淋。霓歌把自己父親蒙受的一腔冤屈俱化作滿腹幽怨唱了出來，曲終之際，依然淚水漣漣，不可抑制。

布日格德有生以來第一次聽到這般淒婉哀怨的漢族戲曲，又看見演唱的女子淚雨淋漓，只當是演唱者功底深厚，聲情並茂，不由連連鼓掌。

喬致庸卻在內地多看過此類戲劇，知道天下間伶人做戲尚無有如此出神入化者，便猜想這女子必有滿腹的冤屈，於是起身垂問：「看閨女資質出眾，娟秀過人，出身必不致低陋貧賤。不知遭逢何種疑難變故，可否說來聽聽？」

霓歌止住淚水，對著喬致庸道：「我家便有天大的事故，又與你有何相干？」原來霓歌數年前雖曾見過喬致庸一面，但當時事發倉促，並未留下多少印象，此時知道他便是自己居住的興隆客棧的東家，近來店裡小二幾次三番催逼店錢，剛才那隨從又狐假虎威作勢恫嚇，以為下人如此，主子也必好不到哪裡去，所以毫不把喬致庸放在眼裡。

喬致庸一愣，道：「難道喬某何處不慎，開罪了閨女？」

那隨從也算機靈，趕忙附在喬致庸耳邊說：「他祖孫二人拖欠了興隆客棧幾個月的店錢，只給櫃上押下一面小孩兒玩耍的長命金鎖，也不知到底值不值錢。掌櫃的告誡他們說，再不還店錢，就要把他二人趕出去。」

「哦，原來如此。既然二位手頭緊張，些許店錢就暫不追要，何時寬裕了再還不遲。」喬致庸對霓歌二人說罷，轉頭吩咐隨從，「快去客棧把那面金鎖取來交還給人家。你道是不值錢，在人家眼裡興許是無價之寶。區區幾個店錢，如何能抵得過人家的寶物！」

隨從答應一聲，轉身要走，喬致庸又叫住他囑咐道：「順便說與客棧掌櫃的知道，就說喬某說了，做生意要寬懷大度，要有菩薩心腸，萬萬不可因蠅頭小利而喪失了人情道義，倒叫背井離鄉的山西父老唾罵我喬家唯利是圖，薄情寡義！我喬家又有何面目立於西口之地？」

喬致庸一言，宛如金玉鐵石，擲地有聲，令所有在場人無不肅然起敬。王大爺和霓歌更是感激不盡，倒身下拜，喬致庸趕緊阻攔。

「不是喬某多嘴多舌，愛探聽他人的家長裡短。」喬致庸對霓歌說，「實是喬某心存疑惑，故而方才多此一問，如閨女不便說也就罷了。」

霓歌再次跪倒在地，眼淚不由奪眶而出：「喬大爺，小女子霓歌，先父乃是河曲白進。」

「哦，原來你就是當年掉進黃河裡的那個閨女。」喬致庸驀然想起數年前運貨北上，途經河曲渡口，曾因一少女失足墜落黃河，而與乃父白進及河保偏三小龍相識的一段情景。當年在河曲水西門城樓，喬致庸與白進一見如故，交談融洽，頗有相見恨晚之感，不料短短數年未見，竟已是陰陽兩隔。

「不瞞黃大人，當年喬某途經河曲，曾有幸一睹白進先生尊嚴。」喬致庸低聲與黃韜耳語道，「他的相貌倒和您黃大人甚為相像，真可謂形似神肖，活脫脫就是一個人。當日喬某初次與黃大人晤面，就差點兒誤把您當作白進先生。」

黃韜這才明白霓歌剛才第一眼看到自己時失態的原因。

霓歌含著眼淚將父親的冤屈訴說一遍。喬致庸、布日格德與黃韜聽了，不勝唏噓，比之剛才聽霓歌演唱《竇娥冤》更感傷懷。

「想白兄一介儒生，錚錚鐵骨，也不辱沒了我輩讀書人的氣節！」喬致庸喟嘆一番，轉而對霓歌說，「我與令父生前雖只有一面之緣，但一見如故，可謂情投意合，只是可憐閨女你現下漂泊無依，又何以告慰白兄泉下英靈？如閨女信得過喬某，不妨便叫喬某一聲義父如何？」

霓歌殷殷下拜，口稱「義父」，喬致庸連忙攙扶。布日格德、黃韜和王大爺等人看見盡展歡顏，無不為霓歌有此境遇而感到高興。

恰巧那名隨從自興隆客棧將那面長命金鎖取來，喬致庸親自把金鎖交與霓歌。霓歌正待收起，黃韜在一旁看見這面金鎖，不由心念一動，於是向霓歌借看，霓歌不解其意，也便遞給他觀看。黃韜接過金鎖，只見此鎖精工細作，正面鐫有「長命百歲」四字，反面雕龍琢鳳，龍鳳環抱著「蘇才郭福」四個小篆。黃韜把玩良久，心中若有所思。

喬致庸當天即安排人在自己居住的祁縣巷內的一處小院裡打掃房間，把霓歌和王大爺從客棧接過來，妥善安頓。所謂「祁縣巷」，實則是由諸多走西口的祁縣籍人在包頭聚集居住的一條小巷。當時各地走西口的人來到包頭，都會按照各自的原籍聚集居住，以期互相關照，從而把他們聚集

居住的地方以原籍命名。喬致庸居住的小院雖不寬敞，卻十分乾淨整潔。霓歌和王大爺二人自從正月間逃命外出，漂泊無依，到今天終於算是有個地方落下腳來，不用再過飢寒交迫、擔驚受怕的日子了。

到了晚間，喬致庸和霓歌、王大爺正在家中吃飯，忽然有從人來稟報，說布日格德王爺已派人去興隆客棧把霓歌二人短欠的店錢全部結清。喬致庸是過來人，今日在王府即察覺到布日格德在面對霓歌時神情異常，頗顯關切，現下又做出如此舉動，心中有些明白，微微一笑道：「小王爺可真是有心人。」也不說破。

初春時分，布日格德在庫布齊沙漠偶然與霓歌相遇，竟然一見傾心，只是當時霓歌神情冷漠，宛如一位尊貴的女神，令人難以親近。分別之後，布日格德亦常常掛懷，只以為天地浩大，人海茫茫，再也無緣見到那個漢族女子了，心中難免惆悵失落。誰知道一晃過了兩三個月，那女子又彷彿從天而降，突然出現在自己面前。布日格德心花怒放，在酒席散後，即遣人去興隆客棧把霓歌二人短欠的店錢結清，以便伸出援助之手，幫助霓歌做一些事情。布日格德對霓歌一見鍾情，自此隔三岔五以探訪喬致庸為由去往喬家，以期親近霓歌。喬致庸生意繁忙，大多時候並不在家。布日格德頻繁造訪，起初霓歌礙於情面，還叫王大爺在客舍沏茶招待，後來看他老是無事登門，只怕不懷好意，後來便乾脆以主人不在家為名，將他拒之門外。

布日格德連著吃了幾回閉門羹，心中極其憂鬱，每日在府中長吁短嘆，愁眉不展。卻有一人看得真切，便是他的妹妹薩日娜格格。薩日娜是蒙古語，是月亮的意思，又指山丹丹花。這位格格比布日格德小不了幾歲，像所有的蒙古族姑娘一樣愛唱愛跳。由於受哥哥的影響，也喜歡學漢族字，讀漢族書。此時看到哥哥鬱鬱寡歡的模樣，就調笑哥哥說：「這位王爺，是誰家美貌的女子把你的魂兒勾去了？」

布日格德不耐煩地說：「去去去，你個小丫頭片子，又懂得什麼？」

「那倒未必。」薩日娜噘著小嘴說，「又有什麼大男人，能比我們女人

更懂得女人？」

　　布日格德一聽，覺得有理，便敞開心扉，一本正經地把自己的遭遇向妹妹訴說，並煩惱地說：「我到底做錯了什麼，她就對我不理不睬？」

　　「虧你還吹牛說自己是個漢族通，枉讀了那麼多漢族書。」薩日娜聽完了說，「漢族人講究『男女授受不親』，漢族的女孩子喜歡的是溫文爾雅的男子。你一見面就誇讚人家姑娘美麗，定是人家姑娘把你當作輕薄放蕩的無賴之徒了。」

　　「原來如此。」真是一語驚醒夢中人，布日格德恍然大悟，「可是我該怎麼辦？」

　　「我可以幫助你，讓你和心上人兒共結連理。可是你怎麼感謝我呢？」薩日娜說。

　　「你要什麼就給你什麼。」布日格德高興地說，「要不將來我也幫你找個漢族額駙。」

　　「去你的。」薩日娜嬌嗔地捶哥哥一拳。

三

　　薩日娜第二天即去喬家探望霓歌。薩日娜看到這個漢族女子容貌出眾，氣質過人，暗自誇讚哥哥果然眼光不差。而薩日娜亦出落得模樣娟秀，再加上她率真活潑、爽朗大方的性格，令霓歌看見也非常喜歡。霓歌的性情本來恬靜溫和，不善多言，但架不住薩日娜不住氣地東拉西扯，問長問短，而且薩日娜的漢語說得並不十分流暢，偶爾還夾雜著一兩句聽不懂的蒙古語，可兩個姑娘很快就熟稔起來。兩人一漢一蒙，彼此間自有許多好奇疑惑，因此談論的話題十分廣泛，從衣著穿戴、飲食起居，到男婚女嫁、風俗地理，直至車馬舟楫、兵禍戰亂，無所不談。

　　兩人相處融洽。未隔幾日，薩日娜邀請霓歌去王府裡玩耍，霓歌雖感冒昧，但盛情難卻，於是跟隨薩日娜來到王府。前日霓歌到王府裡來，是

以賣唱藝人的身分進入，哪裡有閒情逸致觀賞，此次卻以貴客身分進入，心情自然大不相同。從王府懸掛匾額的朱漆大門進入，先是外大院，四面設廚房、馬號、傭人居所和客房。院中央的過廳直通二大門，一條甬道通往裡院正庭，正庭兩側為東、西廂。此處建築俱為起脊式，屋頂陶瓦密列，皆琢浮雕，角簷凌空，旁椽競伸，彩畫繞梁，古色古香，好不富麗堂皇。薩日娜帶霓歌裡裡外外參觀完了，領她來到一間書房歇息，只見書房內書籍滿櫥，且漢書居多，書桌上擺放著一套嶄新的元曲四大家的著作，攤開的一冊正是白樸公的《牆頭馬上》。霓歌好不驚奇，只以為這裡居住的必是一位漢族賢達。因為在她的印象裡，蒙古人都是馬上的英雄，少有人識文斷字，尤其是熟識漢字漢文者更是聞所未聞。不料薩日娜介紹說：「這是我哥哥布日格德的書房。我哥哥自小就學漢字讀漢書，是個漢族通，就連薩拉齊衙門裡的先生都經常向他請教。」

霓歌聽了將信將疑。她在沙漠裡初次見到布日格德，布日格德即言語輕佻，被她當作輕薄放浪之徒。這樣一個人，怎麼會是一個好學之人呢？

「不過，我哥哥雖然讀得漢書多，可他骨子裡流的還是蒙古的血。」薩日娜接下來說，「我們蒙古的勇士自古性情爽朗，不比漢族人委婉含蓄。蒙古的勇士看中了心上的姑娘，都會真心真意地誇讚姑娘的美麗。我們蒙古的姑娘也不同，如果男子從來不誇讚她，她就會認為男子不是真心實意地喜歡她。」霓歌聽了薩日娜這般說，頓時恍然大悟。原來蒙漢風俗不同，當日布日格德一見面即誇讚自己美麗，他的本意是被自己誤解了。此時驀然明白其中緣故，霓歌臉上不由泛起了紅暈。

霓歌當日回到家裡，向義父喬致庸探問布日格德的人品。喬致庸心中暗自明白，同時也頗感欣喜，就把自己所了解的布日格德的人品修養一一向霓歌說知，末了又評價說：「這位小王爺雖然出身蒙古貴胄，心目中卻無有種族與貴賤之分，心地淳善，體恤貧困，實為難能可貴之士！」

霓歌聽了，心中暗暗點頭，同時為自己對布日格德的誤解感到十分不好意思。

未過幾時，已是草原上草長鶯飛之際，薩日娜興致勃勃地來邀請霓歌到草原上騎馬遊玩。霓歌雖然早就嚮往草原風情，盼望有朝一日能夠去草原上一飽眼福，可是自己自幼坐守深閨，莫說騎馬，就是騎驢也極其提心吊膽，於是只好婉言謝絕。那薩日娜卻早已籌畫妥當，說道：「姐姐不要擔心，我和你共騎一馬，不會有事，何況牧場並不遠，一會兒工夫就到。」不由分說便把霓歌拉到馬前，自己踩鐙上馬，又伸手把霓歌拉上馬背。馬兒駄著二人緩步而行，霓歌也不覺得害怕。此時的包頭鎮外，因有了漢人的墾殖，草地變成田園，四處莊稼如茵，偶有農人在田中務做，大有中原內地之風情景致。出鎮漸遠，路上人跡稀少，馬兒漸漸加快步伐，宛如一陣風兒奔跑開來。開始霓歌只覺得天地動盪，身懸半空，嚇得緊緊抱住薩日娜，眼睛都不敢睜開，可是漸漸就覺得馬步穩健，猶如乘船行於浪上，雖有顛簸，卻並無危險，於是慢慢睜開眼睛，只見四野開闊，浩蕩如海，綠草如茵，一望無邊，耳邊一陣陣清風掠過，令人備覺神清氣爽。馬匹健步如飛，不多時已進入草原深處，偶然遇見一群群牛羊悠然自得地遊弋在無邊的草場上，牧人身騎駿馬，手執長鞭，時而興之所至，便放開歌喉唱起了原汁原味的蒙古牧歌，此情此景，如詩如畫，令人耳目一新，心曠神怡。

　　薩日娜打馬翻上一道小山梁，只見山梁下依然是一望無際的草場。忽然聽見一陣人喧馬嘶，從遠處策馬奔來一隊蒙古獵手，一個個手執弓箭，正在追逐幾匹野狼。眼看就快追上，其中有一人連珠箭發，箭箭中的，幾頭野狼通通倒地斃命。那隊獵手騎著馬圍著野狼和那位射中野狼的勇士一圈一圈打轉兒，連聲高呼：「布日格德，布日格德……」在金色的夕陽餘暉照映下，布日格德的形象顯得卓爾不群，尤為出眾。

　　「哥哥。」薩日娜高聲喊叫一聲，打馬向那隊獵手奔過去。

　　當晚，霓歌與薩日娜跟隨布日格德和那些蒙古獵手在牧場的蒙古包宿營。夜幕降臨，牧人在蒙古包前點燃了篝火，宰殺了肥羊，架在篝火堆上炙烤。羊肉的香味四處飄散開時，人們圍坐在篝火旁，一邊喝馬奶酒，一邊吃烤羊肉。酒意漸濃，牧場的老樂手奏響了馬頭琴，人們紛紛要求布日

格德唱歌，布日格德也不推拒，張開嘹亮的歌喉唱起了蒙古歌。那些獵手、牧人和牧場的姑娘們圍著篝火跳開了舞蹈。在篝火的熊熊火光照耀下，布日格德載歌載舞，更顯英俊瀟灑，那些年輕的姑娘們紛紛圍著他跳舞。在眾目睽睽之下，布日格德徑直走向霓歌，邀請她跳舞。霓歌不由漲紅了臉，連連擺手說：「我真的不會跳舞。」身邊的薩日娜不由分說，拉著她擠進人群裡，和大家一起跳了起來……

布日格德在妹妹的幫助下獲得了霓歌的芳心，不由心花怒放。按照漢族禮節，首先向霓歌的義父喬致庸徵求意見。喬致庸聽了非常高興，心想把義女霓歌嫁入蒙古族的巴氏王府，也不辱沒了乃父生前正五品知州的門庭，況且閨女從此有了一個良好的歸宿，也可謂了卻了乃父未竟的遺願。在問詢過霓歌的意願後，喬致庸滿口答應了布日格德的請求，要他按照禮儀正式上門提親。

布日格德滿心歡喜地將此事向父王稟明，哪知道巴王爺一口就否決了這樁親事。原來按大清律令，蒙漢不得通婚。近年來隨著放墾政策施行及漢人走西口的增多，蒙漢人民交流密切，民間偶有蒙漢私自通婚者，但都隱匿在下層與荒野僻地，是以無人追究。而巴氏家族身為王族貴胄，明目張膽迎娶漢族女子為妃，顯然是公開與朝廷對抗，怕不得落得個滿門誅滅的結果？布日格德聽父王這樣一說，宛如遭遇當頭棒打，滿心的歡喜一下子被擊打得無影無蹤。可是在他的心裡只認定了霓歌一個姑娘，決定今生今世非她不娶。在經過一番深思熟慮後，他決定徵詢霓歌的意見，只要霓歌不嫌棄，他就放棄王室貴胄的顯赫身分，和她一起到草原深處牧馬放羊，去過平凡簡樸的牧民生活。這樣做既不會給巴氏家族帶來禍患，而他也能跟心愛的姑娘生活在一起。當他忐忑不安地把這個想法向霓歌說明，沒想到一下子就得到了霓歌的滿口贊同。原來霓歌自小與父親相依為命，過慣了清貧樸素的生活，後來父親應舉做官，霓歌隨行任上，幾番遷移，猶如漂萍逐水，頗感無依，如果能夠遠離世俗浮華，和心愛的人兒一起到荒郊僻壤去過平淡樸素的日子，正是霓歌夢寐以求的。

布日格德和霓歌的決定得到了喬致庸的首肯。在祁縣巷內的那個小院

裡，喬致庸親自主持為他倆操辦了一個簡單的婚禮。由於不便驚動眾人，參加婚禮的除了新郎新娘，喬致庸既是女方家長又是主婚人，女方長輩還有王大爺，男方親友只有薩日娜一個人。婚禮雖然簡單，但新郎新娘興致勃勃，臉上沒有流露出些許不如意。

　　本來按照布日格德和霓歌商定的計畫，一舉行過婚禮，兩人就告別雙方家人，到草原深處的牧地去做尋常的牧民，可在這期間發生了一件事，就是王大爺自從來到包頭，由於水土不服一直身體不適，近來因天氣轉熱又染上了瘧疾，醫治無效而亡。霓歌十分傷心。按照內地習俗，喬致庸主持為王大爺操辦了葬禮。出於包頭地方地下水淺，棺材埋進地裡用不了多久就會漚爛，是以棺材從不埋進地下，當地人家把棺材擺放在住房旁邊或自家閒置的地裡，依據棺木形狀用土坯壘砌成墓葬，外面再用摻有草秸的泥巴糊抹住。只是這種土壘墓葬經不住日晒雨淋，每年開春都得用泥巴重新糊抹一遍，這種營生稱為「摸鬼」。因為這種摸鬼營生極其低賤，當地人都不願意幹，所以都是打短工的口裡人來幹。另外，隨著走西口的人逐年增多，不少漢人因疾病、年老等各種原因在口外亡故，為了有朝一日能夠落葉歸根，兒孫遷墳方便，也都沿用這種土壘式墓葬安葬。王大爺的靈柩也採用這種方式安葬。安葬那天，霓歌親自為王大爺披麻戴孝，扶著靈柩將他送到墓地。棺木在一塊空地上安置好，先有專事壘砌墓葬的土工用土坯壘砌好墓葬，然後由摸鬼的人糊抹泥巴。令人奇怪的是，那個摸鬼的人始終用布蒙著臉面，眾人猜想他或許是出於對死者的忌諱而為之。忽然一陣風刮過，把那個摸鬼的人蒙臉的布吹開，那人慌忙又把布蒙好。霓歌一瞥之下，覺得此人十分眼熟，倉促之間卻想不起來。沒過多久墓葬糊抹好，霓歌夫妻和喬致庸等人在敬香臺上點燃香燭，擺上供品，最後給王大爺燒了紙，磕了頭，起身返回。未行走多遠，霓歌驀然想起，那個摸鬼的人彷彿便是當年在黃河裡救過自己的偏關少年郭望蘇，連忙轉身回望，只見那塊墓地已是空空蕩蕩，沒有半個人影。

四

在一個陽光燦爛的日子裡，布日格德給父王留書一封，表明心意。因霓歌不會騎馬，專門套了一輛馬車給她乘坐，攜帶了些日用物品，自己騎著駿馬，夫妻二人隱姓埋名，遠離了富貴繁華之地，去往草原深處的牧場過平凡樸素的牧民生活。

哥哥嫂嫂走後，薩日娜一個人十分寂寞。本來打小開始，就是哥哥陪伴自己長大，後來又教她讀漢書，識漢字，還給她講許許多多漢族的故事。不久之前剛剛認識了溫柔賢淑的嫂嫂，使她對漢族有了更深的了解和認識。嫂嫂不僅容貌美麗，落落大方，而且能寫會唱，尤其她唱的河曲山曲兒曲調優美，令人難忘，所以薩日娜對這位漢族嫂嫂十分迷戀。可是突然之間，一生中令自己最依戀的兩個親人雙雙遠走高飛，不見了蹤影。父王知道哥哥出走後，曾多次派出人馬去各地尋找，薩日娜也多麼希望他們能把哥哥嫂嫂找回來，可是天地浩大，草原遼闊，他們又怎麼能夠輕易找得到哥哥嫂嫂的藏身之處？

薩日娜孤寂無聊，一個人在王府裡待不住，便整天帶領幾名婢女去往草原上騎馬射獵，玩耍消遣。這日黃昏時分，薩日娜帶領婢女射獵歸來，在經過城隍廟前的皮貨市場時，忽遇一條野狗躥過，胯下馬兒一驚，逕自狂奔開來。皮貨市場前正有一個玩藝班子在演戲，觀眾圍得裡三層外三層。那馬兒狂奔進人群裡，薩日娜拉扯不住，眼看就要將一個七八歲的小女娃踩住，薩日娜使出渾身力氣一勒韁繩，馬兒一聲長嘶，兩隻前蹄直立而起，終於停止狂奔。那個小女娃受此驚嚇，一跤摔倒，腦門兒磕在演戲的道具桌上，鮮血直淌。受此衝擊，那場戲演至中途，戛然而止。薩日娜趕緊下馬，只見那個小女娃已被一位演戲的藝人抱起。薩日娜心中大是過意不去，忙說要帶娃娃去找大夫治傷。那幾名藝人一齊圍攏過來，看到小女娃只是磕破了皮，並無大礙，也不為難薩日娜。薩日娜想要給小女娃留點錢買點吃的，摸摸身上無有一文，於是訕訕地道：「我明日再來看望娃娃。」牽著馬兒離去。

薩日娜回到王府，一夜都記掛著那個小女娃。次日天色剛亮，便攜帶了一大塊銀錠到皮貨市場去看望小女娃，誰知時辰尚早，皮貨市場才剛剛開張，並無顧客到來，而在昨天那個玩藝班子演戲的地方也空空蕩蕩無有一人。薩日娜暗自好笑，便轉身去街上閒逛。夏日已經來臨，包頭的大街小巷到處都有果農和菜農擔挑著瓜果和蔬菜叫賣，那各色的桃、李、杏子、甜瓜等瓜果四處飄香，令人垂涎欲滴，而那新鮮的青菜、葫蘆、辣椒、蘿蔔等蔬菜惹眼奪目，使人由衷喜愛。這些都是走西口而來的農民從家鄉帶來種子，在包頭的土地上種植務弄，從而使包頭這片自古只生長青草的土地變得五顏六色，異彩紛呈。薩日娜不由思想，那些漢人如此辛勞勤奮，他們的家鄉應當同樣美麗富饒，可是他們為什麼要捨家棄口，背井離鄉，千里迢迢地來到這異地他鄉呢？

其時的包頭鎮異常繁華，大街小巷店鋪林立，鱗次櫛比，經營的商品五花八門，應有盡有。鎮子內外一些寬闊的場所被闢為專業集市，有騾馬市場、藥材市場和米粟市場等，皮貨市場亦屬其一。這些市場每日彙聚了諸多南北客商，交易量相當巨大。由於市場繁榮，同時也彙集了不少演雜耍、唱戲曲的藝人來添彩助興，掙取幾個賞錢糊口。

薩日娜到處閒逛，不知不覺轉到了財神廟前。這裡位於鎮內縱橫交錯的九條街巷的交匯之所，十分繁華熱鬧，當地人號稱「九江口」。有話說：「先有復盛公，後又包頭城。」包頭鎮的繁華昌盛與晉商有著脫離不開的關係。由於包頭不僅依傍黃河，而且陸路四通八達，具有得天獨厚的水陸交通便利，被稱作塞外「水旱碼頭」。自從朝廷開放邊禁後，內地的旅蒙商人紛紛相中了這塊風水寶地，猶如過河之鯽，蜂擁而來。人們都說：「山西九府十六州一百單八縣，縣縣有人在包頭。」各種手工業作坊、店鋪相繼興起，更有十大晉商先後崛起，使包頭在很短時間內即發展成為一個塞上商業重鎮。嘉慶十年，由內地而來的漢族商人在九江口集資修建了一座財神廟，後來包頭商界為了維護經營秩序，防範惡意競爭，確保共同利益，組建了包頭商界的共同組織 —— 大行，並在財神廟內增設聚財廳，用以商討事務，行使管理職權。時下擔任大行行首的即是大商喬致庸。

　　薩日娜來到財神廟前，只看見在當街一塊空地上圍攏著一大圈兒人，人群裡正有一個玩藝班子在演出。薩日娜聽到那演唱之聲十分優美，而那唱腔對白正與自己嫂嫂的家鄉口音如出一轍，於是擠進去觀看，意外發現正是昨天在皮貨市場遇到的那夥藝人在表演二人臺小戲，那個被自己馬兒驚倒撞傷的小女娃頭上纏了一條白布，手捧著一隻不知從哪裡撿來的破氈帽在向觀眾討賞錢，看來並無大礙。薩日娜放下心來，站在人群裡看開了演戲。

　　二人臺小戲源出河曲，老早就有河曲藝人來到蒙古各地表演，人們並不陌生。眼下這幾人正在表演一齣名叫《探病》的小戲，劇中一老一少二旦，老的丟醜賣乖，形容可笑；少的容貌俊俏，風姿綽約。故事說的是有個閨女害了相思病，裝病在家，她的乾媽知道後來看望乾閨女。透過母女倆的對唱，調侃批駁了買賣婚姻給婦女帶來的痛苦。緊接著開演的又是一出叫作《賣碗》的小戲，講述一個貪得無厭的財主路遇一個美貌的農家女，色心乍起，藉口幫助長工賣碗為由，乘機調戲農家女，不期被隨後趕來的長工巧施計謀痛打一頓。這兩出小戲均是發生在晉西北農村的真實事情，被藝人們編創成戲曲來演，更顯得詼諧幽默，生動活潑，不時引發出觀眾的一陣陣掌聲和哄笑，直到戲罷曲終，觀眾掌聲四起，久久不願散去。那個小女娃捧著氈帽在人群裡討賞錢，觀眾毫不吝嗇，紛紛摸出三五文銅錢丟到破氈帽裡去。薩日娜看見那個小旦連演兩場，都十分精彩，又且長得容貌俊俏，非常討人喜歡，於是上前去拉住小旦的手，誇讚道：「姐姐唱得真好！」

　　「小姐誤會了。」那小旦輕輕掙脫薩日娜的手說，「我是男扮女裝。如小姐看我們的戲還能入眼，可否賞個幾文？」

　　薩日娜一臉羞愧，看了半天戲，竟然都沒有看出來這小旦乃是男扮女裝。薩日娜身為蒙古人，自不知道，自古以來漢族本沒有女子登臺演戲，所有戲曲裡的旦角都由男子扮演。也怪這個小旦的扮相太過形象，足以以假亂真。薩日娜羞赧之下，忙伸手去衣袋裡掏那個銀錠，可是手伸進去之後半天都伸不出來，原來那個銀錠不知在何時已經失落。薩日娜臉色更加

通紅，一咬牙齒，乾脆從髮髻上拔下一支鳳釵來，向那小旦遞去。嚇得那小旦連連擺手：「不可不可，我等窮苦藝人，只求一碗飯吃，如此重賞絕不敢承受。」

「不要也得要。」薩日娜一把將鳳釵塞在小旦手裡，「就算是抵押，改天我帶了銀子再來回贖。」說罷轉身離去。

那個扮演小旦的男子便是李小朵。

李小朵跟陳嘉豐在府谷古城分手，夥同玩藝班的夥伴先行去往包頭。跟其他走西口逃荒謀生的窮苦百姓不一樣，耍玩藝兒的人演戲謀生被稱作「闖江湖」，四處漂流，沒有明確的目的地，因此一路上逢有村莊集鎮，他們就隨時隨地擺開場子演戲掙錢。從古城鎮一路走來，經過一些地方後，他們漸漸發覺演戲這碗飯其實並不好吃。玩藝班每到一處村鎮，演戲開場時觀眾都是圍攏得滿滿當當，只是演到中間人們就開始離散，等到散戲之際戲攤前的觀眾更是所剩無幾，一天下來連頓飽飯都掙不下。李小朵和夥伴們都是第一次出走西口，鬧不清是自家戲演得不好，還是漢族戲來到蒙古水土不服，當地人聽不懂、看不懂，不由得心下忐忑不安。這日途經鄂爾多斯左翼後旗的樹林召鎮，藝人們再度硬著頭皮擺開場子，等戲演到中途，看到觀眾依然如同往常那樣開始離散。李小朵正好閒場，便攔住幾位正要離去的觀眾，探問他們何不堅持看完戲，是聽不懂漢族話，還是嫌戲演得不夠好？觀眾回答說，不是聽不懂漢族話，也不是戲演得不好，只是此地每年都有不少漢族玩藝班子經過，每個班子反反覆覆演的就是這麼幾出戲，劇情老套，以致人們都失去了興趣。李小朵恍然大悟，原來自從李、張二位師傅首創二人臺，所編劇目只有《紅雲》、《慶壽》等不多幾出，各地的草臺班子搬來到處表演，人們反覆觀看，漸已生厭。李小朵將此原委向班中夥伴說明後，夥伴們有如被兜頭澆了一瓢涼水，無不心灰意懶。玩藝班內人心浮動，有人甚至萌生了散班的念頭，打算改行去扛工謀生。

本來李小朵打小即受河曲民歌薰陶，善唱山曲兒，長大後又在李有潤、張興旺二人指導下學唱二人臺，練就得一身好演技，連李、張二人也

說：「這個娃娃如肯吃這碗飯，前途不可限量。」不意命運多舛，李小朵遭遇情感變故，備受打擊，心死如灰，又恰逢家鄉遭際饑荒，家中糧米罄盡，無可奈何之下只好跟隨李、張二人門下弟子出走西口外討生活。自從離開河曲老家，他看見沿途景致各異，風俗不同，心情已大有變化，又且一路上相遇諸多衣食堪憂、境況寒酸的內地父老，暗想天下的可憐人原來也不只有我一個，於是心胸放寬，不再沉溺於過去往事，一門心思想著演好戲，指望在這條路上有個奔頭。可是剛剛端上這個飯碗沒幾天，玩藝班就遭遇要倒臺的變故。李小朵一時心中惶惑不已，他略一沉思，腦袋裡隨即冒出來一個念頭，於是向夥伴們提議：「既然人們對老戲已經厭倦，我們何不自己編創幾臺新戲來演，如此既可讓玩藝班生意延續下去，我們藝人也不致把半生所學就此荒廢，豈不兩全其美？」李小朵此話剛一出口，班中夥伴們無不把眼睛瞪得銅鈴般大，都覺得這個想法無異於痴人說夢、異想天開。

「我等一眾師兄弟打小就跟隨在二位師傅身邊學藝，無奈生性愚笨，只會照本演戲，只有你整天在外放羊，定是吃了二位師傅偏飯，得了真傳，善編創戲曲。」一位年輕的夥伴話中帶刺，揶揄李小朵道，「莫若就由你來編幾出新戲，若編得好，我等一齊奉你為班主。」

「當班主倒不敢當。」李小朵靦腆地一笑，正色說道，「各位師兄弟都知道我雖酷愛戲曲，卻並未正式拜在師傅門下學過藝，全憑自己揣摩，充其量不過是半桶水。不過當日我每天一個人在外放羊，無人陪伴，寂寞無聊時候，就嘗試著胡亂編演小戲，也好打發時間……」

「原來是真人不露相，想不到我們戲班裡出了一位大能人。」那位夥伴繼續調侃，「如此不妨把你編創的巨作演示上一出，也好讓我等一開眼界。」

「師弟見笑了。」李小朵並不氣餒，說，「記得當日學戲，二位師傅曾告知我，編創戲曲有如吟詩作文，需得有感而發，出之肺腑。我雖不懂吟詩作文，只是這番出走西口，目睹數不清的百姓顛沛流離，恓惶之至，不免心中有些感觸，這些天每天夜裡睡不著覺，腦袋裡面翻江倒海，竟然湊

成一出小戲，只是時間倉促，尚且十分粗糙。我便獻醜演練一回，請各位師兄評判，看還能否入眼？」

李小朵打小沒讀過書，不會記錄什麼手本，所編小戲都是裝在肚子裡，此時拿穩架勢，清了清嗓子，張口就是一段慢板：「咸豐正五年，山西遭年限，有錢的糧滿倉，受苦人真可憐……」

李小朵剛剛亮出這一嗓子，所有夥伴頓時不由心中「咯噔」一下，齊刷刷地把注意力集中起來。所謂「行家一伸手，便知有沒有」，班中夥伴俱師從李、張二位師傅多年，雖無人會編戲曲，辨別戲曲好壞無疑都是內行人。此時他們一個個屏息凝神，聚精會神地聽李小朵繼續演唱。只聽得李小朵所唱戲文通暢自然，句法整齊，並無明顯阻滯，唱腔間以慢板、散板、快板及亮調、流水等板式，旋律優美，節奏起伏跌宕，竟然少見瑕疵。一眾夥伴不由自主睜圓了眼睛，都沒有料想到李小朵一個目不識丁的放羊漢，居然具有編創戲曲的天賦本領。李小朵編創的這出小戲故事雖簡單，情節卻細膩，內容講述內地一對新婚夫妻，因天乾地旱，生活無著，丈夫決定出走西口掙錢養家，臨行之際難捨難分的情景。夥伴們都是地地道道的河曲人，對家鄉百姓被迫奔赴西口外逃荒謀生的事實也都有著切身的體會，因而無不感同身受，不知不覺就被帶進了劇情裡。劇中人物不多，僅夫妻兩個，李小朵一個人身兼兩個角色，演罷男角再演女角，當演到丈夫太春鐵定心腸要走西口，妻子玉蓮捧出梳頭匣來依依不捨地給丈夫梳頭的情景時，一眾夥伴無不盡受感染，眼角溢出淚水。隨著劇情不斷推進，後來演到夫妻二人最後忍痛分別之際，妻子玉蓮真情流露，千叮嚀萬囑咐，伴隨著一段淒怨哀婉、如泣如訴的流水腔調，一句句叮嚀囑咐有如一顆顆鋼針般扎在人心上，讓人心如刀絞，肝腸寸斷。直到這出小戲在男主角長長的一聲哀嘆中結束，一眾夥伴才忙著擦拭掉眼淚，騰出手來鼓掌祝賀。

李小朵嘗試編創戲曲，本來心中沒底，沒想到自己編演的第一出小戲即獲得了夥伴們的高度認可。班中夥伴無不信心大增，再也沒有人提起散班的話。那位譏笑過李小朵的年輕夥伴更是搶著要跟李小朵搭夥表演這

齣戲。一眾夥伴興致勃勃地跟李小朵探討戲中存在的問題，共同設法解決，同時由班中樂師進一步完善曲譜，最後經過商量，為此戲定名《走西口》。誠如所料，這出《走西口》一經面世即受到了觀眾喜歡，玩藝班每次演出再也看不到中途退場的觀眾了，生意明顯好轉。受此鼓舞，李小朵很快又將昔日放羊時編創的《探病》和《賣碗》兩出小戲搬上舞臺，同樣受到了觀眾歡迎。

李小朵和夥伴們一路演戲，到達包頭。李小朵跟陳嘉豐約定在包頭見面。李小朵尋思陳嘉豐乃是富家子弟，出門在外必定會居住最好的客棧，於是跟夥伴們專門挑選位於東大街繁華鬧市的興隆客棧住下，等候陳嘉豐到來。為了掙錢糊口，他們日間就在包頭鎮街市上演戲賣唱。這樣一連過了十天半月，也沒有等到陳嘉豐。李小朵心中牽掛，便於每天收攤之後，親自跑遍鎮內所有像樣的客棧尋訪，可也沒有結果。這日傍晚返回客棧，在經過一條僻靜的小巷時，看見一個衣衫襤褸的小女娃在垃圾堆裡尋找食物，剛剛找到點什麼，正要放進嘴裡，突然躥來一條野狗跟那女娃爭搶食物，嚇得那女娃哇哇大哭。李小朵連忙跑過去趕跑那條野狗，仔細看那女娃，發現竟是在府谷古城遇到過的那對小兄妹中的妹妹小娉。李小朵忙向她詢問來由，小娉哭咽著說來，李小朵才獲悉陳嘉豐的行蹤，同時也知道了兩個小孩更為不幸的遭遇。原來自從陳嘉豐離開沙漠邊緣的那個小村後，那位姓馬的老鄉為了撫養兒女，每天多做豆腐，擔挑去附近村落去賣，有一天路遇土匪，被土匪誤當作客商砍死。家成和小娉這兩個可憐的小孩從此徹底變成孤兒，無依無靠，無奈之下只好到處流浪，數日前來到包頭，不料在南海子渡口過黃河時，因人多擁擠，兄妹倆走散。小娉一個人流落到包頭鎮內，每日在垃圾堆裡撿些食物充飢，夜間露宿人家屋簷下。李小朵心中備感恓惶，便把小娉收留下來，帶在身邊照顧。

李小朵聽說陳嘉豐早已來到包頭，於是便加緊找尋，只是到處都找不到他的落腳地。這日，李小朵剛剛演完戲回到客棧，卸去戲裝，小娉正給他遞毛巾擦臉，忽然有一群身著蒙古服的姑娘逕自登門，有的手捧美酒，有的手捧奶茶，還有兩個姑娘抬著一隻烤全羊，滿滿當當擺了一屋子，隨

後進來了那個因座下馬驚而嚇得磕傷了小娉腦門兒的蒙古族姑娘，笑吟吟地望著李小朵。李小朵剛剛洗去臉上的油彩，恢復了男兒的本來面目，更加顯得眉目英俊。那個姑娘上上下下打量了李小朵半天，笑瞇瞇地說：「原來是個俊小夥兒。」

李小朵縱然性格開朗大方，此時被這個蒙古族姑娘頑皮調笑，也不禁覺得臉上發燒。

那姑娘看出來這點，也覺得有點不好意思，道：「那天我的馬撞傷了這個小妹妹，今天我專程來賠禮道歉。」原來她便是薩日娜。

薩日娜隨手抖開一個包袱，從裡面取出幾件衣衫，說：「這是我小時候穿過的衣服，送給這個小妹妹穿，也不知合不合適？」

李小朵剛要推拒，薩日娜已動手解開小娉的衣服。小娉的衣服本已十分破爛，李小朵雖然給她清洗乾淨，並親自動手縫補，無奈粗手大腳，縫補得十分勉強。此時小娉換上新衣，雖然是蒙古族服裝，卻是大小合體，顯得十分俏麗。

李小朵正要相謝，只聽那姑娘說：「我叫薩日娜，很喜歡你們的戲，改天我再去看你們唱戲。」

說罷，也不等李小朵說話，轉身出門離去。

李小朵回頭向店家打問，才知道薩日娜乃是巴氏王府的格格，於是不由感嘆，蒙古族人原也是好人多。

自這日起，李小朵等人每天到街頭上演出，薩日娜逢場必到，成為這個玩藝班子的鐵桿戲迷。沒過幾天，竟已將幾出小戲的戲文記熟，多少也能哼唱幾句。薩日娜發現，李小朵不僅擅長扮演旦角，而且丑角也演得非常出色。二人臺戲曲大多情節簡練，一旦一丑的劇碼居多。如《探病》裡的乾媽、《賣碗》裡的財主，這些丑角形態滑稽可笑，臺詞詼諧幽默，那一伸手一頓足的形容舉動，那一板一眼的唱腔對白，無不令人捧腹大笑。也真難為了李小朵一個後生家，居然演什麼像什麼，並且如此聲情並茂，出神入化。這也歸功於李小朵多年來雖然以放羊為生，但一有閒暇即刻苦

演練各種人物形象，其中的酸甜苦辣，不足為外人稱道。

薩日娜雖然每日必到場看戲，卻不光只站在人群裡充當「樹椿」，開戲前幫玩藝班擺置攤子，散戲時收拾場子，簡直成了玩藝班打雜的夥計。包頭地方也有不少靠訛詐過日子的地痞無賴，每日向街頭擺攤的藝人收取「保護費」，自從薩日娜出現在這個玩藝班子，那些地痞無賴哪裡敢向李小朵收取錢財，反過來還要捧來西瓜、葡萄等物討好薩日娜。薩日娜一個人吃不了，這些瓜果也就成了李小朵等人的解渴之物。薩日娜站在人群裡，有時發現有光看戲不想掏錢而又要偷偷溜走的人，就去一把揪出來。那包頭當地之人和在包頭落腳多時之人，無有不認識王府裡的格格的，窘迫之下，無不忙不迭地解囊。因了薩日娜的關照，戲班的收益增添不少。

李小朵等人對薩日娜的熱心幫助十分感激，只是感到盛情難卻，無以為報，於是也不把她當作外人，有時散戲之後，就邀請她同到客棧裡去吃飯。薩日娜也不推拒，逕自跟他們回到客棧。那時的客棧大多只經營住宿，並不兼營飯店，長期居住的客人都是借客棧的爐灶自己做飯。玩藝班子的主廚就是李小朵。李小朵自小勤快，幫家裡做各種瑣碎家務，因此也會做些家鄉飯菜。此時他做的羊肉臊子蓧麵魚兒、蕎麵圪坨和河曲酸撈飯，令那自小吃慣了牛羊肉食的薩日娜口味一新，讚不絕口。薩日娜本來見李小朵不僅相貌英俊，聰明伶俐，而且能說會唱，此時又發現他還會做一手好飯菜，於是開玩笑地對他說：「誰家的閨女嫁給你當媳婦，可真是享了福了。」李小朵笑笑不語。

飯畢，天色尚早，薩日娜留在客棧看戲班之人編創新戲，排演節目。最近，李小朵又編創出一臺新戲，名《五哥放羊》。劇情按照一年十二個月的時間順序推移，展現了一對青年男女的愛情故事。原來便是李小朵對自己與小閨女相親相愛往事的回憶。劇情雖然簡單，但節奏明快，曲調悠揚，聽來令人如醉如痴。薩日娜作為這出新戲的第一個觀眾，即被那優美的韻律所陶醉，在她的腦海裡，不由浮現出在那片茫茫黃土高原之上，莽莽大河之旁，一對青年男女自由相愛，彼此心心相印，對未來幸福生活充滿美好憧憬的景象。

五

　　故事如果就這麼發展下去，那麼必將會出現又一出布日格德與霓歌隱姓埋名、隱匿草原深處的雷同結局，但事情的發展往往不是這樣。世俗中總是有一種人，就像是專門為了給他人的正常生活橫加羈絆，猶如冤鬼幽靈一般，無端出現。現下出現的這個人，名叫命油，乃是偏關老牛灣人氏。今年春上，命油為了報復洩憤，去官府出賣自己的救命恩人郭望蘇，迫使郭望蘇投落懸崖，而自己也被大丫搶身抱住使勁兒一掀，雙雙墜落懸崖。有道是「好人不長命，禍害遺千年」，偏偏半崖上探出一枝老樹，將他的衣服鉤掛住，保住了他的一條小命。可是自即日起，命油臭名遠揚，在老牛灣人見人棄，就連野狗看見他都遠遠地叫喚，他大雞換子更是羞見眾人，隻身離開了老牛灣，從此當沒有他這個兒子。命油在家鄉無處容身，只好渡過黃河，獨自出走了西口外。

　　命油來到包頭，整日花天酒地，宿柳眠花，很快就把出賣郭望蘇官府賞賜的一些銀兩浪蕩得所剩無幾。看到他的囊中漸空，妓院裡的婊子也不親熱了，客棧裡的小二也不搭理他了，命油心中鬱悶，這日便到街頭上閒逛散心。路過繁華鬧市，看見有一個河曲來的打軟包的玩藝班子在表演二人臺小戲，於是駐足觀看。這個玩藝班子表演的是一出新戲，戲名《走西口》，曲調幽怨淒涼，唱腔哀婉悲切，令觀眾無不感傷動容。命油站在人群裡看完了，心中亦有些感觸，便也隨手賞了兩三文錢。因這齣戲詞曲新穎，唱腔優美，在返回客棧的路上，命油依然反覆吟誦戲裡的唱詞，忽然心念一動，繼而仰天大笑：「真是老天開眼，又平白送我一筆財富。」原來初時的二人臺《走西口》，為了烘托氣氛，抒發心意，在結尾處有兩句唱詞：「有朝一日天睜眼，改朝換代活兩天。」在命油眼中看來，這分明是對朝廷不滿，意圖改天換日、謀逆造反的罪證，於是徑直到薩拉齊衙門出首。

　　在清朝，朝廷為了鞏固統治，震懾反清勢力，曾大興「文字獄」，即是片面地在文字上做文章，大興牢獄，剷除異己，其罪狀是對文字的歪曲

解釋而起，證據也是對文字的歪曲解釋而成。一個單字或一個句子一旦被認為誹謗帝王或諷刺朝廷，即構成刑責。文字獄的直接後果是導致許多文人「以文為戒」，生怕一不小心觸犯忌諱。龔自珍的名言「避席畏聞文字獄，著書都為稻粱謀」，即是批評這種制度致使文人詩不敢作，文不敢寫，即使寫出來，都言不由衷，詞不達意，晦澀難懂。奇怪的是命油這種書沒念過三天，字不認識一斗的人物，居然也會胡亂上綱上線，迎合朝廷所好。

薩拉齊衙門在包頭鎮東五十里外。自從朝廷實施開邊放禁，走西口的漢人日漸增多，朝廷在漢人較為集中的地方先後設置了七個理事衙門，專門負責管理當地的漢人事務。這七個理事衙門直屬山西歸綏道管轄，俗稱「口外七廳」，薩拉齊衙門亦屬其一。直至清末，這些地方都實行旗管蒙、廳管漢，旗、廳並存，蒙漢共居分治的制度。

時任薩拉齊廳理事通判的即是黃韜。黃韜，字文山，山西臨縣人。其家三代單傳，到乃父這代更是苦無所出。乃父於道光年間經常出入蒙古地方經商，一次經由水路返鄉，在山西河曲縣渡口偶然拾得一迷路幼童，便攜帶回家中撫養，此子即是黃韜。由於乃父十分鍾愛黃韜，不惜花費重金為其延師聘教，教以儒學，後來因故生意中落，不惜將家產變賣，終將黃韜撫育成才。黃韜出宦入仕，被選派到薩拉齊任廳官，領正六品銜。

黃韜自從到任薩拉齊廳以來，即置身於當地漢民事務的管理，並會同蒙旗共同處理一些涉及蒙漢之間事務的交涉，時長日久，對諸多流落在外的漢人所遭受的疾苦磨難耳濡目染，頗多悲憫同情。此時聽說命油出賣的事項，只道是伶人做戲抒發心意而已，不以為意，好言相勸命油息事寧人。命油貪財如命，好不容易攫到手心裡的一筆富貴，哪裡肯輕易讓它飛走，於是大膽道：「既然大人不管此案，小人便到歸化城道臺衙門稟報。」黃韜看命油不是一盞省油的燈，無可奈何，只好傳令差役，由命油帶路，去包頭鎮裡把李小朵一班藝人並小娉盡行緝拿。

薩日娜每天回家時都要問清李小朵次日演出的地點，好趕去看戲。這日到達約定地點，等待多時不見玩藝班到來，便親自去往客棧找尋。從店

掌櫃的口裡得知，原來在昨日傍晚，李小朵等人已被薩拉齊衙門緝拿而去。薩日娜心中慌亂，卻不冒昧行事，連忙趕去向哥哥的半師半友喬致庸探問主意，那喬致庸果然未令她失望。喬家數代在包頭經商，素常就把和當地官府的關係處理得十分融洽，上至通判，下至門吏，俱與他稱兄道弟。喬致庸隨即親自趕赴薩拉齊衙門求見黃韜，詢問李小朵事宜。黃韜也不打官腔，一五一十告訴他事情的原因始末。喬致庸獲悉黃韜的本意，即大膽向黃韜說知，那李小朵乃是薩日娜格格的朋友，喬某此行便是受格格委託，從中斡旋此事。黃韜聽說既是薩日娜格格委託，又是喬致庸親自登門說項，這個情面不可不給，便出謀劃策道：「我看那命油乃是個潑皮無賴，他本是偏關籍人，也不顧念李小朵河曲老鄉情分，興訟冤獄，想必也只是為貪圖幾個賞錢。如喬掌櫃肯施捨幾個小錢令那命油撤訴，此事便十分好辦。」喬致庸大喜，謝過黃韜，即行回家向薩日娜說知，也不消薩日娜回王府取錢，即派人去把命油找來，許以五十兩銀子叫他撤訴。命油喜出望外，樂得屁顛屁顛，一溜煙兒跑到衙門裡去撤訴。

李小朵一夥人即行出獄，薩日娜親自將他們接回客棧。經此一番周折，李小朵心中頗感憂慮，決定離開包頭，去往別地謀生，只是顧念小娉年歲尚小，又是個女娃，帶著身邊多有不便。薩日娜說：「這個不妨，可以把小娉留下來由我照管，你幾時回來，擔保不會叫她丟了一根頭髮。」李小朵謝過薩日娜。自此，小娉就留在薩日娜身邊。李小朵等人隨即打捆行李包袱，結算店錢，離開包頭。薩日娜依依不捨，親自騎馬把李小朵等人送出鎮外，看到他們去遠，方要撥馬返回，忽然看見李小朵又轉身跑來，只以為李小朵改變主意不走了，心中歡喜，連忙跳下馬來。不意李小朵跑到近前，說：「差點兒忘了，你的鳳釵還在我手裡，倒叫你誤會我是個貪婪之人。現下原物奉還。」

薩日娜接過鳳釵，才想起那日在戲攤初識李小朵時，自己攜帶的銀錠丟失，窘迫之下拔下鳳釵留作抵押，不想後來竟忘了討回。此時接過鳳釵，略一端詳，忽然又把鳳釵塞到李小朵手裡，說：「我把它送給你吧，你要好好保管，以後不管你走到哪裡，都要記得有個蒙古姑娘喜歡你。」

李小朵心中一怔，不知如何以對。

只聽薩日娜又說：「按照蒙古的規矩，姑娘贈送小夥子禮物，小夥子也該回贈才是。」

李小朵想想自己身無長物，想不出該拿什麼東西可以當禮物回贈。薩日娜眼珠一轉，道：「你的那支枚十分漂亮，我非常喜歡。」

李小朵自腰間拔出那支枚來。這支枚乃是當年水西關結義時由喬致庸所贈，是自己三個兄弟結義的信物，李小朵向來十分珍愛，走到哪裡都不忘隨身攜帶。此時薩日娜開口索要此物，李小朵頗感為難。

「既然捨不得，那就不給也罷。」薩日娜也不勉強，說罷翻身上馬，就要離去。

「且慢。」李小朵愛惜地撫了撫手中的枚，繼而囑咐道，「只是這支枚雖不值錢，於我而言卻十分珍貴，你一定要好好保管，千萬不可遺失。」

「我一定會把它當作自己的性命一樣保護的。」薩日娜接過枚來，鄭重地回答。說完後撥轉馬頭，輕抽一鞭，向鎮中奔去。

李小朵的眼前不由浮現出了小閨女的音容笑貌，心頭泛起了一陣錐心刺骨的疼痛。他獨自呆立在路上，半晌默默無語……

李小朵離去之後，薩日娜十分想念，忽一日腦中尋思起那個迫使李小朵離開包頭的命油來，心中恨恨不已，於是從府中挑選出一個聰明伶俐的喀喇昆來，叫他去街上打探命油的蹤跡。所謂「喀喇昆」，就是受蒙古王公役使的奴隸，又稱為「阿勒巴圖」。喀喇昆外出打探半天，回府向薩日娜稟報，說那命油落腳在丁香巷的一個妓館裡，整天過著花天酒地的生活。薩日娜眉頭一皺，計上心來，吩咐喀喇昆即行到妓館裡，故意與那命油爭風吃醋，挑釁打鬥。喀喇昆聽命而去。薩日娜隨即備辦快馬趕往薩拉齊衙門，找來幾名差役，又帶領他們火速返回包頭鎮，徑直來到丁香巷內一個妓館，只見那喀喇昆正在跟命油打鬧得紅火，便叫差役把命油緝拿起來，帶回衙門。黃韜聽說薩日娜格格親自帶領差役去妓館把命油抓來，心中明白，於是立馬升堂審案。略事幾句問答，即行斷案：「民人命油，無

業刁民也。在家不守本分，聲名狼藉，自來口外，又不事租種耕耨，每日遊手好閒，不操正業，眠花宿柳，胡天海地。其所耗錢財來歷不明，縱非偷盜劫掠，亦必坑蒙拐騙。此等德行敗壞、冀養蛆食之徒，如使久居蒙古，後必有蒙古族人效之，致使衍生墮怠，風俗惡劣。判令笞三十，逐出包頭，永不得再返。」

　　薩日娜施計鞭笞了命油，並將其驅逐出包頭，出了胸中一口惡氣。自此每日陪伴小娉，或在府中教其讀書識字，或去草場教其騎馬射獵。日子過得飛快，轉眼間薩日娜已過了十八歲生日。忽一日，有理藩院檄文送達王府，特詔薩日娜進京備選皇室及滿族王子、貝勒後妃。在整個清朝，朝廷為了利用蒙古各部勢力幫助他們鞏固政權，採取以滿蒙聯姻的手段籠絡蒙古王公，既將滿族貴族女下嫁蒙古王公台吉，也將蒙古貴族女娶為王妃。今薩日娜年歲已滿，即奉理藩院檄文所詔進京備選。薩日娜遙望草原邊地，李小朵那日離去的方向，潸然淚下。隨後攜帶小娉，在父王率領隨丁、莊丁及喀喇昆的護送下，告別了生她養她的草原綠地，去往遙不可知的京城繁華地。

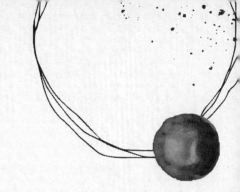
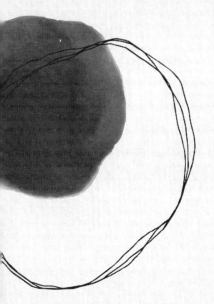

第六章

挖大渠

一

有話說：「天下黃河富河套，富了前套富後套。」河套位於內蒙古中西部地區，分為前套和後套兩部分，前套指包頭、歸綏與喇嘛灣之間的土默川平原，後套指巴彥高勒與西山咀之間的巴彥淖爾平原。後套平原地勢開闊，土地廣袤，自從朝廷開放邊禁後，便有數不清的漢人湧入此地從事農業墾殖。然而在當時，農業生產一直因循「靠天吃飯」，許多地方只是因為廣種薄收才形成所謂的「好收成」。後套地區也不例外，因氣候乾旱，雨水稀少，糧食產量尚不理想。好在有那條黃河經由此地流過，便有走西口的商人和農民開始設想開挖灌渠，引黃灌溉。

道光年間，河曲人老苗帶著他的兩個兒子流落口外，先在鄂爾多斯左翼前旗租種過幾年莊稼，後來兩個兒子相繼長大，一家人搬遷到後套生活。當時內蒙古地方的土地雖多，卻並非人人都可租種，大多是由內地富商向蒙古王公和喇嘛召廟成片租出，再招募農民耕種。倒也不是蒙古王公和召廟喇嘛瞧不起閒散農民，不願意跟他們打交道，只是因為他們擁有的土地甚多，根本照應不過來。蒙古王公和召廟喇嘛出租土地，一般並不嚴格丈量，只是以四界為限粗略估算地畝，有的甚至「跑馬圈地」，以馬匹奔跑的速度估算地畝的多少，所以地商所租土地往往大大超出實際數量。地商租來土地後，有的自己雇傭漢人耕種，有的則依靠轉包土地大發橫財。地商轉包土地時，對土地經過嚴格丈量，按實際數量出租，再加上他們向佃戶收取的「漢租」，遠遠超過向蒙古人租地時付出的「蒙租」，這樣就造成地商們利用二者之間的差價獲取利益，成為坐地取利的「二地主」。

老苗一家人來到後套，最先落腳在一戶地商家攬工。這位地商來自晉中，亦屬山西老鄉，不過因為來投奔他的老鄉多了，便也不以為然。老鄉歸老鄉，該幹多少幹多少，該吃幾碗吃幾碗，異鄉別地，攬工的受苦人比驢馬都多，能給你一碗飯吃，就足顯老鄉情分了。因此老苗父子投奔在他家，都是撲出身子頂上命，沒明沒黑地給他家幹活。那地商見苗家兩兄弟年輕力壯，有消耗不完的體力，便在正常務地之外支使兩兄弟額外多做些

營生。「吃人家碗半，由人家使喚」，兩兄弟雖然心中不滿，卻也無可奈何，東家叫做什麼就只好做什麼。這年五月端午前夕，正趕上天陰下雨，地裡營生做不成，伙房裡的大師傅事情又多，東家支使他二人做一鍋豆腐，以便端午節給長工們打牙祭。苗家兩兄弟以前並沒有做過豆腐，只是小時候在老家過年見過他媽做豆腐。兩兄弟略一回味當年做豆腐的程式，覺得並不困難，便大膽答應下來。二人先去庫房領出黑豆，在石磨上磨成豆漿糊，然後把豆漿糊倒進鍋裡去煮。看看豆漿糊沸煮多時，凝結成塊狀，便用笊籬撈出來傾倒在模具裡，蒙上籠布，壓上大盆重物擠壓水分。他們哪裡知道，豆腐出鍋前需要用酸漿去點，最後才會凝結成一塊，並且鮮嫩味美。所謂「鹵水點豆腐，一物降一物」。酸漿即指鹵水。只因缺少了這一道工序，那卸去模具的豆腐宛如一團泥巴，霎時間分崩離析，不成模樣。氣得那財東破口大罵：「河曲保德人，也弄不成。真是一百斤白麵蒸個壽桃 —— 廢物點心！」原來當時在後套經營土地的富商大多是晉中、晉南人，河曲保德人雖多，卻多是攬工受苦的平民，富商大賈極其稀少，因此那些晉中、晉南人毫不把河曲保德人放在眼裡。

苗家兩兄弟，老大名滿田，秉性忠厚老實，和氣善靜，凡事忍讓，素不與人爭執。老二滿原，打小剛烈好強，不肯屈居人下，凡事好與人爭個短長，在同齡人中一直是個娃娃頭，因此年紀小小即自稱老苗，連他的親爹老子也只好早早讓位當了老老苗。老大滿田雖然要比老二滿原大上好幾歲，卻對老二滿原言聽計從，簡直是他的跟屁蟲。這日受了東家的辱罵，老大滿田垂頭喪氣，只好自認倒楣，老二滿原卻氣憤填膺，背地裡大聲咒罵老財：你罵些別的倒也罷了，為甚連老苗我一縣的河曲老小也一併罵了？便鼓動大哥離開此地，另謀出路。大哥滿田聽從他的意見，同意離去。當天深更半夜，老二滿原從老財家住的院子翻牆進去，搬些石頭把老財家的茅廁給填了，屎尿流溢一地。回到長工房裡即與大哥一起向父親說明情況，兩兄弟捲鋪蓋先行離開了此地。

先說老大苗滿田，慕名投奔到邢泰仁的灌渠上當了個挖渠民工。提起這邢泰仁來，在後套一帶可是大大有名。邢泰仁原籍直隸順德府，祖上本

為富商，中途生意暴落，家境遂告衰敗。邢泰仁幼年隨其族叔出走西口，在後套長大，因他多年來生活在黃河岸邊，對修渠引水頗有興趣。恰逢有一位來自四川的財東聯合後套四家商號，計畫利用天然河道短鞭子河的管道開挖一條灌渠，邢泰仁便投奔到灌渠上來幹活兒。灌渠尚未開工，邢泰仁即對修築此渠提出意見，認為短鞭子河上游已告淤塞，不宜再用，應於黃河另開渠口，接通短鞭子河下游，以期水勢暢旺，利於灌溉，同時將尾水送入烏拉河，便於退水。烏拉河又名「五加河」，乃是黃河的一條支流。四大股東聽了邢泰仁的建議，十分信服，一致決定任用他為渠頭，同時以他的酬勞和技術作為股本，吸收他入股。灌渠開鑿後，一切依照邢泰仁的規劃設計進行，渠門之位置、管道所經路線以及管道的深度與寬度，均經邢泰仁一手籌畫擬定。由於此渠係民間商號集資修辦，而這些商號又多是經營向蒙古族人租來土地進行墾種，每個商號分別租田幾百畝至幾千畝不等。渠成後，除了澆灌各股東自己的土地外，還為周邊的農戶澆灌，刨除成本估算利潤，收取水費，率先走出了一條農灌結合的經營之路。此渠修通後一再拓修，另鑿子、支渠多道，使更多荒地變為良田。

邢泰仁修築灌渠一舉成名，那位四川籍財東心裡著實喜歡，招收他為門下愛婿。邢泰仁成家後，就自己向蒙古族人租種田地，經過不斷發展，後來在一個叫隆興昌的地方自創一牛犋。當時內蒙古土地雖然遼闊，人口卻稀少，人們在遠離村莊的地頭勞動，形成一個個臨時性的居住場所，稱為「牛犋」，後來泛指村莊。這個牛犋成為他賴以發展的大本營，並且在多年後逐漸發展成為繁華的五原縣城。隨著田地不斷增多，他又自創商號，自行設計、開挖灌渠，窮其一生之力，先後開挖大渠多道，為後套地區成為塞外的米糧川創立不朽貢獻，被人們稱作「灌渠大王」。

苗滿田來到邢泰仁的灌渠上當了個挖渠民工。由於他天生有一把子好力氣，一天不受苦便覺得渾身不得勁兒，又且他生性勤快，自認為出力流汗是天經地義的事情，況且還要掙取人家的工錢，因此從來不屑於偷懶耍奸，這番來到邢家灌渠上，依然一如既往撲出身子去受苦，就像是給自家幹活兒一樣不遺餘力。邢泰仁來到工地督工，無意間看在眼裡，十分賞

識，破例提攜他做了個渠工頭兒，後來看到他不但做事任勞任怨，而且為人亦忠厚老實，於是又安排他去協助灌渠掌櫃幹活兒。邢泰仁身為東家，具體的開渠事務均聘有懂技術的專職掌櫃管理。苗滿田跟隨在灌渠掌櫃左右，經過幾年歷練，不僅學會了察看地形、觀測流向、掌握河流水性，居然連畫圖紙也學會了。這一年間，邢家又一條新灌渠開挖在即，邢泰仁因百事繁忙，大膽任命苗滿田為總渠工頭，委託他負責承辦新灌渠一切事務。此渠所經之地多為沙丘，工程艱巨，技術難度很大，苗滿田不敢有稍微疏忽懈怠，晝夜撲在工地上，歷時五年，新灌渠終於順利完工。邢泰仁十分滿意，拈髯讚許。為了表示嘉獎，邢泰仁提議由苗滿田以租賃形式管理經營這條新灌渠。苗滿田一租五年，積累了不少資本，又學得了更多的開渠和管理經驗。其間，邢泰仁還幫助苗滿田單獨包租了卜爾塔拉戶口地，協助他自行測量設計並組織地商佃戶開挖了三條支渠。隨著資本逐漸增多，田產亦不斷增加，苗滿田漸漸產生了單獨開渠的念頭。

這幾年間，老二苗滿原投奔在一個地商家賣苦力，由於踏實肯幹，被東家指定當了長工頭兒。當時協成至四壩以東的大片土地，遍地野草，地平土沃，只要澆水就能耕種，人們都說這裡只需開挖一道大渠，便會成為塞上的米糧川，但在當時開挖一道大渠絕非易事。苗滿原天生不信邪，早早便自行勘察地貌、設計渠線，期待有一日羽翼豐滿，做一番大事業。後來看到大哥苗滿田積累了一些資本，便與大哥協商開渠事宜，兩人一拍即合。於是兄弟二人自行到烏拉河以東勘察地貌，掌握水情，歷時數月，終於掌握了烏拉河東畔水流地質情況，並繪製出開挖河渠的草圖。最後勘定的渠線是不用烏拉河舊口，在其下游黃河上另開新口，西南、東北方向盡量利用烏拉河衝開的舊天然河道，大致經甲登巴廟和哈拉溝歧分為二，一自澄泥圪卜及三淖河入烏拉河，一自哈拉溝及白櫃西入烏拉河。

邢泰仁聽說了此事，不由大吃一驚。他一生修渠墾荒，所耗心血、銀兩，無可計數。苗家兄弟踏實肯幹他是知道的，開幾條支毛小渠試試也還未嘗不可，可若要在烏拉河畔折騰，只怕還力有未逮。邢泰仁找到苗家住地，對苗家兩兄弟大聲呵斥：「自古河曲保德人，也弄不成！莫非你們倆

是吃了熊心豹子膽，要來個水淹大後套？」

　　老大苗滿田無言以對，老二苗滿原趕忙介面應答：「我老苗兄弟是為邢掌櫃開新渠踩渠路哩，哪裡就敢胡日鬼？」

　　所謂「胡日鬼」，即是胡鬧的意思。

　　「什麼老苗小苗？」邢泰仁厲聲說，「閒話休提，快把圖紙交出來，待我一把把它撕了！」

　　苗家兄弟忐忑不安地交出圖紙。

　　邢泰仁接過圖紙看了一眼，心頭不由一震。邢泰仁乃是識貨之人，圖中所繪渠線、地質地形、水流方位，無不頗具分量，彙聚了測繪人之心血、智慧，正是開挖此條河渠的完整資料與最佳方案。可是對此圖尚不放心，於是親自帶領苗家兩兄弟去往烏拉河畔再次勘察核實。

　　此條河渠定名為苗家大渠。因河渠沿途土地皆為蒙古族王公所有，在邢泰仁的協助下，議定渠成之後所得收益三成歸蒙古族王公，此外每澆地百畝再向蒙古官府交銀二兩餘。

　　當時正值咸豐四年冬，山西的河保偏一帶因連年遭災，許多缺糧斷炊的人們紛紛奔走西口外逃荒保命，其中不少人流落到後套，來到苗家兄弟的門前。眼看著這些父老鄉親飢腸轆轆，朝不保夕，苗滿原心中大為不忍，便鼓動大哥開倉賑災。苗滿田有些猶豫，道：「開挖灌渠需大筆資金，如果現在把咱們的糧食拋撒出去，只怕明年春上就無法開工。」苗滿原道：「咱老苗家開挖灌渠，不也是為了光宗耀祖，給咱河曲老鄉爭一口氣？如眼睜睜地看著這些父老餓死在咱老苗家門前，莫說挖條大渠，就是蓋座金鑾殿，只怕將來河曲老小也不帶尿咱老苗家一泡！」苗滿田聽兄弟如此說，便果斷打開糧倉，遍設粥棚放粥賑災。這些難民保住了性命，奔相走告，紛紛傳說苗家仁義，於是有更多的難民聚集到苗家兄弟門下挨度饑荒。翌年春天，苗家大渠正式開工，這許多難民不願離開苗家，競相報名參加挖渠。又因整個春夏兩季，河保偏一帶乾旱無雨，地裡莊稼種不進去，有更多難民蜂擁流入後套，投靠在苗家兄弟門下。一時間，由晉西

北、雁北、晉中及陝北各地而來的民工數以萬計，成為開挖苗家大渠的生力軍。

二

　　苗家大渠工程浩大，耗資不菲。資金主要來源於苗滿田近幾年租賃經營邢泰仁那條灌渠所得的積蓄和包租卜爾塔拉戶口地的收入，同時向一些富戶借貸。為彌補資金不足，苗滿原還專程回了一趟河曲老家，向一些親朋故友籌借。苗家大渠正式開工後，苗滿原還想出一個辦法，河渠每挖一段，隨即放水，以所收水費用於開渠支出。同時兩兄弟積極探索新路子，採用「川字形浚河法」，即先行開挖河渠兩側，留下中間部分，待兩側挖通，中間部分自然坍塌，此法省工省力，節省了大筆資金。

　　苗家兄弟挖渠，與別的財東不同之處在於身體力行、身先士卒，走到哪裡都不忘隨身攜帶一把鐵鍬，一有工夫便甩開膀子大幹一場，直到汗水溼透衣衫，雙腿沾滿泥漿。而全家老小亦不偷閒，人人赤膊上陣。父親老老苗年事已高，做不了重活，便在伙房打雜。老大苗滿田的長子跟隨在大大和二爹身邊，協助勘測和管理，成為二人的得力助手。其他子侄有苦的受苦，無苦的便拎條鞭子監工，督促那些偷奸耍滑之徒。

　　卻也有個別特別懶惰之人，原本就遊手好閒，好吃懶做，所以日子才會過得一塌糊塗。來到這西口之地，好不容易捧上個泥飯碗，也不思謀捧得牢靠些，整天拖拉著一張鐵鍬磨洋工，看著他吧還挺忙活，就是做不下多少營生。你聽他整天嘴裡嘟囔著：「吃得飽，歇得到，營生全在陽婆落，陽婆落了早收工，營生全在明兒早上。」他的願望就是盡量能夠不受苦，幹得活兒少飯量也就小，能有點清淡米湯果腹就行，吃那麼三盆子五碗又有何用，到肚子裡打個轉兒還不是一樣變成了屎尿。苗滿原就遇到過這樣一位。黃河岸畔有一座龍王廟，有天夜裡苗滿原收工晚了，便在龍王廟裡的土臺上將就躺了一會兒。天剛透亮，忽然有一個民工早早進廟來向龍王爺禱告：「龍王爺爺你是神，呼風喚雨無不能。我的苦楚你知道，今把願

望來禱告。天陰不要晴，下雨不要停。大小得上個病，不要送了命……」借著晨曦之光，苗滿原認出此人乃是投奔到此地不久的偏關後生命油。原來命油被薩日娜格格施計驅趕出包頭，無處可去，隻身流落到後套，落腳在苗家大渠上混飯吃。苗滿原聽到命油這樣的禱告，不禁啞然失笑，於是捏住喉嚨，甕聲甕氣地說了幾句：「受苦後生你是聽，龍王爺爺顯真身。天一陰就晴，雨一下就停。要得就得個陀螺大病，要了你的小狗命。」嚇得那命油屁滾尿流而去，再也不敢偷懶怠工。

可是，苗家兄弟並不苛刻對待受苦民工，凡有新民工到來，必先建工棚，讓民工有棲身之所，春秋有替換之衣，每逢時節打牙祭，民工病則延醫，累則休假，也不是別人傳說的叫往死裡受，死了就順手丟進灌渠裡餵魚。至於民工的工錢，則以土方量計酬，按年發放，或以糧食代薪，平時民工急用也可借支。但凡資金可敷，到年底絕不拖欠。因此開渠民工集聚常達數千上萬，工地上人山人海，往來攢動，可謂氣勢磅礡，熱火朝天。

由於挖渠的民工多來自晉西北、雁北、晉中及陝北各地，其中尤以河保偏三地為多。那河保偏乃是民歌之鄉，無論男子婦孺，人人都能歌會唱。此時流落到這裡來的俱是些青壯漢子，每天受苦受得枯燥發悶，趁中途歇工之際，便敞開嗓子吼上幾句山曲兒，以解心寬。這邊唱的是《歌頭》：「滿天星星半恰恰月，什麼人留下個唱山曲兒？年年唱來月月唱，唱死多少老皇上。山曲子好像那沒梁子鬥，甚會兒想唱甚會兒有。黃河上浪大水漂船，山曲子甚會兒也唱不完……」那邊唱的是《攬工調》：「算盤子一響捆鋪蓋，兩眼流淚走口外。吃冷飯來睡冷地，攬長工盡挨無頭子氣。爛大皮襖兩袖袖短，世上再沒有我這苦命人……」年輕的光棍唱的是《為朋友》：「買不起馬馬買上一頭牛，娶不起老婆咱就為朋友。年輕人不把黃風刮，老來老圪誰愛咱？唱起曲子拉起琴，先交義氣後交心。娶下老婆要吃穿，為下朋友解心寬。黃芥開花黃點點，為朋友要為花眼眼。胡麻開花繞梁藍，為朋友要為正當年。人家都說咱二人有，枉擔了名聲沒揣過手。斜三顆星星順三顆明，天河水洗不清咱二人……」有家口的唱的是《想親親》：「長不過五月短不過冬，難活不過人想人。大青山石頭烏拉河水，想

死想活見不上你。半空中飄過來鉤鉤雲，扣心心想你活不成人。端起飯碗想起你，淚蛋蛋拋到飯碗裡……」

那山曲兒是原汁原味的山曲兒，那唱山曲兒的人是土生土長的河保偏人。只是在這空曠浩大的後套平原上唱來，使人聽了別有一番滋味在心頭。

在後套地方有句諺語：「後大套，三件好，哈莫磴牆牆不倒，嫖頭進門狗不咬，閨女養漢娘不惱。」這句諺語中提到的主要是男女關係的問題。後套本來地廣人稀，自從大批漢人湧來此地墾殖，才逐漸人煙稠密，形成了一個個牛犋。只是由於朝廷在很長時間內禁止漢人攜帶家眷並在蒙地定居，導致男女比例嚴重失調，再加上受蒙古族婚姻觀念的影響，從而形成男女關係相對混亂的現象，也不足為怪。

然而，久居後套的人們都知道這裡還有三件寶，即哈莫、紅柳和枳機草。哈莫也叫白茨，蒙古語叫哈莫，這種植物質地堅硬，渾身長滿尖銳的刺兒，晒乾後磴的院牆可以擋牲畜也可以防賊。哈莫晒乾燒火更是一絕，比木頭火都旺盛，因此可與別地的煤炭媲美。紅柳也叫紅橄欖，開白花紅花的都有，它的皮色發紅，枝條細長高挑，極其堅韌，可製作筷子，編成籮筐、簍子，還可編織笆子用來蓋房頂或搭茅庵。枳機草也叫芨芨草，也可以用來編織笆子、炕席，此外還可用以製作掃帚或用來燒火做飯。正是因為有了這三件寶，走西口的人們利用它們蓋房子、磴院牆，才使這片荒蕪空曠的塞外平原上有了人煙，人們利用它們來製作生產、生活工具，才可以更好地在這片土地上進行開發墾殖。因此都說後套是個養窮人的地方，窮人在此地是餓不死的，而同時也可以這樣說，正是有了這三樣植物，窮人們有所依賴，才能夠在此地頑強地生存下來。

老苗家的房舍大院也是用紅柳編織笆子蓋的房頂，用晒乾的哈莫磴的院牆，而用枳機草編織的各種用具更是布滿了整個家院。如果說和普通人家有什麼不同，那就是比普通人家寬敞了一些，一裡一外兩所大院，內院自家居住，外院設牲口棚並幫閒打雜之人居住。雖然比不上別地的大財主家闊氣排場，卻也並不寒酸潦倒。

　　初秋的時候，老苗家的大院迎來了幾位老家來的客人。這幾位客人身背包袱，是一個被人們稱作打軟包的玩藝班子。這個玩藝班子自從來到後套，即專門在河保偏人聚集的地方表演，唱的是原汁原味的河曲二人臺，新戲、老戲都有。那熟悉的唱腔韻律、鄉音俚語，令背井離鄉的河保偏人備感親切，無不擁擠觀看。在他們的心目中，這個玩藝班帶來的是家鄉親人的問候，而那些藝人們就是專門傳達這種溫情的使節，故而這個玩藝班子受到了老鄉們熱情的歡迎和盛情的接待。

　　這個玩藝班子的領頭人就是李小朵。原來李小朵和玩藝班子的藝人們逃避過牢獄之災，不敢繼續在包頭羈留，離開包頭打算去往歸化，可是走在半路上，又尋思歸化乃是座大城池，難免魚龍混雜，只怕再遭遇上一個命油那樣的人物也未可知。恰巧偶然聽路人說在後套一帶有戶河曲籍大財主開挖灌渠，聚集了無數河保偏老鄉幹活，便改變主意，改道向後套而來。

　　老苗的父親本是土生土長的河曲人，苗家兩兄弟亦出生在河曲，父子三人到現在還是一口原汁原味的河曲口音。而老老苗更是吃了多半輩子酸糜米撈飯就苦菜，後來因生活所迫才來到口外，現在年事已高，憑藉兩個有出息的兒子，才終於不用再受驢馬之罪，過上了幾天像樣的日子。有句老話說「落葉歸根」，說的就是人年輕的時候一門心思想往外走，到年老時候又朝思暮想要回老家。可是老老苗的兒孫們現在都生活在後套，回老家顯然是不現實的，於是思念家鄉的情愫就在他的心底越積越深。

　　老家的玩藝班子來到後套，老老苗十分歡喜。他也和所有的河曲人一樣打小就愛唱山曲兒，現下後套地方來了老家的玩藝，他撇下伙房裡幫廚打雜的營生，整天追隨著玩藝班去看戲。苗家兄弟熟知老大大的喜好，就專門把玩藝班請到家裡來表演。老老苗樂得嘴都合不攏，看了一出又一出，看了一遍又一遍，到最後還總是意猶未盡。苗家兄弟見此境況，乾脆花些錢包下了玩藝班子，除了滿足老大大的嗜好，每日到工地上趁民工歇工時演上一兩出，也可鼓舞民工們的士氣。那老老苗甚為高興，張開掉了半數牙齒的嘴巴說：「這樣好，這個玩藝班子不簡單，在咱家住上一段時

日，說不準還會把咱挖大渠的事編成二人臺來唱哩。」

　　李小朵在苗家居住一段時日，雖然當時沒有編出「挖大渠」，但卻聽說了流傳在後套上的一段故事，留於腦海，直到後來與蒙古藝人丁未羊相識，二人合作編創出一出利用蒙漢兩種語言交叉演唱的二人臺《阿拉奔花》。《阿拉奔花》描述了一位蒙古青年和一位漢族姑娘相愛的故事，據當地人說，劇中的蒙古青年原型是一個喇嘛，而那個漢族姑娘就是灌渠大王邢泰仁的閨女。

　　邢泰仁的閨女閨名紜莙，因其性情豪爽，天生一副小子性格，打小即騎馬提鞭在父親的挖渠工地上監工，行事果斷，該打則打，令所有民工無不懼怕，人人稱她「二老財」。邢泰仁膝下本有好幾個兒女，卻唯獨鍾愛此女，日常總是攜帶在身邊，便是有時候到蒙古王府或喇嘛召廟去商談一些大事也不例外，久而久之，人們對此女也就分外看重。可是儘管人們把此女視作邢泰仁的得力臂膀，認為此女十分了得，人們卻也知道此女秉性率真活潑，貪玩好耍，是個出了名的野丫頭。後套地方本來地處荒涼，除了騎馬追獵也無甚好耍之處，倒是邢家附近有一座召廟，因修建得氣勢恢宏、富麗堂皇，再加上日夕暮鼓晨鐘，梵音彌撒，為其鍍上一層神祕色彩，成為尋常人眼裡的一道景觀。紜莙陪同父親到召廟裡，對他們商談的事情並不熱心，目的是在召廟裡好玩耍，因此當父親和喇嘛在室內商談事情時，她的屁股底下就像坐上了一攤帶刺的哈莫，難受至極，於是便偷偷溜出門去，在召廟裡四處亂逛。後來逢父女二人到召廟裡來，堪布大師知道此女習性，遂打發一個懂漢語的小喇嘛陪同她在召廟裡遊玩。所謂「堪布」，漢語稱作方丈。那名小喇嘛乃是蒙古族人，因當地崇尚喇嘛教，打小即被父母送進召廟裡修行，每日青燈古佛，參禪教義，因其勤奮好學，深得堪布大師喜愛。小喇嘛年歲雖小，腹中佛學知識甚多，對召廟裡每一處殿宇景觀都能引經據典道出來歷，對召廟裡大大小小的佛像也無不諳熟，不僅能一一叫出他們的名字，而且能分別說明他們的出處。此外尚有滿腹的佛家故事，如佛祖修行時「捨身飼虎、割肉餵鷹」，如佛祖講法時「神龍飛舞、天花亂墜」，以及「天神獻玉女」、「阿難聽法」等常人不知的

故事。小喇嘛陪同紜砦在召廟裡到處遊玩，將這些故事一一講來，令紜砦耳目一新，甚覺趣味盎然，召廟裡的一景一觀、一佛一龕，在她的腦海裡也變得鮮活起來。有了小喇嘛做伴，紜砦更喜歡到召廟裡來玩，後來便是父親無事不來，她也常常一個人找藉口來尋小喇嘛玩，有時嫌召廟裡玩得不盡興，還偷偷把小喇嘛帶出召廟外去耍。

後大套地處荒涼，但遍地土壤肥沃，野草萋萋，其間生長著數不清的各色花卉，隨著四時的變化，呈現出不同的景致。二人臺《阿拉奔花》，又名《十對花》，其中唱詞以花喻人，以情喻花，展現了一對青年男女兩情相悅、心心相印的純潔愛情。其間男女二人一個以蒙語、一個以漢語交替演唱，一問一答，一唱一和，形式活潑，當地人謂之「風攪雪」。這一個「攪」字，把蒙漢兩個民族之間相互交融、相互滲透的藝術形式表現得淋漓盡致。紜砦和這位小喇嘛，實則就是這個故事的主人公。

隨著日子一天天過去，轉眼紜砦已到二八嘉年。為了給掌上明珠安排一個好歸宿，邢泰仁開始張羅著為女兒相親。紜砦聽說後一下子急了眼，騎上快馬趕到召廟，把正在大殿裡誦經的小喇嘛拉扯出大門外，告訴他這個消息。此時的小喇嘛早已成長為一個身材高大的壯小夥子了。原來數年間二人密切相交，情投意合，早已在暗中海誓山盟，私訂終身。二人經過反覆商議，均認為邢泰仁不會把閨女下嫁給一個喇嘛，而堪布大師也決然不會同意小喇嘛還俗娶妻。在此境況下，二人斷然議定私奔。

本來是非常縝密的一件事，但不知道怎麼就走漏了風聲。邢泰仁聽說後異常惱怒，當即把手下所有的把式手集合起來，要親自到召廟裡拿人。所謂「把式手」，就是富豪人家豢養的看家護院的武師。邢泰仁家資巨富，除了豢養了大量把式手，也網羅了不少識文斷字的門客，其中有位足智多謀的先生奉勸邢泰仁不可大張旗鼓去召廟裡拿人，以免毀壞了和喇嘛之間的交易，如定要拿人，只需趁二人私奔時在半路設伏即可手到擒來，這樣也就不會驚動召廟喇嘛。邢泰仁依計而行。是夜，月暗星稀，四籟寂靜，紜砦和小喇嘛在召廟不遠處的路口會合，辨明方向，剛剛上馬走了沒幾步，忽然雙雙馬失前蹄，原來是中了把式手設下的絆馬索。紜砦被把式

手們強行帶回家中，那小喇嘛卻被用蘸溼的牛皮筋捆了個結實，馱上馬背，到水大浪急的灌渠口下了「餃子」。事後召廟內喇嘛雖有耳聞，但因自家理虧，又且礙於邢泰仁強大的勢力，只好緘口不言。

此後不久，紜菪在父親的主持下嫁與當地一富商之家，女婿乃是個羸弱書生，性情和藹，對待妻子溫柔體貼，夫妻間相處倒也和諧。不料紜菪過門後未有幾年，丈夫年紀輕輕忽然罹病染疾，不治夭亡。紜菪回到娘家守了寡，從此終日在河渠上騎馬執鞭，巡梭監工，再度成為邢泰仁的得力助手。「二老財」的諢名越傳越遠，終至蓋過了好聽的閨名。

二老財自從丈夫早喪後，終身再未易嫁，但也並不拘泥於道德約束，視男女關係也不在眼裡，因此留下一些風流佳話。據說老苗的閨女青婧相貌跟二老財極為相似，性格爽朗大方，日常在苗家大渠上騎白馬、執長鞭，巡梭監工，頗有二老財當年之風采。

三

苗家大渠開工之時，正是邢泰仁財力勢力最為鼎盛的時期。因苗家兩兄弟的人品一直被邢泰仁看重，是以在此項工程中苗家得到了邢泰仁的較大幫助，尤其在整體規劃與技術操作方面，邢泰仁在當時後套的引水灌溉行業內，其經驗與見識可以說無出其右者，苗家兄弟所受教誨頗深，獲益匪淺。時長日久，老苗勘測管道的本領越來越高，在他勘測渠路時，不像別人趴在地上兩眼向前平視測量，而是將身體仰臥在平地上，頭朝順水方向，腳向引水方向挺直身體，頭部向後觀察，如此確定的渠路更加精確。在施工時，他會選

擇晚間在準備開渠的線路上插上一排香火，從遠處察看香火的高低，來決定所挖管道的坡度。在由低處向高處引水時，他會加大管道彎度，利用「水流三彎自急」的原理，使水流產生擁推力量湧向高處。通過這些方法，避免了返工誤事，降低了投入，有效地保證了工程的進度與品質。與此同時，他還注重培養人才，將所有的經驗和技術毫無保留地灌輸給侄兒

林茂和兒子林春等子侄輩，使之一個個俱成為灌渠開挖和經營管理上的有用之才。

秋天汛期來臨之際，一向水波不興的黃河突然波浪大作，水位上漲，河水灌進苗家大渠，壅塞得滿滿當當，堪堪就要漫上堤岸，形勢相當緊迫。原來當時受條件限制，後套上的所有灌渠都是直接從黃河開口引水，沒有閘口控制。這就存在一個非常嚴重和難以解決的問題，就是莊稼在不需要澆水的季節，黃河裡的水源也源源不斷地湧流進灌渠裡來，不能節制。為防止管道內大水漫上岸來，唯一的方法就是把水引到地勢較低的烏拉河，形成自然退水。但此時苗家大渠工程尚未進展多少，退水設施尚未配套，那不斷上漲的河水洶湧而入，一旦漫上岸來，就會把管道兩旁正待成熟的莊稼淹毀。事發緊急，苗家兄弟一聲令下，萬名民工停止挖渠，連夜以麥草和泥土填塞河口，經過一夜奮戰終於把河水堵住。苗家兄弟剛剛喘了一口氣，就有民工來稟告，管道內的水位還在慢慢上漲。苗家兄弟連忙趕到河口，看見河口已被嚴密堵住，所填土壩明顯高過河岸。如此看來，便是土壩之下必有漏洞，導致河水不斷湧入，如不及時加以補填，堤壩就有潰塌的危險。此時管道內的水位已將齊岸，沿河口遍填土方已來不及，最好的辦法就是探明漏洞所在，直接加填土方，方可及時補住。可是此時堤壩外黃河水流洶湧，堤壩內管道水深數丈，又有什麼人敢涉險下水一探究竟？

在苗家大渠上扛工的有不少是在黃河岸邊長大的漢子，原有不少人識得水性。苗家兄弟環顧四周，只見那些尋常口口聲聲吹噓自己水性本領高超的人，此時一個個俱縮手縮腳，直往人群堆兒裡鑽，生怕苗家兄弟點到自己，苗家兄弟不由一聲長嘆。正在此時，忽聽有一偏關口音的人說：「灌渠水大渠深，十分凶險，下水探看漏洞，一不小心只怕會搭上小命。我便抵上自己這條命下水，給苗家掌櫃探看漏洞，只是我有兩個條件，不知二位掌櫃能否答應？」

老苗認得此人，原來便是那個不久前在龍王廟裡禱告的懶漢命油。老苗問：「你有何條件？」

命油道：「如果我能活著上來，一是要掙現銀百兩，二是請求掌櫃提攜我當個工頭。」

苗家兄弟不由一齊蹙起眉頭。這命油提出的條件十分苛刻，無異於趁火打劫，只是事在緊迫，又無別的辦法，正待開口答應，忽然又聽得有一河曲口音的後生朗聲說道：「這些許小事，何值百兩現銀，還外搭一個工頭？我卻一個銅錢不要，這便下水探來。」說罷脫去外衣，一個猛子扎進灌渠裡，岸上所有人無不屏息觀看。其實也就是打火點袋菸的工夫，只見那個後生已浮上水面，揮手招呼岸上眾人：「漏洞便在此處。」苗家兄弟連忙指揮民工往那後生所指示的地方加填土石雜草，沒用多大工夫，水中漏洞補住，灌渠裡水位不再上漲。

那個冒險下水探看河堤漏洞的河曲後生便是李小朵。李小朵和玩藝班的夥伴住進苗家大院，每日給苗家家人和工地上的民工表演二人臺，風不吹雨不侵，備受熱情招待，日子倒也過得舒坦。這日忽然聽說黃河漲水，灌渠內水位快要漫上岸，苗家一家老小也無心看戲，統統趕到河岸邊去幫忙。李小朵等幾人無所事事，便也跟著苗家人來到河岸邊看熱鬧。聽說河口連夜填塞的堤壩之下出現漏洞，卻因水大渠深，無人敢下水探看，唯有一個偏關後生敢涉險下水，卻借機提出那般苛刻條件，敲詐要脅苗家兄弟。李小朵大為不齒，自忖有能在水中睜眼視物的本領，於是便主動下水探看。

先前在包頭鎮，命油因貪圖錢財，以李小朵演唱二人臺中有反詞為由到薩拉齊衙門告發，差點給李小朵一班人帶來牢獄之災。李小朵等人僥倖被喬致庸和薩日娜格格解救出來，為避禍端，及早離開包頭，因此並不認識命油其人。可命油卻是認識李小朵的。此時命油一眼瞥見李小朵，生怕他向自己尋仇報復，悄悄溜出人群，連工錢也沒敢結算，偷偷離開了後套。

黃河水不再灌進管道，兩岸莊稼得以保全，挖渠民工都道是龍王爺爺專程派遣夜叉大仙來關照苗家大渠。在老老苗的主張下，備辦了三牲供品在黃河邊的龍王廟裡擺供祭神。苗家兩兄弟卻並不相信神鬼之說，他們親

眼看到是李小朵涉險下水探看水情，才使得河堤確保無恙，因此十分感念李小朵。李小朵只謙稱自己是下水耍了一回，並不居功自傲。李小朵對修築灌渠本來是個門外漢，但素性愛動腦筋，於是大膽提出了在河口做閘的構想。苗家兄弟受了提醒，連日鑽研，拿出了築壩做閘的具體方案。在黃河水位退去後，苗家兄弟組織人力在河口處開工築壩，所用材料為當地特有的紅泥與哈莫，一層紅泥一層哈莫，然後夯實，從底層一直做到頂端。用紅泥與哈莫築成的堤壩十分堅固，長久不壞。同時在底層留下水口，並設置用粗條紅柳編成的閘門數道，如此在擋水和放水時只需將閘口處填塞或開挖，把閘門開合，即可方便控制水流。這樣一來，不僅可及時防止黃河水位上漲給兩岸莊稼造成危害，同時也徹底改變了當地灌渠每年春季「放口」、秋季「打口」，即開挖河口和封堵河口，省卻了許多不必要的工序。

　　苗家大渠工地上的民工一面築壩安閘，一面繼續挖掘管道。河口上大壩築好閘門安上之後，挖渠工程進展也十分順利。到冬季上凍之時，大渠停工，苗家給民工們結算工錢，安排他們返回家鄉過冬。因苗家並未在工錢上克扣盤剝，民工們非常滿意，都表示來年開春後還會繼續來上工。李小朵和玩藝班子的人也要離去，苗家兄弟特意在家中擺設酒宴給他們送行。看到玩藝班子就要離去，老老苗戀戀不捨，連聲囑咐李小朵等人來年春天再到此地來與他做伴。

　　李小朵一行人收拾包袱行李，啟程返鄉。一路上看到後套地方的田地裡莊稼俱已收穫，荒原上四處密布的哈莫、枳機草也已失去生機，枯萎伏地，只一叢叢紅柳林色澤變得灰撲撲的，在蕭瑟的北風中隨風顫抖。李小朵等人沿著黃河下行，看見那黃河水流平靜，在河床較寬的河岸邊已結上冰凌，河道中船隻也已停航，大河上下一派清冷肅穆。這日正行走間，忽然自身後傳來一陣馬蹄聲，李小朵等人停在路邊避讓，只見從來路揚起一片塵土，有三匹快馬先後奔湧而至。前頭兩匹黑馬奔行急速，來到近前時連馬上人影都未看清，即如風馳電掣般一閃而過。只最後那匹白馬來到近前，馬上之人忽然一勒馬韁，吆喝馬匹停住，然後翻身下馬，原來竟是老

苗的閨女青婧。李小朵等人在苗家大院居住數月，自然與青婧相熟，俱稱呼青婧「小姐」，青婧則稱呼他們為「大哥」。青婧路遇李小朵等人，下馬與他們寒暄，告訴他們剛才騎馬過去的兩人乃是她河曲老家的「姑舅」，她這是要跟隨兩位「姑舅」回河曲探親。李小朵剛才一瞥之下，雖未看清那兩人的面容，看身形卻大有似曾相識之感，心中隱隱感覺不妥，但也不便說些什麼。閒談幾句，青婧告辭上馬，揚鞭追趕那兩人而去。

　　由於那兩匹快馬奔行急速，李小朵等人沒有認出，實則馬上之人便是薛稱心家的那兩個活寶，二林和四林。這二人夏天時分在鄂爾多斯的沙丘地帶持刀搶劫老苗從老家借貸來的銀兩，被老苗識破，反遭一頓暴打。二人賊心不改，徑去沙壕塔投奔沙漠匪首鄔板定當了土匪。二人原本不學無術，劫掠打鬥沒本事，但卻心機狡詐，陰毒險惡，為報復老苗，二人專程向鄔板定請命前往後套，利用兩張灌了蜜的甜嘴，花言巧語哄騙老苗的閨女青婧。那青婧涉世未深，又且正是情竇初開的年齡，咋經得住二人的蓄意哄騙，心下十分喜歡二人，便瞞過家人跟隨二人外出遊玩。她哪裡想到，這兩位河曲「姑舅」的目的是將她騙到土匪窩，利用她當人質，來敲詐她的父親老苗。

第七章
大盛魁

一

　　離開包頭向東，即進入土默特的中心地帶。此地有一座城池名歸化城，蒙名「庫庫和屯」，又譯為「呼和浩特」，漢意即為「青城」，是塞外草原上有史以來規模最大的一座城池。入清以來，為加強對土默特地區的控制，清廷在歸化城附近修築新城一座，將設在右衛的建威將軍及其駐防八旗移在城內屯駐，乾隆帝御書城名曰「綏遠」。建威將軍亦改稱綏遠將軍，成為清廷在土默特地區最高的軍政官員。歸化和綏遠兩城合稱歸綏。

　　繼清廷實施開放邊禁後，歸綏二城因其特殊的地理位置，逐漸發展成為一個興旺發達的商業都市。以規模而論，如果說包頭是一顆璀璨的星辰，那麼歸綏就是一輪耀眼的明月。當時的歸綏二城，可謂五城俱全，街道犬牙交錯，店鋪鱗次櫛比，各個專業集市，規模大而品種全，客商非僅蒙、漢，亦有回、疆之人。同時歸綏二城也是一個魚龍混雜之所，上至王公貴族、將軍官吏，中則商賈巨富、地主財閥，下至販夫走卒、伶人乞丐，無所不有。歸綏二城既是達官貴人的銷金窟，同時也是窮苦百姓的發跡地。

　　秋天的時候，歸綏二城又迎來了一個由內地而來的流浪漢。此人身材單薄，年歲不大，身穿一襲長袍，長袍上雖然補綴了幾塊補丁，但因清洗得十分乾淨，是以掩飾不住身上獨具的儒雅之氣。自古出走西口的人，多是目不識丁、粗魯鄙陋的農家壯漢，因有一把子力氣，正是侍弄莊稼的好把式，因此頗受當地蒙民及地商歡迎。但因西口浩大，頗有海納百川之襟懷，故而對其他各色人等亦同等接納，是以那些張口閉口「之乎者也」，卻扛不動一張鋤頭的酸文假醋之輩，在西口之地也不鮮見。歸綏二城人守家在地，每日眼中不知過目多少形形色色的走西口人，因而視覺麻木，見怪不怪。

　　這個後生便是陳嘉豐。陳嘉豐在庫布齊沙漠邊緣的那個小村目睹了那位姓馬的老鄉和家成、小娉父子三人相逢的情景，心中不勝欣慰。不日之

間，陳嘉豐恢復體力，即告別父子三人，沒過多久就走出沙漠，又經新民堡、樹林召，渡過南海子黃河渡口，抵達包頭。當日他在沙漠中遭遇風暴，隨身所帶行李物品一件不留被大風刮走，僥倖臨出門前，為防萬一，婆姨鳳珠在他的內衣裡縫綴了個小口袋，裝入幾塊碎銀，此時這幾塊碎銀就成了他的救命錢，因此也不敢大手大腳花費。到達包頭後，他想李小朵等人本為外出演戲掙錢的藝人，生活必然節儉，住店也必不會住價格昂貴的豪華客棧，自己也便在博托河西河保偏人聚集的地方尋找家便宜的車馬大店住下。店裡一盤大土炕，住著南來北往各色窮受苦人。陳嘉豐向店家租賃一套破舊被褥，那被褥黝黑發亮，也不知被多少人鋪蓋過，縫隙間還隱藏著不少蝨子。陳嘉豐無可奈何，看看自己身上長衫，經過一路摸爬滾打，早已破爛不堪，心想倒與這套被褥十分般配，心中苦笑不迭。於是每日夜間棲身於這許多窮受苦人中，聽聞各種呲嘴放屁、腳汗體臭之怪聲怪味，日間外出打探李小朵的行蹤。

　　一連幾日，陳嘉豐毫無收穫，猜想或許李小朵等人一路演戲，行程緩慢，尚未到達包頭也未可知，就到南海子渡口去守候。南海子渡口是晉陝漢人進入包頭的必由之路，數日前陳嘉豐由此乘船渡河，即見到那渡口上船隻雲集，往來穿梭，客流量與貨物輸送量俱十分巨大，真不愧為塞外第一碼頭。原來包頭的黃河段水運事業十分發達，在道光三十年，黃河氾濫將下游托克托廳河口鎮渡口吞沒後，包頭南海子則代替其成為黃河中上游第一大渡口。陳嘉豐在渡口一連等待數日，並無收穫，這日正要返回客店，忽然看到人群裡有個人影十分眼熟，連忙趕過去一看，發現竟然是老家馬家灘村的那對小兄妹中的哥哥家成。陳嘉豐大為詫異，趕緊向他張口詢問，才知道在自己離開沙漠邊緣的那個小村不久後，那位姓馬的老鄉誤被土匪當作客商砍死，家成和小娉徹底成為孤兒，無奈之下結伴前往包頭流浪，不料在過黃河時遭遇被人流擠散的不幸。陳嘉豐心中備感悽惶，於是再度把這個可憐的孩子收留在身邊。

　　陳嘉豐和家成每日上街尋找李小朵與小娉，一直無有音信。這日回到店裡，偶然聽客人閒談說兩天前有個唱二人臺的河曲玩藝班子，因為戲中

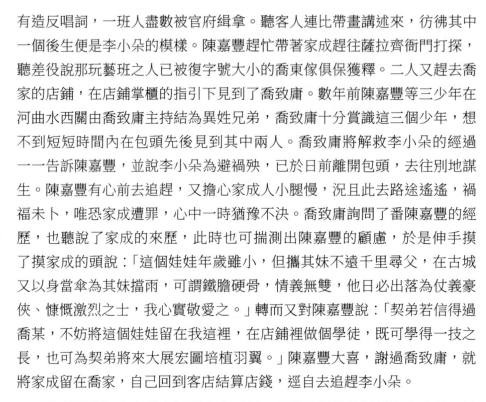

有造反唱詞，一班人盡數被官府緝拿。聽客人連比帶畫講述來，彷彿其中一個後生便是李小朵的模樣。陳嘉豐趕忙帶著家成趕往薩拉齊衙門打探，聽差役說那玩藝班之人已被復字號大小的喬東傢俱保獲釋。二人又趕去喬家的店鋪，在店鋪掌櫃的指引下見到了喬致庸。數年前陳嘉豐等三少年在河曲水西關由喬致庸主持結為異姓兄弟，喬致庸十分賞識這三個少年，想不到短短時間內在包頭先後見到其中兩人。喬致庸將解救李小朵的經過一一告訴陳嘉豐，並說李小朵為避禍殃，已於日前離開包頭，去往別地謀生。陳嘉豐有心前去追趕，又擔心家成人小腿慢，況且此去路途遙遙，禍福未卜，唯恐家成遭罪，心中一時猶豫不決。喬致庸詢問了番陳嘉豐的經歷，也聽說了家成的來歷，此時也可揣測出陳嘉豐的顧慮，於是伸手摸了摸家成的頭：「這個娃娃年歲雖小，但攜其妹不遠千里尋父，在古城又以身當傘為其妹擋雨，可謂鐵膽硬骨，情義無雙，他日必出落為仗義豪俠、慷慨激烈之士，我心實敬愛之。」轉而又對陳嘉豐說：「契弟若信得過喬某，不妨將這個娃娃留在我這裡，在店鋪裡做個學徒，既可學得一技之長，也可為契弟將來大展宏圖培植羽翼。」陳嘉豐大喜，謝過喬致庸，就將家成留在喬家，自己回到客店結算店錢，逕自去追趕李小朵。

陳嘉豐獲知李小朵出包頭向東而行，只當他們是往歸綏方向去了，於是一路向東追趕，邊走邊打聽李小朵戲班的消息，哪知沿途之人俱說近日並未曾見有個戲班經過。陳嘉豐更為加快腳步，指望到歸綏城裡能見到李小朵。這日到了歸綏，親眼看到那歸化、綏遠兩城果然並不相連，歸化陳舊，綏遠簇新，但那歸化舊城的繁華猶勝於綏遠新城。陳嘉豐在歸、綏兩城連接尋訪數日，李小朵等人宛如石沉大海，無有音信。陳嘉豐身上僅剩的幾塊碎銀也將花費而盡，衣食堪憂，便尋思到街上攬個營生掙錢糊口。誰料歸、綏兩城雖大，攬工受苦的人卻極多，莫說營生有限，「僧多粥少」，就是再無人競爭，主家看看陳嘉豐並不強健的身板，也都連連搖頭。陳嘉豐掙不上銀錢，也不待店家驅趕，自覺地從客店裡搬出來，流落街頭。

陳嘉豐離家以來，轉眼已有三個多月。這天正是八月中秋，傍晚時分

又下開了秋雨，天氣異常寒涼。陳嘉豐身穿單衣薄衫，躲在歸化城內店鋪的雨簷下避雨。夜幕漸漸地垂了下來，雨也終於停息了，沒過多久月亮升了起來。在皎潔的月光照射下，歸化城的大街上人影稀少，不時有一縷縷清風掠過，為這個冷清的夜晚更添幾分寒意。陳嘉豐腹中空空，可謂飢寒交迫。他漫無目的地沿街而行，看到街道兩旁的人家燈明燭亮，有的人家在門口安置了桌子，擺上月餅和各色水果玩月。而在每一個十字路口，總有一些人點燃紙火，想是出走西口的人在向著遠方的故土遙祭祖宗。紙火明明滅滅，使這個夜晚看起來竟有幾分詭異。陳嘉豐不由想起在家之時，每年的中秋節自家也會在院子裡擺上豐盛的月餅和水果玩月，全家人圍坐一起，一邊賞玩月亮，一邊分食月餅和水果，其樂融融。至於祭祖，則要親自到墳頭上去，沒有人會在十字路口隨便點幾張紙火草草了事。陳嘉豐在經過一個拐角時，一股疾風把路邊樹葉上的雨水刮落，灑得他滿頭滿臉，他輕輕拭抹了一把，分辨不清臉上的是雨水還是淚水。

就在這個異常寒涼的中秋夜晚，陳嘉豐獨自踟躕在歸化城冷清的街頭，雙手抱肩，瑟瑟發抖。忽然聽見從遠處傳來一串駝鈴之聲，分外清脆悅耳，沿著這條長街越來越近。陳嘉豐看到有幫駱駝客拉著幾頭駱駝走到近前，在月光之下，駱駝的影子倒映在地上，顯得十分高大。就在這幫駱駝客拉著駱駝快要從陳嘉豐面前走過去時，其中一人突然向陳嘉豐打招呼：「這不是嘉豐外甥嗎？」

陳嘉豐借著月光定睛一看，不由大為驚喜。原來不久前他在包頭的車馬店內住宿，偶然遇到一位府谷老鄉。保德與府谷隔河而居，雖分屬兩省，卻因一衣帶水的緣故，兩岸人民往來密切，情同鄉親。在交談中，陳嘉豐得知此人名叫蘇板信，原是一個受苦漢，年輕時因家鄉鬧災荒，生活無著出走西口，後來落腳到歸化城，靠給當地大商家「大盛魁」拉駱駝運貨為生。蘇板信聽說陳嘉豐是保德郭家灘陳家的公子，十分高興，告訴陳嘉豐說他就是榆錢的舅舅，榆錢的媽媽就是他的同胞姐姐。當年黃河氾濫水刮郭家灘，榆錢的父母雙雙喪生，是好心的陳家把外甥女榆錢祖孫倆收留到家養活，這事蘇板信是聽說過的。陳嘉豐聽蘇板信提到榆錢，不由心

中疼痛，潸然淚下。在蘇板信詫異的追問下，陳嘉豐不得不把榆錢在黃河裡喪生的噩耗告訴他，蘇板信聽後亦不覺淌出兩行清淚。兩人好不容易止住眼淚，就此認作甥舅。次日蘇板信上路，囑咐陳嘉豐一旦有機會去歸化，就到大盛魁商號門下找他相見。

蘇板信和陳嘉豐在包頭分別後，自隨駝隊下草地去給商號販賣貨物，直到此時方才折返回來，剛在商號裡交接過貨款，正要去商號的牲口棚安置駱駝，不期巧遇陳嘉豐。

陳嘉豐道聲「慚愧」，不好意思地向蘇板信說明自己銀錢花光，流落街頭無處可去。

「家有金山銀山，出門在外誰又會背在身上？」蘇板信安慰陳嘉豐說，「你跟我來，等我去牲口棚拴了駱駝，你隨我去家居住。」

陳嘉豐大喜，跟隨蘇板信來到大盛魁商號的牲口棚，把駱駝交由專人照管。蘇板信等人各自背著自己的鋪蓋卷，每人手裡還提拎著一包月餅和水果，那是商號給所有掌櫃、店員和雜工分發的一份節日福利。蘇板信等人各自分散回家。

蘇板信的家在城中的一條破舊的小巷裡。由於蘇板信常年在外拉駱駝，在家居住的日子不多，是以和其他幾名同伴合夥租了一間房子，誰在家時誰住。此時進得家門，只見一盤大炕上光溜溜的，並無一塊氈席，顯然近日並無一人在家。蘇板信將鋪蓋卷展開鋪在炕上，這個家看起來才有了一點生氣。蘇板信也沒有生火做飯，打開那包商號分發的月餅和水果與陳嘉豐分食。夜裡，陳嘉豐就和蘇板信在一個被窩裡「打蹬腳」，即抵足而眠。窗外月光傾灑，照映得房子裡也很亮堂。蘇板信爬在炕頭上抽著旱煙，詢問陳嘉豐一些府、保家鄉的事情，聽到家鄉到處鬧饑荒，就連家底深厚的郭家灘老陳家都幾近破產，頗多感慨。夜深了，蘇板信磕熄煙鍋，說：「該睡了，明天我去櫃上支幾個工錢，給你做盤纏回家去吧。」

「我是有家難回呀，這個不說也罷。」陳嘉豐說，「不過既然走出來了，咋價說也該幹出點名堂，也不枉我出走口外一回。」

「可是在這口外地方，做大事的都是有錢人，又有幾個窮受苦人能做成大事？」蘇板信搖搖頭說，「就是鼓搗個小本買賣，沒有些本錢也是不行的。」

「難道就回去窩在咱們那個小山溝溝裡，守著那麼手片大個天，等著老天爺把咱餓死？」陳嘉豐說，「人活著就該有個奔頭。我寧肯把骨頭丟在西口外，活不出個人樣就絕不回家！」

聽到陳嘉豐主意如此堅定，蘇板信心中欽佩，也就不再勸說。

蘇板通道：「眼下要緊的是要尋個營生做，有個飯碗，才能保命。只是你這身板，苦重營生怕是做不了，苦輕的又不好找。明天我去求求大盛魁的王大掌櫃，他是你們山西代州老鄉，看能不能破例招你當個學徒……」

陳嘉豐來到歸化已有些日子，自然不可能沒聽說過大盛魁的名頭。大盛魁是晉商在蒙古地區開辦的一家商號，始創於康熙年間，總號最初設在外蒙的烏里雅蘇台，後遷駐歸化城，逐步發展成為內地商品在塞外的集散中心和最大的商業機構。據說大盛魁商號極盛時有人員六七千，商隊駱駝近二萬頭，活動區域包括內、外蒙各盟旗和新疆烏魯木齊、庫車、伊犁以及俄國西伯利亞、莫斯科等地，其資本十分雄厚，聲稱其資產可用五十兩重的銀元寶鋪一條從庫倫到北京的道路。在當時，如果年輕人能夠進入大盛魁當個學徒，可算是一件非常走運的事情。

陳嘉豐大為感激。

二

次日天色未明，蘇板信早早叫醒陳嘉豐，摸黑來到大盛魁總號門前。借著天邊露出的淡淡的曙光，隱約可看得清大盛魁左右門柱上鐫刻著的一幅門聯，上聯是「戴月披星似鵬程，歷盡沙漠極邊路」，下聯是「櫛風沐雨若豹變，鴻開烏科萬世基」。烏指烏里雅蘇台，科指科布多，兩地均為

大盛魁在外蒙最大的貿易市場。這幅對聯說的就是大盛魁艱難曲折的創業之路，讀來使人油然生出許多感慨。天色尚早，大盛魁的朱漆大門尚且緊閉，蘇板信領著陳嘉豐從街角向後繞去，來到大盛魁的後門。兩人在門口等候不多時，天色漸漸亮透了，後門「吱扭」一聲打開，從門裡出來一人，只見此人年近六旬，中等身材，相貌清臒，神態灑脫，令人一看之下就不由肅然起敬。他便是大盛魁總號的大掌櫃王廷相。原來大盛魁的上下人等，無有不知道這位王大掌櫃的，無論日間事務如何繁忙，夜裡又睡得有多晚，但每日堅持雞鳴即起，沿街晨練，風雨無阻。蘇板信在大盛魁門下多年，知道這位王大掌櫃尋常事務繁忙，些許小人物難得一見，唯有此時最好見面，是以專程在此時候來求見他。

　　蘇板信與王大掌櫃本為舊識。原來蘇板信自從來到口外，由於目不識丁，只是身體硬朗，能夠吃苦耐勞，是以在大盛魁門下當了個拉駱駝的雜工，經過多年歷練，成為一名經驗豐富的老駝工。其間有一年，坐守山西的財東史家出了位少年俊才，忽然心血來潮，打算為先祖及大盛魁立傳，遂親自到草原各地走訪。本來按大盛魁規矩，除了三年一度的「帳期」分紅時，尋常時候是不接待財東的，但因此事特殊，才破例接待了這位史財東。史財東提出要跟隨駝隊下草地親歷商隊經商的過程，王大掌櫃慎重挑選了老成幹練的蘇板信做嚮導，臨行前囑咐蘇板信等人定要照顧好史財東。史財東跟隨駝隊下草地走了一遭，駝隊返回時在途中突然遭遇暴風驟雨，眼看洪水就要襲來，同行的幾名夥計俱自顧自倉皇逃竄而去，唯有蘇板信一人一手緊緊拉扯著史財東，一邊驅趕駱駝躲到高處，這才僥倖存活下來。等洪水退後，蘇板信在泥濘中摸爬滾打，終於保護史財東平安返回歸化，同時使商號的駱駝和錢物未受一毫損失。史財東在王大掌櫃面前說盡了蘇板信的好話，王大掌櫃對蘇板信的行為大加讚賞，經與幾名掌櫃商議，破例獎賞給蘇板信一厘「身股」，記入「萬金帳」，從而使他在大盛魁名下有了分紅權。這一厘身股雖然不多，卻是櫃上夥計幹上十來年並且毫無差池才能達到的待遇，也算是大盛魁對蘇板信這名低級苦工所立功勞的旌表。大掌櫃王廷相並親自許諾，蘇板信日後如遇有個人困難，櫃上定給

予適當照顧。

　　一晃數年過去，蘇板信並未因個人私事給商號添過麻煩，此次因陳嘉豐之事才特意來求王大掌櫃。雖然時隔多年，王大掌櫃還是一眼就認出蘇板信來，熱情地向他噓寒問暖。蘇板信把陳嘉豐介紹給王大掌櫃，道明來意，同時把陳家在老家的情況略一敘說，王大掌櫃一聽就極感興趣，尤其對陳家堅持周濟鄉鄰、樂善好施的善舉大加讚許，當即答應破例考錄陳嘉豐一人。只是因此事涉公，必須遵循商號規矩，至於陳嘉豐能不能當上學徒，全看考試結果。原來大盛魁之所以能成為蒙古地區最大的商號，自有一套嚴明的錄用學徒的規矩。錄用學徒有兩個重要前提，非山西籍的不要，而本號財東子弟亦不得入號。同時每錄用一名學徒時，還得經過舉薦、面試、初試、會試等程序，最後由高層決議。然而眼下並不在招納學徒之季，破例為陳嘉豐一人開考，已屬破天荒之大事，自是王大掌櫃為實現當年櫃上對蘇板信的允諾而刻意為之。

　　王大掌櫃回頭與總號其他幾名在家的掌櫃商量過，擇日專門為陳嘉豐一人設考。因只考一人，一應程序一律簡單而過。幾名掌櫃聽了蘇板信對陳嘉豐的舉薦，俱無異議，於是分別出題，無非是書法、珠算、商務常識等等。陳嘉豐年僅十四歲即入州學參加童試，被錄為廩生，對於書法，蘇、黃、米、蔡四家，無不形肖神似。至於珠算，陳嘉豐在家時，陳家帳務均經他之手，算盤打得滴溜溜轉，而且還會雙手打算盤，此時一手「雙龍戲珠」耍來，令幾名掌櫃的眼花繚亂。此外其他商務常識，陳嘉豐當年在老家經營油坊以及在其他作坊、店鋪所學，今日正好派上用場，因此也勉強過關。幾名掌櫃略一商議，當即決定錄用陳嘉豐入號當學徒。

　　考試剛剛完畢，即有一人張口向王大掌櫃索要陳嘉豐。這人也是剛才出題考陳嘉豐的掌櫃之一。原來大盛魁商號實行的是大掌櫃總負責的管理制度。在大掌櫃之下，有二掌櫃專門掌管財務，相當於大盛魁的大管家，三掌櫃專門負責駱駝和獵狗的豢養與管理，相當於物流與保衛方面的總管，其下各位掌櫃分別負責內、外蒙及其他各省的分號事務，此外還按行業設有專門負責茶葉、生菸、牲口等的專職掌櫃。這些掌櫃各自身居要

職，獨當一面，卻又彼此相互滲透，由此可知大盛魁的管理機構相當龐大、健全。這名張口索要陳嘉豐的掌櫃，便是專門負責外蒙烏科分號的史振興。別看史振興尚不足四十歲，但僅從他負責的外蒙烏科分號巨大的市場業務，即可知道此人絕非等閒之輩。那名留著山羊鬍、叼著旱煙鍋的二掌櫃調侃道：「史掌櫃，年前招錄的那批學徒，你就把頭三名爭奪了去，現在又要搶這名年輕俊秀，我說你就不怕這些後起之秀把你的飯碗奪去？」

史振興嘿嘿笑道：「人才再多也恨少，蠢材半個也嫌多。如果他們真能奪走我的飯碗，我倒樂意躺在炕上享清福，免得被那外蒙古的『刮鬍子』風刮得連鬍子都長不出來……」

幾名掌櫃瞅著史振興光禿禿的下巴，無不哈哈大笑。王大掌櫃痛快地答應把陳嘉豐交給史振興做學徒。史振興大是歡喜，當即帶陳嘉豐去財神廟進香。原來大盛魁的新學徒入號，都得到總號院內的財神廟進香，同時祭拜大盛魁創始人的英靈。

大盛魁的財神廟其實就是一間普通的大屋，屋內正中央牆壁上掛有三幅畫像。陳嘉豐看那畫像中人，俱為本朝裝束，額頭光潔，其中一人長辮盤在頭頂，一時大惑不解。史振興瞥見陳嘉豐的神情，哈哈一笑道：「沒想到吧，我們大盛魁供奉的財神，不是天上的黑虎趙公明，而是世俗間的凡人。」

史振興一邊幫陳嘉豐點香上供，一邊指著正中間的那幅畫像介紹說，此人便是大盛魁最重要的創始人王相卿，然後給他細細講說大盛魁的來歷。王相卿本是山西太谷縣人，於康熙年間夥同祁縣老鄉史大學、張傑二人，跟隨朝廷西征大軍來到蒙古做隨軍買賣。噶爾丹叛亂平息後，三人繼續留在蒙古經商，在烏里雅蘇台設立商號「吉盛堂」，後更名大盛魁。只是因為蒙古牧民手中根本沒有現銀，只能用牛羊易貨或者賒欠，不僅具有信用風險，操作起來也相當麻煩。三人在草原上慘澹經營多年，卻只能維持保本。其間，王相卿前往喀爾喀四大部之一劄薩克圖汗的領地送貨時，有緣與大汗謀面，談起外蒙草原上物資供求的矛盾，兩人均大有同感。其

時因蒙禁制度限制，蒙古地區環境閉塞，莫說普通的游牧民，就連蒙古各部王公貴族們的日常生活用品也相當匱乏。大汗隨即想到一個辦法，就是把整個劉薩克圖汗草原上的貨物全部交給王相卿供給，實行賒銷，至於貨款則由自己擔保，並下令各旗王公催收，要不回來的就由全旗牧民公攤償還，如此一舉兩得，兩相裨益。王相卿當即痛快地答應下來，因為這樣做實則是替自己化解了一道最大的難題。大盛魁需要做的，只是將貨物送達目的地後，各旗王公清點接收，在票據上簽字蓋章，交易就算完成了，其餘的賒欠貨款和應繳牲畜由各旗王公擔保，統一徵收。大局既定，王相卿便無須四處奔走，隻身坐鎮烏里雅蘇台總號，指揮手下人馬在外蒙草原放手推廣這種「印票」貿易方式。王相卿首創印票業務，為大盛魁的長遠發展奠定了基礎，成為後人頂禮膜拜的「財神」。

陳嘉豐聽罷講說，不由對畫像中的這位人物肅然起敬，在神案下深深拜伏。

史振興接著介紹第二幅畫像，說此人即是與王相卿共同起家的張傑，在王相卿病逝後繼任做過幾年大掌櫃。陳嘉豐給張傑敬過香後，又聽史振興介紹第三幅畫像。大盛魁的第三任大掌櫃秦鉞是山西右玉縣殺虎口人。秦鉞擔任大掌櫃是在乾隆年間。其時隨著大盛魁首創印票業務，這種貿易方式很快為眾多商家所廣泛應用，蒙古草原上印票業務呈現出混亂的局面。秦鉞未雨綢繆，及早跟蒙古王公拉攏關係，並借蒙古王公進京年班之機主動為他們提供大筆現銀借支。所謂「年班」，即是清廷建立的蒙古王公貴胄輪流進京朝集的制度。此項制度既是給予蒙古王公至高無上的政治待遇，使他們有機會參與國是，同時也是防範蒙古各部造反的人質手段。只是這項制度對於蒙古王公卻是一道不小的難題，因王公們進京年班需要大筆的開支，他們儘管擁有巨大的草場和大量的牲畜，可是卻缺乏現銀，需要借支，而且數目不小。別的商號避之不及，只有秦鉞獨具慧眼，主動為蒙古王公提供借支，同時把這項業務亦納入印票業務範圍。王公們得到大盛魁的好處，進京後自然而然地為大盛魁說了不少好話。後來在朝廷整頓蒙古草原上混亂的印票生意時，大盛魁最終得到朝廷的確認，並獲得

了朝廷頒發的蓋有乾隆玉璽的「龍票」，成為少數保留下來的合法商號之一。之後，秦鉞又採取辦法，從其他老商號手裡爭奪對駐邊軍隊、官府以及朝廷設置在口外所有驛站的日用供應，印票業務的供應鏈再次得到擴展。因為秦鉞為大盛魁的興盛發展立下了汗馬功勞，自然成為大盛魁供奉的第三位財神。

　　陳嘉豐拜畢秦鉞，剛要起身，卻見史振興又抬手指了指畫像旁邊的空牆壁說，這個位置只怕非現任的大掌櫃王廷相莫屬了。陳嘉豐興致盎然，繼續傾聽史振興講說王廷相的功績。大盛魁總號於嘉慶年間由烏里雅蘇台遷到歸化城，在整個道光、咸豐年間，擔任大掌櫃的即是王廷相。王廷相是山西代州人，少年時即進入大盛魁做學徒，出徒後離開北方，常年在福建的武夷山區專門為商號採買茶葉。為了縮短茶路，王廷相提出了在湖北蒲圻、崇陽和羊樓山一帶開闢一個新的產茶區的構想。在總號的支持下，王廷相說服當地農民進行試種，並免費為他們提供茶樹苗，答應一旦試種失敗則賠償全部損失，結果王廷相的試驗大獲成功。接著王廷相又在距羊樓山不遠處的漢口創建了一座茶葉加工作坊，專門加工成品磚茶。王廷相開闢的湖北茶葉種植和加工基地，不但為大盛魁商號印票生意的主要經銷品種提供了穩定的貨源，而且大大縮短了運輸路程。雖然後來發生太平天國戰爭，長江中下游一帶交通中斷，浙江、福建、江西一帶的茶葉北上通路被阻斷，大盛魁湖北茶葉基地生產的茶葉仍然可以源源不斷地運往外蒙和中俄邊境。不說王廷相擔任大掌櫃後為大盛魁建立的功勞，僅此一項創舉，就足以登上大盛魁的第四位財神寶座了。

　　聽罷史振興的講說，陳嘉豐才知道大盛魁的來歷果然極不簡單，大盛魁的歷任大掌櫃負有「財神爺」的稱譽，當真是名至實歸，不容置疑。

三

　　陳嘉豐在大盛魁當學徒一晃數年。按大盛魁的號規規定，學徒入號後先吃三年白飯，三年出徒後成為夥計，可按月領薪，而要真正擔當大事則

要熬到三個帳期後。一個帳期三年，三個帳期將近十年，只有熬過這三個帳期，才可以頂得一二厘身股，成為「號夥」，從此便有了分紅權。身股逐步增加，記入萬金帳予以確認，直到能頂到七八厘身股，就可能被提拔為三掌櫃、二掌櫃。可別小看這份身股，當今的大掌櫃王廷相的一股身股，每個帳期可分紅一萬餘兩白銀，高於當時綏遠將軍的年俸數倍不止。

在學徒期間，陳嘉豐待在總號學習商務常識和蒙古語，出徒後則追隨在史振興身邊，每年往來於歸化與烏里雅蘇台之間經營商務。在史振興的帶領下，陳嘉豐有幸跟隨大掌櫃王廷相參加過外蒙的「楚古拉」大會。「楚古拉」大會三年一屆，外蒙各旗盟王公在會上選擇、確定供應商，同時與商號商討貨物價格、利息及償還日期，事項一經確定，三年期間不得變動。自當年從王相卿手上開始，大盛魁就一直是「楚古拉」大會的贏家，一百多年來這地位始終未曾改變。大會結束後，各旗盟每年一次經過統計，向供應商提交要貨清單。供應商按清單備好貨物，組織大型駱駝物流大隊，由歸化向烏里雅蘇台進發，然後分散各地交貨。這樣的大型駝隊通常有幾千峰駱駝，其中每個駝工牽十四峰駱駝，稱為「一把子」，每十四個駝工組成一頂「房子」，共有一百九十六峰駱駝。同時還帶有十來隻巨獒，用於一路上的護衛和夜間警衛。大盛魁每次向外蒙草原送貨，少則十幾頂「房子」，多則二十幾頂「房子」。一路上，上百隻大如牛犢的巨獒在前面開路，商旗迎風飄揚，數千峰駱駝逶迤而行，那氣勢何等壯觀奪目！而每年秋後，大盛魁的掌櫃夥計來到各旗盟，按印票帳記錄的數量挑選羊馬，選中的做上記號，由各旗盟派人趕到指定地點。大盛魁再組織大型隊伍，把這些羊馬組成羊房子、馬房子，從烏里雅蘇台趕往歸化。每頂羊房子趕羊約一萬五千隻，一頂馬房子趕馬一千五百多匹。運抵歸化後，除選送軍馬外，大部分通過歸化城的羊馬市場批發給各地客商，行銷於全國各地，其餘部分則另外組織人員趕運，直接銷往晉、豫及直隸等地。

陳嘉豐也曾跟隨商隊到過恰克圖。恰克圖是中俄兩國貿易中一個重要的中轉站，因中方的主要商品是茶葉，故這條橫亙在中俄之間的國際商道就叫作「茶葉之路」。茶葉之路商品流轉的一般路徑是：茶葉由各產地集

中到歸化，經庫倫進入恰克圖進行第二次交易，然後經由秋明、奧倫堡、羅斯托夫，最後抵達莫斯科。

陳嘉豐目睹過恰克圖的繁華。在恰克圖熱鬧的集市上，那裡語言種類的繁多令人驚訝，有俄國腔的漢語，中文腔的俄語，還有蒙古調的俄語和漢語，或者俄調和漢調的蒙古語，各種語言在此進行「無障礙」的交流。繁榮的經濟為恰克圖打造了別樣的社會圖景，頗有「倉廩實而知禮節」的氣象。中俄人民初次入市交易，一切唯恐對方見笑，故其辭色謙遜有禮，大有神話裡「君子國」的君子風範。

數年之間，陳嘉豐跟隨商隊往來於歸化與外蒙各地，大漠上的風沙把他原本白皙的皮膚雕琢得十分粗糙，草原上的牛羊肉和奶茶把他單薄的身軀滋養得強壯健康。史振興時刻將他帶在身邊，手把手地言傳身教，將自己半生所學的商務知識盡數灌輸給他，而陳嘉豐也並未令史振興失望，不僅能把所學知識悉數消化，而且有時候還能提出自己獨到的見解。史振興對陳嘉豐甚為器重，暗中盤算陳嘉豐一旦加入號夥，就把他提攜到重要崗位上，只要多歷練幾年，將來自己的位置只怕非他莫屬。

此時此刻，陳嘉豐再也不是那個從小山村裡剛剛走出，對外面的世界茫然無知的少年。商業這一行當，對於他不再是一個模糊的概念，而是一套條理分明的程式，在他眼裡看來簡潔明快，有如禪理之於佛道，兵法之於將帥，是一套可隨意運用的工具和技巧。他也懂得，商場有如戰場，常常風起雲湧，變化莫測，只有把這套工具和技巧運用到得心應手、恰如其分的境地，方可出奇制勝，立於不敗之地。身為大盛魁的門徒，眼前不乏活生生的例子，從最初的創始人到歷任大掌櫃，無不是運用這套工具和技巧到極致的典型。莫說把他們身上所有的東西都學會，就是學個六七成，做一個成功的商人就綽綽有餘了。

如果不是突然發生了一件事，陳嘉豐完全可以如願加入號夥，頂上身股，並如史振興的預期，將來成為大盛魁的一員幹將，接管烏科分號，在中國北疆浩大的市場上躍馬揚鞭、叱吒風雲也未可知。

　　這年初冬，天氣剛剛轉冷，陳嘉豐跟隨大盛魁的商隊從烏里雅蘇台收帳轉回，剛剛回到歸化城總號，就聽號裡的夥伴說，近些天連日有個內地老鄉來尋訪他。他正暗自揣測會是什麼人，就有門房裡的人通知他，說門外有客拜訪。陳嘉豐趕忙來到大門外，舉目一看，只見來人正是結義大哥李小朵。陳嘉豐喜出望外，親熱地拉著李小朵來到近旁一間茶館坐下，喝茶敘話。

　　二人自從那年初走西口在府谷古城相遇，陳嘉豐為照顧家成、小娉兩兄妹耽擱行程，李小朵先行上路，本約定在包頭會面，不料陰差陽錯，無緣相見，後來一個走了後套，一個來到歸化。李小朵和玩藝班的夥伴們每年春出秋歸，奔走在口外漢人聚集的地方演戲謀生，前山後山，前套後套，足跡遍布整個內蒙古中西部地區，只是為了避免麻煩，極少去往魚龍混雜的城市，因此每次路過歸化都是繞城而過，並不停留。直到不久前李小朵在半路上偶遇府谷老鄉蘇板信，才從蘇板信口中獲悉陳嘉豐的行蹤，是以專程到此來尋訪。

　　敘談中，李小朵首先告訴陳嘉豐一件天大的喜事，就是他們的結義兄弟郭望蘇並沒有死，現在還活得好好的，就落腳在後套的苗家大渠上扛工。原來李小朵常年四處奔走，後套是他每年必去的地方，故而有緣與郭望蘇謀面。陳嘉豐猛然想起當年初出西口時，在庫布齊沙漠裡目睹海市蜃樓的幻景，幻景顯示郭望蘇站在一座高大的沙丘上，當時自己便意識到他很可能還存活在世上，原來果然是真。陳嘉豐大喜過望，當即和李小朵約定，待自己忙過這一陣子就向號裡告假，兩兄弟結伴去往後套與郭望蘇相會。

　　李小朵接下來又說，冬閒時節他回到老家，正月間專程走了趟保德郭家灘，去拜見拜爹拜媽。陳嘉豐連忙詢問自家境況。李小朵說，自打過了咸豐五年，河保偏一帶多少有了些雨水，地裡也長出些莊稼，陳家產糧雖不太多，卻也差強人意，只是村裡有些人家日子過得恓惶，陳家的糧食大多周濟了這些窮人。陳嘉豐再詢問父母情況，李小朵接著說：「拜爹拜媽身體大不如前，又因為十分牽掛你，這幾年老兩口沒有一夜睡過個好

覺。」陳嘉豐不覺落下兩行清淚。李小朵又道，「二老告訴我，自從你離家出走後，你外父花費一些銀錢給胡丘，那狗官也算消了氣，官府差役也就不再上門叨擾了，因此囑咐我在西口外尋訪你，捎話叫你回家。二老還說，他們年歲不小，現在家裡家外的事情都靠你媳婦一個人操持。嘉豐兄弟，不是我多嘴責怪你，你那媳婦要模樣有模樣，要情義有情義，不僅孝順公婆，還對你死心塌地。有這樣的好媳婦，你就該一門心思守著她過日子，這西口苦寒之地又有何值得留戀？」

陳嘉豐抹了抹眼淚，道：「我也早就想回家看看。可是進了大盛魁的門，就必須學滿十年才可回家探親，如果中途回去就等於自動脫號，豈不前功盡棄？」

原來按大盛魁及當時所有晉商的規定，學徒必須學滿十年才許第一次回家探親，第二次縮短為六年，第三次縮短為三年，以後每三年回家一次，並且中途不准私自回家，否則以自動脫號論處，一旦脫號，終生不得再踏進商號的門檻。

「男子漢大丈夫倒也該以前程為重，你若執意如此，我也無話可說。」李小朵兜轉話題，「正月間去你家見到了你兒子盼盼，生得眉清目秀，十分可愛⋯⋯」

「甚，甚，你說甚話哩？」陳嘉豐一頭霧水，急忙相問。

「我說你兒子，跟你長得一模一樣。」

「我甚時候有了兒子？」

「難道你不知道自己有了兒子？他現在都六七歲了⋯⋯」

陳嘉豐的腦袋「轟」的一下，宛如被天上罡雷擊中。他驀然想起，在當年出走西口之前，媳婦鳳珠忽然患上了嘴饞的毛病，愛吃酸食，還經常貓倒腰嘔酸水，當時只以為是因為貪吃所致，又由於自己正一門心思張羅著要出遠門，也就沒有放在心上。想不到竟是她懷上了娃娃，一晃數年過去，兒子都已經有六七歲了！

這樣一來，陳嘉豐鐵定心腸要回家看兒子。當他向史振興辭行時，史

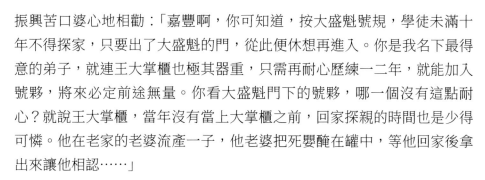

振興苦口婆心地相勸：「嘉豐啊，你可知道，按大盛魁號規，學徒未滿十年不得探家，只要出了大盛魁的門，從此便休想再進入。你是我名下最得意的弟子，就連王大掌櫃也極其器重，只需再耐心歷練一二年，就能加入號夥，將來必定前途無量。你看大盛魁門下的號夥，哪一個沒有這點耐心？就說王大掌櫃，當年沒有當上大掌櫃之前，回家探親的時間也是少得可憐。他在老家的老婆流產一子，他老婆把死嬰醃在罐中，等他回家後拿出來讓他相認⋯⋯」

陳嘉豐心頭一震，低頭沉思良久，最後言語道：「我還是想回家看我的兒子。」

史振興長嘆一聲：「人各有志，不能強求。只是可惜了你的大好前程，竟毀於這一念之間⋯⋯」

陳嘉豐打捆好行李包袱，去向王大掌櫃拜別。王大掌櫃連門都未開，只在門內淡淡地說了聲：「去吧。」然後悄無聲息。

在陳嘉豐離開之後不久，王大掌櫃因年老告退，史振興接任了大掌櫃。在整個同治及光緒初年，史振興勵精圖治，把大盛魁發展到了極盛時期。史振興最大的功績就是把印票業務擴展到了稅收領域。當時朝廷攤派到外蒙各旗的稅捐是用銀兩計徵，由於外蒙地方銀兩缺乏，蒙古族人多用牲畜繳納稅捐。在徵收過程中問題很多，比如收繳時牲畜如何作價、收繳後又需飼養和出售變價⋯⋯這些問題紛繁複雜，徵稅官吏不勝其煩。史振興從中看到機會，主動稟告主管衙門，請求統統交由大盛魁負責。具體做法是稅款先由大盛魁墊付，隨後大盛魁在放印票帳時一併催收，回收的牲畜由大盛魁飼養和出售變現。當時收繳不清的部分轉入商號印票帳，按月計息。印票業務發展到了這個份上，真的就算是擴展到了極致。而史振興並不滿足，透過創新發展和收購兼併兩種方式，把印票產業鏈繼續延伸，終至發展成了一個規模巨大、白銀滾滾而來的業務網絡。大盛魁的生意更是達到了空前繁榮。

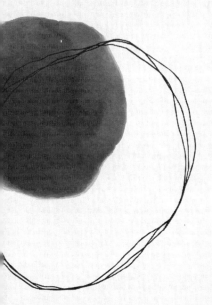

第八章

沙壕塔

一

　　晉西北和陝北的漢人經古城出走西口，途經庫布齊沙漠的東北部，有一個必經之地叫作沙壕塔。在整個走西口的年代，沙壕塔的周圍都常有土匪出沒。每年春秋兩季，肩扛扁擔、拎包攜裹的漢人成群結隊地往來於此地，吸引不少死囚逃犯、流氓惡棍彙集盤踞，搶奪劫掠，殺人越貨。奇怪的是，那些土匪只是在沙壕塔周圍的路口行凶作惡，卻從來不到村裡來，也不輕易侵擾村裡的住戶。因為他們都明白，走西口的人們都是奔著沙壕塔的客棧而來，只因為有這個村莊的存在，才給他們帶來四季的衣食和不斷的財源，而一旦把這個村莊毀滅，勢必就會造成走西口的人改道他鄉，從而也把土匪們自己的「飯碗」打破。

　　沙漠中土匪的惡劣行徑也曾驚動省、道和旗、廳衙門，山西巡撫專門調集駐紮在代州城的大同府總兵進兵征剿，無奈官兵進入沙漠後，因氣候與水土原因，自顧不暇，哪裡還有剿匪的力氣？再加上那土匪長期活動在沙漠中，狡兔三窟，神出鬼沒，官兵連土匪的毛都摸不著一根，無功而退。自此後，土匪在沙漠裡更加猖獗。

　　這年春夏之交，正是晉陝漢人走西口的高峰時節。沙壕塔的土匪異常活躍，他們潛伏在綿延起伏的沙丘之中，但凡發現路過的人們攜帶些財物，就跳將出來將其掠奪一光。這一日，沙壕塔著名的匪首鄔板定親自出馬，坐鎮指揮。自從今年初春時分因在這附近劫掠一對漢族祖孫，鄔板定大腿上受了路過的一個蒙古騎士的箭傷，養息多日，這還是傷好後第一次出馬。在沙丘上等待半日，並未有一名客商經過。鄔板定心中沮喪，暗想今天早上叫手下嘍囉翻閱皇曆，皇曆上明明寫有「不宜求財」之句，自己尚且不信，看來今天「求財」之事必致落空。剛要帶領嘍囉回轉匪巢，忽然遠遠瞭見從正東方向緩步行來一人。鄔板定在沙漠中立足多年，自然知道走西口的人應當自南而來，正東方向雖也通向鄂爾多斯左翼前旗的北部，再往東則是清水河廳境，隔著黃河與山西的偏關縣相望。偏關縣走西口的人要麼走旱路經清水河與和林格爾直接進入歸綏，要麼也要渡過黃河

從鄂爾多斯左翼前旗的納林彙集到這條西口古道上來，翻過壩梁到達馬場壕，再從庫布其沙漠來到沙壕塔。因此也就是說，正東方向本就不是一條路，更不是一條走西口的路。那麼此人是從何而來？

鄔板定等一眾土匪好奇張望，只見來人乃是個年輕後生，雙手用力地拄著一根樹幹削成的拐杖，步伐極其艱難蹣跚。依據鄔板定在沙漠裡生活多年的經驗，知道這個後生必定是因為迷路而缺水缺糧，已經快要支撐不下去了。鄔板定口中念念有詞：「倒也，倒也……」尚未念得幾句，只見那後生果然撲身倒地，引得一群嘍囉無不哈哈大笑。看到這後生渾身上下沒有一點值錢東西，鄔板定本不帶搭理他，正要招呼嘍囉回巢，忽然看見遠處有幾頭野狼遊弋而來，正一步步向那後生貼近。鄔板定作為沙漠裡的土匪頭子，殺人越貨，凶殘暴戾，也可稱作是沙漠裡的一頭狼，可是他還從沒有親眼見過真正的狼吃人的場面。此時看到狼群緩緩向那後生逼近，鄔板定和手下嘍囉興致盎然，也不忙著回巢，一齊蹲立在沙丘上，等待著看一出血肉淋漓的好戲。

此時此際，只見狼群很快貼近那倒臥在地的後生近前，一頭狼首先停立下來，其他的幾頭狼則繼續前進，分三四個方向將那後生包圍起來。選擇好了方位，這些狼有的靜止不動，虎視眈眈，有的悠閒地踱步，來回打轉兒。鄔板定等土匪們知道，這是狼在對獵物進行最後的觀察，尋找適當的進攻機會。忽然只見地上躺著的那後生輕輕動了一動，幾頭狼連忙後退幾步，看著那後生只是翻了個身，然後又一動不動了，那幾頭狼有的將身蹲下，有的昂身低頭並放鬆了皮毛，這是狼發起攻擊的行動信號。果然，只見其中一頭狼將身昂起，迅速朝那後生躥過去，眨眼工夫已撲到那後生身前。正在此時，忽見那後生眼睛倏地睜開，喉嚨裡發出一聲沉悶的呼喝，宛如打響一聲罡雷，緊接著身子一挣，手撑拐杖挺立而起。那頭狼微一遲鈍之間，只見那後生將手中拐杖用力一揮，把狼頭打個正著，隨著「哖嚓」一聲響，拐杖斷成兩截。可是狼素有「銅頭鐵骨豆腐腰」之說，這頭狼被打中腦袋，只是就地打了個滾，隨即就又回轉身來，與隨後撲來的幾頭狼彙聚在一起，圍成一團向那後生繼續攻擊。只是那個剛剛還精疲力

竭，像個死人一樣倒臥在地的後生，此時不知從哪裡來的力氣，將半截短棒揮舞得風雨不透。幾頭狼連撲帶咬，那後生手中的短棒指東打西，一時間進攻的進攻，防守的防守，難解難分。惡鬥半天，其中有一頭狼被短棒擊中腰腹，倒地斃命。可是剩下的幾頭狼並不退宿，仍然奮不顧身向那後生撲咬。那後生奮起抵抗，半天又聽得「哧嚓」一聲響，那後生手中短棒重重地擊在一頭狼的腰背上，幾乎把腰背打斷，這頭狼哀嚎一聲，一命嗚呼。這時那後生手裡的短棒又再折斷，只剩下更短的一小截，連枝筷頭長都沒有。那後生乾脆將這一小截木棍扔掉，隨即從腰間拔出一柄牛耳尖刀來，和剩下的三頭狼拚命。

　　一時間內，只看得那在沙丘上的一干土匪無不瞠目結舌，肚子裡的心都被提到了嗓子眼上。人們都知道，狼是極其凶狠殘酷的野獸，牠們的鬥志堅毅、持久，是其他動物無可比擬的。儘管剩下的三頭狼在方才攻擊時已被那後生的短棒擊中各自帶傷，可牠們仍然不屈不撓地向那後生發起一波又一波的攻擊。只是那後生的鬥志卻更加令人欽佩，渾身的力氣彷彿用之不竭，手裡的牛耳尖刀宛如一支繡花針般不住地刺擊在狼的身上。到後來只看見狼與人一撲一閃之間，便有一股鮮血飛濺而出，也分不清是狼的血，還是人的血。終於又有兩頭狼相繼被尖刀刺中要害斃命，五頭狼只剩下最後一頭了。

　　鄔板定等土匪不由長長地吁了口氣，可是凝神再看剩下的這頭狼，只見牠身寬體長，瘦骨嶙峋，兩眼如燈，牙尖似刀，乃是狼群裡最凶殘的豺狼。此狼渾身斑禿，顯然一生中曾經歷過無數次極度凶險的撕咬拚鬥，而此時身上又落滿了無數處被那後生尖刀刺中的傷痕，卻依然鬥志昂揚，益發令人感到猙獰可怖。轉眼再看那後生，只見他也是毛髮倒豎，兩眼猩紅，身上的衣衫在搏鬥中被群狼撕咬得沒有一點囫圇處，裸露的身體到處流淌著殷紅的血跡，但卻並未顯露出絲毫膽怯畏懼，站在那裡宛然如一座鐵塔，令人滿懷敬畏。此時，鄔板定等一干土匪早就沒有剛開始時看一出好戲的心情了，他們只是屏息凝神地等待著這出「戲」的結局。是人殺死狼，還是狼咬死人，對於他們的靈魂深處來說是個值得思考的問題。只見

豺狼和那後生持久地對峙著，彼此虎視眈眈，比拚著耐力和鬥志。這番沉默的比拚更讓人感到驚心動魄，令鄔板定等土匪無不提心吊膽。終於那頭豺狼再度發起了進攻，只見牠迅速撲到那後生近前，突然將身一躍凌空縱起，張開獠牙巨口直向那後生的臉面撲咬過去。由於狼的進攻速度奇快，那後生倉促之間躲避不及，只好側身讓過狼的獠牙巨口，腦後早已散開的辮子卻被狼嘴叼住，隨著一串血珠飛濺，半邊頭髮被連根拔去。在此同時，隨著一聲驚心動魄的嘶喊，只見那後生伸臂抱住狼身，張口咬住狼的喉嚨，手中牛耳尖刀隨之刺入狼腹。人與狼俱撲身倒地，經過幾番翻滾掙扎，人和狼都失去了聲息，終於靜止不動。

過了良久，鄔板定等大小土匪才從沙丘上奔跑下來，只見這片沙土地上灑滿了斑斑血跡，既有狼血，也有人血。再看那個後生，渾身上下到處都是被狼撕咬下的傷口，簡直沒有一塊完整的皮肉。後生的牙齒還緊緊咬在狼的脖子上，狼血還在汩汩流出。一名小嘍囉上前去用力將那後生和狼分開，一腳把狼踹到一邊，然後蹲下去探探那後生的鼻息，不由驚奇地叫道：「好大的造化，居然還有氣！」鄔板定看那後生身上的傷口還有鮮血不斷滲出，便隨手自沙土地上撿起一支粗大的獸骨來，又從那死狼腹中拔出那把牛耳尖刀，擦拭乾淨，用尖刀將獸骨刮成粉末，撒在那後生的傷口上。沙漠裡埋藏的獸骨，大多是遠古動物骨化物質，具有快速止血的功效。鄔板定久居沙漠，對這種獸骨止血的用途非常清楚。看看那後生鮮血漸漸止住，鄔板定又從自己身上撕下塊衣襟，扯成布條，把那後生渾身的傷口一道道包紮起來，然後吩咐眾嘍囉把他抬回巢中。眾嘍囉看著鄔板定的舉動，都非常驚訝，他們知道老大自從當上土匪，從來都只是殺人，何曾救過一人？此時老大發號施令，他們不敢遲疑，七手八腳將那後生抬起，救回巢中。

二

距離沙壕塔村不遠處有一片陷下去的沙凹，四周野草萋萋，還生長著

幾株蒼老的榆樹。據當地傳說，遠古時候天地間有七部瘟神，專司瘟疫之職。因為他們但凡現身，就會給人間帶來無限的災難，所以天帝嚴禁他們出現在人間。其中有兩部瘟神看到人間繁華昌盛，熱鬧非常，就罔顧禁令，私自來到人間遊玩，結果給人間帶來巨大的災難。天帝震怒之下，將他們剔除出神班，永世囚禁在庫布齊沙漠邊緣的一個凹槽之下，是以七部瘟神後來只剩下五部。從此庫布齊沙漠邊緣的這個凹槽，成為天帝囚禁那兩部違禁瘟神之所，附近凡人誰都不敢靠近。

　　然而誰會料到，就在這個充滿死亡與恐怖氣息的地方，同時又是一個頗具傳奇色彩的洞天福地。就在那片野草地畔，在幾株蒼老榆樹的掩映下，沿著沙凹邊緣向下，有一個天然的洞窟。洞窟之內十分寬敞，錯落有致地形成了一個個大小石室，大的有如廳堂，小的有如房舍，彷彿人類專門修築的居所。在洞窟的下方還有一條地下河緩緩流過，河水清冽、甘甜，從不乾涸。這樣的環境，非常適宜人類居住。早在明清交接之時，有一股不願投靠清朝的明廷將士誓死抵抗，與清軍作對，後在清軍的追迫下逃亡到此地，無意間發現了這個洞窟，便在此地隱居下來。出於安全上的考慮，他們杜撰了一個關於瘟神的故事傳播出去，久而久之，當地居民信以為真，後來就真的無人敢靠近這個地方，這處天然的石窟，成為那些明廷將士最後的避難所。入清以來，自從朝廷開放邊禁，附近道路成為晉陝漢人出走西口的一條主要通道，便有一些死囚、逃犯流亡到此地，偶然發現了這個石窟，於是以此為巢穴，靠攔路劫掠為生。由於此洞十分隱祕，再加上那個瘟神故事所起的庇護作用，一直未被外人發現。到鄔板定當土匪頭子，已不知有多少代土匪在此盤踞了。

　　這天鄔板定出洞劫掠，突發善心將那個垂死的後生救回洞裡，在一間石室安置下來，隨即派遣幾名小嘍囉外出延請大夫。那沙漠之中四處荒涼，縱然有些村莊亦人丁稀少，哪裡養得住大夫？尋常百姓患個頭疼腦熱，都是用土法治療，除非患上沉痾重症，才到遠些處的大鎮樹林召或包頭等地請大夫。幾名小嘍囉無不一齊搖頭，心想這項差使可不易完成。說來卻也湊巧，幾名小嘍囉就近來到沙壕塔村，挨家逐戶訪問大夫。沙壕塔

的村民大多靠經營客店過活，訪問到一戶人家，便有一位頷下掛著一叢山羊鬍子的住客站將出來，詢問病人是何病情？一名小嘍囉說：「是被野狼咬傷了……」另一名小嘍囉道：「是頭髮被狼揪去了……」還有一名小嘍囉是個結巴，卻偏偏不甘寂寞，也搶著說：「不對，不對……他主要是……沒吃沒喝，餓……餓壞了……」大夫也聽不明白，道：「還是我親自去看吧。」背起隨身攜帶的醫箱，跟隨幾名小嘍囉出門。那幾名小嘍囉一路上依舊不斷爭執，為診治那後生出謀劃策。一個說要先治外傷，要不然會疼痛而死；一個說要先治頭髮，要不然將來會是個禿子；那個結巴卻說應該先給喝水吃飯，即便治不活也可落個飽死鬼……七嘴八舌，聒噪不休。轉眼之間來到一片沙凹地帶，幾名小嘍囉前後簇擁大夫沿著沙坡下行，走向一個石窟。那大夫暗自叫苦，原來陷入了賊窩。也虧他行醫多年，歷練老到，知道天下無論王侯達官還是土匪強寇，無病絕不延醫，也沒有無事生非，專門劫擄、殺害大夫鬧著玩兒的，於是定下心來，跟隨幾名小嘍囉鑽進石窟。

大夫一眼看見那後生渾身帶傷，血跡斑斑，氣若遊絲，脈搏虛弱，更為關鍵的是體內嚴重脫水，受當時那個年代的醫術所限，可謂回天無力，於是連連搖頭道：「還是快點準備後事吧，這分明已是個死人，如何還醫治得活？」「胡說。」鄔板定眼睛一瞪，「這位好漢剛才還生龍活虎，一口氣連打死五頭野狼，咋價便是個死人？你快快給我治來，如治不好，我便割下你的腦袋來當尿壺！」

那大夫被嚇得打了個激靈，沉吟片刻道：「也罷，便死馬當作活馬醫吧。如實在治不好，求大王念在我家有老母的份上，饒了小人的性命……」

鄔板定道：「休要囉唆，快點開方子吧。」

「開方子不急。」那大夫道，「此人體內嚴重脫水，必須得先補充水分，只要能餵得進水去，便有活命的可能。」

「哎呀，這個我倒真沒想到。」鄔板定一拍腦袋，忙叫喚小嘍囉去打

來清水，自己親自拿湯勺給那後生餵水。那後生牙關緊鎖，哪裡餵得進水去？鄔板定張開蒲扇般的大手，在那後生兩腮上一卡，那後生牙關鬆動，鄔板定另一手一湯勺水便灌了進去。嚇得那大夫連聲叫道：「哪有這樣餵水的，病人氣息虛弱，豈不被嗆死？應該慢慢地一點一點地餵。」

鄔板定嘿嘿一笑，道：「這些婆婆媽媽的瑣事，誰願意去做？我便也只是伺候這位好漢，除他之外，就是我的親大親媽也懶得這般搭理！」

那位大夫嘴唇微微翕動，顯然是咒罵這個土匪畜生不如。

鄔板定正專心致志地給那後生餵水，並未發覺那大夫偷偷咒罵自己。眼見一湯勺水餵進那後生的嘴裡，慢慢流進了他的喉嚨，鄔板定欣喜地道：「行了，喝進去了……」便依照大夫所說，慢慢地一點一點地繼續餵。

大夫見此情景，心中所懸石頭放下一半，於是要來紙筆，提筆開了一服湯藥，為甘草、黨參、茯苓、白術四味藥材，名「四君子湯」，此湯最宜給體虛之人滋補身體，而且為當地特產，取之亦十分方便。大夫開罷藥方便趕緊向鄔板定告辭，欲脫身離去。

「豈有此理？」鄔板定道，「尋常人等進了我這洞天寶地，哪有活著出去的道理？」

那大夫嚇得雙膝一軟，跪倒在地，磕頭如搗蒜，語無倫次地央求：「大王饒命，小人家有八十歲老母，七八歲老婆，三十大幾的吃奶娃娃……」

鄔板定聽了哈哈大笑，道：「饒你一命也可，只需把雙眼挖出，舌頭割去，再剁去兩隻手，眼不能看，嘴不能說，手不能寫，我便放心饒你而去。」自古大夫的行醫之道，講究的是望聞問切，即眼觀、鼻聞、口問、手診四術。挖去雙眼、舌頭，再剁去兩手，無異於被敲爛吃飯的傢伙，那大夫哪裡肯依？

「要想活命，還有一法。」鄔板定道，「便是好生留在此地，為我診治這條好漢。如治得好，將來便封你做個醫官。我記得梁山一百單八將裡也有個叫『神醫』安道全的，給人拆骨換頭，起死回生。你便做我們的『神醫』，大塊吃肉，大秤分金，也不辱沒了你的本事。不知安先生意下如

何？」

「鄙姓柳，不姓安。」那大夫連忙辯解。張惶之間，他也未曾細想到鄔板定所說的那個神醫安道全給人拆骨換頭，這樣的醫術世間是否存在，他只是連連搖頭嘆息，然而無可奈何，只好答應暫且在這裡安下身來，等待機會再做脫身之計。

既然陷在賊窟無法離去，柳先生便耐下心來仔細給那後生療傷。他叫小嘍囉打來一盆清水，把毛巾蘸溼，給那後生擦拭臉上的血跡。血跡拭去，柳先生忽然覺得此人面目似曾相識，靜下心來細想，果然想了起來。柳先生向鄔板定探問：「莫非大王和太平天國有往來？」

「胡扯，我何時與太平天國有什麼往來？」鄔板定道。「那你為何要救這位長毛教父？」

「什麼長毛教父？」

原來這位柳先生乃是山西偏關人氏，自幼傳承家學，成為一名有名的大夫，只因當地苛捐雜稅沉重，柳先生每年所獲診金尚不足應付官府的各項課稅，所以年歲方介不惑，因整日為五斗米操勞，形容相貌看起來已相當蒼老。近來聽說西口之外富庶繁華，人民生活寬裕，於是便也背起醫箱，打算到西口外掙一碗飽飯吃。因他長期居住在偏關縣城，對縣裡的一些大小事情也都知曉一些。他也曾在縣城城門口親眼見到過官府緝拿長毛教父的繪影圖像，是以對郭望蘇的形容相貌一望便知。

鄔板定聽柳先生說此人乃是太平天國的長毛教父，不由感嘆道：「怪不得如此英雄了得，原來是太平天國裡的好漢！」按照常理來說，鄔板定這個土匪頭子素性凶殘暴戾，視人命猶如草芥，發善心救人命的事情打死他也不會幹，可是他雖然出身草莽，對英雄好漢歷來卻十分敬佩。他目睹郭望蘇一個垂死之人，居然能煥發精神打死五頭豺狼，其凜凜威風，堪與梁山泊的打虎英雄媲美，所以才會一改往日行徑，大發慈悲援手救人。這番聽柳先生說此人乃是太平天國的長毛教父，心中更加欽佩，於是安排手下人悉心照料。未過得幾日，郭望蘇已能睜眼說話，飲食方便，算是從閻

王鼻子底下逃回生天。鄔板定十分歡喜，命人每日殷勤伺候，自己也一天必來探望幾回。這日外出劫掠，從一販賣山貨的客商手裡搶來一大包人參，便叫人每日用大鍋燒煮了，給郭望蘇滋補身體。在這般強補下，那郭望蘇臉色紅潤，身子骨一天比一天硬朗，不出一個多月，傷口已恢復到六七成模樣，腦後被拔去的頭髮也逐漸生出，只是要生長到能繪辮子，還得假以時日。

卻說郭望蘇因遭奸人命油出首，那日在官府差役追捕之下，與心上人兒大丫先後自老牛灣的山崖上墜落黃河。郭望蘇本是一頭水中豹子，哪能這樣就輕易被淹死？只是當時天色黑暗，老牛灣河道浪大水深，郭望蘇在黃河裡幾番沉浮，也未能找到大丫的蹤跡，只好游到黃河對岸棲身。黃河對岸已屬內蒙古鄂爾多斯左翼前旗地界。次日天剛透亮，郭望蘇又潛入黃河裡往下游尋找了整整一天，仍一無所獲，心中不由悲痛欲絕，遙望對岸的家鄉痛哭一場。郭望蘇哭罷，邁開沉重的雙腳，向著內蒙古境地漫無目的而行，經兩夜三日，到達沙壕塔附近。由於缺水缺食，他早已筋疲力盡，走到此處再也無力支撐下去，身子一軟撲倒在沙地裡。如果沒有人打擾，也許他就會長眠於沙漠之中，再也不會醒來，可偏偏卻出現幾頭豺狼向他發起攻擊，在這千鈞一發之際，屬於人類獨有的求生欲望猛然甦醒，郭望蘇煥發精神，凝結自己畢生的力量和狼群展開了殊死的搏鬥……

看著郭望蘇的身體很快恢復，鄔板定十分高興，閒暇無事之時便來與郭望蘇拉呱兒，這日便詢問起太平天國的事來。由於太平天國是朝廷的敵對勢力，當時凡是與太平天國有牽連的人，無不被處以通匪謀逆之罪，何況郭望蘇落到現在這步田地，便是因為曾在太平軍中當過兵而引起，所以更加不敢洩露身分，因此搖頭推諉，假作不知。

「又何必對我隱瞞？我鄔板定本就是沙漠裡的一條好漢，與太平天國的行徑無有兩異，莫非我還會出賣你？」鄔板定哈哈大笑道，「你的身分我們早就知道得一清二楚，你乃是太平天國的長毛教父……」

鄔板定說著從身邊取出一張緝捕令來。原來鄔板定外表看起來粗魯，內心卻十分狡猾。他雖聽柳先生說郭望蘇是太平天國的長毛教父，心裡尚

存懷疑，便派一名小嘍囉專程外出，在官府張貼告示的牆壁上偷偷揭了這張緝捕令來，親眼看過之後才確信不疑。當時內蒙古中西部大部分地區屬山西歸綏道管轄，因此由山西巡撫衙門頒發的緝捕令，在口外部分地方也可看到。

郭望蘇接過這張緝捕令來一看，只見上面繪畫得正是自己的圖像，而旁邊密密麻麻的滿、蒙、漢三種文字，卻是一字不識。

「原來天下英雄不識字的多，鄔某也是一樣！」鄔板定見郭望蘇這般模樣，哈哈大笑道，「柳先生何在？這裡就你是個識字的人，卻不是個英雄好漢，你且來給郭兄弟念一念。」

柳先生出身於岐黃之家，自幼讀書識字，這張尋常的緝捕令，在他讀來猶如張飛吃豆芽 —— 小菜一碟。其意思大致如下：逆匪洪秀全聚眾造反，陰謀奪國，欲與大清爭高下，無異於蚍蟻之比蒼鷹，燕雀之比鯤鵬。洪匪派遣長毛教父郭望蘇趕赴山西發展教眾，欲燃篝火於荒野。朝廷著令加急緝捕，並懸賞花紅若干，暗花無數，等等。花紅指正常的賞金，暗花則是指鼓動黑道人物為其效勞而給的賞金。這說明郭望蘇在朝廷眼裡十分重要，絕非尋常被通緝的人犯。

郭望蘇在老牛灣家中遭官府追緝，本以為是因自己在太平軍中當兵的那段經歷洩露所致，不意自己卻搖身一變成了太平天國的長毛教父。郭望蘇心下自是明白，這定是蔡興晉為免除後患、斬草除根所施的詭計。郭望蘇細細回想，自己無意中的一段經歷竟然落得這般結果，尤其想到青梅竹馬的大丫因受自己牽連而遭慘死，屍骨無存，不由灣然淚下。

三

在鄔板定的殷勤照料和柳先生的精心診治下，郭望蘇的傷勢很快得以康復，腦後被狼扯去的半邊頭髮也生長出有二三寸模樣。這日鄔板定便在洞裡擺酒，慶賀郭望蘇康復。酒席擺在一個天然石廳裡，這個石廳十分寬敞，平時是土匪們的聚會場所，土匪們稱作「聚義廳」。石廳正中有一條

石桌，酒席擺在其上，鄔板定和郭望蘇居中而坐，兩名土匪頭目左右相陪，柳先生坐在下首，其餘土匪俱席地而坐，推杯換盞，吆五喝六。鄔板定捧著大碗向郭望蘇敬酒，郭望蘇並不推拒，端起酒碗「咕嘟咕嘟」一飲而盡。鄔板定十分驚喜，與郭望蘇連乾三碗，看郭望蘇依然面不改色，鄔板定由衷讚嘆道：「太平天國的英雄果然不同凡響。」他哪裡知道，郭望蘇的酒量乃是與生俱來，和太平天國牽上關係，簡直是「驢唇扯在馬嘴上」，全然不是那回事兒。

鄔板定如此厚待郭望蘇，其實肚腸裡自有他的小九九。鄔板定在沙壕塔當土匪頭子，天是王大，他是王二，誰都管他不著，原本十分愜意，此次偶然救得郭望蘇，獲悉他乃是太平天國的教父，心裡不由滋生出些妄想來。其時太平天國在江南攻州奪縣，在南京建立都城，與大清朝廷分庭抗禮，聲勢相當浩大。鄔板定突發奇想，意欲借助郭望蘇加入太平天國，橫刀躍馬，將來封王拜將，割據一方。酬酢之間，鄔板定便把他的打算向郭望蘇說了出來：「郭兄弟身負重任外出發展教眾，將來事成之後，便是太平天國的開國元勳，封王拜將，千古留名。我鄔某人雖不才，手下也有五七十名嘍囉，願追隨在郭兄弟麾下做一番轟轟烈烈的大事業。將來天下一統，郭兄弟好比是《興唐傳》裡的秦叔寶，鄔某便是程咬金，郭兄弟是《明英烈》裡的沐英，鄔某便是胡大海……」

郭望蘇聽鄔板定這般說，不由嚇了一跳，連忙擺手說：「大王誤會了，郭某真的和太平天國毫無瓜葛……」

「這個時候了，郭兄弟何必還像個抹不下臉面的婊子一樣，遮遮掩掩？」鄔板定臉色一沉，有點生氣地道，「你的命還是我救回來的，將來舉事之時，難道你當主帥，我給你做個副手還不成？」

郭望蘇本是誠實敦厚之人，從來都不會說假話，因此還是繼續解釋說：「我只是在太平天國裡當過一年多的小兵，真的不是什麼長毛教父……」

話音未落，忽見鄔板定一下子臉色大變，眼看就要吹鬍子瞪眼，柳先

生在一旁看到，趕忙插嘴說：「柳某聽說自古成大事者，無不行為拘謹，言語審慎。昔年越王勾踐在吳國做苦役三年，歸國後每日臥薪嘗膽，終至打敗了強盛的吳國。後有楊四郎失陷番邦，隱姓埋名十五年，終於再次見到了自己的母親。如今像郭兄弟這樣的身分更當十分隱祕，咋價說這裡也是大清的地盤，太平天國鞭長莫及，如非必要，便是在親娘老子面前也不可輕易洩露。郭兄弟如此行事，自有他的深意，只怕是太平天國的規矩，大王也該諒解才是。」

原來柳先生雖是一介儒醫，但生平醫人無數，歷練豐富，極善察言觀色，閱讀人心。自從他失陷匪窟，就知道自己的性命已經跟郭望蘇緊緊捆在了一起，而且他早就看出來，鄔板定素性凶殘暴戾，殺人不眨眼，前手救人後手殺人的事情未嘗做不出來。如鄔板定一旦惱羞成怒翻了臉，一刀把郭望蘇剮了，自己也就沒有用處，恐怕也會被剁了腦袋。因此在緊要關頭，柳先生插科打諢替郭望蘇解圍，同時也是為保住自己吃飯的傢伙。

鄔板定聞聽柳先生之言有理，趕忙按住心頭怒火，強作笑臉道：「我這是試探郭兄弟的耐性哩。原來果然是幹大事業的人，神色鎮定，守口如瓶，恐怕就是屠刀架在脖子上也不會皺一皺眉頭。這樣的好漢，我鄔某人交定了！」鄔板定其人出生在晉陝蒙三地接壤的一個小鎮上，幼小時候本來是個好娃娃，家裡除了大、媽，還有一個姐姐。因家境貧寒，全家靠大大一個人給富貴人家攬工過活兒。生活雖然清苦，但大、媽對他十分疼愛。鎮上有一個書館，每天講些《水滸傳》、《明英烈》、《興唐傳》之類的評書，鄔板定打小愛聽說書，看到他大一有空閒，便纏著他大拿出緊巴的錢帶他到書館裡去聽說書。閒書雜說聽了許多，他對書裡的那些英雄好漢十分敬佩，因此幻想自己長大後也能做條英雄好漢，大塊吃肉，大秤分金，不再挨餓受窮。不料到十來歲上，他大因長期攬工受苦，積勞成疾，在給本鎮張舉人家砌窯洞時活活累死在工地上，留下母子三人無依無靠。無奈之下，他媽只好到張舉人家攬活兒幹，張舉人看他媽還有幾分姿色，便收留下來做傭人。未過多久，張舉人便將他媽強行玷污。為了養活兩個娃娃，他媽只好忍氣吞聲地在張家繼續幹下去。本鎮便有些人常戲弄說他

媽是個「鍋頭奶奶」，他當時也不懂，後來歲數漸大，才知道「鍋頭奶奶」
乃是指跟別的不相干的男人合夥養家的女人。

　　打那時起，他懂得了什麼叫羞愧。那個時候，他的姐姐已有十七八
歲，出落得容貌俊俏，那張舉人看在眼裡，心癢難挨，又藉故將其騙至家
裡，意欲強行霸占。他媽出手阻攔時，被張舉人一把推倒在灶臺上撞死，
他的姐姐反抗無力，在遭受張舉人的糟蹋後跳崖自盡。鄔板定知道後，義
憤填膺，當天夜裡潛入張舉人家，提把鍘草刀將張舉人一家盡數滅口，然
後逃亡在外，到處流浪。由於鄔板定身無所長，那江湖並不平白養活閒
漢，飢餓難當之下，鄔板定先是偷瓜摸棗，繼而偷雞摸狗，終至盜掠搶
劫，行凶作惡，成為官府懸賞緝拿的盜賊。鄔板定先後幾次被捕入獄，挨
過無數板子，受過無數酷刑，卻終不悔改。後來因張舉人一案事發，數罪
並罰，被判了斬首之刑。就在官府即將行刑之前，鄔板定夥同牢裡幾名死
囚聯手殺了獄卒，越獄潛逃，流亡到此沙漠之中的不毛之地，幹起了殺人
越貨的勾當。

　　鄔板定未達目的，賊心不死，便有意找些太平天國的話題來試探郭望
蘇。郭望蘇生性耿直，胸無城府，只道自己不承認是太平天國的長毛教
父，別人也就相信了。聽到鄔板定談論太平天國的事情，卻都是張冠李
戴、道聽塗說之言，便不由自主把自己在太平軍中所見所聞一一道來。有
關太平天國的綱領制度、軍旅建制及一些軍政大事，郭望蘇說得無不有板
有眼。鄔板定聽得暗暗歡喜，心想：「你還不肯承認自己是太平天國的大
官、教父？若是尋常人等，單是那些王侯將相的官職姓名，怕也記不得這
許多……」於是對郭望蘇更加寄予厚望。

　　酒宴散時，鄔板定已有幾分醉意，但他興致很高，吩咐嘍囉做準備，
自己要帶郭兄弟出洞做筆「買賣」。所謂「做買賣」，其實就是攔路搶劫。
郭望蘇無可奈何，只好和柳先生跟隨在鄔板定身後，在十幾名小嘍囉的簇
擁下走出洞外。

　　自從郭望蘇被土匪救進洞裡，柳先生即日也被「請」進洞裡給他療
傷，轉眼將近兩月。洞中陰沉黑暗，只以油燈松柴照明。此時一下出得洞

口,兩人的眼睛被強烈的光線照射得都睜不開,站在洞口適應良久,方漸能視物。此時已近半後晌時分,但因已是五月仲夏,陽光分外耀眼灼人。郭望蘇跟隨一干土匪自沙凹上行,到得高處,只看見到處黃沙綿延,沙丘跌宕,因數日前下了場大暴雨,在陽光的炙烤下,沙海四處蒸發著一股股氤氳之氣。郭望蘇舉目張望沙漠景致,只見沙海莽蕩,杳無人煙,天地蒼茫,四際空曠,如此浩浩渺渺,空空蕩蕩,使人覺得自己的心也被剜空了一樣……

鄔板定帶領一行人在一道沙丘上潛伏下來。沙丘地勢較高,站在沙丘上瞭望,四際一覽無遺。久在沙漠中盤踞,鄔板定等土匪自然摸熟了走西口人的規律。走西口的人前一日在馬場壕住店歇腳,第二天穿越庫布其沙漠,多會在半後晌或天黑時分來到此地。鄔板定等土匪眼睛緊緊盯著正南方向,直等到陽婆西斜,也沒看到一個人影。原來今年因天乾地旱,走西口的人比往年較多,只是近日老天爺忽然睜眼下了場大暴雨,土地得以滋潤,出走西口的人才日漸減少,近幾天來更是寥寥無幾。鄔板定等土匪空等半日,毫無收穫,心下悻悻不樂,正待收拾回洞,忽然看見遠處出現了兩個小黑點。那兩個小黑點緩緩移動,到了近前,可看清是兩個十六七歲的半大後生。

「真是『嫖了姑子,買不起梳子』,咋的如此倒楣透頂!」鄔板定破口罵道。原來按鄔板定多年做土匪的經驗,知道那些半大後生出走西口的,不是死爹沒娘家境破落,便是家徒四壁日子寒酸,渾身上下也不會搜出幾枚銅鈿。鄔板定一聲招呼:「回洞。」

一干土匪收拾刀械傢伙,懶懶散散地下轉沙丘。

「大王留步,大王慢走……」忽聽那兩個半大後生在沙丘下對著土匪大呼小叫。

「真是奇哉怪也!」鄔板定等土匪無不愣怔。按照常理,土匪不去搶劫路人已屬萬幸,難道還有路人自己招呼土匪搶劫的不成?

鄔板定等土匪站定,只見那兩個半大後生正跌跌撞撞地向沙丘上爬

來。兩個後生年歲相仿，身上的衣裳也還齊整，看來倒並非是窮困潦倒之徒，既然是有錢之人，難道就不害怕土匪？

那兩個後生氣喘吁吁地爬上沙丘，來到鄔板定近前，「撲通」跪倒：「終於找到大王了，求大王把我們收在手下⋯⋯」原來是兩個上門來當土匪的。

鄔板定看看這兩個後生，只見他倆面目蒼白，身子骨也並不強壯，舞文弄墨倒還湊合，如何能做得來這行凶搶劫、殺人越貨的買賣？鄔板定眼珠一轉，自腰後的刀鞘裡抽出一把鐵板刀來，隨手劃了兩個刀圈，鐵板刀寒光閃閃地架在其中一個後生的脖子上。鄔板定哈哈大笑，道：「乳臭未乾，黃毛未褪，竟然就敢做官府的探子來摸本大王的底細，真是吃了熊心豹子膽了⋯⋯」那後生被嚇得一動都不敢動，腦門上汗如雨下，只一個勁兒地連聲討饒：「大王饒命，大王饒命⋯⋯」

「大王，我兄弟倆真是慕名來投靠你的。」另一個後生更是磕頭如搗蒜，一邊磕頭，一邊說道，「我兄弟倆自小就對殺富濟貧、占山為王的英雄十分敬佩，立志長大以後也當一條綠林好漢。鄔大王威名遠播，江湖上人人聞風喪膽，我兄弟倆如能投靠在大王手下，也算是遂了生平志願⋯⋯」

說起這兩個後生，其實就是河曲唐家會土財主薛稱心家的那兩個活寶。前些時日，偶然聽說後套的老苗回到河曲老家借貸得大筆銀兩，這兩個活寶便尾隨其後，在半途中行劫，誰料銀子沒搶上，反而被老苗一行人狠揍了一頓。事後兩個活寶一商量，覺得兄弟兩人勢單力薄，又無打架鬥毆的本領，如想成就大事，必須得依靠一座實力雄厚的靠山才行。一路上二人聽說了沙漠土匪鄔板定的名聲，便沿路尋找而來，打算從此吃這碗不花本錢的飯。

「他媽的，老子做這不花本錢的買賣，乃是因為當初逼上梁山，無可奈何。天生立志想當土匪的賊骨頭，今天還真是頭一次遇見。」鄔板定撤回鐵板刀，罵罵咧咧地道，「你二人姓甚名誰，有何能耐，就敢來端這個

飯碗？」

「我兄弟倆姓薛，我叫二林，他叫四林，河曲唐家會人氏。」薛二林道，「我二人翻牆上樹、開門撬鎖這些本領是有的，擺圈設套、瞞哄詐騙這些本事也是會的……」

「他媽的，原來是兩個不學無術的小蟊賊。」鄔板定大為不齒，「老子這一干弟兄，無不是刀尖上滾、浪頭上翻，能打能鬥，殺人放血的好漢。收留下你兩個草包廢物，豈不辱沒了我沙壕塔大王的名頭？來人，快把這兩人的腦袋砍了，免得叫他們活著為害人間！」

「且慢。」郭望蘇出得洞來，尚未開口說一句話，此時張口詢問二人，「你們既是唐家會人，可知有個叫李小朵的？」

「小朵是我的本家哥哥。」二林、四林聽郭望蘇如此問，知道此人定與李小朵相熟，為求活命，忙不迭地回答，「我大和他大是親兄弟，後來我大過繼給薛姓人家為兒，故而我兄弟兩人姓薛。」

二人的話半真半假，好在郭望蘇並不知情，信以為真。

郭望蘇向鄔板定求情道：「既是我故人的本家兄弟，求大王就饒了他二人的命吧。」

「郭兄弟如此說，我還殺他們做甚？」鄔板定向二林、四林一瞪眼睛，「還不快滾！」

二林、四林從沙丘上爬起來，想要離去，又心有不甘，猶豫片刻，再次撲地跪倒，向鄔板定磕頭道：「我二人死心塌地追隨大王，就請大王收留下我們，哪怕在大王手下牽馬墜鐙，端屎倒尿，我二人也心甘情願。」

鄔板定忽然心念一動，暗自思忖，他二人既是郭望蘇故人的兄弟，不如暫且收留下來，或許將來能派上用場，於是改口說：「收留你二人也可，只是按行規，未曾犯有命案之人，入夥得先交『投名狀』來……」

話未說完，二林、四林便搶著說：「我二人願交。」

鄔板定解釋說：「這『投名狀』可不是什麼文書狀子，乃是人頭。」二林、四林對視一眼，道：「我們這就去找來。」

　　二人從沙丘上爬起來，四下張望，看見在沙丘下面正好有兩人路過。這兩人一老一少，老的六七十歲，小的只有七八歲，衣衫破破爛爛，顯然是外出逃荒的爺孫倆。不待鄔板定吩咐，二林、四林各自從腰間摸出一把尖刀來，一溜煙兒衝下沙丘，一人一刀，把那老少二人結果了性命，然後剁下腦袋，充作「投名狀」。

　　郭望蘇見此情景，心頭一陣作嘔，不由對方才相救二人懊悔不已。

四

　　薛稱心家的這兩個活寶就此在鄔板定手下入夥當了土匪。在匪巢中安頓下來後，二人從其他土匪口中獲悉郭望蘇的「特殊身分」，便把他當作是自己的靠山，想方設法向他身邊靠攏。哪知郭望蘇生性正直善良，對二人行徑至為不齒，根本不願搭理。

　　郭望蘇傷勢既好，便不願羈留在土匪窩中，柳先生更是恨不得早一天插上翅膀脫籠而去。二人同屬偏關老鄉，況且又是柳先生施展醫術挽救了郭望蘇，郭望蘇對柳先生十分感激。二人私下裡閒談，郭望蘇也便不隱瞞柳先生什麼，把自己在太平軍中的經歷一五一十和盤托出。柳先生聽了郭望蘇的訴說，才知道所謂長毛教父原來是這麼個來歷，不由對這個後生的遭遇滿懷同情。只是柳先生畢竟多吃了幾年鹹鹽，前思後想一番，囑咐郭望蘇將錯就錯，千萬不可把實情洩露給鄔板定，否則惹得鄔板定惱羞成怒，定會行凶殺人。接下來二人商議脫身之計，柳先生說脫身倒是不難，只是叫郭望蘇編派一通瞎話來說，即是叫他承認自己是長毛教父，並且大口應承引薦鄔板定將來加入太平天國，只要鄔板定一高興，准保放行無虞。

　　次日郭望蘇便向鄔板定提出辭行。鄔板定一來真心敬佩郭望蘇是條好漢，捨不得放行，二來企圖依靠郭望蘇加入太平天國的事情八字還沒有一撇，心中遲疑不決。柳先生早已摸透了鄔板定的心思，在一旁鼓動說：「郭兄弟既然受太平天國之命外出發展教眾，責任何其重大，只是長久陪伴在

大王身邊，一事未成，卻也不是個辦法。不如大王放行，叫郭兄弟自去辦他的大事，將來招兵買馬，舉旗起義，那時候大王便到軍中做個大將軍，橫刀躍馬，叱吒風雲，到頭來封侯拜將，耀武揚威，豈不美哉？」

　　這番說辭正說到鄔板定心坎上，直如一壺瓊漿玉液捧到酒鬼面前，叫酒鬼不由心花怒放。鄔板定眼巴巴地盯著郭望蘇，指望能夠得到他的一句親口允諾，只是那郭望蘇素性耿直，不會騙人，這番到了緊要關頭，只見他嘴唇囁嚅，卻是欲言又止。鄔板定半天等不到他開口說一句話，不由焦躁地搶問：「郭兄弟，你被野狼咬傷，如果沒有我鄔板定大發慈悲相救，只怕你的屍首早就餵了野狼。有句話怎麼說的來著，噢，對了，叫作『重生父母，再世爹娘』。郭兄弟，我便只問你一句話，待我這個『重生父母，再世爹娘』，你究竟打算怎樣報答？」

　　鄔板定這般發問，直叫郭望蘇撲通一聲跪倒在地，真心實意地回答：「大王救命之恩，郭望蘇沒齒難忘，將來如有機會，定當捨命報還。」

　　「這便好了，郭兄弟既然答應將來捨命相報大王，便是答應無論將來發生什麼樣的事情，他都不會袖手旁觀。」本來經過這兩三個月的相處，柳先生已知道郭望蘇敦厚誠實，不會撒謊騙人，因而事先早就編排好了一套說辭教給郭望蘇，只叫他在此時閉著眼睛背出便可。誰知道果然是「硬教的曲子唱不響」，這個後生也可算是老實到了極點，只怕是把他架到斷頭臺上也休想聽到他說出半句假話。柳先生在一旁不由心焦如焚，只好借機插科打諢，替郭望蘇解圍。

　　鄔板定聽柳先生如此解說，心裡還是有些不踏實，道：「難道也答應將來舉事之時，引薦我加入太平天國？」

　　「當然如此。郭兄弟連性命都捨得為大王丟棄，此外還有別的什麼捨不得的嗎？」柳先生乾脆撇開郭望蘇，自己編瞎話哄騙鄔板定，「自古君子一言九鼎，一諾千金，難道大王還要叫郭兄弟起個毒誓不成？」

　　「哪裡哪裡，郭兄弟的人品，我鄔某還有信不過的嗎？」鄔板定聽了柳先生這番說辭，心裡著實高興，只當郭望蘇已經真的答應將來引薦自己

加入太平天國，到頭來自己大可橫刀躍馬，封侯拜將，極盡榮華富貴。

鄔板定歡喜之餘，卻又不由蹙眉道：「我只是擔心郭兄弟傷勢初好，孤身一人在外，一旦舊傷發作，卻叫誰來照顧？」

「這個卻不妨。」柳先生介面道，「柳某願追隨在郭兄弟身邊伺候，擔保郭兄弟平安無恙。」

「有柳先生照顧郭兄弟，我自是放心。」鄔板定沉吟片刻，又道，「只是郭兄弟身分何等尊貴，莫若再派兩名兄弟去做跟班，嗯……不如便叫二林、四林去吧，他二人是郭兄弟故人的本家兄弟，行事也更方便。」

「我郭望蘇一介草民，哪裡修練到叫人伺候的份兒？」只聽郭望蘇果斷拒絕道，「除了柳先生，我誰都不帶，還是我二人自去方便。」

鄔板定聽郭望蘇這般說，一下子感到心底更加踏實。因他藉口叫二林、四林去做跟班，實則正是試探郭望蘇的誠意，這番郭望蘇連「自己人」都不肯帶去，必然是對自己無有異心。

鄔板定當即吩咐嘍囉擺酒給郭望蘇餞行，郭望蘇推拒不脫，只得耐下性子來喝這頓餞行酒。鄔板定端著大碗連連向郭望蘇敬酒，虧是郭望蘇天生好酒量，才勉強應付下這樣的盛情。

宴罷，鄔板定安排嘍囉給郭望蘇和柳先生準備了行李，同時又叫嘍囉端出滿滿一大盤金銀來，叫郭望蘇帶著路上使用。郭望蘇本是誠實敦厚之人，陰差陽錯，誤被土匪們當作長毛教父，受盡禮遇，心裡頗不踏實，又見鄔板定如此厚贈金銀，哪裡肯受，連連擺手拒絕。鄔板定道：「俗話說『窮家富路』。郭兄弟自去辦大事，沒有大筆金銀鋪路，如何可行？再說出門在外，不帶點兒盤纏在身上，吃飯住店也成問題……」

兩人推讓半天，眼看天色不早，柳先生脫離匪窟心切，便在一旁勸說道：「既是大王一片美意，郭兄弟也不必過分謙讓，如嫌太多用不了，不妨少拿一些便是。」

盛情難卻之下，郭望蘇只好在盤子裡取了一塊最小的銀子，鄔板定哪裡肯依，端起整盤金銀硬要裝進郭望蘇的包袱裡。郭望蘇按住包袱，好歹

不叫裝進去。鄔板定沒辦法，只好揀最大的金子挑了兩錠，說：「只此兩錠，郭兄弟要收便收，不收就是看不起鄔某！」郭望蘇只好收下。

鄔板定接著又從盤子裡取了一大錠銀子賞給柳先生。鄔板定本已答應柳先生離開匪窟，現下又賞他銀子，柳先生十分歡喜，連忙跪在地上磕頭道謝。「柳先生不必多禮。」鄔板定哈哈一笑，說，「鄔某本是仗義疏財之人，絕不會叫手下兄弟吃虧。便是柳先生的老母和老婆娃娃，鄔某也已派人從偏關把她們接到一處地方供養起來。柳先生儘管放心前去照顧好郭兄弟，不必有後顧之憂……」

柳先生聽得鄔板定之言，心中頓時叫苦不迭。本指望遠遠離開匪窟，平平安安去做他的順民百姓，哪知鄔板定心機狡詐，早已把自己的老母和妻兒劫持在他的手掌心裡。柳先生一籌莫展，只得暫且跟隨郭望蘇離去，一路上唏噓喟嘆，不知何時才能真正脫離土匪的控制。

說來卻也是的，鄔板定其人十分陰險狡獪，柳先生在他巢穴中住了兩月有餘，對沙壕塔匪窟的底細一清二楚，他咋會輕易相信柳先生不會對自己不利？他不僅把柳先生的家人控制在手心，同時也曾派人去過一趟偏關老牛灣，將郭望蘇的情況核查一遍，聽到當地土民與官府口徑同出一轍，才徹底對郭望蘇放心。眼下他把郭望蘇看作是自己命中的貴人，指望將來依靠他飛黃騰達，是以在郭望蘇二人前腳離開，後腳他又派了兩名細作緊緊跟蹤，時時傳遞消息，以不致使郭望蘇甩脫自己。

郭望蘇和柳先生離開沙壕塔，走出沙漠，經新民堡、樹林召，到了南海子渡口乘船渡過黃河，抵達包頭地面。郭望蘇自忖是朝廷欽犯，一路上藏頭藏腳，不敢在人多的地方露面，生怕給人認出來，尤其到了包頭，不敢進入繁華鬧市，只在郊外一戶農家賃得一間土坯房居住。郭望蘇並不知道，其實自己的案子早已了結。當日郭望蘇在老牛灣墜落黃河，其時黃河上風急浪大，官府差役只當他已被淹死，偏關縣令據此上報，省、道十分高興，呈折稟奏朝廷，朝廷對山西一系官員大為褒獎。此案既銷，長毛教父郭望蘇其人在人間已「不復存在」。包頭地屬山西管轄，雖因交通不便原因獲得銷案消息較晚，當時緝捕郭望蘇的繪影圖像還張貼在城牆上，但

經過數十日來風雨洗剝，早已模糊不清。

　　郭望蘇本是窮苦人出身，打小就上船當了河路漢，靠出力受苦養活自己和家人，因此哪裡能過慣閒散的日子？在包頭落腳沒幾天，他便打算著找個營生來做。本來鄔板定贈給他兩三錠金銀，那金子價值何其高昂，如兌換成銀子花用，光是吃穿，怕半輩子都花用不完。只是鄔板定無端救了他的性命，他無以為報，心中已是不安，如何還肯平白花用他的金子？是以剛到包頭住下，他便把那兩錠金子埋藏在租來的土坯房的地下，等待將來有機會還給鄔板定。只那錠小銀子，一路上用來做盤費，到了包頭又賃房子，所剩已無多。郭望蘇心想，這錠銀子就算是借鄔板定的，待我攬工受苦掙下錢，將來連本帶息償還他吧。

　　郭望蘇打算攬工掙錢，又不敢到大庭廣眾之下拋頭露面，只好在包頭郊外尋訪營生。偶然聽說摸鬼營生頗能掙錢，又且多是在夜裡幹活，少見生人，於是便幹起了摸鬼營生。夏天裡有一回，一個口裡來的老年人死了，主家雇他糊抹墓葬，他發現有個女主人便是自己當年在河曲黃河裡和李小朵、陳嘉豐二位兄弟合力救出的白秀才的閨女，但是礙於自己的「特殊」身分，就找塊布來蒙在臉上，也不敢與她相認。柳先生則自己動手做了個招牌，每日去往包頭鎮裡擺攤行醫。隔段時日，鄔板定派來的兩名細作便來與柳先生接頭，柳先生只是回話說郭望蘇每日四出活動，廣泛招納教眾，此外並無其他。

　　郭望蘇和柳先生二人流落在異地他鄉，凡事忍讓，不與人爭執，分別靠自己的本事吃飯，倒也相安無事。轉眼秋去冬來，天氣變得寒冷，口外地方距離晉西北家鄉雖不算太遠，但氣候尤為寒涼。郭望蘇和柳先生二人特地請裁縫縫製了棉衣過冬。這一日天色還早，柳先生忽然早早收拾醫攤回家，身後還緊跟著二男一女三人，各自牽著馬匹。這兩個男的，郭望蘇認得便是二林、四林，至於那個女的，二林、四林介紹說她是後套大財主苗滿原的閨女青婧。原來他們剛從後套來到包頭，偶然遇到正在街頭擺攤行醫的柳先生，二林、四林硬拉著柳先生叫帶路，來拜見郭望蘇。郭望蘇素知二林、四林心懷歹毒，不是東西，因此也不屑給二人好臉色看。此二

人卻早就有意把郭望蘇當作自己的靠山，企圖將來依靠他當官發財。他二人急於在郭望蘇面前顯露自己的「本事」，是以也顧不得當著青婧的面，便忙著向郭望蘇吹噓他二人所建的「大功」，把他二人專程去往後套哄騙老苗的閨女青婧做人質的事和盤托出。青婧在一旁聽得，如夢方醒，又羞又怕，奪路欲逃，早被二薛扯住用繩子捆綁了起來。

郭望蘇眼見二人如此為非作歹，心下不由慍怒，伸手去摸腰間的牛耳尖刀。這段時日來，柳先生和郭望蘇朝夕相處，已知這個後生不僅不是什麼匪類，而且心地淳善，好仗義直為，打抱不平，此時瞥見他伸手拔刀，便知道他已動了無名怒火，要動用武力解救這閨女。柳先生知道這樣一來，縱然可救得這閨女，卻也勢必會導致鄔板定翻臉，後果不堪設想，眼珠一轉，計上心來，便搶先向二薛發話：「這個閨女長得這般俊俏，倒和郭兄弟十分般配，不知二位小兄弟能否割愛，把她許配給郭兄弟做老婆？」

郭望蘇聞言一怔，轉頭見柳先生正向自己擠眉弄眼，心中雖不明白柳先生的用意，卻也按捺住自己沒有拔出刀子來。

二薛聽見柳先生如此說，又看見郭望蘇沉默不語，只道他真有此意，心中暗自思忖，郭望蘇貴為太平天國長毛教父，就連大王鄔板定都十分巴結，指望將來依靠他飛黃騰達，他既然看上了這閨女，便不如把這閨女當成禮物敬獻給他，只要他心中高興，將來怕不關照我二人給兩個大官做？至於到鄔板定處，便據實回答，想必鄔板定也不會奈我二人如何！

二薛當即忙不迭地滿口答應：「既然郭大哥看得上她，便只管娶去當老婆。莫說一個閨女，便是三個五個，只要郭大哥看得上眼，我二人也幫你騙哄來。」

二薛只道自己立下了不世之功，樂得屁顛屁顛地告辭而去。二薛剛剛出門，郭望蘇就給青婧鬆了綁，欲待放她自去，又擔心包頭距後套路途遙遠，她一個閨女家，只怕半路上又遭逢什麼不測，於是便和柳先生商量，決定親自護送青婧回家。柳先生見郭望蘇如此古道熱腸，卻也不便阻攔，

只是囑咐郭望蘇辦完事早早回轉包頭。青婧騎著馬兒，郭望蘇不會騎馬，
便在一旁步行，護送青婧向後套而去。

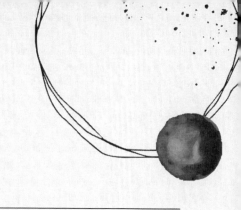
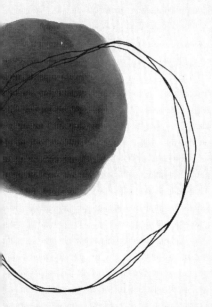

第九章

掏甘草

一

　　陳嘉豐毅然脫離大盛魁商號，回轉家鄉。剛進家門，婆姨鳳珠就把一個六七歲的毛頭小子拉到他的面前。只見這個小子生得眉目清秀，俊俏可愛，活脫脫是自己小時候的模樣。小孩固然認生，在陳嘉豐面前十分拘謹、膽怯，而陳嘉豐長期出門在外，連婆姨生養下兒子都不知道，此時一個半大小子驟然出現在面前，活靈活現的，也不由感到手足無措。父子二人面面相覷，都不知如何是好。「盼盼，快叫大大。」在鳳珠一個勁兒的催促下，小孩才怯生生地叫了聲「大……」陳嘉豐伸出手去，將小孩的手輕輕握在手心。這便是陳嘉豐與親生兒子第一次見面的情景。

　　就在陳嘉豐出走西口後，當年臘月半頭，鳳珠懷胎期滿生養下個兒子。小孩滿月後，鳳珠給兒子取個小名叫「盼盼」，即是盼望陳嘉豐及早歸來之意。小東西稚嫩可愛，對於兒子出走口外夙夜牽腸掛肚的公公婆婆多少也算是個慰藉，一家人把盼盼當作心肝寶貝來撫養。盼盼受盡百般呵護，逐漸長大，剛剛兩三歲上爺爺即為他啟蒙，教些簡單的字，後教《三字經》、《百家姓》以及唐詩宋詞之類，逐漸已會作些簡單的詩文。陳家家學淵博，且盼盼又打小聰明伶俐，比之乃父當年六七歲上啟蒙，腹中知識已不可同日而語。

　　自從陳嘉豐離開家後，鳳珠即如鳳凰涅槃，變得十分勤快起來。鳳珠原本胸無城府，並不是個小肚雞腸的人，又且自小家資富裕，作為家中獨女，受盡了父母寵愛，每日只顧貪玩貪耍，莫說做些苦重營生，便是穿針納線這樣的女紅也從未伸手沾過。直到嫁入陳家，上上下下也有不少丫鬟傭人伺候，因此只管做自己的少奶奶，何曾親自動手做過家務？可是自從丈夫離家出走，一夜之間，使她一下子看清了自家家境狀況不容樂觀，於是便自己動手學做些家務營生，諸如擦炕掃地、揩牆抹櫃之事，很快就學得像模像樣，卻也把

　　自己家裡收拾得乾淨整潔，纖塵不染。本來自從榆錢墜河後，公公婆

婆專門雇了個老媽子伺候她，她也心安理得受用，後來學會了自己做營生，便用不著老媽子伺候。公公婆婆原是鳳珠的拜爹拜媽，打小即如父母般疼愛她，自她嫁入陳家，仍然如做閨女時一般受盡寵愛，因此在鳳珠眼裡，公公婆婆也如同自己的父母一般。公婆二人原本精明強幹，年歲也和鳳珠的父母相仿，並不算大，乃是家裡的頂梁柱，可是鳳珠發現，自從嘉豐出走西口，老兩口日夕牽掛，日夜不眠，一下子變得衰老起來，烏黑的頭髮變得花白，身體狀況也大不如前，公公甚至患上老糊塗的毛病，行事顛三倒四，說話張冠李戴，鬧下不少笑話。為給公婆分憂，鳳珠在坐滿月子身體恢復後，除了照料小孩，就連公婆房裡的家務也包攬下來。隨著盼盼長大，學會走路之後，每日總是由公婆領去玩耍，鳳珠更加清閒，就把家裡院外的瑣碎事情全部操持起來。公婆原本無心管理家務，看到鳳珠如此精明強幹，便把陳家所有的事務，包括租地、收佃、倉儲、放賑之事也一併交與她管理操辦。鳳珠整日忙裡忙外，儼然成了一家之主。

　　陳嘉豐出走西口數年，回到家裡首先遭到父母沒頭沒腦的一頓數落，隨後又聽到父母連篇累牘、沒完沒了地對鳳珠的誇讚。古訓有云：父母在，不遠遊。陳嘉豐不能在父母身前盡孝，心中本就不安，又且流落在外數年也沒搞出個名堂，對陷入困窘的家境未曾盡到一點責任，更感抬不起頭來，反倒是受盡自己冷落的婆姨鳳珠，一個女流之輩擔起重擔，把家務事業操持得有條不紊，井然有序。想想家裡家外事務繁多，多少事情都落在她一個人身上，真是難為了她。陳嘉豐抬頭去看鳳珠，只見鳳珠只是笑吟吟地望著自己，並無半點埋怨之色，心中更覺羞愧難當。

　　陳嘉豐的歸來，使老陳家終於恢復成一個完整的家。陳父陳母煥發精神，喜笑顏開，幾年間所患的大小毛病彷彿一下子被誰通通拈走了。鳳珠更是精神抖擻，喜氣洋洋，每日除了料理家務事業，還拿出渾身本事把丈夫伺候得舒舒坦坦。陳嘉豐暗中奇怪，鳳珠原本性格大大咧咧，整日貪玩貪耍，幾年不見竟然變得如此精明強幹，而又溫柔賢慧，不由令人刮目相看。陳嘉豐並非是個鐵石心腸的人，此時終於體會到了鳳珠對自己的真心，回首自己當年出走西口，多半是為了躲避鳳珠和這樁婚姻，此時想

來，甚覺當初自己懵懂無知，滑稽可笑。

　　陳家冷清的門庭重新變得紅火起來，一家老小共用天倫之樂。盼盼自出生後從未見過父親，只是在他的頭腦裡早就裝滿了母親不勝其煩地對父親的描述，道他英俊瀟灑、正直善良、腹有才華，又且還有一身好水性，因此陳嘉豐在自己兒子的想像裡形象幾近完美。此時父子相見，固然因陌生而彼此顯得拘謹，但畢竟血濃於水，相處未有幾日，已消除了所有隔閡，頗為融洽。盼盼對父親最佩服的就是他耍得好水，大河之上，橫遊泗渡，如鯉如蛟，逐浪翻騰，而且每次上岸都能捉得一兩尾大魚，比之黃河岸畔所有會水的人，父親的水性無疑堪稱一流。本來盼盼很小時候就羨慕別的小孩在黃河裡耍水，只是因為他是一家人的心頭肉，平時照管甚嚴，哪裡肯叫他去水中涉險，如無大人引領，便是河岸邊都不讓他涉足一步。此時父親歸來，便每日放心地由父親引領去河邊耍水，父親水性高超，不費力氣就教會了他耍水。父子二人游水嬉戲，不盡歡樂。

　　這幾年間，老天爺仍舊耷拉著一張臉，對百姓死活待理不理，每年仍有不同程度的旱澇冰霜之災，但總的也算平和年頭，地裡的收成雖不豐盈，卻也差強人意。只是苦了那些連田地都沒有的窮苦人家，每年男人仍四處扛工受苦，將養家口，青黃不接、缺糧斷炊之際，家中妻兒老小以剜苦菜、剝樹皮延捱日月，而更使他們雪上加霜的卻是魚貢制度。數年之前，有清官白進為知州時，憐恤沿河百姓疾苦，曾幾次三番上書，使魚貢份額豁免一半，白進屈死後，新任知州胡丘將魚貢份額恢復，甚或成倍加索，沿河百姓負擔愈加沉重。由於連年大肆捕撈，河中石花鯉魚數量劇減，近年來更是十分難求。魚貢份額不減，沿河百姓無力負擔，官府又將份額分攤到全州百姓身上，這樣一來，保德百姓被搜刮得渾身赤貧，舉州上下沒有幾家像樣的富戶。

　　自從陳嘉豐走後，老陳家仍秉承祖訓，一如既往接濟街坊窮苦人家，每年糧倉裡有多少糧食，也都施捨得一乾二淨。陳家攤得的貢魚，仍是由榆錢的爺爺每日駕小舟於天橋峽捕撈。天橋峽波急水深依舊，而石花鯉魚卻數量劇減，極難求索，因此辛苦一年也未必能捕撈得到幾尾。到了冬天

官府索貢，陳家不得已以錢糧抵貢，只是可憐了尋常百姓，捕不到貢魚，又無錢糧抵貢，鬻牛賣女者無數。陳家雖也為少數街坊代替出資抵貢，然而杯水車薪，幫得張三幫不得李四，卻也無可奈何。

陳嘉豐歸來後，雖然鳳珠心疼自家男人，唯恐男人受累，不讓他插手家務，但他作為陳家獨子，又是全家的頂梁柱，哪裡肯坐吃閒飯，於是把鳳珠肩上的擔子分擔一些，家裡的事情由鳳珠操持，門外的事情自己料理，夫妻攜手共同管理家務事業。閒暇無事之時，陳嘉豐也乘興跟隨榆錢的爺爺去天橋峽捕魚。不去不知道，去了嚇一跳。只見天橋峽上到處都是捕魚的漁船，密密麻麻，比過去不知多了多少倍，只是能捕到石花鯉魚的卻是少之又少。本來天橋峽水深波急，石花鯉魚又藏匿在水底，極不易捕撈，在過去，陳嘉豐憑著自己的水性本領，大膽潛入水中捕捉，總會有所收穫，可是現在，由於連年大肆捕撈，水中根本難覓石花鯉魚蹤跡，饒是陳嘉豐水性好，潛到石花鯉魚藏身的石窟去摸，也極難尋覓到一兩尾。如此一來，陳嘉豐也無興致捕魚，任由榆錢的爺爺每日在天橋峽上泛舟，捕到魚也好，捕不到魚也好，總歸已做好了以錢糧抵貢的打算。

轉眼秋去冬來，又到了繳納貢魚的時節。由於陳家貢魚數量未足，榆錢的爺爺心中焦躁，趁著河岸邊剛剛結冰，起早貪黑在天橋峽上泛舟，試圖再捕撈幾尾，完成貢額。忽一日從黃河上游流下凌來，榆錢的爺爺躲避不及，漁船被冰凌撞翻，榆錢的爺爺也喪生在天橋峽內。

埋葬了榆錢的爺爺，陳嘉豐心中十分沉痛。回到家裡一年，他看到家鄉的父老鄉親生活依然困苦艱難，而那該死的魚貢制度又迫使多少人家赤貧如洗，雪上加霜。陳家為給祖上贖罪，每年雖把所有的錢糧全部捐贈給窮苦百姓，可畢竟勢單力薄，心有餘而力不足。陳嘉豐想道，要想幫助更多的百姓，就必須得擁有雄厚的財力，於是他毅然決定再度出走西口，經商掙錢。

當陳嘉豐把這打算說出來，陳母當場就號啕大哭，堅決不答應。陳父心中雖然一樣不忍，可為了祖上相傳的贖罪重任，又看到兒子有此雄心壯志，卻也不便阻攔。眾人抬眼去瞅鳳珠，只見鳳珠雖然也不住氣地抹眼

淚，卻是哭中帶笑地說：「男子大丈夫，當志在四方。我一個婦道人家又咋價能干預丈夫的大事，耽誤了你一生前途⋯⋯」如此一來，陳母雖然難過，也不能強行阻攔兒子了。

　　經商做買賣，沒有本錢不成。陳家素以耕耨田地為業，糧米雖還有些，現銀卻是不多。正發愁之際，鳳珠從自己的衣櫃裡抱出沉甸甸一大包銀子來，足足有幾百兩。原來是鳳珠出嫁時，她父親將油坊作為陪嫁贈給女兒女婿。這些年女婿不在家，外父另外雇人經營油坊，收入雖不如前，卻也有些盈餘。每年冬天結帳，外父都親自把油坊的收益送到女兒家來，幾年間積攢下這許多。陳嘉豐萬分感激，親自到外父家去磕頭道謝。有了這筆現銀做本錢，陳嘉豐在大盛魁所學經商本領當即展現出來。在保德地方，除了石花鯉魚聞名遐邇，另有一種特產亦聲名遠播，便是出產於當地黃河下游一帶的油棗。此棗係紅棗裡的佳品，個大核小，皮薄肉厚，酥而味甜，油性很大。當年康熙皇帝西巡，正值油棗成熟，知州唐文德將此棗獻上，康熙品嘗後讚不絕口，遂將此棗亦定為貢品。由於此棗新鮮時不易保存，又且距離京師路途遙遠，能夠進貢到皇宮裡的只是少許，各級官吏索取亦少。當地百姓收穫後除將棗中極品獻出納貢，把所剩油棗烘乾後儲存起來，尋常食用或做走親戚時饋贈的禮品。陳嘉豐出走西口數年，在口外雖也品嘗過別地販賣去的紅棗，但如本地油棗這等佳品還從所未見。以陳嘉豐的經驗，知道把本地油棗販出西口，定可價值倍增，於是他拿出所有的銀兩，收購油棗六七千斤，到了第二年春天開河後，雇大船一隻裝載，欲溯水北上。

　　臨行之際，父母妻兒俱到河邊來送行，一家人難捨難分。尤其是盼盼，出生到六七歲上才頭次見上父親的面，經過一年來的相處，父子情深意厚，整日如影相隨。此時盼盼拽著父親的手，不忍分離。鳳珠在一旁抹著眼淚說：「盼盼都滿八歲了，還沒有個官名，今天你就給他起個官名吧。」陳嘉豐沉吟片刻，道：「古代越國范蠡興越滅吳，功成身退，泛扁舟於五湖，終成巨賈，為商界之楷模。盼盼之名不妨就叫一個『蠡』字吧。」

二

　　陳嘉豐乘船溯水北上，由於是逆流而行，船隻大多時候需靠河路漢背
纖才能行走得動。自天橋峽而上，多少年來，兩岸的峭壁上被背纖的河路
漢踐踏出一行棧道來。那棧道有時貼近水面，有時懸在半空，有時清晰在
目，有時隱匿不見，即便是鳥獸在上面行走，也時時有跌落的危險，端的
是一條貼著鬼門關的生死路。常年行走在這條棧道上的河路漢，視此凶險
早已如家常便飯，只見他們把全身的力量凝結在肩頭的背帶上，雙腳有力
地踩踏在無數次踩踏過的腳窩裡，時而躬身如蝦，時而類似爬行，一步一
頓，義無反顧地向著一個目標行進。裝載有數千斤貨物的大船，宛如一個
身材臃腫而又處處與人作難的懶漢，別人拉著它向前走，它偏要倒著身子
向後退，可饒是它頑皮耍賴，一眾河路漢也拉著它不折不撓行往上游。這
是陳嘉豐第一次乘船遠行，由於他對扳船之道一竅不通，只能呆坐船艙
內，眼看著船工們扳船的扳船，拉纖的拉纖。黃河水奔騰洶湧，兩岸峭壁
如林，河路漢們所經歷的種種艱難凶險，陳嘉豐通通裝在眼裡，對他們苦
難的生活深有體會，不由得唏噓喟嘆，悲天憫人。

　　一路經由河曲、偏關，穿過喇嘛灣，駛出晉陝峽谷，進入內蒙古境
地，兩岸的峭壁豁然不見，黃河水流趨於平緩，河路漢們所遭受的苦累才
有所緩解。這日經過河口鎮，上行不遠，包頭南海子渡口已在望，眼看就
要靠岸。說來也是陳嘉豐命裡的一場劫難，本來還是風和日麗的好天氣，
突然間黃河上沒來由地刮起一股怪風，掌舵老艄措手不及，貨船失去控
制，東西晃蕩搖擺不定。這時，河道中間一艘擺渡的船隻也同時失去控
制，一頭撞將過來，陳嘉豐的貨船頃刻間側翻，滿船紅棗盡皆傾倒水中，
而那艘渡船雖未傾翻，舢板上卻有不少渡客失足跌落水中。在此人命關天
的時刻，陳嘉豐和船工們哪裡還顧得及紅棗，一個個忙著在水裡救人。陳
嘉豐水性本領出眾，轉眼之間已救出兩三個人來。所幸兩船船工都沒閒
著，再加上河岸上也有不少好心腸的河路漢紛紛跳下水來幫忙救人，所有
落水渡客沒有一個被淹死。上岸之後，還沒喘過氣來，忽聽有一喇嘛用蒙

古話嘰哩咕嚕地亂叫嚷。陳嘉豐在大盛魁門下學徒數年，蒙古語乃必修之課，因此喇嘛的蒙古話難不倒他。他從喇嘛焦急的訴說裡聽明白，原來那喇嘛是一位苦行僧，數年來在蒙古各地傳經布道，宣揚佛法，歷盡千辛萬苦，募得一些善緣，鑄造了一尊金佛，意欲獻回寺裡供奉朝拜，可是剛才乘渡船過河時，裝著金佛的包袱不慎墜進河裡。陳嘉豐暗想此事乃因兩船失事引起，自己也脫不了關係，心中歉疚，便脫掉早已溼透的長袍，再度跳進河裡。初春的河水還是冰涼刺骨，可陳嘉豐已顧不得這許多，潛入兩船相撞之處，在水中良久搜索。所幸那金佛自身沉重，落入水中並不隨水漂移，而陳嘉豐的潛水本領又足夠高超，終於在河底找回了金佛。那喇嘛接過金佛收好，雙掌合十，用並不流利的漢語向陳嘉豐道謝，稱讚他宅心仁厚，護佛之功甚大，佛祖在天必然庇佑，他日定會後福無量。

　　渡口上有好心的船家拾撿過往船隻裝卸貨物丟棄下的稻草麥秸，點燃幾堆篝火，叫渾身溼透的渡客和船工烘烤衣裳。渡客們一個個慶倖自己大難不死，烘烤乾衣裳後紛紛散去，篝火旁只留下陳嘉豐船上的河路漢。方才貨船傾翻，船工們都在忙著救人，無暇顧及貨船，貨船順水漂流，早就不知道漂到哪個爪哇國去了。此時船工們一個個身無長物，神情淒苦，陳嘉豐眼看著這些個一路上為自己拉縴過磧的船工兄弟落到如此田地，心中極為難受。所幸臨出門前，婆姨鳳珠依舊如上次送他出走西口之時，在他內衣裡縫製口袋，裝入些散碎銀子以防不測。陳嘉豐便把內衣口袋裡的散碎銀子拿出，分散給眾人，叫他們做盤費回家，只有船主雞換子因自己船隻失事，導致一船紅棗盡失，貨主雖始終未埋怨自己，心中卻忐忑不安。這個雞換子，實則就是當年偏關縣老牛灣的那個通河老艄。當年因兒子命油忘恩負義向官府出首救命恩人郭望蘇，迫使郭望蘇和大丫雙雙墜落懸崖。發生了這樣的事情，雞換子羞憤難當，當即不再把命油當作兒子看待，只是對郭望蘇和大丫的生死至為關切，因此在郭望蘇和大丫墜崖後，雞換子即連忙跳入黃河救人，無奈當時月黑風高，老牛灣河道水深浪大，雞換子幾經沉浮，終無收穫。天亮之後，雞換子又沿著黃河一路搜尋，指望救不得活人死屍也要撈住，可是一路直追到保德天橋峽，仍然一無所

獲。雞換子心灰意懶，乾脆雙眼一閉，一頭栽進黃河，打算以死相殉，只是想死未死成，漂流到郭家灘河段時被正在岸邊散步的陳嘉豐救起。雞換子獲救之後，也沒有臉面說明實情，只推說是自己不慎失足落水。未能救得郭望蘇和大丫，雞換子無顏回家，自此就留在郭家灘一帶扛工謀生。後來雞換子看到保德人多有出走口外掏甘草的，便跟隨這些人去口外掏了幾年甘草，掙下一些銀錢，才又回轉郭家灘，打造了一隻木船當上船主。此次有機會給陳家公子運輸紅棗，正是雞換子出力報恩之時，誰知道這世間事往往是「偏染的布不上色」，滿船紅棗盡皆失陷。陳家公子不僅不怪罪，而且分發盤費時還不少了自己一份，雞換子羞愧不已，連連擺手推拒。陳嘉豐寬慰道：「船隻失事非為大叔本意，要怪只怪嘉豐時運不濟，命中當有此劫。只是因了給我運貨，害得大叔連船隻也沒了，往後如何生活，倒叫我心中十分過意不去……」好說歹說，雞換子才收下盤費。

　　天色不早，陳嘉豐和雞換子結伴進城找客店歇宿。陳嘉豐這番來到包頭，只見包頭早已大變了模樣。包頭本是由塞外草原上的一片牧地發展而來，在地理位置上並不具備軍事和戰略上的重要性，就連分別管理當地蒙漢事務的旗、廳衙門都距離甚遠，因此一直不受官府重視。後來隨著包頭的商業貿易日益繁榮發達，成為戶部衙門在河套地區的補給庫，包頭方才納入朝廷視野。在咸豐之末同治之初，因河套一帶暴亂頻發，匪盜四起，應旗、廳衙門及商民所請，工部專門劃撥庫銀興建包頭城垣。只是出於清廷官吏普遍貪贓枉法的通病，原本足夠修築一座堅固城池的銀兩被層層剝皮，最後到位的微乎其微。負責修築包頭城垣的薩拉齊廳理事通判黃韜不知就裡，只好就米下鍋，隨形就勢築起土城一座，尤其城門狹窄，僅可通一掛車馬。饒是如此，包頭城內街巷縱橫，車馬喧騰，店鋪林立，買賣興隆，已不折不扣成為塞外漠北的一座商業重鎮。

　　當天夜裡，陳嘉豐和雞換子在城內一間客棧共居一舍。陳嘉豐打來一壺燒酒，坐在桌前自斟自飲，借酒澆愁。雞換子自從當年在風陵渡酗酒失事之後，再不飲酒，此時早早躺在炕上，盤算往後的活計。半晌聽雞換子自言自語道：「我這般回了家鄉，也還不是一樣樣少吃無穿，要甚沒甚，

最多還是在人家船上當個扳船漢。莫若不回家，再去杭蓋掏上幾年『根子』，掙些銀錢，將來好再買只大船過活。」

「大叔，『掏根子』是怎麼回事，你能不能給我講說講說？」陳嘉豐早就聽說過家鄉父老出走西口，其中大多數人就是靠「掏根子」謀生，可「掏根子」到底是怎麼回事，還真是一無所知。

「說起這「掏根子」，你們保德人最有發言權。不過我這個偏關人知道的也不少……」聽到陳家公子發問，雞換子從被窩裡鑽出來，點燃一鍋子旱煙，吧嗒吧嗒抽了幾口，饒有興致地給他講述開來。

原來，所謂的「根子」，本名甘草，是中藥中應用最廣泛的藥材之一。其藥性和緩，能調和諸藥，歷代醫學家將其推崇為藥之「國老」。甘草這種植物性喜陽光充沛、日照長、氣溫低的乾燥氣候和土層深厚、排水良好的沙質土壤，對土壤和氣候具有極強的適應性。而在浩大的內蒙古中西部地區，除了有遍布各地的草原綠地，還有無數星羅棋布的沙漠綠洲。在這些乾旱、半乾旱的沙漠邊緣、荒涼地帶，極其適宜甘草這種植物生長。早在康熙年間朝廷開放邊禁不久，即有走西口的內地人流落到這些荒漠邊地，偶然發現這裡盛產甘草，便掏採一些販賣給當地藥鋪。由於當時蒙古地方甘草尚未開發，當地的甘草還得從內地販進，價格高昂。消息傳出去，便有更多的漢人彙集到這些地方，專事掏採甘草為業。時長日久，甘草行業在內蒙古中西部地區逐步形成，各地的草場越來越多，規模越來越大。而彷彿上天注定甘草行當就和保德人有緣，從事甘草行業的尤以保德人居多。其中有保德人王蕊父子依托「西碾坊」商號，於嘉慶年間涉足甘草行業，成為有名的「甘草頭」大王，並且躋身包頭「十大晉商」之列。因此可以說，甘草行業不僅養活窮漢，同時也是造就商界巨賈的一個行當。

陳嘉豐打小守家在地，只知道家鄉父老敦厚質樸，老實木訥，沒想到一出遠門，就會一個個變得頭腦靈活，精明強幹，禁不住由衷讚嘆。

「不瞞你說，大叔當年買船的本錢就是在杭蓋掏根子掙來的……」雞

換子抽著旱煙，繼續給陳嘉豐解說。

只有親自在口外掏過根子的人，才知道掏根子這項營生收入甚高。甘草的生產一年中有兩個收穫階段，第一階段是在農曆二月二「龍抬頭」到四月二十八「藥王爺聖誕」，第二階段是從立秋到霜降這個時分，兩個階段共四五個月。實際勞動時間較短，運氣好的話，一個掏草工一年最多可掙數十兩銀子，比光是刨挖土地的受苦漢多出數倍不止。

陳嘉豐聽雞換子說打算再度到杭蓋掏根子掙錢，略一思忖道：「大叔，我也跟你一起到杭蓋掏根子去。」

此話一出，雞換子不由驚異萬分：「少爺你這是說笑話哩。想你陳家土地成頃，家資富有，在老家乃是數一數二的人家，每年光是賑濟施捨就不知要拋撒多少糧食。就算是你做買賣折了些本錢，原也傷不著筋骨，回轉家裡照樣衣裳光鮮，飲食無憂，盡可寬寬心心過舒坦的日子。哪裡比得我們窮苦人，好比是屬雞的，刨一爪子吃一嘴，刨挖不下就得餓肚子。再說掏根子的營生極其苦重，莫說是少爺你這樣的身板，就是五大三粗的好受苦人一年下來也得脫幾層皮。何況這營生還十分凶險，想那甘草根子埋在土裡，有時候得掏幾丈深，沙土一旦塌陷，人就被活埋在土裡。所以人家說『杭蓋掏根子自打墓坑』。這樣的營生，哪裡是你能做的？」

「大叔有所不知。人說『家家有本難念的經』，我家也不例外有一本這樣的經，其中詳細一時半會兒也說不清。」陳嘉豐道，「只是我自小讀書，素知積聚之道，莫於商賈。況且我在大盛魁門下學徒數年，雖不敢說學得一身本事，卻也於商賈門道略窺一二。此番販棗出口，本欲一試身手，不意遭此劫難，如若就此落拓回鄉，恐怕從此意氣消沉，將來落得一事無成。何況古人說『男子三十而立』，我今年已三十，連一件小事都做不好，有何面目回轉家鄉？莫若就留在口外，等待機會，相信將來定會有所成就，也不枉我陳嘉豐在世一場！」

雞換子聽陳嘉豐這樣說，心中大是欽佩，暗想這陳家少爺果然非池中之物，將來必定不會落於平庸。於是不再勸阻，只是打定主意，到了草場

後一定好生照顧於他。

三

　　杭蓋之地，屬當地名剎廣化寺所有。廣化寺坐落在土默特左翼旗畢克齊鎮北部的大青山中，是一座藏傳佛教寺院。此教屬喇嘛教格魯派一支，因僧人戴黃色僧帽，故稱「黃教」。黃教自從傳入蒙古，蒙古族人民甚為篤信。清朝建立後，認為黃教的思想和教義具有「使人遷善去惡，陰翊德化」的作用，因此在蒙古進一步宣導和推行該教。乾隆四十八年，清廷正式封賞這座寺院為劄薩克寺院，等同蒙古貴族封爵，並命名該寺為「廣化寺」，意即「教化一切」。朝廷封賞給廣化寺的土地甚多，大青山腳下南端方圓數百里，莫不盡屬該寺所有。起初，寺屬土地只有蒙古族牧民養羊放牧，為寺廟提供供養，後來隨著走西口的漢人湧入，該寺便把大量土地租給漢人耕種，增加收益。至於杭蓋這塊地方，因土壤沙多土少，地質乾旱，既不適宜放牧，又不適宜種植莊稼，在喇嘛眼裡原本毫無價值，可是也一樣有漢人肯花些價錢租去，說是掏什麼根子，喇嘛也不管根子是什麼東西，只要寺院有所收益，便樂意為之。

　　這年春上，杭蓋草場開工已有一段時日，這日忽又跑來兩個攬工漢，其中一人約莫三十歲年紀，身著長袍，神形中流露出讀書人的儒雅之氣。當他來到草場的櫃房報名當掏草工，櫃房先生在名單上給他錄下的姓名是陳嘉豐。有一些保德籍老鄉認出他便是老家郭家灘鄉紳陳家的公子，心下莫不疑惑。草場掌櫃聽說郭家灘鄉紳陳家的公子來給自己當掏草工，亦覺十分蹊蹺，連忙趕回櫃房仔細盤問。

　　草場掌櫃本名郝開友，原是保德州城近郊鄉村的一個土財主，家中頗有些田產，日子倒也過得富足，只是此人天性貪婪，極善鑽營，雀過拔羽，雁

　　過揪翎，就是天王老子的便宜他也一樣要占，被鄉鄰稱為「好揩油」。一次，郝開友在城裡賭館遇到幾名外地人，便巧使手段，把那幾人

的錢財贏個精光，不意這幾人本是一夥到處流竄作案的盜寇，當日夜間，這夥盜寇便找上他家門去，將他家中財帛盡數搶光，臨末還放了一把大火燒了家院。郝開友自此家道中落，不得已只好變賣田產度日。也是各人自有各人的際遇，郝開友娶妻河曲唐家會薛氏閨女，與偏關籍書吏奚耀珍同為連襟。咸豐五年初，奚耀珍隨同原河曲縣令胡丘調任保德，在州衙繼續充任書吏。郝開友憑藉連襟這層關係，常常進出衙門，借機討好巴結知州胡丘，希圖攀龍附鳳，撈取好處。由於郝開友和胡丘同屬不學無術之輩，吃喝嫖賭的本事與生俱來，因此很是臭味相投。郝開友不惜變賣光自家所剩不多的田地，給胡丘喝花酒、包婊子、墊賭資、買洋菸，捨去了不少銀子。看看火候差不多了，郝開友便思謀把投入加倍撈取回來。看到本州有不少人到口外開辦草場，獲利頗豐，郝開友便攛掇胡丘拿銀子開辦草場。胡丘原本是唯利是圖之輩，千里做官只為錢，保德州地瘠民貧，即便刮地三尺也刮不出多少銀子。眼下聽郝開友這般為自己著想，甚為高興，於是把州庫裡的官銀盤出，委派郝開友親赴口外開辦草場。郝開友大是歡喜，未等登程即打算好將來分利，莫說三七開，就是五五開，也算是便宜了胡丘這個草包！郝開友來到杭蓋後，憑藉手中資本，花錢送禮籠絡廣化寺喇嘛，很快將甘草產量高、位置好的地段據為己有，而把其他小本經營的同行排擠到偏遠地帶，以致逐步趕出這個地方，獨霸了杭蓋。郝開友不僅排擠、欺壓同鄉，盤剝手下的窮受苦人，就連廣化寺的便宜也一樣占。因該寺寺屬土地廣闊，郝開友常常把界線擴展到所租地界之外，在不屬於自己的地盤上開工挖草。寺中喇嘛本來待人寬厚，又收了他的禮品，對他超占土地的事，只要不太過分，也不予理論，只是郝開友不辨好歹，得寸進尺，久而久之，不僅大量超占土地，而且開始逐年消減租金，寺中喇嘛漸漸對他不懷好感。

直到問清陳嘉豐乃是因販運紅棗，在黃河上翻船失事，導致血本無歸，無可奈何才流落到自己的草場來，郝開友方感寬心，隨即略一沉吟，道：「老陳家本是保德老家出名的鄉紳望戶，老弟縱然損失些許本錢，猶如九牛一毛，何足道哉。只是老弟缺短盤費回家，既然叫老哥哥我碰上，

理當資助些盤費，好歹叫老弟回家，也足顯老鄉情分。」

郝開友本是極其吝嗇之人，從來只好占別人的便宜，何曾做過「倒貼麵的廚子」，慷慨助人？原來郝開友知道老陳家是郭家灘村的望戶，家中頗有田產，今日縱大方「資助」他些銀子，怕來日回去收不下加倍的利息？哪知陳嘉豐斷然道：「想我本是第一次做買賣，還未開張便落得血本無歸，哪裡還有面目回家。就是回家，我也該自己掙取盤費，免得丟人敗興，叫人笑話。」

「陳老弟如此姿態，果然志氣高遠，令人欽佩。」聽到陳嘉豐一口回絕，郝開友也不勉強，轉而盤算，眼下正是掏草的旺季，草場缺少人手，這個傻大頭自己找上門來掏草，又不需支付安家費，好歹也可給草場增加些收入，哪管他能不能吃得下這份苦，於是道，「陳老弟乃是富家公子，我本不敢收留，只怕委屈了人才，如老弟執意要留下，我也不便拒絕，免得失了人情。只是想老弟這等身分，我本當多加照顧才是，可是草場早已開工，帳房、提秤這些苦輕營生都已有了人，鍘草這項營生又十分精細，沒經驗的人只怕做不了，委屈老弟只能當個掏草工了！」

原來在草場幹活的民工一般有三類，分別是掏草工、收草工和鍘草工，後兩類屬技術活兒，只有掏草工是賣苦力的。陳嘉豐也曾聽雞換子說過這些，何況自己一點經驗也沒有，並不奢望能得到一份苦輕營生，因此連連稱謝：「只要有碗飯吃，不至餓死，我便心滿意足了。」

這樣，陳嘉豐和雞換子便留在草場當上了掏草工。他們在草場的第一項營生就是搭建茅庵。由於甘草的生產季節性強，草場又經常轉移地方，沒有固定的居住場所。草場上最好的居室就是場主的住房，同時也充作櫃房。櫃房一般都是用白布搭建的帳篷，也有的臨時夯土為牆，搭建個小泥屋，但因為櫃房屬於私家重地，只有場主和少數幾名場主信得過的掌櫃及帳房才可以居住。其餘的受苦漢便只能自己搭建茅庵居住，即是在櫃房附近，選一處土質較好的小丘，在小丘上挖開一個豁口，大小適宜人躺臥，高低以人可以貓著腰進出為度，然後在豁口端支放扁擔、樹杈為梁，再蓋上場方賒給的草席子，用土壓住四周，茅庵就算搭成了。由於茅庵頂部的

草席上到處布滿細縫，晴天可見天上的星星，雨天外面下大雨，裡面下小雨。杭蓋地方風沙很大，外面刮起風，茅庵裡面也常常彌漫著一層灰塵，再加上地氣陰冷潮溼，常年在草場上幹活的人有不少患上腰腿疼的毛病，留下終生疾患，但是為了有碗飯吃，為了養家糊口，奔走西口之外的窮受苦人也就顧不了這麼多。搭建茅庵這項營生原也十分不易，好在雞換子是個老把式，這項營生難不倒他。他帶著陳嘉豐幹到天黑，茅庵終於搭好。他們在茅庵旁邊用泥巴壘起灶，撿來些蒿草、哈莫和乾牛糞燒上火，把從櫃房裡領出的鐵鍋支好，燒煮開水。糧食也有了，是從櫃房裡預支的一小袋小米和半袋白麵，另外，方才搭建茅庵所用的草席子和往後掏草用的鐵鍬，也都是由櫃房提供。雖然這些物品都會折價從工錢裡扣除，可總歸是草場給受苦人提供的方便。兩個人熬了一鍋小米粥，也沒有就飯的蔬菜，就光喝小米粥填飽肚子。吃過飯後，兩人鑽進茅庵裡，茅庵大小剛好能擠下兩個人。他們出門時原本攜帶有鋪蓋行李，只是貨船失事時一併遺失在黃河裡，多虧他們在包頭歇腳時，商定要來此地掏草，就去舊貨店各自買了一套半舊的鋪蓋，此時在茅庵地上墊些茅草、枳機，然後鋪上被褥，好歹也可抵擋夜裡的寒涼。陳嘉豐將身子裹在被窩裡，眼望著頭頂草席縫隙間鑽進來的星光，一夜半醒半寐。次日天剛放亮，早早就被清晨的寒冷凍醒，覺得腿腳之處異常冰冷，掀開被子一看，只見那裡赫然盤臥著一條白花蛇，不由嚇得大叫一聲。雞換子聞聲爬起，一把抓起那條白花蛇，甩出茅庵外老遠。陳嘉豐被嚇得瑟瑟發抖，雞換子安慰道：「這個不要緊，草地上蛇雖多，卻大多無毒。茅庵裡暖和，蛇在夜間多會往茅庵裡鑽，挨著人睡覺。以後見得多了，就不會害怕了。」

　　天色已亮，二人起床鑽出茅庵，只見不少掏草工們已起來生火做飯。由於杭蓋草場占地較大，掏草工進入草場掏草，去時要走三四十里路程，來回得走七八十里，出發晚了，在天黑前就趕不回來，因此掏草工們多是天色剛亮就起身出發。陳嘉豐兩人也連忙生火做飯，因為只有小米和白麵兩種糧食，蔬菜一點兒也沒有，調和只有鹹鹽，還缺少砧板、臉盆和菜刀之類的廚具，麵食極其難做。他們只好用小米燜了一鍋乾飯，就著白開水

下嗶。雞換子邊吃飯邊對陳嘉豐說：「鹽要少吃，飯要吃飽，去到草場裡幹活，指不定甚時候才能再吃下頓飯哩。水也要敞開肚皮喝飽，草場裡水源少，如果找不到水，就得乾渴一整天。」雞換子之言乃是經驗之談，不由陳嘉豐不信，於是兩人敞開肚皮吃飽喝足。

飯畢，雞換子用一個小布袋裝了些生米，又將鐵鍋背在背上，與陳嘉豐各自扛著鐵鍬進入草場。杭蓋之地極其荒涼，到處沙梁土丘，沙多土少，因長期乾旱少雨，多數草木不宜生長，但也有性喜乾旱的沙蒿、刺蓬、哈莫、枳機等植物生存在這裡，有的連片群生，有的孑然獨立，以頑強的姿態證明著它們的生命力。就在這些雜草之中，偶然會冒出一些枝葉獨特的植物來，其中一種植物外莖高出地面一至三尺許，生有白色短毛和刺毛，主莖上莖枝分別探出，橢圓的葉片兩兩互生，整齊排列，莖枝末梢生單葉，一枝莖枝上小葉多為七到十七枚。在那些分別探出的莖枝旁，有序地生長著一枝枝花柄，開有淡紫色蝶形花冠，色澤養眼悅目。當花開盡時，就會生長出一個個彎曲而扁平的莢果，孕育籽粒。每到深秋時節，莢果裂開，扁圓形的籽粒隨風飄散四處，天然繁殖生長。這種植物便叫作甘草。無數內地漢民群集此地，便是奔了甘草這種植物而來。每年初春時分是甘草掏採的第一個季節，但由於此時甘草的莖葉尚未返青，不易辨認，因此掏草工在草場上尋找一株甘草殊不容易。甘草的價值在於它的根鬚，只有成熟的草根方可入藥，因此人們把掏採甘草稱作掏根子。根子埋藏在土裡，呈圓柱形，表面紅棕色或灰棕色，直徑粗的有大人手腕粗，長度長的可達一丈多。有經驗的掏草工識別甘草粗細的能力很強，發現草苗四五支生長在一起的，大多係粗條甘草，掏草工就從周圍往下掏挖，但不能鏟傷根皮。甘草沿地面平行匍匐的根子叫「串」，與地面垂直的根子叫「栽子」，人們一般只掏「栽子」，當掏到一定深度，再不能往下掏的時候，便鏟斷了。不掏串的原因有二，一是串品質不好，二是串可以再生長出栽子，有利於將來再次掏採。

草場收甘草實行的是向掏草工買進的制度，即掏草工掏得草多，收入也就多，如一株草也掏不上，就沒有一個銅錢的進項，但無論掏多掏少，

當天都必須交到櫃房出售。櫃房提秤的把式都是臂力過人的壯漢，一捆草不管是多少斤重，都靠自己一隻手提起來，另一隻手還要撚秤砣。當天陳嘉豐和雞換子二人收工回到櫃房前交草，陳嘉豐看到那提秤的把式一手提拎起一捆足有百八十斤重的草過秤，不由大為驚訝：這捆草這麼重，何不叫別人幫忙抬一下？

只聽雞換子不屑地說：「如叫別人幫忙，他如何在秤上做手腳？」陳嘉豐一怔：「難道他還要搗鬼，克扣斤兩不成？」

雞換子說：「不相信？你且等著看。」

只見那把式過罷秤，斜眼瞅瞅秤上準星，朗聲念道：「隔溝叫人 —— 墓圪堆上添土 —— 一竿子不夠 ——」

陳嘉豐聽得稀裡糊塗，問：「這是甚意思？」

雞換子說：「這是草場過秤報數的行話。平地起圪堆 —— 溢；隔溝叫人 —— 嗚；墓圪堆上添土 —— 溜；平地起蘿蔔 —— 拔；一竿子不夠 —— 九……這捆草的斤秤是五十六斤九兩。」

陳嘉豐大吃一驚：「這也太離譜了吧？咋看這捆草沒有一百，也有八十斤……」

旁邊頷下生著一叢山羊鬍鬚的帳房先生正在記帳，聽見陳嘉豐的話，眼珠一瞪：「你看看這草都是溼的，等到晒乾後，再去掉蘆頭、毛鬚和枝杈，只怕三成不剩一成。你想足斤足兩，不妨掏些不用晾晒，又不用上鍘的乾草來！」

陳嘉豐當即啞口無言。

原來草場當日所收都是新鮮的溼草，掏草工只是簡單去掉殘莖、泥土，交回草場後還需專門的鍘草工趁鮮分出主根和側根，去掉蘆頭、毛鬚、枝杈等雜物，晒至半乾捆成小把，再晒至全乾，然後再上鍘刀「做草」。做草也就是鍘草，是甘草加工的一道工序。有經驗的鍘草工擅於區分甘草的品質，依

據甘草的粗細、部位分別鍘成一定長短，名目為「天粉」、「奎粉」、

「河草」、「通草」、「毛草」、「節子」、「疙瘩頭」等。各名目由於入藥成分不同，所以出售時價格也就不同。鍘草是一項要求嚴格的技術活兒，所以鍘草工雖然按鍘草的數量計酬，但收入穩定，一般都高於掘草工。鍘草工將所收下的草鍘剁整齊，分類打捆之後，就成為成品，可以起運出賣了。

轉眼輪到給陳嘉豐的草過秤。這一日間，虧得雞換子曾在草場幹過幾年，識別甘草經驗豐富，兩人合夥掘草，卻也掘得不少，臨末了一分，每人也有四五十斤。陳嘉豐本來十分高興，此時眼看著那把式提拎小雞一樣將這捆草提起來，一時禁不住提心吊膽，眼巴巴地瞅著秤砣落定，只聽那把式拖著長長的嗓音念道：「養下個孩兒長雞雞 —— 隔溝叫人 —— 八十歲老漢進土 —— 」

「二十五斤四兩。」雞換子解釋說，「養下個孩兒長雞雞 —— 兒；八十歲老漢進土 —— 死……」

陳嘉豐頓時垂頭喪氣。一會兒雞換子的草也過了秤，也連三十斤都夠不上。

帳房先生依據過秤數量，分別給各人上帳。按照草場的規矩，草場當日收草只記數量，並不公開價格。因為如果收草的價錢不高，當日開價，生怕掘草工嫌價錢低掙不下錢，也許就會拍屁股走人，草場沒了掘草工，又去哪裡收草。所以一直要拖到收夠「一趟草」的八成左右才開價。所謂「一趟草」，是指夠牲口或駝隊運輸一趟的數量，通常是三到五萬斤。

陳嘉豐心中沮喪，悶悶不樂，他想自己雖然沒有提過大秤，在家中管理事務時卻也提過小秤，並非不識秤。自己明明就守在提秤的把式身旁，在眼皮底下那把式如何就做了手腳，而自己卻看不出來一點端倪？直到回到茅庵，雞換子才告訴他：「你沒看見那秤桿？哪裡是甚麼秤桿，不過是一根尋常的木棍上隨意刻著些點點道道，再精確也不過稱個大概。別處的秤都是十六兩制，草場的秤是折半秤，斤半頂一斤，實際上一斤就是二十四兩，所以你就是掘一百斤草，在他們的秤上也不會超過七十斤。」

陳嘉豐恍然大悟。

陳嘉豐看到，草場如此苛刻盤剝，掏草民工卻逆來順受，習以為常，就連雞換子這樣經驗豐富的老民工也僅是私下發發牢騷而已。陳嘉豐不由為之擔憂，這樣的草場，如何能夠辦得長久？

四

在雞換子的引導下，沒過多少時候陳嘉豐就學會了自己辨認甘草。荒原上各色雜草雖多，但稀稀落落並不密集，再加上這個季節草葉尚未吐綠，更顯稀疏，因此在枯萎的草叢裡仔細尋找，也不愁找不出甘草來。由於甘草的種子每到深秋即隨風四處飄散，天然繁殖生長，分布極不均勻，有時半天難覓一株，有時又連片群生，聚集密集。找到一片連片聚集的甘草，掏草工便如同找到了寶藏，大可連掏數日，收穫頗豐，可這樣的機會畢竟是非常少的。陳嘉豐與雞換子二人辛苦操勞，每日每人掏草數十斤，有時達百八十斤，便是草場折扣過來，數量也不算少。

陳嘉豐當上掏草工後，才親身感受到掏草工所遭受的苦楚的確是難以名狀的。掏草工一天要走多少路、動多少土方、出多少力、流多少汗是無法用數字計算的，而最難忍受的還是「飢渴」二字。「渴」自不必說，掏草工外出掏草，一整天喝不上一口水是常有的事，為了應付這種困難，人們盡量少吃有調和的飯，而以清淡的小米粥為主要食物。說道「飢」字，掏草工一般一天只吃兩頓飯，第一頓在草場吃，第二頓為野炊。如果掏草的地點有水源，餓了就可以隨地埋鍋造飯。荒地裡的乾牛糞和沙蒿、哈莫等雜草很多，隨手撿來都可生火。如果不帶鍋去也有辦法，可以把生米裝進一個小布口袋裡，用麻繩紮住口，先在水裡浸泡，然後在火上炙烤，如此反覆多次，米被蒸得半生不熟，即可食用。掏草工們都說吃這種「夾生飯」耐飢，耐飢倒是耐飢，只是吃了以後肚子脹得難受。如果在沒水的地方幹活兒那可就難了，可活人哪能叫尿憋死，辦法總歸是人想出來的。有的人乾脆早上多做點飯，帶出去冷餐。有的人和個生麵團揣在懷裡，想吃時捏成個餅子放在鍬頭上，

　　烘烤而食。還有的人將小米袋在水中浸透，到了草地將米袋埋在沙裡，餓了就在埋米袋的沙堆底下挖個坑，生火燜蒸，半熟時即可食用。這頓野炊對掏草工極其重要，因為他們為了節省糧食，晚飯一般不吃，在他們的意識裡，認為晚上不工作光睡覺，沒必要糟蹋糧食。陳嘉豐本為富家子弟出身，半生中何曾遭受過這樣的苦罪，即便是他在大盛魁當學徒時，跟隨駝隊下草地、出外蒙，遠赴烏、科、庫倫及恰克圖等地，飽受風霜侵襲，嚴寒磨礪，也不過是只遭罪不受苦，可掏根子這項營生對人的考驗，無論是體力、耐力還是生命力，都可算是達到了極限。陳嘉豐想起雞換子曾說過，掏根子的營生極其苦重，就是五大三粗的好受苦人受一年下來也得脫好幾層皮，此話果然不假。剛開始幾天，陳嘉豐憑著年輕氣盛，還可勉強忍受，可幾天過後，手上打起的泡就磨成了血痂，幹活時不得不在衣襟上扯塊布包起來，才能勉強握住鍬把。一天下來，腰酸腿疼，渾身上下彷彿被抽筋剝皮，沒有一處舒坦。夜裡躺在茅庵裡，好像渾身骨頭都散了架，肚子也餓得咕咕亂叫，雞換子不得不在睡夢中爬起來，給他熬鍋米湯充飢。雞換子看見陳嘉豐如此遭罪，心中大為不忍，勸他受不下去不如乾脆回家，又沒有誰把刀架在脖子上強迫。陳嘉豐緊咬牙關道：「不吃苦中苦，哪為人上人。我若干不出個名堂來，如何有面目回家！」雞換子暗自欽佩，於是自己盡量多分擔些苦活重活，好減輕陳嘉豐的勞累，在生活飲食上也盡多給予他照料。

　　日子一天天過去，陳嘉豐漸漸適應了草場上的生活。杭蓋草場占地雖然不小，可架不住掏草工人數眾多，以櫃房為中心的直徑三四十里的工作面，不消十天半月甘草就被掏採一空，得重新轉移場地。掏草工們跟隨櫃房不停地轉移。陳嘉豐留意到，每次轉移場地，身後的草地都被踐踏得不成模樣。杭蓋本來地處荒涼，草色稀疏，除了甘草，只有沙蒿、刺蓬等一些雜草可為這片地方添加些許生機，可是經過掏草工們地毯式的掏採，莫說甘草被掏得根斷苗絕，就連其他雜草也不同程度地遭殃。掏草工們走過之處，到處被挖掘出一個個大小不等的沙坑，同時堆積起一座座高矮不一的像墳墓一樣的沙丘，使得這片地方看起來更加荒蕪。陳嘉豐自幼讀書，

知道蒙古之地本為遊牧民族駐地，歷來土壤肥沃，水草豐茂，早在南北朝時期即有民歌《敕勒川》流傳天下：「敕勒川，陰山下，天似穹廬，籠蓋四野。天蒼蒼，野茫茫，風吹草低見牛羊。」可是不知從哪朝哪代起，也不知道是出於何種原因，原本碧綠如海、一望如秀的草原逐漸開始沙化，變成一片片了無生機的沙漠、戈壁和荒垣。陳嘉豐心想，不管草原沙化的原因有多少，像這般毫無節制地大肆掏挖甘草，必然是其中最主要的原因之一。只是同時陳嘉豐也想到，如果不掏挖甘草，那麼這諸多流離失所、飢寒交迫的漢人又何以為生？還有更多守候在老家嗷嗷待哺的妻兒老小靠什麼來養活？陳嘉豐只感到心中糾結，紛亂如麻，卻也想不出個兩全其美的辦法來。

陳嘉豐和雞換子做伴在草場上掏草，每日早出晚歸，極度操勞，熬累得連時間都記不清了。日子飛快地過去，很快就到了「藥王爺」壽誕之期。在中國古代，各行各業為示自家出身正統或乞求神靈保佑，俱有自己的師承來曆，除佛、道、儒外，莊戶人禮拜的是神農炎帝，商人拜的是財神，戲子藝人拜的是老郎神。掏草這行當原本沒有什麼鼻祖先人，為了有所依託，便勉強將自己歸類在醫藥行內，把藥王爺當作祖師爺來拜。為了顯示對藥王爺的尊敬，草場都選擇農曆四月二十八藥王爺壽誕之日「碼鍬」，即中止生產。由於這個時候大多已到芒種時節，塞外荒原上的春天雖然來得晚，但也已到了各類雜草泛青吐綠的時分，此時甘草也開始煥發生機，不宜繼續挖採，否則草根返青不能入藥，因此甘草生產的第一個季節便進入了尾聲。

藥王爺壽誕即將來臨，掏草工們為了回家後半年裡家人的飯碗能夠隆起堆兒，每日更是起早貪黑，爭分奪秒地搶著幹活。陳嘉豐和雞換子也顧不得疲勞，每日開工極早，收工很晚。這日正是藥王爺壽誕之日，陳嘉豐和雞換子到草場最後幹了半天，已是日過正午，二人逍逍遙遙做頓午飯吃了，正在打捆甘草準備收工之際，忽然發現草捆底下掩藏著一株大草。二人連忙刨開草莖來看，只見光那草頭就有胳膊粗細，怕不是一株罕見的草王？如能掏得這株草王，自身斤秤重不說，按規矩草場還得額外多加幾十

斤的獎賞。二人十分歡喜，甩開膀子便大幹起來，轉眼間已掏到有半人深淺，二人蹲下來也探不見了，雞換子就叫陳嘉豐站在土坑邊往外倒土，自己趴在地上，頭上腳下傾斜著往下挖，一直挖到鍬頭探底，還看不見草根。雞換子乾脆爬起來，跳進土坑往深裡挖。由於荒原之上土質極其疏鬆，挖開的土壁上沙土不時往下掉落，嘩啦嘩啦的，土坑挖下去很快又被填充起來，相當費事。雞換子賣力大幹，土坑越挖越深，土壁上的沙土掉落的也就越來越多。在此時候，陳嘉豐不由想起掏草工們最為擔心的一件事來，就是沙土塌方把人就地活埋。這樣的凶險，雞換子自來到草場也曾多次給陳嘉豐提醒過，叮囑他在掏草時無論如何都得加倍小心。此時陳嘉豐連忙提醒雞換子，叫他見好就收，沒必要在這碼鍬時分鬧出是非，可雞換子看到營生已做到這步田地，大為不捨，只見他抬起手臂抹了把額角上的汗水：「這個大可放心，你我二人自來到草場也沒掏過幾株大草，今日碼鍬時分卻遭遇這株草王，分明是藥王爺有意垂憐。既然如此，還有甚擔心的？」於是甩開膀子繼續大幹，一直挖到暮色將垂，土坑已達兩三人深，終於挖到了甘草根部。陳嘉豐眼看著甘草露出根部，正要招呼雞換子收手，叫他爬出坑外，然後從頂端收穫甘草，只是未料到雞換子已等不及，迫不及待地伸手拽住甘草根子，輕輕一拉，只聽得「轟隆」一聲，甘草貼著的土壁轟然坍塌，把雞換子連同那株甘草結結實實埋在坑底。一時之間，陳嘉豐被嚇得魂飛魄散，顧不得土坑會有繼續塌陷的危險，縱身跳進坑裡，因為不清楚雞換子埋得深淺，也不敢動用鐵鍬，只好用雙手去刨挖。想那沙土把雞換子一整個人都埋住，土方量自然不少，陳嘉豐只用一雙血肉之手去刨，豈是一件容易的事？何況陳嘉豐這一雙手原本細皮嫩肉的，向來只是提筆寫字，連個瘡疤都沒害過，這番來到杭蓋每天握著鍬把幹活兒，手上不止打起水泡、磨出繭子，而且滿是皮肉破裂後淤積的血痂，所以不得不纏塊布條才能幹活兒。此時陳嘉豐只用雙手去刨沙土，沒有多大工夫兩隻手掌即已破裂，手上纏的布條被鮮血洇紅，可是他哪裡還顧得疼痛，只是不住氣地刨，不住氣地挖。一直刨挖了大半夜，直到雙手破爛幾將見骨，才終於把雞換子刨挖出來，卻見他由於被掩埋時間過長，

早已沒了氣息。

　　按照草場慣例，四月二十八掏草工只幹半天活兒，到晌午時分大多已收工回來。整個後晌，帳房先生都在忙著給掏草工們結算工錢。由於草場已陸續往包頭的草店運送過幾趟甘草，草場所收甘草幾次開價價錢都不高，而尤以這一次被壓得最低。掏草工們吵吵嚷嚷，紛紛表示不滿，可是草場並不因此給他們提價。掏草工的工錢，扣除草場預付的安家費和出口時的盤費，以及來到草場後從櫃房領取的糧食、鐵鍬、草席等物的折價，已所剩無多。但郝開友安排帳房並不利索支付，只少量付給一些銅錢，勉強夠掏草工回家路上做盤費，其餘所欠打作一張憑帖，回到家後，依此憑帖可在場主家或場主指定的商號店鋪裡購買糧食或其他物品。由於草場提供給掏草工的糧食和物品在價錢上層層加碼，所以掏草工在草場掙取的收入，到頭來又大多會流回場主的腰包。郝開友如此盤剝勒索，還振振有詞：「我這是為你們著想哩。此憑帖攜帶方便，回到家要錢兌錢，要糧換糧，又不缺短了些甚。總比現在付你現銀，半路上被土匪連帶蛋騙了要好！」

　　櫃房裡吵吵嚷嚷喧鬧了整整一後晌，到天黑時分，只有陳嘉豐和雞換子二人尚未回來結算。郝開友和手下掌櫃、帳房在櫃房裡喝酒吃飯，也不待等他二人。倒是那些受苦的窮哥們兒記掛著二人，紛紛拾撿乾牛糞和雜草，在沙丘高處點燃幾堆篝火，給二人指示方向。原來在荒原草地上勞動，本來就不好辨別方向，掏草工們外出掏草，每天不論收穫多少，都必須趕在天黑之前返回草場。如果收工晚了，黑夜尤其容易轉向，那時便只有看北斗星識別方向，櫃上的同伴也會點起篝火招呼，但如遇陰天或起霧，既看不見星星，又看不清篝火，那就險上加險了。荒野之中多有豺狼和野獸出沒，因此有不少掏草工便因迷路而喪生在豺狼和野獸之口。

　　幾堆篝火一直燃燒到後半夜，陳嘉豐和雞換子二人也未曾回來。窮哥們兒只道二人凶多吉少，紛紛擺手嗟嘆，以為在這曠野荒原又添了兩個孤魂野鬼。

　　轉眼天色已亮，結算過工錢的掏草工們吃過早飯，各自打捆行李，有

的準備返鄉回家，有的打算去就近的村莊裡尋找個臨時營生做，等到立秋時分再到草場來上工。鍘草工們連夜做好了最後一批草，打捆整齊。郝開友雇的一個專門運貨的駝隊也早早趕來，開始往駝背上裝載甘草，準備運往包頭出售。草場上正喧喧鬧鬧、雜亂無章之間，忽然有人看見在野地裡蹣跚走來一人，背上還背著一人。眾人紛紛舉目張望，卻見原來是陳嘉豐背著雞換子回來。等陳嘉豐拖著疲憊的步履一步步走到近前，把雞換子放倒在地，眾人才知道雞換子已死了。

五

俗話說：「蒼天救不了餓漢，地獄關不住鬼門。」在草場上掘草，把性命丟在沙坑裡的事在掘草工眼裡並不鮮見。但凡有一步奈何，誰又會捨家棄口，專程到這鳥不拉屎的荒野之地來尋找那沒底子的罪受？因此凡是來草場上當掘草工的，無不事先將腦袋別到褲腰帶上，將生死置之於度外。再加上草場距離故鄉路途遙遠，窮哥們兒也無力為死去的同伴承辦像樣的喪事，因此只能眼睜睜地看著同伴自生自滅，那些坍塌的沙坑也就成為死者天然的墳塋。此時，窮哥們兒眼見陳嘉豐不僅把雞換子的屍體從沙坑刨挖出來，而且聽他說還要給雞換子置辦棺木殮葬，紛紛誇讚陳嘉豐仁義，唯有郝開友對陳嘉豐極其惱火。本來按規矩，草場實行向掘草工買草的制度，兩者之間只是買賣關係，並非雇傭關係，因此掘草工的生死與草場毫無瓜葛，場主並不承擔任何責任，再加上掘草工來到此地大多都是孤獨無助之身，這樣的人一旦死了，場主即可把他們的工錢侵吞。昨夜陳嘉豐和雞換子一夜未歸，郝開友只道二人回不來了，心中暗暗竊喜，以為又可平白增加幾十兩銀子的收入，哪料到不僅陳嘉豐平安歸來，而且還把死人也給背了回來。這樣一來，二人的工錢就得全部照付，郝開友昨夜的一場好夢也就落空。

陳嘉豐進入櫃房結帳，領取銀子要給雞換子置辦棺木殮葬。

「陳公子宅心仁厚，大仁大義，令人欽佩。」只聽郝開友酸楚地道，

「只是這草場野地，方圓幾十里內荒無人煙，要想買一副棺木比登天還難。百里之外的畢克齊鎮或許有棺材鋪，只是一去一來幾天時間，等棺材運來，只怕死人也臭了！」

陳嘉豐聽說此言，覺得也有道理，不由暗暗發愁。

「這個我卻是愛莫能助，無可奈何。」郝開友又說，「你二人的工錢早已算好，你一起領去，至於你咋樣打擺此人，與我沒有任何相干！」

帳房先生打開帳簿，把陳嘉豐的收入一五一十地算來，臨末扣除所借支的糧米、鐵鍬、草席等物的折價，所剩已無多，而且僅付很少一點現銀，其餘打作一張憑帖。轉手又算雞換子的收入，更是寥寥無幾，尚不及陳嘉豐的多。陳嘉豐暗想草場之人咋的如此貪得無厭，連死人的便宜也要占？於是忍不住和帳房先生爭吵起來。郝開友道：「陳公子莫要惱火，想我們富貴人家全靠節儉操持、精打細算，方可積聚得一些家業，難道你陳家在老家就不是這樣管理事業？我這也是看在你的面上才給雞換子結算這許多，如換了別人，一文都沒有！」

「聽說此草場主人名叫好揩油，心懷不古，貪得無厭，果然名不虛傳。」忽聽櫃房門口有一人彆彆扭扭地說話。幾人回頭一看，原來是幾個喇嘛，不知何時來到了櫃房門口。只見方才那個說話的喇嘛徑直走進來，首先向陳嘉豐雙掌合十，施了一禮：「施主久違。」

陳嘉豐依稀認得，這位便是初春時分在包頭黃河渡口失落金佛，又由自己打撈出來交還給他的那位喇嘛。

「我方才在門口已聽得明白，施主為不使鄉親暴屍荒野，要置辦棺木殮葬，讓死者入土為安，此等善舉甚為可嘉。」只聽這喇嘛用並不流利的漢語說道，「至於置辦棺木之事，施主不必為難，大青山下方圓數百里，莫不是我廣化寺的土地，此地所有『沙畢納爾』又無不是我寺中門徒。就近『沙畢納爾』之家，必有為長輩老者預先備辦的壽材，若以我佛名義向他們求取一副，卻也不難。何況施主當日在包頭黃河之中涉險護佛，其功甚大，今日又為行善積德之事，我佛以慈悲為懷，定當助一臂之力。」

所謂「沙畢納爾」，即是劄薩克寺院和喇嘛旗的門徒，對寺廟負有無償供養的義務，其性質與蒙古王公貴族所使役的阿勒巴圖是一樣的。

當時蒙古牧區的喪葬形式有三種，分為天葬、火葬和土葬，尤其土葬形式更為普遍，與漢族習俗大同小異。這也是自朝廷實施開邊放禁以來，隨著走西口的漢人日漸增多，蒙古原有傳統同中原漢族習俗互相結合而形成的結果。由於在蒙古牧區木材難求，有些牧民家中有高齡長輩的，便早早備辦下棺木，稱為「壽材」，以備一朝派上用場。這與中原漢族的習慣也是一樣的。那喇嘛回身與另外幾名喇嘛用蒙古語交談。陳嘉豐聽得明白，那喇嘛對自己當日在黃河裡打撈金佛的事極度讚許，又將今日自己欲埋葬同伴缺乏棺木之事細細說明。那幾名喇嘛對陳嘉豐大有好感，紛紛上前合十施禮，陳嘉豐連忙還禮。其中兩位年輕的喇嘛自告奮勇要去就近的沙畢納爾家求取棺木，徵得領頭的這位喇嘛同意後，兩位年輕的喇嘛逕自出帳，翻身上馬驅馳而去。陳嘉豐心中甚為感激。

說起這位領頭的喇嘛，本是廣化寺的一名僧侶。當時清廷為了利用黃教統治蒙古，在蒙古地區大力推行該教，廣建寺院，宣導和鼓勵牧民入教修行。牧民家有三個兒子的，至少必須送一個到寺院出家。這位喇嘛便因家中多子的原因，打小即進入廣化寺出家。由於他勤修佛道，智慧頗深，在寺中地位日漸升高。數年之前，他為了弘揚佛道，獨自離開寺院，外出苦行，在蒙古各地傳經講法，教喻世人，同時利用募集來的善緣鑄造了一座金佛，獻回寺裡供奉。出於此功，他被寺裡升格為「格速貴」，專門負責掌管廣化寺所有土地租佃事務。這次他帶領一眾喇嘛騎馬來到此地，便是專程來處理草場土地租佃的一些事宜。

郝開友見是廣化寺的喇嘛登門，不敢怠慢，連忙請喇嘛就座奉茶，陳嘉豐自出櫃房外回避。此時草場上除了郝開友身邊管事的人員和駝隊的人在忙碌著清點和裝載甘草，其餘受苦的窮哥們兒看見陳嘉豐和雞換子二人一生一死好歹有了著落，心中牽掛放下，大多背扛行李各自散去。有幾位在老家與二人鄰近的鄉親主動留下來，幫助陳嘉豐料理雞換子的後事。幾名鄉親把雞換子抬進茅庵，打來清水把他全身擦洗乾淨，又勉強湊出幾件

還算整齊的衣裳給他穿上。按照老家鄉俗，一個人無論貧窮富貴，走的時候都該乾乾淨淨、整整齊齊，否則到了陰間，閻王爺也不待收留。裝扮妥當，陳嘉豐不忘給雞換子嘴裡填進一塊碎銀，謂「口含錢」。在人離去時，不當空手而去，應攜帶一些財物，可隨身攜帶不保險，只有含進嘴裡最安全，所以都要把一些散金碎銀放進死者嘴裡，再不濟也要放一兩枚銅錢。

一切準備妥當，單等棺木到來入殮。陳嘉豐和幾位鄉親坐在茅庵外等候。此時草場上所有甘草已裝載完畢，只等場主發號施令啟程上路。忽然之間，只聽到從櫃房內傳出一陣激烈的爭執聲，原來是郝開友數年前初到此地來開辦草場時還像模像樣，對廣化寺喇嘛畢恭畢敬，後來發現自己是本寺荒地最大的租戶，便擁地坐大，連年消減租金，今年更是只付了一點點訂金，大筆款項尚拖欠未付。寺裡喇嘛原本極重信譽，又且看在郝開友是本寺老租戶的分兒上，尋常也不與他理論，後來看到他得寸進尺，毫無信義可言，本已有意將土地收回，現下寺裡喇嘛親自上門催討租金，郝開友藉口甘草未曾售賣，手頭無有現銀，請求秋後開場時一併付清。這位格速貴本是寺裡新任，此時第一次與郝開友謀面，便看到此人貪婪無恥，唯利是圖，心中大為不齒，尤其聽到郝開友還要繼續拖欠租金，不由憤怒，於是斷然要求他清償租金，並且從此收回土地，不再叫他經營。郝開友本是斤斤計較之徒出身，凡事不辨好歹，只以為除了自己別人也租不起這大片荒地開草場，縱然行事過分，寺裡也不敢得罪自己，哪知這位新任格速貴如此不通事理，一下子就翻了臉，將他置於進退兩難的境地。

郝開友看到格速貴態度堅決，毫無迴旋的餘地，他皺著眉頭在肚腸裡打了一通小算盤，想出一個辦法，以為可以牽制喇嘛。他說：「大喇嘛，我租佃寺裡土地可是立有契約的，你如單方毀約，我這半年的租金便不給你付。」

「拖欠租金不付，是你毀約在先。」格速貴聽了，哈哈一笑道，「你這幾萬斤甘草卻也抵得過半年的租金，我這便叫駝隊把甘草運回廣化寺去。」

郝開友頓時叫苦不迭。他也知道，自己就近雇來的這支駝隊，乃是由廣化寺地盤上飼養牲口的蒙古族人組成，由於蒙古族人對喇嘛極其信奉，現下只消喇嘛一聲招呼，他們便真的會跟著喇嘛向廣化寺進發。

郝開友計無所出，只好叫帳房先生取出現銀足斤足兩付給喇嘛，然後招呼自己人拆除櫃房，收拾所有物事，隨著運甘草的駝隊灰悻悻地離開了杭蓋。此時日頭已過正午，那兩名去求取棺木的喇嘛果然不負眾望，順利求取到了棺木，自願捐獻棺木的沙畢納爾還套了一輛馬車親自送來。陳嘉豐十分感激，取出一塊銀子來給他，以抵償棺木之價。那位沙畢納爾說此棺是廣化寺佛爺求取才捐獻，如是別人求取，縱是千金也不賣，好歹不肯收銀子，驅趕馬車自去。陳嘉豐和幾位鄉親將雞換子入殮，釘上棺木，選擇一處空曠地方，就地掏坑掩埋。廣化寺的一眾喇嘛在格速貴的帶領下為死者念誦了《躍儒樂經》，祈禱死者靈魂安息，早日投胎轉生。

埋葬了雞換子，天色已經不早，各人肚子裡唱開了「空城計」，幾名鄉親生火做飯，熬了滿滿兩鍋小米粥，首先盛給喇嘛吃。那幾位喇嘛肚腸早已飢餓，也不客氣，捧過大碗便吃，只是小米粥少鹽無鹹，又且粗糲不堪，十分難以下嚥。那位格速貴一邊吃粥一邊詢問陳嘉豐：「當日在包頭黃河渡口邂逅施主，我即探問過和你同行的船工，得知施主乃是保德地方的富貴人家，不時捐糧賑濟，行善鄉里，口碑不菲。按說你家資富有，損失一船紅棗也不當就此衰敗，一蹶不振，你卻如何到這裡來做了這等受苦遭罪的下人？」

「陳家儘管家資優厚，那也是祖宗創下的基業。」陳嘉豐道，「我到這西口之地來，原本是想尋找機會，憑著自己的本事幹些事業。」

「原來如此。」格速貴呼嚕呼嚕幾口喝完粥，放下飯碗說，「施主欲創大業，憑著出賣苦力掙幾個小錢，只怕無濟於事，咋著說也該自己創辦事業，方可漸次發展。」

陳嘉豐慘然一笑：「眼下我身無分文，衣食不敷，如何創辦事業？」

「莫若這樣，」格速貴道，「念在你當日救護金佛之功，這片從好揩油

手裡收回的草場，本寺便租與你來經營，至於租金，允許你短欠三年，三年之後一併付清。」

陳嘉豐大為驚喜，可是繼而又搖頭道：「開辦草場需大筆資金，縱是租金可以短欠，資金卻從哪裡來？」

格速貴略一思忖，道：「你的家資富有，有田產可以為質，我回到寺裡向堪布大師說知，給你借貸一筆現銀做資本，原本不難。不過因你田產遠在山西，鞭長莫及，如你能在口外找到一位財主做擔保，這事便極其好辦。」

其時，隨著走西口的漢人日漸增多，內蒙古各地不斷改變傳統的經濟模式，就連喇嘛寺廟也不例外，不僅向漢人出租土地，同時也向蒙漢人民和商賈借貸銀兩，增加收益，這也並不鮮見。

陳嘉豐聽罷大喜。

幾名喇嘛吃完粥，格速貴道：「天色不早，我們也該上路，要不然天黑前就找不到歇宿之處了。」

格速貴帶領喇嘛上馬後，臨行又說：「此時到草場秋天開場還有一段時日，如施主能找到擔保之人，就請到廣化寺來找我，我便在寺裡恭候。」

六

立秋之後，儘管黃河以南地區暑氣一時難消，秋老虎仍有餘威，可是在長城以北的蒙古塞外氣候已開始轉涼。在那些地處偏僻的曠野荒原上，許多茂盛的植物早早走向衰萎，尤其是遍布其間的甘草雖然莖葉尚未完全乾枯，可是又迎來了一個收穫的季節。等待了整整一個夏天的諸多漢人重新彙集到這些個盛產甘草的草場上，開始新的一輪勞作。

早在各個草場尚未開場之前，包頭城內已預先爆出一樁奇聞，道是杭蓋草場的新場主陳嘉豐專程趕赴包頭有名的衡具作坊訂製了十桿標準大

秤，並且聲稱今後杭蓋草場就用這十桿標準大秤收草。包頭城每日不知有多少走西口的人在此集散，這消息很快就傳遍了內蒙古各地的各個草場，這些草場的場主有的嘲笑陳嘉豐初出茅廬不識好歹，有的譏諷陳嘉豐沽名釣譽籠絡人心，都要等著到秋後看這個後生的笑話。就連流落各地的掏草工們聽說了，也都半信半疑。不過這個消息畢竟鼓舞人心，不少掏草工懷著試一試的態度紛紛趕往杭蓋，因此未等草場開工，杭蓋草場上已經聚集了大量掏草工，數量比往年大為增多。

　　上半年杭蓋草場碼鍬，廣化寺那位格速貴主動提出讓陳嘉豐接替郝開友經營草場，並且允許他短欠三年租金，另外還答應給他借貸一筆現銀作為資金，只是需要他在口外找一位財主做擔保。陳嘉豐又喜又憂，喜的是無須耗一厘一文即可預先經營草場三年，憂的是到哪裡去尋找一位財主來做擔保？陳嘉豐思來想去，自己在口外只認識兩家財東，一家是歸化城的商號大盛魁，一家是包頭復盛公的東家喬致庸。陳嘉豐在大盛魁當過六七年學徒，自然知道大盛魁素來只重實際，不務虛名，毫無來由地為他人承擔經濟擔保，這種事例前所未有。至於復盛公的東家喬致庸，陳嘉豐倒是知道此公急公好義，胸襟豁達寬廣，掏自己腰包為他人排憂解難的事情做過不少，只是自己與他並無深交，現下唐突地要求他來為自己承擔大筆擔保，他是否會做？陳嘉豐正煩惱之際，忽然想起當年水西關結義時候，喬致庸曾分別贈予小朵、望蘇和自己三件信物，並且慨然允諾：「他日汝等如有必要之事，凡持此信物來見，喬某定當傾力相助。」陳嘉豐眼前豁然一亮，一伸手就從懷裡掏出那個玲瓏算盤來。原來自從當年喬致庸贈予自己這件信物，陳嘉豐即視為至寶，十分珍愛，走到哪裡都不忘隨身攜帶，就說那年初出西口時，他在庫布齊沙漠裡遭遇風暴，所有行李財物被風暴刮走，只有這個玲瓏算盤因為被他揣在懷裡貼身保護，所以才會安然無恙。陳嘉豐輕撫玲瓏算盤，決定前往包頭求見喬致庸。

　　不日之間，陳嘉豐來到包頭見到喬致庸，奉上那個玲瓏算盤。喬致庸一見此物，驀然想起當年在河曲水西關所經歷的事來，也想起當年自己對三小龍的承諾。喬致庸當即詢問陳嘉豐有何為難之事？陳嘉豐把自己在杭

蓋的境遇一五一十說明，喬致庸聽了大為高興。本來在十數年之前，喬致庸途經河曲，偶然在黃河岸邊目睹陳嘉豐、李小朵、郭望蘇三個少年憑著一身高超水性，合力在黃河裡仗義救人的風采，即對這三個少年大有好感。當日在喬致庸的主張下，三個少年在水西關城樓上結拜為異姓兄弟，喬致庸並曾勉勵三個少年，將來匡世濟民，成就大義。這三個少年後來的成長與發展，其實喬致庸也是非常關心的，只是聽說其中一個郭望蘇因參加太平天國謀反，早被官府追緝喪生，另一個李小朵流落入藝人行列，整日為了生活操勞奔波，只有陳嘉豐一人早年投入大盛魁門下學徒，中途因故退出，至今仍一無所成。現下聽說陳嘉豐有此境遇，喬致庸當即豪爽地答應給他做擔保。喬致庸提起筆來，詢問他打算借貸多少銀子？陳嘉豐忐忑地說就借三千兩吧。喬致庸略一沉吟，道：「三千兩資本只可勉強敷衍運作，關鍵時候難免掣手掣腳，莫若乾脆借五千兩好了，要幹就大刀闊斧地幹上一番！」

陳嘉豐喜出望外，連聲稱謝不迭。

喬致庸寫畢擔保書，不忘蓋上復盛公號印戳記，交予陳嘉豐收好。隨後，喬致庸問詢陳嘉豐開辦草場的具體打算。陳嘉豐道：「我卻還是個門外漢，只是幹一天學一天吧。」

喬致庸微一蹙眉，忽然想起一碼事來：「契弟當年追趕義兄李小朵，匆忙間留在喬某門下的那個娃娃馬家成，在喬某號內的藥材鋪裡學徒已有七八年，現在已經長大成人。此子天資聰穎，勤奮好學，實在是喬某多年未見的一塊經商的好材料，所以喬某在半年前已破例提攜他當了藥材鋪的二掌櫃，指望培植他成為一個有用之才。眼下契弟草場開張，正缺乏人手，喬某便將此子歸還，相信他將來定可成為契弟的得力臂膀。」

喬致庸隨即叫人去把馬家成找來。不多時馬家成到來，一眼看見陳嘉豐，二話不說跪倒就磕頭行禮。陳嘉豐連忙把他扶起，仔細端量這個孩子，只見他已出落成一個身形高大的後生，跟自己當年出走西口時的模樣相仿，心裡十分高興。喬致庸向馬家成說明情況，叫他跟隨陳嘉豐去杭蓋創業，馬家成一言不發，又再跪下給喬致庸磕了三個響頭，拜謝喬公數年

來活命培植之恩。隨後馬家成即離開喬家商號，重新回到陳嘉豐身邊。

　　陳嘉豐獲得喬致庸親筆簽寫的擔保書，未敢在包頭多逗留，帶著馬家成迅速趕往廣化寺。因草場自從農曆四月二十八碼鍬，到立秋時分開場，中間僅相隔兩個多月，時間較為緊迫，何況攜帶鉅資到口外開辦草場的富商大賈不在少數，一旦他們搶先和廣化寺簽約，那麼無論再說什麼也於事無補，因此陳嘉豐不敢耽擱，一路上行色匆匆，三天的路程兩天即到。看到陳嘉豐應約而來，那位格速貴甚為欣慰，高興地說：「我就知道你這個後生誠實厚道，絕不會叫人失望，一定會有辦法找到擔保人的。」

　　當陳嘉豐奉上蓋有復盛公號印戳記的擔保書時，格速貴更加高興：「憑這復盛公的金字招牌，任是借貸多少銀子，鄙寺也是毫不猶豫的！」

　　格速貴隨即和陳嘉豐商定利息，擬寫借據。一應手續辦完，格速貴親自帶領兩人去庫內提取銀子。五千兩現銀裝了好幾個箱子，滿滿當當一大垛，陳嘉豐不由得為攜帶和保管犯起愁來。就在此時，自從進入寺內未發一言的馬家成忽然開口說：「這麼多銀子我們一時也派不上用場，不如寄存在寺裡，憑陳掌櫃字據隨用隨提。為求保險起見，陳掌櫃可與佛爺商定密約，在提款字據上加注密約，可保萬無一失。」

　　經此提醒，陳嘉豐茅塞頓開，向寺裡借來紙筆，錄下明代唐寅《泛太湖》詩一首：「具區浩蕩波無極，萬頃湖光盡凝碧；青山點點望中微，寒空倒侵連天白。羝夷一去經千年，至近高韻人尤傳；吳越興亡付流水，空留月照洞庭船。」這首詩說的是春秋時期楚人范蠡輔佐越王勾踐興越滅吳，功成名就之後急流勇退，攜美女西施泛舟於五湖，其間因經商三成巨富，又三散家財，被後人譽為儒商之鼻祖的故事。陳嘉豐今借此八行詩為密約，與格速貴約定，無論何人持有陳嘉豐親筆字據均可提取現銀，只是每份字據內均含詩一行，依詩句順序類推反覆。一旦其間詩句不符或次序不投，則必然有詐，不可付給。格速貴聽說如此辦法，大是稱讚陳、馬二人聰明。其實以詩詞為密約，在漢族讀書人中應用很多，並不鮮見，甚至直到後來喬致庸在光緒年間開設匯通天下的票號，也將詩詞嵌入銀票作為密約，確保了銀票的真實可靠，杜絕了宵小之人弄虛作假。這也正是儒商

之所以高明於尋常商人的地方。

　　陳嘉豐獲得了資金，隨即忙忙碌碌地開始張羅開場事宜，到立秋這天，杭蓋草場正式開工。陳嘉豐在包頭訂制十桿標準大秤的舉措，不僅為草場吸引來眾多的掏草工，而且也吸引來不少諳熟草場其他方面業務、技術的人才。陳嘉豐經過細緻選拔，確定了帳房、草頭和鍘草工，這些都是草場構成最基本的管理人員和技術工人。由於馬家成在復盛公號內藥材鋪學徒多年，具有辨別甘草及其他多種藥材品質的特長，自然成為二掌櫃的合適人選，專門負責辨別甘草品級和定價。只是在草場開工當日，陳嘉豐出人意料地宣布了一項舉措，即是要求掏草工們在掏草後必須將所掏下的沙坑回填，至於回填沙坑消耗的時間，草場會在收草時按斤秤給予補償，如若有人故意不去回填沙坑，一經發現即予清除名號。掏草工們俱一頭霧水，搞不懂場主是何用意，只是低頭算一筆帳，發現回填沙坑草場給的補償，要比多掏一些甘草收入更為划算，因為在草場尋找一株甘草，有時候比回填沙坑所需要的時間只多不少，何況回填比掏挖更省力氣，因此無不滿口應承。唯一令他們擔心的，就是草場是否會信守諾言，當真使用標準大秤收草？當日傍晚收工回來，掏草工們一眼看到那些把式手中所提的果真是從包頭訂制的標準大秤，而且他們看得明白，那標準大秤的確童叟無欺，一秤下來連半斤八兩的誤差都沒有。除此而外，場主陳嘉豐還給二掌櫃和負責收草的草頭訂下規矩，在收草時，甘草品級的辨認與價格的評估要實事求是，不得隨意壓低甘草品級和價格，至於甘草溼度的抵扣也要依據實際，不得隨意加大抵扣額度。掏草工們看到陳嘉豐如此管理草場，無不豎起大拇指交口稱讚，都說跟著陳掌櫃這樣的大善人幹活，今後全家老小可就不用再勒緊褲腰帶過日子了。

　　陳嘉豐靠誠信經營草場的消息如同插上翅膀一樣不脛而走，各地民工紛紛慕名而來，就連在別的草場上幹活的掏草工也有不少捨棄故主投奔杭蓋而來的。一時間內，杭蓋草場上掏草工雲集，陳嘉豐不得不加緊採購糧食和增加伙夫，添置了數十口大鍋，才能應付掏草工們的伙食，並且增加大量收草的草頭和鍘草工，才能確保不耽誤每日收草和對甘草進行加工。

不到十天半月，草場所產甘草已堆積如山，陳嘉豐緊急雇用駝隊把第一趟甘草運到包頭的甘草行出售。而與此同時，別的草場有的場主還在為雇不下掏草工犯愁，等他們好不容易運送第一趟甘草到達包頭時，陳嘉豐早已售賣了兩三趟。從立秋草場開工到霜降碼鍬，短短三個月時間，陳嘉豐運送甘草到包頭出售近十趟，運輸甘草的駝隊幾乎是連軸轉，一到包頭就卸貨，一回杭蓋就裝草，中間連個歇腳的工夫都沒有。

按說草場的生意這麼好，陳嘉豐定可掙個缽滿盆滿，可是因為他不肯在甘草的斤秤和價格上盤剝掏草工，同時回填沙坑的舉措又加重了成本，利潤極其微薄，又且到草場碼鍬時結帳，他也不願刁難那些冒著生命危險來給自己掏草的受苦人，足額支付所有人員的工銀，看到一些生災得病或掙錢不多的掏草工，還特意安排帳房多付上一二兩。如此下來，刨轉一切開支及支付廣化寺借銀的利息，所剩利益已無多，連草場當年的租金都不夠付，只好先欠著，等待三年期滿一併償還。

七

陳嘉豐一趟接著一趟往包頭運送甘草的時候，各地甘草同行看見無不羨慕得眼中滴血，直到秋後結帳後，得知陳嘉豐只掙下幾個小錢，連草場的租金都不夠付，這些同行又無不嗤之以鼻。他們認為，經商之道乃在於唯利是圖，無欺詐難得積聚，無盤剝何以致富？因此在他們看來，陳嘉豐腦袋裡缺根筋，根本就不是塊經商做買賣的材料，要不然也不會把本該自己賺取的真金白銀當作破銅爛鐵養活了一干窮鬼。

可是陳嘉豐卻不這樣認為。陳嘉豐自幼飽讀聖賢之書，遵儒道重禮義，何況他還在大清第一商號大盛魁門下學徒數年，深諳大盛魁的興盛與發展多得益於誠信經營，換言之，就是說大盛魁的輝煌是由「誠信」二字疊砌而成，因此在他心目中認定經商的訣竅唯有「誠信」二字，除此之外其他都是旁枝末節。況且自己立志經商創業，也只是為了有能力救濟老家的窮苦鄉民，如果依靠欺詐和盤剝致富，即使積聚再多，豈不違背初

衷？這番經營草場雖然沒有獲利，卻也未曾蝕本。有句俗話說「萬事開頭難」，他不相信自己依靠誠信經營就一定不能盈利賺錢。

次年草場開場，陳嘉豐仍然遵循「誠信」二字經營草場。這一年投奔到杭蓋的掏草工更是暴增，陳嘉豐依舊一概收留接納。想想也是，這些窮哥兒們不遠數百里路途專程趕來杭蓋，一則是想多掙幾個錢養家糊口，二則也是奔了草場的「誠信」二字而來。如此一來，陳嘉豐更加信心十足，興興頭頭地帶領手下人員鉚足了勁兒來辦好草場。當年杭蓋草場的甘草產量大增，總產量達到近百萬斤之巨，躋身於內蒙古各地產量最大的草場行列，但是到年底結帳，由於杭蓋草場所取利潤仍然十分微薄，草場收益無多，短欠廣化寺的租金還是還不上。

一晃過去了兩年半，杭蓋草場能不能賺錢到了最關鍵的時候。馬家成自從回到陳嘉豐身邊，即成為陳嘉豐的得力臂膀，全心全意協助陳嘉豐管理經營草場，因此對於草場的情況無不瞭若指掌。馬家成自然可以清楚地看到，如果這半年草場再不賺錢，到頭來連短欠廣化寺的租金都不能清償，那麼必將導致陳嘉豐的事業功敗垂成。如此一來，陳嘉豐不僅得從草場上捲舖蓋走人，而且還會使那位自作主張答應陳嘉豐短欠三年租金的格速貴受到牽連。馬家成不禁為草場的處境感到憂心忡忡，同時也為陳嘉豐感到擔憂，可是他看到陳嘉豐卻好像並無任何憂愁顧慮似的，每日當吃則吃，當睡則睡，彷彿能把草場經營到這步田地就已經心滿意足了。馬家成不禁為之搖頭嘆息。這年冬天，馬家成跟隨陳嘉豐回老家過了個年，才剛過「破五」，即正月初五，陳嘉豐就備辦了不少土產禮物，帶著馬家成趕赴包頭，說是要去給喬致庸和各家相與拜年。所謂「相與」，就是業務夥伴。馬家成隻道陳嘉豐還要遵循固有的方式來經營草場，因此首先要和甘草行的掌櫃們搞好關係，卻也無可奈何，只好任由他瞎折騰。他們到了包頭先給喬致庸拜過年，然後就挨家逐戶給各個甘草行的掌櫃們去拜年。在甘草行當之內，草場和甘草行互為依託，處於生產與銷售的上下游關係，而草場對於甘草行的依賴性更大。陳嘉豐誠心向各家掌櫃徵求意見，從而獲得了不少經營草場的寶貴意見。他二人把包頭城內的所有甘草行都跑遍

後，陳嘉豐忽然詢問馬家成：「這些天咱們給各家相與拜年，除了獲得一些經營草場的意見，是否還有一些別的收穫？」

馬家成搖搖頭，不知陳嘉豐所問何指。

「當我們在問及甘草行經營中的一些情況時，這些個掌櫃們就無不言辭閃爍，答非所問，尤其涉及一些利害之處，更是緘口不言，避而不答。這雖是行業之間存在的一些必要的防範，可同時也說明甘草行蘊藏著巨大的利潤空間。」陳嘉豐接下來鄭重地說，「既然如此，我們何不在包頭城開辦自己的甘草行，這樣就可以實現甘草自產自銷，進一步增加草場的收益。」

馬家成聽了大為驚喜，直到此時他才發現陳嘉豐其實並不是一個目光短淺的人，原來他在暗中早就在為草場的經營發展尋找出路。開辦甘草行實現自產自銷，無疑是草場擴大利潤的最佳途徑，尤其對於杭蓋草場來說，由於陳嘉豐堅持誠信經營，不願在掏草工身上占便宜，足斤足兩收草，又不肯壓低草價，再加上回填沙坑另外多付出的補償，所有的利潤幾乎全部讓給掏草工了，草場利潤微乎其微。在此境況下，草場如果要想盈利，便不得不在甘草的銷售上做文章。

自從甘草產業在口外出現，起初甘草交易都彙集在托克托廳河口鎮的黃河口岸上直接進行，直到道光三十年黃河氾濫將河口鎮渡口吞沒後，包頭南海子渡口則代替其成為內蒙古黃河口岸上最大的碼頭，甘草市場亦隨之遷移到包頭。

在包頭開辦甘草行，即是將草場的業務範圍直接拓展到市場經營領域，屬於流通經營，與草場的生產性經營大不相同。這便首先需選擇一名懂市場、會經營、通業務的業內能人充任掌櫃。陳嘉豐經過慎重考慮，決定由馬家成來擔任甘草行的掌櫃。馬家成原本在喬家的藥材鋪裡學徒數年，自是對經營藥材這門行當不陌生，於是毫不猶豫地挑起了這副擔子。

還未過正月，由陳嘉豐取名並親筆題寫招牌的「鼎盛興」甘草行就在包頭城內悄無聲息地開張了。由於很快就是農曆二月二，各地的草場依

據時令即將開場，陳嘉豐也很快趕回了杭蓋，張羅開場事項。馬家成坐守「鼎盛興」，只盼自家草場的甘草早日運來，好大顯身手，給草場賺錢取利，可是一晃就是一個多月，別的甘草行有的已經轉手過兩三趟甘草了，自家的草場卻連根草毛也沒運來。馬家成不知道發生了什麼事，十分著急，連忙打發二掌櫃去杭蓋草場催問。這位二掌櫃原是別家甘草行的一名有經驗的夥計，是馬家成想辦法把他挖過來，協助自己經營甘草行的。二掌櫃來到杭蓋，陳嘉豐親自接待了他，首先就詢問包頭市面上的甘草行情。二掌櫃回答說：「說來卻也奇怪，本來甘草市場連年貨源充足，價格平穩，買進賣出，波瀾不興。今年偏不知道怎麼了，各地草場甘草產量都不甚大，現在市面上甘草價格甚高，貨源十分緊俏。馬掌櫃坐守『鼎盛興』，連根草毛都沒得賣，催請陳大掌櫃趕緊發貨。」

陳嘉豐連連點頭：「好的。你回去告訴家成，叫他不要心急，我很快就會安排發貨。」

二掌櫃返回包頭，如實轉告馬家成。馬家成耐著性子等待，轉眼又過半月，可是甘草還是沒有運來。馬家成眼看著市面上甘草貨源緊缺，價格日益上揚，不僅各個甘草行為了爭搶貨源使出了渾身解數，而且外地客商攜帶大筆現銀卻買不上甘草，長期滯留包頭等貨，把個甘草市場鬧得沸沸揚揚。馬家成心急如焚，再次打發二掌櫃快馬加鞭趕赴杭蓋催請發貨。這次二掌櫃見到陳嘉豐，不等陳嘉豐發問，即把市場上甘草緊俏的情況如實道來，急切之情溢於言表。陳嘉豐聽後暗暗點頭，也不忙著發貨，只是帶二掌櫃到草場上轉了一圈。進入草場後，二掌櫃一眼看到廣闊的草場地土十分平整，全然不像別的草場那般或是到處沙丘起伏，或是遍地坑坑窪窪，同時發現正在幹活兒的掏草工們所掏的均係粗條甘草，對於相對較細的甘草連瞧一眼都懶得多瞧，不由大為驚訝。陳嘉豐解釋說：「三年前杭蓋草場剛開張時，我便採取收草時按斤秤給予補償的辦法，要求掏草工掏草後必須回填沙坑，所以咱們的草場一直保持土地平整。至於其中的益處嘛，你身為甘草行的二掌櫃，是內行人，當然懂得草場的甘草係自然繁殖生長，從發芽到成熟得用兩三年時間。咱們草場將沙土回填，正好保護了

土壤，使得甘草能夠順利成長。今年正好是第三年，咱們回採這片草地，大多甘草自然品質優良。」二掌櫃這才明白掏草工們為何只掏粗條甘草，而對較細的甘草不待搭理的原因。隨後，陳嘉豐又領著二掌櫃來到草場囤積甘草的地方，二掌櫃只看到成捆的甘草堆積如山，所占用的地方差不多有個跑馬場那麼大，怕不止有數十萬斤，心中更是驚訝不已，鬧不清場主的葫蘆裡到底裝著什麼藥。

「咱們草場貨源充足，我馬上就會安排發貨。」陳嘉豐不再給二掌櫃做解釋，只是囑咐他說，「你回去告訴家成，叫他多多預備庫房，莫使甘草到了包頭無處存放。」

二掌櫃回轉包頭，將自己在草場上的所見所聞告知馬家成，馬家成恍然大悟，一時徹底明白了陳嘉豐當初不惜血本回填沙坑的用意，不由對陳嘉豐的眼光與見識大為嘆服。二掌櫃接著轉告馬家成，陳掌櫃要求他們多多預備庫房，準備馬上接貨。馬家成聽了非常高興，連忙帶領櫃上夥計四處租賃庫房，把包頭近郊所有空置的民房差不多都租了下來，只等著草場貨到。不料這一等又是半月有餘，自家草場的貨仍然未到。這時距離草場開場已有兩個月了，因為甘草貨源緊缺，各個甘草行雖然經營甘草數量不多，可是因為價格高昂，都賺了個盆滿缽滿，只有「鼎盛興」自開張以來還沒有做過一個銅子的買賣。馬家成焦急得坐立不安，簡直快要瘋了，這日正打算親自去杭蓋一趟，問問陳嘉豐是不是也瘋了，忽然接到陳嘉豐打發人送來的口信，叫他趕快準備接貨。

口信前腳送到，草場運輸甘草的駝隊後腳就到。這番可把馬家成忙壞了。杭蓋草場數十萬斤甘草源源不斷湧入包頭，剛剛進入庫房，轉眼就被各地客商高價買去。有的甘草連庫房都沒進，就直接被裝上貨船運往內地。馬家成和櫃上夥計白天黑夜連軸轉，忙著出貨進帳，大筆的貨銀都是用大秤來盤進，滿滿當當裝滿了無數隻箱子。等到草場碼鍬時分，短短一個來月時間，「鼎盛興」進帳不下十數萬兩銀子，除去足額支付草場所有人員的工銀及其他開支，盈餘達萬餘兩。陳嘉豐不僅把向廣化寺借貸的銀兩本息結清，而且把所欠場地租金亦全部清償，為感謝廣化寺僧侶對自己

的特殊關照，又向廣化寺布施白銀千兩以充香油供奉。

　　陳嘉豐這番獲得巨大成功，一時轟動商界，就連大商喬致庸都親自登門道賀。哪知陳嘉豐卻連連搖頭：「慚愧，慚愧。嘉豐本以為經商當以儒道為根，以誠信為本，厚禮義而輕利益，方是商賈積聚之正道坦途。不料嘉豐時運不濟，草場利益微薄，尚不足支付場地租金，連年蝕本，甚為慘澹。無可奈何之下，才不得已出此下策，雖然並非強取豪奪，然則難脫囤積居奇、哄抬物價之嫌。嘉豐心中實誠惶誠恐，忐忑不安……」

　　「契弟無須自責。經商之道，有時實則虛之，虛則實之，不可固執拘泥。喬某觀契弟所為，乃是因熟窺商業之門道，審時度勢，順應形勢之舉，並非刻意囤積居奇、哄抬物價之鄙劣行徑。咱們經商做買賣的，固然要有厚德惠民的菩薩心腸，然而不一定只刻意取些蠅頭小利，便是遺惠於民。反之亦可言，倘若因勢利導，隨行就市，把商業利潤擴展到極限，難道便算是我輩的過錯不成？」喬致庸寬慰道，「何況契弟所行惠民之舉，由來有目共睹。杭蓋草場一貫平秤進出，價格公道，不貪不占，薄利經營，實則就是讓利於民。如此所為，只消與其他草場場主唯利是圖、盤剝克扣民工的行徑相比，自有天淵之別。契弟以誠信為本，厚德待人，自然可凝聚人心，彙集勢力，甘草產量不大也不可阻。宵小之輩處處盤剝民工，久則喪失人心，勢力必衰，甘草產量不小也不可阻。這番甘草價格漲勢便是因此而起，絕非人力操縱使之。契弟由此獲利，正是天道酬勤之慣例也。」

　　喬致庸的一番說辭，可謂精闢透徹地剖析了陳嘉豐獲得成功的原因，同時對當時的商業道德的重要性，以及商人與社會之間存在的矛盾這個問題進行了一定分析與闡釋。因為在當時封建年代，商人這個職業處於下九流的社會地位，商人與社會的關係，以及商人應該如何承擔社會責任，這些無疑也是商人必須思考的問題。陳嘉豐聽罷，大有茅塞頓開之感。

　　喬致庸接下來說：「喬某素知契弟志向，經商只為扶貧濟民之大願。能夠以商業為本，行扶貧濟民之善舉，亙古即有先例。春秋越國范蠡泛舟五湖，三成巨富，又三散家財，濟困扶危，拯救難民，正是厚德惠民之典

範。我輩之中愚鈍鄙陋者甚多，唯有契弟志向可追先賢項背，此實乃致庸所不及也！」。

「先生謬讚，直教嘉豐汗顏不已。」陳嘉豐深深躬身致禮，「先生教誨，嘉豐定當銘記，但願嘉豐能成就大業，也不辜負先生厚望。」

八

陳嘉豐經商獲得巨大成功後，曾經譏笑過他的甘草同行無不刮目相看。有了上半年的先例，下半年甘草開市之後，各家草場俱駐足觀望，不肯貿然入市。陳嘉豐這番並沒有坐等行情漲勢，甘草早早入市，反而搶得先機，賣得一個好價錢。等到其他草場甘草陸續入市後，市場已漸趨於飽和，價格不漲反降，恢復了尋常的行情。各個草場場主捶胸頓足，後悔不迭，就連外地來的客商看到他們這般模樣，也無不掩嘴竊笑。

陳嘉豐經商獲利，不忘當年出走西口的初衷，在秋天甘草休市後，即傾盡所有，在包頭市面上採購大量糧食，雇用大船三四艘裝載，欲運回保德郭家灘老家，以作陳家賑濟之用。糧船在南海子渡口尚未啟航，早有在黃河上流船的河路漢把這個好消息帶回了郭家灘。陳家老小喜出望外，招呼全村父老鄉親一同前往黃河岸邊接船。這日終於等到糧船順水下來，岸上鄉鄰無不雀躍歡呼。糧船剛剛在岸邊停穩，忽然有州衙裡的那名偏關籍書吏奚耀珍帶領一班差役趕來，聲稱要按官例查船。一班差役不由分說，逕自登上船去，胡亂扯開遮蓋貨物的篷布，四下裡翻檢搜查。折騰半天，便有幾名差役分別在各船裝載的糧包堆裡翻找出一兩隻口袋，提拎到岸上。奚耀珍吩咐差役將貨主陳嘉豐從船上叫下來，質問他口袋裡裝有何物？只聽陳嘉豐朗聲道：「船上的貨物都是我自個兒親自在包頭採購的，除了糧食，還會是什麼？」陳家一家人看見也都圍攏過來，連連口稱船上裝的都是糧食。

「『煮熟的鴨子打扁嘴』，看你陳家還能能耐到幾時。」奚耀珍冷笑一聲，當即令差役打開口袋，將袋中之物傾倒出來，只見裝的哪裡是什麼糧

食，分明就是一包包包裹甚好的洋菸。這一下，不但岸上鄉鄰目瞪口呆，就連陳嘉豐也如墮五里雲霧，不明所以。

「哈哈哈，真是畫人畫虎難畫骨，知人知面不知心。」奚耀珍陰陽怪氣地壞笑幾聲，接著說道，「各位鄉鄰今日親眼看見，這陳家其實利慾薰心，假借賑濟運糧為名，實則販弄洋菸牟利。虧得陳家妄自標榜自家行善鄉里，助困濟危，實則欺世盜名，愚弄百姓。說什麼大善人，其實是假善人……」

「休要胡扯淡！」奚耀珍話未說完，岸邊諸鄉鄰即異口同聲地反駁，「陳家的德行高低，我等鄉鄰朝夕相處，自有公論，豈容他人塗紅抹黑，惡意誹謗。你雖是官府，但若要妄言陳家販弄洋菸，就是打死我等也不相信！」

「難道是奚某睜著眼睛說瞎話不成？」只見奚耀珍眼珠一轉，隨即兜轉話鋒，「便是當老子的守在你們眼皮底下未曾作惡，可當兒子的也未嘗就不會幹壞事。大家都知道陳嘉豐聲稱自己在口外經商做買賣，可是天高地遠，誰知道他在口外到底做什麼買賣。今日看來，定是在口外做這販弄洋菸的勾當！如若不是，那麼這滿船的洋菸又作何解釋？」

「我等幾人可以做證。」從人群裡擠出來幾名受苦漢，來到奚耀珍面前，「我等幾人這幾年便在杭蓋草場掏草，親眼看到陳家公子一門心思經營草場，又何曾做過什麼販弄洋菸的勾當？」

「嘿嘿嘿，你們幾人不過是尋常的受苦漢，陳嘉豐私自販弄洋菸，難道還會敲鑼打鼓地告訴你們不成？」奚耀珍瞇縫著眼乜了幾名受苦漢一眼，冷哼一聲，「要麼就定是陳嘉豐給了你們什麼好處，將你幾人收買，你等狼狽為奸，一個鼻孔出氣……」

這幾名受苦漢本來家境困窘，一貧如洗，靠走口外掏甘草謀生已有些年頭，前些年也未見他們發財，只是近兩三年來日子才一年好過一年。此時奚耀珍這般質問，幾名受苦漢一時口拙，不知道怎麼說才好。眾鄉鄰看到他們這般模樣，不由心中疑竇大起，齊刷刷地把視線投向陳嘉豐。

「諸位鄉鄰，請相信嘉豐，嘉豐委實在杭蓋開辦草場，做的是正當的甘草買賣。」陳嘉豐解釋道，「嘉豐經商獲利，專程採買這數船糧食運回，便是要充實陳家糧倉，以助諸位鄉鄰挨度饑荒災年，只是這糧船上的洋菸何來，讓嘉豐也莫名其妙……」

「此正所謂欲蓋彌彰，巧言搪塞。既然連你這個貨主都說不清船上洋菸何來，這個販弄洋菸的屎盆子，也就只好給你扣在頭上了！」奚耀珍也不容陳嘉豐再作解釋，伸手推開身旁之人，逕自登上岸邊一所高處，扯開喉嚨大聲呼喝道，「各位鄉鄰，這洋菸是什麼東西，我不說大家也都知道。陳嘉豐從口外販弄回來的這幾船洋菸，足夠我保德州老小人人變成一桿大菸槍。大家說說，我們能眼睜睜看著洋菸在保德州氾濫成災，讓保德老小人人都變成菸癆病鬼嗎？」

人人都知道，洋菸本名鴉片，是西方列強為攝取暴利，進而消耗大清國力的「軟武器」。大清從朝廷到兵民都曾對西方列強的這一卑鄙行為進行了堅決抵制，從而在道光、咸豐年間相繼引發了兩次鴉片戰爭。由於清廷腐敗，國力羸弱，兩次鴉片戰爭均以失敗告終。直接的後果是導致鴉片貿易「合法化」，朝廷自雍正以來就一直堅持的禁菸令全部廢除。因為洋菸在當時是屬於「合法」流通的「商品」，官府縱然在陳家糧船上搜查出洋菸，原本也無權查扣，只是那洋菸的危害卻是人人有目共睹的，因此但凡有點良知的人，都對此物深惡痛絕。

經奚耀珍的一番煽動，岸上頓時人群騷動，一片譁然。由於保德自古地處胡漢民族交匯之地，人民性情剛烈，耿直率真，可謂民風強悍。受此蠱惑，便有幾個莽撞無知的青皮後生血性一下子湧起來，大喝一聲：「放火燒船，燒掉狗屁陳家的洋菸！」隨即拾撿柴草，打火點燃，就往糧船上扔去。這一下帶動，攛掇起不少人也紛紛加入其中。陳嘉豐和全家老小有口難辯，一眾船工也攔擋不住衝動的人群。眼看著幾點火苗在糧船上躥起，剛好黃河上刮起一股大風，火借風勢，風助火勢，火焰迅速蔓延開來。幾名船主先還忙著用船上的物件撲火，轉瞬間火勢大作撲面而至，都慌不迭地跳上岸來。陳嘉豐看見糧船火起，腦袋「嗡」地響了一聲，慌慌

張張向糧船奔跑過去，婆姨鳳珠、兒子陳蟲和那幾名在杭蓋草場掏過甘草的受苦漢趕忙把他拉扯住。陳嘉豐眼巴巴瞅著船上的糧包被烈火燒得開裂，金燦燦的糧食不住氣地傾瀉而出，在烈火的焚燒中彌漫起一股刺鼻的焦糊味兒，不由雙膝一軟，「撲通」一下跪倒在沙灘上。接下來還不到點袋菸的工夫，只見幾艘糧船連頭帶尾化作一片火海，固定船隻的繩纜也被燒斷，船隻各自帶著一片濃煙漂離河岸。陳嘉豐直勾勾地盯著糧船漂離眼前，順水而流，在熊熊烈火的焚燒下逐漸解體，最終在視野裡消失不見，只覺得心如刀絞，連肝腸也要被絞碎了一般。就在這時，忽然身後響起一陣噪亂，緊扯著陳嘉豐胳膊的陳蟲扭回頭去，當即驚呼一聲「爺爺」，陳嘉豐聞聲連忙回看，只見原來是自己的父親倒臥在了地上。陳嘉豐宛如被兜頭澆了一瓢涼水，剎那間清醒過來，趕緊起身幾步趕過去，看到在地面上赫然有一團血跡，這才知道經此突如其來的變故，父親被氣得口吐鮮血，已經氣絕身亡了。

　　陳家的糧船上何以會有洋菸出現？這話還得從那個「雀過拔羽，雁過揪翎」的郝開友說起。郝開友自從被廣化寺喇嘛驅逐出杭蓋，灰悻悻地滾回保德，面見胡丘，只推說是被陳嘉豐賄賂喇嘛，搶奪了草場。胡丘聽說又是陳嘉豐從中作梗，導致自己財路斷絕，極其光火暴怒，催促奚耀珍趕快籌謀劃策，報復洩憤。奚耀珍思想一番，獻上「一急一緩」二策。一急是「逮不住瓜瓜搜蔓蔓」。陳嘉豐雖遠在杭蓋，他的妻兒老小卻都在眼皮底下，瓜瓜長在蔓蔓上，把蔓蔓給搜了，看那瓜瓜還如何得活。只是奚耀珍也想到，世間最難捉摸的東西乃是「無把子燒餅」。陳家素為本地縉紳，由來樂善好施，積德修身，恭謙禮讓，與世無爭，如果抓不住他家有必死罪過，如山鐵證，縱使官府做些花樣文章，略施懲戒，也畢竟是隔靴搔癢，無濟於事。此策乃為下策。一緩是「三年等個閏臘月」，亦即「放長線釣大魚」之計。料想那陳家縱然素常行止端莊，身正影直，也保不準有個反穿鞋歪戴帽的疏忽。由來「捉姦見雙，捉賊見贓」，只有真正揪住陳家的小辮子，才能標本兼治，一步到位，此策方為上策。由於奚耀珍肚腸裡的花花點子層出不窮，每每十分奏效，胡丘向來十分信服。胡丘權衡一

番，覺得這條「三年等個閏臘月」之計甚為可行，於是強按下心頭怒火，命令奚耀珍依計實施，只是囑咐千萬莫要心慈手軟，定要治得陳家妻離子散、家破人亡方解心頭之恨。自此奚耀珍安排人員，遍布眼線，對陳家內外事務刻意留心，專等陳家露出小辮子。這番陳嘉豐在口外經商獲利，大量採購糧食，欲運回老家賑濟扶困，那邊奚耀珍雖然遠在保德，可是很快就得到了消息。他看到這個天賜良機，隨即修書一封，命人火速送給在口外倒販洋菸的郝開友。原來郝開友自打從杭蓋回來，並不安分守己，鼓動胡丘再開財源，將州庫官銀再度套取出來，自告奮勇往來於西口一帶，幹起了倒販洋菸的勾當。明著是幫胡丘賺錢，實則是給自己牟利。郝開友在口外接到連襟書信，不敢怠慢，立即按照連襟安排，破費幾兩洋菸買通一名給陳家運糧的船工，將自己採買的幾箱洋菸裝入糧袋，做上記號，偷偷混上了陳家的糧船……

看到憑自己一條三寸不爛之舌就煽動老百姓縱火燒毀了陳家的糧船，奚耀珍心中暗自得意，趁著岸上岸下人群混亂騷動之機，連忙指使一班差役將方才傾倒在地上的洋菸統統裝起，然後神不知鬼不覺地扛走。

中國古代的倫理道德，歷來以「忠孝禮義」四字為核心。然而孝字雖然排在忠字之後，忠卻以孝為前提，也就是說，孝是一切倫理道德的根本。孟子曰：不孝有三，無後為大。這句話的意思是說，當晚輩的沒有對長輩盡到責任，就是最大的不孝，而不僅僅是指沒有生下兒子就是不孝了。不孝的程度有輕有重，不孝到極限則叫作忤逆。陳父的仙逝，在眾鄉鄰看來完全歸咎於陳嘉豐。如果不是陳嘉豐販弄洋菸，就不會導致這飛來橫禍，陳父就不會被活活氣死。連陳嘉豐也認為，自己雖然蒙受了不白之冤，可父親的死跟自己有脫不開的關係，從某種程度上來說，自己就是害死父親的罪魁禍首。可問題究竟出在哪裡，他實在是一頭霧水，百思不得其解。

陳父的喪事辦得倒也算順利。由於陳父一生行善積德，廣布恩惠，頗受鄉民敬重，再加上當地民風淳厚，素有鄰里互助的習慣，許多鄉鄰主動前來幫忙，尤其是到了出殯之日，村裡的壯勞力無不爭當殯工，把陳父抬

到祖墳掩埋。只是因陳嘉豐擔上了「忤逆」之名，而且從事「販弄洋菸，荼毒百姓」的勾當，一下子變成了德行敗壞之徒，眾鄉鄰無不對他嗤之以鼻，避而遠之。

這一年間，保德又是一個災荒之年，剛剛進入十冬臘月，缺糧斷炊的人家比比皆是。本來按照往年慣例，陳家在此情況下都要開倉放糧，賑濟鄉鄰，只是今年陳家倉儲本就不殷實，又因雇來運糧的數艘大船俱被燒毀，船主打鬧上門來，陳嘉豐沒有奈何，只好把自家倉庫中的糧食用以賠償。接下來操辦父親的喪事，耗資亦不菲，倉庫中早已是米麵罄盡，幾乎一無所有。陳嘉豐無力放糧，又且因遭眾鄉鄰誤解，往昔熱鬧的門庭一下子冷清起來，連鄰居家的狗都不來串門了。在此境況下，陳嘉豐甚覺心灰意懶，豪情壯志一落千丈，轉天在父親的墳墓旁結草為廬，每日只在墳前守墓，懺悔自省。

轉眼間冰雪煥然，春回大地。在家過罷年的人們又開始陸陸續續向西口外邁進，尋找他們一年的活路。杭蓋草場上早早就聚集了不少掏草工，打算撲開身子再掙一年寬敞錢，可是草場的掌櫃遲遲不現身。自從去年甘草休市後陳嘉豐運糧回家，只留馬家成在包頭撐著門面，眼看就到草場開場的時節了，馬家成心中頗為急切，打發店中夥計回老家請陳嘉豐趕赴口外主持大局。店中夥計去而復返，馬家成方才得知陳家發生變故，陳嘉豐已無心腸到口外辦什麼草場了。馬家成大為焦急，連忙去往喬家向喬致庸探問主意。喬致庸問明情由，隨即修書一封：「余嘗聞立德者必壽昌，積善者必運久，所謂『勞謙君子，有終吉』，此誠天道酬勤之故也。奈何天公造物無常，人物生靈難脫術數變化，昔易更三聖，始未解惑。況乎凡夫俗子，焉得豁然貫通？然則天地開於混沌，卵石孕玉，江河含沙，本為自然法則。是故人道本善，乃所以異於冥頑禽獸者，獨不可以卵石孕玉而昏昏，以江河含沙而濁濁。餘本孤陋，旅羈戎羌久矣，然素聞晉邊保德地陳五督之後，歷代舉善修身，厚德惠民，由來聲名噪遠，引人崇敬。余本不才，得遇陳氏傳人交契，熟諳嘉豐契弟承襲祖風，胸懷高遠，有追先賢陶朱公之志向。驚聞陳氏家變，年伯修短，廳堂蒙垢，堪為惋嘆。唯嘉豐契

弟齒稚，未足練達，稍經砥礪，即致落拓消沉，實餘所不齒也。余恬食半百，於世情亦懵懂半知，謹藉古人一言勸勉：豈不聞『失之東隅，收之桑榆』者乎？」這封書信的意思大致是說：「人們都希望好人有好報，可是在凡塵俗世，各種出人意料的事情很多，石頭中藏著美玉，江河裡含著泥沙，這些都是司空見慣的。唯獨聰明的人不會被事物的表像蒙蔽，人們常說『清者自清，濁者自濁』，就是這個道理。保德陳家一貫樂善好施，賑濟鄉鄰，有著很好的名聲。而陳嘉豐更有向春秋時期越國的大商人范蠡學習他三散家財、拯救難民的志向，只是因為陳家突然遭遇到一些說不清的事情，導致陳父仙逝，陳嘉豐被鄉鄰們誤解，非常令人惋惜。陳嘉豐年齡還小，社會經驗尚不豐富，遇到這樣一點困難，就感到茫然失措，其實是不值得的。所以我在這裡勸告他，人生本來有得有失，又怎麼能夠以一時的成敗而論英雄呢？」

　　俗話說「響鼓不需重錘」。陳嘉豐收悉喬致庸書信後，有如醍醐灌頂，茅塞頓開，只覺眼前豁然開朗，胸中塊壘盡消。他當即自守墓的草廬返回家中，與母親、妻子商議，打算捨棄家業，舉家遷往口外居住。古代女子講究「三從四德」，陳父逝後，陳嘉豐就成為一家的主心骨，陳嘉豐怎麼打算，她們就怎麼聽從。陳嘉豐的兒子陳蠡年齡雖小，可是對自家目前所處的境況也看得清楚，極力支持父親的主張，因此俱無異議。一家人收拾停當，至墳頭拜別了祖宗。臨行之際，陳嘉豐召喚來幾名左右村鄰，將自家所有房屋地契交與他們，囑咐他們分發給村中鄉鄰，隨後大敞家門、倉庫，一家人遠別了故土。只是令陳家老小始料未及的是，本村鄉鄰俱敦厚本分，雖然陳家房屋地契在手，可是無有一人敢貿然私分，反而跑去州衙垂詢，聽憑官斷。知州胡丘隨即拍板定奪，陳氏所遺房屋地產均由官府代管，閒雜人等不得侵占。因此陳家大好的家業，盡皆落入胡丘囊中。

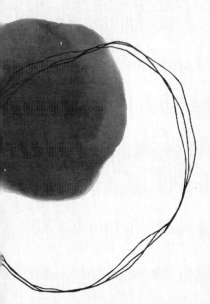

第十章
漫瀚調

一

　　李小朵於咸豐五年出走西口，以表演二人臺小戲為業。當年秋末冬初，玩藝班的一行人跟隨走西口的老鄉從後套折返家鄉，途經包頭，李小朵專程停留一日，去巴氏王府探望薩日娜格格和小娉，誰知巴氏王府的守門人卻告知他說，早在秋上薩日娜格格就奉理藩院檄文所詔，帶著小娉去往京城備選皇室后妃了。遙想那京城迢迢千里，皇宮重疊森嚴，從此天人永隔，李小朵不由潸然淚下。

　　李小朵抹去眼淚，和玩藝班的夥伴們從包頭南海子渡口乘船渡過黃河那邊，又自陝西府谷縣境內乘船渡過黃河這邊，雙腳踏上河曲地面。他們由城關往老家方向趕，經過一些村莊，只看到每個村莊的村口都無一例外地聚集著一夥牽兒引女的婆姨們，甚至在一些窯頭墕畔上也站有不少人，一旦看到大路上有人走來，就紛紛翹首顧盼。原來這些都是有人口出走西口外掙錢的人的家人，她們是在守候著自己的親人從口外回來。遙遠地裡，一些婆姨猛然間一眼看到自己的男人肩挑糧食、財物，大步流星地出現在面前，不由心花怒放，挺著虛弱的身體快步迎上前去，愉悅之情溢於言表。也有一些人掙不下銀錢，兩手空空而歸，可是婆姨也不埋怨，覺得只要男人還能活著回來，那便是天大的運氣。更有一些人在西口外生災得病或是遭遇土匪，斷送了性命，歸來的同伴帶回的只是他死去的噩耗，家人聽了無不傷心欲絕，號咷痛哭。因此每年在這個時候，凡是有人出走西口的村莊，哭笑之聲總是不斷在村頭響起，此起彼伏，叫人感慨萬千，而又肝腸寸斷。

　　誠然是「近鄉情更怯」。距離唐家會老家越來越近，李小朵的心裡不由自主地忐忑不安起來。早在夏天出走西口之時，家裡糧食已將罄盡，自己大半年時間不在家，也不知道母親靠什麼生活，李小朵想到這裡心跳就不由加劇，趕緊加快腳步向家裡趕去。剛進村口，一眼看到母親正坐在一棵樹下跟一夥婆姨們拉家常，眼神卻不時地瞭著進村的大路，顯然是在等待自己回來，禁不住鼻子一酸。不等李小朵走近，母親早已起身迎上來，

李小朵緊走幾步牽住母親，母子倆一起歡歡喜喜回轉家去。

到了家裡，李小朵聽了母親的訴說，才知道打自己出走西口，家裡僅剩的一點糧食很快見底。此時在唐家會，滿村只有四爹一家親人，可是遭此饑饉災年，四爹家的日子過得也極其緊巴。饒是如此，四爹不忍心看著自己的大嫂餓死，把自家所剩不多的糠皮麵麩勻出一些，親自扛著送到家裡來。憑著四爹給的這點糠皮麵麩，母親省吃儉用，才好歹不致餓死。李小朵聽罷，眼角不覺淌出兩行清淚。

母親一邊跟兒子拉呱兒，一邊生火做飯，不多大一會兒熱騰騰的飯菜就端上了炕頭。李小朵捧起碗來，只見正是自己最喜歡吃的酸糜米撈飯，米粒金黃，味道清香，顯然是今年的新米，一時疑惑不解，不知道新米從哪裡而來。母親緊接著給他解說，李小朵才知道自己出走西口不久後，老天爺終於開眼下了今年的第一場雨，乾涸的土地得以滋潤，莊戶人家迫不及待地把忍飢挨餓節省下的一點種子種進地裡，指望多少能有點收成。李小朵家的土地全部被薛稱心霸占去，母親想種點莊稼也沒處種。不過活人哪能叫尿憋死，她看到在自家門前的邊角地塊和窯頂的堖畔上空空蕩蕩，便打開了這兩塊「土地」的主意。當地農村土地雖然金貴，可村民家門前的邊角地塊一般只是用來積肥攢糞，或是栽種幾棵樹以便夏天乘涼，鮮有人家種植莊稼。至於堖畔，就是窯洞的頂部，雖然有的窯洞頂部極高，甚或有高達數丈的，也不怕雨水滲漏，可好端端的人家誰願意在自家頭頂耕種刨挖，倒顯得自家窮瘋了？眼下母親盯上這兩塊「田地」，也是確實出於無奈。種莊稼是體力活兒，母親每天只靠四爹給的那點糠皮麵麩充飢，卻還不敢飽吃，身體極度虛弱，連鋤頭都舉不動。母親便在針線笸籮裡找出來一把納鞋底的錐子，又把無意間在窯洞一個犄角旮旯裡發現的半升尚未發黴的小紅糜子用來做種子，然後來到「地裡」，雙膝跪下，先拿錐子在地上錐一個孔，下一粒種，蓋上土，然後再錐一下，再下種，再蓋土……遇到地上生長有苦菜或其他能吃的野草就剜起來嚼著吃下去，補充體力。這樣邊吃邊做，居然把兩塊田地全種上了。誰都想不到，自從下了第一場雨後，雨水再未短缺，接下來簡直是風調雨順。由於當地自去年冬

天即片雪未下，今春又滴雨未落，天乾地旱，許多人家都在等待雨後播種，有的人家連地也未翻，糞堆還堆在地裡未動，也有少數人家按時把地翻好，該下種時按時種進去，待到五月間因地裡長不出苗，就又再次改種成糜子。也算是天不絕人，當年種糜子的全部獲得了豐收。這種小紅糜子屬小日期類農作物，生長期只需六十天，在足夠雨水的滋潤下，宛如南方的春筍瘋狂地滋長，並且如期結籽成熟。固然李小朵母親播種糜子是在雨後，不比雨前播種的人家收穫多，但是畢竟有所收穫。這樣看來，即便兒子在口外掙不下銀錢，到冬天母子倆也不致被餓死了。李小朵聽完母親的講說，不由心如刀絞，難過至極，哪裡還能咽得下飯去？

　　自此後，李小朵每年跟隨走西口的老鄉春出秋歸，在西口外討生活，冬閒時節卻必定回家與母親廝守。日子過得雖然清貧，卻好歹是一戶人家。李小朵年歲漸長，母親看著心裡焦急，催促兒子早日成家，可李小朵哪裡有這番心思？小閨女的墳墓就在李小朵家祖墳不遠，李小朵每次上墳祭祖，都要捎帶給小閨女也燒上一些紙錢。其實小閨女的墳墓只是一個衣冠塚，可憐的小閨女當年跳河身亡，連屍首都沒留下，不經意間她的墳頭早已野草萋萋。這年李小朵出走口外，忽然家鄉傳染豬瘟，有喪心病狂者把病豬肉摻雜在好肉裡賤賣，李小朵母親貪圖便宜割些豬肉吃了，不幸染疾而亡。李小朵聞此噩耗從口外趕回家來，把母親安葬在祖墳裡。李小朵在父母的墳頭哭一場，又向著小閨女的墳頭哭一場，哭過之後，心裡空空蕩蕩，只覺得天地蒼茫，自己連一個可惦念的親人都沒有，這個家鄉再也沒有什麼可留戀的了，於是在守孝期滿後，將所有的家當都交與四爹照管，去往口外不再回來。

　　有道是：「曾經滄海難為水，除卻巫山不是雲。」李小朵從此再無成家娶親之想，終日漂泊在西口外，一門心思撲在二人臺的編創和表演上，使得二人臺這門藝術無論從劇碼形式、劇情對白、唱腔曲調、音律伴奏及至舞臺動作、道具運用上，都不斷進步，有了長足的發展。再加上諸多晉陝老鄉的共同努力，二人臺開始盛傳在晉西北、陝北及內蒙古中西部地區。同時隨著諸多蒙古人也開始懂漢語、應用漢語，二人臺這門藝術也開始漸

漸受到蒙古人的喜歡。

　　時光荏苒，李小朵轉眼已年屆三旬，當年和他結伴出走口外的幾名藝人有的改行，有的倒班，班內的藝人進進出出，早已更換了好幾荏兒，只有李小朵一人盡心竭力支撐著這個玩藝班子，使這個班子始終不倒。這些年間，李小朵和他的夥伴們居無定所，四處漂泊，足跡遍及內蒙古中西部的所有沙漠、草原、碼頭和城鎮，只要有漢人聚集的地方都留下了他們的身影。然而，在當時演戲唱曲畢竟還屬於下九流的行當，藝人的地位更是低賤到極致。說好聽點，他們是靠本事謀生，說難聽點，無異於乞討要飯的花子。他們身背簡易的服裝、道具，趕廟會、趕碼頭、趕店鋪開張、趕紅白喜事、趕有錢人家的生辰賀壽，被稱作「趕場子」，為他人的喜事添彩助興，臨末了卑躬屈膝，口稱「財東、老爺」，向主人家求取幾個賞錢。多數時候，主人家會因為高興多給幾個賞錢，可這樣的「場子」並非常有。尋常時候，他們只能在人群聚集的街鎮、村落擺戲攤，靠圍觀的閒人、散漢賞幾枚銅錢。這樣下來，他們辛苦一天往往連頓飽飯都掙不下，另外還常遭遇地痞無賴豪取強奪、酒鬼醉漢尋釁滋事、達官仕人白眼相加、婦孺頑童調侃笑罵，其中的辛酸淒苦都是一肚子裝了，無處訴說。

　　跟當時其他所有走西口攬工受苦的貧苦農民一樣，玩藝班子的藝人含辛茹苦，委曲求全，都是為了養家糊口、活命維生。儘管他們出賣的不是苦力，可他們遭受的苦難並不比別人少。由於他們沒有固定的演出地點和場所，每日裡只是憑道聽塗說的消息趕場子，東三天西兩天，日間忍飢挨餓，夜間野地棲息，都是常有的事。饒是如此辛苦操勞，除了勉強糊口果腹，其實手裡也落不下幾枚銅錢。

　　這一年初冬，李小朵和玩藝班子的夥伴流落到土默特右翼旗來。土默特右翼旗坐落在鄂爾多斯左翼前旗東北方向，隔著黃河兩旗相望。雖然僅隔著一條黃河，但兩旗已分屬兩個蒙古部落。本來每年到這個時節，走西口的「雁行」客大多要回返家鄉與家人團聚，只有土默特蒙古很早就改變了秋後驅逐漢人的習慣，漢人大可隨意留居，又且李小朵自從母親亡故後已有數年未曾回家，每年只是陪伴班中藝人最後散去，才獨自在蒙古地方

賃房而居，等到來年春暖花開，再與班中藝人相聚，然後結伴四處演戲謀生。這便使得班中藝人入冬以後無意早早散班回家，都追隨李小朵輾轉到土默特來，指望多表演幾天，多掙幾個辛苦錢。這日來到一個叫古雁圪力更的村莊，擺開戲攤，方演出了一兩齣小戲，忽見李小朵連打幾個趔趄，一頭栽倒在地。原來因為蒙古地方入冬較早，當地居民早已添置棉衣過冬，而藝人們身在異鄉，尚無棉衣更換，花錢添置又覺不捨，都還穿著隨身衣衫將就。一路行來，李小朵偶感風寒，也不以為意，只像往常那樣喝了兩碗姜湯抵禦，孰料現下正演戲當中，忽然病情加重，頭暈目眩，體力不支，故而栽倒，這下可急壞了班中藝人。正慌亂之時，從圍觀的人群裡擠出一男一女兩個蒙古青年，走上前來說道：「這位大哥得病，可到我家中暫住醫治。」藝人們看這對蒙古青年面目清秀俊俏，不像歹人，便匆忙收拾戲攤，攙扶起李小朵，跟隨兩個蒙古青年到家。

　　這對蒙古族兄妹，哥哥名叫丁未羊。這個名字頗有意味，其時因當地蒙漢人民雜居，彼此間習俗相互滲透，蒙古族中多有取漢名的。丁未羊，按漢族天干地支所指的出生年份取名。時丁未，乃道光二十七年，羊年，故以此命名。妹妹名叫陶格斯，漢語的意思就是「孔雀」。

　　說起這對蒙古族兄妹的祖先，本是赫赫有名的土默特部落首領。早在清朝建立前，清的前身後金就利用各種手段籠絡和降服蒙古各部，土默特首領博碩克圖汗之子俄木布洪率眾歸附後金，被賜予台吉封爵。所謂「台吉」，是清廷賜予蒙古貴族的封爵，分一至四等。其間因俄木布洪與喀爾喀蒙古密切交往，被後金視為謀逆，捕擒並削去其封爵，從而也直接導致了土默特部落不再受後金信任。清朝建立後，按八旗制度將土默特部落編為左右兩翼，每翼一旗，故土默特部落又稱「兩翼蒙古」。在整個清朝，土默特二旗都是朝廷防範和排擠的物件，清廷調遣其他蒙古部落前往土默特地區駐牧，使曾經幅員廣闊的土默特所轄境地越來越少，一個原本十分強大的部落被瓦解得支離破碎，名存實亡。後來清廷雖然給俄木布洪的子嗣恢復了封爵，卻一直閒置，不受重用。俄木布洪的後裔除了承襲有一個空頭貴族封爵，其家族原有的顯赫地位早已不復存在，再加上世事的變化

更迭，幾代之後，這個家族漸至衰敗沒落，與平民無異。

蒙古人稱父親為「阿布」，稱母親為「額吉」。這對蒙古族兄妹的父母當年在世時，原也有些旗裡分配的戶口地作為養贍之本，但因其阿布生性懶惰，既不喜放牧，也不擅耕耨，便把土地租給漢人耕種，靠收取些地租過活。後來因其阿布嗜酒好賭，一次豪賭將家業幾近輸光，把小兄妹的額吉活活氣死，但其阿布仍不思改過自新，為了翻本又把全家人的戶口地典賣，再上賭場揮霍一盡。最後他看看家裡還剩有一隻羊，便牽去集市賣了，沽些酒肉吃個爛醉，然後拔出腰刀自刎。留下一對兒女無依無靠，年紀小小就給村裡人家攬工放羊，自食其力，兩兄妹相依為命，可謂是在苦水窪兒裡泡著長大的。

蒙古民族本人人能歌善舞，兩兄妹打小即喜歡唱歌跳舞。由於兩兄妹自小喪失父母，無人疼愛，每日外出放牧時便在草原上放聲高歌，以消解心中的苦悶。盛行在草原上的蒙古民歌原分長調、短調兩種。長調，蒙古語稱「烏日汀道」，主要是反映蒙古族游牧生活的牧歌式體裁，有較長大的篇幅，節奏自由，氣息寬廣，情感深沉，在旋律風格及唱腔上具有遼闊、豪爽、粗獷的草原民歌特色，內容多是讚美美麗的草原、山川、河流，歌頌偉大的親情、愛情、友誼，以及表達人們對命運的思索。可是隨著清廷在土默特大規模實行解禁放墾，迫使當地由牧轉農，盛行於牧區的長調蒙古民歌隨著草場的不斷減少，漸漸在蒙古人民的生活中消退。而短調蒙古民歌卻更加適宜於半農半牧地區蒙古人民的生活節奏。與長調民歌明顯不同的是，短調民歌篇幅較短小，曲調緊湊，節奏整齊鮮明，節拍比較固定。歌詞雖簡單，但靈活性很強，並具有可即興配詞的特點。後來隨著大量漢人湧入蒙古各地墾殖定居，蒙漢文化交流融合，在鄂爾多斯左翼前旗形成一種被稱作「漫瀚調」的新歌種，並很快從黃河對岸流傳到土默特右翼旗來。丁未羊、陶格斯兄妹不僅會唱當地所有的長、短調蒙古民歌，而且對漫瀚調亦不陌生。更為難能可貴的是，兩兄妹雖未讀過一天書，蒙、漢文字加起來不認識一斗，卻都擅於即興編詞，腹中歌詞多到車載斗量，成為當地出名的歌手。

二

　　自從漢族藝人把二人臺帶到蒙古族人生活的地方，即逐漸開始盛行。有道是「觸類旁通」，丁未羊、陶格斯兄妹對二人臺亦甚為喜歡，平常每逢有玩藝班子到村來演出，兩兄妹都是忠實的觀眾，而且與普通觀眾不同的是，尋常人只看紅火熱鬧，兩兄妹卻用心觀摩，仔細研習，時長日久，對一些較為普及的簡單劇碼便可學唱下來。此次李小朵玩藝班子到來，連演兩出都是新戲，兩兄妹前所未見，只覺得耳目一新，甚為新奇。尚未看得過癮，忽然那主角生病栽倒，兩兄妹本對演戲藝人懷有好感，於是上前邀請藝人們到家暫住治病。

　　兩兄妹的阿布當年辭世時留下土坯小院一所，內有房屋數間。兩兄妹打掃一間出來，點燃柴草燒暖土炕，把藝人們安頓下來。丁未羊向鄰居借了一匹快馬，親自到鎮上請來大夫給李小朵治病。大夫確診只是風寒之症，便提筆開了一劑「麻杏葛根湯」，藥材無非是荊芥、防風、羌活、葛根、連翹、麻黃、炒杏仁等幾味。丁未羊再去鎮上藥鋪把藥抓來，陶格斯在爐灶上熬好，給李小朵餵服。陶格斯不斷添加柴草燒暖土炕，李小朵蒙在被窩裡出了一身惡汗，即感覺輕快了許多。如此一連服藥三日，李小朵病情大有好轉，便欲起身辭行。兩兄妹連忙挽留，道：「大夫開了五服湯藥，現在只吃了三服，怎麼也得把藥吃完再走。」到了五日頭上湯藥吃完，李小朵幾人欲起身上路，不意這天天色突變，狂風大作，緊接著下開了鵝毛大雪。藝人們議論道，這番下了大雪，天寒地凍，只怕也無法再到處演出，莫若散了班子各自回家過冬。李小朵也無異議。藝人們看李小朵病情初癒，都勸說他不必遠走，就此賃房居住，也可將養身體，遂與兩兄妹商議賃房之事。兩兄妹聽說，十分高興，爽快地說：「只要小朵哥肯教我倆唱戲，想住多久都行，何須付什麼房租？」李小朵見兩兄妹如此喜愛唱戲，便也道：「教戲自是可以，但房租卻一定要付的。」

　　次日雪霽天晴，幾名藝人打點行裝啟程返鄉，留下李小朵就在此地居住。兩兄妹本就酷愛二人臺，卻一直無緣學戲，現下有漢族藝人李小朵留

居在家，兩兄妹甚為歡喜。丁未羊趁著下過大雪，外出山野間獵得幾隻山雞野兔，給李小朵滋補身體。陶格斯更為心細，瞅著李小朵衣衫單薄，就把哥哥以往穿小的衣服拆洗出來，給李小朵縫製了一身棉衣。兩兄妹盛情招待，叫李小朵心中十分過意不去，待病情痊癒後，便悉心給兄妹倆教習二人臺。當時正值冬閒時節，兩兄妹無處攬活，大有時間在家學戲。李小朵耐心教習，一個冬天過來，兩兄妹所學已堪與李小朵同臺演出了。

轉眼間春回大地，萬物復甦，土默特地方的農民開始翻土耕耘，牧民開始追逐草場牧地，一年的勞作就此拉開序幕。去年冬天返回家鄉的藝人趕來和李小朵相會。不巧的是，一名專功丑角的藝人去年在歸途中眼看已近家門，過黃河冰橋時不慎踏入冰窟喪生，另一名專功旦角的藝人回到家鄉娶妻成家，今年不再外出討生活，只剩當年最初就夥同李小朵出走西口的兩名老樂師和後來加入進來的一名年輕樂師趕來與李小朵會合。當時的二人臺又被稱作「抹帽戲」，即一個演員同時飾演多個角色，戴一頂帽子演一個人物，帽子一抹演另一個人物。雖如此，卻最少須有兩個演員唱和，否則還叫什麼二人臺？眼下班中只留下李小朵一個演員，這戲如何來演？見此情況，丁未羊、陶格斯兄妹心思萌動，提出來要加入戲班。李小朵知此兄妹二人能歌善舞，極富演戲天賦，何況學戲一個冬天下來已足堪給自己配戲，只是顧念當時蒙古族素無人從藝演戲，何況陶格斯還是個姑娘，如何可在大庭廣眾之下拋頭露面？哪知兩兄妹身為蒙古族人，生性豁達爽朗，毫無這般諸多顧忌，於是李小朵等幾人略一商議，決定收錄二人入班。

出乎李小朵等人意料的是，隨著丁未羊、陶格斯兄妹的加入，戲班日漸開始走紅起來。本來無論蒙漢戲劇，自古以來鮮有女子登臺演戲，劇中旦角均由男子飾演。陶格斯身為女子，身姿妙曼，嗓音本真，甫一登臺亮相，即令所有觀眾無不頓感眼前一亮，耳目一新。陶格斯登場演戲，可謂蒙漢兩族二人臺女角第一人，一舉引起巨大的轟動，為戲班吸引了大量觀眾。丁未羊更屬難得的藝人，不僅在表演上極富天賦，而且具有編創戲曲的潛質，入班未有多久，即提出了編創蒙古二人臺的構想。李小朵與之互

相揣摩，把漢語和蒙古語糅合到一起，編創出了用兩種語言交替演唱的二人臺新品種──風攪雪。這個劇種剛一問世，即受到當地蒙漢人民的共同喜歡。以風攪雪形式演出的第一臺戲，便是以後套上灌渠大王邢泰仁的閨女紜茗和小喇嘛為原型的愛情故事《阿拉奔花》。此後二人經過共同努力，相繼編創出風攪雪形式的多臺新戲，在內蒙古各地廣泛流傳。李小朵和丁未羊、陶格斯兄妹的姓名逐漸為人所熟知，成為聲名鵲起的民間藝人，戲班的收入也較過去強了許多。

　　自從丁未羊、陶格斯兄妹加入戲班，李小朵的性情也較過去開朗了不少。過去戲班中藝人大多資質淺陋，只知傳承，不善創新，把演戲只當作謀生的手段，戲好戲壞無人操心，每有閒暇寧肯談論些褲子裡的事情，也不願在演好戲上多下功夫。自從丁未羊、陶格斯兄妹加入戲班，整天與李小朵討論戲曲，並提出許多奇思妙想，使李小朵在編創新戲中獲益匪淺。李小朵得丁未羊、陶格斯兄妹，大有如魚得水之感。

　　此外，戲班裡還有一個明顯的變化，即是生活有了很大改善。過去班裡藝人一個個都是單身漢，衣服穿髒了懶得洗，破了懶得補，經常看起來就像一隊逃荒討飯的叫花子。在飲食上也極其湊合，鹹一頓淡一頓，生一頓熟一頓，只要不致餓著肚皮就行。自從陶格斯加入戲班，班裡人的衣食之事都是她一個人包了。戲班生活雖然清苦勞累，但不論多苦多累，只要看到誰的衣服髒了破了，她都主動拿來清洗補綴，使戲班之人變得衣帽整潔，再也不致遭他人下眼看待。在飲食上，雖然還是同樣的茶水米麵，但喝水絕不喝生水，吃飯絕不吃生飯，而且調和佐料搭配得當，吃起來就香甜可口多了。兩位老樂師都誇陶格斯是個會過日子的好閨女。

　　陶格斯對待李小朵就更加不同了。自打在古雁圪力更村的戲攤上第一次看李小朵演戲，陶格斯看他扮相生動，唱腔優美，所演人物無不栩栩如生，心中便暗自喜歡。後來李小朵因患病寄居自家，相處整整一個冬天，更發現他是一個多才多藝、淳樸善良的好後生，心中越發喜愛。直到加入戲班後獲知李小朵尚未成家娶親，陶格斯對待他就更加親熱了。每次吃飯，陶格斯給李小朵盛的飯都比別人多、比別人稠，偶爾吃點肉，還要在

他的碗底多藏兩塊肉片。在生活起居上，陶格斯對李小朵的照顧也是一樣無微不至，甚至連每天梳頭繒辮子也是陶格斯親自給他梳理，只有李小朵卻像個傻瓜一樣，看起來無動於衷，渾然不覺。

可是窗戶紙終有捅破的時候。自家妹妹對李小朵的心思，做哥哥的哪能看不出來？何況經過較長時間的相處，丁未羊也非常喜歡李小朵，把妹妹嫁給這樣的人，丁未羊也覺得心裡踏實，於是尋找一個無人的機會，丁未羊把這個想法向李小朵提了出來。孰料李小朵一聽，當即把頭搖得撥浪鼓似的，口稱自己早已心如死灰，這輩子再也不會成家娶親了。丁未羊心下疑惑，回頭向兩位老樂師探問，才知道了李小朵至今尚未成家的原因。丁未羊向陶格斯說知，勸說妹妹另謀主意，不必在李小朵身上白費心思。哪知陶格斯聽說後，反而十分欽佩李小朵對感情忠貞不二，是個難得的可託付終身的好男人，於是對李小朵更加親熱。班中諸人俱看出陶格斯的心思，一有機會便攛掇李小朵成家娶妻，把李小朵的耳朵都聽得磨出繭子來，可他的牙齒就是不肯鬆動。

儘管李小朵一直不肯鬆口，陶格斯對他的親熱程度卻不曾減弱，甚至一日強似一日。但凡有點閒暇，陶格斯便陪伴在李小朵身邊，磨磨嘰嘰，沒話找話，有時童心大起，給他搔耳朵蒙眼睛，拽辮子撓癢癢，令李小朵哭笑不得，應接不暇。雖然陶格斯經常頑皮胡鬧，可她畢竟是一個活潑可愛的姑娘，李小朵不能不感受到她的情意。只是一提到成家娶妻，他的眼前立刻就會浮現出小閨女的音容笑貌來，心頭頓時湧起一股剜心割肉的疼痛，於是他只能緘默不言，心中暗自打算，等待有機會定給陶格斯安排一門更好的親事，以使她斷了對自己的念頭。誰知李小朵是這般想，陶格斯卻也有自己的主意。這年秋末冬初，戲班一行人自後套輾轉到土默特右翼旗來，只等分錢結帳，便散班回家過冬。恰逢執掌該旗政務大權的副都統給兒子操辦喜事，有好事者專程請李小朵的戲班到副都統府上演戲助興。出於朝廷為削弱土默特勢力的舉措，當時土默特兩翼的都統職銜由綏遠將軍兼任，副都統實則就是該旗最大的官吏。面對這麼個大人物，李小朵等人自是十分賣力，連演幾出喜慶戲，有《鬧元宵》、《掛紅燈》、《報花名》、

《十樣錦》等，給這樁喜事添彩增色不少。副都統十分高興，當場給戲班賞銀十兩。當時的十兩雪花銀，可抵得上一個藝人一年的收入，戲班之人千恩萬謝，滿心歡喜。當晚回到居住的客店，陶格斯上街沽酒買肉，親自烹飪，就在自己房裡擺酒給大家打牙祭。大家興高采烈，邊吃邊喝，一個個喝得酩酊大醉，也不知道後來是怎樣回到自己房裡去睡的。次日天亮，李小朵酒醒，感覺被窩裡挨著自己還躺著一人，睜眼一看，只見陶格斯正笑瞇瞇地望著自己，並溫柔地說：「小朵哥，昨夜裡你喝醉，就睡在人家的炕上不走了……」李小朵的腦袋「轟」的一下就炸了。

　　聽說李小朵要成親，兩位老樂師高興得嘴都合不攏。自打十多年前夥同李小朵出走西口，兩位老樂師每年親眼看著李小朵形單影隻，孑然一身，孤零零像只失群之鳥，心下無不為其感傷，又且自從李小朵母親亡故後，李小朵更是常年流落在口外，成為無家可歸之人。現下李小朵終於要成親了，兩位老樂師也不忙著散班回家，都要等喝他的喜酒。自打丁未羊、陶格斯兄妹加入戲班後，戲班日益唱紅，收益本就多過往年，幾位藝人決定將最後在副都統府掙得的十兩銀子不計入分紅，作為賀禮專門給二人辦喜事。李小朵連連推拒，幾位藝人不許，盛情難卻，李小朵只得領受了。幾人隨即張羅著在城裡採辦嫁妝，然後一齊回到古雁圪力更村，整理出一間房屋布置作新房，備辦幾桌酒席，熱熱鬧鬧慶祝一番，李小朵和陶格斯終於結成了夫妻。

　　李小朵和丁未羊、陶格斯兄妹一樣都是貧雇農出身，打小就靠給別人家攬工受苦為生，過慣了清貧樸素的日子。現下李小朵和陶格斯成親，對生活也沒有過高的奢望，只打算辛辛苦苦演好戲，能夠把日子過下去就行。好在自打幾人結成班子，班內諸人俱協作努力，不斷推出新戲，再加上兩位老樂師多年練就的深厚的功底和他們三人精湛的演技，使戲班受到更多觀眾喜歡，收益一日強似一日。固然如此，因戲班流動性強的特點，他們仍然過著居無定所、四處漂泊、風餐露宿、飲食不均的生活，仍然難免遭受達官貴人白眼、地痞無賴欺凌。這些都還罷了，最讓人難以忍受的是陶格斯幾次懷孕，都因為每日奔波勞累而導致小產，到後來陶格斯簡直

都不敢懷娃娃了。

　　戲班四出巡演，漂泊不定，就連藝人們自己都不知道來日會身在何地。這一日，戲班輾轉到鄂爾多斯左翼後旗來，忽然收到一個名叫慶格爾泰的人專程派人送來一封書信。李小朵低頭想了半天，才想起自己當年經過鄂爾多斯左翼前旗時，曾有一個名叫慶格爾泰的閒漢死乞白賴跟著戲班四處飄蕩，追隨自己學唱過半年山曲兒。那送信之人風塵僕僕，口稱自己一連尋訪了十幾個旗鎮，才終於把戲班找到。李小朵打開書信來看，才知道這個慶格爾泰早已當上了鄂爾多斯左翼前旗衙門的「金肯筆帖式」，即擬寫公文訴狀的大先生。書信中說，因旗內貝子府的四奶奶酷愛唱山曲兒，特定於「楚格拉」大會之期舉辦一場賽歌會，為使賽歌會出彩，特意邀請師傅李小朵攜名歌手丁未羊、陶格斯二人參加，並承諾不論勝負，都必以重金相酬。戲班之人本以賣藝為生，何況又有重金相酬，李小朵等人並不拒絕，跟隨那送信之人徑直前往鄂爾多斯左翼前旗。

　　慶格爾泰果未失信，未等開賽即先奉上一筆金銀，並明白提出要求，在賽歌會上李小朵等人既要盡力而為，但又不可使四奶奶敗落難堪。李小朵等人心中意會。楚格拉大會如期舉辦，大會的盛況自不必多說，單是搭建在貝子府大門前的賽歌臺便極其高大，其上錦綢裝點，彩練飛舞，十分引人注目。賽歌會開始之後，各地喜歡唱山曲兒的歌手紛紛登臺，一展歌喉。經過數日角逐，大多歌手俱遭淘汰，賽歌臺上只剩下四奶奶、慶格爾泰和李小朵、丁未羊、陶格斯五人。這五位歌手連番競唱，捉對兒比拚，連賽三日三夜，最終桂冠加諸在四奶奶頭上。四奶奶十分歡喜，臨末又重賞了李小朵等人。

三

　　晉陝漢民出走西口，途經鄂爾多斯左翼前旗，有一個必經之地叫作沙格都爾。此地原本荒涼，自從有一些精明的山西人在此開設了幾家車馬客店，才逐漸變得有了一些生氣。每年春秋兩季，往來於西口路上的客人都

會在這些客店留宿，到了晚上，每個客店裡的大土炕上都人滿為患。客人們吃飽喝足之後，便會圍坐在炕頭上海侃神聊，消遣寂寞。因客人大都是些出門在外攬工受苦的窮漢，聊的便多是些褲腰帶以下的葷段子，你一言他一語，嘻嘻哈哈，忘乎所以。嘈雜吵嚷的笑鬧聲在空曠的野地裡傳開，便有一個居住在這附近的蒙古族閒漢聞聲而至，混跡在這幾家車馬店內，支稜著耳朵聽這些住客海闊天空地閒謅，久而久之，竟漸漸學會說一口流利的漢話。不只如此，因這些住客以山西的河保偏和陝西的神府六縣人居多，兩地均屬民歌之鄉，河保偏人善唱「爬山調」，神府六縣人善唱「信天遊」，再加上兩地語言相近，所唱山歌曲調亦有相通之處，鄂爾多斯人統稱為山曲兒。這些住客聊天聊得疲倦了，偶爾心血來潮，便有人會低聲哼唱幾句山曲兒，結果一下子勾起了大家唱山曲兒的癮，於是就你一句我一句地對起歌來。對歌多是即興編詞，內容也無限制，就看誰的詞多，唱到對方口屈詞窮，便是把他對倒了。這番紅火熱鬧更勾起了那位蒙古族閒漢的興趣，連回家睡覺都顧不上，整宿待在客店聽客人們對歌。時長日久，他親眼見到過不少唱山曲兒的能人，只是沒有見過能唱贏一個名叫李小朵的藝人的人。在他所見到過的住客裡，大凡客人們對歌都是一對一，且唱上個三曲五曲便難以為繼，唯有那李小朵對歌可以以一當十。你看他在土炕上雙腿盤坐，任你誰來挑戰，他都可以從容應對，而且腹中歌詞多到車載斗量，從黑夜唱到天明，就沒有個唱完的時候。那位蒙古族閒漢甚為仰慕，一次趁李小朵帶領藝班出走口外之機，他便尾隨在後，跟隨藝班四處浪蕩，目的只是為了學唱山曲兒。在他的軟磨硬泡下，李小朵卻也好歹給予他一些調教，再加上他自身刻苦努力，竟然逐漸唱得一口好山曲兒。此後因他擅於動腦，把蒙古族民歌融入其中，既有蒙調漢詞，也有漢曲蒙詞，漸漸把山曲兒唱出了一條新路子。

這位蒙古族閒漢唱的這種山曲兒，後來被稱為漫瀚調。「漫瀚」一詞，譯自蒙古語「芒赫」，意即沙梁、沙丘。所謂漫瀚調，是隨著走西口的漢人日益增多，蒙漢人民長期雜居相處，密集交流，取長補短，兼收並蓄，共同創造出來的一個新歌種，是蒙漢兩個民族音樂文化藝術的結晶。漫瀚

調以蒙古族短調民歌為基調，同時吸收晉陝一帶的民歌旋律精妙糅合而成。在唱法上以漢族唱法為風格，歌詞依晉西北爬山調和陝北信天遊格式填制，間或雜以蒙古語，演唱時亦漢語和蒙古語雜交使用。漫瀚調的演唱形式有獨唱、合唱、對唱，而主要表現形式是對歌。對歌時多是即興填詞，有問有答，一唱一和。男女對歌時，男女同腔，男聲多用假聲唱法，並輔以枚、四胡等樂器伴奏。漫瀚調腔調熱情豪放，旋律樸實新穎，感情熾熱直率，語言樸素無華，加之句法整齊，節奏明快，具有極強的民族特色和地方特點，形成了獨特的藝術風格，在鄂爾多斯地區久盛不衰。

這位把山曲兒唱出新路子的蒙古族閒漢本名慶格爾泰，漢語的意思就是「歡樂」。此人祖上本為蒙古貴族，承襲有四等台吉封爵，只是隨著世事的變更，家境日益衰敗，漸至沒落。慶格爾泰打小聰明伶俐，父母對其寄予厚望，指望他能習武修文，長大後光耀門庭。沒料到慶格爾泰性格偏執，既不肯練武，也不愛讀書，尤好打架鬥毆，惹是生非，把父母活活氣出一身病來，年紀輕輕即雙雙憂鬱而歿。父母亡故後，慶格爾泰更加無人管教，整日遊手好閒，鬼混浪蕩，成了一個出名的二流子，直到年屆三旬還是一條光棍。也是各人有各人的際遇，一個偶然的機會，慶格爾泰姻緣萌動。原來當地一位牧民家有個閨女，性情刁鑽古怪，蠻橫凶悍，十分難以與人相處，到了待嫁的年齡，幾經許婚又幾經退婚，幾乎成了嫁不出去的閨女。閨女的父母十分頭疼，到處求媒保婚也沒有結果，最後只好狠狠心咬咬牙，閉著眼睛把閨女下嫁給家徒四壁的慶格爾泰。有道是「鹵水點豆腐，一物降一物」，自從娶下這個厲害的老婆，慶格爾泰每日被管教得老老實實，從此再不敢鬼混浪蕩，胡作非為，後來在老婆的勸誡下，忽一日靈性解放，混沌大開，意欲本分做人，建立名堂。他的「哈達木阿布」聽說他有這份心意，十分高興，牽了自家幾隻羊作為禮品，把他舉薦到旗內劄薩克衙門東協理滿都拉圖家裡做了幫傭，好攀龍附鳳，指望有一天能夠出人頭地。所謂「哈達木阿布」，蒙古語的意思就是「岳丈」。

其時鄂爾多斯左翼前旗的劄薩克由阿布林斯郎充任。所謂「劄薩克」，是朝廷授予蒙古各部領主的最高軍政職責，換言之就是當地的執政

官。阿布林斯郎本是成吉思汗後裔，清廷賜予其固山貝子封爵，因其地位尊崇，在伊克昭盟七旗會盟中被推舉為盟長，成為整個伊克昭盟身分至為顯赫的首腦人物。人們習慣稱其為「貝子爺」。尋常時候，貝子爺駐紮劄薩克衙門，執掌旗內事務，對伊克昭盟其他各旗的事務並不指手畫腳。旗內衙門在劄薩克之下，另外尚設置東、西兩位協理贊襄旗務，此外還有管旗章京、梅倫、紮蘭、蘇木章京等官員輔佐各項事務。在除劄薩克外，唯有協理職銜極其重要，按規定必須從旗內閒散王公、台吉中產生，因滿都拉圖享有三等台吉封爵，故被選拔為東協理。

滿都拉圖剛被任命為東協理的時候，構成劄薩克衙門兼貝子府的七座巨大的蒙古包還設在刀勞烏日都的草地裡，因受地下水源的影響，府第周圍出現沼澤泥淖，給居住出行帶來諸多不便。原來蒙古族人傳承祖先游牧生活習慣，家家戶戶以蒙古包為住所，就連王公貴族亦不例外。貝子爺早就有意修建一座適合自己身分地位的衙門與府第。滿都拉圖看出來這點，就向貝子爺提議，與其經常搭建新的蒙古包，莫如修建一座長久不壞的漢族建築。這個提議正中貝子爺下懷。得到貝子爺的同意後，滿都拉圖就去請來風水先生，令其堪輿選址。風水先生選定的地點在布林陶亥，此處地勢開闊，四周都是丘陵緩坡，一眼明淨的噴泉置於坡地中心，泉水流經之處，整個地帶土肥水美，草木豐茂。在四周的坡地上，天然的松柏楊柳鬱鬱蔥蔥，四季翠綠如茵，其間草長鶯飛，鳥語花香，不啻是草原上的一處世外桃源。貝子爺看後亦覺風水絕佳，授命滿都拉圖全權負責，在此地先修建一座漢族結構的衙門。滿都拉圖當即派人從山西請來工匠，砍樹伐木，燒磚造瓦，歷時三載有餘，一座漢族結構的建築拔地而起。自此該旗的衙門就從蒙古包搬遷到這裡，直至清末這裡都是該旗旗政事務的決策與權力機構。

隨著衙門的修竣，貝子爺又委派滿都拉圖在衙門近旁開工修建一座貝子府。工程尚未進行到一半，貝子爺突然被朝廷緊急徵調出征。原來清廷為了鞏固封建統治，在回族地區採取「護漢抑回」、「以漢制回」的政策，毫不掩飾對回族人民的排斥與歧視，由此導致回漢之間矛盾日益突出。在

同治元年，一支太平天國殘部輾轉到陝甘一帶和當地回民首領聯合起來，從而引發了大規模的回民起義。貝子爺身為伊克昭盟軍政首領，朝廷出現禍亂，自然義不容辭，帶領蒙古騎兵奔赴抵禦回軍的前線。

貝子爺出征後，滿都拉圖一面竭盡全力修建貝子府，一面還要主持旗內事務，可謂嘔心瀝血，任勞任怨。其時慶格爾泰正好在滿都拉圖家裡做幫傭。滿都拉圖每日回家，慶格爾泰都守在柵欄外為其執馬卸鞍、掃刷風塵，進入氈包後給他端茶沏水、點菸打火，十分殷勤周到。滿都拉圖看在眼裡，非常賞識，就找個機會把他舉薦到衙門裡當了名伺候仕官們的役卒。慶格爾泰獲得這個機會，更加耐著性子、夾著尾巴巴結討好衙門裡的大小官吏。不只如此，他還一改往日遊手好閒的惡習，向官吏們虛心求教文學，竟然漸漸精通了蒙古文，並且提筆能寫，寫之成文。滿都拉圖發現他有這個才能，就破例提攜他當了名筆帖式，即是專事書寫的先生，後來又發展成為金肯筆帖式，掌管了衙門的文案。

俗話說：「人出了名，狗戴上鈴。」慶格爾泰由一個出名的二流子搖身一變成為才華出眾的金肯筆帖式，可謂「烏雞」變成了「鳳凰」，比之從前大不相同。你看他舉止端莊，道貌岸然，完全是一副仕官的模樣。慶格爾泰唯一不曾更改的喜好就是唱山曲兒。每當完成一篇得意的公文、訟詞，心情愉悅，都不免要低聲哼唱上幾句。衙門裡氣氛莊嚴，不便大聲喧嘩，可是只要邁出衙門，便無拘無束，慶格爾泰也不管別人會投來異樣的目光，只管放開嗓門，一路走一路唱。尤其是每到日暮黃昏，農、牧民勞作歸家，有的在院子裡邊、有的在蒙古包前擺開酒飯喝酒唱歌的時候，慶格爾泰總是會不請自到。其時，隨著漫翰調在鄂爾多斯草原上的到處流傳，無論蒙人還是漢人，人人都能唱得幾句。歌詞云：「漫翰調調是那鋪天天雲，鄂爾多斯野鵲鵲也會唱幾聲」。「野鵲鵲」即指喜鵲等野鳥。因慶格爾泰山曲兒唱得好，所以走到哪裡都會受到人們熱情的歡迎。

四

　　貝子爺帶領所部蒙古騎兵在陝甘戰場鏖戰數年，功勞卓著，清廷為示恩寵，特敕宗人府在宗室內選定一位格格賜嫁予他的四兒子。貝子爺有四個兒子，只有第四子年少時即被理藩院登錄皇室備指額駙。此番朝廷降恩，聖旨下到陝甘軍前，敕令貝子爺回籍整飭軍馬，備辦迎娶事宜。

　　貝子爺回到家裡，備辦聘禮，親率四兒子並族中長者、喇嘛，組成迎親隊伍進京將格格迎娶回來。有清以來，朝廷賜嫁格格在鄂爾多斯部落尚屬首次，這個消息很快轟動了整個伊克昭盟。婚禮定在五月，恰逢當地楚格拉大會之期。楚格拉大會是當地一年一度的傳統盛會，類似於蒙古其他部落的「那達慕」大會。其時正是草原上草長鶯飛、牛羊遍野的時節，大會寓意草原風調雨順，牧民生活蒸蒸日上。按規矩，楚格拉大會一直在劄薩克衙門駐地舉辦，清初在紮拉谷，後遷至刀勞烏日都，現下新的貝子府剛好竣工落成，會址隨之遷移到此地。屆時，貝子府內外張燈結綵，喜氣盈門，一場盛大的婚禮如期舉行，各旗劄薩克、王公貴族、達賴活佛及旗下各蘇木佐領紛紛到賀，熱鬧非凡。而在貝子府外，開闊的草地上牧民雲集，臨時搭建起為數眾多的蒙古包，蔚為壯觀。王公牧民不分尊卑，俱可參加摔跤、賽馬、射箭比賽，一顯身手。同時他們日間可自由進行牲畜交易，或參加宗教活動，晚上則在篝火之旁酣暢淋漓地豪飲，無拘無束地唱歌、跳舞，通宵達旦，盛況空前。楚格拉大會會期七天，前三天為小楚格拉，後三天為大楚格拉。貝子府的婚禮，因楚格拉大會的舉辦更加增色添彩，成為鄂爾多斯草原上的盛事之一。

　　楚格拉大會暨貝子府的婚禮連袂舉辦，使得新落成的貝子府首次在整個鄂爾多斯部落蒙牧民中亮相。只見貝子府建築規模宏大，氣派非凡。府邸坐北朝南，府門口雄獅蹲踞，內外設兩道三層大門，院內殿堂林立，屋宇縱橫，其間陶瓦密列，角簷凌空；旁椽競伸，彩畫繞梁；深宮正庭，威嚴陰森；幽院高牆，錮鎖韶光。同時依據地勢在府邸近旁又修建有別墅花園，花園的規模雖不太大，但卻幽雅恬靜，園內建築吸收了江南園林造型

藝術風格，其間亭台林立，水榭縱橫，奇花異草，別具風情，並建養魚池，池上築小橋。園內花草爛漫，鳥語蜂鳴，清香四溢，不絕如縷，好一派塞外江南的情調。貝子府的豪華氣派令所有蒙古牧民無不驚訝、讚嘆。受此影響，不少蒙古牧民亦開始學著築漢居、住漢房，這種習俗很快在鄂爾多斯部落興起，從此草原上田疇點點，房屋處處，出現了星羅棋布的村莊與集鎮。

貝子府落成後，除了貝子爺一家人入住，迎來的第一位新住客即是那位從京城遠嫁而來的格格。因其嫁給貝子爺的四兒子，所以都叫她「四奶奶」。這位格格本是當朝皇室裡的一名和碩親王的女兒。大清的宗親封爵等級細緻，除皇帝的女兒稱公主，其餘王公的女兒均稱格格，但也僅止於奉恩鎮國公之上。和碩親王位居極品，因此他的女兒地位也極其尊貴。

這位格格自幼居王府內院，錦繡深閨，過慣了花團錦簇、富貴奢侈的生活，如果不出意外，她會像宗室裡的大多數公主、格格那樣，順理成章地嫁予京城裡的高官貴冑之家，過一輩子養尊處優的生活，可是命運偏偏選中了她，把她遠嫁到距離京城千里之遙的蒙古草原上來。在當時那個「女子無才便是德」的年代，這位格格雖然沒有讀過多少書，但是在從京城到草原漫長的旅途顛簸中，她也深深地體會到了當年杜甫詠嘆昭君出塞「千載琵琶作胡語，分明怨恨曲中論」的幽怨與感傷。「在家從父，出嫁從夫」，封建倫理對於女子命運的安排，王公貴族和平民百姓遵循的標準是一致的，何況這不僅僅是父母之命，更是當朝龍廷欽定。這位格格就在這種幽怨與感傷的情愫中，乘坐裝飾華麗的車輦來到了蒙古草原。

當奔波千里的馬蹄終於停止下來，這位格格一眼看到貝子府規模宏大，氣派堂皇，花園秀麗，景色宜人，比之在京城裡居住的親王府邸亦有過之而無不及。尤其是自從進入蒙古族人生活的地方，一路上看到蒙古牧民無不對自己盛情歡迎、接待，再加上丈夫一家對自己畢恭畢敬，就連貴為固山貝子的公爹對自己也禮儀有加。這樣尊崇的地位和禮遇，在遍布福晉、公主的皇城裡是難得享受到的，於是心下漸寬，擺正了自己的位置，大模大樣地做起四奶奶來。

　　四奶奶下嫁到草原後，第一件感興趣的事情是騎馬。蒙古族是馬上的民族，生活中處處都離不開馬，無論游牧還是射獵，馬都是蒙古人不可或缺的幫手。蒙古人不論男女個個都在馬背上長大，所以人們說蒙古的孩子出生後未會走路即先會騎馬。蒙古人視馬如珍寶，蒙古包裡擺放的裝飾物主要是馬鞍具和馬鞭，就連姑娘出嫁時，駿馬和馬鞍都是最好的嫁妝。蒙古人騎馬，就像南方水鄉的人駕船一樣方便自如。四奶奶親眼看到，有些愣頭青小夥子從來不套韁繩不備馬鞍馬鐙，只雙手在馬背上輕輕一撐即縱身上馬，雙臂摟著馬脖子在草原上奔騰馳騁，那般灑脫自然，使人羨慕。四奶奶也想學會騎馬，像所有的蒙古人一樣躍馬揚鞭，馳騁草原。不料，四奶奶的膽子太小了，整天盤算著騎馬，真到了學習騎馬的時候，費了一整天卻連馬背都爬上不去。她的額駙看著著急，就令手下的一名阿勒巴圖趴在地上當「上馬石」。那阿勒巴圖雖不情願，可想想四奶奶尊貴的身分，便也勉為其難趴下身來當了回上馬石。四奶奶踩著阿勒巴圖的腰背終於跨上了馬兒。馬兒很乖巧，可是四奶奶卻緊張得厲害，騎著馬兒沒走了幾步就從馬背上跌墜了下來。她的額駙看著直搖頭，當日回到府裡，尋思出一個辦法，即令那個當上馬石的那阿勒巴圖再度趴在地上，備上馬鞍，馱上四奶奶學騎馬。那阿勒巴圖當時不敢反抗，趴在地上任由四奶奶騎乘了一回。只是阿勒巴圖地位雖然低賤，可他骨子裡卻傳承著蒙古人寧折不彎的氣節，經此一番侮辱，阿勒巴圖羞憤難當，當天夜裡即在草地裡的敖包前含恨自盡了。經此一事，四奶奶心中備受震撼，對蒙古人的氣節肅然起敬，自此後使役阿勒巴圖十分謹慎，再也不敢輕易侮辱他們的人格了。

　　四奶奶遠嫁到蒙古草原，生活環境驟然改變，剛開始還真有點不適應。都說宮廷裡的規矩多，蒙古人生活中的講究也不少。在蒙古人所有的生活習慣裡，令四奶奶最感興趣的就是牧民們在蒙古包前圍著篝火通宵達旦唱歌跳舞的娛樂活動。牧民們在草原上辛勤勞作一天，牛羊入圈，牧馬歸棚，當夜幕降臨、星爍初放之時，他們在營地裡點燃篝火，大家圍坐一起喝酒唱歌。蒙古人天性擅飲，喝酒是他們生活中不可或缺的事情，而喝酒與唱歌往往是同時進行的。當篝火上炙烤的牛羊肉飄散出香味時，為首

一人便會領頭主唱勸酒歌，隨後大家舉杯合唱，歌畢一起乾杯。由於他們喝的酒都是自家釀造的馬奶酒，此酒由鮮馬奶發酵製成，喝起來口感圓潤、滑膩酸甜，而且酒精度低，不易醉人，所以有蒙古人「生性豪飲，千杯不醉」之說。蒙古勸酒歌既有禮儀性的固定酒歌，也有即興現編的酒麴兒，或豁達酣暢，或詼諧幽默，但同樣暢快淋漓，使人心曠神怡。蒙古人唱酒歌，多數會有樂器伴奏，其中最常見的樂器是馬頭琴。馬頭琴的琴弦由馬尾鬃毛做成，音質柔和、渾厚而低沉，音色悠揚、醇美，極富草原獨特風味。如此邊歌邊飲，酒意酣暢，便會有人站出來跳上一段蒙古舞。蒙古族是一個能歌善舞的民族，人人都能唱會跳。在當地最為盛行的有頂碗舞、筷子舞和盅子舞，分別借助碗、筷子、盅子等道具表演，其舞姿、動作豐富多彩，節奏明快多變，是喜悅和慶典的舞蹈。一時間，星空下的草原上歌聲嘹亮，舞蹈蹁躚，伴隨著人們的歡聲笑語，何其歡樂快哉？

四奶奶嫁到草原來，首先遇到的困難就是語言障礙。好在當時隨著走西口的漢人不斷增多，以晉語為「標準語」的漢語大為盛行，不僅限於蒙、漢兩族人之間的交流，而且在蒙古人之間也不斷得以普及，所以說蒙古話的蒙古人也越來越少了。尤其因為四奶奶聽不懂蒙古語，為了遷就四奶奶，貝子府上下人人都說漢語，這種帶有濃郁晉語口音的漢語雖與京腔差異很大，但習慣了還是可以聽懂。這些都還罷了，最讓四奶奶鬧心的是聽不懂蒙古歌。生活中說話可以將就，唱歌這事兒卻將就不來，於是在蒙古人通宵達旦唱歌跳舞的時候，四奶奶卻只能坐在一邊眼巴巴地觀賞，心中甚是鬱悶。

四奶奶初嫁到草原來時，年方及笄，正值青春豆蔻。丈夫的三個哥哥，四奶奶都沒見過，只是聽說他們不是好酒就是貪色，年紀輕輕即相繼夭亡，只留下這個老四成為家中獨苗。老四名叫哈丹巴特爾，漢語的意思就是「剛毅英雄」。此子人如其名，能文能武，善騎射會摔跤，成年後即追隨父親的騎兵赴陝甘前線抵禦回軍。哈丹巴特爾奉旨成親，成為皇家額駙，但他並不貪戀虛榮，婚後不久因前方戰事吃緊，即拋捨下新娘子回到軍中，在一次行軍時中伏身亡，留下四奶奶年紀輕輕就守了寡。四奶奶婚

後與丈夫相處的日子屈指可數，因此也未感受到有多少恩愛，前方噩耗傳來，四奶奶只是短暫悲傷，更多的卻是對自己命運的感懷。然而，當時封建社會的道德標準是「女子從一而終」，即便身分尊貴的公主、格格亦不例外。四奶奶雖然年少，可是已經清晰地看到了自己最終的歸宿地在哪裡，於是她也不強求要改變什麼，只是隨著命運的安排隨波逐流。

蒙古族自古是一個豁達豪邁、奔放自由的民族，沒有內地封建統治下諸多僵化呆板的道德規範和行為約束。蒙古族的女子也不像漢族女子那樣「大門不出二門不邁」，待人接物講究「男女授受不親」，而是和男子一樣共同牧馬放羊，跟男子相處也極其自然，因此在婚姻上也相對自由。在這樣寬鬆的環境裡，四奶奶的日子也就好打發些。守孝期滿後，四奶奶慢慢學會了騎馬，經常騎著馬兒在草原上玩耍消遣。一個偶然的機會，四奶奶認識了擅長唱山曲兒的慶格爾泰。本來四奶奶多次參加牧民們唱歌跳舞的活動，早就對人們傳唱的山曲兒大有興致。乍一聽，這種山曲兒既有蒙古民歌的韻味，又有漢族民歌的腔調，彼此摻合默契，旋律優美，更為可喜的是主要用漢語演唱，同時摻雜了流行於當地的方言俚語，詼諧生動，通俗易懂，而且演唱方式多為對歌，蒙漢人民俱可參加，一改因語言不通而造成的障礙。四奶奶當即拜慶格爾泰為師，向他學唱山曲兒。慶格爾泰自從進入衙門後，立志要改頭換面，出人頭地，其間不知忍受過多少委屈與凌辱，現在得到這位身分高得嚇死人的四奶奶的垂青，便使出渾身解數拚命巴結。說來也奇怪，四奶奶尋常說話一口京腔京調，唱起山曲兒來一下子就變成了形似神肖的當地方言，頗具韻味。慶格爾泰教得認真，四奶奶學得用心，沒過多少日子，四奶奶就可以跟人簡單對唱了。隨著時長日久，四奶奶唱山曲兒在草原上漸漸出了名，人們都說她唱的山曲兒只有她的師傅慶格爾泰可以媲美。

五

慶格爾泰僅僅是衙門裡無職無權的一個文案先生，自從依傍上四奶奶

後，他便明白只有拍好四奶奶的馬屁，自己才有可能在仕途上一顯身手。為了讓四奶奶出頭露臉，慶格爾泰專程請來漢族藝人李小朵和蒙古族藝人丁未羊、陶格斯兄妹，一手操持了這個賽歌會。事情也正如他所預料，這番馬屁果然拍到了四奶奶的心坎上。四奶奶對他的表現十分滿意，未過幾時，即提攜他當上了衙門裡的管旗章京，隨後旋升為記名協理，直到東協理滿都拉圖積勞成疾病逝後，又順理成章接任了東協理。其時貝子爺帶領所部騎兵從征陝甘戰場，在一次鏖戰中馬失前蹄，摔傷脛骨落下殘疾，返回原籍休養。朝廷顧念他在陝甘戰場勞苦功高，晉爵其為多羅貝勒，所建貝子府亦更名貝勒府。貝勒爺年歲雖未高，但因四個兒子都早喪在自己身前，榮華富貴無人繼承，現下自己又落下傷殘，他的滿腔豪情俱化作流水煙雲，所有的功名利祿再也不放在心上，每日只是安閒地斜躺在雕花榻椅上抽著洋菸吞雲吐霧，抑或在花廳魚塘遛鳥逗魚，頤養天年，旗務大事也懶得管理。這樣一來，刳薩克衙門的實際大權便都落在慶格爾泰手裡。

慶格爾泰執掌旗務大權後，恰逢晉陝蒙各地連年大旱，就連歷來水草豐美的鄂爾多斯也未能倖免。土地乾涸，莊稼無法下種，往年每過清明即如過河之鯽前來口外墾殖謀生的漢人大多裹足不前，西口路上日益冷清。慶格爾泰大膽報請理藩院，請求開放黑界地，以「救窮苦台吉人等」。理藩院批准後，慶格爾泰即實行優惠制度，輕租薄賦，廣泛招募漢人，同時允許漢人攜帶家口出邊定居，打破了漢人春出秋歸的舊制。這一舉措立竿見影，短短時間內即招募並安置了數以萬計的晉陝農民，旗內的墾殖農業得以恢復延續。慶格爾泰開放黑界地之舉，受到當地蒙漢民眾共同稱道。

伴隨著黑界地的開放，大量的地租銀宛如潮水般滾滾而來。由於放地之事俱由慶格爾泰一手操辦，所徵地租銀除了替貝勒爺償還徵討回部徵用軍需和當年修建貝勒府的欠債，以及應付貝勒府及衙門開支，其餘盡皆被慶格爾泰納入自己囊中，頗有一夜暴富之勢。慶格爾泰發跡之後，在旗內挑選風水宜人的地段，雇用漢族工匠並排修建起兩所氣派堂皇的青磚大院，一為正居，自家人居住，另一為別居，用以休閒待客。此兩所大院雖不及貝勒府規模巨集大，但比刳薩克衙門卻要氣派得多，是當時旗內僅次

於貝勒府的建築物。

慶格爾泰成為旗內歷來最為得意的協理台吉，但他並不常駐衙門，安排管旗章京、東西梅林各帶一班人員輪流駐值，他只是每日忙於招民放地，收租取利，但凡有點閒暇，還得陪伴四奶奶騎馬唱曲兒，消遣解悶。慶格爾泰心中自然明白，四奶奶身為皇室宗親，地位高貴，她既然有能力抬舉人上青雲，也就有能力把人打下阿鼻地獄，任何人只要依傍上她這條粗腿，一輩子都可要風得風要雨得雨。何況四奶奶正值青春年華，貌美襲人，陪伴這樣的美女在一起遊樂玩耍，何嘗不是一種享受？天長日久，人們漸漸看出了慶格爾泰和四奶奶的關係不正常，便有好事者密報予貝勒爺，意欲邀功請賞。哪知反遭貝勒爺一頓臭罵：「管好你自己脖頸上的腦袋就行了，管別人褲襠裡的閒事做甚？」那貝勒爺之所以持如此態度，一則是因四奶奶地位尊崇，自己也奈何不了她；二則是因自己賦閒深居，貝勒府的一應開支以及償還當年的巨額欠債還全得仰仗慶格爾泰，因此對慶格爾泰的所作所為只能是睜一隻眼閉一隻眼。

慶格爾泰雖然權高位重，但唱山曲兒的喜好一直未曾改變。閒來無事之時，他常常混跡街頭巷陌，和平民百姓一起唱歌取樂。由於慶格爾泰不端官架子，再加上他開放黑界地之舉給旗內百姓帶來了好處，頗受百姓擁戴，故而百姓也願與他共同取樂。這日，慶格爾泰自黑界地丈量地畝歸來，因又與山西地商寫成大筆租地契約，他的囊中飽滿，心情無比愉悅，回到家中將地契和現銀交予帳房收好，隨即提拎了把四胡上街去尋人唱歌。到得熱鬧之所，忽見人群聚攏，原來有一戲班正在表演二人臺。慶格爾泰憑藉自己身材高大，站在人群外一眼就看到那演旦角的女子容貌俏麗，姿態襲人，且嗓音清脆婉轉，彷彿鶯啼鸝鳴一般美妙，不由心中怦然一動。他伸手撥開人群，擠到裡邊，只見演戲之人原來就是李小朵等人，那演旦角的女子正是李小朵之妻陶格斯。慶格爾泰也不忙著去找人唱歌了，站在人群裡耐心地把戲看完，走上前去口稱「師傅」，與李小朵等人見禮問候。得知李小朵帶領戲班四處巡演，今日方輾轉到此地來，慶格爾泰熱情地邀請李小朵等人到家做客，李小朵等人推辭不過，遂收拾戲攤，

跟隨慶格爾泰來到他家別居。

　　前次李小朵等人應邀來參加賽歌會時，慶格爾泰還居住在一個破舊的蒙古包裡，而此次到來，眼見慶格爾泰的住所已變成兩所青磚大院。單是別居之內，廳堂高聳，房舍林立，門楣繪彩，窗櫺鑴花，好不氣派富麗。庭院當間築有高大的瑪尼宏神臺，神臺上兩根旗桿矗立，旗桿之間五彩小旗相連，旗桿頂端印有九匹駿馬的祿馬風旗迎風招展。瑪尼宏旗桿既是當地人家必供的聖物，又是身分地位的象徵，尋常百姓只豎一根旗桿，而富豪貴族之家則豎有兩根旗桿。這所大院將蒙漢兩種建築文化糅合在一起，使人看來別樣新奇。慶格爾泰當晚即擺布酒席為李小朵等人洗塵。雖然慶格爾泰搬進廳堂大院日子已不短，可祖先遺留下來的游牧生活習慣尚未完全改變。酒席設在庭院中間，地上鋪以氈席，主客俱席地而坐。酒席前不遠處壘置篝火，炙烤牛羊肉食。酒席開始後，慶格爾泰按照蒙古習慣唱著酒麴兒向幾人敬酒，首先感謝李小朵師傅當年教自己唱山曲兒，其次感謝幾人在賽歌會上所幫的忙，而李小朵等人亦無不諳熟此道，也都唱著酒麴兒回敬，感謝慶格爾泰的盛情款待。幾人彼此唱和勸酒，俱感覺酣暢淋漓，十分盡興。酒意闌珊之際，慶格爾泰突然提出，欲挽留李小朵等人在此居住，與他唱歌做伴，李小朵等人面露為難之色。慶格爾泰看出幾人心思，哈哈一笑，叫帳房端來白花花一盤銀子，道：「若恐耽誤了幾位師傅生意，此白銀百兩僅作補償。」那百兩白銀滿滿當當一盤，便是戲班辛苦一年也未必能夠掙得下。幾人看慶格爾泰如此真心實意，況且富豪大戶包班唱戲之事也並非少見，略一商議，便決定留在此地，陪伴慶格爾泰唱歌取樂，也強似每日裡風來雨去，吃苦遭罪。

　　慶格爾泰將李小朵等人待為上賓，安排家中阿勒巴圖好生伺候，不得怠慢。那戲班之人本是貧窮困苦出身，生活清貧艱澀，漂泊不定，何曾過過一天像模像樣的日子？自打入住到慶格爾泰的別居，看到人家家宅豪富，錦衣玉食，牛馬成群，奴僕眾多，才驚然發覺人世間原來竟還有這般富貴榮華的生活。尤其是丁未羊、陶格斯兄妹，想想自家和人家一樣承襲有台吉封爵，身家、地位的懸殊卻如此之大，不由扼腕感嘆。而且因為慶

格爾泰安排阿勒巴圖對他們待以上賓之禮，他們凡事無須自己動手，每天的起居飲食有人伺候，日夕三餐無肉不歡，出則乘車坐馬，且有人牽馬墜鐙，彷彿是官家的老爺、太太一般。那慶格爾泰也確是有心，看見李小朵等人衣衫破舊，專門請來裁縫給他們縫製了新衣，使幾人的行頭變得光新鮮亮，特別是陶格斯的新衣，慶格爾泰更是刻意安排裁縫多做了幾件，而且無不是用彩綢錦緞精工細做而成。慶格爾泰道：「師娘如此出色人才，咋能沒有幾件合體衣裳換穿，豈不辱沒了這國色天香？」那件件新衣穿在陶格斯的身上，更使她變得貌美絕倫，形容出眾。慶格爾泰連連拍手稱讚，且酸不溜丟地道：「師娘這般人才，和師傅真不愧是天造地設的一雙。」慶格爾泰又找來一些金珠首飾給陶格斯佩戴，把陶格斯打扮得一朵花兒似的。李小朵夫婦受寵若驚，連連向慶格爾泰道謝。

　　慶格爾泰每日事務繁忙，多數時候早出晚歸，李小朵等人陪伴他唱歌取樂的時間其實有限。李小朵等人生活安逸，大有樂不思蜀之感。偶爾閒暇無事，慶格爾泰卻也邀請李小朵等人到草原上騎馬玩樂。李小朵打小在內地農村長大，不會騎馬，首次慶格爾泰相邀時，連連擺手拒絕。慶格爾泰不依，吩咐奴僕挑選了一匹溫順乖巧、體格不大的小馬駒叫李小朵騎乘。李小朵騎上之後，感覺跟騎頭驢差不多，勉強也可將就。丁未羊、陶格斯兄妹生長在蒙古，打小時候給人家放羊時就學會了騎馬，只是因為自己家貧，養不起馬。此時有馬得騎，兄妹倆躍躍欲試，丁未羊在馬廄裡挑選了一匹威武矯健的駿馬，陶格斯則挑選了一匹漂亮的棗紅馬。幾人各自騎著馬來到草地上，紛紛揚鞭躍馬，奔騰馳騁。慶格爾泰和丁未羊、陶格斯三人三騎奔在前面，如風馳電掣般追逐競賽，好不酣暢痛快。只有李小朵所騎馬駒奔跑不快，轉眼間落在後頭，頓覺意興闌珊，乾脆勒住了馬，席地而坐。他抬頭看到天空湛藍，白雲如絮，蒼鷹高舉，燕雀低回，低頭看見草地無邊，四野開闊，野花競放，滿目蔥蘢，一派大好風光，不覺嗓子癢癢，張開喉嚨就唱開了山曲兒。慶格爾泰等人在遠處聽見，也都撥馬趕回，下馬跟李小朵共同唱和。這種在草原上躍馬賓士、展喉唱歌的生活最是令人心情舒暢，尤其是陶格斯，打小剛學會騎馬時就和哥哥一起在草

原上給人家放羊，且一邊放羊一邊唱歌，這種生活一直到兄妹倆加入戲班後才得以改變。如今重新回味這種生活，更使陶格斯備感親切，在酣暢淋漓之餘不覺悠然豔羨。慶格爾泰看出了陶格斯的心思，以後便經常帶領幾人到草原上騎馬玩樂。

慶格爾泰生就身材高大，相貌英武，是蒙古族標準的男子漢形象，而且能說會道，在閨女媳婦中很有些人緣，加上他慷慨大方，豪爽熱情，待戲班一眾人甚為友好，陶格斯漸漸對他大有好感。有時候他當著陶格斯的面開一些不葷不素的玩笑，陶格斯也不以為忤。他留意看在眼裡，對待陶格斯便更加殷勤，經常攜帶一些首飾、脂粉贈送給她，她也一概笑納。這一日閒暇無事，慶格爾泰口稱四奶奶召他進府陪唱山曲兒，邀請陶格斯也一併前去，陶格斯爽快地答應了。兩人騎馬來到貝勒府門前，慶格爾泰先行進入府內稟告。陶格斯在外等候片刻，慶格爾泰轉出來，只說四奶奶偶感身體不適，要他們改日再來。慶格爾泰看看天氣晴好，不想回家，就邀請陶格斯去草原上玩耍，陶格斯也答應了。兩人徑直騎馬來到草原上，揚鞭賓士，追逐嬉戲。馬兒跑得累了，兩人又下得馬來，在草地上對歌唱和。那山曲兒音律雖有固定，歌詞卻能即興現編，大可借機袒露心聲，直抒心意。慶格爾泰便借此機會編著詞兒連連挑逗陶格斯，陶格斯亦紅著臉兒應答。如此「哥哥長妹妹短」地唱將下來，把兩人之間的距離大大拉近。自此日起，慶格爾泰便常常藉口進府陪四奶奶唱歌，攜帶陶格斯也一併前去，李小朵等人也不便提出異議。其實兩人哪裡是進府陪唱，不過是到草原上去睭耍胡混罷了。

李小朵一行在慶格爾泰別居閒住數月，轉眼已是秋涼天氣。這日，丁未羊自上街頭溜達，偶然在人群裡聽到一些關於慶格爾泰和妹妹陶格斯的風言風語，連忙回轉身來，催促李小朵儘快離開此地。李小朵不解其意，只以為收受了慶格爾泰大筆銀子，尚未出力圖報，如此倉促離去甚為難堪。丁未羊急了，道：「只怕再住上幾天，你便不是我的妹夫了。」丁未羊也顧不得自己面紅臉臊，將路上聽聞一一告知李小朵。李小朵一聽也急了眼，趕忙招呼幾位樂師快快收拾行李，只等陶格斯回來便一起離開此處。

幾人正在房裡忙碌，忽然有阿勒巴圖來傳話說，台吉夫人自正居大院過來，現在廳堂請李小朵等人說話。

李小朵等人自打入住此地，尚未去正居拜見過台吉夫人，只是聽說這位台吉夫人十分厲害，極善相夫把家，就連慶格爾泰的發跡也和她的管教有著密不可分的關係，所以慶格爾泰對她言聽計從，從不違拗。唯一美中不足的是這個夫人不會生育，至今二人膝下空空如也。本來在當時那個年代，慶格爾泰權重勢大，討幾房姨太太來延續香火也不為過，只是這位夫人堅決不允，慶格爾泰也就漸漸斷了這份念想。不只如此，便是慶格爾泰依傍四奶奶發跡，一些風言風語傳到她的耳朵裡，她也不依不饒，常常罰慶格爾泰頂尿壺、睡冷炕，慶格爾泰卻也依言照辦。真難得慶格爾泰這麼一個大男人，竟對自己的老婆如此逆來順受。

李小朵等幾人來到廳堂，只見一位蒙族貴婦正襟危坐，相貌醜陋可怖，一俟張口說話，嗓音宛如一面破鑼般沙啞難聽。只聽這位夫人惡狠狠地說道：「咱也明人不說暗話，我家老爺位高權重，端莊體面，是堂堂正正的君子，只是自從混上你們這幫不學無術的下三濫，變得寡廉鮮恥，又被一個叫陶格斯的騷狐狸迷了心竅，整日鬼混浪蕩，甚為不雅。本來按照王法，是該叫衙門裡把你們盡行拿了去，狠狠抽上三百皮鞭，男的判做苦役，女的賣到青樓……」說到這裡，那夫人歇了口氣，兜轉話鋒，「只是夫人我素來寬懷大度，心腸慈悲，知道你等藝人戲子之流原是憑著上下兩張口混飯吃，極其低等下賤。我也就不為難你們，索性打發一些銀子，權且作那騷狐狸的賣身錢，當了我家的姨太太，卻也好就此叫我家老爺收心……」

說起這位台吉夫人，原本是個特大號的醋缸，自己不會生育，又一直不肯叫丈夫納妾續娶，這下卻又為何會主動來給丈夫招納姨太太？原來台吉夫人婚後為防止慶格爾泰拈花惹草，胡作非為，對他管束甚嚴，只差把他拴在褲腰帶上。慶格爾泰卻也一直安分守己，除了因依傍四奶奶傳出一些風言風語，倒也並未辦下什麼出格之事。只是近些時日來，忽然有一些閒話傳進她的耳朵裡，道是丈夫和玩藝班子有個叫陶格斯的狐狸精打得火

熱，夫人不由大為光火，當即把慶格爾泰喚到身邊訓斥。沒料到慶格爾泰這次卻一反常態，不僅不像平常那個軟柿子一樣任她拿捏，而且口氣堅決，鐵定心腸要娶陶格斯做小。那夫人從來未見過丈夫對自己這般態度強硬，心中不由惶恐，前思後想一番，覺得慶格爾泰已非當年那個吳下阿蒙，如果一旦翻臉，只怕自己這台吉夫人的位子也坐不穩，於是終於耐著性子扶正醋缸，不僅同意了納妾之事，而且還主動張羅著來打發李小朵等人。

正在此時，慶格爾泰和陶格斯自草原上玩耍返回，李小朵連忙上前去扯住陶格斯，欲離開此地，哪知被陶格斯一把掙脫。李小朵急紅了眼，道：「妹子，難道他們說的都是真的？」

只見那陶格斯沉默良久，最後終於點了點頭。

李小朵不覺雙眼落淚，道：「妹子，這卻是為何？」

「小朵哥，其實當初嫁給你，我是真心實意喜歡你，也打算跟你和和美美過上一輩子。」陶格斯也不覺淚落，「可是我們藝人的生活實在是太苦了，每天風裡來雨裡去，吃苦遭罪，這些倒也罷了，我陶格斯原也是窮苦人出身，在苦水窪兒裡長大，吃苦受罪本是家常便飯，並非不能忍受。只是我們藝人無日無夜不是四處奔波，一年四季沒個消停時候，就連想懷個娃娃都懷不住。小朵哥，你說說，我給你懷過幾回娃娃，哪一回不是仨月兩月就小產了？我肚子裡可憐的娃娃呀，他們都是我們身體裡的骨血啊！……」

陶格斯說到這裡，早已是泣不成聲，抽泣半天，又道：「小朵哥，不要怪妹子變了心，妹子這樣做，其實只是想在一個安逸的環境下生養個娃娃，過幾天女人該過的日子……」

李小朵聽罷，算是明白了陶格斯的心意，想說幾句什麼，又覺無話可說，最後只一聲嘆息，隨即邁開跟蹌步履，轉身離門而去。丁未羊有心過去扇陶格斯兩個耳光，又覺於事無補，狠狠跺了跺腳，跟隨班中藝人去追趕李小朵。

　　自此，李小朵精神受到重創，意志徹底崩潰，再無心腸在二人臺編創上下功夫，後來又不知不覺染上了抽洋菸的癮，一日不抽洋菸，身心懶散，連戲都演不成。他之所以還堅持演戲，也便是為了掙錢買洋菸抽，頹廢消沉到如此境地。丁未羊看他這般境況，也覺心灰意懶，乾脆脫離了這個戲班，另起爐灶，常年活躍在內蒙古中西部地區，後來成為西路二人臺一系的創始人。由於慶格爾泰大舉開放黑界地，倡狂侵吞地租銀，漸成伊克昭盟一帶巨富。消息傳到時任綏遠將軍的奕匡耳朵裡，大為震怒，命專人到鄂爾多斯左翼前旗重新劃分地畝，報墾荒地。當時旗內荒地已極其稀少，大多熟地已經佃民認墾，況且佃民早已交過旗裡地租，地種得好好的，不肯再次認領。奕匡認為是慶格爾泰蠱惑民眾不肯認領地畝，遂革去慶格爾泰的頂戴以示懲戒。奕匡的做法激起了眾怒，諸多蒙漢百姓紛紛擁戴慶格爾泰為首進行抵抗，這便是清末鄂爾多斯左翼前旗有名的抗墾事件。後來慶格爾泰帶領部分抗墾民眾被清軍在蒙晉交接處的豹子塔一帶剿滅。慶格爾泰死後，他的家眷被抗墾民眾護送到山西偏關避難，後輾轉去了河曲定居，即是李小朵的故鄉。

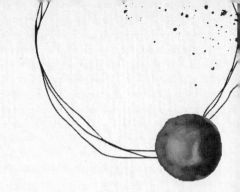
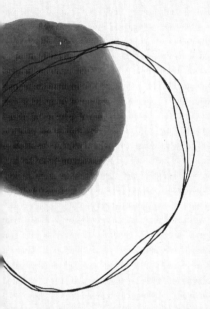

第十一章
打後套

一

　　每年秋盡冬來，後大套上的莊稼收穫歸倉，原野恢復了空曠，大地再現荒涼。從西疆和外蒙古刮來的西北風肆虐橫行，到處倡狂作亂，就連洶湧澎湃的黃河也被凝凍成冰河，只在冰層之下才有河水緩緩流淌，維繫著這一脈水系永不枯竭。就在這樣寒冷的日子裡，由東向西方向緩緩並行來一騎一人。馬是一匹白馬，渾身沒有一根雜毛，馬背上駄著一位姑娘，身穿勁裝短衣，肩裹黑色披風，這位黑衣姑娘騎坐在白馬背上，二者顯得黑白分明，卻又搭配默契。在白馬之旁緊緊跟隨著一個青年壯漢，他的雙手攏在衣袖裡，脖子縮在衣領中，乍看都像是個從莊稼地裡走出來的沒見過世面的農民。可就是這個看起來憨厚木訥的農民般的壯漢，此時卻成為這個黑衣姑娘心目中堅實的依靠，便是他從沙漠土匪二林、四林手中將黑衣姑娘解救出來，並不遠千里專程護送她回家。這個姑娘就是後大套上開挖苗家大渠的東家苗滿囤的閨女青婧，與她同行的青年壯漢便是那個曾被朝廷通緝的「長毛教父」郭望甦。由於郭望甦醒不會騎馬，況且也無馬可騎，便一路徒步而行。那青婧雖然馬快，可自從上了二林、四林一當，才發覺世間人心狡詐，真偽難辨，也不敢單人獨馬穿越八百里河套回家，二人便一騎馬、一徒步，不緊不慢，緩緩向後套行進。

　　這日進入後套的隆興昌地方，距離青婧家所在地已走了一多半的路程。郭望甦和青婧人睏馬乏，腹中飢餓，便尋找一個背風的山窩，攏一堆火烤一些乾糧來吃，稍事休息。二人正吃乾糧，忽然聽得一陣馬蹄嘈雜，從青婧老家方向奔來一隊人馬，同時自隆興昌的岔路口也快速奔出一匹白馬，馬上騎著一個黑衣女子。乍一看，這個黑衣女子容貌與青婧十分相似，只是年齡要大上一倍。只見兩邊人馬剛一碰頭，黑衣女子便對著另一隊人馬中的一個中年男子嚷嚷道：「你這個爹是咋當的，閨女走丟十多天了才知道？噢，不過這也怪不得你，『倭瓜寄在柳樹上』—— 本來就不連著心！我便自己出去尋找好了，你又何必來操這份心……」

　　「大小姐何必這般說？」那中年男子急切地辯解道，「誰說我老苗就不

心疼閨女了？實在是這閨女調皮搗蛋，尋常到附近的小姊妹家玩耍居住幾天也是常有的，誰又懷疑她是走丟了？再則因為灌渠剛剛停工，事情麻絮一樣多，糾纏住人實在騰不出身，要不然我早就出來找了……」

青婧遠遠地聽到那男聲，便知道是自己的父親老苗，連忙自山窩間站起身來。青婧同時也清楚地看到，那個騎在白馬背上的黑衣女子就是在後套上被人們稱為「二老財」的那個悍女。早在青婧小時候，就曾聽牛犋裡的人私下議論說自己和二老財的長相十分相像，都說自己是父親和二老財的私生女。青婧十分好奇，也曾在長大些後去過邢家的灌渠上偷看過那個悍女，覺得除了穿著打扮和自己同出一轍，胯下騎乘的那匹白馬比自己的高大英武，那個女人一臉凶巴巴的樣子，怎麼看都不像是自己的親媽。青婧打小在老苗夫妻膝下長大，雖不曾受百般溺愛，卻也沒受過半點委屈，因此也沒覺得自己的媽媽是個後娘，於是也懶得去操這個心，只管在苗家心安理得地做個乖女兒。現下青婧出走半月，看到這個悍女居然急切地出來尋找自己，想來人們傳說的那些事情並非空穴來風。

青婧在山窩間剛一露頭，騎在馬上的那些人便已看見，連聲驚呼起來。老苗和二老財連忙打馬趕過前來，老苗跳下馬，扯住青婧便是一頓責怪。二老財一眼瞥見山窩裡還蹲著一個人，以為就是拐走青婧的歹人，從馬背上扯出一條長梢馬鞭來，揮手就欲鞭打，青婧趕忙阻止：「不可，他是我的救命恩人！」二老財方自收手。

青婧涉世未深，此番遭歹人拐騙，受了不小的驚嚇，現在見到親人，便連篇累牘地講述起自己的冒險經歷來。二老財聽說青婧果然是被歹人拐走，而且拐騙她的竟然是沙漠土匪鄔板定的手下，不由破口大罵：「好你個下三爛的鄔板定，居然做出這等狼心狗肺的事來，看我回去不下道綠林帖，叫人剿滅了你的土匪窩！」

郭望蘇在一旁插嘴道：「綁架青婧姑娘其實是二林、四林兩個人的主意，與鄔板定大王無關。」

二老財轉頭看看郭望蘇，見他一副老實巴交的莊稼漢模樣，不由心中

大起疑竇，因而厲聲問道：「你又是什麼人，有什麼手段竟能從鄔板定的手中救出人來？」

那郭望蘇也確實老實，便一五一十地道來：「我是山西偏關的一個扳船漢，出走西口時在沙漠裡差點被野狼咬死，是鄔板定大王救了我的命。那兩個拐騙青婧姑娘的歹人，其實是我老家熟人的兄弟，我也曾在鄔板定大王面前救過他們的命。當時在包頭相遇，我向他倆討要青婧姑娘，他倆做個人情，就把青婧姑娘給放了……」

郭望蘇原本不善多言，此時這番話如繞口令般說來，令人似懂非懂。二老財心中雖還存著不少疑惑，但也不便再刨根追問。

郭望蘇道：「青婧姑娘既已平安到家，我也該返回包頭去了。」

郭望蘇隨身只背著一個裝乾糧的包袱，此時將包袱斜挎在肩上，便要折返包頭。青婧連忙上前扯住郭望蘇的胳膊，說：「現在距離我家已不大遠，大哥一路送我回來，咋說也該去認一認門，就是只喝碗熱水，也好叫青婧的良心能過意得去。」

老苗一行亦殷切挽留，郭望蘇推辭不過，便答應到青婧家小住一日。老苗叫兒子林春把郭望蘇扶上馬背，二人共乘一騎。臨末，老苗和二老財在路邊竊竊私語一番，也不知到底說些什麼，然後二老財自己乘馬返回隆興昌去。此地距離青婧家步行仍有兩三天的路程，饒是老苗一行人快馬加鞭緊趕慢趕，直到月上中天時分才到家。郭望蘇受到老苗一家盛情款待。郭望蘇原本答應只住一日，可老苗一家哪肯怠慢，每天都找藉口把他挽留住，變著花樣招待他。尤其是青婧，受郭望蘇解救逃出歹徒之手，又經幾百里路途被他送回家來，她看到郭望蘇外表呆板木訥，其實內心古道熱腸，為人又誠實善良，心中自是大有好感。自郭望蘇到家，青婧每日陪伴左右，端茶遞水，噓寒問暖，把他當作尊貴的客人看待，十分周到熱情。這樣居住有三五日，郭望蘇心中焦急，無論如何也不肯再耽擱下去了。青婧大為不捨，詢問他到底有何急事，並說如果有為難之事，苗家定當盡力相幫。郭望蘇本就不會撒謊，此時看到青婧誠心實意相詢，才將自己的經

歷如實告知。青婧聽了他的講述，對他更加敬佩。看他一個憨厚老實之人，居然還當過太平天國的兵，而且他心地善良，為了不致連累柳大夫家小的性命，還要主動返回包頭，繼續接受鄔板定的牽制。

青婧雖然獲悉了郭望蘇的遭遇，卻一籌莫展，便悄悄將這件事情說給父親聽。那老苗聽了略一思忖，即哈哈一笑，道：「這碼事情，也只有你自己才能解決。」

青婧如丈二金剛摸不著頭腦。

「事到如今，有件事也就不再瞞你，其實邢家的大小姐就是你的生身親媽，不過這其中還牽涉有另外一個祕密，現在還不到攤牌的時候，我也不便多說。」老苗將青婧生身母親的「祕密」和盤托出後，又告訴青婧說，「當年你的親姥爺邢泰仁開挖灌渠，廣有田地，財多勢大，在後套地方是個響噹噹的人物，就連官府都奈何不了他。你親姥爺極重義氣，江湖上落難之人無論誰來投奔他，他都慷慨接待，大方收留，能幫什麼忙就幫什麼忙，所以他在黑白兩道都很能吃得開。你看他家那些看家護院的把式手，就都是江湖上落難後來投奔他的好漢，當然他也庇護過不少走投無路的江洋大盜、土匪流寇。聽說沙漠土匪鄔板定當年是個殺人越獄的逃犯，遭官府追逼，就是在你姥爺的庇護下逃過大難，後來才去沙壕塔當了土匪。眼下恩人這件事，如果你去求你的親媽，只怕沒有辦不成的。」

其實不用老苗明說，青婧也已猜出二老財是自己生身親媽的事實毋庸置疑。便是青婧在歸途中親眼所見，那二老財得知自己被人拐騙，即焦急地外出找尋，讓人覺得這個邢家大小姐多少還有點親媽的味兒。這番為了救命恩人郭望蘇的事情，青婧決定親自去找她。

由於邢家住地路程不近，老苗安排兒子林春和侄兒林茂陪伴青婧一同前去。三人騎馬趕到上次與二老財分手的那條岔路口，徑直進入隆興昌。隆興昌原本是後套上的一塊荒涼地帶，是邢泰仁在此設立牛犋，後來發展成為人丁興旺的村莊。邢家的居所處於村子正中央，構建極其龐大，院子一進數出，門楣盡塗丹紅，所有的廳堂房舍俱由青磚壘砌，具有鮮明的冀

南民居風格。因邢泰仁是直隸順德府人氏，故而房屋建成如此結構。在院子週邊尚築有數幢碉樓，有無數把式手晝夜巡視，看家護院。青婧來到邢家，二老財聽說有位和自己裝束一模一樣的姑娘來找她，心裡知道是誰，連忙親自出迎。進到家中，青婧也不囉唆，徑直向二老財道明來意，要二老財設法相幫。二老財聽後並未遲疑，滿口答應叫父親寫封書信，並很快派人專程給鄔板定送去，又囑咐青婧只管叫那後生回去向鄔板定討要柳先生的家小，料那鄔板定定然不敢不從。青婧只真心實意道了聲「謝謝」，也沒叫二老財一聲「親媽」，即告辭離去。

　　青婧回到家中，將這消息告訴郭望蘇，郭望蘇喜出望外，當即便欲起身折返包頭，會合柳先生去向鄔板定討要柳先生的家小。青婧戀戀不捨，詢問郭望蘇此番回去，將來又作何打算。郭望蘇長嘆一聲，道：「我戴罪在身，無處可去，便走一步看一步，什麼時候被官府抓住，就掉了脖頸上這顆吃飯的傢伙吧。」

　　「大哥又何必為難？」青婧道，「你看這後套天地甚大，是一個天高皇帝遠的地方，莫說官府，尋常就是連個差役也難得一見，每年不知有多少像大哥這樣的人來此躲災避難，又有哪個不能安然存在？莫若大哥回去辦完這樁事，便回來後套，在灌渠上給我苗家幫忙，妹子也好在身邊伺候，以報還大哥的救命之恩。」

　　「報還的話，斷然不敢當。」郭望蘇一聽，覺得青婧所言有理，道，「不過後套地方如真能容得下我，我便來你家灌渠上賣苦力，也強似在包頭當個見不得人的摸鬼人。」

　　郭望蘇返回包頭，會合柳先生去沙壕塔討要柳先生的家小。二老財所差信使早已提前將邢泰仁書信送到。鄔板定只道是郭望蘇四處招納教眾，邢泰仁依傍上了郭望蘇，將自己賴以飛黃騰達的貴人搶去，心下甚為酸楚，可想到邢泰仁畢竟曾救過自己的命，況且邢家勢力龐大，自己也不敢輕易得罪，只好下令放人。由於鄔板定其人十分狡詐，當日挾持柳先生的家小時早已安排好後路，只是將柳先生的家小哄騙到沙壕塔近旁的一個村中居住，尋常供以吃喝，並未刻意刁難。現下由小嘍囉帶領柳先生去將他

的家小接出，柳先生自把家小送回偏關老家，郭望蘇則聽從了青婧的話，去往後套地方避難。

二

　　黃河自上游的甘肅流來，途經內蒙古的河套平原，這一河段水流相對平緩，大多時候波瀾不興。如果把晉陝峽谷之間的河段比作一頭怒獅，這一河段只能算是一隻溫順的綿羊。苗家大渠在黃河邊掘口引水，管道緊接黃河。在灌區上幹活的民工有不少是在晉陝之間的黃河岸邊長大，諳熟水性，在工地上歇工時分常常會跳到黃河裡耍水納涼。有一些水性高超的人還會借機競賽耍水的本領，吸引眾多的民工圍攏過來給他們吶喊助威。其中有一個在灌渠上挖土的青年壯漢聽到眾人的喧嚷之聲，也趕到河邊來觀看，看到原來是民工夥伴們在黃河裡耍水競賽，不覺技癢，脫掉外衣，縱身一躍便跳到黃河裡撲騰起來。這青年壯漢水性高超，入水後隨意的三撲騰兩撲騰，便將岸上眾人的眼球吸引了過來。眾人看這青年壯漢宛如一頭入水的豹子，動作迅疾敏捷，速度奇快，而且在沉浮遊蕩之間變化出無數花樣，令人眼花繚亂。最讓人佩服的是，只見他一個猛子扎入水中，半晌不見蹤跡，趕看到他在水中露出頭來時，他早已潛渡到黃河對岸。聽到岸上人群的驚叫與歡呼，那些在河裡競賽耍水的人也齊齊出水，上岸後加入到圍觀者中來。苗家大渠的東家老苗原也識些水性，會些「狗刨」、「貓泳」之類的三腳貓功夫，此時看到這青年壯漢的水性，才大覺天外有天人外有人，只以為這樣的水性，除了去年在灌渠上幫過大忙的河曲同鄉李小朵，再也無人可以比及。其實他們根本沒見過，便是在暴風驟雨之日，這個青年壯漢也曾橫渡過狂浪怒卷的素有「鬼門關」之稱的老牛灣磧口，那樣的膽量與氣魄才真正叫人嘆為觀止。這個青年壯漢就是被人稱為「水豹子」的郭望蘇。

　　郭望蘇陪伴柳先生在沙壕塔將柳先生的家小接出後，脫離了鄔板定的掌控，再度來到後套，投靠在老苗家中落腳。此時苗家大渠才剛剛開工一

年，苗家自不愁沒有郭望蘇一個人的飯碗。郭望蘇打小在黃河上攬船出身，風裡來雨裡去，有的是一把子好力氣，受慣了苦的人，不比那些養尊處優的公子哥兒，又哪裡能束手束腳地待得住，自打入住苗家，他就自覺自願地給苗家做營生。剛來時還是寒冬季節，苗家也無甚繁忙之事，他就每日外出砍柴打草，把院子裡的柴禾堆疊得老高，苗家的人勸也勸不住。青婧看在眼裡，覺得他勤快踏實，任勞任怨，心中越發喜歡。轉眼間春回大地，回老家過罷年的晉陝民工紛紛返回後套，苗家大渠上重新恢復了繁忙。苗家全家老少人人出力，都在忙著挖渠大事。老苗安排郭望蘇和他家年幼的子姪們一起拎著鞭子在河堤上督工。郭望蘇原本就是受苦人出身，在河堤上遇有偷懶耍滑、怠工誤事者，手中的鞭子也不忍心落下去，反倒是抓起那些人閒置的鐵鍬甩開膀子大幹一番，令那些人看在眼裡無不慚愧汗顏。郭望蘇自知不勝任督工職責，次日上工即乾脆扔掉了鞭子，拎把鐵鍬主動到灌渠上挖土。老苗一家知道，都感到無可奈何，便也只好任由他去。

　　誠如青婧所言，後套地處偏僻，乃是一個天高皇帝遠的地方，郭望蘇混跡在萬千民工隊伍裡，倒也不擔心會被熟人認出來招惹官司。可是他在此地落腳未久，竟然意外地見到了兩個至為親近的熟人。第一個是自己的結義大哥李小朵。李小朵和他的玩藝班去年就曾來過後套，被苗家包班演戲，在苗家大院居住過幾個月，今年算是故地重遊。兩兄弟在苗家大院偶遇，真是喜出望外。尤其是李小朵，見到郭望蘇還活得好好的，更是欣喜若狂。李小朵去年出口時就聽說了郭望蘇在老牛灣被官府追緝喪生的消息，冬閒時分回轉老家，還專程去過老牛灣一趟，探望郭望蘇的爺爺。郭望蘇事發後，因他在官府眼裡被視作謀逆造反的「匪類」，「罪大惡極」，按朝廷律令當株連九族，郭家一門本人丁凋敝，並無其他近支親眷，當時官府只將郭望蘇的爺爺一人牽走治罪。郭望蘇的爺爺身患嚴重風溼，腿腳不便，走在半路上即倒地不起，一干差役強拉硬扯，活活地把他給拉扯死了。郭望蘇聞知如此噩耗，痛痛地哭了一場。兩兄弟相隔數年未見，自有許多拉不盡的話題。兩人分別講述各自的遭遇，心中俱無限悲愴。後來郭

望蘇聽李小朵說起就連家境富裕的陳嘉豐也被逼走了口外，不由瞪大眼睛，拍著腦袋連說想不通這個世道究竟是怎麼了。自此郭望蘇常年落腳在苗家大渠上幹活兒，李小朵則每年都要輾轉到此地來與他相會，直到後來郭望蘇參加了義軍，兩兄弟才又失去聯繫。

郭望蘇在後套見到的第二個熟人，即是當年在偏關老牛灣被人稱為「二掌櫃」的那個船主二寶柱。二寶柱打從那年給官府運載生鐵的那艘貨船在風陵渡失事，被迫之下出走口外，投靠在邢泰仁手下扛工謀生。由於在黃河上挖渠掘口，水下勘測短缺不了識水性的人，二寶柱水性高超，為邢泰仁在水下勘測出了不少力，很受邢泰仁倚重。苗家大渠上出了一頭水豹子，這個消息在後套上不脛而走，邢泰仁聽說後大不服氣，命令二寶柱專程去苗家大渠上會會這頭水豹子，一較高下。二寶柱自恃水性高超，亦自躊躇滿志，一路上摩拳擦掌來到苗家大渠，當他一眼看到那頭水豹子竟然就是郭望蘇，頓時感覺大大不妙。

自從郭望蘇小時候在黃河裡救出二寶柱的閨女大丫，二寶柱即待郭望蘇刻意照顧，情同父子，並有意招贅他將來做自己的女婿。此時郭望蘇在異地他鄉意外見到二寶柱，不由心中悲痛，失聲大哭。在一把鼻涕一把淚當中，郭望蘇把當年船隻在風陵渡失事後，大丫因痛失親人抽上了洋菸的遭遇，和後來大丫在老牛灣懸崖上墜崖殞命的經過講給二寶柱聽。二寶柱聽罷，不由心如刀絞，痛不欲生。兩人好不容易止住眼淚，分別講述各自的經歷。當郭望蘇講述自己曾下江南參加過太平天國，後來出走西口途經沙壕塔遭遇土匪鄔板定，以及以後解救青婧並且被青婧解救的種種經歷，二寶柱聽了更是咂舌不已，連聲稱奇。二寶柱先前只道自己的遭遇已屬莫名委屈，現在聽郭望蘇講來，才知道這個後生所承受的委屈尤勝自己十倍，心裡甚感悲愴，於是安慰郭望蘇好生在苗家幹活兒，將來成家立業，也好生存下去。

二寶柱回到隆興昌向東家邢泰仁交代結果。邢泰仁聽說那頭水豹子實則就是二寶柱當年看中的女婿，而自己也在不久前因閨女二老財糾纏，曾寫書信給鄔板定為這後生排憂解難，心裡頓時感到十分踏實。久居後套的

人自然知道，邢泰仁其人生性愛才如命，每逢遇有在某一方面有特殊本領的人才，都要想方設法網羅到手下來給自己效命。這回聽說郭望蘇既然有這麼高超的水性本領，邢泰仁即暗下決心，只等有機會便將他招攬到自己手下。

邢泰仁素有「愛才如命」之名，手下聚集了不少文武人才，其實莫說是有用的人才，即便是所有有特長的可用之物，他也一樣不惜代價大量網羅。聽說遠在喀爾喀蒙古的土謝圖大汗有一匹日行千里夜行八百的神駒，他不辭勞苦親自穿越數千里的沙漠和草地，耗費萬金代價，終將神駒從大汗手中購得。據說邢泰仁因鍾愛閨女，歸來後便將此馬賜予二老財騎乘。可是有時候面對活生生的人才，他也有求之不得、追悔莫及的遺憾，此事說來話長。

邢泰仁多年來致力於修築灌渠，在後套上成為聲名顯赫的灌渠大王。他所修每一條新管道完成，凡能灌溉所及之地皆變作良田，從而直接惠及許多走西口而來的漢人，使之得到適當的安置，這樣就吸引更多的內地漢人紛至遝來。人們都傳說凡是來到邢泰仁灌渠上幹活和給他耕種土地的人沒有吃不上飽飯的，而且邢泰仁雖然家資巨富，但並非為富不仁，尤其對所有來投奔他的直隸老鄉，他更是給予特別照顧，甚至優惠轉包給他們土地，讓他們當上二地主，迅速發跡。逢有饑荒災年，邢泰仁每每大開糧倉，廣泛賑濟，而一旦開倉，動輒就是數百上千石的糧食，邢泰仁連眼睛都不眨一下。邢泰仁豪爽仗義，甚至大量結交江湖人氏，凡流亡到後套的江湖好漢以至土匪流寇，只要投奔到他門上，他都慷慨解囊，予以收留庇護。因此在黑白兩道之間，人人俱稱他是「大善人」。

由於後套素無官府管轄，是一個天高皇帝遠的地方，社會秩序相當混亂，土匪盜賊猖獗，惡霸明搶暗奪，同行之間惡意競爭，很多商家都豢養把式手來為自家看家護院。邢泰仁自然也不例外，不僅豢養了諸多把式手，而且在農閒之時，他把所有民工都組織起來進行格鬥訓練。為了管理好民工，他私定刑罰，刑罰有三種：第一種叫作「住頂棚房子」，就是冬天在冰上鑿一窟窿，把人投入；第二種叫作「下餃子」，在布袋裡裝了人，

扔下黃河；第三種叫作「吃麻花」，是把牛筋晒乾，像一條麻花似的，活活把人打死。邢泰仁最不合常理的一項舉動是不畏懼蒙古人。他依靠自己龐大的實力強行租用蒙人的土地，對方不肯時，他就強立契約，契上寫明一萬年，如再不肯，他就帶領手下人持刀執械打上門去，直至把他們驅趕出這個區域之外。在他據有的方圓數百里的地盤內甚至沒有蒙古牧人的蹤跡。這樣，在後套這地方，人們稱頌他的有之，痛恨他的也有之，善惡真偽，一時難辨。總的說來，在整個後大套上人們都對他敬畏有加。

在邢泰仁這樣的地商眼裡，管道和水源就是他們的財富命脈，因此同行之間競爭異常激烈。在當地還有一位頗有勢力的地商，姓解行四，人稱「解四」。邢泰仁和解四同為直隸籍老鄉，早年間兩人關係還算融洽，邢泰仁把掌上明珠二老財嫁給解四的兒子為妻，兩人成為兒女親家。只是兩人均心高氣傲，彼此競爭生意，逐漸產生芥蒂。二老財的丈夫罹病夭亡後，兩親家一舉扯破了臉面，徹底反目成仇。兩人之間存在的矛盾主要就是管道和水源的問題。後套的地商們在黃河邊挖渠引水，因渠口位置的不同導致水源的強弱也不同，這些都給他們的生意帶來影響，同時因為他們的渠線有時互相交織，難免經常會發生跑水事件，這樣就導致他們之間的矛盾更多。儘管解、邢兩家的財富旗鼓相當，可是因解四起家較晚，他的名聲和地位在後套上還是略遜邢家一籌，解四對邢泰仁至為忌恨，認為不把這樣的對手剷除掉，自己在後套上就難以抬起頭來。一次，解四以洽商解決管道問題為由，約邢泰仁到自己的牛犋面商。邢泰仁獨自一人赴約，解四安排邢泰仁在客舍坐好，口稱去書房取解決問題的條款文書。謝四剛一出門，即有二壯漢頭罩黑布搶入室內，一人勒緊邢泰仁的雙臂，一人以二指挖出邢泰仁一眼珠，然後迅疾逃走。適時解四返回，看見邢泰仁以手掌捂目，血流如注，假意關切道：「親家以掌覆面，必然罹病在身，我且派人送親家回家，至於管道之事待他日病癒之後再談不遲。」只聽邢泰仁朗聲說道：「不必送，我有兩眼自己來，尚有一眼自己能回去。」說罷自地上撿起那顆被挖去的眼珠，捂在一塊手帕裡，揣進衣兜，然後大踏步離去。此為邢泰仁因爭水一眼失明的經過，也是他的綽號「獨眼龍」的來

由。這一事件的發生，看似解四明顯占了上風，其實卻給雙方都埋下了禍根。

在邢泰仁的老對頭解四的手下，有一條好漢名叫李老五。此人是山西河曲縣唐家會人氏，道光年間家鄉遭災，隻身流落到後套，最先投奔在邢泰仁的灌渠上賣苦力，因看不慣邢泰仁私定刑法，草菅人命，對犯了過錯的民工動輒就待以極刑，彷彿天是王大，他便是王二，於是憤然離開了邢家，改投在解四的工地上扛工。解四對待民工雖然也極其苛刻，但懲罰民工的手段並沒有邢泰仁那樣殘忍。經過邢泰仁眼珠被挖去這一事件，解、邢兩家矛盾進一步激化，由文爭發展到武鬥，兩家經常集結門下的把式手和民工持槍執械進行格鬥。李老五便是在武鬥中出了名。因他年輕時練過祖傳的楊家武藝，武功高強，又且驍勇凶悍，歷次械鬥都衝鋒在前，專門對付邢家最難纏的把式手，從而使解家始終未處於敗落之地。解四知人善用，即提攜他充當把式手，後來看他為人講義氣有豪膽，又和他拜作把子兄弟，彼此稱呼「四哥」、「五弟」。

邢泰仁看到解四的手下竟然冒出來這般人物，而且還是當初從自家灌渠上投奔過去的，心裡甚感懊喪。可是他對李老五這樣的人才又十分眼熱，於是便許以重金厚銀，暗中多次拉攏，結果都是無功而返。邢泰仁十分惱怒，大呼「士不為我用便為我殺」，於是便派人實施暗算，結果又每次都被李老五巧妙地避過。李老五的存在成為邢泰仁的一塊心病。

邢泰仁和李老五之間積怨甚深，人人都道他倆是解不開的死對頭。就是這對明爭暗鬥、處處為敵的死對頭，陰差陽錯之間卻又差一點兒結成翁婿。這段故事其實十分令人揪心。李老五最初出走口外，原本只是打算尋找一條活路，掙些銀錢養家糊口，不料來到後套沒多久，就聽從老家來的人說自家婆姨已經帶著兒子改嫁他鄉了。李老五萬念俱灰，於是再不打算回家。他先是撲開身子給解四在工地上幹活，後來又為解四抵上命和邢家打鬥，終至受到解四重用，還和解四結拜為把兄弟。李老五在和邢家的多次械鬥中結識了邢家的閨女二老財。當時二老財喪夫回到邢家寡居，因其生性豪爽，活躍多動，在家難得閒居得住，每天騎馬提鞭在父親的挖渠工

地上巡梭監工，重新成為邢泰仁的得力助手。由於此女心腸堅硬，行事果斷，遇有怠工誤事者，手中馬鞭毫不留情，令所有民工無不懼怕。後來邢、解兩家反目成仇，二老財自然是站在父親這邊，邢、解兩家每次械鬥，二老財都騎馬揚鞭，驅馳在前，不肯居於人後。有句老話說「梁山的好漢，不打不成交。」二老財跟李老五在械鬥中幾番交手，武藝不相伯仲，竟然相互敬慕，彼此心儀。二老財打小在後套長大，深受當地的婚姻觀念影響，在男女交往中並不拘泥扭捏，因此她大膽與李老五相約，暗地裡在枳機草地裡遛馬談心，後來交往到一定程度，兩人便開始相好了。李老五為人光明磊落，也不懼怕自己曾得罪過邢泰仁，親自上門求親。邢泰仁十分高興，他對待人的態度一貫是「順我者昌，逆我者亡」，凡樂於為他所用的他都當作人才看待，而與自己作對的卻必定要處心積慮置之死地而後快，因此他對李老五唯一的要求是讓他把解四給剷除了。那李老五本是條重義輕利的漢子，咋可因此而輕易答應謀害對自己有恩的故主？婚事一議再議，事情一拖再拖，後來邢泰仁看到女兒的肚子不知不覺間大了起來，咬了咬牙，悄悄把女兒圈在深閨，直到十月懷胎期滿，養下了一個女娃。邢泰仁借此要脅李老五低頭，如若不然，就揚言要把女娃溺死。李老五寧折不彎，慨然道：「你若敢把我閨女溺死，我便會割你全家人的腦袋來祭奠她！」邢泰仁異常暴怒，回到家即欲親自動手把女娃溺死，在二老財的苦苦哀求之下，最後終於答應把這女娃送與別人撫養，但對李老五只稱那女娃真的已被溺死了，李老五聽說後恨得滿嘴鋼牙咬落一地。自此二人積怨愈深。

那個送與別人撫養的女娃其實就是青婧。因她咋地說也是邢泰仁的親外孫女，故而其養父老苗在開挖苗家大渠時才得到了邢泰仁的大力幫助，也算是邢泰仁給予老苗一家的回報。

三

來到後套的人，沒有人沒聽說過後套三寶，也沒有人沒聽說過「灌渠

大王」邢泰仁的名聲。有道是：「樹大招風風撼樹，人為名高名喪人。」朝廷最初於乾隆年間設置薩拉齊廳統管後套。薩拉齊廳遠在包頭東，距離後套數百里，可謂天高皇帝遠，因而後套也就幾乎成了官府管不到的地方。一晃進入咸豐年間，朝廷任命原兵部侍郎淮骨出任綏遠將軍兼理藩院尚書職銜。淮骨到任後，看到蒙古各旗王公貴族大多都把土地租給漢人耕種，從中獲利頗豐，後套一帶更有不少地商連片租出土地，開挖灌渠引水灌溉，所獲利益至為豐厚，因此頓起與民爭利之念，尤其邢泰仁擁有大量的土地和管道，富甲一方，令淮骨垂涎欲滴。

淮骨殫精竭慮，想方設法，打算從地商手中爭奪土地和灌渠。他首先委派手下官吏要任三為特使赴綏西視察墾務。後套地方本來無官府管轄，現在突然有如此大員前來駐紮，引起當地不少地商紛紛觀望，不知其葫蘆裡裝著什麼藥？便有解四自作聰明，誤以為官府之舉是為了整飭後套風化、有序管理土地秩序，為國為民謀利，於是便打算先下手為強，向官府控告邢泰仁的罪行，借官府之力扳倒這一枚眼中釘。邢泰仁聽說解四有此打算，心下頗為擔憂，連忙派人與其洽商，提出「自家的事應自家解決」，並願主動做出讓步，達到雙方和解。解四看到邢泰仁有此心意，思忖一番，便也表示同意。其時恰逢歲尾年關，解四決定過罷年開春以後再與邢泰仁具體協商和解事宜，了結彼此間的矛盾。孰料是年除夕夜，解四正在家中過年，卻不明不白被人刺殺喪命。解四之死正好給要任三提供了很好的藉口，以懷疑邢泰仁派人殺害解四為由，將邢泰仁「請」到其官署，在預先就寫好的申請書上要求邢泰仁簽名畫押，讓其「自願」將私產土地、房屋及所有管道悉數獻於官府，以後官方便再不追究解四一案。邢泰仁在要任三的威脅之下，不得已只好同意畫押。至此，邢泰仁多年以心血所鑿的數條大渠以及大多田地、房產，悉數獻歸於淮骨和要任三兩人，一生汗血俱付諸東流，所有家業僅餘隆興昌住所一處。這也是槍打出頭鳥的典型一例。

邢泰仁的財產雖然被掠奪，但他在長期的治水過程中同後套地區的蒙古王公交往密切，當部分蒙古王公得悉邢泰仁的田產被迫獻出時，便主動

將西山咀附近土地近萬畝租與邢泰仁開墾。邢泰仁借此機會意欲重整旗鼓，再創基業。淮骨和要任三對邢泰仁在後套的潛在勢力心存疑懼，認為他是一位深不可測的人物，因猜忌與防範，仍以解四家族控訴他殺人為由，將他下獄刑拘。

邢泰仁此次被羈押長達五年，可淮骨和要任三始終沒有充足的證據能證明邢泰仁就是殺害解四的元凶。他們手中攥著的唯一把柄就是解四家人提供的一份證詞，即有人在是年除夕夜親眼見到邢泰仁和手下的把式手孫鬍子共乘一匹白馬，借著月光潛入解家將解四殺害。但據薩拉齊廳理事通判黃韜作證，在解四遇害次日，即大年初一清早，邢泰仁便攜手下孫鬍子到家給他拜年。薩拉齊遠距隆興昌四百餘里，邢泰仁和孫鬍子二人如何可在半夜殺人後迅速到達薩拉齊？便是如邢泰仁所擁有的那匹神駒，縱然真可日行千里夜行八百，卻也只可馱得一人，如何可馱得動兩個身材魁梧的壯漢連夜驅馳數百裡？尤其可笑的是，在淮骨和要任三親自審案，借此證詞欲判定邢泰仁死罪之時，那邢泰仁只淡淡一句話道：「敢問除夕臨近朔日，那月光又從哪裡而來？」淮骨和要任三頓時啞口無言，滿臉羞臊。欲判邢泰仁之罪苦無證據，再加上邢家上下四出打點送禮，求情鳴冤，案情直達京師首輔大學士案下。在各方施加的各種巨大壓力下，淮骨和要任三不得已將邢泰仁釋放。

在邢泰仁入獄的五年時間裡，奔走後套逃荒謀生的內地漢人仍然絡繹不絕，攜帶鉅資到此投資創業的地商依然在不斷增多。然而，令人至為遺憾的是，邢泰仁大半生傾盡心血開挖的數條大渠自從落入淮骨和要任三之手，因得不到妥善管理和合理治理，沒過多久便到處沉積淤塞，不僅未能有效利用灌溉田地，而且還因退水不暢，幾次氾濫淹毀了不少莊稼。尤其在邢泰仁入獄後的第四年，後套地方突然爆發鼠患，地鼠倡狂肆虐，田地裡莊稼幾近絕收。整個後套地方的居民紛紛四出逃荒，由內地來此謀生的漢人亦紛紛離散。鼠患導致後套地方生機頓失，人丁凋敝。這場劫難持續了整整一年，直到第二年秋天糧食下來，後套上才漸漸恢復了生氣。

邢泰仁出獄之時，正值鼠患過後。邢泰仁遭五年牢獄之災，雖然暴戾

之氣有所收斂，但仍壯心不已。他利用自己多年來樹立的聲譽與關係，意圖東山再起，重振舊日雄風。值得慶倖的是，在邢泰仁入獄之後，那些當日把西山咀附近大量土地租給他的蒙古王公對他失去信心，意欲把土地收回，是二老財主動接替父親擔挑重任，親自攜帶禮品到蒙古王公府上周旋，並信誓旦旦地說：「莫說我父親只是暫時蒙冤拘禁，很快就可出來，就是官府當真定了他的罪一時出不來，邢家還有我在。只要有我在，擔保少不了你們一文的租金！」那些王公無不為二老財的風度折服，答應暫不收回土地。二老財全心全意撲在土地的管理上，使邢家家業不僅未致衰落，而且積蓄了不薄的收入。這一筆豐厚的財富如今則成為邢泰仁賴以重整旗鼓的本錢。

可是在他入獄的時間裡，邢家門下豢養的諸多把式手和門客大多心灰意懶，加上後來的鼠患之災，作鳥獸散者不在少數，所剩下的可用之才寥寥無幾。邢泰仁放出風去，意圖將昔日門客重新招攬麾下。邢泰仁的聲望和能耐在後套地方畢竟樹大根深，未過多久，散去的把式手和門客陸續返回邢家。邢泰仁盤點手下人員，看到自己的勢力比入獄之前並未減弱多少，於是更加雄心勃發，親自帶領人馬勘測渠路，計畫再挖一條大渠，把黃河水引入西山咀一帶，澆灌自己的土地。

邢泰仁在黃河邊選擇引水渠口時，突然發覺善熟水性的二寶柱沒有跟來。問詢手下人員，才知道自從自己落難，二寶柱在邢家無所事事，已投奔到苗家大渠幹活兒去了。邢泰仁連忙打發人到苗家大渠上請二寶柱回來。那手下自苗家大渠去而復返，回報邢泰仁道，二寶柱說苗家大渠工程正緊，脫不開身，又說那二寶柱有言，他在苗家做得好好的，不願到處東奔西走，做個反覆無常之人，請邢掌櫃另請高明。邢泰仁異常惱怒，他生平最恨的就是手下人叛逆自己，因而命令一干把式手暗中潛入苗家大渠，把二寶柱綁架到隆興昌，親自動手鞭打一頓，然後叫人把他裝進口袋裡，填進黃河下了餃子。

邢泰仁剷除了「叛逆」二寶柱，卻苦無善熟水性的人為自己探測渠口，便又想起苗家的那頭水豹子來。邢泰仁寫了封書信給老苗，要求借用

郭望蘇為自己探測渠口。雖然苗家也因遭鼠患之災導致差點破產，眼下剛剛有了點起色，灌渠上工程正緊，正是缺乏人手之時，可面對邢泰仁的要求，老苗不敢不從，於是安排郭望蘇去邢泰仁手下暫時幫忙一段時日。可是這幾日因二寶柱的莫名失蹤，郭望蘇正在心煩意亂之中。本來自打邢泰仁落難被捕，邢家上下一片混亂，主家人整日忙於為邢泰仁疏通奔走，對待手下人等難免疏漏懈怠，耽誤按時發放錢糧，又且自從發生鼠患，有許多人更是連飽飯都吃不上，二寶柱等一些人整日挨餓，無奈之下只好投奔別處混飯吃。二寶柱來到苗家，郭望蘇十分高興，親自向老苗請求，要老苗把二寶柱收留下，和自己同吃同住。老苗家中當時雖然也是困難重重，可面對郭望蘇的請求，老苗並無半點推拒之意。自此叔侄二人相聚在一起，彼此幫襯照顧，直到鼠患過後，苗家的日子漸漸好轉，灌渠工程恢復，叔侄二人共同為苗家出力幹活兒。日子本來過得好好的，忽然一日收工之後，郭望蘇發現二寶柱不見了蹤跡，四處尋找亦無結果，鬧不清他到底哪裡去了。現在老苗叫郭望蘇到邢泰仁手下幫忙，郭望蘇想到當日便是憑了邢泰仁一封書信，自己才能從鄔板定手中解脫出來，邢泰仁於自己大有恩德，卻也不便拒絕，只是囑咐老苗若得到二寶柱的消息請一定及時通知他，便起身去往邢家。

　　郭望蘇自從來到後套便在苗家居住，因其忠厚善良，勤快踏實，很受苗家全家人喜歡，青婧更是待他勝如家人，毫不掩飾對他的喜愛，因此每有閒暇便陪伴在他身邊玩耍。老苗看出自家閨女的心意，親自向郭望蘇提出要把閨女許配給他為妻，郭望蘇卻因和自己青梅竹馬一起長大的大丫當日活生生地在自己眼前喪生，心裡始終籠罩著一片陰雲，不肯應承。老苗父女二人卻也了解郭望蘇的經歷，理解他的心情，況且青婧年齡還小，便也並不強求他，只等將來時機成熟再說。青婧也沒有因此而冷淡了他，反而整日陪伴在他的身前身後，把他當作最親近的人看待。她看到郭望蘇不會騎馬，和自己外出玩耍時總是奔跑在自己的馬前馬後，十分心疼，於是便專門教習他騎馬。郭望蘇看似木訥呆板，其實一點都不笨，沒用多久就學會了騎馬，可以陪伴青婧在後套的原野上躍馬揚鞭，四處賓士。

此次郭望蘇去往邢家，青婧親自在馬廄裡挑選一匹快馬給他騎乘，並依依不捨地把他送出老遠，囑咐他辦完事早點回來。二人分別後，郭望蘇快馬加鞭，不到半天便趕了大多半路程，距離邢家住地隆興昌已不遠。正疾馳間，忽然前方有幾名持刀攜械的人攔路，郭望蘇連忙勒住馬韁。那攔路之人中有一人操河曲口音，當問明他便是去給邢家幫忙的郭望蘇時，只聽那人鏗鏘有力地道：「天下忘恩負義之徒甚多，你去給邢泰仁當狗腿子，難道邢泰仁殺害你親人的仇恨就不計較了嗎？」

郭望蘇驚異地道：「邢泰仁殺害了我的什麼親人？」

「便是二寶柱。聽說他待你自小就情同父子，難道他不是你的親人？」

「他當然是我的親人。」郭望蘇道，「可是你們有何證據，說是邢泰仁殺害了他？」

「我李老五卻不是亂嚼舌頭根子，你如不信，且隨我來看。」

那自稱是李老五的人和幾名同伴一起把郭望蘇帶到附近的一座破爛的小廟裡，只見在失去香火的神臺下赫然躺著一具屍體，身上苫著一張破草席。郭望蘇掀開草席，一眼認出果然是二寶柱。李老五踹了一腳地上扔著的一個破口袋，道：「那天我兄弟在黃河裡撈出這個人來，他便是被裝在這個口袋裡。你想想，在後套上專把活人填進黃河裡下餃子的又有幾人？」

四

自從李老五上門提親，邢泰仁以閨女二老財的婚事來換取他叛離故主，剷除解四，李老五拒不答應，其後邢泰仁又不惜以剛出生的親外孫女的性命來要脅他，李老五由此看透了此人內心深處的狹隘與自私。李老五果斷地拒絕了邢泰仁，從而也引起邢泰仁惱羞成怒，揚言已將李老五和自己閨女二老財親生的女娃溺死。李老五恨得咬碎滿嘴鋼牙，從此與他結下

了不解之仇。轉眼間十多年過去，邢、解兩家一直為爭渠奪水明爭暗鬥，沒個消停的時候，後來邢泰仁迫於解四要借助官府的力量來對付邢家，終於答應做出讓步，徹底化解兩家的矛盾，可是解四又突然不明不白地被人殺害。李老五最為了解邢泰仁的為人，一直認為是邢泰仁派把式手將解四謀害，於是多次奔走衙門為解四申冤，不意自特使要任三插手此案後，威逼邢泰仁將自己田產獻出，竟然豁免無罪。李老五義憤填膺，決定自己暗中下手刺殺邢泰仁為主人報仇。正在尋找機會，邢泰仁又莫名其妙地被官府緝拿下獄，李老五只當是「天網恢恢，疏而不漏」，是老天爺要收拾這個惡人了。哪知邢泰仁只獲刑五年，就又被釋放了，而且仍舊飛揚跋扈，企圖東山再起。李老五算是一眼看穿了這個世道，官府黑暗腐敗，地富弱肉強食，官商勾結造孽，窮人生靈塗炭！於是一怒之下，帶領幾十名和自己相好的血性兄弟，大吼一聲「殺戮富豪，推翻滿清」的口號，風風火火地揭竿而起。後套上飽受當地王公貴族和地富豪紳壓迫欺凌的蒙漢百姓紛紛響應，加入到隊伍中來，短短時間內，「李老五暴動」即席捲河套大地。

那天李老五在半途阻攔郭望蘇，正是在他起事前夕。自從邢泰仁出獄後，大張旗鼓招攬門客和把式手，欲圖東山再起，李老五即派遣細作潛入到他身邊。邢泰仁綁架二寶柱，並且把二寶柱填進黃河裡下了餃子的事，自然瞞不過李老五的眼睛，而且邢泰仁因急需諳熟水性的人為他探測渠口，打發手下人到苗家河渠上借用郭望蘇的消息，也很快就傳到他的耳朵裡。為了阻撓邢泰仁順利開挖新灌渠，李老五夥同手下兄弟專程在半途攔截郭望蘇，把邢泰仁殘害二寶柱的事實和他草菅人命、人面獸心的本質揭露出來。當時郭望蘇在破廟裡一眼看到二寶柱的屍體，宛如遭遇五雷轟頂，頓時悲慟欲絕。看到這般令人痛心的情景，李老五的幾名兄弟紛紛叫嚷道：「這是個什麼樣的世道，還叫不叫窮苦百姓活下去？李大哥，不如我們反了吧！」

一聽到這些人說造反，郭望蘇的腦海裡不由浮現出當年自己參加太平軍的情景。那時候他因出身窮困，生活艱難，參加太平軍只是奔了太平天國「人人有田耕、人人有飯吃」，為了吃飽穿暖而已，後來親眼看到天國

高層不少將領奢靡腐化，以及有蔡興晉那樣的人物專事奉承鑽營、賣主求榮，不足以成大事，所以才中途憤然離開太平天國。

此時只聽李老五亦慨然嘆曰：「的確也是。眼下官府腐敗，地富貪婪，弱肉強食，豪搶明奪，真叫我百姓何以為生？」

李老五的一番感嘆，令郭望蘇有如醍醐灌頂，一下子明白了百姓為何少食無穿、窮困潦倒的原因，明白了百姓為何生如草芥、死如螻蟻的道理！

「貪官不除，天下不得以太平，惡紳不滅，百姓無以為平安！」只聽那李老五嘆罷，一揮手中長矛，大呼一聲，「弟兄們，我們便反了！」

他手下的幾名兄弟亦隨著回應：「反了，反了……」

此情此景，令郭望蘇亦不由心情激蕩，隨之振臂高呼：「反了，反了……」

天下間的農民起義，其造反的原因幾乎驚人地相似，無非是在封建專制壓迫下，農民失去土地和基本的生存條件，從而鋌而走險，用生命和熱血來換取生存的權利。李老五起義的目的非常明確，即是「打倒地富，推翻滿清」，向腐朽的封建統治奏響反抗的號角。李老五的一聲吶喊，首先震驚了後套上一度壓迫欺凌蒙漢百姓的豪富惡紳，使他們膽戰心驚，寢食難安，尤其是邢泰仁，聽到說李老五暴動專殺豪富惡紳，心下極其惶恐，連忙聯合數家有勢力的富商，欲圖先下手為強，剿滅李老五。消息走漏後，李老五一下子紅了眼睛。本來李老五舉事，礙於當年和二老財之間的情分，並未有率先攻打邢泰仁的念頭，現下邢泰仁卻欲圖先下手為強，新仇舊恨一併挑起，於是帶領手下好漢，趁著一日夜色降臨之時，首先放火燒了邢泰仁設在隆興昌外圍的西牛犋，隨後迅速攻入隆興昌，把邢泰仁的住宅大院團團圍住。邢泰仁帶領手下把式手倉促應戰，可架不住李老五隊伍士氣高昂，人人奮勇，交鋒未有多時，邢泰仁的人馬即告潰敗逃散。邢泰仁慌亂之下，趕忙騎了匹黑馬欲棄家逃竄，哪知未跑多遠，即與李老五狹路相逢。李老五手持一把長矛，大喝一聲：「邢泰仁，納命來！」喝罷挺

矛就刺，嚇得邢泰仁頓時魂飛魄散。

正急切間，忽聽「唰」的一聲響，一條長梢馬鞭卷住了李老五的矛柄，原來是二老財及時趕到。這麼一阻攔，邢泰仁打馬越過李老五，倉皇逃竄而去。李老五奮力甩脫二老財的馬鞭，調轉馬頭欲追趕邢泰仁，只聽二老財道：「你追不上的，他騎的那匹黑馬才是真正的神駒。」

李老五一愣，問：「莫非你家有兩匹神駒？」

二老財答：「如果連我這匹白馬也算，那麼是的。」

李老五胸中豁然開朗，當日解四之死案情終得大白。原來當日便是邢泰仁和手下的把式手孫鬍子各騎一匹神駒，潛入解家將解四殺害後，又連夜從隆興昌趕到薩拉齊。這兩匹神駒俱可日行千里夜行八百，隆興昌到薩拉齊區區四百餘里路程，自然不在神駒的話下。

李老五攻打隆興昌首戰告捷，聲勢大振，各方不滿當地王公貴族和地富豪紳壓迫欺凌的蒙漢百姓聞訊紛紛趕來投奔，隊伍迅速壯大。李老五帶領手下好漢殺富商，剿惡霸，分財產，均田地，深受窮苦百姓歡迎。其間，恰逢陝甘一帶爆發回民大起義，李老五聯合回民起義軍組成同盟聯軍，隊伍聲勢得到進一步壯大。

隨後，李老五即率領人馬直接與清軍開戰，一連攻下河套地區數個旗、廳，消息震驚歸綏。山西巡撫聞訊，緊急調遣駐紮在代州城的大同總兵出兵彈壓。大同總兵揮軍出口，會同駐紮在口外的鎮備軍統領，糾集常備軍和續備軍共計兩千多人馬進剿義軍。李老五憑藉人地兩熟的有利條件，在黃河北岸烏拉山腳下的西山咀一帶布下戰場，一場鏖戰殺得清軍死傷無數，潰不成軍。綏遠將軍淮骨聞報大驚，親自統領土默特兩翼兵馬前來征剿義軍。李老五聞此消息，在半途中預先設下埋伏進行攔截。由於兩翼兵丁素常生活窮困維艱，殊無鬥志，和義軍剛一遭遇，未等交鋒即先行潰散，李老五率軍追擊，只殺得淮骨丟盔棄甲，險些當了李老五矛下之鬼。

淮骨作戰不力的消息傳到龍廷，垂簾聽政的兩宮太后大為震怒，當即

革去准骨綏遠將軍兼理藩院尚書職銜，令刑部將其捉拿下獄拘辦，同時親自在朝內挑選醇親王之子奉恩鎮國公奕匡取代綏遠將軍職務，趕赴口外剿匪。奕匡身為皇室宗親，原在滿洲正藍旗軍營任副都統，擔負防守京畿職責。清朝自立國以來，為防範宗室干政，禍起蕭牆，即制定規矩，皇室宗親除在八旗軍營擔任職務外，本不准在軍政各界任職，直至兩宮太后垂簾聽政後，這項制度才有所改變。奕匡當即赴綏遠城就任，集結所部兵馬，並通令寧夏和榆林駐軍會擊義軍。這一番奕匡手下兵多將廣，再加上奕匡原在軍營歷練多年，帶兵打仗自有一套。李老五自從舉事以來，和各路清軍交鋒從未敗落過一仗，此次朝廷派遣奕匡前來征剿，李老五只當奕匡亦不過是一個徒有虛名的酒囊飯袋，並不放在眼裡。哪知那奕匡的確具有出眾的軍事指揮才能，和義軍連續兩次正面交鋒，都迫使義軍陷入險境，幸虧義軍憑藉熟悉地理環境的優勢突圍而出，否則差點就全軍覆滅。李老五痛定思痛，認為奕匡所部兵多將廣，奕匡本人亦非准骨那樣的酒囊飯袋，不宜與之正面交鋒，而義軍具有熟悉地理的優勢，八百里河套處處可以安身，因此決定改變戰略方式，由陣地戰改為「遊擊」戰，俟等時機將分散開的清軍各個擊破。一場曠日持久的拉鋸戰就此展開。

奕匡面對義軍靈活機動的遊擊戰略方式，雖然麾下擁兵雄厚，胸中韜略滿腹，但有如貓吃雞蛋無從下手。他絞盡腦汁終於想出一個辦法，即是命令各旗王公貴族和地富豪紳各自組建民團，採用「遍地開花」的方法來對付神出鬼沒、行蹤不定的義軍。這一舉措使後套上的豪富惡紳組建武裝力量得以合法化，各豪富惡紳紛紛組建民團，開始不斷向義軍挑釁進擊，其中勢力最為強大的當屬邢泰仁的民團。自從李老五起事以來，邢泰仁即處處束手束腳，開挖新灌渠的大計也被迫中止，每日提心吊膽，惶惶不可終日。李老五的存在成為他的一塊心病。這番綏遠將軍公然命令各地組建民團對付義軍，邢泰仁重新鼓起豪氣，於是發出一道綠林帖，招徠昔日曾受過自己恩惠的江湖好漢和土匪流寇來為自己效力。也的確有不少講義氣的江湖人士為了報恩，從四面八方趕來，聚集在邢泰仁麾下。就連沙漠土匪鄔板定收到綠林帖，亦只留下二林、四林攜少許嘍囉留守沙壕塔匪窟，

自己則帶領大部土匪傾巢而出，趕赴到隆興昌來。邢泰仁勢力得到壯大，即親自帶領隊伍向義軍進擊。由於各民團都是地方武裝勢力，多熟悉當地地理環境與自然條件，義軍對付這些狡猾的民團比之對付正規清軍猶感吃力，再加上奕匡率領正規軍向義軍步步逼近，在眾寡懸殊的情況下，義軍逐步退守於陰山腳下的狼山灣一帶，與清軍和各民團對峙抗衡。

自從郭望蘇離開苗家河渠參加義軍，青婧即為他整日提心吊膽。她想到郭望蘇昔日就曾參加過太平軍，如今再次加入義軍，為窮苦老百姓出頭，果然不枉是一條英雄好漢。原也有心追隨他去馳騁疆場，殺戮富豪惡霸，只是因家中事務繁多，而且在郭望蘇走後不久，父親老苗因整日操勞，積勞成疾，忽然有一天栽倒在灌渠上，再未睜開眼睛。在這樣的境況下，青婧怎能離得開家？可是到了第二年，早已因操勞過度癱瘓臥床的大爹苗滿田亦在床上熬得油乾撚枯，撒手西去了。開挖苗家大渠的重任落在了小輩肩上。苗家的子侄輩在大爹苗滿田的長子林茂的帶領下，繼續挖渠不止。就在幹渠快要接入烏拉河之際，青婧忽然聽說各地紛紛組建民團要對付義軍，心中十分掛念郭望蘇，看看灌渠上工程進展順利，於是狠了狠心，毅然離開了家園，逕自去投奔義軍。

青婧在陰山腳下的狼山灣一帶找到郭望蘇，這時的郭望蘇已非昔日那個只知扳船、挖土的受苦漢。自從加入義軍後，郭望蘇即跟隨李老五等各位武藝高強的首領勤學苦練，學得一身高超的本領，再加上他不畏生死，英勇強悍，在戰場上屢立奇功，成為義軍中赫赫有名的「拚命三郎」。

五

據青婧報信，在來路上她曾遇到邢泰仁正帶領民團向狼山灣開進，恐怕對義軍不利。李老五一聽到邢泰仁的名字即恨得牙根癢癢的。自從義軍起事之初圍攻隆興昌，因為二老財的阻攔才叫邢泰仁僥倖逃脫，義軍隨即轉戰後套，尚未有暇再次對其採取行動，不意反而養虎為患，讓邢泰仁能有時間苟延殘喘，重新組建起一支勢力強大的民團，囂張跋扈，處處與義

軍作難。李老五暗下決心，這一回絕不再叫邢泰仁從自己手中逃脫，於是調兵遣將，在狼山彎布下口袋，只等著邢泰仁來鑽。

狼山彎位於陰山西端，山南為遼闊的河套平原，山北是廣袤的烏拉特草原，西端則沒入博克台沙漠、亞瑪雷克沙漠及海裡沙帶之中。狼山彎一帶地表乾旱，植被稀少，有的地方溝谷深切，地面破碎，有的地方則溝坡緩淺，沙土遍布。而且狼山主峰「呼和巴什格」山高峰險，是內蒙古境內最高山峰。這樣的地帶，實在是適宜於隱藏雄兵，埋伏布戰的好場所。

邢泰仁帶領民團來到狼山彎，看到狼山一帶地貌支離，形勢險惡，並未敢貿然進入山谷，只是在開闊地帶巡梭，卻找不到義軍一兵一卒。由於當地水源俱在山谷之中，民團不敢進入山谷，飲水大為缺乏。邢泰仁頗為煩惱，只好命令小股人員乘夜色進入山谷取水，不料取水之人進去多少失陷多少，無一活著出來。幾日下來，民團軍心動搖，人人思歸，尤其是鄔板定帶來的土匪更是嚷嚷不息，污言穢語不絕於耳。不得已之下，邢泰仁只好下令分兵兩部，一部留守營寨，另一部進山取水。鄔板定叫手下一個識字的嘍囉翻閱皇曆，那嘍囉打開隨身攜帶的皇曆看來，只說今日萬事大吉，無往不利。鄔板定十分高興，自告奮勇帶領本部嘍囉進山取水。那水源俱在山谷深處，兩面山高壁壘，十分險惡，可是飽受乾渴的土匪已顧不得這許多，紛紛一擁而進。俟等他們進入山谷深處，忽然兩山之上檑木滾石齊下，那檑木滾石並不長眼睛，任你是殺人不眨眼的強寇大盜，還是偷雞摸狗的宵小蟊賊，砸著便死，撞著就傷，一時間內土匪死傷無數，鮮血染紅了溪水。鄔板定見此形勢，不由大叫一聲：「奶奶的個娘呀，怎麼今天的皇曆又不准？」連忙指揮嘍囉撤退。尚未逃出多遠，忽然一塊巨石滾下，將鄔板定砸翻在地，一條腿壓了個結實。那些嘍囉只管自己逃命，哪裡顧得上鄔板定的死活，氣得鄔板定破口大罵：「你們這些忘恩負義的鼠輩，乾脆教石頭盡數砸死了吧！」這番鄔板定終得如願以償，那檑木滾石連番滾落，將一干嘍囉砸得所剩無幾。檑木滾石剛剛止息，自山上有一隊義軍衝將下來，將剩餘嘍囉盡數剿滅，無一生存。鄔板定被壓在石頭下大氣也不敢出，企圖以裝死蒙混過關，忽聽得有一名義軍嘆息道：「沙壕

塔土匪助紂為虐，原本死不足惜，只是鄔板定大王昔日曾有恩於我，今天死在這裡，倒叫我心中過意不去⋯⋯」鄔板定偷眼來看，只見此人原來是郭望蘇，不由驚喜地叫道：「望蘇兄弟，我在這裡。」郭望蘇看見鄔板定還未死，趕忙帶人將石頭搬開，把鄔板定救出來，隨即又親自和一名軍士把鄔板定抬到山中營寨，找來柳大夫給他治傷。原來那年柳大夫自鄔板定手中接出家小，送回老家安置好後，便又自行返回包頭地方行醫，後來聽說郭望蘇在後套追隨李老五舉事，便不遠千里投奔到義軍中來，專任醫官。此時柳大夫為鄔板定療傷，卻是腿部骨折。柳大夫隨即給他的傷口清淤止血，隨後接續斷骨，塗抹生肌復骨之藥，最後以夾板妥善固定。治療完畢，柳大夫囑咐鄔板定說：「醫道有云，『傷筋動骨一百天』。大王如想保得住這條腿不瘸，便須在床靜養三個月，哪裡也不可去。」鄔板定無可奈何，只好在義軍營中住下靜養。

自從鄔板定帶領一眾嘍囉進山取水，邢泰仁在營寨中忽然聽到從山谷裡傳出嘈雜喧嚷之聲，情知不妙，連忙帶領所有人馬出寨接應，方才趕到谷口，就聽得山頂上吶喊如雷，義軍宛如潮水般傾瀉而下。邢泰仁也顧不得接應取水之人，連忙命令手下人馬布陣迎敵。這番敢情是義軍傾巢而出，人喧馬嘶，聲聞數裡，也不知到底有多少人馬。義軍下得山來，穩住陣腳，兩家對面相峙。所謂「仇人見面分外眼紅」，李老五一挺手中長矛，打馬直奔邢泰仁。自邢泰仁身邊搶出一人，正是當年夥同邢泰仁殺害解四的把式手孫鬍子。兩馬相遇，交鋒未及三合，李老五大喝一聲，奮起一矛把孫鬍子刺於馬下。李老五向身後揮動長矛，大隊人馬隨之掩殺過去，邢泰仁急忙指揮手下人馬對抗，兩軍展開了一場激烈的鏖戰。邢泰仁手下的這班江湖人士雖然武藝高強、驍勇凶悍，但架不住義軍訓練有素，英勇頑強，再加上邢泰仁的人馬數日來飽受缺水之苦，大多疲憊不堪，交鋒未有多久即告潰退。李老五率領義軍奮勇掩殺，只殺得邢泰仁的人馬潰不成軍，四散奔逃。

邢泰仁遭此慘敗，喟嘆一聲道：「天亡我也！」於是憑藉自己座下快馬，獨自一人倉皇逃竄而去。李老五看見，冷冷一聲笑道：「縱然你騎了

神駒，這番也休想逃出我的手掌心！」打馬奮勇直追。狼山彎地貌支離破碎，溝坡起伏縱橫，邢泰仁座下神駒果然名不虛傳，跨溝翻坡如履平地，轉眼間將李老五遠遠甩在後頭。邢泰仁暗叫「僥倖」，方才鬆了一口氣，打馬越過一道山坡，忽然座下馬失前蹄，自己也被掀下馬來，原來是中了絆馬索。埋伏在此處的義軍一擁而上，把邢泰仁捆了個結實。神駒被一名黑衣女子擒獲。

這麼眨眼工夫，李老五已騎馬趕到。李老五手持長矛，大喝一聲：「邢泰仁，你還有何話可說？」邢泰仁閉眼不答。李老五挺起長矛，對中邢泰仁心窩便刺。忽聽「唰拉」一聲鞭梢響亮，長矛被一條長鞭卷住。李老五抬眼看來，原來是二老財騎著白馬趕到。

「縱然是你，這回也救不得老賊性命！」李老五厲聲道。說罷一抖長矛，掙脫鞭梢，挺矛又刺。

「且慢。這回我專程從家中趕來，卻是要告訴你一個祕密。」二老財瞥了邢泰仁一眼，對李老五說，「你我的閨女其實沒有死，她現在還活得好好的。」

李老五聽聞此言，雙手一哆嗦，長矛差點落地。

「閨女，你且過來。」二老財招呼擒獲邢泰仁神駒的那名黑衣女子走到身邊，說，「青婧，你自然知道，我就是你的生身親娘，可是你知道你的親爹是誰？便是這個李老五！」

二老財接下來訴說：「當年你親爹和你姥爺反目成仇，你出生後不久就被送到苗家寄養。本來你在苗家過得好好的，我也曾囑咐過老苗永遠不要把這個祕密洩露出來，虧得老苗信守承諾，把這個祕密保守了這麼多年，可是到了現在這步田地，我也不得不說了。」

青婧驀然回首，想起當年父親老苗告訴自己二老財是自己的親娘時，還說過其中另外還有一個祕密，現在看來，只怕就是這個祕密！

二老財看著李老五似信非信的神情，忽然想起一事，說：「李老五，記得當年你我分手之時，我曾把一塊玉佩掰成兩半，一半留給了你，另一

半後來佩戴在了閨女脖頸上，這個信物，現在你倆都還有沒有了？」

　　李老五哆嗦著自懷中摸出一物，交給二老財，青婧亦自頸項上解下一物，遞給二老財。二老財接過後雙手一配，兩半塊玉佩契合在一起，天衣無縫。李老五嘆息一聲，眼神複雜地瞥了邢泰仁一眼，一言未發，轉身帶領義軍返回營寨。青婧將擒獲的那匹黑馬牽過來，又從自己馬背上解下來一個水囊，遞給二老財，然後跟隨義軍去清理戰場。二老財解開捆綁邢泰仁的繩索，將他扶上馬背，父女二人騎馬離開狼山彎。一場恩怨由此終得化解。

　　狼山彎一役，李老五義軍全殲邢泰仁民團，聲勢大振。各地蠢蠢欲動打算向義軍進擊的民團聞此消息，各自束手束腳，畏縮不前。義軍得以有寬裕的時間治創療傷，休養生息。義軍中有不少都是晉陝一帶走西口而來的漢人，當年在西口路上無不遭遇過鄔板定等沙壕塔土匪的劫掠，大有親眷喪生在土匪刀口下的，現下聞聽鄔板定已遭生擒，紛紛叫嚷著要把鄔板定砍頭報仇。好在有郭望蘇費盡唇舌為鄔板定求情，因義軍將士極其敬重郭望蘇，也就不再尋找鄔板定的麻煩。有的義軍將士氣不過，也只是在帳外咒罵鄔板定一番，真正動手動腳的，卻是一個也沒有。

　　鄔板定躲在營帳中養傷，每日聽聞義軍將士的咒罵，嚇得渾身發抖，簡直寢食難安。在山中將養一段時日，感覺斷骨恢復了有八九成，又因心中掛念沙壕塔匪窟的安危，便欲早早離開狼山。郭望蘇看他腿腳尚不利索，苦勸一番卻也挽留不住，便決定親自下山把他護送回沙壕塔。郭望蘇向李老五說知情由，李老五略一思忖，即叫他去把青婧找來，安排二人一同下山，並囑咐二人把鄔板定送回沙壕塔後，再順道去一趟隆興昌，叫青婧代他看望一下二老財，也叫青婧叫上二老財一聲「親媽」。

　　郭望蘇和青婧喬裝改扮，護送鄔板定離開狼山，這日來到包頭郊外，正欲折向沙壕塔方向，忽聽路人爭相傳說，道是庫布齊沙漠裡的沙壕塔匪窟已被官軍填平，此後走西口的人再也不用擔心土匪搶錢殺人了。三人連忙打問詳細，才知道在狼山彎戰鬥中鄔板定帶領的土匪被義軍全殲的消息傳到沙壕塔，留守匪窟的二林、四林隨即遣散洞中嘍囉，然後將洞中所藏

金銀財帛盡數運到綏遠城，向綏遠將軍奕匡投誠。奕匡接受二人投誠，派出一隊官軍，由二林、四林帶路，至沙壕塔把匪窟結實填平，從此後那裡再也不可以有人藏身隱跡了。

說到二林、四林這兩個活寶，打小不走正道，酒色財氣樣樣俱全，有用的本事卻是一樣也沒學會。自從投靠到沙壕塔，土匪專事持刀劫掠、殺人越貨的這些刀口上舔血的勾當一樣都提不起來，因此受盡大小土匪的白眼，只有匪首鄔板定並不小覷此二人。當日他倆來投靠沙壕塔，鄔板定要求他倆遞交投名狀，二人毫不猶豫，拔出尖刀，即將外出逃荒路過的一老一少爺孫倆結果了性命，然後剁下腦袋，充作投名狀。鄔板定看到他倆如此殺人不眨眼，就知道此二人胸懷歹毒，心狠手辣，是天生喪盡天良、滅絕人性的土匪胚子。後來此二人自告奮勇去往後套劫持苗滿原家的人質，以供鄔板定敲詐勒索，此事雖因郭望蘇從中作梗未獲成功，但鄔板定看到二人有此手段，索性安排二人專事「放鴿子」，即四處摸底踩路，實施綁架勒索。二林、四林有了沙壕塔土匪做後盾，更加無所顧忌，膽大妄為，到處招搖撞騙，欺哄瞞詐，也不知到底有多少富貴人家的兒女上當受騙，到頭來男的殺，女的奸，劫持來的幼童嬰兒則剖腹挖心，給鄔板定做了醒酒湯喝。二林、四林臭名昭著，直追鄔板定項背，沙壕塔土匪無不刮目相看。最令此二人出頭露臉的是，由於他倆常年四出活動，沙壕塔方圓數百里內的旗廳州縣無不涉足，久而久之，對各地的軍營布防無不了然於指掌。其間恰逢晉陝蒙各地連年大旱，口外地方亦因土地乾涸，莊稼無法下種，內地漢人裹足不前，西口路上人跡稀少。沙壕塔土匪常年做不得一票買賣，甚是飢腸轆轆，二林、四林遂出謀劃策，慫恿鄔板定回口裡各州縣劫掠。鄔板定聽從二人意見，帶領大隊土匪，由二林、四林帶路，繞過軍營布防，直入口裡，沿黃河一帶，在河曲、保德、府谷、神木等地，大肆燒殺劫掠，所過之處，雞犬不留，一掃而光。土匪劫掠金銀、糧食、衣物、牛馬無數，滿載而歸。因此功勞，鄔板定和二林、四林磕頭拜了把子，大小土匪亦推舉二人坐了沙壕塔第二、三把交椅。

「老天爺呀，鄔板定我真是被豬油蒙了心竅哇！」鄔板定捶胸頓足，

追悔莫及，「饒是我當初就曉得二林、四林此二人喪盡天良、滅絕人性，乃是一對『沒鴿虎』，遲早會連他的親娘吃掉。我卻如何就會掉以輕心，留他二人看守老巢，現下連帶蛋都叫一刀騙了，這可如何是好？」

鄔板定所說的「沒鴿虎」，據當地傳說，即指鴿子一般只產卵兩枚，孵化幼鴿兩隻，如一旦產卵三枚，其間必有一隻沒鴿虎，此沒鴿虎最是叛逆，長大後遲早會恩將仇報，連牠的親娘以及同胞都要吃掉。

經此連番打擊，鄔板定萬念俱灰，心寒如水，郭望蘇勸他回後套參加義軍，他也不肯。郭望蘇無可奈何，忽然想起當年離開沙壕塔時鄔板定曾送給自己兩個金錠，被埋藏在包頭郊外租住的土坯房地下，後來去後套時忘了帶走。郭望蘇看此地距離那所土坯房不遠，便去那所土坯房內把那兩個金錠挖出，交還給鄔板定。鄔板定摸著兩個金錠，忽然百感交集地說：「我鄔板定半生強取豪奪，積累金銀無數，可是到頭來卻都打了水漂，僥倖的是我當初無意中贈送給你的這兩個金元寶，想不到如今反倒變成了自己的救命錢。也罷，既然天命如此，不如我這就金盆洗手，歸隱深山，拿這金子買幾畝田地，做一個散淡的隱士好了。」郭望蘇聞聽此言，為鄔板定有這樣的選擇而感到高興。

郭望蘇和青婧告別了鄔板定，直奔隆興昌。二老財聞知是李老五主動打發閨女來看望自己，不由心花怒放，連日挽留青婧和郭望蘇在家居住。二老財每日親自下廚做飯，變著花樣招待青婧，以彌補自己未曾撫養閨女的愧疚。一連數日，青婧始終沒有見到邢泰仁的面，二老財只推說老父病重，自在後堂靜養，誰也不見。其實自從狼山灣歸來，邢泰仁便整日鬱鬱寡歡，往昔的雄心壯志再也不復存在。外孫女來家的消息，他並非不知道，只是心內羞愧，無顏來見外孫女的面而已。

乘著閒暇，青婧在郭望蘇的陪同下悄悄回了趟苗家大渠。青婧自不知道，因開渠工程浩大，事務繁重，在自己離開苗家河渠後不久，苗家新一代領頭人，亦即大爹的兒子林茂也因勞累過度英年早逝，一應重擔落在自己的大哥林春肩上。此時青婧回到苗家大渠，恰逢河渠全線貫通，只見苗家所有的子侄都在河渠上忙忙碌碌，指揮引水灌溉。那滔滔的黃河水自灌

渠閘口湧入，沿著百里河渠緩緩流淌，其間又由諸多子、支渠分流開來，灌溉著兩岸的莊稼和田園，剩餘的尾水則平靜地退入烏拉河。青婧彷彿看到，隨著苗家大渠引水灌溉，兩岸上到處變得田疇綠野，村落點點，人煙稠密，物茂糧豐，真正成為塞外荒原上的米糧川，同時也成為走西口人的夢中天堂。青婧來到養父老苗的墳前，莊重地磕了幾個響頭，含著兩行熱淚說：「大大，您的願望終於實現了！」後來，這條灌渠被當地人稱為「二黃河」，像一道不朽的豐碑屹立在後套平原上，記載著老苗一家人為後套水利事業建立的豐功偉績。

青婧和郭望蘇離開狼山日久，到了不得不返回的時候，臨別之際，二老財牽來兩匹馬，一匹是自己座下白馬，另一匹是被邢泰仁視為至寶的黑馬。二老財對青婧說：「白馬是娘給你的，黑馬是你姥爺送給你的嫁妝，你倆一定要好生愛惜……」

青婧騎白馬，郭望蘇騎黑馬，兩匹神駒果然神速，隆興昌距離狼山彎四百里路途，不消大半天便到。二人剛剛進入狼山彎，不由一下子被躍入眼簾的境況所驚呆，只見山前山後倒臥著數不清的屍身，既有義軍的，也有清軍的，顯然這裡曾經歷過一場慘烈的戰鬥。二人趕忙打馬上山，沿途之中慘狀依然不斷。二人來到義軍紮營之處，看到哪裡還有什麼營寨，只有一片被大火焚燒過的狼藉，整個狼山上下沒有一個活人。夜幕降臨之際，二人忽然看見山下一條山谷中升起一道青煙，急忙打馬下山，進入山谷，只見在山谷深處的溪水之旁，赫然有一人正在生火做飯。聽見有馬蹄聲響，那人驚恐地抬起頭來，卻原來是柳先生。

三人相見，悲喜交集，柳先生把事情經過明白道來。原來自從郭望蘇和青婧下山不久，綏遠將軍奕匡即糾集了後套上的多個民團，由民團引路，親自率領大部清軍前來狼山彎圍剿義軍。由於清軍人多勢眾，狼山前後被圍困得水泄不通。義軍被困在山中多日，糧草日漸不敷，正在一籌莫展之際，忽然有兩名清軍九品把總上山，自稱是李老五的侄兒，來求見李老五。柳先生在旁邊認出，這兩人原來曾是沙壕塔的土匪二林、四林，不知何時當上了清軍把總。二林、四林道來姓名，卻是老李家收養過的老三

稱心的兒子，李老五雖然惱恨薛稱心不成器，此時卻也認下了這兩個姪兒。二林、四林只稱此次跟隨清軍出征，眼見官軍勢大，恐怕義軍山寨不保，二人十分擔憂五爹的安危，故而專門向奕匡請命，做使者前來講和。李老五自然識得眼前形勢，特召集義軍主要首領商議，因各首領俱顧念麾下將士的生死存亡，終於答應和清軍講和。到了約定日期，李老五帶領三十餘名義軍首領下山講和，哪料剛剛進入清軍營寨，即被清軍布下的羅網一網打盡，全部擒獲，並隨即被押解往綏遠城。李老五等義軍首領被抓獲後，奕匡迅速帶領清軍攻山，由於義軍無得力人員指揮，各處隘口很快被清軍攻破，義軍將士奮起抵抗，但終因寡不敵眾，到頭來全部被清軍殺害。

這場慘烈的戰鬥，如果說義軍中還留下一個倖存者，那麼就是柳先生。李老五當日下山講和之前，曾特意把柳先生叫到身前，交給他一本《楊家武術圖譜》，囑咐說如果自己這回下山回不來，請柳先生無論如何也要保住性命，將來好把這本圖譜交給青婧和郭望蘇，以使這門武藝不致失傳。李老五下山不久後，柳先生即聽聞李老五等義軍首領被清軍擒獲，急忙攜帶圖譜潛藏入深山之中，等到清軍撤去之後才敢出來。

眼下清軍撤去已有數日，李老五等各位義軍首領被清軍押往綏遠城，生死未蔔，令人十分擔憂。青婧把《楊家武術圖譜》收好，郭望蘇給柳先生留下一些銀兩，囑咐他回轉偏關老家，好生居家過日子，有生之年切莫再到異地他鄉。隨後，郭望蘇和青婧也顧不得天黑，即跨上馬匹，打馬直奔綏遠城。二人馬不停蹄，晝夜驅馳，經一夜一日，到次日黃昏時分已來到綏遠城下。二人抬頭觀看，只見城頭之上密密麻麻懸掛著一顆顆人頭，約莫有三十多顆。郭望蘇和青婧不由肝膽俱裂，痛不欲生。二人當夜潛上城頭，乘守城清軍疲怠睡熟，將三十多顆頭顱全部偷走，然後擇地掩埋。

出於表彰剿滅李老五義軍獻計之功，二林、四林二人被綏遠將軍奕匡以正九品外委把總直接擢升為正七品把總，並破例分別頒發功牌一面。所謂「功牌」，即清廷兵部及各級將軍頒賜給下級軍功人員的最高褒獎。二林、四林受此殊榮，派遣手下軍卒將這兩面功牌護送回河曲縣唐家會老

家。薛稱心喜不自勝，只道是祖墳上雙雙冒出兩股青煙，光大薛家門庭，把兩面功牌裝裱在中堂之上，極盡炫耀。自此，薛稱心依仗兩個兒子的勢力，更加橫行無忌，欺男霸女，成為當地一介土豪劣紳。且說二林、四林二人，自從升任正七品把總，頂戴素金染藍翎，身著犀牛補，好不得意洋洋。只是二人出身匪窟，常年四處「放鷂子」自在慣了，軍營裡軍紀規矩森嚴，又且每日布陣操演，十分枯燥乏味。二人便常常找藉口告假外出，吃喝嫖賭，鬼混浪蕩。這一日二人外出廝混一宿，至雞鳴五更方搖搖擺擺地回歸軍營，不意行走在半道，忽然一人腦袋上挨得一悶棍，頓時失去知覺。至二人清醒，才發覺自己身上五花大綁，已被他人劫持到城郊外的一座黃土丘旁。那黃土丘也不似一座天然的黃土丘，倒像是一座新近壘起的巨大墳塋。土丘邊赫然立著一男一女二人，卻也認識，那男的便是郭望蘇，女的正是青婧，二林、四林頓時嚇得魂飛魄散。看見二人醒來，郭望蘇自腰間拔出一柄牛耳尖刀，先後刺向二人心臟，只見兩股鮮血相繼噴湧，二林、四林就此喪命。郭望蘇隨即割下二人人頭，祭奠了李老五等三十多名義軍將士的英靈。

　　二林、四林既死，郭望蘇和青婧二人即隱姓埋名，在歸綏一帶藏身落腳，意圖尋找機會刺殺綏遠將軍奕匡，為死難義軍將士報仇雪恨。

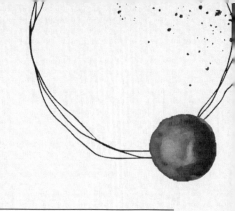
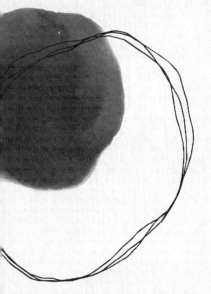

第十二章
水刮西包頭

一

　　仲夏時節，包頭城北郊外的草原上綠草如茵，生機盎然。夜裡剛剛下過一場雨，天空中流雲飛舞，地面上氣爽風清，寬廣的草地上隨處都有牧人驅趕著牛羊在自由地遊弋，偶然也可見到一些閒散的人們郊遊散心，玩耍消遣。其中有兩個十四五歲的小夥子更是興頭十足，騎著駿馬追鷹逐兔，引弓射獵，玩鬧了整整一天，至日頭西斜時分，方意興闌珊，引轡而歸。回轉包頭城外不遠，馬匹轉過一道山彎，不知從哪裡忽然躥出一隻野兔，自眼前迅疾掠過，緊隨其後又有幾隻野狗狂吠著追來。兩匹馬兒一驚，當頭一匹一聲嘶鳴，徑自向一條岔道狂奔而去，另一匹也緊跟著跑去，馬上兩少年費盡了九牛二虎之力也拉扯不住。兩匹馬兒亂竄半天，轉上一道山梁，跑得累了，才終於安靜下來。兩少年甚為懊喪，剛要尋找路徑返回，忽然眼前一亮，只見在這道山梁腳下，竟然悄無聲息地隱藏著一大片耀眼奪目的花海。這片花海廣闊有數十畝，一眼望不到邊際。整片花海花枝高挑，綠葉環抱，在一枝枝莖稈頂端的長梗上，一朵朵碩大豔麗的花朵赫然坐立。那花朵顏色各異，紅、白、紫、粉、黃的都有，有的花朵兼具數色，有的紅中透粉，有的紫中裹白，有的粉黃相嵌，不一而足。滿目的花海色澤瑰麗，豔美驚人。微風吹過，花海隨著起伏波蕩，忽而如彩蝶飛舞，忽而如裙裾飄搖，令人大有勾魂攝魄、意亂情迷之感。包頭之地原本地廣土闊，雜草叢生，各種野花異草甚多，並不鮮見，但如這等絕色花卉，又且這麼連片群生的浩瀚花海，還真是前所未見。兩少年不由一下子被這眼前的場景給驚呆了，只以為誤入了世外仙境，搞不清是真是幻。過了良久，兩少年才慢慢從震撼中清醒過來。當中那位身材清瘦、穿著漢族長衫的少年忽然心念一動，吟了一句唐朝郭震的詩：「聞花空道勝於草，結實何曾濟得民？」另一位體態敦實、身著蒙服的少年立刻意會，跟著也念了一句宋代楊萬里的詩：「東君羽衛無供給，控借春風十日糧。」這兩首詩所詠的均是罌粟。傳說世間百花，唯有罌粟花開瑰麗，豔色驚人，為諸花所不及。只是此花是否就是罌粟之花，兩少年也只是一時臆測，並無定

論。此時黃昏將至，暮色低垂，自不遠處忽然傳來一陣悠揚的鐘聲。兩少年凝目張望，只看到在花海盡頭隱隱約約聳立著一幢奇形怪狀的建築，原來是座西洋教堂。

那位身著蒙服的少年恍然大悟，朗聲而言：「原來這裡就是洋和尚霸占去的我巴氏家族的土地，難道洋和尚果真喪心病狂，在此偷偷種植罌粟不成？」「這個真也未可知。」一聽此言，那位漢族少年亦不由疑竇大起，緊接著說，「莫若我們採摘幾朵花兒回去給先生辨認，先生見多識廣，定然一認便知。」

蒙古族少年頷首贊同。

兩少年說幹就幹，只見他倆從山梁上一步一步溜到山梁腳，徑直躥入花海之中，將各種不同顏色的花兒採摘了一大捧，然後才又爬上山梁，辨清道路，牽著馬匹返回。

這兩位少年，漢族的是山西保德人氏，旅蒙商人陳嘉豐之子陳蠡，蒙古族的是包頭巴氏王府的世爵傳人布日格德的兒子，名喚哈斯額爾敦。

咸豐五年，布日格德和流落到口外的漢族閨女霓歌一見傾心，彼此心儀，為避免因蒙漢通婚而給巴氏王府帶來禍患，在喬致庸的主持下結為夫妻後，即雙雙隱姓埋名，去往草原深處過平常牧民的生活。翌年生養下一個兒子，即是哈斯額爾敦，蒙古語哈斯為玉，額爾敦為寶，漢語意即玉寶。像蒙古族所有人的成長經歷一樣，此子亦在馬背上度過童年，射獵和摔跤本領與生俱來。年歲稍長，夫妻即為其啟蒙，分別將腹中蒙、漢知識一一傳授。此子天資聰穎，敏而好學，令父母甚為欣慰。但因草原上物資匱乏，書籍文具更屬稀缺，到此子十來歲上，夫妻倆經過反覆商議，最後決定把兒子送回老家，以使兒子能有更好的條件讀書上進。在母子分別過後，布日格德領著兒子偷偷潛回包頭，找到喬致庸家裡，懇請喬致庸把兒子送回巴氏王府。喬致庸慨然應諾，隨後即把哈斯額爾敦帶進巴氏王府，並呈上布日格德書信。那巴王爺自從兒子布日格德不辭而別，隨後女兒薩日娜又嫁入京城，膝下一下子變得空空蕩蕩，甚是孤寂難熬。想不到一晃

十多年過去，自己的嫡親孫子突然從天而降，活靈活現地出現在面前，不由大喜過望。巴王爺連忙向喬致庸詢問布日格德的行蹤。喬致庸回答道：「小王爺只留下這個孩子，即已返回草原去了。」巴王爺一時甚感失望。喬致庸又道：「喬某也曾勸說過小王爺，時下移風易俗，蒙漢通婚之事，朝廷也已不甚深究，小王爺大可放心回到王爺身邊，一家人共用天倫。只是小王爺說，他夫妻二人已過慣了普通牧民的生活，於浮華富貴、世俗塵囂再無興致，便只在草原上牧馬放羊，終其一生了。」巴王爺聽了，不覺跌坐在椅上，眼角溢出兩滴清淚。

兒子雖然不肯回家，卻把孫子送回身邊來，這對巴王爺也是一個不小的慰藉，欣慰之餘，巴王爺彷彿一下子年輕了十歲，把孫子當作掌中寶、心頭肉來撫養。聽說孫子性喜讀書，蒙漢文字無一不識，巴王爺更加高興，四處托人給孫子訪求名師。無奈自入清以來，朝廷對蒙古地區限制頗多，禁止蒙古人讀漢書、識漢字即是其一。雖然自兩次鴉片戰爭後，朝廷處於備受內憂外患的困擾之中，對蒙古的各項禁令已有所鬆弛，尤其在進入同治年間後，一些禁令更是名存實亡，有的條令甚至在不知不覺中已悄然廢除，因此偶有蒙古人讀漢書、識漢字的，人們也見怪不怪。只是蒙古族人生活的地方歷來漢學高人極其少見，而兼通蒙文漢學的高人就更加難求了。

說來卻也湊巧，巴王爺在年輕時候，即曾培植過一位蒙古族俊才。此人本名額爾德木圖，漢語的意思就是「才華出眾」。其父母本是巴氏家族所屬的阿勒巴圖，靠給巴氏家族養羊放馬為生。其家居住在包頭郊外的一座召廟近旁，此子自幼受喇嘛薰陶，喜歡讀書識字，只因家境困窘，既上不起官學，又讀不起私塾，所以只好進入召廟裡跟隨喇嘛學習蒙古文。此子勤奮讀書，漸有才名。當時巴王爺聽說本鎮出現了如此一位神童，十分器重，不惜耗費自家金銀，將其舉薦到土默特官學裡去讀書。此子果不負巴王爺厚望，在同窗之中出類拔萃，後被選拔到京師國子監就讀。按清廷規定，國子監非但不禁止蒙古人讀漢書，而且還把漢族儒家學說當作必修之課。此子蒙漢兼修，於道光年間會試中貢士，先任理藩院柔遠司主事，

後派放外官，歷任西寧知府、歸綏道台，其間所屬職務均未與蒙漢民族事務脫離關係。此公在任多年，目睹蒙古王公貴族和駐防將軍、大臣窮極奢華，依仗特權拚命榨取當地人民的膏血，致使當地人民生活維艱。而自進入咸豐年間後，為了應對頻繁的戰亂，朝廷更是加緊了對蒙古地區的經濟壓榨和軍事徵調，給當地人民帶來無窮的苦難與禍患。此公陳情實奏，仗義直諫，反而觸動龍顏不悅，將其貶為山東曹州知府。同治年初，僧格林沁率部至曹州征剿撚軍，血洗曹州，禍及無辜百姓，死者無數。此公甚為憤慨，親至軍營與僧格林沁理論。想那僧格林沁位高權重，一怒之下將此公削去頂戴，廢為庶民。由於此公為官清廉，自曹州返回包頭時，只是攜帶了幾箱文稿詩箋，此外並無長物。巴王爺看此公為宦多年，竟然淪落到這般境況，不由唏噓喟嘆。巴王爺有意將自家土地贈送一些給他，以贍養終年，只是此公性情高潔，堅辭不受。巴王爺尋思此公才高學富，蒙文漢學無一不通，便尋思在巴氏家廟福徵寺內開設書館，聘此公為師教習孫子哈斯額爾敦。這番額爾德木圖倒欣然允諾，於是搬入福徵寺，專門教習哈斯額爾敦。

額爾德木圖開館未久，巴王爺忽又收攬一名漢族學生入館，此子即是陳蠱。原來陳嘉豐在家鄉遭受奸人陷害，一家人被迫搬遷口外，在包頭定居落戶。其子陳蠱自幼喜好讀書，少年即有才名。喬致庸聽說後親赴陳家探望陳蠱，並出一些「四書」、「五經」中的題來考他，不意陳蠱果然對答如流，無一不通。喬致庸本來出身儒學，少年時曾立志走讀書仕進之途，後因兄長夭亡，家業無人繼承，才不得已棄儒從商。此時看到陳蠱天資聰穎，智慧出眾，頗有自己少年時的模樣，心中大為喜歡，於是向陳嘉豐提議，何不訪求名師教習，以使此子將來成大器？陳嘉豐自無異議。恰逢額爾德木圖在福徵寺開館，喬致庸親自向巴王爺討情面，推薦陳蠱進入巴氏書館借讀。巴王爺看在喬致庸面上，卻也爽快地答應了。

陳蠱和哈斯額爾敦成為同窗學友。兩少年打小就受家學薰陶，誦史讀經，底蘊深厚，尤其是哈斯額爾敦，蒙文漢學均有涉獵，更屬難得。額爾德木圖對二人甚為器重，盡心竭力教習輔導。此公原本就是一位兼通蒙

漢、學貫古今的高人，而且在宦海中浮沉多年，高瞻遠矚，歷練豐富，因此在教學中並無因循守舊、酸文腐儒之氣，相反結合實際，因勢利導，令學生能夠深入淺出，獲取真知灼見。師生相處，可謂相得益彰。

　　這年仲夏時節，天氣炎熱，額爾德木圖特意歇館一日，准許兩少年外出郊遊散心，消解暑悶。不意傍晚回來，兩少年卻帶回來一大捧妖嬈豔麗的花卉，先生一眼即認出此花乃是罌粟之花，不由大為詫異，連忙詢問此花由何而來？當從兩少年口中獲悉洋教堂竟然在包頭城外公然種植大量罌粟，先生義憤填膺，當即拍案而起，只是旋而念及當今朝政腐朽，國力羸弱，無能與西方列強抗衡，又禁不住頹然坐倒，掩面泣下。

二

　　包頭在短短時間內由一個牧村發展為一座商業重鎮，日漸富庶繁華，不僅招徠各地商賈雲集，而且也令西方傳教士覬覦。西方洋教自從傳播進入中國，在明末清初達到相當程度的興盛。因羅馬教皇突然發布教令禁止中國教徒敬孔祭祖，引起康熙皇帝強烈憤慨，頒令施行禁教政策。可是西方傳教士並未就此銷聲匿跡，乾隆年間，他們偷偷潛入蒙古地區，在察哈爾的西灣子建立了一個小教堂，並以此作為大本營不斷進行擴張活動。經過兩次鴉片戰爭後，清廷迫於西方列強的威懾，解除禁教法令，給予西方傳教士在中國自由傳教的特權，並頒令各級官府實行「扶教抑民」政策，成為西洋教會的保護傘。自此西方教會在內蒙古地區更加肆無忌憚，到處霸占土地，修建教堂，發展教眾，聲勢日益壯大起來。

　　進入同治年間後，西灣子總教堂大主教終於按捺不住貪婪的欲望，在教內挑選出了一名郭姓華裔司鐸趕赴包頭發展教務。所謂司鐸，即指神甫。原來西方教會因本國神職人員缺乏，多是在當地挑選一些新發展的教徒為其效力。郭司鐸本是山西偏關老牛灣人氏，名叫命油，多年前流落到口外地方，因好吃懶做，一直過著居無定所、到處浪蕩的生活。後來他看到西方洋教不僅平白養活閒漢，而且只要加入教會，身分地位也就隨之高

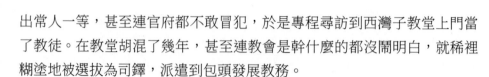

出常人一等，甚至連官府都不敢冒犯，於是專程尋訪到西灣子教堂上門當了教徒。在教堂胡混了幾年，甚至連教會是幹什麼的都沒鬧明白，就稀裡糊塗地被選拔為司鐸，派遣到包頭發展教務。

郭司鐸到達包頭，攜帶一份大主教簽發的「神諭」，先後去往旗、廳衙門施加壓力，迫使旗、廳衙門同意在包頭建立教堂。郭司鐸在當地招納一些有名的地痞無賴入教，然後帶領這些教徒在包頭地面四處挑選土地。包頭城外西郊不遠之處，依山傍水，地肥土沃，原是巴氏王府直領的俸祿地。郭司鐸雖然頭腦簡單，可是在這方面倒是十分有見地，一眼便相中了這塊風水寶地。郭司鐸隨即帶領幾名教徒耀武揚威地來到巴氏王府，強行租用土地，那巴氏王府的一眾人等也只能眼巴巴地看著自家的大片良田被這些所謂的西洋教士侵占而去。教堂建成後，郭司鐸以養贍教眾、發展教務為由，再度將教堂周圍數十頃田地一併霸占，雇用漢人耕種或直接租佃給漢人耕種，巴氏族人亦敢怒而不敢言。自此，郭司鐸在包頭地方廣泛招納教眾，一批流氓惡棍、閒人懶漢、娼妓賭徒、竊賊流犯紛紛加入教中，依仗教會特權欺男霸女，橫行鄉里，肆無忌憚，為所欲為，把個包頭地面攪擾得烏煙瘴氣，不成體統。

郭司鐸搖身一變，成為包頭地面上呼風喚雨的一個人物，就連官府都得看他的臉色行事，便有一些心術不正、德行敗壞之徒聚集到他身邊，依靠阿諛奉承、溜鬚拍馬之術討取他的歡心，以圖撈取好處。那位素以「雀過拔羽，雁過揪翎」聞名的郝開友自然不會錯過這個機會。郝開友自從被廣化寺喇嘛收回土地，趕出杭蓋，回到保德後也不肯消停，再度慫恿知州胡丘盤出官銀做本錢，隻身來到口外販弄洋菸。只是因包頭地面土地、房產大多屬巴氏家族所有，巴氏家族自不肯把店鋪租給他人開辦菸館，荼毒本地百姓，因此包頭地面原本並無菸館。郝開友等不法之徒販弄洋菸的勾當也只是在暗地裡偷偷摸摸地進行。自打郭司鐸來到包頭修建起教堂後，郝開友即如蒼蠅撞見了糞坑，破費些洋菸作為敲門磚，借機巴結郭司鐸。郭司鐸對洋菸本來並不陌生，只是過去一直浪蕩在民間底層，囊中羞澀，無錢消受，現下有郝開友無償敬奉洋菸，郭司鐸也樂得受用，而且很快就

成了一名癮君子。俗話說「拿人手短，吃人嘴軟」，郭司鐸平白消受了郝開友的洋菸，便被郝開友牽著鼻子走。郭司鐸隨後以教會名義，強行向巴氏家族租用繁華街市上的店鋪，用以給郝開友開辦菸館，自此才有菸館在包頭地面上公開出現，洋菸的貽害日益嚴重起來。但那郝開友並不滿足只從郭司鐸身上討取這點好處，隨後他乾脆鼓動郭司鐸在包頭地面上種植罌粟，就地製作洋菸，而所有洋菸均由他來包銷。郭司鐸一聽說這樣做可以毫不費力地牟取暴利，便向西灣子總教堂大主教呈報這個打算。大主教聽說郭司鐸有此創舉，甚為嘉許，專門安排傳教士從本國帶來罌粟種子，交予郭司鐸種植。為表彰郭司鐸之創舉，大主教親自向官府索要官誥，賜予郭司鐸七品候補知縣品級。命油這個不務正業的二流子，不僅成為西方教會的神父，而且還擁有了由朝廷封誥的命官品級，不得不令人咂舌稱奇。

　　陳蠡和哈斯額爾敦兩少年從先生口中獲知，原來他們帶回來的花兒果然就是罌粟之花，當即亦不由義憤填膺。先生知識淵博，自是對他們講過罌粟的來歷。所謂罌粟，又名米囊花、御米花，中醫認為其「主行風氣，驅逐邪熱」，具有治療反胃、腹痛、瀉痢、脫肛等功效，歷來為中醫藥所重用。只是這種原本用來濟世救人的良藥，卻被西方國家的不法之徒從中提煉出毒質來，製作鴉片，亦即洋菸。此物人吸食後極易成癮，終至危及生命。清朝中葉以來，西方列強瘋狂入侵中國，用「滅絕人種」的方法，大量向中國走私鴉片，鴉片戰爭便因此而起。自兩次鴉片戰爭結束後，此物更成為朝廷認可的「合法商品」，四處氾濫成災。說起來，當初陳蠡一家被迫舉家搬遷口外便是由此物引起，當年在保德郭家灘黃河岸邊陳家的糧船上發現洋菸，父老鄉親不顧一切地縱火燒船的場景，陳蠡至今仍歷歷在目，不能忘卻。

　　當日，因看到先生神情激憤，兩少年放心不下，於是未曾回家，只在先生臥房隔壁的書房裡搭張便榻棲身，以便隨時照顧先生。整夜裡兩少年都聽

　　到先生忽而長吁短嘆，忽而掩聲啜泣。兩少年亦心情沉重，難以入眠。直至雞鳴五鼓時分，陳蠡忽然開口提議：「洋和尚喪心病狂，公然在

我大清的地盤上種植罌粟，荼毒禍害百姓，是可忍孰不可忍？莫若你我二人乾脆放把火去把那罌粟燒了，你看可好？」

「甚好，我也正這麼想呢。」哈斯額爾敦一時大為興奮，道，「如此既可給先生消氣解恨，也可給那洋和尚當頭一棒，好叫那洋鬼子看看，我蒙古人並不是任人宰割的羔羊！」

「難道就只有你蒙古人？」陳蠡道，「我這個漢族人就不算了？」

「當然算，當然算。」哈斯額爾敦嘿嘿笑道，「當然離不開漢族的好兄弟。」誠所謂「初生牛犢不怕虎」。兩少年也未顧及後果，當即開始商討行動計劃，只是念及眼下正值各類植物蓬勃生長之期，那罌粟枝翠葉綠，不易引燃，唯一之計便是多備乾柴燃燒，可要燒掉浩浩數十畝罌粟，沒有成千上萬斤乾柴只怕不行。另外的問題是，縱然備辦乾柴不難，可是又如何神不知鬼不覺地運送到罌粟田裡，而不為洋和尚察覺？想到這裡，兩少年不由氣餒。哈斯額爾敦大是焦躁，道：「莫若乾脆在王府裡調集幾十名阿勒巴圖，到時候叫他們背負乾柴好了。」

「這卻不可。」陳蠡道，「這只是你我二人的私事，何必鬧得沸沸揚揚？況且找來阿勒巴圖幫忙，人多嘴雜，一旦叫老王爺知道了，只怕他不會叫咱們這麼幹。」

兩少年陷入一籌莫展的境地。

當日學館開課，那先生因心事沉鬱，也無心授業，只叫學生自修，而自己卻伏在書案前草擬一篇文稿。陳蠡隨便挑揀些書來看，翻開的一冊正是《史記·田單列傳》。陳蠡心念一動，當即向先生請教：「自古兩軍對敵，多施火攻之策，凡火攻無不用柴薪。未知除柴薪之外，有何物可令赤地生焰，焚石化灰？」

先生正在擬寫文稿，被陳蠡打斷，停下筆來，略一沉吟，道：「自然有的。《漢書·地理志》有云，『高奴，有洧水，可燃』。《後漢書·郡國志》又云，『縣南有山，石出泉水，大如筥，燃之極明，不可食。縣人謂之石漆』。宋《夢溪筆談》中載『生於水際，沙石與泉水相雜，惘惘而出』，故

而命名石油。此石油逢火即燃，遇水不滅，兵家稱之為『猛火油』，歷來甚為重用，後又製作『猛火油櫃』，威力愈熾。某昔年在曹州任上，兵庫內即儲有此物。此兵家重器，尋常不可得也。」

兩少年一聽先生說果然有比乾柴更加管用的火器，大為興奮，可是轉而聽說此物由官府兵庫專管，又不禁垂頭喪氣。

陳蟲並不死心，繼續向先生追問：「未知是否還有何物，功效與此猛火油相近？」

「也並非沒有。只是功效究竟孰優孰劣，某實不敢斷言。」先生立起身來，在書案前踱著步，繼續講解，「某幼時嗜好讀書，因家境困窘，買不起燈油，偶然聽族中長者說，在包頭東北七八十里外的什桂圖地方素來盛產煤炭，在煤層之間含有一層油母葉岩，易燃無焰，只是灰渣過多，不宜爐灶燒用，掏炭工們多是將其丟棄，倒是這油母葉岩內含火油，一經焚燒即瀝出油汁，用於燃燈最佳。某便向鄰居借輛『勒勒車』，到什桂圖去撿些油母葉岩石回來，燒瀝火油用來燃燈，果然甚為奇妙。」

兩少年聽先生如此說，掩飾不住滿心歡喜。

「這卻好玩得緊。」哈斯額爾敦禁不住抓耳撓腮，探問先生，「只不知先生當年是用何法來燒瀝火油的？」

「就知道貪玩。」那先生伸出手中戒尺敲了敲哈斯額爾敦的腦袋，「其實也十分簡單，只需將那油母葉岩石置於鐵架上，其下預備瓦罐，油母葉岩石點火焚燒，瀝出的油汁自然便流入瓦罐之中了。」

兩少年又裝模作樣讀了一會兒書，哈斯額爾敦即捂著肚子直叫肚疼，恰巧陳蟲也同時站起身來，只說家中有事，向先生告假。

「看來昨天歇館准許你二人郊遊，是把你二人玩耍的貪蟲給勾出來了。」先生道，「也罷，正好本先生也有要事需赴歸化一行，乾脆歇館半月，任由你二人玩耍個盡夠。」

兩少年大為歡喜，當即合上書本，忙不迭地離開書館。剛剛邁出福徵寺大門，兩少年便湊在一塊兒嘰嘰咕咕商議煉油之事。事情議定之後，兩

少年先去老爺廟街的張三鐵匠鋪定製了數隻高腳鐵架，又至財神廟街的李四陶瓷店選購了大量陶罐。待一切準備就緒，兩少年分別告知家長，只說二人結伴去草原上遊玩幾日，家長也不便阻攔。哈斯額爾敦即命王府的馬夫套了一輛馬車，又自王府酒窖裡搬了一壇上好的馬奶酒裝在馬車上，然後和陳蠡驅趕馬車去往鐵匠鋪和陶瓷店將備辦下的物品裝得滿滿當當，打馬直奔什桂圖。

到了什桂圖，只見那裡果然坐落著一座大煤窯。什桂圖漢語意為「有森林的地方」，地下煤炭儲量豐厚，很早以前人們就在此地開礦採煤。兩少年看見在山崖之下嵌有一個巨大的洞窟，數不清的受苦漢子魚貫進出，一回接一回地往出擔挑或搬運煤炭，偶然發現炭堆裡摻雜著一些顏色灰暗的油母葉岩石，他們便挑揀出來隨手丟棄在窯場的邊頭地畔。窯場四周的邊頭地畔，被丟棄的油母葉岩石堆積如山，也不知到底有多少。兩少年大為欣喜，當即把從王府帶來的那壇馬奶酒送與窯場掌櫃，只說打算借窯場丟棄的油母葉岩石燒煉些火油，以作燃燈之用。窯場掌櫃受了二人一壇好酒，十分高興，道那油母葉岩石本是廢棄之物，你二人想燒煉多少只管燒煉去。獲得了窯場掌櫃的同意，兩少年即在窯場邊角的石堆之旁扎起帳篷，開始燒煉火油。他二人依據先生所言，先支起一隻高腳鐵架，其下放置陶罐，接著挑揀一些岩石，攏些柴火引燃，而後置於鐵架之上，只見那些岩石劈劈啪啪地燃燒著，不過多久就泛起了油泡，油泡漸漸化成油汁，順著鐵架的空隙瀝入陶罐之中，僅短短半個時辰，已瀝得有小半罐油汁。兩少年在近旁的草地裡拔來一堆青草，將油汁傾倒在草堆上，然後把一塊即將熄滅的油母葉岩石扔過去，那油汁果然見火即燃，威力熾烈，頃刻之間已將一堆青草化為灰燼。兩少年欣喜若狂，把數隻高腳鐵架盡數支起，日夜燒瀝火油。不過十天半月，已將帶來的所有陶罐全部裝滿。事情辦妥，兩少年即拆掉帳篷，將所有油罐裝上馬車，打道回府。

為避免節外生枝，兩少年驅趕馬車到達包頭地面時，連家都沒回，逕自從城外繞過，直奔西郊。當快趕到那條通往罌粟地的岔路口時，忽聽身後傳來一陣急促的馬蹄聲，兩少年趕忙扭頭觀看，只見身後風馳電掣般馳

來一白一黑兩匹駿馬，馬上騎乘一男一女，兩少年還未來得及打馬避讓，兩匹駿馬已分別自馬車兩側掠了過去，轉眼不見蹤跡，兩少年不由瞠目結舌。兩少年在包頭地面上本也見過不少快馬，但如這等速度奇快的神駒還真是前所未見，兩少年腦海裡不由一下子閃現出兩位奇人來。原來自從縱橫後套的李老五義軍被清軍剿滅後，在歸綏一帶即出現了一對俠侶，分乘一白一黑兩匹神駒，處處與綏遠將軍及其麾下的駐防八旗作難，不時有八旗將領被二人刺殺喪命。綏遠城一帶的清軍將領無不提心吊膽，日夜防範。只是這對俠侶行事隱祕，蹤跡不定，所以人們從未見過二人的真面目。兩少年自然也聽說過這對俠侶的故事，而且看來方才騎乘兩匹神駒的分明便是這對俠侶。兩少年暗自揣測，這對俠侶現身包頭，不知包頭地面將會有什麼樣的大事要發生了？

看看時辰不早，兩少年不敢耽擱，連忙驅趕馬車來到那條岔路，找到那道遮擋罌粟地的山梁時，夜幕早已降臨。兩少年吃些乾糧，略事休息，看看四下無人，即憑藉天空中淡淡的星光照明，一趟接一趟地往罌粟地裡搬運油罐。直忙活了大半夜，才把油罐搬完。兩少年又分別抱著油罐，往罌粟地裡傾倒火油。那數十畝罌粟地占地相當廣大，直到把所有火油倒完時，天色已將透亮。兩少年退到山梁高處，打火點燃一枝乾柴，遠遠地往罌粟地裡投去，只見那枝乾柴剛一落地，火苗便倏忽竄起，轉瞬之間火焰蔓延開去，越燒越烈，很快將整片罌粟地燒成一片火海。當時在包頭城內，早起的人們發現西郊外的天空被火焰燒紅，都不知道發生了什麼事情，一個勁兒地念「阿彌陀佛」。

三

自從去年秋上，西灣子總教堂大主教安排人員從本國帶來罌粟種子，郭司鐸即哄騙民工說此乃西洋「仙草」，指使民工在教堂霸占的巴氏家族的土地上大量種植。到了第二年仲夏，罌粟如期開花，只等到七八月間即可結出蒴果，割菸取利。沒想到一夜之間，所有罌粟化為灰燼，連一根毛

都沒留下。待大火熄滅後，郭司鐸帶領教徒進入罌粟地察看，只見空空蕩蕩的地裡兀自丟棄著一些被油煙熏烤得漆黑的陶罐。郭司鐸正垂頭喪氣之際，郝開友聞訊趕來，看到這些陶罐，心中若有所思，便動手撿起石頭塊兒，親自將那些陶罐刮拭乾淨，卻在那些陶罐的底部現出「李四陶藝」的字樣。郭司鐸如夢方醒，當即返回教堂換上七品知縣官服，帶領門下一眾教徒直撲薩拉齊衙門。

對於郭司鐸其人，薩拉齊廳理事通判黃韜並不陌生。早在咸豐年間，因命油貪戀錢財，編派事端陷害李小朵等一班藝人，虧得喬致庸從中周旋，方息事寧人，後有薩日娜格格施計，黃韜借機將命油驅逐出包頭地方。想不到時隔多年，那命油搖身一變成為西方教會的司鐸，重返包頭，並依仗教會特權，在包頭地方的官民頭上作威作福。黃韜對郭司鐸原本大為不齒，只是因朝廷羸弱，無力與西方列強抗衡，又且頒布扶教抑民的法令，使西方傳教士成為各級官府頭上的「第二朝廷」，黃韜只好忍氣吞聲，盡力在教、民之間斡旋，盡可能地減少教會對蒙漢民眾的利益侵害。這番郭司鐸身穿官服，帶領一眾教徒氣勢洶洶來到薩拉齊衙門，黃韜不敢怠慢，問明情由，再看過那些陶罐，即令差役去往包頭城內將陶瓷店掌櫃李四傳喚而來。那李四生性膽小如鼠，也不消挨板子，即如竹筒倒豆子般地供認，半月前有巴氏王府的哈斯額爾敦小王爺和鼎盛興商號東家陳嘉豐的兒子陳蟲，一起在其店內購買了大量陶罐。黃韜聽罷不由蹙眉，呵斥李四道：「巴氏王府家業巨大，商人陳家事務繁多，他們便多買些陶瓷瓦罐，想來自有其用處，你這奸商又何必忘恩負義，詆毀買主？」

「黃大人這就不對了。」郭司鐸在旁邊冷哼一聲，「陶瓷店掌櫃既然招供，至於此二人是否縱火真凶，黃大人只需拘拿來，一審便知。」

看到郭司鐸這個原本大字不識一斗的二流子，自從披上西洋教服，居然也人模狗樣地學會了打官腔，黃韜心下無限鄙夷，可是也沒有辦法，只好傳令差役再度去往包頭拿人。

聽說縱火燒毀罌粟之人極有可能就是巴氏王府的小王爺和鼎盛興商號東家陳嘉豐的兒子，郭司鐸和郝開友二人心下不由轉怒為喜。他二人在包

頭落腳已有些年頭，當然知道巴氏王府的財富在包頭地面首屈一指，而商人陳家的財富亦十分可觀，尤其是商人陳家自從涉足甘草行當後，生意不斷擴展，財富與日俱增，東家陳嘉豐因其卓爾不凡的表現被包頭商界公選為大行副行首，其影響與地位僅次於行首喬致庸。而每當聽到陳嘉豐的名字，郝開友的心中便無限酸楚。在他看來，如果不是當年陳嘉豐從自己手上搶奪了杭蓋草場，包頭大行的副行首便該是他自己了，因此對陳嘉豐一直恨恨不已，企圖尋找機會報復洩憤。這番陳嘉豐的把柄落在他手裡，郝開友當即慫恿郭司鐸，定要在巴氏王府和商人陳家頭上狠狠敲筆竹杠，把燒毀罌粟的損失彌補回來。

陳蠡和哈斯額爾敦很快就被緝拿到廳。黃韜尚未開口說話，郭司鐸即指使黃韜立刻動用大刑逼供。黃韜自從到任薩拉齊廳，即與巴氏王府往來密切，同時和商人陳家亦有所交契，此時不由一下子陷入兩難的境地。可那哈斯額爾敦和陳蠡正是年輕氣盛、血氣方剛的年歲，也不消令黃韜大人作難，當即敞快地承認教堂的罌粟是由他二人縱火燒毀的。看到此二人如此痛快地招供，郭司鐸大為高興，當即要求黃韜當堂治罪，把這二人處以刀剮極刑。

「洋大人有所不知。」只見黃韜眉頭一皺，說道，「我大清律令素來仁慈，刀剮極刑，非不赦之罪尋常不用。此二少年年幼齒稚，懵懂無知，縱犯些許過錯，亦罪不至死，焉可輕易施以極刑？況且依據律令，便是必死之徒，也需請准刑部，三秋之後方可問斬。洋大人如何可強行施壓，逼迫本官濫用刑罰，草菅人命？」

「你這狗官，眼裡還有沒有洋大人了？」郭司鐸氣急敗壞，忍不住大發雷霆，「當年本司鐸未曾發跡之時，你即勾結權貴，徇私舞弊，枉判多少冤假錯案，別人不知，難道我還不知？今日本司鐸到你衙門來討公道，你仍然時時梗阻，處處刁難，眼下人贓俱獲，鐵案如山，你還這般一味巧言搪塞，不是偏袒罪犯那是什麼？」

公堂上一時劍拔弩張，形勢極度緊張。

　　額爾德木圖那天從兩個學生口中獲悉洋教堂在包頭地面公然種植大量罌粟，左思右想，無計可施，只好擬寫一份稟帖，親自送往歸化城道台衙門，期冀能夠通達朝廷，阻止洋人在大清地盤上種植毒品。孰料那現任歸綏道台本是一介不學無術之徒，靠捐納謀得這個職銜，向來只會搜刮地皮，牟取私利，哪裡顧念什麼國家興亡，社稷安危？那道台獲知此呈帖的先生原是朝廷命官，因陳情實奏、仗義直諫而連遭貶謫，最終廢為庶人，心中極其鄙夷，以至於將那份稟帖直接摔在先生面上，呵斥道：「你這腐儒，自己丟官棄爵尚不醒悟，又來禍害本官，是何居心？」先生欲言無辭，只好離開道台衙門，去往綏遠將軍府碰碰運氣。先生本是卸任官員，也不懂得賄賂門吏，一連數日都無人肯替他通稟。一名老門吏看他苦等多日，於心不忍，才告知他將軍已於月前進京，去接取他的夫人赴原籍歸寧了。先生垂頭喪氣，只好無功而返。

　　額爾德木圖返回包頭，剛剛進入城內，即聽大街小巷的人們都在議論一件奇事，道是今日凌晨，西郊之外驟發天火，將洋教堂種植的數十畝西洋仙草焚燒了個精光。先生甚為驚喜，只道是天公開眼，略施神跡懲戒邪惡，禁不住雙掌連連合十，禱謝天公，哪知回轉到福徵寺近前，忽見人群騷動混亂，其間一班差役持刀執械，正將陳蟲和哈斯額爾敦二人緝拿而去。先生頓時宛如遭遇當頭棒打，一剎間明白了西郊天火原來是怎麼回事，不由對當日教授兩少年燒瀝火油之法大為懊悔。

　　額爾德木圖正方寸大亂、張惶失措之間，忽然聽得從城東方向傳來一陣高亢凌厲的號角之聲。先生為宦多年，自然識得此乃軍旅號角，只是包頭城並無軍旅駐紮，未知這號角由何而來？先生不由大起疑竇。只聽那號角之聲由遠而近，大街上人群無不避讓兩側，駐足觀看。隨著那號角聲臨近，只見一旅馬、步軍伍護衛著一輛裝飾華麗的大鞍車輦赫然穿街而來。車轅上站立著一名太監，手執長鞭，頻頻做出驅趕路人之狀。在車輦前後尚簇擁著一隊儀仗，有執事官執紅羅銷金瑞草傘一面，有禁衛軍執旗槍六面、豹尾槍兩桿，另有執金吾執紅仗兩柄。先生一看之下，即知道此乃皇室宗親奉恩鎮國公儀仗。先生見識果然不差。只見這旅軍伍為首一隊士卒

護衛著兩面旗幡，其中

一面書「奉恩鎮國公」，另一面書「綏遠將軍」字樣。兩面旗幡之下，一位戎裝將軍一馬當先，頗顯威風八面。原來是當朝奉恩鎮國公、綏遠將軍奕匡蒞臨。

先生一見之下，大為驚喜。日前他親赴綏遠將軍府求見奕匡，不巧奕匡已去往京城接取夫人赴原籍歸寧去了，誰知現下剛剛回到包頭，奕匡即突如其來在包頭現身。先生來不及多想什麼，當即搶身而出拜伏在街面上，雙手呈舉自己擬寫的那份稟帖。有開路軍卒正要揚鞭驅逐先生，奕匡在馬上看見，抬手阻止軍卒，隨後令大隊軍伍止步。一名承起官將先生所呈稟帖奉上。奕匡略事流覽，隨即眉頭一皺，厲聲問道：「此帖所言屬實？」

「老朽怎敢妄言？」先生拜伏馬前，誠惶誠恐地道，「西洋教會公然在我大清地盤上種植罌粟，意在荼毒禍害我大清子民，其用心險惡，實屬天人共憤。老朽無奈之下冒死攔街進諫，煩請將軍通達朝廷，頒令杜絕洋人此等鄙劣行徑，以庇佑我大清子民安康無恙。」

看到奕匡凝眉沉思的樣子，先生頓了頓，又說：「只是老朽門下兩名學生，便是出於憂國憂民之心，因而在日前縱火燒毀了西洋教堂種植的罌粟，現下已被薩拉齊衙門拘拿去。恕老朽直言，這兩名學生所行雖有所欠妥，然而實則屬於豪爽仗義、當仁不讓之舉。老朽在此叩請將軍出以公心，設法解救這兩名學生。」

只聽奕匡在馬上輕輕「嗯」了一聲，有點漫不經心地問道：「這兩名學生又是何人？」

先生據實答道：「一個是旅蒙商人陳嘉豐的兒子，名叫陳蠡，另一個是本鎮巴氏王府的王孫，名叫哈斯額爾敦……」

話音剛落，只見奕匡在馬上微一愣怔，隨即雙眉緊蹙，默不作聲。

與此同時，在奕匡馬後不遠的那輛大鞍車輦一側的廂門突然打開，從中下來一名宮裝婢女，徑直走到奕匡馬前施禮：「夫人有請將軍說話。」

　　奕匡隨即翻身下馬，走到車輦前，上得車廂。過了約有半盞茶時分，奕匡才從車輦上下來，只見他面色凝重地吩咐一名副將，令其指揮大隊軍伍先行護送夫人去往夫人娘家府邸，自己卻向額爾德木圖問明薩拉齊廳路徑，然後帶領一小隊驍騎虎賁軍打馬直向薩拉齊廳驅馳而去。

　　奕匡來到薩拉齊廳，只見衙門內外人群聚集，擁擠嘈雜，原來是包頭的蒙漢百姓聞聽巴氏王府的哈斯額爾敦小王爺和漢族商人陳嘉豐的兒子陳蟲，兩少年聯手燒毀了西洋教堂種植的西洋仙草，被官府捉拿，因而俱趕來為兩少年求情。而在大堂之上，卻有一眾洋教教徒正在張牙舞爪逼迫黃韜當堂處斬兩少年。奕匡也不消門吏通稟，帶領幾名虎賁軍徑直走到大堂上來。黃韜一見是綏遠將軍蒞臨，趕忙離座起身，引領一班差役皂隸拜伏行禮，堂下哈斯額爾敦和陳蟲也連忙跪倒磕頭，只有郭司鐸和他的一班教徒亂糟糟地向將軍施以鞠躬之禮。奕匡乜斜著眼一瞥這班烏七八糟的教徒，鼻孔冷哼一聲：「公堂莊嚴之地，如何聚集許多閒雜人等恣意喧嘩？與我趕將出去。」

　　「將軍且慢。」郭司鐸連忙向將軍解釋，「我雖是朝廷封賞的七品候補知縣，實則乃是西洋教堂的郭司鐸，今日帶領教中門徒前來，只是向衙門討個公道。」

　　「原來是洋大人，失敬失敬。」奕匡逕自登上案堂，在公案後坐好，黃韜則在公案一側侍立。只聽奕匡吩咐案下差役，「給洋大人看座。」

　　郭司鐸看到這位將軍如此厚待自己，只道這位將軍是位「親洋派」，不由暗自得意。原來自從兩次鴉片戰爭以來，西方列強憑藉洋槍洋炮打開我國大門，恣肆妄為，作威作福。清廷上至帝王，下至各級官吏，無不對洋人懼如虎狼，一味畏縮忍讓，而且甚為微妙的是，愈是王公高官，對洋人的畏懼也就比尋常人更加多出三分。如此光怪陸離、有悖常理的現象，至今仍不由令人扼腕嘆息。

　　郭司鐸大模大樣地在便椅上安坐下來，也不等奕匡發問，即連篇累牘、喋喋不休地把兩少年縱火燒毀西洋仙草之事訴說一遍，然後要求將軍

主持公道，下令處斬兩少年。

　　奕匡端坐在公案後面，雙目微閉，非常耐心地等待著郭司鐸把話說完，才緩緩睜開眼睛，開口說道：「誠如洋大人所述，此二少年罪責不小，按律當處以重刑。只是本將軍觀測此二少年俱儒雅文靜，不似品行惡劣之歹徒，想必此事定是因二少年年幼無知，貪玩好耍所致。本將軍在此向洋大人討個情面，赦免此二少年死罪，未知洋大人可否賞本將軍這個情面？」

　　「將軍既如此說，本司鐸又怎能一意孤行，失了人情？」郭司鐸看到有綏遠將軍這樣的大人物替自己做主，這才把心中真實想法和盤托出，「只是本教堂種植的西洋仙草，價值極其高昂，如若二罪犯肯照價賠償，彌補教會損失，本司鐸卻也可網開一面，饒他二人性命。」

　　「如此卻也好商榷。」奕匡輕輕鬆了一口氣，問道，「未知洋大人索價幾何？」

　　「西洋仙草價值奇高，料他二人縱然傾盡家財田產，只怕也賠償不起。」郭司鐸眼珠一轉，嘴唇輕啟，「我卻便打個折扣，只要商人陳家白銀一百萬兩，再加上巴氏王府土地一百頃即可。」

　　聽得郭司鐸如此漫天要價，不著邊際，奕匡仍舊面不改色，沉著地問道：「本將軍出身宗室，自幼在皇宮大內也見過不少各地進貢的奇花異草，只不知這西洋仙草究竟是何物，如此價值連城？」

　　「將軍不知，此西洋仙草本是由西洋引進而來，那花兒開得可真是……嘿嘿，本司鐸也不會掉書袋，總之那花兒開得可真是好看，料想在王母娘娘的百花會上也未必有這麼好看的花兒。其實也不光是花兒好看，此草尚會結出蒴果，成熟後提煉出神藥，讓人飄飄欲仙，大可忘卻一切煩惱，快樂無比……」郭司鐸搖頭晃腦地解釋道。

　　「唔，本將軍聽來，此物怎的好似罌粟？」奕匡道。

　　「不瞞將軍，此物便是罌粟，所產即為鴉片，老百姓稱為洋菸。」郭司鐸唯恐奕匡不明白，一五一十地細細解說。

「原來果然是此物。」奕匡尋思片刻，眼珠一轉，問道，「未知洋大人在本地種植罌粟，是否請准旗廳衙門應允？」

「這個倒未曾。」郭司鐸聳聳肩膀，答道，「何況本司鐸也是朝廷封賞的七品候補知縣，自可便宜行事，何需勞動官府？再者說，自從當年咸豐爺爺解除禁菸令以來，鴉片易名洋藥，大可合法交易，自由買賣，因此本司鐸想，既然可以買賣，也就可以種植。」

「洋大人既然享有我朝命官品級，就該熟知我朝律令法則。」奕匡隨即話鋒一轉，「朝廷准許洋藥公開買賣不假，可是何曾應允洋人在我大清地盤上公然種植罌粟？」

郭司鐸原本一天書都沒讀過，腦瓜遲鈍愚蠢，不會轉彎兒，雖然偶爾會耍點小聰明，卻也極其有限，此時面對奕匡的質問，頓時理屈詞窮。

「朝廷雖然沒有公開准許洋人在大清地盤上種植罌粟，可是也沒有不准許洋人在大清地盤上種植罌粟。洋藥既然可以公開買賣，罌粟自然也就可以種植。此誠如『雞生蛋，蛋孵雞』，環環相扣，因果反覆。試問，蛋既可以吃，卻又為何不叫母雞下蛋？」郝開友在一旁看見郭司鐸語窮，連忙插嘴幫腔。

「就是就是，蛋既可以吃，母雞為何就不可以下蛋？」郭司鐸受了提醒，不由精神為之一振，繼續辯解。

「爾等巧舌如簧，顛倒黑白，倒也極其少見。」奕匡不由氣極。

「將軍言重了。」郭司鐸這番理順思路，緊接著一拍胸脯，「何況本司鐸種植罌粟，卻是得到了西灣子總堂大主教准許的，就連罌粟種子也是大主教親自命人從本國帶回來的。罌粟種得與種不得，難道連我大主教也做不得數？」「在本將軍眼裡，只有大清皇帝能做得數。」奕匡雙手抱拳，道，「爾等西洋教會縱然有我大清朝廷賜予的特權，卻也不能罔顧我大清律令，肆意妄為，有傷我大清國威。爾等既然未經我大清衙門准許，即私自種植罌粟，便是有悖於我大清律令。爾等不思悔改，尚且又要殺人，又要賠款，難道真當我大清無人了嗎？」

「你你你……」郭司鐸不由惱羞成怒，氣急敗壞，在便椅上也坐不住了，站起來跳著腳道，「既然你眼裡沒有洋大人，我這便去西灣子總堂稟報大主教，叫他到金鑾殿上討個公道。」

「小丑跳梁，焉足道哉？」奕匡亦拍案而起，鏗鏘有力地道，「我奕匡便捨了這顆腦袋，陪你等在太和殿上打這場官司！」

郭司鐸看看事已至此，知道在這位將軍面前休想討到什麼便宜，只好頓了頓腳，氣咻咻地帶領一眾教徒敗興離去。

「將軍秉公斷案，明鏡高懸，實屬包青天轉世！」

「將軍不畏洋人，振我國威，令我等民眾揚眉吐氣，不愧為民族棟梁……」

這個時候，只聽得衙門內外圍觀的蒙漢民眾連聲高呼，掌聲四起。此正是因為自西方列強入侵以來，各級官府俱奴顏婢膝，唯有奕匡勇於據理力爭，與西洋教士抗衡，蒙漢民眾無不為其一身錚錚鐵骨所折服。只有黃韜身在宦海多年，歷練老到，不由憂心忡忡，對著奕匡施了一禮：「下官斗膽提醒將軍，此事如真鬧到太和殿上，只怕不易干休。」

只聽奕匡一聲苦笑，道：「卻便走一步看一步吧。」

奕匡立起身來，安排黃韜當堂釋放了哈斯額爾敦和陳蟊兩少年，然後帶領虎賁軍卒離開衙門。奕匡剛剛翻身上馬，忽然瞥見不遠處有一白一黑二騎如風馳電掣般閃過，轉眼不見蹤跡。奕匡心念一動，不由更加心事重重。

四

哈斯額爾敦和陳蟊兩少年自從被緝拿到案，就抱定了必死的決心，因此神態自若，並不膽怯，可是在公堂上先有黃韜竭力斡旋，後有奕匡誓死力保，反而落得無罪釋放的結果。兩少年喜出望外，興高采烈地攜手回轉包頭，然後分手各自回家。

哈斯額爾敦剛剛回到巴氏王府近前，就看見不知哪裡來的一隊持刀執械的虎賁軍士列成隊伍，正嚴密守衛在王府大門前。哈斯額爾敦不明白發生了什麼事，心裡不由再度緊張起來。看看大門口尚有自家的門吏值守，哈斯額爾敦上前詢問，才獲知原來是自己的姑姑回家省親了。姑姑，蒙語稱「阿布格額格其」。哈斯額爾敦趕忙進入府內，第一次見到了自己的姑姑，即是多年前遠嫁京城的薩日娜格格。令他更加意想不到的是，方才在薩拉齊廳坐堂的那位綏遠將軍奕匡也不知如何先他來到了王府，此時已換過便服，正坐在廳上陪爺爺喝茶。巴王爺看見哈斯額爾敦回來，高興地叫他給「額木格太」磕頭行禮，拜謝救命之恩。哈斯額爾敦這才知道，奕匡原來就是他的「額木格太」，漢語的意思就是姑父。

薩日娜格格自從咸豐年間應理藩院檄文所詔進京，被選聘予皇室宗親醇親王之子奉恩鎮國公奕匡為妻。在清朝，皇室宗親家族事務均由宗人府管理。薩日娜自嫁入宗室，原本早就該請准宗人府歸寧，只是由於奕匡先在滿洲正藍旗軍營任職，擔負防衛京畿重任，沒有工夫陪伴夫人歸寧，而自從他調任歸綏以來，因治下蒙漢民眾不滿官府盤剝、地富勒索，紛紛舉旗造反，奕匡歷時數年，費盡心機終於將後套李老五義軍剿滅，隨後不久又在鄂爾多斯右翼中旗等地相繼發生了聲勢浩大的獨貴龍運動。「獨貴龍」，漢語的意思為圓圈，即指參加這一組織者坐成圓圈共同商討問題，形成決議後迫使官府解決，後來發展到武裝運動。頻繁的戰亂令奕匡焦頭爛額，整日疲於奔命。獨貴龍運動暫且平息後，各地太平無事，奕匡才難得趁此閒暇，代夫人請准宗人府歸寧。因蒙古路途遙遠，宗人府特奏請朝廷，允准奕匡職銜暫由副將署理，專程進京接取夫人歸寧。這日奕匡護送夫人剛剛到達包頭，即遇到額爾德木圖攔街進諫，薩日娜在車輦上聽說自己的侄兒被薩拉齊廳緝拿，當即懇請奕匡設法搭救，故而奕匡才匆忙帶領虎賁軍趕赴薩拉齊廳，把哈斯額爾敦和陳蠡兩少年解救出來。

當晚巴王爺在府內大擺酒宴，給女兒女婿接風，同時也給孫子壓驚。王府內張燈結綵，熱鬧非凡，眾人無不興高采烈，舉杯痛飲。唯有奕匡因心事沉鬱，再加上一路上車馬勞頓，尚未飲得幾杯，就已酩酊大醉，薩日

娜連忙把他扶回臥房歇息。把奕匡在床鋪上安置妥當後，薩日娜也沒再去大廳，只是坐在燈下，撫今追昔。這間臥房就是她當年的閨房，而今閨房內格局未變，陳設依舊，只是早已物是人非。薩日娜自身邊取出一支枚來，良久把玩，不知不覺臉上淚已成行。

薩日娜正沉浸在無盡感傷之中，忽聽房門輕輕一響，眼前人影一晃，自門外搶進兩個黑衣蒙面人來。為首這人身形健壯，手執一柄牛耳尖刀，不由分說，對中薩日娜心窩便刺。此人顯然武功高強，經驗豐富，他預料這一刀刺過去，對方慌張之下必然會用手中物件來阻擋，因此未等招式用老，即順過刀鋒，調轉刀柄向對方頭頂上砸去，打算這一下將其砸暈。哪知對方看到尖刀刺來，卻並未用手中物件阻擋，反而雙臂一收，將那物件緊緊抱在懷裡。此人一怔之下，手中動作緩滯，刀柄在距離對方頭頂上方兩三寸地方停頓下來。此人一眼瞥見對方懷抱中的物件，不由大為詫異，厲聲問道：「這支枚咋會在你手裡？」

聽到此人發問，薩日娜更是把那支枚抱得緊緊的。

「如果我沒有認錯，這支枚應該是我小朵哥的珍愛之物。」只聽那人剛剛說罷，忽見他握著刀柄的那隻手腕開始輕輕顫抖，緊接著聽他有點疑惑地道，「莫非，莫非我小朵哥已遭什麼不測？」

「原來你就是郭望蘇？」只聽薩日娜驚異地說，「想不到你竟還活著！」「你咋價知道？」蒙面人亦不由大為驚訝。

「當然是小朵哥告訴我的。」只聽薩日娜道，「小朵哥曾親口告訴我，當年你們三少年在河曲水西關結義，喬致庸分別贈予你們三件信物，小朵哥的信物是這支枚，郭望蘇的信物是一把牛耳尖刀……而且他還聽人說，因為你參加了長毛軍被官府追緝，早已在老牛灣懸崖上跳崖喪生……」

「僥倖我郭望蘇命大未死。」郭望蘇把牛耳尖刀緩緩收回，問道，「原來你與我小朵哥相識？」

「不錯，當年小朵哥出走西口，來到包頭演戲，我們就結為朋友。」薩日娜訴說道，「後來遭遇一些事端，小朵哥離開包頭，臨行之際贈予我這

支枚為念。我曾經答應過他，我一定會把這支枚當作自己的生命一樣保護的。」

「小朵哥沒有看錯人。」只聽郭望蘇輕輕一聲嘆息，道，「你方才寧肯不要自己性命，也要保護這支枚，足以證明你言而有信。我在這裡代小朵哥向你致謝了。」說著躬身施了一禮。

「望蘇哥何必多禮？」薩日娜連忙還禮，接著又說，「只是小朵哥離開包頭後不久，我便應理藩院檄文所詔進京，嫁予奕匡為妻。一晃十幾年過去了，也不知小朵哥過得還好不好？」

「望蘇哥，我們還要不要給奕匡這狗賊『做記號』了？」這時候，忽聽另一名黑衣蒙面人用女聲向郭望蘇發問。薩日娜久居京城，自然不知道她就是昔年轟動後套的李老五義軍中的唯一一名女首領，亦即後來與郭望蘇形影不離的女俠青婧。

郭望蘇自從加入李老五義軍，即常年在後套一帶跟清軍及地方民團周旋，可謂身經百戰，歷練豐富，殘酷的鬥爭經驗使他變得心思縝密，凡事都會權衡利弊，早已不是當年那個憨厚老實、呆板木訥的扳船漢可比了。後來青婧追隨他來到義軍中，二人整日形影相隨，並肩作戰。直到狼山彎一役李老五義軍覆滅後，二人又結伴潛伏到綏遠城附近，處處與奕匡麾下駐防八旗作難，並欲圖伺機剪滅奕匡給義軍報仇雪恨，只是因奕匡身邊護衛如林，防守森嚴，始終未能得手。這番二人獲得確切消息，奕匡帶領少數親兵進京接取夫人回包頭歸寧，故而預先趕到包頭，打算利用這個機會剷除奕匡。可是二人剛到包頭，就聽說有漢族商人陳嘉豐的兒子夥同巴氏王府的小王爺縱火燒毀了西洋教堂種植的罌粟，被官府緝拿，那班西洋教士嚷嚷著要把兩少年殺頭洩憤。郭望蘇也不知道這個陳嘉豐是否就是自己的結義兄弟，只是對這兩個少年的行徑十分讚賞，於是臨時決定要搭救兩少年。當日郭望蘇和青婧混在薩拉齊廳圍觀的人群裡，忽然郭望蘇一眼發現那在大堂上耀武揚威的郭司鐸便是命油，不由想起當年大丫慘死便是由此人引起，頓時恨得牙根癢癢。郭望蘇正要動手攪亂公堂，打算一出手即先行刺殺命油，然後順便搭救兩少年。恰巧奕匡亦不知何故帶領一小隊虎

賁軍趕到薩拉齊廳來，衙門內外人群混亂，防守鬆懈，郭望蘇和青婧更加歡喜，決定趁此良機一併刺殺奕匡。可是接下來看到奕匡在公堂上大義凜然，無畏無懼，機智靈活地跟洋教士鬥智鬥勇，並且拚著自己腦袋力保兩少年性命，郭望蘇和青婧一時間內不由對奕匡刮目相看。郭望蘇和青婧均心中暗想，奕匡雖然是殘殺義軍的不世仇人，可是在面對囂張跋扈欺凌蒙漢民眾的洋人時，倒也不失為一介錚錚鐵骨的好官！奕匡既然勇於與洋人抗衡，於國於民自然大有裨益，如一旦將其剷除，豈不等於自毀梁柱，令洋人更加無所顧忌，在蒙漢民眾頭上作威作福？

　　二人正遲疑不決之際，庭審很快結束，只見圍觀的蒙漢民眾盡皆振臂高呼，連聲稱讚奕匡不愧為當世青天、民族棟梁，二人心中更加紛亂如麻。當時眼看著郭司鐸帶領一班教徒灰悻悻地離去，郭望蘇只怕命油就此失去蹤跡，連忙和青婧尾隨其後跟蹤，直到摸清郭司鐸原來便住在西郊外的洋教堂，二人也不怕他插翅飛了，決定另擇時日下手。只是想到就此放過奕匡，二人總覺得心中不甘，經過反覆商議，最後決定留下奕匡性命，只不過咋也要割他一隻耳朵做記號，以示懲戒。當日夜晚，二人即乘著夜色潛入巴氏王府，看到奕匡酒醉，便悄悄摸進臥房來，郭望蘇率先動手制服薩日娜，青婧則手持匕首控制住熟睡中的奕匡，只等郭望蘇發話，便割下奕匡一隻耳朵做記號。

　　「我看就把這隻耳朵暫且寄在奕匡腦袋上吧。」只見郭望蘇思忖片刻，對青婧說。轉而他又對薩日娜說道：「不瞞夫人，我郭望蘇當年未死，留著這條身子便是專與官府作對。奕匡身為朝廷鷹犬，心毒手狠，在後套殘殺我義軍將士成千上萬，我郭望蘇本與他有著不共戴天之仇，恨不得早一天剁下他的腦袋，為義軍將士報仇雪恨。只是今天在薩拉齊衙門看到，奕匡勇於冒死跟洋人抗衡，倒也不失為一介好官，所以才臨時改變主意饒他性命，只是打算割他一隻耳朵做個記號，要他永遠記得欠著義軍將士這筆血債。今天僥倖得遇夫人，夫人既然是我小朵哥的舊友，我便看在小朵哥的面上饒過奕匡。只是夫人定要提醒奕匡，往後要多辦為國為民的好事，若他仍舊一意孤行，為虎作倀，我郭望蘇手中這把牛耳尖刀遲早會向他討

帳！」

「多謝望蘇哥寬宏大量。」薩日娜道，「我雖然久居京城，不知道奕匡過去的所作所為，但是我一定會提醒他，教他以後多做好事。」

郭望蘇緩步走到床前，眼神複雜地瞥了熟睡中的奕匡一眼，然後和青婧離開巴氏王府。

當日奕匡酒醉不醒，只是一夜噩夢不斷。在夢中，他帶領麾下軍馬忽而奔襲在後套的狼山灣，忽而轉戰在鄂爾多斯右翼中旗剿滅獨貴龍運動的戰場，

殺人如麻，到處血流成河。後來他夢見正在追殺後套義軍一男一女兩名首領，忽然那男首領變化成一頭豹子撲來，拚命撕咬自己的一隻耳朵……翌日清晨，奕匡從夢中醒來，只感到一隻耳朵根兒隱隱作痛。薩日娜看他醒來，即將昨夜裡有兩個蒙面人闖進臥房的事情告訴了他，並且說兩個蒙面人原本就一直伺機要取他性命，只是在薩拉齊公堂上看到他勇於冒死跟洋人抗衡的行徑，才臨時改變主意，打算只割他一隻耳朵做記號，可是臨到動手之際，那二人又再次改變主意，終於饒恕了他。奕匡自然知道這兩個蒙面人是誰。他聽罷薩日娜的話，捂著自己的耳朵，良久沉思，默默不語。

奕匡起床不久，包頭街面上就爆出一樁怪事，道是西郊之外的西洋教堂在昨夜被歹徒縱火燒毀，郭司鐸亦被殺死喪命，屍體懸掛在未曾燒盡的教堂內的大梁上。而那歹徒十分膽大妄為，不僅連夜驅趕散了教堂內的所有教徒，而且居然還在一條布幔上留下一行字跡：「殺人者郭望蘇、青婧也！」那行字字跡娟秀，顯然是郭望蘇的同伴青婧所書。奕匡聽說這條消息，心頭不由又是一震。奕匡尚未完全緩過勁兒來，便有薩拉齊廳理事通判黃韜到訪。黃韜一見到奕匡，即滿面春風地道：「西洋教堂夜遭歹徒縱火燒毀，郭司鐸身死喪命，屍體被懸吊在大梁上，門下所有教徒亦被歹徒驅趕散去，一個不留。這番將軍也就不必擔心那洋教士會鬧到太和殿上糾纏不休了。」

「如此結果，倒也大大出人意料。」奕匡沉吟道，「只是出現這般大事，那西洋教會的總堂只怕不會善罷甘休。黃大人，你身為地方父母，當多費心思，看看如何堵住洋人之口，叫他們不能借題興風作浪。」

「這個卻不勞將軍費心。」黃韜道，「下官自會妥善處理。」

「至於縱火行凶的歹徒，雖非善類，只是他們這番誤打誤撞，卻也替本將軍化解了一道不小的難題。」奕匡猶豫片刻，又道，「黃大人也看著辦吧，如非必要，也就無須趕盡殺絕。」

「卑職領會。」黃韜躬身應道。

黃韜回到薩拉齊廳，當即擬就稟帖一份，只說郭司鐸自到包頭修建教堂，招納地痞流氓入教，仗勢欺人，為非作歹，霸占土地，侵奪房產，激起蒙漢民眾公憤。有後套遺匪郭望蘇、青婧路見不平，縱火燒毀教堂，殺死郭司鐸。事實如此等等。隨後又頒發通緝罪犯的緝捕令，繪影圖像，郭望蘇的圖像赤鬚紅髮，青面獠牙，青婧的圖像歪鼻斜眼，醜陋猙獰。這哪裡像是二人的原貌，簡直就是地府惡鬼，天上夜叉，在人間哪裡能對得上號？

哈斯額爾敦在公堂上目睹奕匡與西洋教士抗衡，其錚錚鐵骨，凜凜威風，宛如天神一般，心下不禁大為折服。嗣後獲知奕匡即是自己的姑父，便大膽向奕匡提出，欲追隨奕匡到軍營裡去當兵。奕匡對哈斯額爾敦的志向甚為嘉許，只是念其年齡尚幼，經與巴王爺商議，決定將他先送到綏遠城蒙古官學裡去讀書，待其成年之後，再定奪從戎之事。陰錯陽差，哈斯額爾敦文舉失意，卻於同治末年武舉中進士，位列三甲，授從五品署守備銜職。光緒元年，左宗棠奉命收復新疆，親至兵部遴選將吏，哈斯額爾敦應選出征。左宗棠率部親征，將受英國支持入侵新疆的浩罕汗國兵馬驅逐出境，敵軍將領阿古柏絕望自盡。後左宗棠又部署進軍被沙俄侵占的伊犁地區，懾於清軍威力，幾經談判，伊犁地區終得收復。哈斯額爾敦因功累升遊擊。中法戰爭爆發後，哈斯額爾敦遷兩廣總督張樹聲麾下任參將，後追隨廣西關外軍務幫辦馮子材將軍鎮守鎮南關，在戰役中壯烈捐軀，年僅

三十歲。

　　自從哈斯額爾敦去往綏遠城蒙古官學就讀，額爾德木圖也無心開館，陳蠱一個人在家閒居一段時日，即以遊學為名，隻身遠赴京師，其間入京師同文館學習英文，光緒年間赴天津經營商務，與英商建立聯繫，把生意做到了國外，後僑居英國，在商業領域成就卓著。

　　奕匡陪伴夫人歸寧，在巴氏王府過了幾天安逸的日子，時隔未久，即有綏遠城署理副將派遣快馬送呈急報，稟告鄂爾多斯左翼前旗已廢協理台吉慶格爾泰蓄意蠱惑民眾，抗墾造反。奕匡不敢怠慢，囑咐從京城隨行而來的一眾奴僕、婢女留在巴氏王府好生伺候夫人，自己帶領麾下軍伍火速趕回綏遠城，調兵遣將，奔赴鄂爾多斯左翼前旗剿亂。

　　薩日娜自從遠嫁京城，一晃十數年，這還是首次回轉故鄉省親。陪伴薩日娜回鄉的還有當年隨她進京的那個漢族女娃小娉。只是當年小娉年僅七八歲，現在已經變成二十多歲的大姑娘。本來自打咸豐年間小娉留在薩日娜身邊，薩日娜就把小娉當作是自己的親閨女一般，盡心竭力撫養，雖然名分上是主僕，實則情同母女。隨著小娉漸漸長大成人，薩日娜也曾提出在京城尋訪一戶好人家，給這閨女安排一個好歸宿，可是小娉因兄妹失散，哥哥生死未卜，堅決不肯嫁在京城。這番薩日娜帶著小娉回鄉，即是打算幫小娉尋找回失散的哥哥，好使兄妹團聚，故而自奕匡因軍務緊急離開包頭後，薩日娜即每日帶著小娉，在包頭內外到處尋訪馬家成。可是包頭地方雖不算大，人口流動性卻極強，一個十幾年前走失的娃娃，現在又怎能輕易得到他的消息？薩日娜想到包頭地方唯有喬致庸見多識廣，或許有辦法能打探出馬家成的下落也未不可知，於是找到喬致庸家裡，卻獲知此公因其嫂亡故，已於月前返回山西祁縣老家奔喪去了。而小娉卻偶然從哈斯額爾敦小王爺的口裡聽說陳嘉豐亦住在包頭，便把當年陳嘉豐在府谷古城救助自己兄妹倆的事情告訴薩日娜。薩日娜也才驀然想起，現在住在包頭的這個陳嘉豐，只怕就是當年李小朵的那位結義兄弟。薩日娜和小娉找到陳家，見到陳嘉豐的母親和婆姨鳳珠，才知道這個陳嘉豐果然就是李小朵的結義兄弟，只是這幾年陳嘉豐因商號生意擴大，已先後在天津、廣

333

第十二章　水刮西包頭

州、漢口等地設立多個分莊，目前又去往甘肅發展業務，並不在家。薩日娜和小娉沒有見到陳嘉豐的面，因此仍然一無所獲。

說來卻也湊巧，這日半後晌時分，薩日娜帶著小娉漫無目的地外出尋訪大半天，正打算回府，在經過西大街的熱鬧街市時，忽然聽見一陣熟悉的二人臺旋律。只見當街稀稀拉拉的幾個人圍攏成一個圈兒，正在觀看一個玩藝班子演出。薩日娜和小娉正有心上前觀看，卻聽到那玩藝班翻來覆去只有一個人在演唱，而且演戲之人唱腔疲憊，蒼白無力，十分平庸無趣，就連那圍觀之人也大多罵罵咧咧，紛紛散去。玩藝班只好停止演出，收拾攤子。薩日娜正要和小娉離開，小娉忽然指著玩藝班那兩位收拾攤子的老樂師，驚奇地道：「夫人，你看那兩位老樂師……」

薩日娜定睛一看，只見那兩位老樂師果然十分眼熟，原來便是當年李小朵藝班的樂師。再去仔細端詳那演戲之人，薩日娜心中更是「咯噔」一下，原來那人卻就是李小朵，只是不知何故，李小朵看起來面目消瘦，一臉病容，渾身上下也極其虛弱，彷彿一陣風兒就能刮倒，難怪方才一瞥之下竟然沒有認出他來。薩日娜正要上前相認，忽見李小朵彎腰拾起地上散落著的幾個銅錢，連戲裝也顧不得卸去，即匆匆忙忙奔向街道旁邊的一個洋菸館。可是李小朵剛剛進入洋菸館，就被洋菸館掌櫃轟了出來。洋菸館掌櫃一邊推搡李小朵，一邊罵罵咧咧地道：「只拿著三五個銅錢就想過一把菸癮，也真把自己的錢當錢看了。」

薩日娜和小娉自然不認識，這個洋菸館掌櫃便是那個素以「雀過拔羽，雁過揪翎」聞名的郝開友。郝開友自從依靠郭司鐸的勢力強行租用巴氏家族的店鋪開辦菸館，獲利頗豐，後來即慫恿郭司鐸在包頭地面上種植洋菸，沒料到郭司鐸因此身死送命，而郝開友卻毫無牽連，仍舊留在包頭有滋有味地開菸館掙錢。

「掌櫃的行行好，今天錢不夠，先賒個帳，明天一定還清。」只見李小朵也不懊喪，只是靦著臉皮，一個勁兒地向著郝開友打躬作揖說好話。

「我還不曉得你們這些菸鬼的德行，為了過把菸癮，偷墳掘墓，賣兒

賣女，什麼樣喪盡天良的勾當做不出來？」郝開友罵道，「叫我相信你們菸鬼說話算數，只管等著陽婆從西升起！」

郝開友罵畢，用力一推，把李小朵推個趔趄，只聽「叮噹」一聲響，一個物件從李小朵身上掉落在地。郝開友看那物件金燦燦的，連忙撿起一看，原來是一支鳳釵，釵頭上還懸掛著一串指頭肚大的珍珠。郝開友頓時眼冒金光，訕訕地笑道：「你這位客官也真是的，懷裡揣著寶貝，還故意要裝窮討飯吃。就憑這支鳳釵，我可以讓你痛痛快快過三個月菸癮。」

「此鳳釵乃是故人所贈，縱是千金也不賣。」李小朵看來病快快的，此時卻不知咋地那般眼疾手快，一把從郝開友手裡奪過鳳釵，緊緊攥在手心裡。

「真是個死心眼，活該菸癮折磨死你好了。」郝開友不由大為惱火，再次使勁一推李小朵，李小朵一屁股跌坐在地上，半晌也不爬起，只是渾身直打哆嗦，臉面上亦是鼻涕一把眼淚一把的。都說抽洋菸的人菸癮上來，人不像人，鬼不像鬼，看來此話不假。

薩日娜看見李小朵淪落到這般地步，也不肯把自己當年送他的鳳釵變賣換洋菸抽，心中既是感動，又是難過。她當即在小娉耳朵邊囑咐幾句，小娉聽罷，取出一塊銀子，走上前去遞給郝開友，然後一指地上的李小朵：「這些銀子夠不夠？」

「夠，夠，綽綽有餘，綽綽有餘。」郝開友連聲不迭地說，收起銀子，親自把李小朵攙扶起來，扶進洋菸館裡。

李小朵進入洋菸館裡，迫不及待地躺在菸榻上吞雲吐霧，直連連吞吐了十幾口，才像還過魂來似的漸漸恢復了人的模樣。就在這個時候，他的耳朵裡忽然飄進來一陣熟悉的二人臺旋律，便是自己昔年編創的《五哥放羊》之曲。李小朵抬起身來，只見在門口站著一人，手捧一支枚，正在有板有眼地吹奏。李小朵一瞥之下，不覺已是淚眼婆娑。

五

　　同治九年農曆七月二十三日，已近白露節令。按說每年到這個時節，地處塞外蒙古的包頭氣候已開始轉涼，只有這一年例外，因久旱無雨，暑氣不消，酷熱尤為難當。這一日本來還是晴空萬里，驕陽當頭，悶熱的天氣讓狗都喘不過氣來，紛紛躲在陰涼圪嶗裡乘涼，就更別說人了。日過當午，正是午休時分，也無人發覺，天空中不知從哪裡驟然生起一片烏雲，這片烏雲也不甚大，一下子遮擋住了日頭。隨著一連串悶雷轟響，緊接著暴雨如注，傾盆而下，轉瞬間天上地下白茫茫一片，將整個包頭城嚴密籠罩。飽受炎熱煎熬的人們無不沉浸在暴雨帶來的涼爽和愜意中，可是誰都沒有意識到，一場巨大的劫難已悄悄抵近。

　　包頭城地形呈北高南低、傾斜而下的形勢，城內蒙漢人民雜居，居民一半居住在北部高坡地帶，一半居住在南部低窪地帶，而商戶鋪面則大多集中在老爺廟街、草市街、財神廟街和西灘等低窪地區。至為關鍵的是，城內北梁有東、西兩條水溝和一條榆樹溝，尋常泉水漫流，雖然東、西水溝各建有一處洩洪門洞，另外在西城南側也開有兩個洩洪水柵，只是因為地勢較低原故，每逢雨季城內雨水非但排不出去，城外山洪反而順著洩洪水柵倒灌進城裡，形成水患災害。對此人們雖有隱憂，卻蹙眉無計，只能聽天由命。

　　農曆七月二十三日的這場雨突如其來，令人猝不及防，嗣後人們才知道這是一場百年不遇的特大暴雨。由於大雨極其狂驟，僅短短半個時辰，包頭城內積水增多，形成洪流，而城外的雨水順著洩洪水柵灌進城裡，東、西水溝和榆樹溝三條水溝很快就彙聚成洪峰，峰頭高達丈餘，形成水牆鋪天蓋地由北向南壓了下來。一時間只聽得水聲轟鳴，聲勢大作，將包頭城內低窪處的大街小巷盡數淹沒，平地水深數尺，變成一派澤國。洪峰所經之處，到處房倒屋塌，人口淹浸，各色傢俱物什、豬羊禽畜、瓜果蔬菜、貨品衡具，盡皆漂浮水中，順水而流。洪峰流經西灘，將同祥魁商號儲油用的一隻巨大的油櫃沖走，一路刮到西城門，不偏不正恰好把西城門

堵塞住。洪水流到這裡泄不出去，只好折向南、北方向。洪水越聚越多，低窪處水深已達數丈，眼看就要將大半個包頭淹浸。忽然聽得一聲轟響，西城門終於經受不住洪水的壅塞，一下子坍塌開來，城裡的洪水終於宣洩而出，漸漸退去。等到暴雨止息，洪水退去後，包頭城到處一派狼藉，不說城垣倒塌、店鋪淹沒，各類財物損失多少，光人口喪生就達數百千餘。包頭城內外屍橫遍野，慘不忍睹，而遭災落難無家可歸的難民更是多到無可計數。

天災突降，薩拉齊廳理事通判黃韜最早獲得消息，當即上疏省、道，呈報災情。無奈省、道高高在上，遲遲沒有下文，如再無人搭理，包頭很可能就會患發疫病疾情，最終導致滅頂之災。就在這緊要關頭，倒是那世居包頭的巴氏家族一眾人等挺身而出，主動承擔起救災職責。其時巴氏家族的領頭人，就是巴氏王府的那位世襲王爺布日格德。

布日格德何以會突如其來現身包頭？原來布日格德夫妻雖然隱居草原深處，可對兒子哈斯額爾敦卻無時無刻不牽掛於心。這年夏天，偶然聽草原上的牧民們傳說巴氏王府的小王孫因縱火燒毀西洋教堂的罌粟被官府緝拿，夫妻二人大為焦急，雙雙趕回包頭探聽消息。到了包頭，才知道此事因自家妹夫的周旋已經化解，夫妻二人放下心來，於是也沒公開露面，即悄悄離開包頭欲返回草原，只是臨出城時無意中撞見了陪伴小娉四處尋訪馬家成的妹妹薩日娜。兄妹倆一別十數年，好不容易相見，薩日娜哪裡肯叫哥哥再度從眼前消失，軟磨硬泡好歹把哥哥嫂嫂請回了王府。其時哈斯額爾敦尚未去往綏遠城官學求學，而年邁的巴王爺終於盼得兒子歸來，一家三代終得團聚，共享闔家之歡。

兒子兒媳雙雙回到身邊，巴王爺這番終於了卻心事，把巴氏家族的事務通通交予布日格德管理操持，自己則樂得頤養天年。沒料到布日格德夫妻回家才剛剛一個多月，包頭即突然遭遇暴雨災害。布日格德作為巴氏蒙古族人首領，當然義不容辭，只一聲令下，巴氏家族所有子弟及門下阿勒巴圖盡皆行動起來，掩埋死屍，救護傷者，清理積水，疏通道路，同時巴氏王府大開倉房，遍設粥棚，賑濟難民。只是因為這場暴雨災害極其慘

重，涉及面廣人多，巴氏家族雖然傾盡心力救助，卻也深感力不從心。由於巴氏家族本為游牧民族出身，飲食偏重肉食，固然隨著漢人進入包頭從事農耕生產的影響，巴氏家族開始逐漸由牧轉農，但所產糧食大多出賣，尚未形成大量儲存糧食的習慣，因此施粥尚未持續多久，倉儲已將告罄，布日格德不禁陷入一籌莫展的境地。

巴氏王府的倉儲終於告罄。布日格德正要命人撤去粥棚，忽然聽得有難民傳言，道是鼎盛興商號的陳東家從後套運來數船糧食，眼下正在南海子渡口卸貨。布日格德眼前一亮，連忙起身趕往南海子渡口，打算把這數船糧食盡數買來，繼續施粥賑濟。布日格德剛到南門，就看見一位年近中旬的漢人風塵僕僕地進入城裡來，身後緊緊跟隨著一隊運載糧食的馬車。布日格德的隨丁告知他說，這位便是鼎盛興商號的東家陳嘉豐。布日格德看到陳嘉豐雖為商人，可是神形儒雅，風度瀟灑，渾身上下並無半點銅臭味道，心裡大有好感，當即上前與陳嘉豐見禮。陳嘉豐因兒子陳蠡與哈斯額爾敦同堂讀書，對布日格德之名早有耳聞，於是趕緊還禮：「陳某遠赴甘肅商洽生意，聞聽包頭遭災，百姓饑饉難當，特此提前趕回。歸途中順道在後套採買了數船糧食，以備救急之需，現在將此糧食盡數交予王爺，任憑劃撥調度，賑濟難民。」

布日格德頓時不由喜出望外，連聲稱讚道：「巴某昔日閒居草原荒郊，即已聽聞牧民們傳說鼎盛興商號的陳東家樂善好施，厚德惠民，實堪是包頭商界的活菩薩。今日陳東家又造此大德，包頭百姓定當銘記不忘。」

陳嘉豐自從舉家搬遷到包頭定居，因老家家業盡捨，再無牽掛羈絆，故而心無旁騖，一門心思撲在商務買賣上。由於他始終恪守「誠信經營」的信條與理念，在收草上堅持平秤進出，價格公道，從而吸引來更多的民工，杭蓋草場的甘草產量逐年增加。坐守包頭鼎盛興甘草行的馬家成亦不負陳嘉豐厚望，因他原本在喬家的藥材鋪學徒多年，經驗豐富，後來在實踐當中又逐漸學會了審時度勢，運籌帷幄，甘草行的生意被他經營得如火如荼，到後來不只銷售自家草場的甘草，同時也售賣別家草場的甘草，逐漸成為包頭地面上銷量最大的一家甘草行，每年獲利頗豐。在此基礎上，

陳嘉豐和馬家成經過商討，確定了新的經營方針與策略，即以甘草生產為支柱，以甘草銷售為依託，組建鼎盛興總號，進一步拓寬經營領域，並且放遠眼光，走回口裡，先後在天津、廣州、漢口等地設立分莊，經營範圍亦向藥材、菸茶、皮毛等其他領域擴展。其間因天津分莊市場廣闊，馬家成離開總號，親自赴天津坐莊。短短數年間，鼎盛興商號的發展如日中天，大有直追老包頭十大晉商之勢。陳嘉豐經商獲得成功，卻始終不忘當年涉足商海的初衷，即以救濟老家的窮苦鄉民為己任。雖然當年陳家蒙受不白之冤，被老家鄉民曲解誤會，陳氏一門被迫搬遷口外，可陳嘉豐並不因此而怨懟那些可憐的鄉民。自從來到口外，每年春秋歲荒，陳嘉豐都會命人採買糧食，雇用大船運回老家，賑濟鄉民挨度日月。陳嘉豐不僅一如既往賑濟老家鄉民，而且在口外亦多行善舉，尋常無論官吏商賈、平民乞丐，舉凡投奔到門下的，無不予以慷慨資助，而每逢當地遭遇災荒變故，陳嘉豐亦總是挺身而出，開倉賑濟，化解危難。因其一貫堅守樂善好施、厚德惠民的品行，在包頭一帶被官民讚為「活菩薩」，並被包頭商界公選為大行的副行首，成為僅次於行首喬致庸的重要人物。

這番陳嘉豐遠赴甘肅發展商務，因路途遙遠，山水阻隔，連兒子陳蟲夥同哈斯額爾敦燒毀西洋教堂罌粟一事都未曾聽說，而包頭遭災的消息，陳嘉豐倒是僥倖從一些流落到甘肅一帶的難民口中獲知，故而特地提前趕回。當他回到包頭，只看到整個包頭滿是殘垣斷壁，房倒屋塌，街市破敗，飢民遍布，城內城外一派狼藉，尤其是商界的損失至為慘重。由於當地的商戶鋪面大多集中在城內低窪地帶，正是遭災最為嚴重的地段。這些商戶鋪面有的店鋪倒塌，有的貨物淹浸，特別是一些小本經營的攤鋪更是被大水沖得一乾二淨，就連陳嘉豐自己的鼎盛興商號都未能倖免，前堂後廳俱被洪水浸泡，受災也算不淺，整個商界幾近癱瘓。本來包頭的大行在當初組建之時，即已建立「相友互助，疾病相扶」的目標與原則，故而包頭商界尋常無論發生何等疑難變故，總有大行擔綱主持大局，化解危難。這次包頭突然遭遇暴雨災害，恰巧大行正、副行首均不在家，整個商界群龍無首，亂作一團。現下陳嘉豐提前趕回包頭，看到事態嚴峻，不敢怠

慢，當即趕赴財神廟，安排執事人員招呼大行門下各行頭社首在聚財廳議事。

聽說陳嘉豐回來，包頭商界總算有了主心骨。大行門下所屬的「九行十六社」的頭頭腦腦們很快齊集聚財廳，商討救災事宜。在陳嘉豐的主持下，當即形成三項決議：其一是由大行牽頭，組織門下各行社實施互助辦法，重點幫扶遭災嚴重的商號、作坊控制災情，恢復買賣；其二是由大行出面，會同巴氏王府協商，由受損商鋪的商家與房產主人巴氏家族共同出資，修復損毀商鋪；其三則更為緊要，即由大行主持組織「賑災會」，向各界善人募集善款，幫助包頭所有難民渡過難關。事情議定，大行門下立馬行動起來，將三項決議付諸實施。

暴雨災害發生後，薩拉齊廳理事通判黃韜對災情尤為牽腸掛肚，心急如焚。朝廷早在乾隆年間設置薩拉齊廳統管漢人事務，但因為薩拉齊廳本屬歸綏道派出衙門，並無倉儲建制，故而不具備賑災能力。災情剛剛發生，黃韜第一時間即上疏省、道，懇請賑濟，無奈省、道高高在上，遲遲沒有下文。

令黃韜意想不到的是，就在這叫天天不應、叫地地不靈的緊要關頭，先是有巴氏王府世襲王爺布日格德挺身而出，帶領巴氏家族一眾人等擔負起救災職責，緊接著又有包頭商界的大行擔綱主持，募集善款，採買糧食、帳篷等物，進一步安置難民。一場百年不遇的特大災難，在沒有耗費官府一毫一文的情況下竟然得到有效控制，不能不說是一樁奇聞逸事。黃韜身為父母官，不由思緒滿腹，感慨良多。

然而到這個地步，包頭的災情尚未得以徹底解決，安撫民眾，災後重建，一系列事項仍然任重道遠，尤其是剛剛建立不足十載的包頭城垣，被暴雨糟踐得宛如一派廢墟，哪裡有一座城池的模樣？這番黃韜不再坐等天降餡餅，當即親赴省、道申請援助。令黃韜萬萬沒有料想到的是，當年初建包頭城垣之時，正是這一系官員貪贓枉法，層層侵吞款項，導致費用不足，包頭才只好建成土城一座。現下包頭城垣盡毀，那省、道一系官員哪裡敢把此事如實稟奏，因此只是一味掩飾。黃韜不知就裡，每日奔走在這

些衙門追索結果，直到最終省、道衙門方勉強答覆：當今政局外憂內患，戰亂頻繁，朝廷庫藏空虛，並無閒錢支付賑災及修繕諸事宜。黃韜毫無收穫，兩手空空而返。

黃韜自省、道申請援助未果，包頭城內的商民住戶無不憂心忡忡。這些年間，因河套一帶暴亂頻發，匪盜四起，包頭作為一個新興起來的商業重鎮，富商雲集，財帛滿城，令四方匪盜無不覬覦。眼下包頭城垣破損不堪，若不及時加以補修，其後果不堪設想，其中就有不少商賈紛紛打起了退堂鼓，打算從包頭撤離。黃韜獲得如此消息，不禁心急如焚，無可奈何之下，只好請來巴氏王府的布日格德王爺和大行副行首陳嘉豐，共同商討應對辦法。

布日格德與黃韜本為舊交，早在咸豐年間，二人即互相請教蒙文漢學，交契頗深，而陳嘉豐對黃韜亦不陌生，因他自從來到包頭定居，在喬致庸的引薦下即與黃韜相熟，彼此亦屬契交。此時幾人對面相坐，卻是面面相覷，並無良策。

良久，忽見陳嘉豐自座椅上緩緩站起身來，打破沉默：「嘉豐本來自內地漢族，於蒙古之事所知甚少。然而素聞包頭之地，原本地處僻壤，人煙稀少，唯因此地獨具水陸交通之便利，商機輻輳，故吸納四方商賈聚集，方日漸有興盛氣象。包頭之地，實不啻我輩商賈興盛之根本也。不意世事無常，天災突降，包頭城垣破損，敗壞狼藉。古人雖有云『強梁不與天爭』，然我輩焉可如待宰羔羊，任由根本斷絕，生意衰落不振，坐視包頭大好之地，就此蕭條破敗，不復有往日盛景？故陳某突發奇想，莫若便由大行承擔起此重任，我輩商民募款集資，修復包頭城垣，只未知可行與否？」

陳嘉豐此言一出，有如就地點燃一枚炮仗，令黃韜和布日格德二人吃驚不小，一齊自座椅上立起。

「黃某素聞修城建垣，只堪比擴土開疆，歷來只為朝廷大事，故只有官府一力承辦，而由商民自發籌資修城建垣之事，實亙古及今，前所未聞

也。」半晌，方聽黃韜猶猶豫豫地說道。

「並非嘉豐有非分之心，僭越之想。」對於由商民籌資修復包頭城垣這一構想，陳嘉豐也是無奈之下一時冒出這個念頭，其實自己心中也沒有底。此時他看到黃韜也是一樣疑慮重重，於是一邊思索一邊說道，「嘉豐自幼讀書，曾聞顧亭林先生有云，『保國者，其君其臣，肉食者謀之。保天下者，匹夫之賤，與有責焉耳矣』。包頭之地雖處僻壤，然而同屬國之列土，天下一隅，故無論君臣匹夫，皆應一視同仁，共負擔保之責。目下包頭城垣破損，朝廷因庫藏空虛，無力劃撥款項修繕，我輩商賈微有積餘，理應顧全大局，略盡綿薄，以全匹夫之義。如此既上體天恩，又下分民憂，並不有悖五常道德也。」

「『三人行，必有我師焉。』嘉豐契弟果然胸襟豁達，見識出眾，一席妙論令黃某有如撥雲見日，茅塞頓開。」黃韜聽罷陳嘉豐之言，心中大是嘆服，當下理順思路，接下來說道，「如此細細斟酌契弟所言之事，倒也並非不可行。誠如顧亭林先生所言，天下事當天下人擔當。商賈之輩亦屬天下人也。黃某自從到任薩拉齊廳，即知大行雖屬商賈行會，然除盡守本分，相友互助之外，尚能急公好義，多行善舉，本地商民無不盡享恩惠。尤其喬公與嘉豐契弟，雖處商賈之門，卻諳聖賢之道，引領大行門下無不向善，所行厚德惠民之舉不勝枚舉，以至於大行聲譽日隆，本地官民無不信服。此番包頭城垣破損，貽害甚重，萬民堪憂，若大行能擔挑大任，修復城垣，此實乃行前所未有之義舉，創百世不朽之功德，於國於民，皆大有裨益也。」

「黃公過譽，實令嘉豐等販夫走卒之徒汗顏不已。」陳嘉豐看到黃韜轉眼間即已扭轉看法，對此事表示大力支持，心中喜不自禁，連連向黃韜施禮致謝。

布日格德看到黃韜對此事亦極力嘉許，當即亦慨然道：「巴某雖出身蒙古，然而素常喜讀漢書，知道漢族有句話叫『無本不生，無根不立』。我巴氏家族世居包頭，此地實則即為我巴氏家族之根本。陳行首及大行門下商賈俱來自漢族內地，猶能不避種族迥異，擔挑大義，為民造福，令我

巴氏蒙民蒙惠不淺。至於修復城垣之事，若得大行引領雁首，我巴氏族人自當尾隨，傾盡全力相助，以盡地主本分。」

「若得黃公主持，巴氏王府與我大行共同擔負，相信此事定可成功。」陳嘉豐更加喜出望外，一時間只覺得躊躇滿志，意氣風發，只是旋即他又想到一件事，卻也據實道來，「只是此事事關重大，非比等閒，而我大行之內，各行社皆門戶獨立，又兼魚龍混雜，陳某位卑辭微，恐不足以服眾。唯喬公坐領行首多年，德高望重，恩威並舉，門下商賈無不敬服有加，凡事以喬公馬首是瞻。故而若得喬公出面擔綱主持，一呼百應，上下同心，方事無羈絆，定然順利可達也。」

「契弟所言甚是。」黃韜道，「黃某這便修書，遣快馬疾送山西，恭請喬公出馬擔綱負任，造福包頭萬民。」

六

喬致庸自幼父母雙亡，由兄嫂撫育長大，不意兄長因疾患中途夭亡，才在萬不得已之下棄儒從商。有道是「長兄如父，老嫂比母」。喬致庸知恩圖報，始終待老嫂有如生身母親，孝敬有加，不亞於親生兒子。老嫂年逾花甲，在家中壽終正寢，喬致庸痛不欲生，撇下生意，趕回山西祁縣老家為其治喪，

並於葬禮結束後，又在祖墳旁結草為廬，為其守孝。忽一日收到從包頭復盛公總號送來的書信，喬致庸得知包頭發生暴雨災害，整個商界損失慘重，不由大為擔憂。可緊接著商號的書信又接踵而至，道明災害發生後，先後有布日格德和陳嘉豐各自擔挑大任，組織救災賑濟，使得包頭的災情得以有效控制。喬致庸獲知布日格德夫妻終於回歸巴氏王府，心中頗感欣慰，同時對陳嘉豐能夠在危難之際帶領大行門下商賈幫助包頭商民共渡難關之舉大加讚許。喬致庸原本就對陳嘉豐十分器重，待之半師半友，直到陳嘉豐踏入商海後，亦盡多給予他關懷照料，教誨指導，使其終至成為一介成功的商人。現下喬致庸看到他不僅事業有成，而且還能獨力擔挑

包頭商界大任，為整個包頭的商民排憂解難，心中更是大為慰藉，於是放下心來，留在老家為老嫂繼續守孝。時隔未久，忽然又收悉黃韜書信，黃韜在書信中闡明，因暴雨侵蝕，包頭城垣傾毀，朝廷無力劃撥款項修繕，包頭官民蹙眉無計，經與陳嘉豐和布日格德協商，提出由大行牽頭，巴氏王府協助，募款集資，共同修復包頭城垣的構想，只是需得請准喬致庸同意，並出馬擔綱大任，主持大局。喬致庸經過一番深思熟慮，隨即回書一封，答覆黃韜等三人。

　　包頭距離山西祁縣不下千里之遙，不出旬日之間，黃韜所遣快馬已去而復返。黃韜等三人共同閱覽喬致庸回書，不覺大是喜出望外。原來喬致庸對他三人提出的這個構想亦極其贊同，只是念及自己為老嫂守孝未滿，脫不開身，是以推薦陳嘉豐代理主持大行事務，全權負責組織門下商賈募款集資，協同巴氏王府共同修復包頭城垣。同時喬致庸對修復包頭城垣提出一項更為大膽的主張，即摒棄舊有土城土垣，全部採用磚石結構，以增強城垣的抗災能力。喬致庸提出的這項主張，已明白不是對包頭舊有城垣進行簡單的修復，實則就是重建一座包頭新城。除此而外，喬致庸還決定將復盛公商號三年所獲利益全部捐贈，用以修復城垣所需。閱罷書信，黃韜等三人無不對喬致庸的閱歷見識和胸襟情懷欽佩到五體投地、無以復加的境地。陳嘉豐當場表示，自己定當不負喬公重托，盡心竭力將此事辦好。

　　獲得了喬致庸的首肯與重托，陳嘉豐更不遲疑，當即組織大行門下各行頭社首以及包頭商界的代表人物齊集聚財廳議事。對於各商賈所會持有的猶豫與顧慮，陳嘉豐早已預料在先，於是首先把修復包頭城垣的重要性詳加解析，其次又把朝廷庫藏空虛，無力劃撥款項的情況如實道來，最後又講在萬般無奈之下，自己經與黃韜、布日格德幾人協商，籌畫以募款集資方式修復包頭城垣，並且將獲得喬致庸鼎力支持的過程一一說明。這些參會的行頭社首以及商界的代表人物，無不是包頭商界的精良之輩，在生意場上呼風喚雨，叱吒風雲。可是身處封建年代，由於受腐朽道德觀念

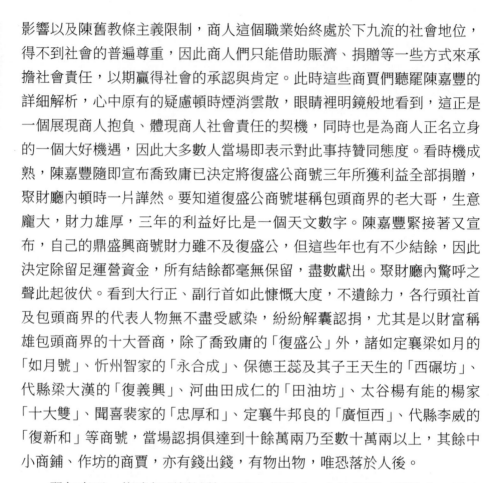

影響以及陳舊教條主義限制，商人這個職業始終處於下九流的社會地位，得不到社會的普遍尊重，因此商人們只能借助賑濟、捐贈等一些方式來承擔社會責任，以期贏得社會的承認與肯定。此時這些商賈們聽罷陳嘉豐的詳細解析，心中原有的疑慮頓時煙消雲散，眼睛裡明鏡般地看到，這正是一個展現商人抱負、體現商人社會責任的契機，同時也是為商人正名立身的一個大好機遇，因此大多數人當場即表示對此事持贊同態度。看時機成熟，陳嘉豐隨即宣布喬致庸已決定將復盛公商號三年所獲利益全部捐贈，聚財廳內頓時一片譁然。要知道復盛公商號堪稱包頭商界的老大哥，生意龐大，財力雄厚，三年的利益好比是一個天文數字。陳嘉豐緊接著又宣布，自己的鼎盛興商號財力雖不及復盛公，但這些年也有不少結餘，因此決定除留足運營資金，所有結餘都毫無保留，盡數獻出。聚財廳內驚呼之聲此起彼伏。看到大行正、副行首如此慷慨大度，不遺餘力，各行頭社首及包頭商界的代表人物無不盡受感染，紛紛解囊認捐，尤其是以財富稱雄包頭商界的十大晉商，除了喬致庸的「復盛公」外，諸如定襄梁如月的「如月號」、忻州智家的「永合成」、保德王蕊及其子王天生的「西碾坊」、代縣梁大漢的「復義興」、河曲田成仁的「田油坊」、太谷楊有能的楊家「十大雙」、聞喜裴家的「忠厚和」、定襄牛邦良的「廣恒西」、代縣李威的「復新和」等商號，當場認捐俱達到十餘萬兩乃至數十萬兩以上，其餘中小商鋪、作坊的商賈，亦有錢出錢，有物出物，唯恐落於人後。

翌年春天，修建包頭新城的工程正式開工。由於此項工程浩大，同時全部採用磚石結構，所需工匠眾多，從而吸引大量內地工匠紛紛聞訊趕來，投奔在工地上幹活兒，成為修建包頭的生力軍。整個工地上人山人海，如火如荼。其間，借助重修包頭城垣之機，大行和巴氏王府又再共同出資，對被暴雨損毀的街巷進行改造，當拓寬的拓寬，當重修的重修，新建門臉店鋪、樓宇館舍無數。歷時兩載有餘，包頭新城終得竣工。新城城垣周長約一十七裡，高約一丈五尺，辟東、南、西、東北、西北五座城門，頗顯氣勢雄偉，規模宏大。而在城垣之內，到處街巷縱橫，店鋪林立，車馬喧騰，人聲鼎沸，比及三年前大不可同日而語。

　　包頭新城竣工之日，整個城內到處張燈結綵，鑼鼓喧天，蒙、漢民眾自發組織文娛表演，慶祝新城落成。在所有的文娛表演活動中最為引人注目的節目，當屬在位於城內最繁華的九江口地段的財神廟旁，一座新落成的雕梁畫棟的大戲臺上由漢族藝人表演的二人臺戲曲了。這個玩藝班子的主角即是李小朵。陪伴李小朵同臺表演的還有一位年輕的女角。這兩人當日登臺演出的第一出小戲，乃是以男女對唱的形式表演，歌詞唱道：「七月二十三，眾明公不知情，眾明公請坐下，聽我說分明……」

　　「當天一疙瘩瘩雲，空中搗雷聲，對面站下一夥人，望也望不清。看只看，二龍戲水要刮包頭城……」

　　「水刮德茂興，刮得實苦情，路過刮了個錫蠟鋪，捎了個剃頭棚，連三園圍刮了兩個落娼的人……」

　　「水刮同祥魁，大水實在凶，刮下一隻大油櫃，擋住了西城門。看只看，西灘的人們一個也活不成……」

　　「鐵鎖子放哭聲，哀告眾弟兄，誰能撈住我閨女，奉送十兩銀。看只看，西包頭竟沒個會水的人……」

　　「屈死鬼放哭聲，驚動大行中，狼嚎又鬼哭，大家不安寧。看只看，西包頭城裡就把個鬼魂送……」

　　「官府傳下令，追問大行人，這一次西包頭刮了多少人？有的說八百多，有的說一千還掛零。」

　　這出二人臺小戲，劇情雖簡練，但卻真實生動地再現了當日包頭城遭遇暴雨災害的情景，令所有當地的觀眾無不感觸傷懷，潸然淚下。

　　這出二人臺小戲，便是由李小朵編創的新曲目《水刮西包頭》。

　　李小朵何以會在包頭新落成的大戲臺上登臺表演，又如何會吸收一名年輕的女角加入戲班，並且同臺演出？

　　原來李小朵自從遭遇婚變，身心受到巨創，萬念俱灰，就染上了抽洋菸的惡習，連戲都不能好好演。戲班藝人紛紛離散而去，只留下當年最初夥同他出走西口的兩位老樂師不忍離去，始終陪伴在他身邊，勉強掙些銀

錢糊口。由於李小朵菸癮不小，為了應付李小朵買洋菸抽，他幾人也管不了什麼是龍潭虎穴，顧不得在魚龍混雜的城市會遭遇到什麼樣的人物，到處漂泊，指望能多掙幾個錢。這日流落到包頭地方來，偶然相遇薩日娜和小娉二人。薩日娜在洋菸館看到李小朵竟然淪落到那般模樣，不覺心痛如錐。而那李小朵一眼看到薩日娜捧枚吹奏《五哥放羊》之曲，猛然間良知甦醒，不覺羞愧難當。薩日娜當日即把李小朵和兩位老樂師領回巴氏王府裡，暫且安頓下來。在薩日娜的關懷與勸導下，李小朵毅然決定戒掉洋菸。薩日娜大為高興，每日在王府裡陪伴李小朵忌菸，親眼看著李小朵在痛苦和希望中掙扎，有如剝繭抽絲，脫胎換骨，身體狀況與精神狀態日漸好轉。

轉眼已是仲秋時節，薩日娜歸寧期滿，到了不得不返回京城的時候，只是顧念李小朵剛剛戒掉洋菸，恐怕有所反覆，心中頗感擔憂。卻有小娉主動提出願意留下來照顧李小朵，陪伴他徹底戒掉菸癮。由於小娉打從七八歲起就跟隨在自己身邊，十幾年間從未離過左右，薩日娜自然了解小娉是個重情重義、知恩圖報的好閨女，知道有她照顧李小朵，大可放心無虞。

就在李小朵住進巴氏王府戒菸的這段時日間，包頭突患暴雨災害，薩日娜聞知陳嘉豐從外地趕回，特地陪伴小娉去探訪陳嘉豐，從而終於獲知了小娉的哥哥馬家成的下落。陳嘉豐立馬修書把這個好消息告訴遠在天津的馬家成。馬家成聞訊，當即趕回包頭與妹妹相見。馬家成打算帶小娉去天津居住，只是小娉告訴哥哥，當年李小朵於自己兄妹倆有救命之恩，現在李小朵淪落到這般地步，她決定留下來好生照顧李小朵，以報還李小朵的恩義。馬家成聽後自然也無甚話好說。由於天津分莊事務繁忙，馬家成在包頭小住幾日即返回天津。

當年冬天，陳嘉豐決定將自己商號的所有的結餘全部捐獻出來用於新建包頭城，由此馬家成與他產生分歧，隨後脫離了鼎盛興商號，自立門戶，後來把生意做到了海外，終成一介大商。光緒年間陳家生意遭遇嚴重危機，馬家成毅然將自己大筆資金注入鼎盛興，幫助陳家走出困境。

　　李小朵從薩日娜和小娉口裡獲知，原來自己的結義兄弟陳嘉豐這些年間一直在包頭經商。本來自從那年兩兄弟在歸化城見面，當時約定過些時日結伴去後套與郭望蘇相會，只是陳嘉豐突然聽說自己竟然有了兒子的消息，當即脫離了大盛魁，返回老家看望兒子，翌年李小朵因父母亡故，即變賣了祖產，常年流落在口外，兩兄弟一直再未有緣謀面。此時聽說陳嘉豐身在包頭的消息，李小朵大為歡喜，只是低頭看看自己模樣，不覺自慚形穢，因此央求薩日娜和小娉暫且不可把自己的行蹤告知陳嘉豐。薩日娜和小娉倒也理解他的心情，便也守口如瓶。

　　薩日娜臨回京之際，囑咐哥哥布日格德定要把李小朵等藝人和小娉當作家人一樣好生看待，且莫使他們流落街頭，吃苦遭罪，布日格德自是滿口應承。薩日娜沒有想到，在她折返京城的第二天，任憑布日格德怎麼挽留，李小朵等人和小娉也不肯聽從，一起搬出了巴氏王府，自行租賃房屋居住。李小朵在小娉的陪伴下，最終徹底戒掉了洋菸，在他身體完全康復後，再度組建起一個玩藝班子，指望在這條道路上有個奔頭。而在這期間，小娉亦對二人臺產生了濃厚的興趣，並且在李小朵的教習下，很快就可以登臺演出了。這兩三年間，李小朵等人每日擺攤演戲，掙錢糊口，但有些閒暇時間就去往建築包頭城垣的工地上，趁民工歇工之際免費表演上一兩出，為民工鼓舞士氣。李小朵戲班因其精湛的演技和豐富的節目受到觀眾的喜歡，在包頭地面上聲名鵲起，就連陳嘉豐聽說了，都專程選擇時間趕來觀看。當陳嘉豐一眼發現那演戲之人便是結義兄長李小朵時，大是喜出望外，而其時李小朵內心的創傷也已癒合，也就不再藏首藏尾，大方與陳嘉豐相見。

　　就在包頭新城即將竣工的時候，忽然有布日格德直接來找到李小朵，交給他一份產業憑帖。原來薩日娜在返回京城之時，曾留下一筆金銀，委託哥哥代她在包頭城內修建一座大戲臺，將來交給李小朵經營，以使李小朵能夠不必再過居無定所、四處漂流的日子。現在大戲臺落成，布日格德特地趕來將大戲臺的產業憑帖交予李小朵接收。李小朵雙手接過憑帖，不覺再度潸然淚下。自此，李小朵在包頭扎下根來，依靠這座大戲臺，終至

將二人臺這門藝術廣為傳播，使之成為晉陝蒙一帶老百姓喜聞樂見的戲劇劇種。

包頭新城竣工之日，正值農曆七月初二，距離水刮西包頭之日已將近整三年時間。這一日夜幕降臨，有大商喬致庸代表包頭商界在新建成的南門城樓上擺布酒宴，慶賀新城落成。原來喬致庸為老嫂守孝三年期滿，已於不久前返回包頭。屆時酒宴開始，只見包頭各個城樓上到處掛滿喜慶的燈籠，將黑夜照如白晝。賓客有薩拉齊廳理事通判黃韜、巴氏王府布日格德王爺，以及大行門下各行頭社首、十大晉商，乃至陳嘉豐、李小朵等人，盡皆擁坐南門城樓，把酒相慶。坐在南門城樓，即可看到黃河在不遠處緩緩流淌，正前方的南海子渡口上百船停靠，船上燈明燭亮，為這個夜晚更添輝煌。

此情此景，令擁坐南門城樓上的喬致庸和陳嘉豐、李小朵三人大有似曾相識之感。三人不由回想起二十多年前在河曲水西關城樓的那次聚會來。當日水西關城樓聚會，在喬致庸的主持下三小龍義結金蘭，喬致庸並曾勉勵三小龍將來匡世濟民，成就大義。而今在包頭的南門城樓上，卻只有陳嘉豐、李小朵二人在座，唯缺郭望蘇一人。

三人正感觸傷懷之際，忽然聽得黃河岸畔一聲炮仗響亮，緊接著就看見自南海子渡口上游漂下一串串河燈來。那河燈有龍頭、鳥獸、荷花、仙女……一盞接一盞，明明滅滅，順水漂流。南門城樓上的所有賓客都不由大為驚訝，紛紛舉目觀看。只有陳嘉豐、李小朵二人忽然心念一動，不由自主起身離座，逕自下了城樓，直奔黃河岸畔。二人來到南海子渡口上游，只見在黃河中央赫然停立著一隻小木船，隱約可看清船上有一男一女二人正不斷往水裡放逐河燈。陳嘉豐、李小朵看見那船上男子的身影異常熟稔，不由張開喉嚨齊聲呼喊。

一個喊的是：「望蘇哥哥。」一個喊的是：「望蘇賢弟。」

船上那男子聞聲，頓時停止了放河燈，轉而只見他從水中拔出固定船隻的鐵錨，抄起一支撐船竿子，撐著木船緩緩向上游划去。

陳嘉豐、李小朵連忙沿著河畔追趕。

船上那男子忽然扯開粗喉嚨大嗓子吼了起來，是一首流傳在黃河河道上的「抄船號子」：「二馬來，你媽穿著兩隻大花鞋，嗨；一隻那圪遛一隻歪，嗨；抄起來，你給哥哥巧打扮，嗨；大閨女愛上那扳船漢……」

木船漸行漸遠，上游依舊有各式河燈不斷地流下來，流淌出一種說不清道不明的感傷、幽怨、寂寥與哀愁。

自打這年起，每逢農曆七月初二，包頭的黃河岸邊都要放河燈，而每一盞河燈都寄託著一個走西口的人流落在異鄉的魂魄，他們希望到七月十五的時候，自己的魂魄能夠漂回遙遠的故鄉。

尾聲

　　黃河流經晉陝峽谷，兩岸黃土漫漫，無邊無際。兩種濃重的渾黃交織在一起，離遠地看來，竟然分辨不出二者本非一體，只有走近來看，才發現黃河奔湧狂放，騷動不安，可是黃土高原卻始終深沉靜默地將它收攬在懷抱裡，像寬厚的長者呵護著頑皮的稚子，一如既往。

　　又是一個清明節過後，冰封的黃河已經解凍，河道裡開始了新的一輪繁忙。這日從臨縣下游撐上來一隻空船，停靠在保德沙河口渡口裝載貨物。隨船捎運的兩名乘客付過船資，棄船上岸。這兩名客人一位年過花甲，另一位是個弱冠少年，顯然是祖孫二人。老少二人沿著黃河徒步上行，老者一路上指指點點，給那少年講說兩岸上的風物景致。不多時到達天橋峽岸畔，一眼即可望到在寬闊的河面上布滿密密麻麻的漁船，有數不清的船工在撒網捕魚。花甲老者見此情景，疑惑地詢問岸上鄉民：「保德魚貢副貢擾民，同治皇帝早已下旨裁革一切副貢，宮廷歲貢僅區區百餘尾，何需動用如此眾多漁船捕撈？」

　　「客官何人，竟然知道同治爺爺裁革魚貢的事情？」那岸上鄉民驚奇地反問一句，也不待老者答覆，逕自告知他說，「當年欽差大臣黃韜代天巡狩，明鏡高懸，不僅處置了本州知州胡丘等一眾貪官，為清官白進洗冤昭雪，而且憐惜百姓疾苦，為民請命，奏請同治爺爺親筆下旨裁革魚貢之外一切副貢。只可惜同治爺爺命短，聖旨剛剛下達，即已駕崩。慈禧爺爺登基後，同治爺爺的聖旨自然就不作數了。俺們沿河老百姓都說，只怕這世上甚時候沒有皇帝了，那該死的魚貢才會有到頭的一天！」

　　原來鄉間土民，大多孤陋寡聞，只知有慈禧，而不知有光緒。「怎麼竟會是這樣？」老者不禁扼腕嘆息，悲天憫人。

　　那位鄉民自不認識，站在面前的這位花甲老者便是黃韜，亦即那位曾

經的欽差大臣。

　　同治十二年秋七月，包頭新城落成。雖然山西一系官員為防備當年侵吞修築包頭城專款的事情敗露，刻意隱瞞包頭城傾毀的消息，卻未料到有綏遠將軍奕匡將重建包頭城的事實稟奏到了御前。同治皇帝御覽奏章，眼前豁然一亮，為治下蒙漢百姓能有如此義舉而頗感慰藉。皇帝親敕薩拉齊廳理事通判黃韜進京陛見，發現黃韜乃是一位不可多得的人才，當即擢拔其留京重用，除授都察院所屬山西道監察御史之職，隨後又欽點其出使包頭，代天子安撫當地蒙漢民眾。黃韜領命在身，不敢多作逗留，帶領吏從護衛人等，取官道奔赴口外。不一日到達包頭，黃韜代宣聖諭，大意云：包頭民眾雖蒙漢雜處，種族迥異，然同屬大清子民，能同心同德，忠君體國，自發籌資出力，修建新城。皇帝位尊九五，亦有恤子愛民之義，特赦免當地商賈三年課稅厘捐、蒙漢平民三年錢糧雜役，此外對牽頭修建包頭新城的人員大加褒獎，恩賜巴氏郡王晉爵親王，大行行首喬致庸、副行首陳嘉豐分別領受正、從五品候補頂戴，以彰顯其功其德。包頭官民無不三呼萬歲，叩謝隆恩。

　　黃韜完成天子使命，至薩拉齊廳交割印信，隨後在後衙搬出家眷，欲進京覆命。尚未啟程，忽然收悉都察院快馬送呈急件，傳令黃韜勿須進京，即刻轉道山西，奉旨巡按本道所屬府縣，並闡明此番巡按綱舉目張，嚴戒慵懶，無彈舉不得輕退，無敷陳則為瀆職。原來，自從同治親政以來，政局動盪不安，國事紛亂如麻，外交、割地、賠款，令其疲於應對，兵燹、匪禍、災荒，令其不堪煩擾。政令不暢，吏治鬆懈，刑名混亂，典禮廢弛，各級言官紛紛稟帖交章，倡議諫言，甚或有「若長此以往，必致國將不國」之論。同治思慮再三，決定恢復御史巡按舊制，由下而上，補苴罅漏，嚴明法令，整肅綱紀，敕令都察院奉旨即行。依清初舊制，都察院所屬各道監察御史被賦予監察百官、巡視郡縣、糾正刑獄、肅整朝儀的職責，只是在康乾之後，御史巡按制度逐漸淡出，雖偶有出巡，亦形同虛設，收效甚微。同治頒旨恢復巡按舊制，都察院不敢怠慢，當即部署各道監察御史奉旨出行。都察院依行省區劃共設置十五道監察御史，每道除掌

印御史外僅設滿、漢御史各一名，員少任重，故山西道掌印御史緊急傳書新任御史黃韜，令其隨即赴任，巡按本道所屬太原府以北地區，另遣一名滿籍御史出巡太原府以南地區，分頭行事，以不致愆機誤事。

黃韜遵從安排，當即欲奔赴各地公幹，只是顧念一路上攜帶家眷多有不便，打算在包頭租賃民居，暫且安置家眷，待公事完畢後再接取家眷一同進京。布日格德獲悉後，主動提出將黃韜家眷接入王府，代為供養，盛情難卻之下，黃韜只好領受。

黃韜帶領原班吏從護衛人員上路，首先就近巡視罷山西歸綏道及其直管的除薩拉齊之外的口外六廳，經蒙、晉交接的新平口返回口裡，然後依次巡按大同、朔平、甯武、代州、忻州各府州所轄屬地，最後經太原府所屬嵐縣、岢嵐、興縣迂回到保德州，走遍了半個山西。保德州已是行程裡的最後一站，所領僅河曲一縣，巡按罷此地，即可算是功德圓滿，完成使命了。

興縣與保德共同瀕臨晉陝峽谷黃河岸畔，黃韜一行人沿著黃河上行進入保德地面。黃韜離京以來，轉眼已將一年，此時已進入初冬時分，黃河兩岸已開始封凍上薄冰，河道內的行船也已上岸。由於沿河道路崎嶇不平，艱險難行，黃韜等人只好棄馬步行。一路走來，黃韜親眼看到，保德之地果然山窮水惡，地瘠民貧。沿途借食鄉民之家，鄉民所奉食物皆粗糠秕穀之類，連頓像樣的飯菜都沒有。黃韜不禁疑惑，時剛秋收，何以無新米為炊？問及一戶鄉民，才知道原來自從當年康熙皇帝將此地黃河石花鯉魚欽定為宮廷貢品，各級官員即不斷層層加碼，副貢各名目數額巨大，百姓無法完成貢額，不得已以錢糧抵貢，每年所產糧食大都是交納了魚貢，故而尋常只可以粗糠秕穀、野菜樹皮聊以為生。黃韜聽罷，不由對各級官府所為大為憤慨。

黃韜再向這戶鄉民詢問當地官府政績。鄉民氣憤地回答，本地官府只知搜刮地皮，魚肉百姓，哪裡有什麼政績？此番鄉民也不消黃韜再度追問，打開話匣子，即如竹筒倒豆子般將官府的所作所為一一傾倒出來。原來本地知州本名胡丘，向來貪得無厭，身邊有一書吏奚耀珍亦心懷歹毒，

二人來到保德近二十年間，狼狽為奸，貪贓枉法，荼毒百姓，巧取豪奪，可謂壞事做絕。鄉民將二人所做的壞事一件一樁講來，其中有三樁壞事令黃韜大是義憤填膺。

　　頭一樁是，本州郭家灘村陳姓鄉紳，因素不巴結官府，開罪於知州胡丘，為了報復洩憤，胡丘指使書吏奚耀珍夥同奸商郝開友買通船工，在陳家的賑濟糧船上偷藏洋菸，導致鄉鄰誤會，縱火燒毀糧船，迫使陳父身死，陳氏一門捨棄家業，流落口外。陳氏所遺房產、田地，俱被胡丘侵占。黃韜詢問鄉民，胡丘等人買通船工，在糧船上偷藏洋菸，可有確鑿證據？此鄉民悔恨答道，當日便是自己在黃河上扛工當船工時，因貪圖錢財，一時糊塗才辦下這等不堪之事。當年陳家蒙受的不白之冤，終於水落石出。第二樁是，胡丘和奸商郝開友營私結黨，挪用州庫官銀，胡丘委派郝開友親赴口外開辦草場牟利，草場生意倒閉後，又去往包頭經營菸館，直至三年前菸館被暴雨沖毀，郝開友在包頭無法立足才回轉保德，只是並不消停，仍然繼續利用官銀做本錢，在州城內開設菸館、賭局、妓院、當鋪等，牟取暴利。第三樁聽來更加令人髮指。知州胡丘原是本州所屬河曲知縣，咸豐四年冬，本地遭際大災，百姓缺糧斷炊，因事態緊急，原任知州白進未及申報省、道，當機立斷開倉放糧，賑濟鄉民。胡丘和書吏奚耀珍合謀，擬就申飭文書，捏造罪狀，誣陷白進，導致白進蒙冤屈死。胡丘借助白進之死升任知州，用他人的鮮血染紅了自己的頂戴。這三樁事情，黃韜在口外時就有所耳聞，此時再度聽鄉民講來，情知並非妄言。

　　翌日，黃韜抵達保德州衙，一邊按部就班勘核帳目，查驗庫藏，一邊令吏從四下出訪，調查取證。經過一番明察暗訪，卻又挖出一樁齷齪大案來。原來自從胡丘到任保德以來，私自將魚貢份額翻倍，只是多繳魚貢並未歸公，盡皆納入私囊。一應證據掌握確鑿之後，黃韜擬就稟帖一份，傳令火速呈送都察院。不過半月兩旬，快馬去而復返，同時帶回了部院回批。原來都察院左督御史收悉黃韜稟帖，看到案情重大，不敢怠慢，當即送呈御前。同治親敕吏部、刑部會同審辦此案。吏部批復罷黜胡丘知州衙職，刑部批復貪官胡丘、惡吏奚耀珍斬刑，奸商郝開友杖責並刺配口外邊

地之流刑，並委黃韜依令監斬及處置案犯。黃韜遵從此令，隨即將這一干案犯緝拿起來。還未及發落，朝廷所遣使臣突然蒞臨保德，代天宣諭，其大意云：皇帝驚聞各級官府借助保德州宮廷魚貢，層層加碼索求，又有知州私自將貢額翻倍，中飽私囊，導致百姓鬻牛賣女，生活維艱，特下旨裁革例貢之外一切副貢，令行禁止，不得反覆。同時核查保德州故知州白進清正廉潔，憐恤子民，開倉賑濟並無過錯。白進不幸遭奸佞誣陷，蒙冤屈死，特追贈其為奉直大夫，並賜諡號「恩烈」。這已是封建年代皇帝給予臣子的最高褒獎。

黃韜當即修書一封，將此結果告知遠在包頭巴氏王府的霓歌。霓歌聞知父親的冤案終得昭雪，不勝感傷，在丈夫布日格德的陪同下專程趕回保德，祭奠父親。陪伴二人同回保德的，還有當年替白進收屍，並將其殯葬在城外荒丘西二梁的陳嘉豐。黃韜擇日處置案犯，將貪官胡丘、惡吏奚耀珍押赴西二梁白進墓前處斬，並依令杖責奸商郝開友，刺配口外，起解上路。隨後，霓歌打算將父親骸骨遷回河曲祖墳，保德官民並無異議。黃韜親自陪同霓歌夫妻將白進靈柩遷回河曲。陳嘉豐專門留在老家，親自將黃韜從胡丘手中收回並交還給陳家的房產、田地再度分發給郭家灘眾鄉鄰，這回眾鄉鄰終於知曉老陳家德行並非虛妄，無不感恩戴德。

白進靈柩運回河曲舊縣祖籍，黃韜親自主持為其操辦了隆重的葬禮，州、縣官民俱聞訊而至，祭奠這位屈死的英靈。

葬禮結束後，黃韜打算跟霓歌夫妻結伴折返包頭，正要動身之際，忽然有一身穿綾羅綢緞的土財主攔馬求見，自稱是薛稱心。原來薛稱心多年來為富不仁，苛刻盤剝，橫行鄉里，強取豪奪，把唐家會寥寥千餘畝土地全部霸占為自己所有，唐家會區區數百口人，幾乎盡數變成了薛家的長、短工。薛稱心成為一方土豪，志酬意滿，這日聽聞欽差大人蒞臨本地，特地趕來求見，央求欽差大人把唐家會易名薛家寨。

黃韜一聽薛稱心報出姓名，即感覺甚為耳熟，於是詢問薛稱心是否認識一個叫作𦐇花的女人？薛稱心大是莫名其妙，不解這位欽差大人何以知道自己老婆的名諱，卻也老實回答，𦐇花即是他的老婆。黃韜再度追問，

道光年間，你夫妻二人合夥在包頭一所妓館裡偷盜山西臨縣一位客商的大筆銀兩，可有此事？原來，當年在包頭丟失銀兩的那位客商，即是黃韜的養父，因此大筆銀兩丟失，黃家經營的生意陷入困境，家道衰落，萬不得已之下，其養父忍痛將家產變賣，終將黃韜撫育成才。後來黃韜出任薩拉齊廳官，卻也一直留意此案，只是陰差陽錯，直到今日罪魁禍首才終於浮出水面。薛稱心有心抵賴，卻是百口莫辯。黃韜當即傳令從縣衙專程趕來陪侍自己的河曲知縣將薛稱心緝拿起來，並遣差役赴唐家會將芃花也一併捉拿歸案。經過一番審理，薛稱心多年來所施行的種種劣跡公然躍於紙上。黃韜並河曲知縣兩級斷案，判令查沒其所有財物、地產，並依據契約，盡數發還原主。至於薛稱心夫妻二人，念其年事已高，不予刑責。薛稱心夫妻二人淨身出戶，無處棲身，只好走出西口，流落到綏遠城軍營去投奔兩個當軍官的兒子。只是夫妻二人到了口外才知道，他家那兩個活寶早已被義軍刺殺喪命。後來有鄉鄰在口外偶遇薛稱心夫妻，二人靠乞討為生，最終被凍餓死在一所破廟裡。

辦畢此案，黃韜陪同霓歌夫妻結伴去往包頭，在巴氏王府接出家眷，進京覆命。臨行之際，黃韜特意向霓歌借看當年白進遺留下來的那個長命金鎖，霓歌大為奇怪，不解過去了這麼多年，黃韜何以對這個金鎖記憶尤深，卻也取出來給他觀看。黃韜將金鎖捧在手裡端詳半天，方交還給霓歌。直至黃韜離開包頭甚遠，霓歌驀然發覺，黃韜交還給她的這個金鎖並非父親遺留下來的那個金鎖。乍看起來，這兩隻金鎖一模一樣，只是金鎖反面所鐫字跡不同。父親的那個金鎖所鐫為「蘇才郭福」，而這個金鎖所鐫乃是「姬子彭年」。「蘇才郭福」、「姬子彭年」，本是上下對仗的一句吉祥話兒，蘇才指蘇軾的才學，郭福指郭子儀的福氣，姬子指周文王的多子，彭年指彭祖的高壽。原來這兩面金鎖本來就是一對。霓歌恍然大悟，這才明白黃韜即是當年在老家河曲渡口走失的父親的胞弟，亦即自己的親叔父。

黃韜攜帶家眷進京，一路上躊躇滿志，打算從此輔佐同治皇帝，一展胸韜抱負，只是還未到達京城，即在半途中看到各地百姓盡著藍衫白衣，

舉國弔喪，原來同治皇帝已於日前突患疾病，不治夭亡。同治駕崩後，年僅四歲的光緒登基，兩宮太后垂簾聽政。牝雞司晨，朝政更加黑暗，萬馬齊暗，九州喪失生氣。同治生前下旨恢復的御史巡按制度從此徹底廢除。都察院各級官吏明哲保身，尸位素餐，黃韜鬱鬱不得志，在老父亡故後，即報了丁憂回原籍守制。直至守制期滿，亦無心起復，遂辭官致仕。

俗話說「無官一身輕」，黃韜賦閒在家，頤養天年，忽一日無意間看到那個當日跟侄女霓歌調換來的長命金鎖，心思萌動，打算赴河曲舊縣一行，為生身父母祭掃墳墓，將來在九泉下也好與父母相認。只是黃韜與其兄長白進一樣，並未生養兒子，膝下只有一個閨女，閨女成家後，一家人始終陪伴自己居住。黃韜年過花甲，突然獨自出行，家人大不放心，即遣長甥陪行照顧。祖孫二人自黃河岸畔買舟而上，在保德沙河口渡口下船，經過天橋峽，不消多半日即到達河曲舊縣，當晚便在海潮禪院借宿。翌日，祖孫二人來到白家祖墳，一眼即看到墳地裡剛剛培了新土，供桌上擺放的祭品尚且新鮮，問及墳畔不遠處放羊的老漢，才知道自從白進歸葬祖墳後，霓歌夫婦每年清明節都從口外趕回來祭掃墳墓，並未間斷。黃韜聽罷，心裡頗感慰藉，於是燒香擺供，焚紙奠酒，以子嗣之禮祭拜了歷代先人，又在先兄白進墓前磕了頭，也算是認祖歸宗，了卻了這一樁心事。

事情辦妥，黃韜並無意早早返回臨縣，每日由長甥陪伴，在舊縣鎮內到處閒走，拜謁村鄰，尋訪同宗。只是黃韜走遍整個舊縣，卻發現此地所有人家均多老弱婦孺守家，鮮有男子壯丁治業。問及鄉民，才知道此地自古土地貧瘠，十年九災，百姓生活本就窮極困苦，尤其進入光緒年間後，官府徭役只增不減，使百姓生活更如雪上加霜，因此本地大多數成年男子只好每年春出秋歸，奔赴西口外扛工掙錢，將養家口。黃韜看到家鄉這般境況，不由唏噓喟嘆。

自從不久前黃韜祖孫來到海潮禪院借宿，看到偌大一個寺院，卻只有寥寥三五名僧侶住持，香火稀稀落落，哪裡有昔日人們傳說的香客如流、信徒如潮的景象？倒是發現在寺內觀音殿下的門廊前擺置著一張矮几，日常有一位癲生斜坐幾後為他人卜算解惑。寺裡僧侶告知黃韜祖孫，此人本

為舊縣俊秀，年方弱冠即舉鄉貢，同治以來逢科即考，卻屢試不第，後來發了一場病，就變得瘋瘋癲癲。此後他也不再讀書，搬了張矮几，到處擺攤卜算，也不收取卦金，只索燒酒一壺，每日裡把自己灌個醉醺醺。前些時日，不知何故這癲生突然把矮几搬到寺裡來，擺下卦攤，只因寺裡香火不旺，癲生賣卦也可順便招來幾名香客，於是寺裡也便容他留下來。這日黃韜在寺內閒步，看到寺內並無一名香客，只有那個癲生正趴在觀音殿下的門廊前的矮几上打盹兒，驀然想起自己的行李中還帶有一瓶酒，心想何不就與這癲生同飲，以解心頭鬱悶，便去後院借宿的禪房裡取將出來。黃韜捧著酒瓶尚在觀音殿的門廊外，就聽得那癲生在門廊內大聲呼喊：「好酒好酒。想我癲生自幼讀書，逢科即考，只是為了要在瓊林宴上嘗一嘗皇家的御酒，卻命薄無福。想不到今日倒有此機緣，了卻這樁夙願！」黃韜不由大吃一驚。他手捧的這瓶酒，的確是皇家的御酒，乃是當年修復包頭城垣後，應同治皇帝詔見時所賜。同治欽賜御酒本有兩瓶，黃韜一直珍藏著，這回帶到河曲來，一瓶祭奠了祖宗，尚存一瓶。黃韜走進門廊，看見那癲生早已站立在門廊口迎候，不等自己說話，即迫不及待地伸出手來接過酒瓶，毫不客氣地拍開泥封，仰起脖子「咕嘟咕嘟」一口氣喝下去有半瓶，喘著氣連稱「好酒好酒」。癲生將酒瓶放在矮几上，這才向著黃韜說話：「賢侄孫到處尋訪同宗，不知道我其實就是你同宗的祖爺爺。咱也不消套近乎，我喝了你的御酒，無物償還，你若有什麼疑惑，我便替你解解吧。」

　　黃韜未料到癲生竟是自己同宗長輩，於是恭恭敬敬地向他求教：「晚輩幼年離鄉，至今方歸，卻看到家鄉父老生活困窘，日月清苦，多有人家靠走西口逃荒謀生，甚是恓惶。故而晚輩有一疑問，只不知這靠走西口逃荒謀生的日子，何時才會是個盡頭？」

　　那癲生也不搖錢，也不卜卦，只拈起一支禿筆，在舌尖上舔溼，隨手在一張草紙上揮毫寫下一行讖言：「雁行胡不歸，他鄉即故鄉，籬藩解邊客，乙丑換新牛。」

　　黃韜看那讖言十分直白易懂，顯然是說家鄉老百姓走西口的日子會在

尾聲

下一個乙丑年了結，掐指算來，也不過短短幾十年，頓時心裡大感慰藉。

　　黃韜一眼發現這位同宗長輩看似狂癲，實則洞悉天數玄機，高深莫測，心念一動，有心再向他求問這個世界未來的變數，卻見他對著自己擺了擺手，道：「我已知你心意，不必說，不必說。」只見他逕自捧起酒瓶，將剩下的半瓶酒一口氣喝完，順手將瓶底的幾滴殘酒滴落在矮几上的硯瓦裡，然後抓起禿筆，飽蘸濃墨，在草紙上又書寫下一幅龍飛鳳舞的讖言。讖言云：「真龍升天早，凡夫亂世忙；三十八載風雲驟，改換舊天地。安邦不稱君，治事不稱臣；開邊放禁皆大統，一國兩分制。」

　　黃韜閱罷讖言，一時只覺心驚肉跳，惶恐不安，只是心裡尚存一絲疑惑，何以這未來沒有皇帝和臣子的「朝廷」，也要沿襲大清朝「開邊放禁」、「共居分制」的對蒙政策？想要向癲生問個明白，卻見那癲生早已酩酊大醉，俯伏在矮几上呼呼睡去。

西口，西口：
大河上下的波翻浪湧，長城內外的恩怨情仇

作　　者：李愛民

發 行 人：黃振庭

出 版 者：崧燁文化事業有限公司

發 行 者：崧燁文化事業有限公司

E-mail：sonbookservice@gmail.com

粉 絲 頁：https://www.facebook.com/
　　　　　sonbookss/

網　　址：https://sonbook.net/

地　　址：台北市中正區重慶南路一段六十一號八
　　　　　樓 815 室
Rm. 815, 8F., No.61, Sec. 1, Chongqing S. Rd.,
Zhongzheng Dist., Taipei City 100, Taiwan

電　　話：(02)2370-3310

傳　　真：(02)2388-1990

印　　刷：京峯彩色印刷有限公司（京峰數位）

法律顧問：廣華律師事務所　張佩琦律師

定　　價：480 元

發行日期：2023 年 2 月第一版

◎本書以 POD 印製

國家圖書館出版品預行編目資料

西口，西口：大河上下的波翻浪湧，
長城內外的恩怨情仇 / 李愛民 著 .
-- 第一版 . -- 臺北市：崧燁文化事
業有限公司 , 2023.2
　面；　公分
POD 版
ISBN 978-626-357-220-1(平裝)
857.7　　112002584

官網

臉書